EMMANUELA KOHLHAAS

MUSIK UND SPRACHE IM GREGORIANISCHEN GESANG

BEIHEFTE ZUM
ARCHIV FÜR MUSIKWISSENSCHAFT

HERAUSGEGEBEN VON
ALBRECHT RIETHMÜLLER
IN VERBINDUNG MIT REINHOLD BRINKMANN,
LUDWIG FINSCHER, HANS-JOACHIM HINRICHSEN,
WOLFGANG OSTHOFF UND WOLFRAM STEINBECK

BAND 49

FRANZ STEINER VERLAG STUTTGART
2001

EMMANUELA KOHLHAAS

MUSIK UND SPRACHE IM GREGORIANISCHEN GESANG

FRANZ STEINER VERLAG STUTTGART
2001

Die Deutsche Bibliothek - CIP-Einheitsaufnahme
Kohlhaas, Emmanuela:
Musik und Sprache im Gregorianischen Gesang / Emmanuela Kohlhaas. –
Stuttgart : Steiner, 2001
(Beihefte zum Archiv für Musikwissenschaft ; Bd. 49)
Zugl.: Bonn, Univ., Diss., 2000
ISBN 3-515-07876-2

ISO 9706

INHALTSVERZEICHNIS

VORWORT

Eine Arbeit über den gregorianischen Gesang als Dissertation im Fach Musikwissenschaft ist alles andere als selbstverständlich, zumal wenn sie sich nicht mit der Erschließung mittelalterlicher Handschriften, (ausschließlich) dem historischen Kontext oder der Musiktheorie befaßt, sondern Antworten auf Fragen zur Musik selbst oder gar in ihr sucht und versucht. Sich als Benediktinerin mit dem gregorianischen Gesang zu befassen, erscheint dagegen schon fast allzu naheliegend. Dennoch kam der Anstoß zu dieser Arbeit von musikwissenschaftlicher Seite. Walter Dürrs Buch *Sprache und Musik*, das mit der Geschichte dieser Wechselbeziehung erst nach dem Mittelalter beginnt, weckte damit spontanen Widerspruch – und wurde so zum Auslöser einer intensiven Auseinandersetzung mit dem Themenkreis Musik und Sprache. Die Frage nach der Beziehung von Musik und Sprache ist ein ganz zentrales Thema der europäischen Musikgeschichte. Sie an den gregorianischen Gesang zu stellen – oder eben sie nicht zu stellen –, hat deshalb nicht nur Konsequenzen für das musikwissenschaftliche Verständnis dieser Musik, sondern auch für das Geschichtsbild der abendländlischen Musikgeschichte überhaupt.

Die problembehaftete Forschungsgeschichte des gregorianischen Gesangs machte es notwendig, weit auszuholen, um Voraussetzungen zu klären und „Altlasten" – und damit verbundene Unsicherheiten – wenigstens soweit zu bewältigen, daß ein Arbeiten an der gewählten Fragestellung möglich wurde. Zugleich erwiesen sich die inzwischen fast zwei Jahrzehnte täglichen Umgangs mit dieser Musik und die so gewachsene Repertoirekenntnis als unverzichtbare Voraussetzung. Der Versuch, sich dem Thema anzunähern, hat außerdem bald gezeigt, daß dies nur interdisziplinär möglich ist und eine beträchtliche Kenntnis in anderen Fachbereichen – besonders der Theologie, der Mediävistik und der Philologie – erfordert. All dies war nicht alleine zu bewältigen. Am Beginn dieses Buches steht deshalb ein Wort des Dankes an jene, die zu seiner Entstehung maßgeblich beigetragen haben.

Prof. Dr. Wolfram Steinbeck, Bonn, war bereit, sich auf dieses Thema einzulassen und hat diese Arbeit stets mit Offenheit und großem Engagement begleitet. Er hat dabei nicht nur so manche wegweisende Frage zur rechten Zeit gestellt. Ihm verdanke ich auch den Zugang zur musikalischen Analyse und die Freude daran, Musik in Sprache zu bringen. Prof. Dr. Albert Gerhards, Bonn, gilt mein Dank für die Übernahme des Koreferates, für sein stets ermutigendes Interesse sowie für seine Beratung in allen theologischen Fragen.

Prof. Dr. Marc Laureys, Bonn, hat mit großer Hilfsbereitschaft meine vielen Fragen zur mittellateinischen Philologie beantwortet, und Sr. Eustochium Bischopink OSB, Kommunität Venio, München, half mir mit Kompetenz und Energie bei der Überarbeitung der Übersetzungen aus dem Lateinischen. In zwei langen und temperamentvollen Gesprächen gab mir Prof. Dr. Stefan Klöckner, Essen, wertvolle Impulse und hat dabei differenziert und konstruktiv auf meine kritischen Anfragen zur gregorianischen Semiologie geantwortet. Eine wichtige Inspiration und Ermutigung für diese Arbeit erhielt ich durch Prof. Dr. Fritz Reckow, der mir seinen Artikel *Zwischen Ontologie und Rhetorik* zukommen ließ. Sein früher Tod hat einen weiteren Dialog verhindert. Dennoch verdankt ihm diese Arbeit neben einigen wichtigen Aussagen, die das Thema selbst betreffen, auch einen geschärften Blick für die grundlegenden Fragen und Probleme musikbezogener Mittelalterforschung. Prof. Dr. Albrecht Riethmüller, Berlin, danke ich für die Aufnahme meiner Dissertation in die Reihe *Beihefte zum Archiv für Musikwissenschaft*, Dr. Linda Maria Koldau, Frau Elke Wittemann und Frau Gaby Happ für ihre bereitwillige und unermüdliche Hilfe bei den Korrekturarbeiten. Dem Erzbistum Köln sowie der Universität Bonn gilt mein Dank für die großzügige finanzielle Unterstützung.

Lange vor Beginn der Arbeit an dieser Dissertation waren die entscheidenden Fundamente bereits gelegt, gewachsen in den Jahren des Lernens und Arbeitens am gregorianischen Gesang mit Prof. Dr. Wolfgang Bretschneider, Bonn, mit dem Ziel einer angemessenen Begleitung und Intonation an der Orgel. Diese intensive Beschäftigung mit der Musik hat in mir überhaupt erst ein tieferes Interesse wach werden lassen sowie eine dauerhafte Faszination, ohne die diese Arbeit nicht entstanden wäre. So unverzichtbar eine wissenschaftliche Reflexion der Fähigkeit zur Distanz gerade auch zum eigenen Erleben und Erkennen bedarf, so sehr braucht sie doch dieses Erleben und die Erfahrung, will sie nicht lebensfern und „blutleer“ am Wesentlichen vorbeigehen. Meine klösterliche Gemeinschaft, in der ich seit 1982 als Benediktinerin lebe, hat nicht nur das Entstehen dieser Arbeit geduldig mitgetragen. Sie ist der Lebensraum, in dem ich meinen Zugang zum gregorianischen Gesang und seinem Bezugsrahmen, der Liturgie, gewonnen habe. So gilt meinen Schwestern mein ganz besonderer Dank.

Köln, Februar 2001 Sr. Emmanuela Kohlhaas OSB

IM TEXT VERWENDETE ABKÜRZUNGEN

a in E	*altius*
a in L	*augete*
AfMw	Archiv für Musikwissenschaft
AL	Alleluja
AMS	Antiphonale Missarum Sextuplex
AN	Antiphon
B	Graduale von Mont-Blandin
BzG	Beiträge zur Gregorianik, Regensburg 1985ff.
C	Codex 359, St. Gallen, Cantatorium
c in L+E	*celeriter*
Cm	Graduale von Compiègne
CO	Communio
CS	Charles Edmond Henri Coussemaker, Scriptorum de Musica Medii Aevi Nova Series, 4 Bde, Paris 1864. 1867. 1869. 1876.
CSM	Corpus Scriptorum de Musica, American Institute of Musicology, 1950ff.
DMA	Divitiae Musicae Artis, Schola Palaeographica Amsteldamensei conspirante collectae, ed. Joseph Smits van Waesberghe, Buren 1975ff.
E	Codex 121, Einsiedeln
EG	Étude Grégorienne, Solesmes 1954ff.
e in E	*equaliter*
eq in L	*equaliter*
GR	Graduale Romanum
GS	Martin Gerbert, Scriptores ecclesiastici de musica sacra, 2 Bde, St. Blasien 1784, Ausgabe: Mailand 1931.
GT	Graduale Triplex
IN	Introitus
K	Graduale von Corbie
KmJb	Kirchenmusikalisches Jahrbuch
L	Codex 239, Laon
M	Cantatorium von Monza
Mf	Musikforschung
MMMA	Monumenta Monodica Medii Aevi, ed. Bruno Stäblein 1956ff.
MPG	Monumenta Paleographica Gregoriana, Münsterschwarzach 1986ff.
NHbMw	Neues Handbuch der Musikwissenschaft
OF	Offertorium
OT	Offertoriale Triplex
Pal. mus.	Paléographie musicale. Les principaux manuscrits de chant grégorien, ambrosien, gallican, publié en facsimilés par les Bénédictins

	de Solesmes, Solesmes 1889ff; Serie 1: bis 1993 21 Bde; Serie 2: 2 Bde, 1900 und 1924.
PL	Patrologia Latina, Patrologia cursus completus. Series latina ed. Jaques Paul Migne, 217 Bde (in 218) + 4 Bde Indices, Paris 1841–64, 1878–90.
PsR	Psalterium Romanum
R	Graduale von Rheinau
RES	Responsorium
RB	Regula Benedicti
S	Graduale von Senlis
SG	Codex 376, St. Gallen
SJbMw	Schweizer Jahrbuch für Musikwissenschaft
t in L + E	*tenere*
TR	Tractus
Vg	Vulgata
VL	Vetus Latina

1. GRUNDLAGEN

1.1. EINLEITUNG

Musik und Sprache: Dieses Thema rührt an eine der Grundfragen abendländischer Musikgeschichte, die gerade in ihren Anfängen über Jahrhunderte hinweg primär eine Geschichte der Vokalmusik ist. Musik und Sprache: Dazu gehört die Frage, ob und wie sie untereinander in eine Beziehung treten, wie sie einander bedingen, miteinander verbunden werden oder sich voneinander loslösen, eine Frage, die in der Musikgeschichtsschreibung Epochen geprägt hat. Musik und Sprache in den liturgischen Gesängen der Karolingerzeit: Das meint den Versuch und das Wagnis, nach diesem grundlegenden Spannungsverhältnis in einer der ältesten noch greifbaren musikalischen Überlieferungen des Abendlandes und zugleich dem prägendsten Repertoire dieser frühen Zeit zu suchen, eine Suche also an den eben noch faßbaren Wurzeln abendländischer Musikgeschichte.

Dies geschieht nicht in einem „luftleeren" Raum, sondern auf der Basis einer Fülle bereits vorhandener Aussagen und Meinungen. Schon ein flüchtiger Blick in die Literatur des 20. Jahrhunderts über den gregorianischen Gesang ergibt ein facettenreiches, oft heftig kontrovers diskutiertes und doch da, wo es um diese Frage nach der Beziehung von Musik und Sprache geht, ein erstaunlich einmütiges Bild – gerade auch bei prominenten Kennern des Repertoires. Die ältere wie die neuere Literatur unseres Jahrhunderts finden dafür ausdrucksstarke, zum Teil fast poetische Worte. Da ist die Rede von der „Vereinigung von Sprache und Musik" (Th. Georgiades)[1], die bis zur „vollkommenen Symbiose" (L. Agustoni/J.B. Göschl)[2] des Wortes mit der Melodie reiche. Das Wort wird dabei verstanden als die „Urquelle, aus der die gregorianischen Melodien entspringen und gespeist sind"[3]. In diesen liturgischen Gesängen erscheine „die Schallform des Wortes mit der Melodiegestalt verbunden" (K.G. Fellerer)[4]; sie seien „eben in weit höherem Grade auf

1 Thrasybulos Georgiades, *Musik und Sprache*, Berlin/Heidelberg/New York ^{2}1984, 7f.

2 Luigi Agustoni/Johannes Berchmans Göschl, *Einführung in die Interpretation des Gregorianischen Chorals*, Bd. 1 Grundlagen, Regensburg 1987, 23.

3 Ebd., 22.

4 Karl Gustav Fellerer, *Die liturgischen Gesänge im Abendland,* in: Geschichte der katholischen Kirchenmusik Bd. 1, hg. von dems., Kassel 1972, 185. Fellerer sieht gerade in der Wort-Ton-Beziehung ein Unterscheidungskriterium zwischen dem gregorianischen und anderen frühen Repertoires, wie z. B. dem ambrosianischen oder dem altrömischen. An dieser Stelle heißt es vollständig: „In Rom war eine mittelmeerische Improvisationskunst und Modell-Tradition gewordene liturgische Kunst üblich, bevor im 7. Jahrhundert die «gregorianische» Melodiefassung eine weiterreichende Tradition gründete. Dem variablen Melodietypus sind Worte beigefügt, ohne daß – wie in der Gregorianik – die Schallform des Wortes mit der Melodiegestalt verbunden erscheint."

den Text hin gerichtet" (B. Stäblein)[5] als z. B. das sogenannte altrömische Repertoire.

Historisch gesehen könne die Entstehung des gregorianischen Gesangs als „Geburtsstunde" der abendländischen Musik verstanden werden, und der liturgische Text werde so zum „Einfallstor der Musik in die abendländische Geistesgeschichte" (Th. Georgiades)[6]. Dabei bleibe der Gesang stets dem Text zu- und untergeordnet, „eine Funktion des Liturgischen" (J. Handschin)[7]. „Der Text steht an erster Stelle. Die Melodie gibt ihm Ausdruckskraft, deutet ihn und erleichtert seine Verinnerlichung" (E. Cardine)[8]. So sei die Melodie nicht mehr – aber auch nicht weniger – als die „Veredelung" (L. Agustoni/J.B. Göschl)[9] des Wortes. Sie passe sich den Gegebenheiten des Textes an, und es bleibe „Raum für besondere Interpretation" der Textvorlage durch die jeweilige musikalische Gestalt (H. Hucke)[10]. Dies gehe soweit, daß gerade auch der affektive Gehalt eines Textes gezielt zum Ausdruck kommen solle; so sei „die Idee des *movere animos* mit Hilfe wirkungsorientierter *imitatio* [...] im Mittelalter fast omnipräsent" (F. Reckow)[11].

Im gregorianischen Gesang gebe es deshalb keinen „abstrakten Ton" (E. Jammers)[12], ja, um eine falsche, von wesentlich späteren Vorstellungen in der Musikgeschichte geprägte Auffassung zu vermeiden, sei es empfehlenswert (so G. Joppich)[13], die Begriffe „Gesang" und „Musik" im Kontext des gregorianischen Gesangs zu meiden und zutreffender von „Klangwerdung" zu sprechen, vom „Klangwort", das aus dem „Redeklang" erwachse[14]. Denn „Gregorianischer Choral heißt nicht, zum Wort kommt Musik, das Wort wird musikalisiert, sondern das Erklingen des Wortes selbst ist die Musik. Das Wort wird nicht «ver-tont», sondern nur «be-tont», d. h. mit Ton versehen, [...]. Tongebung also nach den Erfordernissen der Sprache, einer Sprache allerdings, die als «Wort Gottes» respektiert und geglaubt wurde und dementsprechend mit jener hohen Vortragskunst erklingen sollte, die seit der Antike im mittelmeerländischen Kulturraum als Kunst hochgeschätzt, hier ihre höchste Vollendung finden sollte."[15]

Alle diese Gedanken und Vorstellungen bringen eine besonders enge Verbindung von Musik und Sprache in den gregorianischen Gesängen zum Ausdruck. Es

5 *Die Gesänge des altrömischen Graduale*, hg. von Bruno Stäblein, Kassel 1970 (MMMA 2), Einleitung 37*.

6 Georgiades, 7f.

7 Jaques Handschin, *Musikgeschichte im Überblick*, Nachdruck der zweiten, ergänzten Auflage von 1964, Wilhelmshaven ⁵1985, 120.

8 Eugène Cardine, *Der Gregorianische Choral im Überblick*, in: BzG 4 (1987), 12.

9 Agustoni/Göschl, *Interpretation*, 1. Grundlagen, 23.

10 Helmut Hucke, *Gregorianische Fragen*, in: Mf 41 (1988), 311.

11 Fritz Reckow, *Zwischen Ontologie und Rhetorik*, in: Traditionswandel und Traditionsverhalten, hg. von Walter Haug/Burghart Wachinger, Tübingen 1991 (Fortuna vitrea 5), 154.

12 Ewald Jammers, *Gregorianischer Rhythmus, was ist das?*, in: AfMw 31 (1974), 297.

13 Vgl. Godehard Joppich, *Vom Schriftwort zum Klangwort*, in: IAH Bulletin, Groningen 1995, 91.

14 Vgl. Godehard Joppich, *Ein Beitrag zum Verhältnis Text und Ton im Gregorianischen Choral*, in: Zwischen Wissenschaft und Kunst, hg. von Peter Becker/Arnfried Edler/Beate Schneider, Mainz 1995, 184.

15 Ebd., 157f.

scheint demnach so, als begänne die lange Geschichte der Vokalmusik mit einer Hochform der Einheit von Wort und Ton. Wie aber sieht diese konkret aus? Dazu lassen sich schon sehr viel weniger Aussagen finden und noch weniger zu den Voraussetzungen, Idealen und Techniken eines solchen Wort-Ton-Verhältnisses. Ist diese Beziehung denn wirklich so klar und selbstverständlich? Tatsächlich gibt es – wenn auch erheblich seltener – Äußerungen, die zu einem gegenteiligen Ergebnis kommen, wenn es z. B. pauschal heißt: „Die gesamte mittelalterliche Musik, die primär wortgebunden ist, verhält sich dem Inhalt des Textes gegenüber vollkommen neutral.“[16]

Häufiger noch als in dieser expliziten Leugnung der Existenz eines Wort-Ton-Verhältnisses auf der inhaltlichen Ebene im Mittelalter kommt eine solche Sicht implizit zum Ausdruck, wie z. B. in der Tatsache, daß Walter Dürr in seinem Buch *Sprache und Musik* mit der Geschichte und Analyse dieses Phänomens erst nach dem Mittelalter beginnt[17]. Mag dies nun seine Gründe in einer Überzeugung der obengenannten Art oder aber schlicht in einer Unsicherheit gegenüber dieser „alten Musik“ haben, es scheint dies doch durchaus symptomatisch zu sein für eine Tendenz innerhalb der Musikwissenschaft. Diese zeigt sich einerseits darin, daß es in jüngster Zeit kaum Auseinandersetzungen mit dem gregorianischen Repertoire selbst gegeben hat[18], und entspricht andererseits einem Musikgeschichtsverständnis, das davon ausgeht, daß die prägenden Voraussetzungen neuzeitlicher Musik erst mit einer „Stil-Wende“ im 16. Jh. entstanden sind[19]. Letzteres betrifft gerade auch die Musik als Ausdruck eines Textes auf der semantischen Ebene, speziell hinsichtlich seines affektiven Gehaltes.

Fritz Reckow bringt dieses grundsätzliche Problem der Mittelalterforschung in der Musikwissenschaft ins Wort, wenn er meint, die Auseinandersetzung mit dem Mittelalter brauche „auch und vor allem den Rückhalt in einem Konzept von Musikgeschichte, das die Musik des Mittelalters und ihre Theoriebildung grundsätzlich einschließt und bewußt integriert: nicht in gedankenloser Selbstverständlichkeit sogenannter «abendländischer» Kontinuität, auch nicht in ästhetisierender Verharmlosung des Besonderen und Fremdartigen und schon gar nicht in distanzloser Hingabe an vital-Elementares oder an sakral-Entrücktes; sondern aus dem Wissen heraus, daß bereits im Mittelalter wesentliche Voraussetzungen geschaffen und zentrale Entscheidungen getroffen worden sind, die die europäische bzw. «westliche» musikalische Kultur geformt und geprägt haben – und zwar zum Faszinierenden wie zum Problematischen hin; und aus der Bereitschaft heraus, mittelalterlicher Musik ihren eigenen und eigenwilligen Rang als Kunst sui generis nicht zu bestreiten, sie nicht gerade noch im Antichambre bloßer «Vorgeschichte» zu tolerieren, sondern als konstituiven Teil unserer eigenen, durch und durch historischen musikalischen Kultur zu ergründen.“[20] Der gregorianische Gesang hat in der wissenschaftlichen Ausein-

16 Wilfried Gruhn, *Musiksprache – Sprachmusik – Textvertonung: Aspekte des Verhältnisses von Musik, Sprache und Text*, Frankfurt a. M. 1978 (Schriftenreihe zur Musikpädagogik 18), 135.

17 Vgl. Walther Dürr, *Sprache und Musik: Geschichte – Gattungen – Analysemodelle*, Kassel 1994 (Bärenreiter Studienbücher Musik 7).

18 Siehe 1.2.2. *Zur Forschungsgeschichte.*

19 Vgl. dazu Reckow, *Rhetorik*, 145–150.

20 Fritz Reckow, *„Ratio potest esse, quia ...“. Über die Nachdenklichkeit mittelalterlicher Musik-*

andersetzung mit den Anfängen abendländischer Musikgeschichte nicht nur als das älteste erhaltene Repertoire zu gelten, sondern auch als das prägendste. Von daher liegt es nahe, gerade dort nach den Wurzeln wichtiger Akzentsetzungen und Fragen eben dieser Geschichte zu suchen.

Um welches Repertoire es sich genau handelt, wenn in dieser Arbeit vom gregorianischen Gesang[21] die Rede ist, sei an dieser Stelle kurz dargelegt.

Die Anfänge bzw. Vorformen des gregorianisch genannten[22] Repertoires selbst verlieren sich im Dunkel der Geschichte[23]. In Ermangelung musikalischer Quellen aus der Phase der Spätantike bzw. des Übergangs zum Mittelalter läßt sich dies nur mit großer Vorsicht weiter differenzieren. Historisch belegbar ist, daß zwischen 750–760 auf Wunsch Pippins zwecks Übernahme der römischen Papstliturgie ein römisches Gesangsrepertoire sowie ein *cantor* – der *primus scholae* der päpstlichen *schola cantorum* – ins Frankenreich gesandt wurden[24]. Karl der Große[25] machte in seiner

theorie, in: Mf 37 (1984), 281; vgl. auch Hartmut Möller, *Institutionen, Musikleben, Musiktheorie*, in: NHbMw 2, Laaber 1991, 137: „Für den Musikhistoriker sind die karolingischen Bemühungen um eine kulturelle Einigung des Frankenreiches, um ein geeinigtes christliches Reich mit einheitlicher Liturgie und einheitlichem Kirchengesang von besonderem Interesse. Dabei können gerade die Schwierigkeiten, die dem Ideal einer «gesamteuropäischen musikalischen Einheitssprache» im Wege standen, als Herausforderung an die schöpferischen Kräfte gedeutet werden. Und es läßt sich zeigen, daß es im Zusammenhang mit der Übernahme und Aneignung der römischen Liturgiegesänge zu Entscheidungen und Weichenstellungen von weitreichender Konsequenz kam, welche die Grundlagen der europäisch-abendländischen Musikkultur ausmachen."

21 Zur Problematik der Benennung des zu untersuchenden Repertoires siehe 1.2.5. *Zur Terminologie.*

22 Hartmut Möller schreibt dazu in seiner Einleitung zum NHbMw 2, 25: „Als derjenige, der die Folge der Gesänge für das ganze Kirchenjahr angeordnet und zusammengestellt bzw. verfaßt («composuit») hat, ist Papst Gregor I. (590–604) zu einer Autorität erhoben worden, an der sich das Denken der musikbezogenen Mittelalterforschung lange orientiert hat – [...]. Anders waren die Motive für die Berufung auf Gregor im 9. Jahrhundert: Damals waren es die Schwierigkeiten und Mißverständnisse bei der Einführung der «cantilena romana», auf die eine solche Legitimierung reagierte. Wurde dabei zunächst nur eine liturgische Redaktionstätigkeit Gregors angesprochen, so vollzog der in den Quellen ab dem 8./9. Jahrhundert greifbare Prolog *Gregorius praesul* zum römischen Meßantiphonale die Umdeutung hin zu einer musikalischen Tätigkeit Gregors («Composuit hunc libellum musicae artis»)."

23 Für diese frühchristlichen Gesänge der Spätantike sind zahlreiche Quellen denkbar: Formen aus dem jüdischen synagogalen Gottesdienst, orientalische Einflüsse aus frühester christlicher Zeit sowie auch Einflüsse bedingt durch die Einwanderung – vom frühen Islam verdrängter – orientalischer Mönche im 7. Jahrhundert nach Italien, aber auch Elemente griechisch-römischer wie byzantinischer Musik; vgl. auch *Katholische Kirchenmusik* 1, hg. von Karl Gustav Fellerer; 15–30, 57–68, 182–185.

24 Vgl. Bruno Stäblein, *Kann der gregorianische Choral im Frankenreich entstanden sein?*, in: AfMw 24 (1967), 164ff; Eugen Ewig, *Die Begründung des karolingischen Königtums und der Fortgang der Reform*, in: Handbuch der Kirchengeschichte Bd. III/1, Freiburg 1966, 23f.

25 Ebd., *Die Reform von Reich und Kirche und der Beginn der karolingischen Renaissance*, 85: „Für die Liturgie wurde der Cantus Romanus vorgeschrieben, unter Berufung auf die Anordnungen König Pippins, die freilich die bestehende Verwirrung in der gallofränkischen Liturgie noch keineswegs behoben hatten. Die liturgischen Bücher (Sakramentare, Lektionare, Ordines, Homiliare, Antiphonare) wurden auf Grundlage römischer oder frankorömischer Texte von den

Admonitio generalis (789) den *cantus Romanus* dann endgültig zum vorgeschriebenen Liturgiegesang[26] für seinen Herrschaftsbereich[27]. Da der gregorianische Gesang in seinen frühesten erhaltenen Quellen fränkischen Ursprungs ist und man davon ausgeht, daß das Repertoire im Frankenreich des 8. Jahrhunderts eine Umformung erfahren hat[28], wäre es in Unterscheidung zur letztlich unbekannten römischen Vorlage eigentlich korrekter als fränkisch-gregorianisch oder auch fränkisch-römisch bzw. römisch-fränkisch zu bezeichnen.

Um eben diese älteste erhaltene „Schicht" der gregorianisch genannten Gesangsüberlieferung soll es in dieser Arbeit gehen, dabei wird jedoch eine vielfache Einschränkung vorgenommen[29]. Ziel dieser Arbeit ist es nicht, neue Quellen des Repertoires zu erschließen oder die Fülle der Quellen in ihrer komplexen Gesamt-

karolingischen Hoftheologen neu bearbeitet und allgemein verbreitet." Siehe auch die folgende Vorschrift, Carolus Magnus Imperator, *Capitulare ecclesiasticum Anno 789*, PL 97, Sp. 180: „Ut cantum Romanum pleniter discant, et ordinabiliter per nocturnale vel gradale officium peragatur, secundum quod beatae memoriae genitor noster Pippinus rex decretavit ut fieret, quando Gallicanum tulit ad unanimitatem apostolicae sedis, et sanctam Dei aecclesiae pacificam concordiam. [...]" – „Daß sie den *cantus Romanus* vollständig lernen, und er ordnungsgemäß durch das nächtliche oder den Tagzeiten entsprechende (*gradale*: schrittweise) Officium ausgeführt wird, gemäß dem, was unser Vater König Pippin, seligen Angedenkens, bestimmt hat, daß es geschehen solle, als er das gallikanische (Reich) zur Eintracht mit dem apostolischen Stuhl brachte, und zur heiligen, Frieden stiftenden Einigkeit der Kirche Gottes."

26 Diese Vorschrift diente vor allem der Vereinheitlichung der Liturgie. Alkuin schreibt in einem Brief von 794 (*Monumenta Alcuiniana*, hg. von Philipp Jaffé, Berlin 1873 [Bibliotheca rerum Germanicarum 6], 223): „[...] ut non esset dispar ordo psallendi, quibus est compar ardor credendi [...] et quae unitae erant unius sanctae legis sacra lectione, essent etiam unitae unius modulationis veneranda traditione." – „[...] damit die Ordnung des Psalmengesangs nicht unterschiedlich sei bei denen, unter denen die Glut des Glaubens gleich ist [...], und daß die, die geeint waren durch die heilige Lesung des einen heiligen Gesetzes, auch geeint seien durch die eine ehrwürdige Tradition der *modulatio*."

27 Die gelungene Ausbreitung des römischen Gesangs im ganzen Karolingerreich bezeugt ca. 840 Walafried Strabo (PL 114, Sp. 957): „Cantilenae vero perfectiorem scientiam, quam pene jam tota Francia diligit, Stephanus papa cum ad Pippinum patrem Caroli Magni (in primis in Francia) pro justitia sancti Petri a Langobardis expetenda, venisset, per suos clericos, petente eodem Pippino, invexit, indeque usus ejus longe lateque convaluit." – „Die perfektere Kenntnis dieses Gesangs aber, den schon fast das ganze Frankenreich liebt, hat Papst Stephan, als er zu Pippin, dem Vater Karls des Großen, kam, um Gerechtigkeit für den heiligen Petrus von den Langobarden zu erbitten, durch seine Kleriker auf Bitten desselben Pippin eingeführt, und von da ab ist dessen Gebrauch weit und breit [longe lateque eigentlich: lang und weit] erstarkt."

28 Siehe 1.2.2. *Zur Forschungsgeschichte.*

29 Angesichts der langen, bereits vorschriftlichen Geschichte sowie der bis in die frühe Neuzeit hineinreichenden „Neukompositionen" stellt Karlheinz Schlager in seinem Artikel *Ars cantandi – ars componendi*, in: Die Lehre vom einstimmigen liturgischen Gesang, hg. von Thomas Ertelt/Frieder Zaminer, Darmstadt 2000 (Geschichte der Musiktheorie 4), 217–292; fest (220): „Der Choral ist kein Repertoire, das als sanktionierte Konstante aus der Kompositionsgeschichte herausgenommen werden könnte." So zutreffend diese Aussage einerseits ist, so gut ist es doch andererseits möglich, Teile oder „Entwicklungsstufen" der gregorianischen Überlieferung zu untersuchen, wobei sich in besonderer Weise die ältesten erhaltenen schriftlichen Fixierungen eignen, da in dieser Phase der Entwicklung von einer sehr großen Ähnlichkeit, um nicht zu sagen Identität der unterschiedlichen Quellen des Repertoires trotz verschiedener Notationsschulen gesprochen werden kann. Dies stellt im selben Buch auch Nancy Phillips fest in ihrem

heit darzustellen[30]. Anhand einiger weniger wichtiger und bereits intensiv untersuchter Quellen soll exemplarisch ein Zugang zur geplanten Fragestellung versucht werden.

Aus der Fülle der Überlieferungen des gregorianischen Gesangs mit seinen verschiedenen „Entwicklungsstufen", lokalen Traditionen und verschiedenen Notationsschulen bereits bei den adiastematischen Handschriften bietet es sich an, in kritischer Reflexion[31] auf die Teile des Repertoires zurückzugreifen, die im Kontext der Choralrestauration des 19. und 20. Jahrhunderts[32] in besonderer Weise im Mittelpunkt des Interesses standen und deshalb ausgiebig erforscht wurden[33]: die Propriumsgesänge des Antiphonale Missarum bzw. Graduale. Die mittelalterlichen Handschriften dieser Gesänge sind – auch wenn eine kritische Ausgabe noch aussteht[34] – so gut erforscht und zugänglich wie kaum eine andere Quelle dieser Zeit. Es werden also in dieser Arbeit ausschließlich noch genauer vorzustellende Ausschnitte aus dem Teil des gregorianischen Repertoires untersucht, der der Meßfeier zuzuordnen ist, jeweils – soweit vorhanden – in St. Gallener (C und E) und Metzer Notation (L).

Diese Einschränkung ermöglicht es, für die Analyse als Arbeitsausgabe das Graduale Triplex (GT)[35] zugrunde zu legen, mit seiner inzwischen für diese Gesänge zum Standard gewordenen Doppelnotation von Quadratnotation und adiastematischer Neumenschrift. Auf diese Weise wird der Nachvollzug der versuchten Analysen und der daraus entwickelten Aussagen beträchtlich erleichtert. Dabei soll jedoch nicht auf den Vergleich mit den jeweiligen Quellenausgaben verzichtet werden, da es sich beim GT nicht um ein Faksimile, sondern um eine Abschrift handelt[36].

Ziel der vorliegenden Arbeit ist es, die Beziehung von Musik und Sprache im gregorianischen Gesang in ihren konkreten Formen zu untersuchen, mit der Absicht, sie anhand der musikalischen und der reflektierenden Quellen nachzuweisen und zu hinterfragen. Zwei Fragenkomplexe grundsätzlicher Art werden dabei alle Überlegungen, Beobachtungen und Analysen begleiten und aus verschiedenen Blickwinkeln sowie für die unterschiedlichen Quellen je neu zu betrachten sein:

Artikel *Notationen und Notationsschulen von Boethius bis zum 12. Jahrhundert*, 367: „Trotz der Unterschiede in der Gestalt der Neumen läßt die Ähnlichkeit der drei frühen Neumenquellen doch darauf schließen, daß es so etwas wie eine gemeinsame Aufführungspraxis gab, zumindest in der ältesten Choralschicht – oder zumindest, daß am Ende des 9. Jahrhunderts eine solche Einheitlichkeit angestrebt wurde."

30 Siehe 1.2.1. *Zur Quellenlage.*

31 Ebd.

32 Siehe 1.2.2. Zur F*orschungsgeschichte,* 1.2.3. *Zur Problematik der Choralrestauration*, 1.2.4. *Gregorianische Semiologie.*

33 Zur Neumennotation vgl. Phillips, *Notationen*, 347–526.

34 Siehe 1.2.1. *Zur Quellenlage.*

35 Auf die Frage der Schwächen dieser Ausgabe sowie die Frage der Korrekturen wird in Kapitel 1.2.1. *Zur Quellenlage* eingegangen.

36 Gerade für die Handschrift aus Laon gilt in besonderem Maße, was im Vorwort des Graduale Triplex (ohne Seitenzahl) vermerkt ist: „Der Platz zum Schreiben der Neumen zwischen dem Notendruck und dem Text war klein; es ließ sich daher nicht immer die sogenannte unvollkommene Diastemie der Handschriften wiedergeben."

1. Eine erste bedeutsame Frage bei der Suche nach dem Wort-Ton-Verhältnis in diesem sehr frühen musikalischen Repertoire lautet: Gibt es im Repertoire selbst und in den zeitgenössischen reflektierenden Quellen, die sich mit eben dieser Überlieferung befassen, Hinweise darauf, daß überhaupt eine „Komposition" stattgefunden hat, also ein Vorgang bewußter Gestaltung? Unmittelbar damit verbunden ist die entscheidende Frage, ob es irgendwelche Anzeichen dafür gibt, daß die musikalische Gestalt dabei entweder von einem Text ausgehend und auf diesen bezogen geschaffen wurde oder daß eine bereits bestehende musikalische Gestalt einem ganz konkreten Text und dessen formalen und/oder inhaltlichen Gegebenheiten zumindest gezielt angepaßt wurde. Als unverzichtbare Voraussetzung für einen solchen Akt der Gestaltung einer Beziehung von Musik und Sprache müssen natürlich sowohl ein Bewußtsein für diese Möglichkeit vorhanden sein als auch ein Bedürfnis und eine Absicht, eine solche Beziehung zu verwirklichen. Zeugnisse dafür wären primär in den reflektierenden Quellen zu suchen.

2. Der zweite Fragenkomplex befaßt sich mit dem „Wie" des Wort-Ton-Verhältnisses: Was für musikalische Ausdrucks- und Gestaltungsmittel stehen im frühen Mittelalter dafür zur Verfügung oder werden gar reflektiert? Und welche Ansätze für eine Analyse der ausgewählten Ausschnitte aus dem Repertoire lassen sich daraus entwickeln? Dabei muß die unverzichtbare Frage beantwortet werden, welche Methoden für die konkrete Analyse der Beziehung von Musik und Sprache im gregorianischen Gesang geeignet sind, ohne dabei Gefahr zu laufen, Prinzipien sehr viel späterer Phasen der Musikgeschichte auf diese frühe Zeit anzuwenden.

Allen Untersuchungen und Überlegungen liegt der – in Arbeiten zu Musik und Sprache gängige[37] und auch aus den zeitgenössischen Quellen herauszulesende[38] – Leitgedanke zugrunde, daß das Verhältnis zwischen einem Text und einer Musik auf grundsätzlich (wenigstens) zwei Ebenen bestehen kann: nämlich in der Beziehung von Wortklang (Syntax/Phonetik) und Musik sowie in der Beziehung von Wortbedeutung (Semantik/Interpretation) und Musik. Das bedeutet: Es ist zum einen zu fragen, wie durch den zum Wort hinzutretenden Ton die Sprache in ihren klanglichen Gegebenheiten unterstützt und entfaltet wird und so durch die „Be-Tonung" zum Ausdruck kommt. Zum anderen lautet die Frage, ob und – wenn ja – welche Mittel in den gregorianischen Gesängen zur Verfügung stehen und zur Anwendung kommen, um die Bedeutung der Worte auszudrücken, zu verstärken, ja, zu interpretieren.

Dabei ist es wichtig, sich bewußt zu halten, daß einer solchen Differenzierung durchaus etwas Künstliches anhaftet. Man könnte argumentieren, daß, wo immer sich formal eine bewußt ausgestaltete Beziehung zwischen dem Text und seiner musikalischen Gestalt nachweisen läßt, die inhaltliche Ebene damit bereits eingeschlossen ist. Denn in einem den formalen und klanglichen Gegebenheiten entsprechend vertonten Text kommt auch der jeweilige Inhalt zum Klingen, da dieser primär an den Wortlaut gebunden bleibt[39]. Formale Struktur und Inhalt eines Textes

37 Vgl. z. B. Dürr, 27; Gruhn, 134–145; Christoph Hubig, *Zum Problem der Vermittlung Sprache-Musik*, in: Mf 26 (1973), 191–204.

38 Siehe 3. *Zeitgenössische Quellen musiktheoretischer Reflexion.*

39 Bei Aurelian ist ein solches Verständnis zu beobachten, wenn er angesichts formaler Aspekte

lassen sich eigentlich nicht voneinander trennen; es können nur weitere, speziell den Textinhalt und dessen Interpretation betreffende Ausdrucksmittel hinzutreten. Trotz dieser Einwände soll jedoch grundsätzlich an dieser Differenzierung festgehalten werden, da sie hilft, klare Aussagen zu treffen und die Ergebnisse zu systematisieren. Wo beide „Dimensionen" ineinander übergehen, wird dies eigens erwähnt.

In dieser Untersuchung soll versucht werden, den beschriebenen Themenkomplex von Musik und Sprache im gregorianischen Gesang möglichst breit anzugehen, d. h. alle zur Verfügung stehenden Quellen zu Rate zu ziehen. Vor der Behandlung der musikalischen Quellen des gregorianischen Repertoires in den drei analytischen Kapiteln dieser Arbeit (Kapitel 4 bis 6) werden deshalb auch die verfügbaren reflektierenden Schriften des frühen Mittelalters in die Untersuchung mit einbezogen (Kapitel 2 und 3). Sie geben wertvolle Hinweise auf die Voraussetzungen und das zeitgenössische Verständnis für dieses Phänomen. Diese Vorgehensweise entspricht auch der Chronologie der Entstehung dieser Quellen, die insgesamt in drei Gruppen zu unterteilen sind: die „theologischen" Schriften (ca. 750–840/50), die „musiktheoretischen" Schriften (ab 840/50) und die erst ab dem 10. Jahrhundert vorliegenden schriftlichen Fixierungen des Repertoires selbst. Die Schritte, die zu einer Erschließung dieser Quellen unter der genannten Themenstellung notwendig erscheinen, sollen an dieser Stelle in einer ersten Skizze kurz vorgestellt werden:

– Die nachfolgenden Teile von Kapitel 1 befassen sich mit einigen weiteren grundlegenden Fragen, die geklärt oder zumindest präzisiert werden müssen, ehe es möglich ist, sich den eigentlichen Quellen zuzuwenden. Zunächst soll dabei nach der Quellenlage hinsichtlich des Repertoires selbst gefragt werden. Sodann soll eine Skizze der Erforschung des gregorianischen Gesangs im 19. und 20. Jahrhundert versucht werden, die von besonderer Bedeutung ist, da die spezifischen Fragen, Motivationen und Konflikte der Choralrestauration bis in die Gegenwart hineinwirken. Deshalb ist es nicht möglich, über den gregorianischen Gesang zu sprechen, ohne eine Standortbestimmung vorzunehmen. Eine besondere Rolle spielt in diesem Kontext die gregorianische Semiologie und ihr problematisches Verhältnis zur historischen Musikwissenschaft.

Der zweite Themenkreis dieses Kapitels befaßt sich dann mit der Frage nach der fast ausschließlich biblischen Textgrundlage des gregorianischen Repertoires unter zwei verschiedenen Gesichtspunkten. Zum einen ist dabei angesichts der auffälligen Differenz zahlreicher Textgrundlagen zum Text der Vulgata die Frage der Herkunft dieser Texte zu klären, da damit die Frage nach einer möglicherweise gezielten Redaktion für den Gesang verbunden ist. Zum anderen soll wenigstens kurz aufgezeigt werden, wie diese Texte in der Exegese des frühen Mittelalters interpretiert wurden, denn eine bei der Analyse der Gesänge sich vielleicht anbietende Interpretation der Texte durch die Musik müßte sich an eben dieser Theologie messen lassen.

der Wort-Ton-Beziehung dies mit dem Erhalt der *integritas sensus* begründet; siehe 3.3.1.2. *integritas sensus*.

– Kapitel 2 ist der ersten Gruppe der reflektierenden Quellen gewidmet. Etwa zeitgleich mit dem Prozeß der Übernahme und Etablierung des gregorianischen Repertoires im Frankenreich entstanden im Kontext der sogenannten „Karolingischen Reform" eine Reihe von Texten, die sich mit dem liturgischen Gesang, seinen Funktionen und dem Dienst des *cantor* befassen. Auf Grund der Tatsache, daß sie primär mit Fragen der Liturgie befaßt sind, werden sie in dieser Arbeit als theologische Quellen bezeichnet. Die genauere Untersuchung zeigt, daß diese Quellen eine Fülle bedeutsamer Aussagen zur Beziehung von Musik und Sprache im gregorianischen Repertoire enthalten, die sich aus der Beziehung von *cantor* und *lector*, der Reflexion der liturgischen Gesänge in den Meßerklärungen und den beiden erhaltenen Kommentaren zum OF *Vir erat*, dem einzigen Gesang in diesen Quellen, der hinsichtlich seiner Gestalt reflektiert wird, ablesen lassen. Dem voraus gehen grundlegende Überlegungen zum Sprachgebrauch von *cantare* und *dicere* in Antike und frühem Mittelalter, zur antiken *pronuntiatio* mit ihrem Affektausdruck und ihrer Nähe zum Gesang sowie zum Umgang mit klingendem und geschriebenem Text in der monastisch geprägten Kultur des frühen Mittelalters. Der älteste der in diesem Kapitel untersuchten Texte von Chrodegang von Metz, einem „Protagonisten" im Vorgang der Übernahme des Repertoires, stammt aus der Zeit vor 762, der jüngste dagegen aus der Feder Aurelians von Réôme, geschrieben etwa 840/50. Letzterer verbindet diese Gruppe von Quellen mit der zweiten Gruppe reflektierender Quellen, die in der Regel „musiktheoretisch" genannt werden und deren älteste somit erst etwa hundert Jahre nach dem Beginn der Übernahme bzw. Verbreitung des Repertoires entstanden ist.

Die lateinischen Texte der Kapitel 2 und 3 sind wie auch alle anderen Quellentexte dieser Arbeit mit eigenen Übersetzungen versehen, die in dem Bemühen, Wortlaut und Syntax der lateinischen Sprache möglichst genau beizubehalten, die Intention haben, die erarbeitete Interpretation am Text selbst zu verdeutlichen. Nur in einigen wenigen Fällen wird eine bereits vorliegende Übersetzung übernommen, wenn sie das zentrale Anliegen der jeweiligen Interpretation treffend wiedergibt.

– Bei den musiktheoretischen Quellen des frühen Mittelalters soll in Kapitel 3 die Frage im Vordergrund stehen, ob und – wenn ja – welche Ansätze für eine Analyse des Wort-Ton-Verhältnisses sich in diesen Texten finden bzw. sich daraus entwickeln lassen. Von Aurelians *Musica disciplina* spannt sich der Bogen der frühen musiktheoretischen Traktate des Mittelalters über die *Musica enchiriadis* und Hucbalds *De harmonica institutione* bis hin zum *Micrologus* des Guido von Arezzo, der – bereits ca. 250 Jahre von den Anfängen des fränkisch-gregorianischen Repertoires entfernt – doch noch in dessen lebendiger Tradition gestanden haben dürfte.

Aus diesen reflektierenden Quellen ergeben sich neben zahlreichen bedeutsamen Einzelaussagen drei Leitworte, unter denen die drei Teile der Analyse stehen sollen: *formulae*, *imitatio* und *similitudo dissimilis*. Diese drei Begriffe können zwar nicht als gesicherte Termini der mittelalterlichen Musiktheorie gelten. Dennoch kristallisieren sich an ihnen zentrale Aspekte und Tendenzen der Beziehung von Musik und Sprache im gregorianischen Gesang. Neben einer Bestandsaufnahme aus den reflektierenden Quellen heraus werden alle drei Leitworte zu Beginn der jeweiligen Kapitel im Sinne dieser Arbeit eigens definiert.

– Die Kapitel 4–6 sind ganz der Analyse von Ausschnitten aus dem gregorianischen Repertoire mit Hilfe der aus den reflektierenden Quellen erarbeiteten Zugänge gewidmet. In Kapitel 4, *Analyse: formulae*, wird anhand einer Auswahl von melismatischen Gesängen, die im GT alle dem II. Modus zugeordnet werden, untersucht, wie wiederholt verwendete melodische „Modelle“ bzw. Formeln dem jeweiligen konkreten Text angepaßt werden. Dabei geht es primär um die eher elementaren, formalen Aspekte der Beziehung von Musik und Sprache. In Kapitel 5, *Analyse: imitatio*, soll am Beispiel der Introitus- und Communioantiphonen der Advents- und Weihnachtszeit möglichst systematisch untersucht werden, ob und – wenn ja – welche musikalischen Mittel verwendet werden, um die formalen und besonders die inhaltlichen Aspekte eines Textes in der Gestalt der Gesänge wiederzugeben, zu „imitieren“. Kapitel 6, *Analyse: similitudo dissimilis*, befaßt sich mit der Frage, in welcher Beziehung das Phänomen der melodischen Übereinstimmung zum Inhalt des Textes steht. Die einfachste Form dieser Beziehung besteht in der – von Eugène Cardine in einer Auflistung von Beispielen (mêmes textes – mêmes mélodies) im Graduel Neumé[40] (GN) angeführten – Verbindung von gleichem Text mit der gleichen Melodie. Von dieser „Grundform“ ausgehend ist ein Spektrum von Möglichkeiten zu beobachten. Die Introitus- und Communioantiphonen der Fastenzeit und der Osteroktav sollen auf diesen einen Aspekt hin systematisch untersucht werden.

– Am Ende der Analysen steht dann in Kapitel 7 der Versuch, die Ergebnisse nochmals zu reflektieren und, soweit möglich, zu systematisieren. Bei dieser Bilanz sollen auch die Konsequenzen zur Sprache kommen, die für die musikwissenschaftliche Forschung aus den gefundenen Ergebnissen erwachsen.

Bei einer Annäherung an die zur Verfügung stehenden Quellen zeigen sich sogleich eine Reihe von Schwierigkeiten, die zumeist mit der großen zeitlichen Entfernung und den damit verbundenen historischen Fragen und Unsicherheiten zusammenhängen. Die wesentlichen Punkte dieser Problematik seien ebenfalls in einer ersten Übersicht kurz aufgelistet:

– Zu Problemen führt die Quellenlage des Repertoires selbst, dessen noch erhaltene, notierte Überlieferung (adiastematisch und diastematisch) erheblich jünger ist als der Zeitraum seiner vermuteten Entstehung.

– Damit verbunden ergeben sich Schwierigkeiten dadurch, daß bei dieser Musik mit Phänomenen aus verschiedenen Entstehungsschichten gerechnet werden muß, deren konkrete musikalische Formen und theoretische Voraussetzungen weitgehend unbekannt sind und die sich allein deshalb nicht mehr differenzieren lassen.

– In den zeitgleich mit der Verbreitung des Repertoires im Frankenreich verfaßten theologischen Schriften, die die Bedeutung dieser Gesänge ausführlich reflektieren, gibt es keine einzige Aussage über musikalische Details, und selbst von der Textgrundlage der Gesänge ist nur selten die Rede, so daß nur in wenigen Quellen die Identifizierung einzelner Gesänge möglich wird.

– Die musiktheoretischen Schriften des frühen Mittelalters, von denen keine zeitgleich mit dem Repertoire entstanden ist, bereiten Interpretationsprobleme, da sie musiktheoretisches Gedankengut der Antike – meist bruchstückhaft überliefert

40 Eugène Cardine, *Graduel Neumé*, Solesmes 1972, 159f.

und bereits mit eigenen Interpretationen vermischt – mit den aktuellen Fragen des Mittelalters in Einklang zu bringen suchen, was bisweilen ganz offensichtlich zu Schwierigkeiten und Widersprüchen führt. Hinzu kommt das Problem einer oft unklaren oder mehrdeutigen Terminologie.

Diesen durchaus gravierenden Schwierigkeiten stehen auf der anderen Seite die genannten Quellen und Ansatzmöglichkeiten gegenüber, so daß trotz aller bleibenden Schwierigkeiten doch bei weitem ausreichendes Material vorhanden ist, um eine Annäherung an das Thema wagen zu können.

Im begrenzten Rahmen dieser Arbeit kann vieles nur angedeutet und bestenfalls punktuell ausgeführt werden. Deshalb soll es genügen, anhand der literarischen wie der musikalischen Quellen des frühen Mittelalters das Phänomen des Zusammenwirkens von Musik und Sprache im gregorianischen Gesang in möglichst zahlreichen und verschiedenen Aspekten aufzuzeigen, ohne dabei beanspruchen zu wollen, daß dies umfassend sei. Auf diese Weise soll festgestellt werden, ob eine enge Beziehung von Musik und Sprache als ein Grundprinzip des gregorianischen Gesangs belegbar ist und wie diese Beziehung sich konkret gestaltet.

Diese Arbeit versteht sich im Rahmen historischer Musikwissenschaft als einen Beitrag zur Mittelalterforschung, der einen bedeutsamen, aber in der Zeit selbst kaum problematisierten und auch nur wenig reflektierten Aspekt der Musik zu erschließen sucht. Sie steht nicht im Kontext gregorianischer Semiologie. Da die Vorgehensweise rein analytisch ist und sich auf die Auseinandersetzung mit dem historischen Repertoire beschränkt, so wie es in den erhaltenen mittelalterlichen Quellen vorliegt, stellt sie nicht die Frage nach einer Aufführungspraxis des gregorianischen Gesangs im 20. Jahrhundert[41]. Sie ist vielmehr von dem Bewußtsein bestimmt, daß aufgrund der großen zeitlichen Distanz und der damit verbundenen Quellenlage, einschließlich der dadurch zwangsläufig gegebenen Interpretationsprobleme, alle Aussagen über die zu untersuchenden Gesänge grundsätzlich fragmentarisch bleiben müssen.

1.2. ZUM GEGENWÄRTIGEN STAND DER FORSCHUNG

1.2.1. Zur Quellenlage

Am Beginn der Überlegungen zur gegenwärtigen Forschungssituation steht die Frage nach den verfügbaren Quellen des Repertoires selbst. Die recht zahlreich[42] aus dem Mittelalter überlieferten Handschriften des Repertoires lassen sich in verschiedene Gruppen untergliedern. Die ältesten dieser Handschriften (sie werden auf eine Zeit ab 800 datiert[43]) enthalten nur die Texte. Dom René-Jean Hesbert (Solesmes)

41 Siehe auch 1.2.4. *Gregorianische Semiologie*.

42 Allein der im Verlauf dieses Kapitels noch zu erwähnende Versuch einer Editio critica des Repertoires legt rund 350 Handschriften zugrunde.

43 Zum Problem der Datierung werden in der Literatur kaum Angaben gemacht. Zu dieser Problematik siehe: Solange Corbin, *Die Neumen*, Köln 1977 (Palaeographie der Musik I. 3), 3.21–3.41; Phillips, *Notationen*, 429–433.

hat die sechs ältesten vollständig erhaltenen Handschriften dieser Art im Antiphonale Missarum Sextuplex (AMS) zu einer Synopse zusammengestellt[44]. Wie die Datierungen zeigen, sind auch diese ältesten Zeugnisse der vollständigen Texte um knapp 50 bis nahezu 150 Jahre vom ersten Versuch der Einführung des Repertoires im Frankenreich (ab 752) entfernt. Dennoch stellen diese Texte eine wichtige Quelle dar bei der Frage, welche Stücke zum (relativ) ursprünglichen gregorianischen Repertoire gehören. Außerdem sind sie für Fragen nach der Textgrundlage[45] sowie nach der liturgischen Ordnung der Gesänge im frühen Mittelalter von Bedeutung.

Die frühesten überlieferten, musikalische Details enthaltenden Zeugnisse sind keineswegs erste Notationsversuche, sondern die sogenannten Tonare[46]. Sie haben als ein Hinweis auf die große Bedeutung des Systems der Modi für den gregorianischen Gesang zu gelten. In ihnen finden sich die Incipits des Repertoires nicht in liturgischer Reihenfolge, sondern nach den acht Modi sortiert. Der älteste bekannte Tonar von St.-Riquier[47] stammt aus dem späten 8. Jahrhundert und ist somit wahrscheinlich älter als die ältesten der obengenannten Text-Handschriften[48]. Weitere frühe Tonare wurden in der ersten Hälfte des 9. Jahrhunderts geschrieben[49].

Die zweifellos wichtigsten musikalischen Quellen für die Erforschung des gregorianischen Gesangs bilden die frühen adiastematischen Neumenhandschriften sowie die Handschriften mit Doppelnotation (z. B. Neumenschrift und Buchstabennotation)[50] und die ältesten Handschriften mit diastematischer Notation. Die beiden letzteren ermöglichen erst die Rekonstruktion der Melodien[51], während die adiastematischen Neumenschriften[52] als älteste erhaltene Zeugnisse sowohl dem Ursprung der gregorianischen Gesänge am nächsten sind als auch wertvolle Angaben über den Gesang machen[53], die weit über die Möglichkeiten der sehr viel späte-

44 *Antiphonale Missarum Sextuplex* (AMS), hg. von René-Jean Hesbert, Brüssel 1935. Es enthält die Texte der Handschriften: Modoetiensis (M) – Cantatorium von Monza (2. Drittel 9. Jh.); Rheinaugiensis (R) – Graduale von Rheinau (um 800); Blandiniensis (B) – Graduale von Mont-Blandin (8./9.Jh.); Compendiensis (Cm) – Graduale von Compiègne (2. Hälfte 9.Jh.); Corbiensis (K) – Graduale von Corbie (nach 853); Silvanectensis (S) – Graduale von Senlis (4. Viertel 9.Jh.). Datierungen übernommen aus: GT, Vorwort.

45 Siehe 1.3.1. *Die biblischen Textvorlagen.*

46 Vgl. Huglo, *Grundlagen und Ansätze der mittelalterlichen Musiktheorie*, in: Die Lehre vom einstimmigen liturgischen Gesang, hg. von Thomas Ertelt/Frieder Zaminer, Darmstadt 2000 (Geschichte der Musiktheorie 4), 76–102.

47 Vgl. ebd., 81–84.

48 Auch zu diesen Datierungen finden sich in der Literatur verschiedene Angaben. Die Datierung für den Tonar von Metz auf 830–840 (Karolingischer Tonar, vgl. Huglo, *Grundlagen*, 84–88) ist jedoch allgemein verbreitet.

49 Vgl. IIuglo, *Grundlagen*, 84–88.

50 Der Codex H 159 Montpellier wurde – 1847 zufällig aufgefunden – zum entscheidenden Schlüssel und Impuls für die Erforschung der adiastematischen Neumenschrift.

51 Dies gilt sowohl für die Erstellung der Editio Vaticana um die Jahrhundertwende als auch für die notwendig gewordenen Korrekturen in eben dieser Ausgabe.

52 Quellenausgaben und Faksimiledrucke siehe Literaturverzeichnis sowie die Beschreibungen der Handschriften von Rupert Fischer, *Handschriften vorgestellt*, in: BzG 19 (1995), 61–70, dass. 21 (1996), 75–91, dass. 20 (1995), 74–60; vgl. auch Cardine, *Überblick*, 11.

53 Siehe auch 1.2.4. *Gregorianische Semiologie.*

ren Quadratnotation[54] hinausgehen. Die Neumennotation aus drei der bedeutendsten adiastematischen Handschriften – vervollständigt durch einige andere der St. Gallener Schule[55] – ergänzen im 1979 in Solesmes veröffentlichten Graduale Triplex die Quadratnotation der Editio Vaticana zur Doppelnotation von Quadratnotation und adiastematischer Neumenschrift[56].

Die für die Bewertung der Quellen wichtige Frage nach der Herkunft und der Entstehungszeit der Neumennotation ist nach wie vor umstritten[57]. Genaue Datierungen für erste Zeugnisse der Neumenschrift sind schwer auszumachen[58]. Wahrscheinlich stammen die ältesten erhaltenen Fragmente frühestens aus der ersten Hälfte des 9. Jahrhunderts[59], sind also etwa 50–100 Jahre jünger als die „Verpflanzung" des römischen Liturgiegesangs ins Frankenreich. Die wichtigen adiastematischen Handschriften des Repertoires wurden dagegen frühestens in der ersten Hälfte des 10. Jahrhunderts geschrieben[60]. Der schon am Ende des 9. Jahrhunderts verfaßte Musiktraktat von Hucbald von Saint-Amand (ca. 840–930) bezeichnet diese Art Notation jedoch bereits als „consuetudinariae notae"[61] (herkömmliche Zeichen), nennt

54 Die Quadratnotation – um 1200 entstanden – wurde für Jahrhunderte zur Normalform der Notation des gregorianischen Gesangs und fand auch bei der Editio Vaticana von 1908 Verwendung.

55 Vgl. GT, Vorwort.

56 Der Codex 359 aus St. Gallen, ein Cantatorium, das – auf das Jahr 922–925 datiert – die älteste vollständig erhaltene Handschrift mit St. Gallener Neumennotation ist und die Gesänge für den Cantor enthält (Graduale, Tractus, Alleluja) sowie die Incipits der übrigen Gesänge; der Codex 239 aus Laon, der – nach 930 für die Kathedrale Notre Dame von Laon geschrieben – auch zu den ältesten Zeugnissen der Neumennotation gehört und das gesamte Repertoire mit Metzer Notation beinhaltet; der Codex 121 aus Einsiedeln (Ende 10. Jh. bzw. Anfang 11. Jh., so die Angabe im GT) mit St. Gallener Notation enthält ebenfalls das gesamte Repertoire.

57 Vgl. Phillips, *Notationen*, 505f; weitere Literatur zu dieser Frage: Kohlhase/Paucker, *Bibliographie*, in: BzG 9/10 (1990), 70ff, 266ff, sowie BzG 15/16 (1993), 43f, 198; siehe auch 1.2.1. *Zur Quellenlage.*

58 Vgl. Corbin, 3.21 ff.

59 Ebd.; vgl. auch Treitler, *Mündliche und schriftliche Überlieferung: Anfänge der musikalischen Notation*, in: NHbMw 2, Laaber 1991, 87.

60 Corbin, 3.31f und Treitler, *Mündliche und schriftliche Überlieferung*, 87.

61 Hucbald von Saint-Amand, *De harmonica institutione*, lateinisch-deutsch von Andreas Traub, in: BzG 7 (1989), 64: „Hae tamen consuetudinariae notae non omnino habentur non necessariae, quippe cum et ad tarditatem seu celeritatem cantilenae, et ubi tremulam sonus contineat vocem, vel qualiter ipsi soni iungantur in unum vel distinguantur ad invicem, ubi quoque claudantur inferius vel superius pro ratione quarundam litterarum, quorum nil omnino hae artificiales notae valent ostendere, admodum censentur proficuae [proficere]. Quapropter si super aut circa has per singulos phtongos eaedem litterulae quas pro notis musicis accipimus, apponantur, perfecte ac sine ullo errore indaginem veritatis liquebit inspicere, cum hae, quanto elatius quantove pressius vox quaeque feratur, insinuent, illae vero supradictas varietates, sine quibus rata non tex[t]itur cantilena, menti certius figant." – (eigene Übersetzung:) „Diese herkömmlichen Zeichen sollten dennoch nicht für gänzlich überflüssig gehalten werden, da sie ja sowohl die Verzögerung als auch die Beschleunigung des Gesangs (angeben), auch wo der Klang eine *vox tremula* enthalten soll, oder auf welche Weise die Töne in eins verbunden oder voneinander getrennt werden sollen, auch wo sie gemäß der Ordnung gewisser Buchstaben tiefer oder höher schließen sollen. Davon (von Letzterem) vermögen diese kunstvollen Zeichen nichts völlig eindeutig [*nil omnino*] anzuzeigen; sie werden (aber) in hohem Grade für nützlich gehalten. Wenn deshalb über oder bei diesen für die einzelnen Töne dieselben kleinen Buchstaben hin-

ihre Schwäche – das Fehlen einer diastematischen Aufzeichnung der Melodie –, verteidigt ihre Bedeutung, kennt bereits ein Modell für eine diastematische Notation und schlägt eine Doppelnotation vor.

Dies macht eine große zeitliche Nähe zwischen der vermuteten Entstehung bzw. Redaktion des gregorianischen Repertoires in der zweiten Hälfte des 8. Jahrhunderts im Frankenreich und der Entwicklung der Neumennotation zumindest möglich. So gibt es zur Frage der Überlieferung bzw. der Entstehung der Neumenschrift dann auch ein ganzes Spektrum von Thesen[62]: von einem – nicht erhaltenen – bereits zur Zeit dieser Entstehung bzw. Redaktion des gregorianischen Chorals neumierten „Archetyp" der Gesänge (Levy)[63] bis hin zur verbreiteten Vorstellung, bei der adiastematischen Neumenschrift handle es sich um ein Verfahren, das entwickelt wurde, um das Verlorengehen des lange Zeit mündlich tradierten Repertoires zu verhindern, und das deshalb bereits ein Ausdruck der „Unsicherheit" (Joppich)[64], des „Abbröckelns" (Agustoni/Göschl)[65] und in gewisser Hinsicht des Verfalls (Cardine)[66] des frühen gregorianischen Gesangs sei.

Wie aber der einzelne Forscher die Neumenschrift auch immer bewerten mag: Mit den ersten erhaltenen neumierten Handschriften beginnt erst die für die heutige Forschung faßbare, von da ab kontinuierlich nachweisbare Überlieferung des gregorianischen Gesangs. Diese Notation ist auf die noch späteren diastematischen Zeugnisse[67] des 11./12. Jahrhunderts angewiesen, so daß sich die früheste Schicht der gregorianischen Gesänge, über die eine detaillierte musikwissenschaftliche Aussage möglich ist, somit erst im Licht des 10.–12. Jahrhunderts zeigt. Das bedeutet also von vorneherein eine Spanne von deutlich mehr als 150 Jahren zwischen dem ersten Versuch der Einführung des Repertoires im Frankenreich und den frühesten adiastematischen Handschriften.

zugefügt werden, die wir als musikalische Zeichen verstehen, (dann) wird vollkommen und ohne jeden Irrtum die Erkenntnis der Wahrheit klar zu erblicken sein. Während diese [d. h. die Buchstabennotation] deutlich angeben, wie hoch oder tief der jeweilige Ton hervorgebracht werden soll, prägen jene [die Zeichen der Neumennotation] dagegen die obengenannten Differenzierungen [*varietates*], ohne die kein fachkundiger Gesang zusammengefügt werden kann, dem Geist zuverlässiger ein." Vgl. auch Phillips, *Notationen*, 355.

62 Einen Überblick über die Theorien zur Entstehung der Neumen gibt Phillips, *Notationen*, 505–526.

63 Vgl. Kenneth Levy, *Charlemagne's Archetype of Gregorian Chant*, in: JAMS 40 (1987), 1–29. Als eines der Argumente wird in diesem Artikel folgendes Zitat aus der *Admonitio generalis* von Karl dem Großen angeführt; PL 97, Sp. 177: „Et ut scholae legentium puerorum fiant. Psalmos, notas, cantus, compotum [computum], grammaticam per singularia monasteria vel episcopia, et libros catholicos bene emendatos; quia saepe dum bene aliqui Deum rogare cupiunt, sed per inemendatos libros male rogant." – „Und daß Schulen geschaffen werden sollen, um die Kinder das Lesen zu lehren: Psalmen, Zeichen [*notae*], *cantus* [sowohl Gesang als auch liturgische Ordnung], Arithmetik [*computum*], Grammatik in den einzelnen klösterlichen und bischöflichen Schulen, (aus) gut verbesserte(n) katholische(n) Bücher; denn während manche oft Gott auf gute Weise bitten möchten, bitten sie ihn jedoch auf schlechte Weise infolge der unverbesserten Bücher."

64 Joppich, *Vom Schriftwort zum Klangwort*, 89f.

65 Agustoni/Göschl, *Interpretation*, 1. Grundlagen, 30.

66 Vgl. Cardine, *Überblick*, 29.

67 Vgl. Cardine, *Überblick*, 10–12; siehe auch 1.2.1. *Zur Quellenlage*.

Zu den Problemen, die durch diese Spannung zwischen der Entstehung des Repertoires und seinen ersten schriftlichen Fixierungsversuchen bedingt sind, kommt die Frage nach der Zuverlässigkeit der – aus diesen Quellen seit dem 19. Jahrhundert erarbeiteten – Rekonstruktionen der gregorianischen Gesänge. Die Herausgabe der Editio Vaticana anhand der mittelalterlichen Handschriften um die Jahrhundertwende stellt – wie der Vergleich mit der Editio Medicaea zeigt – eine bemerkenswerte Leistung dar, zu der es bis heute noch keine wirkliche Alternative gibt. Dennoch bleibt sie unbefriedigend und weist deutliche Mängel auf. Allein schon der Vergleich der Quadratnotation mit den adiastematischen Handschriften, die im Graduale Triplex wiedergegeben sind, zeigt zahlreiche Differenzen, die sich schon deshalb nicht leicht beheben lassen, weil bisweilen auch zwischen den Handschriften Unterschiede bestehen. Es wurde und wird deshalb immer wieder der Ruf nach Verbesserungen[68] und – wichtiger noch – nach einer kritischen Ausgabe des Graduale Romanum laut. So berechtigt dieser Wunsch ist, so schwer ist er auch zu verwirklichen. Allein schon die große Zahl der erhaltenen Handschriften – aber auch offene Fragen der Datierung und Bewertung sowie der Methoden überhaupt – erschweren die Arbeit.

Die Mönche von Solesmes haben in den fünfziger Jahren – von rund 350 Handschriften ausgehend – eine kritische Ausgabe in Angriff genommen[69], die jedoch nicht vollendet wurde. Von den geplanten fünf Bänden sind nur Band II: *Les Sources*, 1957, und Band IV: *Le Texte Neumatique: Le Groupement des Manuscrits, Relations généalogique des Manuscrits*, 1960–62, erschienen. Dennoch bleibt dieses Werk ein wichtiges Hilfsmittel, um einen Einblick in die Fülle der Handschriften und ihrer Genealogien zu erhalten.

Der neueste Versuch einer Revision der Melodien wird im 21. Band der *Beiträge zur Gregorianik* vorgestellt. Den ab diesem Band in den BzG veröffentlichten Korrekturvorschlägen liegt eine rund zwanzigjährige Arbeit zugrunde[70]. Auch werden die Ergebnisse dieser Arbeit in aller angemessenen Zurückhaltung als „Vorschläge zur Restitution“ bezeichnet, und es wird ausdrücklich formuliert: „Dennoch sei klargestellt: Es handelt sich hier weder um eine *Editio authentica* noch um eine *Editio critica*, sondern lediglich um begründete Vorschläge, die den Anspruch erhe-

68 Vgl. Cardine, *Gregorianische Semiologie*, 23f; Joppich, *Der Gregorianische Choral*, 7; *Vorschläge zur Restitution von Melodien des Graduale Romanum*, hg. von Luigi Agustoni u. a., in: BzG 21 (1996), 7.

69 Hartmut Möller bemerkt dazu im NHbMw 2, 26: „Als Vorarbeit zu dieser geplanten textkritischen Edition des Graduale wurden über 350 Handschriften auf der Basis von «melodisch-neumatischen Varianten» (Stellen, an denen Anzahl und Anordnung der Grundneumen variieren) gruppiert. Als Ergebnis dieser Klassifizierung war zunächst die Erstellung eines Stammbaums der Manuskripte und letztlich die Identifizierung eines «Urgraduale» anvisiert, welches die «beste» Fassung des Neumentextes bewahrt hatte [...]. Es ist faszinierend zu verfolgen, wie im Laufe der Untersuchung die ursprüngliche Rekonstruktionsidee zugunsten eines offeneren Überlieferungsbildes fallen gelassen werden mußte; am Ende stand das Ergebnis, daß bereits bei den ältesten Handschriften zehn weitgehend unabhängige neumatische Versionen getrennt voneinander existierten: aus Laon, Dijon, Cluny, Saint Denis, der Bretagne und Aquitanien, aus St. Gallen und Echternach, Norditalien und Benevent [...].“

70 Vgl. *Vorschläge zur Restitution*, in: BzG 21 (1996), 8.

ben, der ursprünglichen Melodiefassung der gregorianischen Gesänge so nahe wie möglich zu kommen."[71] Die nur sechs Seiten der grundlegenden Vorüberlegungen lassen allerdings einige Fragen und Wünsche offen. Eine ausführlichere Darlegung der Quellen, auf die sich die Auswahl dieser wenigen Handschriften stützt[72], sowie eine systematische Entwicklung der Kriterien, nach denen die Entscheidung für eine bestimmte Version gefällt wurde, wären aufschlußreich.

Im analytischen Teil dieser Arbeit sollen die Ergebnisse dieses Restitutionsversuchs, die im GT oft unmittelbar nachzuvollziehen sind, mit einbezogen werden, ohne ihnen jedoch von vornherein den Vorzug zu geben. Darüber hinaus wird auf die offensichtlichen Differenzen zwischen den Handschriften bzw. zwischen Handschriften und Quadratnotation der Editio Vaticana hingewiesen. Ansonsten wird jedoch in Ermangelung einer *Editio critica* die Version der Editio Vaticana in Doppelnotation mit den frühen adiastematischen Handschriften (GT) zugrunde gelegt[73] im Bewußtsein, daß die Edito Vaticana Schwächen aufweist und Einzelheiten im Melodieverlauf deshalb nach Möglichkeit zu prüfen und mit angemessener Vorsicht zu bewerten sind.

1.2.2. Zur Forschungsgeschichte

Zum Zweck der angekündigten Standortbestimmung der gegenwärtigen Forschung sollen in diesem Kapitel einige zentrale Inhalte und Fragestellungen in der Forschungsgeschichte des 19. und 20. Jahrhunderts zunächst kurz skizziert werden.

Der gregorianische Gesang ist auch in den Jahrhunderten nach dem Mittelalter nie ganz in Vergessenheit geraten, dennoch ist es wohl angemessen, für die Zeit spätestens ab dem 12. Jahrhundert nicht mehr nur von Veränderung und Entwicklung, sondern von Verfall zu sprechen[74]. Wie die Wiederentdeckung und -belebung anderer historischer Musik[75] ist auch die Restauration des gregorianischen Gesangs im wesentlichen ein Werk des 19. Jahrhunderts, dessen Wurzeln jedoch bereits weit ins 18. Jahrhundert zurückreichen[76]. Sie steht im Kontext des Aufblühens historischer Wissenschaft und Quellensammlung im 19. Jahrhundert[77]. Ein bedeutsames

71 Ebd., 7.

72 Es handelt sich dabei an erster Stelle um die drei im GT veröffentlichten adiastematischen Handschriften L, C und E sowie um zwei weitere mit St. Gallener Notation und eine mit bretonischer Notation. Hier liegt das Hauptgewicht also deutlich bei der St. Gallener Notation. Außerdem werden sieben diastematische Handschriften genannt, die in allen Fällen konsultiert wurden, sowie acht weitere in Einzelfällen. Wie ist diese Auswahl aus der Fülle der überlieferten Quellen zu begründen? Wie steht es mit den obengenannten zehn verschiedenen Überlieferungen?

73 Vgl. *Vorschläge zur Restitution*, in: BzG 21 (1996), 7. Neben der Würdigung der Editio Vaticana in der Einleitung zeigt auch die eher geringe Anzahl der Restitutionsvorschläge pro Gesang, wie zuverlässig die Editio Vaticana trotz allem ist.

74 Vgl. Cardine, *Überblick*, 35ff.

75 Z. B. Palestrina oder Bach.

76 Zur Choralrestauration im 18./19. Jh. bis zur Editio Vaticana vgl. Karl Gustav Fellerer, *Gregorianik im 19. Jahrhundert*, in: Kirchenmusik im 19. Jahrhundert, Regensburg 1985 (Studien zur Musik des 19. Jahrhunderts 2), 9–95.

77 Mit wie „modernen" wissenschaftlichen Mitteln dabei gearbeitet wurde, zeigt z. B. die Tat-

Datum am Beginn stellt die Auffindung des Codex H 159 dar, dessen Doppelnotation ein wichtiger Schlüssel zum Verständnis der Neumennotation ist; er wurde in der Bibliothek der medizinischen Fakultät von Montpellier durch Jean-Louis-Felix Danjou 1847 zufällig entdeckt[78]. Der genaue Verlauf der Choralrestauration ist vor allem für das 20. Jahrhundert seit dem Erscheinen der Editio Vaticana musikhistorisch noch wenig aufgearbeitet.

Folgt man der sehr ausführlichen Bibliographie zum gregorianischen Gesang von Thomas Kohlhase und Günther Michael Paucker, die auch eine Aufstellung der „Gregorianikforscher von Lambilotte bis Cardine"[79] enthält, so ergeben sich u. a. die folgenden Schwerpunkte der Forschung. Seit Mitte des 19. Jahrhunderts läßt sich in der Literatur ein wachsendes Interesse am gregorianischen Gesang nachweisen[80]. Die Titel der Veröffentlichungen dieser Zeit zeugen sowohl von einem breiten Interesse – gerade auch für praktische Fragen, z. B. der Choralbegleitung – als auch von mancher heftig kontrovers geführten Diskussion[81]. Es folgt das jahrzehntelange Ringen um die Editio Vaticana (1908)[82] sowie das durch das *Motu proprio* Pius des X., *Tra le sollicitudine* (1903), forcierte Bemühen, möglichst bald zu einer Aufführungspraxis für die Liturgie der katholischen Kirche zu kommen, wobei sich Pius X. bei seiner Forderung nach der Wiedereinführung der gregorianischen Gesänge auf die Forschungsergebnisse der Choralrestauration beruft[83]. Nach erfolgter Restauration der Melodien steht die Frage nach dem „Choralrhythmus"[84] im Vordergrund. Mit dem Sieg der Editio Vaticana über die Editio Medicaea als offizielles Buch und der recht bald durch die Kirche festgeschriebenen, von André Mocque-

sache, daß die ältesten Faksimile-Ausgaben bereits in der zweite Hälfte des 19. Jahrhunderts herausgegeben wurden.

78 Vgl. Cardine, *Überblick*, 38f.

79 Kohlhase/Paucker, *Bibliographie*, in: BzG 9/10 (1990), 111–139.

80 Es erscheinen Titel wie: Louis Lambillotte (1796–1855), *Restauration du chant liturgique*, Paris 1854; ders., *Esthéthique, théorie et pratique du chant grégorien*, Paris 1855; Karl Franz Emil von Schafhäutl (1803–1890), *Der aechte gregorianische Choral in seiner Entwicklung bis zur Kirchenmusik unserer Zeit,* München 1869.

81 Z. B. Stephan Morelot (1820–1899), *Du vandalisme musical dans les églises*, 1845; und Joseph Louis D´Ortigue (1802–1866), *Le plain-chant attaqué par un prêtre et défendu par un laïque*, 1860.

82 Vgl. Pierre Combe, *Histoire de la Restauration du Chant Grégorien. D'après des documents inédits*, Solesmes 1969.

83 Pius X., *Tra le sollecitudini*, in: Acta Sanctae Sedis (ASS) 36, 1903/04, 333: „Queste qualità si riscontrano in grado sommo nel canto gregoriano [...] che gli studî più recenti hanno sì felicemente restituito alla sua integrità e purezza. [...] In particolare si procuri di restituire il canto gregoriano nell'uso del populo, affinché i fedeli prendano do nuovo parte più attiva all'officiatura ecclesiastica, come anticamente solevasi."

84 Z. B. Théodore Nisard (1812–1888), *Du rythme dans la plain-chant*, 1856; Antoine Dechevrens (1840–1912), *Le rythme grégorien, Response à M. Pierre Aubry*, 1904; Alexander Fleury, *Über Choralrhythmus. Die ältesten Handschriften und die zwei Choralschulen*, 1907; André Mocquereau, *Les principes rythmiques grégoriens de l'école de Solesmes. Leur fondements dans l'art gréco-romain et dans les manuscrits*, 1925. Eine kurze Übersicht über die verschiedenen Strömungen in der Diskussion um den Choralrhythmus ist zu finden in: Corbin, *Die Neumen*, 3.195ff; Phillips, *Notationen*, 353–368.

reau (1849–1930) aus praktischen Erwägungen[85] entwickelten rhythmischen Methode beruhigt sich die Diskussion, läßt jedoch einzelne Forscher unbefriedigt[86]. So wird die Frage nach dem „Rhythmus" ab etwa 1950 vor allem von den Vertretern der gregorianischen Semiologie wieder aufgegriffen[87]. Die Jahrzehnte zuvor jedoch – nach Erscheinen der Editio Vaticana bis in die 50er Jahre – sind gekennzeichnet durch umfassende historische Arbeiten wie auch durch „Lehrbücher", die die Gesänge einschließlich der rhythmischen Methode Mocquereaus verbreiten und im liturgischen Leben der katholischen Kirche verwurzeln.

In der Bibliographie von Kohlhase/Paucker werden für die Choralforscher nach Dominicus Johner keine Lebensdaten mehr genannt und auch keine detaillierten Angaben über deren Veröffentlichungen gemacht, sondern lediglich Bibliographien angegeben. Sehr ausführlich ist dagegen für die Zeit von 1962–74 Joseph Smits van Waesberghes Literaturbericht[88] über *Das gegenwärtige Geschichtsbild der mittelalterlichen Musik*. Der 1983 erschienene Anschlußbericht von Willibrod Heckenbach trägt den Titel: *Gregorianikforschung zwischen 1972 und 1983*[89]. In beiden Berichten – wie auch in Solange Corbins grundlegender Arbeit über die Neumen – findet sich eine differenzierte, bei allen kritischen Anmerkungen grundsätzlich positive Einschätzung der Quellenarbeit Eugène Cardines[90], des Begründers der gregorianischen Semiologie.

Etwa zeitgleich mit den ersten Ergebnissen Cardines befaßt sich die musikwissenschaftliche Forschung weiter mit zentralen historischen Fragen. Kennzeichnend für diese Diskussion innerhalb der Musikwissenschaft ist die Tatsache, daß dabei viel mehr diese historischen Zusammenhänge im Vordergrund stehen als die

85 Zu der Tatsache, daß auch Mocquereau sich durchaus bewußt war, daß die Frage nach dem Rhythmus an den erhaltenen adiastematischen Handschriften des Repertoires anzusetzen hat, vgl. Stefan Klöckner, Art. *Semiologie*, in: MGG 8 (1998).

86 So beginnt Ewald Jammers noch seinen 1974 im AfMw 31, 290ff, erschienenen Artikel: *Gregorianischer Rhythmus, was ist das?* mit den Worten: „Aber ist das noch eine Frage? [...] indem Rom, die oberste liturgische Instanz der katholischen Kirche, einen bestimmten Rhythmus für den Choral vorschrieb, [...]. Die Praxis kennt heute keinen anderen Choralrhythmus. Die Wissenschaftler aber verzichteten auf weitere Erörterungen. Sie wurden von der Praxis sozusagen zum Schweigen verurteilt."

87 Siehe 1.2.4. *Gregorianische Semiologie.*

88 In: KmJb 46–58 (1962–1974).

89 Willibrod Heckenbach, *Gregorianik-Forschung zw. 1972 und 1983*, in: KmJb 67 (1983), 105–114.

90 J. Smits van Waesberghes Bewertung fällt sehr positiv aus. Er schreibt u. a. in: KmJb 47 (1963), 33f: „Die Entdeckungen Dom Cardines sind so außerordentlich wichtig, daß es angebracht erscheint, der Zusammenfassung dieses Beitrags erst eine Einleitung vorausgehen zu lassen. [...] Dom Cardine hat uns mit seinen Darlegungen gelehrt, daß es in den ältesten Handschriften viel mehr kleine, lösbare Geheimnisse gibt, als wir bis jetzt ahnten." Willibrod Heckenbach, *Gregorianik-Forschung*, 111f; bewertet die Arbeit Cardines ebenfalls grundsätzlich positiv, äußert jedoch auch kritische Anfragen. Er erwähnt auch die über 30 Magisterarbeiten und Dissertationen, die von Schülern Cardines zw. 1958 und 1977 geschrieben wurden. Solange Corbin rezipiert in ihrer Neumenkunde einige wesentliche Grundgedanken und Forschungsergebnisse Cardines; vgl. Corbin, *Die Neumen*, 3.202ff. Kenneth Levy, *Archetype*, 7, äußert sich geradezu enthusiastisch: „The brillant work of our generation's Gregorian Semiologists, the «école Cardine», has affirmed [...]."

Erforschung des Repertoires selbst. Dies gilt z. B. für den Vorgang der Übernahme des römischen Repertoires, der in vielen Details mit Unsicherheiten behaftet ist und bei dem zu dieser Zeit umstritten ist, wann und wo das gregorianische Repertoire die den späteren Quellen zugrundeliegende Ausformung erhalten hat, also erst eigentlich zu dem wurde, was heute als gregorianischer Gesang bezeichnet wird. In der neueren Literatur wird einer von Helmut Hucke 1954 zuerst veröffentlichten These, die sich sehr schlüssig in den historischen Kontext der Karolingischen Reform einfügt, weithin der Vorzug gegeben[91]. Hucke geht davon aus, im Frankenreich habe eine Umformung des Repertoires stattgefunden, und der gregorianische Gesang sei somit eine nach fränkischen Voraussetzungen und Bedürfnissen umgearbeitete Weiterentwicklung der (unbekannten) römischen Vorlage[92].

Eine weitere offene Frage, die in der Forschung zu kontroversen Diskussionen geführt hat und die seit Anfang der 80er Jahre durch die Beiträge des Amerikaners Kenneth Levy neu entfacht wurde[93], ist die nach Mündlichkeit oder Schriftlichkeit der Überlieferung des Repertoires[94] und damit nach der bereits angesprochenen Entstehung der Neumenschrift.

Spätestens seit den 80er Jahren ist es in der Musikwissenschaft sehr still um den gregorianischen Gesang geworden, wie u. a. an den bearbeiteten Themen in einigen großen musikwissenschaftlichen Zeitschriften im deutschen Sprachraum (z. B. Mf, AfMw, selbst im KmJb) abzulesen ist. Haben in den Jahrzehnten zuvor noch Bruno Stäblein, Ewald Jammers, Joseph Smits van Waesberghe, Helmut Hucke und andere dort ihre Beiträge veröffentlicht und z. T. sehr kontrovers Diskussionen ausgetragen, so befassen sich die wenigen das Mittelalter betreffenden Artikel der letzten Jahre eher mit Fragen der mittelalterlichen Musiktheorie, dem Vorstellen einzelner Handschriften oder auch mit späteren Erscheinungen wie den Sequenzen, der frühen Mehrstimmigkeit etc. Insgesamt erweckt die nur sehr spärliche, um nicht zu

91 Vgl. z. B. Cardine, *Überblick*, 5–9; Stefan Klöckner, *Analytische Untersuchungen an 16 Introiten im I. Ton des altrömischen und des fränkisch-gregorianischen Repertoires*, in: BzG 5 (1987), 11–30; Franz Karl Praßl, Art. *Choral*, in: LThK 2 (1994); Phillips, *Notationen*, 529.

92 Ein Auslöser für diese Fragestellung war u. a. die Entdeckung des sogenannten altrömischen Chorals, der bereits am Ende des 19. Jahrhunderts für eine Vorform des fränkisch-gregorianischen gehalten wurde, da er weitgehend dieselben Textgrundlagen und sichtlich ähnliche Melodien aufweist. Die schriftliche Überlieferung dieser Gesangstradition beginnt jedoch noch später als die der gregorianischen, so daß die Verläßlichkeit der Quellen als sehr unsicher zu betrachten ist. Dies macht einen Beweis für die vermutete Beziehung des altrömischen zum gregorianischen Repertoire unmöglich; vgl. Klöckner, *Analytische Untersuchungen*, 26–28; vgl. auch Phillips, *Notationen*, 528. Neben Huckes These besagt ein weiterer von Joseph Smits van Waesberghe entwickelter Gedanke, daß es in Rom bereits zwei Varianten des Repertoires, eine für die päpstliche Liturgie (die altrömische) und eine für die Klöster (die gregorianische) gegeben habe (vgl. Klöckner, *Analytische Untersuchungen*, 8). Walther Lipphardt geht davon aus, daß die römisch-fränkische Fassung des gregorianischen Gesangs streng tradiert wurde, während die altrömische Veränderungen unterworfen war (vgl. Karl Gustav Fellerer, *Altrömische Liturgie*, in: Geschichte der katholischen Kirchenmusik Bd. 2, Kassel 1972, 188.)

93 Vgl. Kenneth Levy, *Gregorian chant and the Carolingians*, Princeton 1998.

94 Vgl. Leo Treitler, *Mündliche und schriftliche Überlieferung*, 54ff. Weitere Literatur zu dieser Diskussion in: Kohlhase/Paucker, *Bibliographie*, in: BzG 9/10 (1990), 70ff.

sagen fehlende Auseinandersetzung[95] zumindest der deutschsprachigen Musikwissenschaft mit diesem historisch so bedeutsamen und prägenden Repertoire den Eindruck einer Stagnation der Erforschung des gregorianischen Gesangs. Es drängt sich die Frage nach möglichen Ursachen für diesen Stillstand auf.

Dagegen läßt sich in der gregorianischen Semiologie eine rege Tätigkeit verzeichnen, bis hin zur Entwicklung eines nahezu lückenlosen Systems der Analyse und Interpretation der gregorianischen Gesänge, wie z. B. die seit 1985 erschienenen Bände der *Beiträge zur Gregorianik* zeigen. Die gregorianische Semiologie erweist sich in den letzten Jahrzehnten auf diese Weise zwar als die bei weitem produktivste Disziplin, die sich mit dem konkreten gregorianischen Repertoire befaßt, findet aber im Rahmen der Musikwissenschaft bislang keine allgemeine Akzeptanz[96], so daß sich die derzeitige Forschungssituation durch eine problembehaftete Doppelgleisigkeit und eine damit verbundene Unsicherheit auszeichnet.

Wer versucht, im Rahmen der Musikwissenschaft über den gregorianischen Gesang zu sprechen und dabei nicht einen beträchtlichen Teil des verfügbaren Wissens mutwillig außer acht lassen will, sieht sich einer Fülle von Aussagen und Materialien gegenüber, deren Bewertung Schwierigkeiten bereitet. Einerseits enthalten die Arbeiten aus dem Bereich der gregorianischen Semiologie die mit Abstand differenzierteste Aufarbeitung der Quellen des Repertoires, zu denen es in der Musikwissenschaft bislang keine Alternativen gibt. Andererseits aber bleibt zumindest ein Teil der aus diesen Quellen abgeleiteten Aussagen in verschiedener, noch genauer zu umreißender Hinsicht[97] historisch fragwürdig. Die dahinterstehenden Probleme haben weit zurückreichende Wurzeln in der Forschungsgeschichte der letzten beiden Jahrhunderte, so daß es notwendig erscheint, im folgenden auf einige Aspekte dieser Problematik einzugehen.

95 Vgl. Susan Rankin, *Notker und Tuotilo: Schöpferische Gestalter in einer neuen Zeit*, in: SJbMw 11, Bern/Stuttgart 1992, 17–42; sowie Wulf Arlt, *Komponieren im Galluskloster um 900: Tuotilos Tropen «Hodie cantandus est» zur Weihnacht und «Quoniam dominus Iesus Christus» zum Fest des Iohannes evangelista*, in: Möglichkeiten und Grenzen der musikalischen Werkanalyse. Gedenkschrift Stefan Kunze, Bern/Stuttgart/Wien 1996 (SJbMw 15), 41–70. – In diesem Zusammenhang erscheint es geradezu symptomatisch, wenn z. B. in diesen Artikeln von Wulf Arlt und Susan Rankin differenziert von Introitus- (und Offertoriums)tropen Tuotilos (ca. 900) die Rede ist, die zugehörigen Introitusantiphonen auch als „Bezugsgesänge" (Arlt, 41) bezeichnet werden, jedoch bei der Analyse der Tropen kaum nach einer musikalischen Beziehung zwischen Introitus (bzw. Offertorium) und Tropus gefragt wird. Angesichts der Aussage über die Karolingische „Renaissance": „Als Konsequenz der Begegnung verschiedener Kulturen bereicherten die Franken das römische Gut mit einer Vielzahl neuer Kompositionen, durch die sie sich die übernommenen Gesänge künstlerisch zu eigen machten. Auf den schöpferischen Impulsen dieser neuen Zeit beruhte für Jahrhunderte die liturgische Gestaltung nördlich der Alpen." (Rankin, 18) bleibt zu fragen, ob diese „kompositorischen" und „künstlerischen" Fähigkeiten nicht schon beim gregorianischen Repertoire selbst am Werk waren. Auch hier läßt sich bei vielen Gesängen sagen, „daß es sich um eine wirklich gute Komposition handelt. Ihre Anlage verbindet Wiederholung im Ganzen mit Variation im Einzelnen, so daß der Tropus [der Gesang] interessant anzuhören und leicht im Gedächtnis zu behalten ist." (Rankin, 24).

96 Siehe dazu 1.2.4. *Gregorianische Semiologie.*

97 Ebd.

1.2.3. Zur Problematik der Choralrestauration

Für den unternommenen Versuch, einige Schwerpunkte und Fragen der Erforschung des gregorianischen Gesangs im 19. und 20. Jahrhundert aufzuzeigen, dürfte es deshalb von besonderer Bedeutung sein, darauf hinzuweisen, daß gerade der Vorgang der Choralrestauration aus seiner spezifischen historischen Verflechtung von verschiedenen Motivationen, Bedürfnissen und Konflikten als recht „dramatisch" zu bezeichnen ist. Viel mehr als ein historisches Interesse *sui generis* sind völlig andere, aber durchaus starke und bestimmende Beweggründe dabei am Werk.

Wichtig ist zu bedenken, daß die zentrale Motivation dieser Forschung weithin vom Gedanken der „Restauration" geprägt ist, d. h. von dem Bemühen, eine möglichst ursprüngliche oder gar „authentische" Gestalt des gesamten Repertoires so zugänglich zu machen, daß es in eben dieser Weise wieder „aufgeführt" – oder besser – in der Liturgie verwendet werden kann. Dies bedingt notwendig, daß sich die Frage nach den historischen Quellen nicht mit Fragmenten zufrieden geben kann, sondern eine „Vollständigkeit" fordert, was sich natürlich auch im Umgang mit den Quellen und in der „Lesart" derselben niederschlagen wird[98]. Ein solcher Ansatz wie auch die Suche nach „Authentizität" überhaupt ist in der Musikwissenschaft – wie in der historischen Forschung allgemein – längst fragwürdig geworden[99]; wo er noch nachwirkt, ist ein Geschichtsverständnis am Werk, das seine Wurzeln im 19. Jahrhundert hat. Speziell für den gregorianischen Gesang stellt Helmut Hucke fest: „Die Suche nach der «Urfassung» des Gregorianischen Gesangs führt nicht auf ein musikalisches Opus zurück, dessen ursprüngliche Gestalt wieder freizulegen und zu restaurieren wäre, sondern erweist den Gregorianischen Choral als eine immer wie-

98 Als Beispiel sei hier nur der vergebliche Versuch genannt, mit Hilfe der frühen musiktheoretischen Traktate das Problem des „Choralrhythmus" so zu lösen, daß eine „Praxis" möglich wird.

99 So schreibt Hartmut Möller in seiner Einleitung zum NHbMw 2, 26: „In der heutigen Forschungssituation stehen – symptomatisch für die musikbezogene Mittelalterforschung – alte und neue Bilder von der Geschichte des Gregorianischen Gesangsrepertoires unvermittelt nebeneinander, wird eine Vielzahl «Gregorianischer Fragen» kontrovers diskutiert. Von der ausschließlichen Suche nach der «Urgestalt» und den «originalen» Vortragsweisen der Gregorianischen Melodien verlagert sich das Interesse zusehends auf die Gesangsüberlieferung in all ihrer Vielschichtigkeit." Im gleichen Kontext reflektiert und unterscheidet Möller verschiedene Formen der Mittelalterrezeption, die sich – oft genug unreflekiert – vermischen; vgl. NHbMw 2, 28. Er zitiert dabei eine Differenzierung von Reinhard Döhl; dieser unterscheidet: „– die produktive, das heißt schöpferische Mittelalter-Rezeption […]. – die reproduktive Mittelalter-Rezeption: Mittelalterliche Werke werden […] in ihrer mittelalterlichen Lebensform rekonstruiert, etwa durch musikalische Aufführungen […]. – die wissenschaftliche Mittelalter-Rezeption; – die politisch-ideologische Mittelalter-Rezeption: Werke, Themen […] des Mittelalters werden für politische Zwecke im weitesten Sinn verwendet […]." Angesichts einer solchen – idealtypischen – Differenzierung ist anzumerken, daß die Choralrestauration durchaus Züge aller vier Formen trägt. Für die letzten drei wird dies unproblematisch nachzuvollziehen sein. Die Choralrestauration ist reproduktiv, denn sie führt das gregorianische Repertoire neu auf; sie ist wissenschaftlich in ihrer Quellenforschung, während sie zugleich durch Wiedereinführung und Festschreibung des Repertoires ein Mittel der Kirchenpolitik darstellt. Ihre produktive und „kreative" Seite, die das fehlende historische Wissen hinsichtlich einer vollständigen Aufführungspraxis immer wieder zu ergänzen gezwungen war und ist, verbirgt sich dagegen gern hinter einem wissenschaftlich-historischen Anspruch.

der anders verstandene Überlieferung [...]. Eine historisch richtige Aufführungspraxis kann es dabei nicht geben."[100] Andererseits bestätigt gerade die jüngste musikwissenschaftliche Forschung eine wichtige Voraussetzung der gregorianischen Semiologie, wenn Nancy Phillips schreibt: „Trotz der Unterschiede in der Gestalt der Neumen läßt die Ähnlichkeit der drei frühen Neumenquellen doch darauf schließen, daß es so etwas wie eine gemeinsame Aufführungspraxis gab – oder zumindest, daß am Ende des 9. Jahrhunderts eine solche Einheitlichkeit angestrebt wurde."[101]

Zu dem Bemühen um Restauration im Sinne einer „Re-Form", eines „Zurück-zu-den-Quellen", gesellt sich in der Forschungsgeschichte als Gegenpol eine nicht weniger starke Beharrungstendenz, ein „Traditionsbewußtsein", das am *status quo* festhält und diesen vehement verteidigt, wie sich das z. B. bei der Festschreibung der Editio Medicaea oder beim gelegentlich heute noch zu findenden Festhalten an der „Rhythmus-Methode" Mocquereaus zeigt. Das z. T. äußerst heftig und emotional ausgetragene Ringen dieser beiden Grundtendenzen zur „Reform" wie zur „Beharrung" prägt über weite Strecken und in zentralen Fragen die Forschungsarbeit der letzten beiden Jahrhunderte. Dies hat dazu geführt, daß diese Forschungen und Diskussionen – besonders im kirchlichen bzw. kirchenmusikalischen Rahmen, aber mit „umgekehrten Vorzeichen" auch in der Musikwissenschaft[102] – teilweise stark apologetische Züge tragen und eine Neigung zur „Ideologisierung" zeigen.

Es erscheint bedeutsam, sich dabei bewußt zu machen, daß die jeweiligen Kontroversen wohl auch deshalb in einer solchen Intensität ausgetragen wurden, weil es neben der Suche nach dem – letztlich unbekannten – historischen gregorianischen Repertoire immer zugleich um das jeweils „lebendige" – weil real aufgeführte, als gregorianischer Gesang des 19. und 20. Jahrhunderts existierende – gregorianische Repertoire ging und geht. Diese oft genug nicht bewußt gehaltene Spannung zwischen einem musikhistorisch sehr alten Repertoire[103] und einem keineswegs damit identischen aktuellen Repertoire, das sich als Erbe des historischen versteht, macht wohl einen guten Teil der „Dramaturgie" der Auseinandersetzungen um den gregorianischen Gesang aus. Daß dabei mitunter auch noch vitale und existentiell empfundene religiöse Interessen, Ideale und Gefühle mitspielen, trägt nicht gerade zur Entschärfung der Problematik bei. Mag die jeweilige Aufführungspraxis nun befürwortet oder abgelehnt werden, mag es sich dabei um die „Variante" der Editio Medicaea handeln, der Editio Vaticana nach Mocquereau oder um diejenige der gregorianischen Semiologie, „gefochten" wurde und wird in der Regel um den „lebendigen gregorianischen Gesang" des 19. oder 20. Jahrhunderts und nicht um ein historisches „Fossil". Die hinter diesen Auseinandersetzungen stehenden Motivationen

100 Helmut Hucke/Hartmut Möller, Art. *Gregorianischer Gesang*, in: MGG 3 (1995).

101 Nancy Phillips, *Notationen*, 367.

102 Vgl. Emmanuela Kohlhaas (in Vorb.), *Rezension zu: Die Lehre vom einstimmigen liturgischen Gesang*, hg. von Thomas Ertelt/Frieder Zaminer, Darmstadt 2000 (Geschichte der Musiktheorie 4), in: BzG 31 (2001); siehe auch 1.2.5. Zur *Terminologie*.

103 Dieses ist – abgesehen von allen ungeklärten und angesichts der zur Verfügung stehenden Quellen wohl auch z. T. unklärbaren Fragen – nur in relativ späten schriftlichen Fixierungen erhalten, die *per se* in ihrem Informationswert fragmentarisch sein müssen, die bereits im Mittelalter Probleme bereiteten und für die eben kein lückenloses Interpretationssystem zur Verfügung steht.

haben einerseits als Antrieb für eine gewaltige historische Arbeit gewirkt[104], die ihresgleichen sucht, und andererseits forschungsgeschichtlich in Sackgassen[105] geführt.

Freilich hat jede historische Forschung mit dem Problem zu kämpfen, daß die Fragen, Perspektiven und Interpretationen durch die Interessen der Gegenwart bestimmt sind und historische „Objektivität" bestenfalls eine relative sein kann. So wird sich auch diese Arbeit von dieser Schwierigkeit nicht völlig frei halten können, sie wird jedoch den Versuch unternehmen, sich in einer Bestandsaufnahme ganz den verfügbaren (fragmentarischen) historischen Informationen über den gregorianischen Gesang zuzuwenden.

1.2.4. Gregorianische Semiologie

Bei der in den beiden vorausgehenden Kapiteln beschriebenen Problematik spielt die gregorianische Semiologie als jüngster bedeutsamer Entwicklungsschritt der Choralrestauration für die gegenwärtige Forschung eine zentrale Rolle, so daß an dieser Stelle zunächst eine kurze Darstellung der Inhalte und Arbeitsweisen notwendig erscheint, bevor auf die speziellen Schwierigkeiten eingegangen werden kann.

Die gregorianische Semiologie wurde in den fünfziger Jahren von Dom Eugène Cardine, Mönch von Solesmes, zunächst als Teilbereich der musikalischen Paläographie in Rom entwickelt. Eugène Cardines Arbeit basierte dabei auf den paläographischen Forschungsergebnissen von Solesmes, die in der genannten aufwendigen Quellenarbeit die Neumen aller wichtigen Handschriften hinsichtlich ihrer zu dieser Zeit lesbaren Aussage (Zahl der Töne und Bewegungsrichtung) erfaßt hatten[106]. Triebfeder dieser paläographischen Bemühungen Cardines war es, die frühesten adiastematischen Handschriften des Repertoires so zu entschlüsseln, daß daraus Informationen über die mittelalterliche Aufführungspraxis, besonders hinsichtlich der Rhythmusfrage, gewonnen werden konnten. Daß dieser Ansatz nicht neu war, sondern nur in neuer Konsequenz von Cardine erforscht wurde, zeigt z. B. die Selbstverständlichkeit, mit der Dominicus Johner sich bereits in den 20er Jahren auf die rhythmische Aussage der adiastematischen Quellen bezieht[107].

„Schon vor Cardine war es möglich, bei den Neumen [...] eine gewisse rhythmische Aussagequalität einzelner Zeichen zu erkennen, nicht zuletzt mit Hilfe der dort verwendeten Buchstaben, die Tonhöhe und Tondauer betreffen. Doch in welcher

104 Hier sei nur die enorme paläographische Leistung der Mönche von Solesmes genannt. Kaum ein zweites historisches Repertoire „alter Musik" dürfte über derart ausgezeichnet aufgearbeitete Quellen verfügen wie der gregorianische Gesang.

105 Einen interessanten Überblick zu den verschiedendsten Ansätzen und daraus erwachsenen Problemen in und außerhalb der Musikwissenschaft gibt Helmut Hucke, *Choralforschung und Musikwissenschaft*, in: Das musikalische Kunstwerk. Festschrift Carl Dahlhaus zum 60. Geburtstag, hg. von Hermann Danuser u. a., Laaber 1988, 131–141.

106 Joppich, *Der Gregorianische Choral*, 6.

107 Z. B. Dominicus Johner, *Die Sonn- und Festtagslieder des vatikanischen Graduale*, Regensburg 1928, 168+175.

Weise diese rhythmischen Hinweise zu verstehen sind, war nicht weiter untersucht worden. [...] Es lag die Vermutung nahe, daß die Wahl des entsprechenden Zeichens, die, wie erste Vergleiche verschiedener Schriftfamilien zeigten, im Einzelfall nicht der Willkür des Schreibers entsprang, etwas mit dem Faktor Rhythmus im weitesten Sinne des Wortes zu tun hat. So entstand [...] ein neuer Wissenschaftszweig: die *gregorianische Semiologie*."[108]

Die wichtigsten Voraussetzungen und Methoden dieser Arbeit seien anhand von Eugène Cardines eigenen Ausführungen[109] noch einmal in Form von Thesen kurz skizziert:

– In den mittelalterlichen Handschriften gibt es in der Neumennotation mehrere verschiedene Zeichen für Einheiten von Tönen, die in Tonanzahl und Tonrichtung identisch sind[110].

– Der Gebrauch der verschiedenen Zeichen unterliegt – wie umfassende Vergleiche[111] gezeigt haben – nicht dem Zufall, sondern ist durch verschiedene Handschriften unterschiedlicher Notationsschulen weitgehend kohärent[112].

– Aus der Form der Zeichen[113], aus ihrem Gebrauch sowie aus den Zusatzzeichen[114] kann auf eine vorwiegend rhythmische Bedeutung der Zeichen geschlossen werden[115].

108 Joppich, *Der Gregorianische Choral*, 6. Es heißt an dieser Stelle weiter: „Das Objekt dieser neuen Disziplin bestimmt Cardine als «connaissance des signes» (Materialobjekt) und «signification musicale, qui leur est attribuée» (Formalobjekt). Voraussetzung für semiologische Forschung ist die Existenz verschiedener graphischer Formen für ein und dasselbe Tonmaterial und die Kohärenz, d. h. die Konstanz und Logik in der Wahl des Zeichens im Einzelfall."

109 Eugène Cardine hat seine Forschungsergebnisse in seinem Buch *Semiologia Gregoriana*, Rom 1968, dargestellt, das in dieser Arbeit in seiner englischen Übersetzung zitiert wird. Eine kurze Zusammenfassung ist zu finden in: Eugène Cardine, *Gregorianische Semiologie*, in: BzG 1 (1985), 23–42.

110 Ebd., 26–28.

111 Eugène Cardine betont wiederholt die Notwendigkeit, daß diese Vergleiche möglichst breit angelegt sein müssen und eine große Repertoirekenntnis fordern, um falsche Schlußfolgerungen zu vermeiden. So in: *Gregorianische Semiologie*, 25: „Eine solche Arbeit ist langwierig und anspruchsvoll. Wenn sie nur auf einigen gelegentlichen Erfahrungen beruht, führt sie fast zwangsläufig zu falschen Schlüssen (was ihr auch zwangsläufig unüberwindbares Mißtrauen einbrachte). Wenn sie jedoch mit immer neuen Vergleichen weitergeführt wird, die einerseits sichere Übereinstimmungen aufzeigen in jenen Beispielen, die mit demselben Zeichen notiert sind, und im Gegensatz dazu deutliche Unterschiede in jenen Fällen, die mit verschiedenen Zeichen notiert sind – erst recht, wenn die Vergleiche zwischen verschiedenen Notationsschulen diese Zeugnisse bestätigen – ist es unmöglich, sie schlichtweg von der Hand zu weisen; man muß die beste Erklärung suchen [...]."

112 Ebd., 28.

113 Die Theorien zur Erklärung der Ursprünge der Neumenschrift gehen bei aller sonstigen Verschiedenheit durchweg davon aus, daß die Form der Zeichen von Bedeutung ist, seien diese nun als Gesten des „dirigierenden" Cantors zu verstehen oder, wie Eugène Cardine dies ergänzend hinzufügt, aus grammatikalischen Zeichen hervorgegangen; vgl. Cardine, *Gregorian Semiology*, 9. Bei Solange Corbin, *Die Neumen*, 3.11–3.21, werden drei mögliche Ursprünge genannt: Der ekphonetische Ursprung, die grammatischen Zeichen, der tonische Akzent als Ursprung der Neumen. Außerdem geht Helmut Hucke auf diese Fragen ein, in kritischer Weise die historischen Quellen sehr detailliert nennend; *Die Cheironomie und die Entstehung der Neumenschrift*, in: Mf 32 (1979), 1–16; vgl. auch Phillips, *Notationen*, 505–526.

Als wichtige Forschungsinhalte bzw. -ergebnisse der gregorianischen Semiologie nennt Eugène Cardine:

1. Den Begriff der Neume[116]
2. Die Neumentrennung[117]
3. Den Wert der Noten[118]

Dies soll als eine kurze Übersicht über die Grundanliegen der gregorianischen Semiologie Eugène Cardines genügen. Seit ihren Anfängen hat die Semiologie bereits einige Jahrzehnte der weiteren Entwicklung durchlaufen[119], die neben der oben-

114 Vgl. Jaques Froger, *L'épître de Notker sur les «Lettres significatives»*, Edition critique, in: EG V (1962), 23–71, besonders 69f; Marie-Claire Billeqocq, *Lettres ajoutées à la notation neumatique du Codex 239 de Laon*, in: EG XVII (1978), 7–144; Josef Kohlhäufl, *Die tironischen Noten im Codex Laon 239. Ein Beitrag zur Paläographie der Literae significativae*, in: Gregorianik. Studien zur Notation und Aufführungspraxis, hg. von Thomas Hochradner/Franz Karl Praßl, Wien 1996 (Musicologica Austriaca 14/15), 133–156.

115 An dieser Stelle sei ergänzend nur auf zwei sehr eindeutige mittelalterliche musiktheoretische Quellen hingewiesen, die über den Zusammenhang von Neumen und Rhythmus Auskunft geben, freilich ohne auf die konkreten Formen dieser Beziehung einzugehen (Diese Quellen finden bislang in der gregorianischen Semiologie nur wenig Beachtung; vgl. Cardine, *Gregorianische Semiologie*, 24): Hucbald, *De harmonica institutione*, 64 (siehe Anmerkung 61); Guido von Arezzo, *Prologus in Antiphonarium*, hg. v. Joseph Smits van Waesberghe, Buren 1975 (DMA A III), 175: „Quomodo autem liquescunt voces, et an adhaerentes vel discretae sonent, quaeve sint morosae vel tremulae vel subitanae, vel quomodo cantilena dictinctionibus dividatur, et an vox sequens ad praecedentem gravior, vel acutior, vel aequisona sit, facili colloquio in ipsa neumarum figura monstratur, si ut debent, ex industria componantur.“ – „Auf welche Weise aber die Töne liqueszieren, und ob sie zusammenhängend oder getrennt erklingen sollen, oder welche verweilend oder bebend oder eilig sein sollen, oder auf welche Weise der Gesang durch Pausen geteilt wird, und ob der folgende Ton tiefer oder höher oder gleichklingend (im Vergleich) [zum] vorausgehenden sei, dies (alles) wird leicht im Gespräch an der Form derselben Neumen gezeigt, wenn sie, wie sie müssen, mit Fleiß geschrieben [zusammengesetzt] werden.“ Vgl. auch Schlager, *Ars cantandi*, 223ff.

116 Im Sinne der gregorianischen Semiologie umfaßt eine Neume grundsätzlich die Gesamtheit der Töne auf einer Silbe; vgl. Cardine, *Gregorianische Semiologie*, 32ff. Dies ist nicht identisch mit dem schwer zu definierenden Gebrauch des Wortes in der mittelalterlichen Musiktheorie, die gelegentlich auch eine ganze Melodie mit *neuma* bezeichnet. Der gängige musikwissenschaftliche Sprachgebrauch – Neume = jedes einzelne Zeichen der Neumennotation – entspricht dem mittelalterlichen jedoch erst recht nicht; vgl. Phillips, *Notationen*, 351+363.

117 Gemeint ist hier das in den mittelalterlichen Quellen belegte Phänomen, daß die Zeichen der Neumenschrift sowohl gebunden wie auch getrennt in den Handschriften zu finden sind. Auch dies ist eine Möglichkeit, den Melodieverlauf rhythmisch-agogisch zu differenzieren. Cardine, *Gregorianische Semiologie*, 35: „außer den Episemen und ähnlichen Zeichen gibt es noch ein weiteres Verfahren mit identischer Bedeutung: die Neumentrennung, die in einer Trennung oder Diskontinuität beim Schreiben einer Neume besteht.“ Vgl. dazu auch: Corbin, *Die Neumen*, 3.205f.

118 Womit immer ein relativer und kein absoluter Notenwert gemeint ist; vgl. Cardine, *Gregorianische Semiologie*, 39ff.

119 Zur inzwischen längst erfolgten Weiterentwicklung seien hier nur erwähnt „als neue Perspektiven der Semiologie“ aus dem Artikel von Johannes Berchmans Göschl, *Der gegenwärtige Stand der Semiologischen Forschung*, in: BzG 1 (1985), 43–102: „I. Die Differenziertheit der Neumenwerte – II. Die Silbenartikulation – III. Das Wesen der gregorianischen Melodie als Bewegung – IV. Die Neume, ihre Gruppierung und ihre Artikulation – V. Der tiefere Zusammenhang zwischen Text und Neume – zur Frage der Symbolik der Neumen“.

genannten umfangreichen Tätigkeit auch zur Herausbildung verschiedener Ansätze und z. T. durchaus differierender Richtungen geführt hat[120], so daß es längst eine Frage ist, ob es „die" gregorianische Semiologie überhaupt gibt.

Mit dem Versuch, durch den Vergleich der frühesten verfügbaren Quellen Erkenntnisse über das älteste überhaupt noch greifbare Repertoire der abendländischen Musikgeschichte zu gewinnen, wird ein gängiger Weg historisch-kritischer Quellenforschung beschritten. Von daher wäre eigentlich zu vermuten, daß dies zu ausgiebiger musikwissenschaftlicher Forschungstätigkeit auf diesem Gebiet herausfordert, zumal angesichts der umfangreichen sowie gut zugänglichen und aufgearbeiteten Quellen. Wie aber ist es nun zu erklären, daß die gregorianische Semiologie bisher kaum eine Reaktion oder gar ernsthafte Rezeption ihrer Aussagen in der allgemeinen Diskussion der Musikwissenschaft erfahren hat, aber auch kaum einen offenen Widerspruch? Wo liegen die Hindernisse, Fragwürdigkeiten, Unsicherheiten für eine Übernahme dessen, was die Vertreter der gregorianischen Semiologie als deren Forschungsergebnisse verstehen?

Es bereitet Schwierigkeiten, auf diese Fragen zu antworten, denn es findet sich in der musikwissenschaftlichen Literatur kaum eine direkte und klare Stellungnahme dazu. Da ist auf der einen Seite die schon erwähnte, teils vorsichtige, teils faszinierte Würdigung meist von Detailaussagen über die Neumen, die „kleinen Geheimnisse", wie Waesberghe sie nannte. Auf der anderen Seite läßt sich in der Literatur meist nur implizite Kritik an der gregorianischen Semiologie ausmachen[121], oder aber das, was die gregorianische Semiologie als ihre Forschungsergebnisse betrachtet, wird ganz einfach ignoriert. An dieser Stelle soll nun versucht werden, einige Probleme und Konfliktfelder aufzuzeigen:

1. Der erste Punkt betrifft die Frage nach der Aufführungspraxis. In der weiteren Entwicklung der gregorianischen Semiologie kam es zu einer Trennung von der Paläographie; denn Cardine kam zu der Überzeugung, daß es notwendig sei, aus der Paläographie „jenen Bereich auszugliedern, der der Erforschung der musikalischen Bedeutung der Neumenzeichen im Dienst der Interpretation vorbehalten sein sollte."[122] Gregorianische Semiologie ist daher grundsätzlich praxisbezogen[123] und führte für die kirchenmusikalische Praxis des gregorianischen Gesangs in den letzten Jahrzehnten auch zu einem entscheidenden Durchbruch.

Diese grundsätzliche Orientierung auf eine Umsetzbarkeit für die Aufführungspraxis hin bringt jedoch auch alle genannten Schwierigkeiten der Choralrestauration mit sich: die Notwendigkeit einer vollständigen Aufführungspraxis verbunden mit einer entsprechend focussierten Lesart der Quellen sowie die ins Emotional-Ideologische neigende Auseinandersetzung mit den anderen aktuellen Inter-

120 Vgl. Klöckner, Art. *Semiologie*, MGG 8 (1998).

121 Z. B. in Huckes schon genannter Äußerung, daß es eine historische Aufführungspraxis nicht geben kann; Art. *Gregorianischer Gesang*, in: MGG 3 (1995).

122 Luigi Agustoni, *Die Gregorianische Semiologie und Eugène Cardine*, in: BzG 1 (1985), 15f.

123 Was Cardine selbst allerdings relativiert, in: *Gregorianische Semiologie*, 31: „An sich und direkt berührt die Semiologie das, was wir die musikalische Interpretation nennen, nicht; sie liefert nur Elemente dafür und stellt Voraussetzungen klar, die Arbeit der Ordnung und Synthese dieser Elemente überläßt sie jedoch dem Sänger."

pretationsweisen und den kirchlichen Vorschriften. Da Cardines Ansatz zu Ergebnissen führte, die der damals kirchlich „approbierten" Methode Mocquereaus widersprachen, so daß Konflikte nicht ausbleiben konnten, trägt er deutlich apologetische Züge[124].

Die entscheidende Schwierigkeit liegt aber darin, daß diese Aufführungspraxis nicht nur notwendig eine vollständige sein muß, um realisierbar zu sein, sondern daß von Vertretern der gregorianischen Semiologie darüber hinaus versucht wird, ihre Legitimation aus dem Anspruch der historischen „Vollständigkeit"[125] oder „Authentizität"[126] zu ziehen. Das „Ideal" historischer „Authentizität" ist jedoch nicht nur wissenschaftlich unhaltbar[127], sondern es wäre auch zu fragen, ob es überhaupt ein sinnvolles Ziel sein kann. Wird denn wirklich für die kirchenmusikalische Praxis eine „historisch-authentische" Wiederbelebung[128] des gregorianischen Gesangs des 10.–12. Jahrhunderts[129] gesucht oder nicht viel mehr eine „authentische", d. h. dem Denken und Empfinden der Gegenwart angemessene Aufführungspraxis für das 20. Jahrhundert? Dies wäre allerdings ein ganz anderes Konzept von „Authentizität"[130].

So muß der Versuch, aus der Neumennotation eine vollständige historische Aufführungspraxis zu entwickeln, nicht nur wissenschaftlich ins Abseits führen, sondern er erweist sich letztlich auch als kontraproduktiv für das Anliegen, das gregorianische Repertoire in der liturgischen Praxis lebendig zu erhalten. Statt eines Bemühens um „Restauration"[131] wäre auch ein offener und experimentierfreudiger Prozeß der Suche nach einer Interpretation des gregorianischen Gesangs am Ende des 20. Jahrhunderts denkbar, der sich – in Auseinandersetzung mit den zu Verfü-

124 Vgl. Klöckner, Art. *Semiologie*, MGG 8 (1998).

125 Z. B. Agustoni/Göschl, *Interpretation*, 1. Grundlagen, 10: „Diese Abhandlung möchte für sich beanspruchen, alle jene Elemente zu enthalten, die zu einer umfassenden Interpretationslehre im Gregorianischen Choral gehören."

126 Vgl. z. B. Agustoni/Göschl, *Interpretation*, 1. Grundlagen, 30: „So stellen die paläographischen Neumenzeichen die erste schriftliche Vermittlung zwischen Wort und Ton dar. Diese Funktion haben sie bis heute beibehalten: Nur dank ihrer läßt es sich approximativ rekonstruieren, wie Gregorianischer Choral einst klang und wie er heute noch zu klingen hat."

127 Schon deshalb, weil keine schriftliche Fixierung eine Musik vollständig wiederzugeben vermag, was erst recht für eine schriftliche Überlieferung gilt, die man für den Ausdruck der „Unsicherheit" und des „Verfalls" einer mündlichen hält; siehe auch 1.2.1. *Zur Quellenlage*. Vgl. auch Ulrich Konrad, *Alte Musik, musikalische Praxis und Musikwissenschaft*, AfMw 57 (2000), 91–100.

128 An dieser Stelle sei beiläufig gefragt, ob Authentizität im Sinne der Wiederherstellung des historischen „Originals" denn wirklich das ist, was es zu suchen gilt. Wenn es wirklich wahr ist, daß sich in den gregorianischen Gesängen das biblische Wort als lebendige Theologie und Verkündigung ausdrückt, so kann es für die kirchenmusikalische Praxis an der Schwelle zum dritten Jahrtausend kaum darum gehen, die Theologie des 9. Jahrhunderts zu „konservieren". Muß sie nicht vielmehr versuchen, zu eigenen Interpretationen zu finden?

129 Die Gregorianik des 8./9. Jahrhunderts ist ohnehin unwiederbringlich verloren; siehe auch 1.2.1. *Zur Quellenlage*.

130 Vgl. Emmanuela Kohlhaas, *Dialog oder Rückzug ins Ghetto. Gregorianische Semiologie und Musikwissenschaft – einige Anmerkungen*, in: BzG 30 (2000), 49f.

131 Verstanden als Suche nach der „richtigen" historischen Aufführungspraxis, was den Keim zur Ideologisierung schon in sich trägt.

gung stehenden historischen Daten und Details – auf der Basis der Aussage, daß es keine historisch richtige Aufführungspraxis geben kann[132], als eine „Verbindung von Kreativität und Vergangenheitsbezug“[133] verstehen könnte.

2. Diese für die vorliegende Arbeit eher sekundären Überlegungen rühren unmittelbar an das zweite, zentrale Problemfeld, welches das hinter den Aussagen stehende Musikverständnis betrifft. Eine jede Quelle läßt sich nur aus dem zugehörigen historischen Kontext heraus angemessen bewerten und interpretieren. Fehlt die Kenntnis dieses Hintergrundes, so muß das zu Fehlinterpretationen führen. Die große zeitliche Distanz zum frühen Mittelalter bedeutet dabei eine besondere Schwierigkeit.

An einem grundlegenden Beispiel soll auf die Schwierigkeit hingewiesen werden, die die unreflektierte Übernahme neuzeitlicher Musikvorstellungen für Phänomene mittelalterlicher Musik mit sich bringt[134] – ein Problem, das keineswegs nur die gregorianische Semiologie betrifft.

Schon bei geringer Repertoirekenntnis der gregorianischen Gesänge ist zu bemerken, daß die einzelnen Stücke sich in ihrer Struktur so auffällig in verschiedene Kategorien unterscheiden lassen, daß es naheliegt, von verschiedenen „Kompositionsverfahren“[135] zu sprechen. Für dieses Phänomen hat sich nun in der gregorianischen Semiologie die Unterscheidung in „Originalkomposition“, „Typus-Melodie“ und „Centonisation“ als Terminologie eingebürgert[136]. Fragwürdig an dieser Klassifizierung ist keineswegs die Sache an sich – sie läßt sich leicht am Repertoire nachweisen –, wohl aber das Kriterium der Unterscheidung: ein mehr oder weniger hoher Grad an „Originalität“. Dabei ist eine Wertung kaum zu vermeiden, die ganz auf dem Hintergrund einer Musikauffassung zustande kommt, deren Geschichtsbild der Neuzeit – dem späten 18. Jahrhundert – entstammt. So schreibt Eugène Cardine im Anschluß an die Erklärung der drei Termini: „Man muß zugeben, daß ein heutiger Musiker instinktiv nach den besten gregorianischen Meisterwerken suchen wird. Er wird sie sicherlich unter den Originalkompositionen finden.“[137] Es geht dabei um die Originalität, das Einzigartige, das Neue in der Musik. Fritz Reckow bemerkt zu dem dahinterstehenden Musikverständnis: „[...] sogar die künstlerische Geltung wurde davon abhängig gemacht, daß sie immer wieder über ein Erreichtes hinaus-

132 Vgl. Helmut Hucke/Hartmut Möller, Art. *Gregorianischer Gesang*, in: MGG 3 (1995); siehe auch 1.2.3. *Zur Problematik der Choralrestauration.*

133 Vgl. Harmut Möller, *Permanenter Wandel – wohin?*, in: BzG 13/14 (1992), 126.

134 Siehe auch 1.2.5. *Zur Terminologie.*

135 Vgl. Cardine, *Überblick*, 15–18.

136 Ebd., 15f: „Eine große Anzahl von Stücken kommen uns wie Originalkompositionen vor, d. h. daß ihre melodische Linie als Ganzes, aber auch in den Einzelheiten einzigartig ist und sich sonst nirgendwo findet. [...] Die Typus-Melodien sind so komponiert, daß sie für verschiedene Texte verwendet werden können. Sie enthalten Formeln und Abschnitte, die je nach Bedarf hinzugefügt oder weggelassen werden können, [...]. Die Centonisationen unterscheiden sich von den Typus-Melodien weniger durch das Vorgehen in der Adaption selbst als durch deren Ausmaß: statt ein ganzes Stück zu kopieren, nimmt der Komponist hier und da Formeln, um sie aneinander zu reihen und ein neues Ganzes zu schaffen.“

137 Ebd., 18.

trebt – in einer extremen Formulierung: daß sie «in dem eminenten Maße Geschichte» hat, «daß sie neu sein muß, um gültig zu sein» [Eggebrecht].“[138]

Kann dies aber für eine Musik, eine Zeit gelten, die noch gar keine individuell greifbaren Komponisten kennt, noch nicht einmal deren Namen? Auch wäre zu fragen, wie sich „Originalität“ in diesem Zusammenhang definiert: als Einzigartigkeit/Einmaligkeit? Kann man dann z. B. von dem bekannten Graduale *Christus factus est*[139] sagen, es sei nicht „original“, weil seine Melodie, die etliche Male im Repertoire vorkommt[140], mit Sicherheit nicht unter die Originalkompositionen im Sinne Cardines zu rechnen ist? Gibt es nicht vielleicht auch so etwas wie „Originalität“ durch den liturgischen Gebrauch? Und in Hinblick auf „Typus-Melodien“ und „Centonisationen“ (besonders letztere): Sind sie weniger original, weil sie auf größere „Bausteine“ als Einzeltöne zurückgreifen?

Grundsätzlich zeigt sich an diesem Beispiel, wie groß die Gefahr ist, mittelalterliche Musik unreflektiert nach gängigen neuzeitlichen Kriterien zu betrachten und zu bewerten. Das muß zu Fehlinterpretationen und -bewertungen führen, und es läßt sich leicht zeigen, daß dieses Beispiel keinen Einzelfall darstellt[141]. Um historisch angemessen über den gregorianischen Gesang sprechen zu können, bedarf es

138 Fritz Reckow, *Zur Formung einer europäischen musikalischen Kultur im Mittelalter. Kriterien und Faktoren ihrer Geschichtlichkeit,* in: Bericht über den Internationalen Musikwissenschaftlichen Kongreß Bayreuth 1981, 16; vgl. auch Leo Treitler, *„Centonate“ Chant: Übles Flickwerk or E pluribus unus*, in: JAMS 28 (1975), 1–23.

139 GT 148.

140 Vgl. z. B. GT 127, 288, 308, 311, 486; siehe auch *4.2. Gradualresponsorien im II. Ton.* Diese Frage hat schon Dominicus Johner (vgl. *Die Sonn- und Festtagslieder*, 172) beschäftigt, wobei dieser ebenfalls den Terminus „Originalkomposition“ verwendet. So zeigt sich auch hier, daß es sich weniger um ein spezielles Problem der gregorianischen Semiologie handelt, als vielmehr um das (unbewältigte) Erbe der Choralrestauration.

141 Verständlich wird die musikwissenschaftliche Skepsis gegenüber der gregorianischen Semiologie auch angesichts von Aussagen wie den folgenden, in denen sich ein Musikverständnis und Geschichtsbild artikulieren, die eher dem 18./19. Jahrhundert zuzuordnen sein dürften als dem frühen Mittelalter: – Agustoni/Göschl, *Interpretation*, 2. Ästhetik, 5: „Unter dem Begriff «Ästhetik» ist ein Zweifaches zu verstehen: Zum einen geht es um die Analyse des Wort-Ton-Verhältnisses unter besonderer Berücksichtigung der semiologischen Daten und deren zwischen Wort und Ton vermittelnden Funktion sowie stets auch unter dem Aspekt der modalen Strukturgegebenheiten. Zum anderen geht es um die Interpretation selbst, genauer: um den Fragenkomplex der Musikalität, deren es bedarf, um die von den gregorianischen Komponisten intendierte geistige, religiöse und künstlerische Aussage so kongenial wie nur möglich in Musik umzusetzen.“ – Ebd. 1. Grundlagen, 7: „So war es nicht zu vermeiden, daß verschiedene Forscher den Interpretationssinn einzelner Neumen auf unterschiedliche, ja nicht selten konträre Weise deuteten. Dies änderte sich, als mit Dom Eugène Cardine eine Forscherpersönlichkeit in den Blickpunkt trat, die die jüngere Geschichte des Gregorianischen Chorals mit Sicherheit am nachhaltigsten geprägt hat. Selbst Mönch von Solesmes, war es seine geschichtliche Sendung, sich den [...] Auftrag einer Wiederbelebung des Gregorianischen Chorals [...] zu eigen zu machen und ihn zum erfolgreichen Ziel zu führen.“ – Ebd., 71: „Und mit Sicherheit wird eine am Ideal des Ursprungs orientierte Interpretation nicht gegen ein fein entwickeltes «gregorianisches Empfinden» verstoßen.“ – Ebd., 73: „Die Interpretation des Neumenzeichens aber, d. h. der Versuch, das durch die Neume abgebildete akkustische Geschehen zu wirklichem Klang werden zu lassen und es dadurch eigentlich erst zum Leben zu erwecken, gehört eindeutig dem Bereich der Kunst an, [...].“

daher – soweit möglich – einer Erarbeitung des Musikverständnisses des frühen Mittelalters für dieses Repertoire, was jedoch ohne die reflektierenden Quellen dieser Zeit unmöglich ist.

3. Damit ist das dritte Problemfeld erreicht, in dem die Ablehnung oder zumindest die Indifferenz der gregorianischen Semiologie gegenüber den zeitgenössischen reflektierenden Quellen angesprochen wird[142]. Aus der Forschungsgeschichte heraus mag dies verständlich sein, hatte doch der Versuch aus diesen Texten eine (historisch-authentische) Aufführungspraxis für den „Choralrhythmus" abzulesen, in heftige Auseinandersetzungen und letztlich in eine Sackgasse geführt – ein Problem, auf das auch Waesberghe bereits 1950 am Beispiel des XV. Kapitels des *Micrologus* aufmerksam macht[143]. Eine Beschränkung auf die Quellen des Repertoires selbst scheint allerdings kaum weniger fragwürdig und schon gar keine Lösung zu sein.

Der Zusammenhang könnte demnach folgendermaßen ins Wort gebracht werden: So wie es einerseits nicht möglich ist, historisch verantwortbar vom gregorianischen Gesang zu sprechen, ohne sich mit der adiastematischen Neumenschrift auseinanderzusetzen und die nachweisbaren paläographischen Erkenntnisse zu berücksichtigen[144], so ist es andererseits nicht möglich, dies zu tun, ohne die verfügbaren reflektierenden Quellen des frühen Mittelalters zu Rate zu ziehen und daraus nach Möglichkeit ein Musikverständnis zu erarbeiten, das dieser Zeit entspricht.

Als Fazit dieser Überlegungen und Anfragen bleibt eine Spannung bestehen: Auf der einen Seite steht die historisch exakte Quellenforschung der gregorianischen Semiologie mit ihrer umfangreichen Repertoirekenntnis, der die Musikwissenschaft zur Zeit auch nichts annähernd Vergleichbares entgegenzusetzen hat. Auf der anderen Seite stehen hingegen Aussagen zu und Konsequenzen aus dieser Quellenarbeit, die aus der Perspektive historischer Musikwissenschaft problematisch sind. Aber so leicht läßt sich das Problem offenbar nicht beschreiben. Die Zusammenhänge sind komplexer und keineswegs stets sachlicher Art. Auch in der Musikwissenschaft gelingt es – wie die nachfolgenden Ausführungen zur Terminologie zeigen – dabei längst nicht immer, dem eigenen wissenschaftlichen Anspruch gerecht zu werden.

142 Vgl. Cardine, *Gregorianische Semiologie*, 24.

143 Vgl. *Aribonis De Musica*, hg. von Joseph Smits von Waesberghe, Rom 1951 (CSM 2), XVI; siehe auch 3.3.4.2. *Das Musikverständnis*.

144 So ist es sehr zu begrüßen und längst überfällig, wenn Zaminer, *Einleitung*, 3; (im Blick auf die mittelalterliche Musiktheorie) feststellt: „Vor allem die Neumennotation, welche die Gestalt der Gesänge auf neuartige Weise nachzuzeichnen versuchte, wurde in ihrer Bedeutung als Wegbereiter und Begleiter eines analytischen musikalischen Denkens eher verkannt. Die Neumen implizierten, wie die Forschung in mühsamer Kleinarbeit herausgefunden hat, eine Fülle musikalischer Detailbeobachtungen, die ihrerseits den Blick für das handwerklich-musikalische Machen geschärft und damit den Übergang zu einer praxisorientierten Musiktheorie geebnet haben."

1.2.5. Zur Terminologie

Die in den folgenden Überlegungen beschriebenen Probleme der Terminologie können als symptomatisch für die zuvor dargestellte allgemeine Problematik in Arbeiten zum gregorianischen Gesang gelten. Sie betreffen keineswegs allein die gregorianische Semiologie, sondern sind auch als eine Folge der fehlenden Auseinandersetzung mit dem Repertoire und einer offenbar problematischen Beziehung zu dieser Musik und ihrer Geschichte – besonders der Choralrestauration der beiden letzten Jahrhunderte – in der Musikwissenschaft der letzten Jahrzehnte zu betrachten. Deutlichstes Symptom für diese Schwierigkeiten sind die terminologischen Differenzen und Unklarheiten, die bereits bei der Benennung des Repertoires selbst auftreten und durch jüngste Tendenzen in der musikwissenschaftlichen Mittelalterforschung eher verstärkt als beseitigt werden.

So ist es schon bezeichnend, wenn in der Einleitung des kürzlich erschienenen 4. Bandes der *Geschichte der Musiktheorie, Die Lehre vom einstimmigen liturgischen Gesang*[145] das auch in der musikwissenschaftlichen Diskussion zuvor völlig gängige Adjektiv „gregorianisch" ohne jede Begründung entfällt, während es im 3. Band derselben Reihe offensichtlich noch keine Schwierigkeiten bereitet hat[146]. Statt einer Reflexion des Problems und einer nachvollziehbaren Auseinandersetzung, die zur Definition eines neuen Terminus führen, fehlt an dieser Stelle nicht nur jeder Literaturhinweis auf andere Veröffentlichungen, die diese Arbeit möglicherweise geleistet haben. Vielmehr verzichtet auch das anschließende „liturgisch-musikalische Glossar" auf jegliche Erklärung und nennt nur den „altrömischen Choral" und den „ambrosianischen Gesang". Dabei entbehrt es nicht der Ironie, daß der Terminus „altrömischer Choral" mit den – inhaltlich fragwürdigen[147] – Worten „eine römische Vorstufe des gregorianischen Chorals"[148] erklärt wird.

Wie sehen nun die gebotenen Alternativen aus? Der Titel des obengenannten Buches bietet die Bezeichnung „einstimmiger liturgischer Gesang" an, was zu Beginn der Einleitung noch mit der dringend notwendigen Ergänzung „im lateinischen Mittelalter" versehen wird[149]. Allerdings ist diese Bezeichnung nicht nur ob ihrer Länge problematisch – was sich im weiteren Text darin niederschlägt, daß sie kaum Verwendung findet –, sondern die Formulierung, eher eine Umschreibung als ein Terminus, bleibt trotz aller Bemühungen unklar. Zum einstimmigen liturgischen Gesang des lateinischen Mittelalters gehören nämlich noch andere Repertoires als nur das „gregorianische", z. B. die im Glossar genannten: das altrömische und das ambrosianische oder auch das mozarabische. Dabei handelt es sich um Repertoires,

145 Hg. von Thomas Ertelt/Frieder Zaminer, Darmstadt 2000.

146 So z. B. im Kontext der Auseinandersetzung mit der mittelalterlichen Terminologie bei Michael Bernhard, *Das musikalische Fachschrifttum im lateinischen Mittelalter*, in: Die Rezeption des antiken Fachs im Mittelalter, hg. von Frieder Zaminer, Darmstadt 1990 (Geschichte der Musiktheorie 3), 81: „Mit der theoretischen Fundierung des einstimmigen gregorianischen Chorals ..."

147 Siehe 1.2.1. *Zur Forschungsgeschichte*.

148 Ertelt/Zaminer, *Liturgisch-Musikalisches Glossar*, 11.

149 Zaminer, *Einleitung*, 1.

die – selbst wenn der Versuch unternommen werden sollte, wozu in der Einleitung eine klare Aussage fehlt – keineswegs selbstverständlich unter einen Terminus subsummiert und nach denselben Kriterien untersucht werden können, nimmt doch das gregorianische unter ihnen eine Sonderstellung ein, woran der weitere Text der Einleitung keinen Zweifel läßt. Die Beschreibung der historischen Abläufe spricht dann auch von der ambrosianischen, der gallikanischen und der altspanischen (bzw. mozarabischen) Liturgie und deren Choraltraditionen, während die Bezeichnung „gregorianisch" mit den Worten: „Der mit dem Namen Papst Gregors des Großen und mit der von ihm neu begründeten Schola Cantorum verbundene Choral ..."[150] umschrieben, aber ansonsten sorgfältig vermieden wird. Hier stellt sich die Frage, was der Autor mit dieser auffälligen Vermeidungsstrategie eigentlich bezweckt.

Darüber hinaus ist nicht nur der Begriff „liturgischer Gesang" allzu allgemein. Auch die Bezeichnung „einstimmig" kann nur mit Einschränkung als zutreffend betrachtet werden[151], denn was eindeutig einstimmig ist, sind lediglich die schriftlichen Fixierungen dieses Repertoires, die Gesangspraxis dagegen ist – wie bereits die *Musica enchiriadis* belegt – schon recht früh partiell mehrstimmig.

Anstelle der genannten komplexen Umschreibung des gregorianischen Repertoires findet im Text der *Lehre vom einstimmigen liturgischen Gesang* der ebenfalls bereits in der Einleitung vorkommende Terminus „Choral" („Choralgesang, Choralsingen")[152] fast durchgängig und ausschließlich Verwendung. Es bedarf eigentlich keiner weiteren Erläuterung, daß dieser Terminus, auch wenn er seinem spätmittelalterlichen Ursprung nach zunächst das gregorianische Repertoire bezeichnet, aufgrund seiner vielschichtigen Bedeutung und Verwendung für ganz unterschiedliche Phänomene der Musikgeschichte ohne einen Zusatz – wie eben z. B. gregorianisch – kaum als geeignet gelten kann[153]. Daher verwundert es nicht, daß z. B. ein profilierter Kenner des Repertoires wie Michel Huglo sich dieser Praxis nicht anschließt, sondern am Terminus „gregorianischer Choral, Gesang oder Psalmodie" festhält[154].

Sollte jedoch nicht auf eine Alternative zur bisherigen Terminologie verzichtet werden können – was bei einem so lange üblichen Terminus schon einer guten und überzeugenden Begründung bedarf –, so wäre eine Bezeichnung wie „fränkisch-römischer Gesang oder Choral"[155] vielleicht eine Möglichkeit, oder aber ein Auf-

150 Ebd. 4.

151 Daß eine Trennung zwischen „einstimmig" und „mehrstimmig" gerade in der Musiktheorie dieser Zeit Probleme mit sich bringt, darauf weist schon das Vorwort hin; vgl. Ertelt/Zaminer, *Vorwort*, VII.

152 Zaminer, *Einleitung*, 1.

153 So ist es nur natürlich, wenn dies bereits für die Einleitung von Frieder Zaminer mißlingt. Während sich das Wort „Choral" einerseits auf eine Vielzahl von Traditionen bezieht (vgl. ebd. 4), wird doch andererseits aus dem Kontext heraus immer wieder klar, daß damit eben doch in erster Line ein Choral – nämlich der gregorianische – bezeichnet wird, wenn z. B. von der karolingischen Reform die Rede ist (vgl. ebd. 1 und 4ff) oder wenn es (ebd. 6) heißt: „Die eingangs angedeutete Sonderstellung des Chorals und seiner Lehre spiegelt sich in der historischen Forschung und in der praktischen Choralreform. Die einschlägigen Aktivitäten haben lange Zeit in den Händen von Ordensgeistlichen gelegen ..."

154 Vgl. z. B. Huglo, *Grundlagen*, 63+91+98.

155 Diese Bezeichnung legen auch Nancy Phillips Ausführungen nahe, jedoch wird daraus nicht die

greifen der in den reflektierenden Quellen der Karolingerzeit verwendeten Bezeichnung *cantus Romanus*[156]. Im Kontext dieser Arbeit wird jedoch am bisherigen Sprachgebrauch, „gregorianischer Gesang oder Choral“, festgehalten in dem Bewußtsein, daß es nicht möglich ist, von dieser vielschichtigen Gesangstradition zu sprechen, ohne – wie in der Einleitung geschehen – klar zu definieren, was darunter verstanden werden soll.

Ein etwas anders gelagertes Problem als mit dem Adjektiv „gregorianisch“ ergibt sich bei dem Terminus „Gregorianik“ für das zu untersuchende Repertoire. Er ist relativ neu und hat sich in den letzten Jahrzehnten hauptsächlich im Bereich kirchenmusikalischer und semiologischer „Gregorianikforschung“– zunächst wohl für ein Unterrichtsfach, dann auch für das Repertoire selbst – etabliert. Er läßt sich aber ebenfalls im Kontext musikwissenschaftlicher Arbeiten finden, so z. B. schon sehr früh (1941) bei Karl Gustav Fellerer[157]. Darüber hinaus hat er sich auch – was sicher nicht nur ein Vorteil ist – im allgemeinen Sprachgebrauch durchgesetzt. Dieser Terminus erscheint zwar angesichts seiner prägnanten Kürze vorteilhaft und vermeidet auch das wegen seiner genannten Vielschichtigkeit nicht ganz glückliche Wort „Choral“. Dennoch soll im Kontext dieser Arbeit auf diese Bezeichnung verzichtet werden, um eine Terminologie zu ermöglichen, die in musikwissenschaftlichen wie in kirchenmusikalischen Arbeiten zum gregorianischen Gesang gleichermaßen Akzeptanz findet.

Bis hinein in die seltenen musikwissenschaftlichen Aussagen zum gregorianischen Repertoire in jüngerer Zeit läßt sich über dieses elementare wie symptomatische Problem hinaus eine auffallende allgemeine Unsicherheit in der Terminologie beobachten. Während für ebenfalls sehr alte musikalische Repertoires, die sowohl an Umfang wie auch an historischer Relevanz in keiner Weise mit dem gregorianischen zu vergleichen sind[158], eine differenzierte Terminologiebildung stattgefunden hat, steht diese für den gregorianischen Gesang noch aus. Dies sei am Beispiel des 1988

Konsequenz gezogen, sondern weiterhin nur von „Choral“ gesprochen. Sie schreibt (*Notationen*, 529), als einzige Autorin des Buches einen Grund für das terminologische Problem nennend: „Daher wird diese Liturgie heutzutage als römisch-fränkische bezeichnet; der Ausdruck gregorianisch wird nur toleriert, weil es so lange gebräuchlich war.“

156 Siehe Anmerkung 25. Ein solcher Terminus bringt natürlich die Schwierigkeit mit sich, daß er eine Unterscheidung zwischen der römischen Vorlage und dem daraus entstandenen fränkisch-römischen Gesang erschwert. Eine notwendige Differenzierung, die der Einleitungstext von Frieder Zaminer vermissen läßt, wenn er z. B. selbstverständlich davon ausgeht, daß es der Gesang der römischen Schola Cantorum gewesen sei, der ab 754 den gallikanischen Gesang im Frankenreich verdrängt habe (vgl. Zaminer, *Einleitung*, 4). Damit läßt Zaminer die Aussage unberücksichtigt, daß der gregorianische Gesang das Ergebnis eines „Umformungsprozesses“ ist, der im Frankenreich stattgefunden hat und durch den sich der gregorianische Choral eben von anderen frühen liturgischen Gesangstraditionen unterscheidet, eine Aussage, die in den letzten Jahrzehnten in musikhistorischen Arbeiten zum gregorianischen Gesang allgemein anerkannt war. Siehe auch 1.2.2. *Zur Forschungsgeschichte*.

157 Z. B. Karl Gustav Fellerer, *Deutsche Gregorianik im Frankenreich*, Regensburg 1941 (Kölner Beiträge zur Musikwissenschaft 5 [Nachdruck 1969]).

158 Hier sei als Beispiel nur die differenzierte Terminologie für das Phänomen der isorhythmischen Motette genannt.

von Helmut Hucke veröffentlichten, sehr wichtigen Artikels *Gregorianische Fragen*[159] kurz aufgezeigt. Selbst in diesem mit einer Fülle detaillierter Aussagen sowohl zu den musikalischen als auch den reflektierenden Quellen des gregorianischen Chorals ausgestatteten Text, der sich außerdem durch eine große Differenziertheit im Umgang mit den Quellen auszeichnet, findet sich bei der Beschreibung musikalischer Details ein terminologisches Gemisch aus verschiedenen Jahrhunderten der Musikgeschichte. Mag man den Terminus „Tonart"[160] für die Modi noch für akzeptabel halten, so erhält er doch in Verbindung mit den Ausdrücken „Psalmodiekadenzen"[161], „Kadenz"[162] oder gar „Schlußkadenz"[163] eine recht neuzeitliche Prägung, zumal dann auch noch der Begriff der „Gattung"[164] für die verschiedenen – primär liturgisch bedingten – Formen gregorianischer Gesänge[165] Verwendung findet. Eine ganz andere Phase der Musikgeschichte klingt dagegen an, wenn für das Phänomen mehrfach vorkommender melodischer Abschnitte der Begriff der „Klausel"[166] gebraucht wird, während gleichzeitig bereits eine Fülle terminologischer Alternativen wie z. B. „Melodiefragment"[167], „formelhafte Wendungen"[168] oder schlicht „Formeln"[169] angeboten werden.

Man mag diese Anmerkungen vielleicht für überkritisch halten, dennoch kann die Differenziertheit einer Terminologie als ein Indikator für den Forschungsstand angesehen werden. Daß dabei auch in der musikwissenschaftlichen Forschung mit der Terminologie leicht die Musikauffassung erheblich späterer Epochen unreflektiert auf das Mittelalter übertragen wird, zeigt u. a. ein noch genauer zu besprechendes Beispiel von Leo Treitler, dessen Ausführungen ein Melodiekonzept zugrunde liegt, das auf einer modernen, in Einzeltönen denkenden Vorstellung von Melodie beruht, statt „in Neumen bzw. Zeichen der Neumennotation zu denken"[170]. Gerade die Beschreibung des Melodieverlaufes wird so zum Problem, das auch sonst in den wenigen musikwissenschaftlichen Analyseversuchen zu beobachten ist[171]. Dies mag

159 Helmut Hucke, *Gregorianische Fragen*, in: Mf 41 (1988), 304–330.
160 Ebd., 309.
161 Ebd.
162 Ebd., 321.
163 Ebd., 309.
164 Ebd., 307.
165 Z. B. Introitus- und Communioantiphonen oder Gradualresponsorien.
166 Hucke, *Gregorianische Fragen*, 315+325.
167 Ebd., 321.
168 Ebd.
169 Ebd.
170 Siehe 4.1.1. *Zum Begriff formulae.*
171 Dieses Problem soll an einigen Beispielen aus dem bereits genannten Artikel über die Tropen Tuotilos von Wulf Arlt aufgezeigt werden. Dieser sprachlich behutsame Text, der kaum terminologische Probleme aufweist, sondern die musikalischen Gegebenheiten des 9./10. Jahrhunderts geschickt umschreibt und zu beachtenswerten Ergebnissen kommt, enthält an diesem Punkt eine ganze Reihe recht problematischer Äußerungen. – Z. B. wird der Begriff „Spitzenton" verwendet (vgl. Arlt, 51+53), der allzu selbstverständlich eine Wertung nach sich zieht, wenn es heißt (Arlt, 51), „daß der Vortrag des Textes im zweifachen Ansatz und in der Weiterführung zum Spitzenton der Zeile eine rhetorische Lesung bietet." Hier wäre zu fragen, ob denn dem einfachen kurrenten Pes auf *est*, bei dem im Melodieverlauf erstmals der Tenor des I. Modus

subtiler sein und sich nicht so leicht an einzelnen Termini festmachen lassen wie die obengenannten Begriffsprobleme in Huckes Artikel oder die erwähnten Beispiele für ein dem Mittelalter nicht gemäßes Musikverständnis in der gregorianischen Semiologie. Es hat aber durchaus Auswirkungen über die Terminologie hinaus, wenn nicht mehr nur von „Tongruppen" statt von „Neumen" gesprochen wird, sondern diese auch unabhängig von den Zeichen der Neumennotation als Einzeltöne behandelt werden. An dieser Schwierigkeit zeigt sich, daß außer einer mangelhaften Terminologie weithin auch insgesamt noch die Voraussetzungen und Kategorien fehlen, die als Basis für die Analyse einzelner Gesänge unverzichtbar sind.

Fritz Reckow bringt dieses Problem der Fehlinterpretation ins Wort, wenn er ganz allgemein für die musikbezogene Mittelalterforschung meint, daß die fehlenden reflektierenden Quellen bzw. die Schwierigkeit, sie zu deuten, es schwer machen, kompositorische Ideale und Prinzipien dieser alten Musik zu ermitteln. „Viele analytische Versuche stützen sich deshalb weit mehr auf unmittelbare Plausibilität (oft nach neuzeitlich geprägten Vorstellungen) als auf historisch verbürgte Kategorien und Kriterien."[172]

Es kann hier nicht darum gehen, die gesamte Terminologie im Kontext der Erforschung des gregorianischen Gesangs im 19. und 20. Jahrhundert zu untersuchen, aber es soll auf einiges hingewiesen werden, was für die Analyse im Kontext dieser Arbeit notwendig ist und geklärt werden muß, da es sich im Sprechen über den gregorianischen Gesang weithin eingebürgert hat. Zu den nachfolgend aufgelisteten terminologischen „Problemfällen" wird jeweils eine in dieser Arbeit verwendete Alternative angeführt:

erreicht wird, ein solches Gewicht zugesprochen werden darf angesichts der recht komplexen Neumen bei *hodie* und *cantandus*. Auch wäre überhaupt erst die Frage zu klären, ob der höchste Ton im Mittelalter denn überhaupt als besonders bedeutsam verstanden wurde; siehe dazu 3.3.3.3. *Tonhöhen- und Tonbewegungssymbolik?* – Problematisch erscheint in diesem Zusammenhang auch das Sprechen von „dem besonderen Signal der Tonwiederholung auf *f*" (Arlt, 52) bei Tönen, die keineswegs direkt aufeinanderfolgen, sondern im Verlauf von komplexen Neumen mehrfach verwendet werden. Kann es ein tragfähiges Kriterium sein, die offensichtliche melodische Ähnlichkeit bei *ante* und *generavit* daran festzumachen, daß die zugehörigen Neumen drei- bzw. viermal die im I. Ton gängige Strukturstufe *fa* enthalten. Das Wort *ante* enthält ebenfalls dreimal den Tenor *la* und das – *generavit* vorausgehende – Wort *tempore* gleich fünfmal die Finalis *re*. – Wenn Arlt bei diesem Beispiel die „Dehnung der Neumierung" (Arlt, 52) als Argument anführt, warum verzichtet er ansonsten bei der Analyse auf die Aussage der Neumennotation z. B. bei *quem gignebat* und *et eundem* und erklärt diese beiden Melodiebewegungen nach dem Schema: 1+2+2+1 Töne (ebd.) für übereinstimmend, obwohl auf *quem* eine Virga mit Episem steht und auf *et* „nur" ein Tractulus? – Noch problematischer dürfte die folgende Feststellung zur musikalischen Gestalt der Worte *Dicite nobis ut collaudatores esse possimus* sein: „Der Rest ist in einen Melodiezug zusammengefaßt und der ganze Teil dadurch gebunden, daß er ab «(colloau)datores» bis zur Schluß-Floskel konsequent die Gruppierung 1+2 bringt, mit der die Interrogatio begonnen hat." (Arlt, 53) Warum 1+2 und nicht 2+1, was immerhin der Verteilung der Töne auf die Worte besser entsprechen würde: *(collau)datores* (1+2+1) – *esse* (2+1) – *possimus* (2+1+1)? – Diese Beispiele mögen genügen, sie bestätigen die nachfolgend genannte, von Fritz Reckow ins Wort gebrachte Problemtik der Analyse trotz durchaus plausibler Ergebnisse.

172 Reckow, *processus*, 5; siehe auch 3.5. *Resümee*.

– Zunächst sei nochmals an die bereits besprochenen Begriffe: Typus-Melodie, Centonisation und Originalkomposition angeknüpft. Um die beschriebene unterschwellige Wertung aus neuzeitlicher Sicht zu vermeiden, wird in dieser Arbeit auf diese Termini verzichtet und bewußt nur von „Formeln“ oder „Melodie-Modellen“ gesprochen bzw. von Gesängen, in denen dergleichen nicht vorkommt.

– Wenig glücklich erscheint ebenfalls die Übernahme des Terminus „Centonisation“ in den rein musikalischen Bereich[173], auch wenn dieser dem Mittelalter entstammt. Er macht aber einerseits eine ständige zusätzliche Präzisierung notwendig, und andererseits ist zu fragen, ob die damit implizierte Sprachähnlichkeit von melodischen Formeln nicht zu selbstverständlich genommen wird. In dieser Arbeit wird der Begriff deshalb ausschließlich für das sprachliche Phänomen verwendet.

– Ein genauso verbreitetes wie im Grunde recht extremes Beispiel ist der ebenfalls bereits erwähnte Begriff der Kadenz[174]. Es ist kaum sinnvoll und angemessen, für den Vorgang der Schlußbildung in den gregorianischen Gesängen einen derart vielfältig besetzten und relativ jungen Terminus zu verwenden. Im analytischen Teil dieser Arbeit soll deshalb neutraler von „Schlußformeln“ oder „Zäsurformeln“ gesprochen werden.

– Ein weiterer fragwürdiger Begriff mit ähnlich gelagerter Problematik ist der der Modulation[175] bzw. modalen Modulation[176]. In der mittelalterlichen Musiktheorie wird mit *modulatio* häufig in Anlehnung an Augustinus – „musica est scientia bene modulandi“ – der Gesang an sich gemeint. Daran knüpft ein breites Bedeutungsspektrum für diesen Begriff im Verlauf des Mittelalters an[177]. Schon allein dies macht ihn problematisch[178]. Außerdem geht es im gregorianischen Gesang nicht primär

173 Dieser Begriff findet sich, bezogen auf die Textgrundlage des gregorianischen Gesangs, z. B. bei: Rumphorst, *Gesangstext*, in: BzG 13/14 (1992), 187ff: „Centoform“; Haberl, 53+141.

174 Dieser Begriff ist weit verbreitet. Er ist, um nur einige Beispiele zu nennen, mit der gleichen Selbstverständlichkeit in Bezug auf den gregorianischen Gesang sowohl bei Cardine; vgl. *Gregorian Semiology*, 24+25; als auch bei Jammers, *Gregorianischer Rhythmus, was ist das?*, 292f+299, zu finden oder – wie oben genannt – bei Hucke. Ferdinand Haberl geht sogar soweit, außer von „Kadenz“ auch noch von „Tonika“ statt Finalis bzw. „Dominante“ statt Tenor zu sprechen; vgl. Ferdinand Haberl, *Die antiphonalen Gesänge – Introitus und Communio*, 1976 (Schriftenreihe des Allgemeinen Cäcilien-Verbandes für die Länder der deutschen Sprache 11), z. B. 54+58. – Es wird dabei zu wenig bedacht, daß die Kadenz zu einer viel späteren Erscheinung der Musikgeschichte gehört, nämlich der sich durch Quintfall im Baß auszeichnenden Kadenz (*cadere* = fallen) der dur-moll-tonalen Musik vor allem des 17.–19. Jahrhunderts. Die Kadenz meint im Gegensatz zur älteren Klausel keinen melodischen, sondern einen primär harmonischen Vorgang und ist damit ein Phänomen der Mehrstimmigkeit. Wird dieser Begriff im Kontext des gregorianischen Gesangs gebraucht, so wird damit jedoch schlicht in der Regel das Phänomen der Schlußbildung durch Erreichen der Finalis oder eines anderen geeigneten Tons evtl. durch dafür charakteristische Tonfolgen oder Formeln bezeichnet.

175 Agustoni/Göschl, *Interpretation*, 1. Grundlagen, 59ff.

176 Ebd.

177 Siehe 3.3.1.1. *Rhythmus* ...

178 Das sehr viel jüngere, ebenfalls der Dur-Moll-Tonalität zuzuordnende Phänomen der Modulation meint etwas grundsätzlich anderes als das, wofür dieser Begriff im Rahmen der gregorianischen Semiologie verwendet wird. In der Dur-Moll-Tonalität wird mit „Modulation“ ein Vorgang bezeichnet, bei dem auf der Basis einer eindeutigen Tonika als ein Mittel musikalischer Form-

um ein Beziehungsgeflecht der Modi untereinander, wie dies für die spätere Tonalität zutrifft. Es ist vielmehr nur festzustellen, daß der Modus eines Stückes nicht immer klar zu bestimmen ist[179]. Deshalb soll im Rahmen der Analyse lediglich von Elementen verschiedener Modi bzw. von nicht genau zu definierenden Modi gesprochen werden, nicht aber von „Modulation".

– Im Bereich der Modi wird insgesamt ausschließlich von „Modus" oder „Ton" gesprochen, und diese werden, den zeitgenössischen Quellen entsprechend, außer mit der Zählung I.–VIII. Modus nur mit den griechischen Termini authentischer oder plagaler Protus, Deuterus, Tritus und Tetradus benannt, nicht jedoch mit Begriffen wie Kirchentonarten oder den griechischen Stammesbezeichnungen Dorisch, Phrygisch etc., da diese problematisch sind bzw. eine spätere Entwicklungsstufe implizieren[180]. Auch statt des Adjektivs „tonal"[181] wird bewußt ausschließlich das Wort „modal" verwendet.

– Bei der Beschreibung des Melodieverlaufs wird bei dieser Untersuchung nicht von Tongruppen, Melodiegliedern etc. gesprochen, sondern grundsätzlich von Neumen bzw. Zeichen der Neumennotation[182]. Um eine klare Differenzierung dieser beiden Ebenen zu ermöglichen, wird in dieser Arbeit die Definition: Neume = alle Zeichen auf einer Textsilbe verwendet.

– Begriffe wie die obengenannten: Gattung, Klausel, Tonart, Spitzenton etc., die direkt oder indirekt mit Phänomenen einer späteren Phase der Musikgeschichte verbunden sind, werden in dieser Untersuchung vermieden bzw. umschrieben.

– Eine weitere terminologische Schwierigkeit ergibt sich daraus, daß in der gregorianischen Semiologie die Begriffe „Diminution" und „Augmentation" im Kontext der Liqueszenzen gebraucht werden. Im Rahmen dieser Arbeit kommen jedoch beide Begriffe ausschließlich im allgemeinen musikwissenschaftlichen Sinne vor, d. h. sie bezeichnen die Veränderung eines Gesangs-Abschnittes durch längere oder kürzere (relative) Tondauern, z. B. durch Zusatzzeichen, bei gleichbleibender Melodiebewegung.

Diese Beispiele zur Terminologie sollen genügen. Auf weitere Probleme kann im konkreten Fall eingegangen werden, genauso wie die verwendeten Ausdrücke und Begriffe der reflektierenden Quellen im jeweiligen Kontext erläutert werden sollen. An dieser Stelle sei nur noch kurz auf die für die Analyse der konkreten

bildung bewußt zu einer anderen – in einer Beziehung zur Tonika stehenden Stufe und deren harmonischen Bezügen – nach bestimmten Regeln gewechselt wird.

179 Dabei ist im Blick zu behalten, daß mindestens ein Teil des Repertoires in seinen Ursprüngen älter ist als das mittelalterliche System der acht Modi; siehe auch 3.1.2. *Zum Problem der Modi* und 3.3.4.3. *Text und Modus*.

180 Siehe 3.1.2. *Zum Problem der Modi.*

181 Z. B. „tonale Orientierung", Arlt, 53.

182 Vgl. Corbin, *Die Neumen*, besonders III. Interpretationsprobleme, 3.181–183, 3.212. Verwendet werden außerdem folgende Neumentabellen: *Antiphonale Missarum Sancti Gregorii, Codex 239 Laon,* in: Paléographie Musicale 10 (1909), 179f; Huglo, *Les noms des neumes et leur origine*, 60f; Cardine, *Gregorian Semiology*, 12–15; Agustoni/Göschl, *Interpretation*, 1. Grundlagen, 85–90, 95 sowie 154–157; Froger, *L'épître de Notker sur les «Lettres significatives»*, 42f+69f; Billeqocq, *Lettres ajoutées à la notation neumatique du Codex 239 de Laon*, 48f. Vgl. außerdem Phillips, *Notationen*, 368–422.

Gesänge bedeutsame Frage nach einer geeigneten Benennung der Töne bei der Beschreibung melodischer Abläufe eingegangen. Dies ist im wesentlichen eine Frage der Entscheidung. Unter historischem Gesichtspunkt naheliegend wäre es, die in den musiktheoretischen Schriften des frühen Mittelalters verwendete alphabetische Bezeichnung zu übernehmen. Natürlich besteht auch die Möglichkeit, sich dazu der im deutschsprachigen Raum üblichen Buchstaben, die sich aus eben dieser mittelalterlichen Benennung entwickelt haben, zu bedienen. Wenn in dieser Arbeit den zwar späteren, aber im Mittelalter weit verbreiteten Solmisationssilben von Guido von Arezzo der Vorzug gegeben wird, so geschieht dies nicht nur deshalb, weil die beiden anderen Systeme sich verwirrend ähnlich und dennoch verschieden sind und die mittelalterlichen Tonbezeichnungen in den einzelnen theoretischen Schriften außerdem variieren und sich weiterentwickeln. Die Solmisation bietet darüber hinaus einen weiteren Vorteil, indem bei ihr deutlicher wird, daß es sich in den Gesängen eher um die Bezeichnung von Tonstufen und Intervallverhältnissen geht als um die Bezeichnung absoluter Tonhöhen[183].

Mit diesen Anmerkungen zur Terminologie soll auch der Versuch einer Standortbestimmung der Erforschung des gregorianischen Repertoires schließen. Es dürfte dabei hinreichend deutlich geworden sein, daß die Auseinandersetzung mit dem gregorianischen Gesang in der Musikwissenschaft ein Arbeitsfeld darstellt, das dringend der Aufarbeitung bedarf, aber auch vielseitige Ansatzmöglichkeiten für die weitere Forschung bietet, wozu diese Arbeit nur einen kleinen Aspekt beitragen kann.

1.3. ZUR TEXTGRUNDLAGE DES GREGORIANISCHEN GESANGS

1.3.1. Die biblischen Textvorlagen

Der dritte und letzte Teil dieser Einleitung sei nun den Fragen der Textgrundlage des gregorianischen Gesangs gewidmet. Bei genauerer Nachforschung gestaltet sich diese Frage erheblich komplizierter als dies zunächst den Anschein haben mag. Grundsätzlich entstammen die Texte – mit sehr wenigen Ausnahmen[184] – der Bibel. In seinem Artikel *Gesangstext und Textquelle im Gregorianischen Choral*[185] veröffentlicht Heinrich Rumphorst eine Tabelle[186], die bestätigt, was bereits ein kurzer Blick ins Repertoire zeigt, nämlich daß die weitaus meisten Texte aus dem AT – vor

183 Vgl. Charles. M. Atkinson, *Das Tonsystem des Chorals im Spiegel mittelalterlicher Musiktraktate*, und Christian Meyer, *Die Tonartenlehre im Mittelalter*, in: Die Lehre vom einstimmigen liturgischen Gesang, hg. von Thomas Ertelt und Frieder Zaminer, Darmstadt 2000 (Geschichte der Musiktheorie 4), *Exkurs über die Solmisation* 126–133 und 197–200.

184 Zumeist sind diese Texte in späterer Zeit zu neuen Festen geschaffen worden, die eine Erweiterung des Repertoires erforderten, z. B. die Texte des Festes Trinitatis, die bereits im 9. Jahrhundert zum ursprünglichen Repertoire hinzugekommen sind; vgl. hierzu Cardine, *Überblick*, 31; und die Texte: AL *Fac nos innocuam*, GT 558; AL *O Joachim sancte*, GT 581.

185 Vgl. Heinrich Rumphorst, *Gesangstext und Textquelle im Gregorianischen Choral*, in: BzG 13/14 (1992), 181–209, sowie ders., *Gesangstext und Textquelle im Gregorianischen Choral II*, in: BzG 23 (1997), 29–51,

186 Rumphorst, *Gesangstext*, in: BzG 13/14 (1992), 181.

allem aus dem Buch der Psalmen – genommen sind. Dies hat weniger seinen Grund darin, daß die Psalmen bereits Gesangstexte waren, als sie ein Teil der Bibel wurden; in der frühen Kirche verstand man sie eher als Lese- und Vortragstexte[187]. Erst in Spätantike und frühem Mittelalter entwickelten sich die Psalmen zur zentralen Textgrundlage vor allem der gesungenen Teile der Liturgie. In seiner Doppelfunktion als liturgisches Buch wie als privates Gebetbuch „wurde der Psalter zum Erfolgsbuch des Mittelalters“[188].

Auffällig an der Textauswahl für die gregorianischen Gesänge ist außerdem der vergleichsweise hohe Prozentsatz der neutestamentlichen Texte bei den Communioantiphonen (66 von 161 gegenüber 12 von 163 bei den Introitusantiphonen[189]). Der Grund dafür dürfte im liturgischen Kontext dieser Gesänge zu finden sein, ebenso die Tatsache, daß von ca. 150 Gradualresponsorien nur 5, von den 158 Alleluja-Versen jedoch 14 neutestamentliche Texte aufweisen.

Unter all diesen Texten fallen solche auf, deren Textgrundlage nicht dem Zusammenhang des biblischen Textes entspricht, sondern die statt dessen Verse enthalten, die im Original nicht aufeinanderfolgen oder gar aus ganz verschiedenen Texten stammen. Dieses Verfahren, Centonisation genannt, war im Mittelalter allgemein verbreitet und hat seine Legitimation in dem in dieser Zeit üblichen Umgang mit der Bibel[190]. Ganz selten findet sich auch eine offensichtliche Veränderung des biblischen Textes. Solche herausragenden Textgestaltungen sind – wie auch das Phänomen der Centonisation – eine bedeutsame Quelle für das Textverständnis und damit auch ein wichtiger Ansatzpunkt für die Frage nach der Beziehung von Musik und Sprache im gregorianischen Gesang, liegt es doch nahe zu vermuten, daß sie auch musikalisch mit besonderer Sorgfalt gestaltet wurden. Auffälliger Wortlaut wie auch Centonisation werden bei der Analyse in Hinblick auf ihre musikalische Ausgestaltung deshalb mit besonderer Aufmerksamkeit hinterfragt.

Als besonders schwierig erweist sich die Frage nach der für das gregorianische Repertoire verwendeten lateinischen Bibelübersetzung. Bei einem Vergleich der Textgrundlage des gregorianischen Gesangs mit der Textfassung der Vulgata[191] zei-

187 Vgl. Thomas Lentes, *Text des Kanons und Heiliger Text. Der Psalter im Mittelalter*, in: Der Psalter in Judentum und Christentum, hg. von Erich Zenger, Freiburg 1998, 324–331.

188 Ebd. 326; zur Bedeutung des Psalters für die Liturgie vgl. auch Albert Gerhards, *Die Psalmen in der römischen Liturgie*, in: Der Psalter in Judentum und Christentum, hg. von Erich Zenger, Freiburg 1998, 355–379, besonders 5.1 *Psalmen in der gregorianischen Propriumsantiphonie*, 369ff.

189 Zahlen nach GT.

190 Vgl. Jean Leclerq, *Wissenschaft und Gottverlangen*, Düsseldorf 1963, 83ff.

191 Die auf Hieronymus (ca. 347–420) zurückgehende lateinische Bibelübersetzung der Vulgata wurde um 800 im Zuge der Karolingischen Reform zum offiziellen Bibeltext. Das im Frankenreich gebräuchliche Psalterium Gallicanum wurde in den Text aufgenommen, da die Übersetzung des Hieronymus kein Psalterium enthielt. Zuvor war die Vulgata nur eine von mehreren möglichen Übersetzungen. Die anderen, nur bruchstückhaft erhaltenen lateinischen Bibeltexte werden unter dem Namen Vetus Latina zusammengefaßt. Die heutige Vulgata – zu unterscheiden von der Neo-Vulgata! – wurde in der vom Tridentinum 1546 verbindlich erklärten Form frühestens im 13. Jh. an der Pariser Sorbonne ediert; vgl. Kurt und Barbara Aland, *Die Vulgata*, in: Der Text des neuen Testamentes, Stuttgart ^{2}1989, 196f. Dies bedeutet auch, daß für einen Textvergleich möglichst ein älterer Vulgata-Text des 8./9. Jh. herangezogen werden sollte.

gen sich sehr bald auffällige Abweichungen. Trotzdem wird in der neueren Literatur die Vulgata bisweilen noch als Textvorlage vorausgesetzt[192]. Heinrich Rumphorst erwähnt in seiner Untersuchung zwar auch die Möglichkeit, „daß dem Text der Antiphonen «zum Teil» die der Vulgata vorausgehende lateinische Psalmenübersetzung, das sogenannte Psalterium Romanum zugrunde liege“[193], geht dieser Frage aber nicht weiter nach. Dies ist jedoch in Hinblick auf das Repertoire des Graduale Romanum schon erheblich früher z. B. von Bruno Stäblein getan worden – mit sehr überzeugendem Ergebnis[194].

Auch einige mittelalterliche Quellen geben bereits Auskunft über das augenfällige Phänomen, daß die Texte der gregorianischen Gesänge vielfach nicht mit der Vulgata bzw. dem Psalterium Gallicanum übereinstimmen. So geht bereits Walafried Strabo[195] in der ersten Hälfte des 9. Jahrhunderts darauf ein, und auch Berno von Reichenau widmet seine noch nicht textkritisch edierte[196] Schrift *De varia psalmorum atque cantuum modulatione*[197] (1. Hälfte des 11. Jh.) ganz diesem Problem[198].

192 Vgl. z. B. Heinrich Rumphorst, *Gesangstext*, in: BzG 13/14 (1992), 181f.

193 Ebd.

194 Bruno Stäblein, *Nochmals zur angeblichen Entstehung des gregorianischen Chorals im Frankenreich*, in: AfMw 27 (1970), 114f.

195 PL 114, *De rebus ecclesiasticis*, Sp. 957: „Psalmos autem, cum secundum LXX Interpretes Romani [Romanos] adhuc habeant, Galli et Germanorum aliqui secundum emendationem quam Hieronymus Pater de LXX editione composuit, Psalterium cantant.“ – „Die Psalmen aber, während diese sie auch jetzt noch nach den römischen Übersetzern der LXX [Septuaginta: griechischer Bibeltext] haben, singen einige Gallier und einige der Germanen das Psalterium gemäß der Verbesserung, wie sie der Vater Hieronymus nach der Edition der LXX übersetzt [composuit] hat.“

196 Vgl. dazu: Hans Oesch, *Berno und Hermann von Reichenau als Musiktheoretiker*, Bern 1961 (Publikationen der Schweizerischen Musikforschenden Gesellschaft II/9), 54ff.

197 Berno von Reichenau, *De varia psalmorum atque cantuum modulatione*, in: Martin Gerbert, Scriptores ecclesiastici de musica sacra, Bd. 2, St. Blasien 1784, Ausgabe: Mailand 1931, 91ff.

198 Ebd., 93: „Inter caetera ex emendata LXX interpretum translatione Psalterium ex Graeco in Latinum vertit, illudque cantandum omnibus Galliae ac quibusquam Germaniae ecclesiis tradidit: et ob hoc Gallicanum psalterium appellant, Romanis adhuc ex corrupta vulgata editione psalterium canentibus, ex qua Romani cantum composuerunt, nobisque usum cantandi contradiderunt. Unde accidit, quod verba, quae in diurnis vel in nocturnis officiis canendi more modulantur, intermisceantur, et confuse nostris psalmis inserantur, ut a minus peritis haud facile possit discerni, quid nostrae vel Romanae conveniat editioni. Quod pius pater ac peritus magister Hieronymus intuens, tres editiones in uno volumine composuit: Gallicanum psalterium, quod nos canimus, ordinavit in una columna, in altera Romanum, in tertia Hebraeum.“ – „Unter den Übrigen hat er [Hieronymus] aus der verbesserten LXX-Übersetzung [interpretatio] das Psalterium aus dem Griechischen ins Lateinische übersetzt [translatione vertit; zu den bis wenigstens ins 9. Jh. üblichen beiden Schritten einer Übersetzung aus dem Griechischen ins Lateinische, *interpretatio* und *translatio*, siehe Zitat am Ende dieser Anmerkung], und so zu singen hat er allen Kirchen Galliens und einigen Germaniens überliefert: Sie nennen es deswegen auch Psalterium Gallicanum, von den Römern wird auch jetzt noch aus der verfälschten Vulgata-Edition gesungen, aus welcher die Römer ihren *cantus* komponiert und uns diesen Brauch zu singen entgegengesetzt haben. Und deshalb geschieht es, daß Worte, die in den täglichen oder den nächtlichen Offizien durch die(se) [d. h. die römische] Art zu singen erklingen [*modulantur*], untergemischt und ohne Ordung unseren Psalmen eingereiht werden, so daß von den weniger Kundigen gar nicht leicht unterschieden werden kann, was mit unserer Edition oder mit der der Römer übereinstimmt. Weil der fromme Vater und kundige Magister Hieronymus dies im Auge

Ist bei der ersten Quelle der Akzent bereits ein kritischer Unterton gegenüber dem römischen Text (Psalterium Romanum) festzustellen, so wird in der späteren Quelle der inzwischen verbindlich gewordene Text der Vulgata (Psalterium Gallicanum) klar vorgezogen und der ältere Text verworfen[199].

Es wäre auf dem Hintergrund des bisher Gesagten gewiß eine fruchtbare Aufgabe, die Texte des gesamten gregorianischen Repertoires systematisch mit den verschiedenen historischen Textvorlagen zu vergleichen, was jedoch im Kontext dieser Arbeit nur für die analysierten Gesänge, besonders in Kapitel 5, geleistet werden kann. Dazu werden die Texte des gregorianischen Gesangs sowohl mit der Vulgata (Psalterium Gallicanum)[200] als auch mit der Vetus Latina[201] (Psalterium Romanum)[202] verglichen. Daraus ergibt sich der nachfolgend geschilderte Textbefund.

Alle im Kontext dieser Arbeit untersuchten Textgrundlagen, die aus dem Buch der Psalmen stammen, sind im Wortlaut mit dem Psalterium Romanum identisch. Redaktionelle Veränderungen über das Phänomen der Centonisation hinaus kommen kaum vor. An vielen Stellen sind die Texte des Psalterium Romanum und des Psalterium Gallicanum (Vulgata) einander identisch, so daß ihre Herkunft ungeklärt bleiben muß. Bei Psalmen, aus denen mehrere Ausschnitte Verwendung finden, wird jedoch – im Falle einer Differenz zwischen den Übersetzungen – in den Antiphonen der Proprien[203] stets die Textvariante des Psalterium Romanum bevorzugt. Daraus kann geschlossen werden, daß auch bei identischem Text ursprünglich das Psalterium Romanum zugrunde liegt. Dagegen ist bei den an die Introitusantiphonen anschließenden Psalmversen und gelegentlich auch bei den Versen der Gradualresponsorien zu beobachten, daß – z. T. bereits in den Texthandschriften des AMS[204]

hatte, hat er die drei Editionen in einer Schrift zusammengestellt: das Psalterium Gallicanum, das wir singen, hat er in einer Spalte angeordnet, in der anderen das (Psalterium) Romanum und in einer dritten das (Psalterium) Haebreum [iuxta Hebraeos]." Zu der Formulierung „ex emendata LXX interpretum translatione Psalterium ex Graeco in Latinum vertit" ist anzumerken, Huglo, *Grundlagen*, 55: „Von Gregor von Tours erfahren wir, daß die Übersetzung eines griechischen Textes in zwei Stufen vor sich ging: Zunächst die *interpretatio*, vorgenommen von einem mehr oder weniger korrekt Lateinisch sprechenden Angehörigen der Ostkirche, der den Sinn des Textes in einem sehr unvollkommenen Latein wiedergibt; dann die *translatio*, die Arbeit eines Abendländers, der den mündlich interpretierten Text schriftlich in die korrekte Form bringt."

199 Jedoch werden die Textgrundlagen der Antiphonen niemals „bereinigt"; in ihnen bleibt die alte Textvariante bestehen.

200 Textkritische Ausgabe: *Liber Psalmorum*, in: Biblia sacra iuxta Latinam Vulgatam versionem ad codicum fidem, Bd. 10, Rom 1948.

201 *Vetus Latina, Die Reste der altlateinischen Bibel. Nach Petrus Sabatier*, neu gesammelt und in Verbindung mit der Heidelberger Akademie der Wissenschaften hg. von der Erzabtei Beuron, Freiburg 1949ff.

202 *Le Psautier Romain et les autres anciens psautiers latins*, ed. Robert Weber, Rom 1953 (Collectanea Biblica Latina 10).

203 Z. B. IN *Ad te levavi*, GT 15: Vers (Psalterium Gallikanum): *vias tuas, Domine, demonstra mihi* (im AMS jedoch: *... notas fac mihi*), aber GR *Universi*, GT 16: Psalterium Romanum: *vias tuas, Domine, notas fac mihi.* IN *Lux fulgebit*, GT 44: Vers (Psalterium Gallicanum, aus Ps 92, siehe auch AL und OF desselben Propriums): *decorem indutus est: indutus est Dominus*, aber AL *Dominus regnavit*, GT 46 (Psalterium Romanum): *decorem induit: induit Dominus.*

204 Z. B. GR *Hodie scietis*, GT 38: Vers in den Handschriften M, B und C (Psalterium Romanum): *a(p)pare* (bzw. *apparens* in C) *coram Effraim*, aber in K (Vulgata): *manifestare Effrem.*

– der Text im Wortlaut der Vulgata erscheint. Bei diesen Versen, die musikalisch aus eher syllabischen Melodie-Modellen bestehen, erscheint eine Textveränderung leichter möglich als in den komplexeren – und der semantischen Ebene des Textes enger verbundenen? – Antiphonen. Es könnte deshalb eine nachträgliche Anpassung an den „offiziellen" Text der Vulgata vorliegen.

Bei den Texten, die nicht aus dem Buch der Psalmen stammen, ist der Zusammenhang noch wesentlich komplizierter, was vor allem damit zu erklären ist, daß für diese keine eindeutige altlateinische Textvorlage zum Vergleich existiert. Die sogenannte Vetus Latina, die noch nicht vollständig ediert ist, enthält bereits verschiedene Textüberlieferungen[205]. Daher läßt sich oft nur mit Sicherheit feststellen, ob der vorliegende Text mit der Vulgata identisch ist oder nicht. Ist er es, so muß dies jedoch noch nicht heißen, daß er aus dieser Übersetzung genommen wurde – Vulgata und Vetus Latina könnten identisch sein –; ist er es nicht, so läßt sich der Wortlaut meist in einer der Textvarianten der Vetus Latina finden, jedoch ohne daß sich eine dieser lateinischen Bibelübersetzungen als durchgängige Quelle ausmachen ließe. Wie bei den Psalmen scheint auch bei einer – in diesen Texten meist viel deutlicheren – Differenz zwischen den Textüberlieferungen zumeist eine altlateinische Variante vorzuliegen. Es gibt aber auch eindeutige Beispiele für Vulgata-Texte. Einige wenige Beispiele lassen sich sogar nur dadurch im Wortlaut auf einen biblischen Text zurückführen, daß verschiedene Texttraditionen aneinandergefügt werden[206]. Bei nachweislich später entstandenen Gesängen des gregorianischen Repertoires ist der Text in der Regel mit dem der Vulgata identisch, bei älteren Gesängen lassen sich gelegentlich noch die ursprünglich griechischen Texte nachweisen[207], von denen ja auch im gregorianischen Repertoire noch Restbestände erhalten geblieben sind[208].

Bei alledem bleibt es wichtig, im Auge zu behalten, daß die mittelalterliche Art des Umgangs auch mit einem so zentralen Text wie der Bibel sich von heutigen Vorstellungen unterscheidet. Die Schwierigkeit, die Quellen ausfindig zu machen, betrifft nicht nur die Textgrundlage des gregorianischen Gesangs. Textvarianten können dabei durchaus koexistieren. So schreibt Jean Leclercq ganz allgemein über dieses Phänomen: „Jedes Wort ist gleichsam ein Haken. An ihm hängen ein oder mehrere Worte, die sich miteinander verknüpfen und so das Gebilde der Darstellung bilden. Daher erklärt sich die Schwierigkeit des Quellennachweises, wie man heute sagt. Zitieren die Mönche nach alten Textversionen oder gebrauchen sie Varian-

205 Dazu Hermann-Josef Frede, *Kirchenschriftsteller, Verzeichnis und Siegel*, Freiburg ^{4}1995, 13: „In einem wichtigen Punkt unterscheidet sich diese altlateinische Bibel von anderen Werken, die ediert werden sollen. Es kann nämlich bei ihr im eigentlichen Sinn weder von einem Original noch von einem Archetyp die Rede sein, die rekonstruiert werden sollen [...] Das Ziel der ganzen Arbeit an der Vetus Latina besteht vielmehr darin, die Mannigfaltigkeit der uns überlieferten Bruchstücke, die nur ein Ausschnitt aus dem ehemaligen Reichtum sind, möglichst so zu ordnen, daß das historische und genetische Neben- und Auseinander der verschiedenen Textformen festgelegt und dargestellt wird."

206 Z. B. CO *Revelabitur*, GT 40.

207 Vgl. Huglo, *Grundlagen*, 52–59; besonders 55 zu dem üblichen Übersetzungsverfahren von *interpretatio* und *translatio* sowie Anmerkung 110.

208 Vgl. Huglo, *Grundlagen*, 57ff.

ten? Am häufigsten zitieren sie aus dem Gedächtnis; durch die wie Haken wirkenden Worte verbinden sich die Zitate in ihrem Geist und unter ihrer Feder zu einem Ganzen wie Variationen über ein gleiches Thema."[209] Auf diesem Hintergrund ließe sich das Nebeneinander der verschiedenen Textvarianten vielleicht auch als eine Art „Centonisation" verschiedener Übersetzungen verstehen. Der Aussageabsicht gemäß werden die „passenden" Texte zusammengefügt.

Vieles, was bisher gesagt wurde, bestätigt den Eindruck, daß es sich bei der Textgrundlage des gregorianischen Repertoires um eine hochreflektierte textliche Konstruktion handelt. Die theologischen Texte dieser Zeit sprechen dann auch vom *auctor* der Gesänge, womit jedoch keineswegs isoliert der „Schöpfer" oder „Redaktor" der Texte gemeint ist, sondern der *cantor* als „Komponist" von Text und Musik[210]. Daß die Zusammenstellung der Textgrundlage Teil der „Komposition" ist, entspricht einer Ansicht, die auch in der musikwissenschaftlichen Literatur vertreten wird: „Die Choraltexte waren das Ergebnis gründlicher Reflexion und großer Kunstfertigkeit in der Zusammenstellung. Nichts an ihnen ist willkürlich. Jene, die sie zusammenstellten, waren nicht der biblischen Originaltexte überdrüssig, sondern sie entnahmen und verbanden daraus Sätze und Satzteile, die zentrale Aussagen besonders eindrücklich vermittelten."[211]

1.3.2. Zur Exegese im frühen Mittelalter

Nicht nur die Herkunft und die „Redaktion" der Textgrundlagen des gregorianischen Repertoires sind für diese Arbeit von Bedeutung, sondern auch die Deutungen, die die Autoren des späten 8. und frühen 9. Jahrhunderts bei der Exegese den jeweiligen biblischen Texten zuordneten. Mit Hilfe dieses exegetischen Hintergrundes wird klar, daß allein die Texte des gregorianischen Gesangs schon umfangreiche, latente Möglichkeiten der weiteren Interpretation beinhalten. So könnte bereits das bloße Faktum einer musikalisch „auffälligen" Gestaltung[212], die eine Akzentsetzung bzw. Hervorhebung zu bewirken vermag, Ansatzpunkte für eine weitreichende Interpretation bieten. Wo also in der Beziehung von Musik und Sprache die Ebene der Wortbedeutung erreicht wird, kann die klangliche Gestaltung bereits durch den Text vorhandene latente Interpretationsmöglichkeiten aktualisieren. Dabei weckt die musikalische Gestalt Assoziationen, gibt den Impuls für eine mögliche Richtung des Verständnisses. Die weitere Interpretation selbst ist Sache der Theologie. Wie in dem – bereits zitierten – Bild Jean Leclercqs[213] schon die Worte selbst „Haken"

209 Leclercq, 86.

210 Diesen Zusammenhang von *auctor* und *cantor* bringt auch Schlager, *Ars cantandi*, 219, ins Wort, wenn er von der „notationslosen Entstehung" des gregorianischen Gesangs spricht als einer Phase, „als cantare und componere noch nicht unterschieden waren und gemeinsam von der *grammatica* wie von der *rhetorica* geordnet und geprägt wurden." Siehe auch 2.3. *cantor* und *lector* sowie 2.5. *Die Kommentare zum OF Vir erat.*

211 Ruth Steiner, *Die Herkunft der Texte*, in: NHbMw 2, Laaber 1991, 35.

212 Zur Frage von „Auffälligkeit" und „Norm" siehe 5.1.1. *Zum Begriff imitatio.*

213 Vgl. Leclercq, 86.

sind, so kann die musikalische Gestalt diese Wirkung unterstützen: Je nach „Ort, Größe, Form“ etc. dieser „Haken“ kann eine andere Interpretation an ihnen ansetzen.

Wenn sich aber tatsächlich die inhaltliche Ebene der Textgrundlagen oder gar eine Interpretation derselben in der jeweiligen musikalischen Gestalt ausdrücken sollte, dann muß sich darin die Theologie dieser Zeit niederschlagen und nicht die des 20. Jahrhunderts. Stefan Klöckner macht deshalb zurecht darauf aufmerksam, daß die theologischen Interpretationen der gregorianischen Gesänge „noch einer soliden und breiten Verknüpfung mit den theologie- und exegesegeschichtlichen Forschungen hinsichtlich der Karolingerzeit“[214] bedürfen. „So muß zuerst geklärt werden, welche Methode der Exegese der Hl. Schrift bei einer solchen Arbeitsweise anzuwenden ist. Hierzu wäre es notwendig, theologische Schriften aus der Zeit der Entstehung bzw. der ersten schriftlichen Fixierung des gregorianischen Gesangs genauer zu erforschen, um die Mentalität und den theologischen Bedeutungshorizont kennenzulernen und den Textinterpretationen auf semiologischer Basis kritisch zugrunde legen zu können.“[215] Diese Aussage gilt natürlich für jeden Versuch, die Beziehung von Musik und Sprache im gregorianischen Gesang über den rein formalen Aspekt hinaus zu erschließen. Deshalb sollen an dieser Stelle als Verständnishilfe für die mittelalterlichen Interpretationen biblischer Texte einige Anmerkungen zur Theologie dieser Zeit gemacht werden.

Dazu sei zunächst ein Zitat des Historikers Aaron J. Gurjewitsch angeführt, der das grundsätzliche Bezogen-Sein des mittelalterlichen Menschen auf eine theologische Weltsicht plastisch schildert: „Die Schwierigkeit, das geistige Leben der Menschen dieser Epoche zu erfassen, ist nicht nur darauf zurückzuführen, daß es dabei viel Fremdes und für den Menschen unserer Zeit Unverständliches gibt. Das Material der mittelalterlichen Kultur läßt sich überhaupt kaum so gliedern, wie wir es beim Studium der modernen Kultur gewohnt sind. [...] In der Tat waren die ästhetischen Lehren der Denker dieser Epoche ständig auf das tiefe Erfassen Gottes, des Schöpfers aller sichtbaren Formen, orientiert, die wiederum auch nicht ihrer selbst wegen, sondern nur als Mittel zur Erkenntnis des göttlichen Wesens existierten.“ [216]

Dieser Text zeigt, was für einen Stellenwert die Theologie im Denken und Empfinden des mittelalterlichen Menschen hat, ein Ansatz, der dem modernen Menschen fremd geworden ist. Diese historische Tatsache ist für diese Arbeit jedoch in doppelter Hinsicht von Bedeutung, weil daraus zu schließen ist, daß zum einen zentrale Aussagen eingebettet in einem theologischen Kontext zu finden sein werden und für das moderne Denken dort herausgelesen werden müssen. Deshalb erscheint die Auseinandersetzung mit den theologischen Quellen von besonderer Wichtigkeit, und es sollte dabei auch stets bedacht werden, daß dieser theologische Ansatz auch dann präsent ist, wenn er – wie in den musiktheoretischen Schriften – nicht oder nur selten eigens artikuliert wird. Zum anderen fordert, wie oben bereits angedeutet, diese mittelalterliche Grundorientierung als Konsequenz, daß eine Analyse neben der möglichst umfangreichen Kenntnis der mittelalterlichen Musikauf-

214 Klöckner, Art. *Semiologie*, in: MGG 8 (1998).
215 Ebd.
216 Aaron J. Gurjewitsch, *Das Weltbild des mittelalterlichen Menschen*, München ^{4}1989, 12f.

fassung auch wenigstens ein Wissen um die Grundzüge der zeitgenössischen Theologie notwendig macht, denn es müssen sich alle Ergebnisse einer Analyse auch daran messen lassen. Aaron Gurjewitsch bringt auch dies ins Wort: „Wenn man als Objekt der Analyse das künstlerische Schaffen, das Recht, die Historiographie oder andere Zweige der geistigen Tätigkeit der mittelalterlichen Menschen wählt, darf man die gegebene Sphäre dieser Tätigkeit nicht aus dem weit breiteren kulturhistorischen Kontext isolieren; denn nur im Rahmen dieser Ganzheit, die wir als mittelalterliche Kultur bezeichnen, kann diese oder jene ihrer Komponenten richtig verstanden werden."[217]

Wie aber sieht nun die mittelalterliche Exegese aus? Arnold Angenendt zeigt den engen Zusammenhang von patristischer und mittelalterlicher Exegese auf[218]. Er weist dabei auf die spezielle monastische Akzentsetzung[219] dieser Theologie hin[220] und beschreibt die auf Cassian zurückgehende vierfache Exegese dieser Zeit, welche den biblischen Text aus vier Perspektiven deutet: der historischen, der allegorischen, der tropologischen und der anagogischen[221].

Bereits im frühen Mittelalter wurden Listen der verschiedenen Deutungsmöglichkeiten bzw. -ebenen für wichtige Termini der Bibel erstellt, so z. B von Hrabanus Maurus in seiner Schrift *Allegoriae in Universam Sacram Scripturam*[222]. Diese Schriften sind neben den vollständigen Textauslegungen ein wichtiger Zugang zur mittelalterlichen Exegese. Dabei ist zu bedenken, daß diese Auslegung weniger im heutigen Sinne systematisch-logisch als vielmehr assoziativ – aber dies wiederum „systematisch" – vor sich ging. „Ihm [dem mittelalterlichen Mönchtum] genügte für die Exegese das freie Spiel der Assoziationen, der Ähnlichkeiten und Vergleiche." [223] Die exegetischen Texte des 9. Jahrhunderts zeugen dabei zugleich von einer erstaunlichen Einmütigkeit der Interpretation. Dabei kommen sehr oft ganz

217 Ebd.

218 Arnold Angenendt, *Geschichte der Religiosität im Mittelalter*, Darmstadt 1997.

219 Vgl. ebd., 174ff; vgl. auch Leclercq, 213–259.

220 Die in Kapitel 2.2. *cantare* und *dicere* noch etwas genauer beleuchtet werden soll.

221 Vgl. Angenendt, *Religiosität im Mittelalter*, 170. Dazu noch einmal Gurjewitsch, 82f (Hervorhebungen original): „Der christliche Symbolismus «verdoppelte» die Welt, indem er dem Raum eine neue, zusätzliche Dimension gab, die nicht mit dem Auge zu sehen, jedoch mittels einer ganzen Serie von Interpretationen zu erfassen war. [...] Entsprechend wurde jeder Text der Schrift sowohl buchstäblich als auch geistig oder mystisch ausgelegt, wobei die mystische Deutung ihrerseits wiederum einen dreifachen Sinn besaß. Auf diese Weise erhielt der Text im Endergebnis vier Interpretationen. *Erstens* mußte er von der faktischen Seite her verstanden werden («historische» Deutung). *Zweitens* wurde die gleiche Tatsache als Analogie eines anderen Ereignisses betrachtet. So hatten z. B. Ereignisse, die im Alten Testament beschrieben sind, neben ihrem unmittelbaren Sinn noch einen anderen, verschleierten, allegorischen Sinn, der auf Ereignisse verweist, von denen das Neue Testament berichtet («allegorische» Deutung). [...] *Drittens* wurde eine moralisch-belehrende Erklärung gegeben: das gegebene Ereignis wurde als moralisches Verhaltensbeispiel betrachtet («tropologische» Deutung). [...] *Viertens* wurde in den Ereignissen eine religiöse, sakramentale Wahrheit enthüllt («anagogische», d. h. hinaufführende Deutung). [...] Die Idee dieser vierfachen Interpretation drückte der Vers aus: «Littera gesta docet, quid credes allegoria, Moralis quod agas, quo tendas, anagogia.»"

222 PL 112, Sp. 849–1088.

223 Leclercq, 90.

grundlegende Glaubensausssagen zum Ausdruck, was aus ihrer pädagogischen Funktion[224] heraus zu erklären ist. Diese Deutungen könnten deshalb auch als eine „katechetische Exegese“ bezeichnet werden, deren Allgemeingültigkeit ihren „Transfer“ in spätere Jahrhunderte erleichterte.

Einen besonders ausgeprägten Aspekt mittelalterlicher Exegese führt Angenendt gesondert auf, nämlich die selbstverständlich christologische Deutung des Alten Testamentes, aus dem ja die allermeisten Texte des gregorianischen Repertoires genommen sind: „Ein spezifisch christliches Allegorese-Schema ist die Typologie. Es war ein- und derselbe Gott, der im Alten Testament und im Neuen, dort durch Jesus, gesprochen hatte. Unmöglich konnte er sich unterschiedlich offenbart haben, und so lautete die Schlußfolgerung, das Alte Testament sei von Anfang an auf Jesus hin ausgerichtet gewesen, spreche und handle wesentlich von ihm.“[225] Auch auf diesen Ansatz patristisch-mittelalterlicher Exegese wird bei der Analyse wiederholt zurückzukommen sein.

Als Konsequenz aus diesen Überlegungen werden in der vorliegenden Arbeit die in Kapitel 2 auf ihre direkten und indirekten Aussagen zum gregorianischen Repertoire bzw. liturgischen Gesang befragten Autoren der Karolingerzeit auch in den drei analytischen Teilen zum Vergleich herangezogen, wenn die Analyse eines Gesangs zu einer theologischen Deutung Anlaß gibt. Es soll jeweils an einem oder mehreren exegetischen Beispielen des frühen Mittelalters gezeigt werden, daß die erarbeitete Deutung durchaus dem theologischen Denken dieser Zeit entspricht. In solchen Übereinstimmungen soll jedoch kein zwingender Beweis für die „Richtigkeit“ der Interpretation gesehen werden, sie sollen lediglich Fehlinterpretationen aus einer modernen theologischen Sicht heraus vermeiden helfen. Ansonsten dienen diese Zitate der mittelalterlichen Theologen eher als „Illustrationen“ der gefundenen Ergebnisse einer Analyse.

Der Anspruch an die Analyse in dieser Arbeit soll dabei viel bescheidener sein, als es der Versuch wäre, die Spuren der vielschichtigen mittelalterlichen Exegese im gregorianischen Repertoire systematisch nachzuweisen. Dies setzt nicht nur eine umfangreiche Detailkenntnis der patristischen wie mittelalterlichen Theologie voraus. Es zeigt sich auch sehr schnell, daß die Ebene der theologischen Interpretation zwar oft möglich, aber in der konkreten musikalischen Ausformung nur selten so offensichtlich und eindeutig ist, daß dies als Nachweis gelten kann. Zu ungewiß sind die Kriterien, nach denen das musikalisch „Außergewöhnliche“, das eine beweiskräftige inhaltliche Hervorhebung oder Akzentsetzung und damit Interpretation bewirken könnte, von einer kaum klar zu definierenden „neutralen“ Norm zu unterscheiden ist. Es wird also darum gehen, nach besonders klaren und überzeugenden Beispielen Ausschau zu halten. Die so gewonnenen Deutungen können und wollen nicht alleingültig oder gar umfassend sein. Sie dienen lediglich der Demonstration der Tatsache, daß in den Gesängen des gregorianischen Repertoires, wo sie die Ebene der Wortbedeutung erreichen und gestalten, mittelalterliche Theologie zum Klingen gebracht wird.

224 Zum einen war es das besondere Anliegen der Karolingischen Reform, den Bildungsstand zu heben, zum anderen ging es im 8./9. Jh. häufig noch um eine erstmalige Christianisierung.

225 Angenendt, *Religiosität im Mittelalter*, 171.

Die recht ausführlichen Überlegungen und Fragen dieses Einleitungsteils zeigen, wie komplex die Hintergründe des Themenkomplexes von Musik und Sprache im gregorianischen Gesang sind. Wenn in den folgenden Kapiteln nun versucht wird, die verfügbaren Quellen zu befragen, so geschieht dies in dem Bewußtsein, daß dabei stets eine angemessene Vorsicht zu walten hat und angesichts so vieler Unklarheiten hinsichtlich des historischen Kontextes sich vieles nur tastend erschließen lassen wird.

2. ZEITGENÖSSISCHE QUELLEN THEOLOGISCHER REFLEXION

2.1. SCHRIFTEN UND AUTOREN – VORÜBERLEGUNGEN

Aus dem frühen Mittelalter sind eine Fülle schriftlicher Zeugnisse erhalten, von denen einige als bedeutsame Quellen für diese Arbeit zu gelten haben, auch wenn in vielen Fällen die nachweisbare Text-Tradition nicht bis in die Entstehungszeit zurückreicht und ein Großteil der Schriften noch nicht textkritisch ediert ist. Trotz dieser Unsicherheiten bilden diese Quellen eine wichtige Grundlage für die Untersuchung der Beziehung von Musik und Sprache im gregorianischen Gesang. Wenn die zu besprechenden Texte im folgenden als „theologisch" bezeichnet werden, so trägt dies der Tatsache Rechnung, daß – anders als in den sogenannten „musiktheoretischen" Schriften des frühen Mittelalters – die Frage nach der Musik jeweils in einen übergreifenden, theologisch motivierten Kontext gestellt wird. Es geht dabei in der Regel um Fragen der Liturgie[1], deren Reform ein zentrales Anliegen in der zweiten Hälfte des 8. und der ersten des 9. Jahrhunderts war. Um diese Zusammenhänge ein wenig genauer zu erläutern, seien an dieser Stelle zunächst einige Anmerkungen zum historischen Kontext gemacht.

Nach einer Zeit des Niedergangs im 7. und frühen 8. Jahrhundert erlebten nach 750 unter der Herrschaft der Karolinger Staat, Kirche und Kultur eine Phase des Aufschwungs, von der ein wichtiger Impuls ausging für die Entwicklung des mittelalterlichen Europa. Diese Reform – von Pippin begonnen und von Karl dem Großen und Ludwig dem Frommen weitergeführt – bewirkte eine Anhebung des Bildungsniveaus[2] vor allem der Kleriker und Mönche und eine Wiederbelebung der antiken Bildung, so daß Historiker von dieser Epoche auch als der „Karolingischen Renaissance" sprechen[3]. Ein zentrales Anliegen dieser Reform auf kulturell-religiösem Gebiet war die Pflege der lateinischen Sprache[4] als Sprache der Bibel bzw.

1 Vgl. dazu Anders Ekenberg, *Cur cantatur. Die Funktionen des liturgischen Gesanges nach den Autoren der Karolingerzeit*, Stockholm 1987, 9–29.

2 Vgl. Huglo, *Grundlagen*, 25ff.

3 Vgl. Ewig, 80–91.

4 So schreibt Karl der Große in: *Epistola de litteris colendis* (780–800), einem Brief, mit dem er unter anderem darauf reagiert, daß – wie er schreibt – ihm zwar fromme, aber sehr fehlerhafte Briefe aus verschiedenen Klöstern zugekommen seien; in: Monumenta Germaniae Historica, Legum Sectio II, Capitularia Regum Francorum, ed. A. Boretius, Bd. I, Hannover 1881, 79: „Unde factum est, ut timere inciperemus, ne forte, sicut minor erat in scribendo prudentia, ita quoque et multo minor esset quam recte esse debuisset in sanctarum scripturarum ad intelligendum sapientia. Et bene novimus omnes, quia, quamvis periculosi sint errores verborum, multo periculosiores sunt errores sensuum. Quamobrem hortamur vos litterarum studia non solum non negligere, verum etiam humillima et Deo placita intentione ad hoc certatim discere, ut facilius et rectius divinarum scripturam mysteria valeatis penetrare. Cum autem in sacris paginis sche-

der Liturgie und die Vereinheitlichung der Liturgie wie des kirchlichen Lebens überhaupt – nicht zuletzt als ein Mittel politischer Einheit und Macht. In dieser Phase der mittelalterlichen Geschichte entwickelten sich die Kloster- und Kathedralschulen zu den entscheidenden Zentren der Bildung[5].

Die in diesen Schulen vermittelte Bildung hatte drei wichtige Quellen[6]: die Bibel, die Vätertheologie (Patristik) und die antiken Artes liberales[7]. In eben dieser „Hierarchie" waren sie auch aufeinander bezogen: Das zentrale Anliegen war das Verständnis und die Deutung der Hl. Schrift. Die grundsätzliche Orientierung der Bildung hin auf den christlichen Glauben führte – wie Jean Leclercq ausführlich beschreibt[8] – dazu, daß die antiken Schriften zwar abgeschrieben, gelesen und vor allem für das Studium der lateinischen Sprache verwendet wurden, jedoch ihr geistiger Gehalt nur insoweit rezipiert wurde, als er mühelos in das zeitgenössische religiöse Denken integriert werden konnte. Diese Haltung führte zu dem für diese Zeit charakteristischen „Gemisch" theologischen und antiken Gedankengutes, wie es in einer etwas anderen Gewichtung auch in den musiktheoretischen Schriften zu finden ist[9]. Diese „Mischung" wurde dann in einer für das moderne Denken bisweilen nicht leicht nachvollziehbaren und oft allzu gewollt und spekulativ anmutenden Weise auf die konkret anstehenden Fragen der Zeit bezogen.

Für die Bildung hatte dieser Ansatz zur Folge, daß neben der Patristik, die in beständigen Textadaptionen oder auch wörtlichen Zitaten allgegenwärtig war, von den antiken Septem Artes liberales vor allem das Trivium (Grammatik, Rhetorik, Dialektik) – in der Regel am Beispiel der Bibel – gelehrt wurde und beim Quadrivium (Arithmetik, Geometrie, Astronomie, Musik) die Musik wegen ihrer Bedeu-

mata, tropi et caetera his similia inserta inveniantur, nulli dubium est, quod ea unusquisque legens tanto citius spiritualiter intelligit, quanto prius in litterarum magisterio plenius instructus fuerit." – „Dadurch ist es geschehen, daß wir zu fürchten begannen, daß nicht etwa, so gering wie die Kenntnis im Schreiben war, so auch und weit geringer, als es richtig wäre, die Weisheit im Verständnis der Heiligen Schriften sein könnte. Und wir wissen alle sehr wohl, daß, so sehr auch die Irrtümer in den Worten gefährlich sein mögen, die Irrtümer im Sinn noch weit gefährlicher sind. Deshalb ermuntern wir euch, das Studium der Schriften nicht nur nicht zu vernachlässigen, sondern in demütigster und Gott gefälliger Anstrengung wetteifernd daraufhin zu lernen, daß ihr imstande seid, leichter und richtiger in die Mysterien der heiligen Schriften einzudringen. Weil aber in den heiligen Seiten *schemata, tropi* und andere diesem ähnliche Beimischungen zu finden sind, besteht kein Zweifel, daß einer, der sie liest, um so schneller geistlich versteht, als er zuvor im Unterricht der Wissenschaften reichlicher unterwiesen worden ist."

5 Vgl. z. B. Leclercq, 130; und Hans-Werner Goetz, *Proseminar Geschichte: Mittelalter*, Stuttgart 1993, 75.

6 Vgl. Leclercq, 65–168.

7 Dazu Huglo, *Grundlagen*, 37: „Cassiodor in Vivarium, Boethius in Ravenna und der hl. Benedikt in Montecassino bilden durch ihr Wirken und ihre Werke ein dreifaches Bindeglied zwischen der römischen Kultur und dem Mittelalter. Gilt Boethius mit Recht als «Vater der mittelalterlichen Philosophie», könnte man Cassiodor als Vater der Wiedererweckung der biblischen Studien und besonders der Artes liberales im 9. Jahrhundert bezeichnen." Zu den Artes liberales vgl. auch ebd. 48ff.

8 Vgl. Leclercq, 128–168.

9 Hier ist der Anteil antiken Gedankengutes größer.

tung für die Liturgie im Mittelpunkt des Interesses stand. Michael Bernhard bemerkt dazu: „Die Bedeutung der Musik in der mittelalterlichen Geisteswelt ist durch die große Anzahl der uns überlieferten Schriften über Musik deutlich dokumentiert. Diese Bedeutung hat sich aber nicht nur im Fachschrifttum niedergeschlagen, sondern auch in der mittellateinischen Literatur. Im täglichen Leben der Klöster und Domschulen, der Träger des kulturellen Lebens, war die Musik ein fester Bestandteil, in viel höherem Maße als die anderen Artes des Quadriviums.“[10] Dies begründet z. B. Hrabanus Maurus (780–856) mit folgenden Worten:

> „Haec ergo disciplina tam nobilis est, tamque utilis, ut qui ea caruerit, ecclesiasticum officium congrue implere non possit. Quidquid enim lectionibus decenter pronunciatur, ac quidquid de psalmis suaviter in ecclesia modulatur, huius disciplinae scientia ita temperatur, et non solum per hanc legimus et psallimus in ecclesia, immo omne servitium dei rite implemus.“[11]

> „Diese Disziplin ist also so vornehm und so nützlich, daß derjenige, dem sie fehlt, das kirchliche Officium nicht angemessen zu vollziehen vermag. Was nämlich auch immer in den Lesungen geziemend verkündet wird und was auch immer von den Psalmen in der Kirche lieblich gesungen wird, wird so durch die Wissenschaft dieser Disziplin geordnet, und durch diese lesen und psallieren wir nicht nur in der Kirche, vielmehr vollziehen wir (mit ihrer Hilfe) in rechter Weise den ganzen Gottesdienst.“

In diesem Zitat wird die Musik ganz auf die Liturgie in allen ihren Vollzügen hingeordnet. Da eben dieser Gottesdienst der Rahmen ist, in dem der gregorianische Gesang als „klingende Sprache“ seinen Ort hat, sind auch die theologischen Schriften der Karolingerzeit, soweit sie die Rolle des Gesangs in der Liturgie bzw. in den liturgischen Diensten und Funktionen reflektieren, unverzichtbar für das Thema dieser Arbeit.

Gegenüber den musiktheoretischen Schriften des frühen Mittelalters hat die hier zu betrachtende Gruppe von Texten den großen Vorzug, daß sie zeitgleich mit der Verbreitung des gregorianischen Repertoires im Frankenreich entstanden ist, also zwischen 750 und 840/50[12]. Einige dieser Texte stammen von Autoren, die selbst unmittelbar an diesem Prozeß in seinen verschiedenen Phasen beteiligt waren (z. B. Chrodegang von Metz, Alkuin und seine Schüler) und so mit der Vereinheitlichung der Liturgie nach römischem Vorbild auch den fränkisch-gregorianischen Gesang verbindlich machten und etablierten. Deshalb sind ihre Schriften wertvolle Zeugnisse für das Denken, den „Zeitgeist“, aus dem heraus die Einführung des *cantus Romanus* im Frankenreich erfolgt ist. Auch wenn, wie gesagt, unmittelbare Äußerungen über konkrete musikalische Details kaum darin zu finden sind, so lassen sich dennoch eine ganze Reihe Schlüsse aus diesen Texten ziehen, die Wesentliches über

10 Michael Bernhard, *Das musikalische Fachschrifttum im lateinischen Mittelalter*, in: Die Rezeption des antiken Fachs im Mittelalter, hg. von Frieder Zaminer, Darmstadt 1990 (Geschichte der Musiktheorie 3), 86.

11 PL 107, *De clericorum institutione*, Sp. 401.

12 Der von Pippin gewünschte römische Cantor für die Unterweisung im Cantus Romanus kam 752 ins Frankenreich; ca. 840 gibt das bereits genannte Zitat von Walafried Strabo Auskunft über die offensichtlich gelungene Verbreitung des gregorianischen Repertoires (vgl. PL 114, Sp. 957). Die jüngste in diesem Kapitel genannte Schrift, die *Musica disciplina* von Aurelian (ca. 840/50), ist zugleich die älteste musiktheoretische Schrift der Karolingerzeit.

die Voraussetzungen für die Frage nach Musik und Sprache im gregorianischen Gesang enthalten.

Aufgrund der weithin akzeptierten These, das gregorianische Repertoire sei als Umformung einer älteren römischen Gesangstradition nach 750 im Frankenreich entstanden, sollen im folgenden die älteren Schriften z. B. von Augustinus, Cassiodor oder Isidor von Sevilla nur soweit berücksichtigt werden, als sie von den späteren Autoren offensichtlich rezipiert worden sind[13]. Denn sie sprechen mit Sicherheit oder großer Wahrscheinlichkeit von einer anderen oder älteren Gesangs-Tradition[14], über deren konkrete musikalische Beziehung zum gregorianischen Gesang zu wenig bekannt ist. Daher beschränkt sich dieses Kapitel auf die Autoren der Karolingerzeit, die sich direkt oder indirekt mit dem Verhältnis von „Singen" und „Sagen", von *cantor* und *lector*, mit der Bedeutung von Text und Musik in der Liturgie oder ähnlichen Hinweisen auf das Wort-Ton-Verhältnis befassen.

Bevor nun einige Anmerkungen zu den Autoren und Schriften, die für dieses Kapitel von Bedeutung sind, gemacht werden, sollen noch einige kurze, kritische Gedanken zu den Möglichkeiten und Grenzen des geplanten Vorgehens angeführt werden. Die Denkweise, die Fragen und Erfahrungen der früh-mittelalterlichen Menschen sind so weit von denen des heutigen Menschen entfernt, daß diese zeitliche Distanz beträchtliche Schwierigkeiten mit sich bringt. Ohne die Kenntnis der Vorstellungswelt, des „Weltbildes" des mittelalterlichen Menschen, lassen sich die schriftlichen Quellen kaum gültig auswerten und interpretieren. Umgekehrt sind aber genau diese Quellen der einzige Zugang zu eben diesem Weltbild. So läßt sich positiv sagen, „daß sich das Weltbild oder seine einzelnen Elemente in allen semiotischen Systemen, die in einer Gesellschaft wirken, verkörpert. Es ist daher ganz natürlich, seine Spuren vor allem in den Werken der Literatur und der Kunst zu suchen."[15] Aber zugleich muß auf die Grenzen dieses Zugangs aufmerksam gemacht werden: „Zweifellos kann das Studium der Sprache, der Terminologie, der Formeln [...], sehr viel zur Enthüllung der Kategorien des mittelalterlichen «Weltmodells» beitragen. Das Ritual und die Prozedur spielten im sozialen und kulturellen Leben des mittelalterlichen Menschen eine große Rolle. Natürlich kann sie der Historiker vorwiegend mit Hilfe des Studiums schriftlicher Quellen entdecken. Dabei muß jedoch an die treffende Beobachtung von J. Le Goff erinnert werden. «Die Kultur des Mittelalters ist eine Kultur der Gestik.» [...] Die Schriftsprache gibt das Grundmassiv der menschlichen Vorstellungen im Mittelalter nicht vollkommen wieder. Vieles bleibt unwiederbringlich verloren [...]."[16] In dem Bewußtsein, daß die hier gemachten Beobachtungen also fragmentarisch bleiben müssen und daß die Gefahr einer Fehlinterpretation allgegenwärtig ist, soll eine Annäherung an diese Texte im obengenannten Sinn versucht werden. Zuvor jedoch sollen die wichtigsten Autoren der untersuchten Quellen kurz vorgestellt werden.

13 Zu Censorius, Augustinus, Calcidius, Martianus Capella, Cassiodor, Boethius, Isidor vgl. Huglo, *Grundlagen*, 27–48.
14 Z. B. Isidor v. Sevilla: altspanische Liturgie.
15 Gurjewitsch, *Das Weltbild*, 37.
16 Ebd. 39.

Chrodegang v. Metz (gest. 766)[17] ist die erste große Gestalt der Karolingerzeit, die in diesem Zusammenhang von zentraler Bedeutung ist. Seit 742 Bischof von Metz, stand er in enger Verbindung zu König Pippin und begleitete u. a. Papst Stephan II. bei seiner Reise ins Frankenreich. Nach dem Tod des Bonifatius (754) wurde er der einzige Erzbischof des fränkischen Reiches und übte dadurch großen Einfluß in Kirche und Politik aus. Ein zentrales Anliegen Chrodegangs war die römische Liturgie und besonders deren Gesang, wofür Metz bald zu einem wichtigen Zentrum wurde[18]. Somit hat er als einer der Protagonisten der Verbreitung und damit möglicherweise auch der Redaktion des fränkisch-gregorianischen Gesangs zu gelten[19]. In seiner *Regula canonicorum*[20] gibt Chrodegang wichtige Hinweise zur Funktion des *cantor*, die auf sein Verständnis des liturgischen Gesangs schließen lassen.

Der Angelsachse Alkuin (ca. 731–804), Leiter der Hofschule Karls des Großen, muß als eine der prägendsten Gestalten der Karolingischen Reform gelten. Eine ganze Reihe wichtiger Persönlichkeiten dieser Zeit, unter ihnen Hrabanus Maurus, waren seine Schüler. Als Karl der Große ihn 781 in Italien für sein Vorhaben gewann, galt Alkuin als der größte Gelehrte seiner Zeit[21], der in den antiken Artes liberales genauso bewandert war wie in der Exegese und der Liturgie. So zeigen auch seine Schriften ein sehr breites Spektrum an Themen[22]. Auch wenn Alkuins seltene Äußerungen zur Musik für diese Arbeit kaum von Bedeutung sind, steht er prägend im Hintergrund.

Dies zeigt sich u. a. auch in den exegetischen Schriften seines Schülers Hrabanus Maurus (780/83–856), der wie kaum ein anderer Autor seiner Zeit das Verfahren der Kompilation anwandte[23]. Seine recht umfangreichen Texte zur Funktion des liturgischen Gesangs bzw. zur Bedeutung der Dienste von *lector* und *cantor* sind fast ausschließlich aus verschiedensten Texten Isidors von Sevilla zusammengesetzt. Dennoch zeugen Auswahl und Zusammenstellung dieser Zitate vom Denken des Hrabanus Maurus und den aktuellen Fragen seiner Zeit, in der er einer der angesehendsten Lehrer war. Sein Kloster in Fulda (mit 700 Mönchen) wandelte er zu einem der wichtigsten Zentren der Bildung um[24].

Dort wurde auch sein prominenter Schüler Walafried Strabo[25] (gest. 849) ausgebildet, der Abt der Reichenau, Prinzenerzieher, Dichter und Liturge war und „dem wie keinem anderen historisch-kritischer Sinn für die Liturgiegeschichte nachgerühmt wird“[26]. Von ihm stammen die differenziertesten erhaltenen Äußerungen des frühen Mittelalters zum historischen Ablauf der Einführung der römischen Liturgie und des gregorianischen Repertoires[27]. Auch wenn diese hier nicht im Mittelpunkt

17 Vgl. Arnold Angenendt, *Das Frühmittelalter*, Stuttgart 1990, 289.
18 Ebd.
19 Vgl. auch Klöckner, *Analytische Untersuchungen*, 19–24.
20 PL 89, Sp. 1058–1119.
21 Vgl. Angenendt, *Frühmittelalter*, 306.
22 Vgl. ebd., 306f.
23 Vgl. ebd., 434.
24 Vgl. ebd., 432ff.
25 Vgl. ebd., 376+434.
26 Ebd., 455.
27 Vgl. PL 114, Sp. 943–957.

des Interesses stehen und von daher nicht detailliert ausgewertet werden können, sind in Walafried Strabos *De rebus ecclesiasticis, caput XXII–XXV* hilfreiche Hinweise zu Musik und Sprache zu finden[28].

Eine weitere wichtige Gestalt der Karolingischen Reform, die wertvolle Zeugnisse zur Frage nach der Beziehung von Musik und Sprache im gregorianischen Gesang hinterlassen hat, ist Smaragdus (gest. 826/30)[29], Abt von St. Mihiel und zusammen mit Benedikt von Aniane eifriger Verfechter der verbindlichen Einführung der Benediktusregel für alle Klöster. Sein Regelkommentar und seine Schrift *Diadema monachorum* zeigen, wie wichtige Aussagen der Benediktusregel über den liturgischen Gesang um das Jahr 800 verstanden wurden.

Eine ebenso schillernde wie wegweisende Persönlichkeit findet sich in Amalar von Metz (gest. ca. 850). Er war seit 809 Erzbischof von Trier, resignierte aber bereits 815 und widmete sich besonders Fragen der Liturgie. Die allegorische Auslegung der Liturgie, bei der er nahezu jedem liturgischen Detail einen „tieferen", verborgenen Sinn zuordnete[30], gewann durch ihn einen hohen Stellenwert. Dieser Ansatz blieb schon zu Lebzeiten Amalars nicht ohne heftigen Widerspruch[31], dennoch prägte er das liturgische Denken des gesamten Mittelalters und muß von daher den „Nerv" seiner Zeit getroffen haben. Für die in dieser Arbeit gestellte Frage ist der allegorische Ansatz jedoch ohne Bedeutung, vielmehr hindert er eher den Zugang zum Konkreten, das oft nur noch mühsam aus der Fülle der allegorischen Deutungen herauszulesen ist. Dennoch hinterläßt Amalars Ausführlichkeit und Liebe zum Detail einen enormen Fundus höchst bemerkenswerter Aussagen über den liturgischen Gesang. Dies beginnt damit, daß er klar identifizierbare Gesänge des gregorianischen Repertoires nennt, und gipfelt im einzigen erhaltenen Kommentar zur Gestalt eines dieser Gesänge, nämlich des OF *Vir erat*. Hinzu kommt, daß Amalar Nachahmer gefunden hat, und so darf es als ein historischer Glücksfall gelten, daß u. a. auch dieser Kommentar zum OF *Vir erat* in einer erheblich ausführlicheren Variante erhalten ist. Diese lange Zeit Alkuin zugeschriebene Quelle – was die Autorität des Textes nicht unwesentlich gesteigert haben dürfte – stammt von Remigius von Auxerre (ca. 841–ca. 908)[32], der zeitweise mit Hucbald von Saint-Amand zusammengewirkt hat.

Als letzter sei noch Aurelian, Mönch von Réôme, genannt[33]. Seine Schrift *Musica disciplina* stellt einen Sonderfall unter den im Kontext dieser Arbeit untersuchten Quellen dar. Sie gilt als die älteste musiktheoretische Schrift der Karolingerzeit und steht dennoch durch ihre Meßerklärung zugleich klar in der Tradition der theologischen Schriften. Dies macht einmal mehr deutlich, daß allen Grenzziehungen und Gruppierungen etwas Künstliches anhaftet, und zeigt auch, wie stark verfloch-

28 Darauf wird z. T. jedoch erst in Kapitel 3. *Zeitgenössische Quellen musiktheoretischer Reflexion* eingegangen.

29 Vgl. Angenendt, *Frühmittelalter*, 365f.

30 Vgl. ebd., 441; vgl. auch die ausführliche Darstellung von Reinhard Meßner, *Zur Hermeneutik allegorischer Liturgieerklärung in Ost und West*, in: Zeitschrift für Katholische Theologie 115 (1993), 184–319; 415–434.

31 Vgl. Angenendt, *Frühmittelalter*, 442.

32 Vgl. dazu Ekenberg, 192.

33 Die Lebensdaten sind nicht bekannt.

ten theologisches und musiktheoretisches Denken in dieser Zeit waren. Alle musiktheoretischen Texte des frühen Mittelalters sind von Mönchen verfaßt, denen der hier betrachtete theologische Hintergrund selbstverständlich war, mögen sie ihn nun wie Aurelian eigens anführen oder nicht.

Der Zeitpunkt der Entstehung von Aurelians Schrift (840/50)[34] markiert historisch einen Wandel in der Intention der Texte zum liturgischen Gesang. Ging es in den ersten Jahrzehnten des 9. Jahrhunderts noch darum, im Zuge der Einführung der römischen Liturgie das Repertoire erst einmal zu etablieren und zu verteidigen, so ist dieser Prozeß um die Mitte des Jahrhunderts abgeschlossen[35]. Jetzt kann sich das Interesse anderen Fragen, eben auch denen nach den musikalischen Grundlagen und Details, zuwenden. In dieser historischen Situation könnte eine plausible Erklärung dafür zu finden sein, daß es bis Aurelian eben nur „theologische“ und keine „musiktheoretischen“ Schriften gibt[36].

2.2. *CANTARE* UND *DICERE*

2.2.1. Im lateinischen Sprachgebrauch

Will man historisch fundierte Aussagen über die Beziehung von Musik und Sprache im gregorianischen Gesang machen, so kann angesichts der großen zeitlichen Entfernung nicht darauf verzichtet werden, zunächst die grundlegenden Begriffe zu klären und nachzuforschen, was der Unterschied von *cantare* und *dicere*, von „Singen“ und „Sagen“ für den spätantiken bzw. für den mittelalterlichen Menschen eigentlich bedeutet.

Hinweise für eine enge Verbindung zwischen „Singen“ und „Sagen“ gibt bereits der Gebrauch der lateinischen Worte *dicere* und *cantare* bzw. *canere* in Spätantike und Mittelalter[37]. Schon der schlichte lexikalische Befund zeigt, daß das Wort *dicere* keineswegs nur „sagen“ oder „sprechen“ bedeutet, sondern im klassischen

34 Diese Datierung ist nicht unumstritten, vgl. Michael Bernhard, *Textkritisches zu Aurelianus Reomensis*, in: Musica Disciplina 40 (1986), 60f.

35 Vgl. Walafried Strabo, PL 114, Sp. 957.

36 Eine weitere mögliche Erklärung nennt Huglo, *Grundlagen*, 41: „So blieb also der unvollendete Traktat des Boethius in einer Bibliothek in Ravenna vergraben [...], bis ihn endlich in den letzten Jahren des 8. Jahrhunderts die karolingischen Gelehrten, [...] zusammen mit anderen wichtigen Werken entdeckten. Die Verbreitung des Traktats in den karolingischen Schulen gewährleisteten die großen klösterlichen Scriptorien, [...] – eine unglaubliche Arbeitsleistung angesichts der etwa hundert technischen Diagramme, die abzuzeichnen waren. [...] So konnten die vertieften Bemühungen um die Musiktheorie frühestens im zweiten Drittel des 9. Jahrhunderts beginnen.“

37 In seiner Dissertation *dicere und cantare. Zur musikalischen Terminologie des mittelalterlichen geistlichen Dramas in Deutschland*, Regensburg 1981 (Kölner Beiträge zur Musikforschung 120), befaßt sich Ulrich Mehler zunächst ausführlich mit Fragen der Terminologie. Er untersucht dabei Gebrauch und Bedeutung dieser beiden und auch anderer, inhaltsverwandter Wörter wie z. B. *recitare, legere* und *psallere* in mittelalterlichen Quellen. Er hat in seine Überlegungen ein breites Spektrum der hier zu untersuchenden Texte einbezogen.

Latein wie in dem des frühen Mittelalters auch selbstverständlich in der Bedeutung von „singen" verwendet wird, während *cantare* bzw. *canere* weithin den musikalischen Ausdruck meinen, der sowohl instrumentalen wie dichterischen Vortrag einschließt[38]. Nur von dieser umfassenden Bedeutung des Wortes *dicere* her sind die – für unseren heutigen Sprachgebrauch geradezu widersprüchlichen – Wortkombinationen zu verstehen, wie sie bereits in der *Regula Benedicti*[39] zu finden sind, wenn es dort z. B. heißt:

> „Ubi tantum in quarto responsorio dicatur a cantante *Gloria*;"[40] – „Nur beim vierten Responsorium soll vom Singenden das Gloria vorgetragen werden."
>
> „... qui cantat dicat *Gloriam*."[41] „ – „... wer singt, soll das Gloria vortragen."
>
> oder „... incipit cantor dicere,"[42] – „... der *cantor* beginnt vorzutragen."

Dieser Sprachgebrauch ist auch in den theologischen Quellen des frühen Mittelalters durchgängig zu finden[43]. Das Wort *dicere* wird dabei für den Gesang und für den Vortrag der Lesungen verwendet, während „sprechen" im normalen „Gesprächston" im Lateinischen mit *loqui* bezeichnet wird. Ist dieses *loqui* in der Liturgie vorgesehen, wird es eigens erwähnt, was jedoch nur selten vorkommt[44]. Der mit *dicere, legere* oder *recitare* bezeichnete „Normalfall" liturgischer Rede, mag es sich nun um Lesung, Evangelium, Oration etc. handeln, ist als Lesevortrag zu deuten und wird häufig mit *pronuntiatio* bezeichnet.

Was für Schlüsse aber lassen sich aus dieser terminologischen Beobachtung für die Frage nach der Beziehung von Musik und Sprache ziehen? Sie bringt zumindest eine gesunde Verunsicherung mit sich und legt den Verdacht nahe, daß in der Spätantike und im frühen Mittelalter die „Trennlinie" zwischen gesprochenem und gesungenem Wort, zwischen „Singen" und „Sagen" anders verläuft, als dies unserem heutigen Sprachgebrauch und Empfinden selbstverständlich ist.

38 Vgl. zum Wort *dicere*: Thesaurus Linguae Latinae 5.1, Leipzig 1909–34, II. 2, besonders c+d, Sp. 977f; zum Wort *canare* bzw. *cantare*: Thesaurus Linguae Latinae 3, Leipzig 1907, Sp. 63–72 sowie 287–291.; vgl. auch Mehler, 33. Auch wenn insgesamt gefragt werden muß, ob Mehlers Differenzierungen zum Sprachgebrauch im Mittelalter nicht über das Ziel hinausschießen, geben sie doch wichtige Tendenzen wieder. Daß die Terminologie durchaus vieldeutig und unklar war, vielleicht gar eine Neigung zum Beliebigen hatte, zeigt eine Reihe von Zitaten in Kapitel 2. 3. *cantor und lector*, die den Ergebnissen Mehlers klar widersprechen.

39 *Die Benediktus-Regel. Lateinisch-Deutsch*, hg. von Basilius Steidle, Beuron, [3]1978.

40 RB 11, 4.

41 RB 9, 6; vgl. auch Mehler, 51.

42 RB 9, 6.

43 Hrabanus Maurus schreibt z. B. in *De clericorum institutione*, PL 107, Sp. 323.: „Post hanc ergo cantor dicit responsorium: ad compunctionem provocet, et lenos animos audientium faciat." – „Nach dieser trägt also der *cantor* das Responsorium vor: er soll zur *compunctio* aufrufen und die Seelen (Gemüter) der Hörer weich werden lassen." Nicht nur die Tatsache, daß hier vom Responsorium in der Messe – also vom Graduale, einem melismatischen Sologesang – die Rede ist, belegt, daß an dieser Stelle eindeutig „Singen" gemeint ist, auch die anschließende Ausführung darüber, was dies im Zuhörer bewirken soll, zeigt unmißverständlich, daß hier ein Gesang besprochen wird; vgl. dazu 2. 3. *cantor und lector*.

44 Vgl. dazu Mehler, 41f+55.

2.2.2. In der antiken *pronuntiatio*

An dieser Stelle erscheint es von Bedeutung, einige Anmerkungen zur Beziehung von Rhetorik und Musik in der römischen Antike zu machen. Der Terminus *pronuntiatio* kann dabei als ein Schlüsselbegriff gelten, wird doch bei wichtigen Theoretikern der Rhetorik im Kontext ihrer Ausführungen zu eben dieser Vortragskunst der *pronuntiatio* vom Gesang gesprochen. So fährt Cicero, nachdem er die Ausdrucksfähigkeit im Gesang gerühmt hat („tanta sit et tam suavis varietas perfecta in cantibus") mit den Worten fort:

> „est autem etiam in dicendo cantus obscurior, [...]."[45] – „es gibt aber auch beim Sprechen einen (unterschwellig) verborgenen Gesang."

Quintilian greift dies in seinen Ausführungen auf, bevor er sich anschickt, die rechte *pronuntiatio* zu erläutern („Iam enim tempus est dicendi quae sit apta pronuntiatio"):

> „Quid ergo? non et Cicero dicit esse aliquem in oratione «cantum obscuriorem» et hoc quodam naturali initio venit?"[46] – „Was also? Sagt nicht auch Cicero, daß in der Rede (eine Art von) «Gesang verborgen» ist und dies aus einem gewissen natürlichen Ursprung kommt?"

In seinem Buch *Musica Romana* hat sich Günther Wille u. a. auch mit der Beziehung zwischen Musik und Rhetorik in der römischen Antike befaßt. Er hält es für erwiesen, „daß in der öffentlich vorgetragenen Rede musikalische Stilelemente enthalten waren"[47]. In der Rhetorik gehe es darum, sich der Stimme und ihrer Ausdrucksmöglichkeiten „zur stimmungsmäßigen Wirkung zu bedienen"[48]. Die Frage nach eben dieser „stimmungsmäßigen Wirkung" wird im Verlauf dieser Arbeit immer wieder eine entscheidende Rolle spielen[49]. Es mag das moderne Sprachempfinden befremden, was für eine große Rolle in diesem Kontext dem vom Inhalt losgelösten Klang zukommt[50]. In diesem Aspekt rührt die römische Rhetorik an die *effectus*, die Wirkungen, in der antiken Musiktheorie mit ihrem ontologischen Musikverständnis, von dem in den folgenden Kapiteln ebenfalls noch oft die Rede sein wird. „Die Rhetorik leitet dabei diese Wirkungen nicht in erster Linie vom Inhalt des Gesprochenen, sondern zunächst nur von den formalen Qualitäten her, wofür sie von der Musik die Argumente borgt. Doch ist sie sich bewußt, daß zur Macht der Instrumentalmusik die Wirkung des Sinnes des gesprochenen Worts hinzukommt."[51]

Günther Wille nennt neben dem bereits zitierten Cicero besonders Quintilians *Institutio oratoria* als wichtige Quelle für die Beziehung von Musik und Rhetorik in der römischen Antike. Ulrich Müller hat dieses Werk genauer untersucht[52]. Die von

45 M. Tulli Ciceronis *Ad M. Brutum Orator*, hg. von John Edwin Sandys, Cambridge 1885, 65.

46 M. Fabi Quintiliani (ca. 35–100 n. Chr.), *Institutio oratoria*, Bd. 2, 11.3, 61–65, hg. von M. Winterbottom, Oxford 1970, 665f.

47 Günther Wille, *Musica Romana. Die Bedeutung der Musik im Leben der Römer*, Amsterdam 1967, 447.

48 Ebd.

49 Siehe auch 3.3.2. *Musica enchiriadis – Micrologus: affektbewegende imitatio.*

50 Vgl. dazu Wille, *Musica Romana*, 453.

51 Ebd.

52 Ulrich Müller, *Zur musikalischen Terminologie der antiken Rhetorik: Ausdrücke für Stimmlage*

ihm beschriebenen Differenzierungen der Stimme bei Quintilian gehen über die modernen Vorstellungen von Rhetorik weit hinaus und zeugen von einer hoch ausgebildeten Sensiblität für alle Nuancen und Möglichkeiten der menschlichen Stimme. Gerade Quintilians Anweisungen für die profane *pronuntiatio*, von deren liturgischer Variante im Verlauf dieses Kapitels noch häufig zu sprechen sein wird, rükken in ihrer Terminologie sehr nahe ans „Singen" sowie an die noch zu besprechende affektbewegende *imitatio* heran[53]. Die Beziehung von Musik und Sprache im gregorianischen Gesang zeigt gerade auch an diesem Punkt eine auffällige Nähe zur rhetorischen Vortragskunst, der *pronuntiatio*. In Kapitel 11.3, 61–65 der *Institutio oratoria* heißt es zur *pronuntiatio apta*:

> „Sic velut media vox, quem habitum a nostris acceperit, hunc iudicum animis dabit: est enim mentis index ac totidem quot illa mutationes habet. Itaque laetis in rebus plena et simplex [...] fluit; at in certamine erecta totis viribus et velut omnibus nervis intenditur. Atrox in ira et aspera ac densa et respiratione crebra: [...] Paulum in invidia facienda lentior [...]; at in blandiendo fatendo satisfaciendo rogando lenis et submissa. [...] miseratione flexa et flebilis et consulto quasi obscurior; [...] in expositione ac sermonibus recta et inter acutum sonum et gravem media. Attollitur autem concitatis adfectibus, compositis descendit, pro utriusque rei modo altius vel inferius."

Ulrich Müller übersetzt im Sinne affektbewegender *imitatio*:

> „So wird die Stimme als Vermittlerin die Stimmung, die wir in sie hineinlegt haben, auf die Richter übertragen: Denn sie zeigt, was wir denken und fühlen, und sie hat ebenso viele Wandlungen, wie es auch dort gibt. Daher fließt sie, wenn wir uns mit freudigen Gegenständen beschäftigen, voll und einfach [...], aber im Kampf bietet sie alle Kräfte auf und ist gleichsam aufs höchste gespannt; im Zorn erregt, rauh die Worte stoßartig hervorschleudernd und mit häufigen Atemzügen: [...] Wenn man eine schlechte Stimmung (gegen seinen Gegner) schaffen will, ist die Stimme etwas langsamer, [...]; aber bei Schmeicheln, Gestehen, Entschuldigen und Bitten ist sie sanft und leise. [...] zur Erregung von Mitleid leicht singend, weinerlich und mit Absicht etwas dunkler [...], bei der Darlegung von Tatsachen und im Gespräch ohne Modulation und in mittlerer Höhe zwischen einem hohen und tiefen Ton. Bei erregtem Gemütszustand steigt sie, bei ruhigerem fällt sie im Tone, und zwar entsprechend dem Thema[54] höher oder tiefer."[55]

Dieses ausführliche Zitat veranschaulicht, wie viele auch im Bereich der Musik verwendete Formulierungen auf die *pronuntiatio* angewendet werden. Auf diese Weise finden „musikalische" Elemente wie Tonhöhe und verschiedene Aspekte des Rhythmischen und der Dynamik gezielten und reflektierten Einsatz. Darin zeigt sich nicht nur die enorme Differenziertheit der Antike im Umgang mit der Stimme, sondern der Vergleich mit den Anweisungen für den *lector* in den zu untersuchenden mittelalterlichen Quellen macht außerdem deutlich, daß dieses Wissen zumindest im wesentlichen und vom Ideal her erhalten geblieben ist[56]. Offen bleibt jedoch die

und Stimmgebrauch bei Quintilian, Institutio oratoria 11.3, in: AfMw 26 (1969), 29–48. 105–124.

53 Siehe 2.5. *Die Kommentare zum OF Vir erat* und 3.3.2. *Musica enchiriadis – Micrologus: affektbewegende imitatio.*

54 *Rei modo*: eigentlich „nach der Art des Themas", gemeint ist hier wohl die emotionale Färbung.

55 Müller, 121ff.

56 Siehe 2.3.4. *Hrabanus Maurus: ut ad intellectum ...*

Frage, ob es eine solche Praxis auch für den Gesang gegeben hat und ob eine Beziehung von Musik und Sprache im gregorianischen Gesang dort ihre Wurzeln haben könnte.

Eine ernstzunehmende Schwierigkeit bei der Vorstellung, antike rhetorische Techniken der *pronuntiatio* hätten bei der Wort-Ton-Beziehung im gregorianischen Gesang Pate gestanden, bereitet gerade die in der Einleitung genannte, verbreitete Auffassung, daß eine ausgeprägte Verbindung der Musik mit dem jeweiligen Text ein unterscheidendes Wesensmerkmal des gregorianischen Repertoires gegenüber den anderen musikalischen Überlieferungen[57] in Spätantike und frühem Mittelalter sei. Müßte nicht gerade in der ambrosianischen oder der altrömischen Tradition das Wort-Ton-Verhältnis wenigstens ebenso ausgeprägt sein? Freilich muß dabei – neben den offenen Fragen hinsichtlich der altrömischen Gesangstradition[58] – die unsichere Quellenlage bedacht werden, die durch die erst spät einsetzende schriftliche Fixierung gegeben ist. Das altgallikanische Repertoire, das zum Vergleich ebenfalls besonders wichtig wäre, ist bis auf wenige noch erkennbare Relikte im fränkisch-gregorianischen aufgegangen und damit unwiederbringlich verloren.

Probleme bereitet aber auch die Haltung der antiken Rhetoriker gegenüber der Musik. Sie wehren sich, wie Günther Wille herausgearbeitet hat, entschieden gegen eine Musikalisierung der Rhetorik[59]. Trotz des genannten Cicero-Zitats und dessen Aufgreifen durch Quintilian bleibt nicht nur eine klare Trennung zwischen Rhetorik und Gesang bestehen, sondern es ist auch auffallend, daß Günther Wille aus dem von ihm bearbeiteten, sehr umfangreichen Quellenmaterial keine Aussage zu nennen weiß, die einen Einfluß der antiken Rhetorik auf den römischen Gesang reflektiert. So enthält zwar die antike Rhetorik musikalische Elemente, aber es gibt keinen Hinweis darauf, daß der antike Gesang umgekehrt auch rhetorische Elemente verwendet.

Was aber könnte die karolingischen „Redakteure" des fränkisch-gregorianischen Gesangs zu einer – vorher wahrscheinlich nicht oder zumindest nicht in diesem Maße vorhandenen – Annäherung an die Rhetorik veranlaßt haben? Die Kenntnis dieser Rhetorik allein reicht dafür als Erklärung nicht aus. Könnte aber vielleicht die Wortgebundenheit – an das Wort der Bibel wie der Liturgie – der „monastischen" Kultur des frühen Mittelalters ein Motiv für diesen Vorgang gewesen sein? Diese Kultur beginnt ja erst durch die Karolingische Reform im 8. Jahrhundert prägenden Einfluß auf ihre Umwelt auszuüben. Die Übernahme rhetorischer Prinzipien in die liturgische Musik dürfte also weniger der antiken Kultur entstammen, als vielmehr christlich motivierte Wurzeln haben. Ein erster Ansatz dazu läßt sich bereits bei Augustinus finden, der für den Gesang der Kirche geradezu als Rückbesinnung auf

57 Z. B. altrömisch, ambrosianisch, mozarabisch.

58 Vgl. Klöckner, *Analytische Untersuchungen*, 11–28.

59 Wille, *Musica Romana*, 473: „Wie Cicero hat Quintilian einen deutlichen Unterschied gemacht zwischen dem beim Reden unangemessenen Gesang und diesem klanglichen Substrat der gesprochenen Sprache. Damit tritt der Cantus obscurior als melodisches Substrat der gesprochenen Sprache gleichberechtigt neben den Numerus oratorius, das rhythmische Substrat der gesprochenen Sprache."

ein „frühchristliches" (*primitiva ecclesia*) Ideal einfordert, daß er der *pronuntiatio* näher sein solle als dem Gesang (*ut pronuncianti vicinior essetquam canenti*)[60].

2.2.3. In der monastischen Kultur des frühen Mittelalters

Solche Überlegungen müssen natürlich Spekulation bleiben, zumal die konkrete Wort-Ton-Beziehung im gregorianischen Repertoire ja erst noch nachzuweisen ist. Dennoch gilt es zu bedenken, daß die aufblühenden Klöster neben der Bewahrung des antiken Bildungsguts eine eigene Tradition und Kultur pflegten, die sich zumindest in ihren Ursprüngen durch eine bewußte Distanz zur antiken Umwelt auszeichnete, mit Beginn der Karolingischen Reform jedoch selbst kulturschaffend wurde[61]. So findet die enge Verbindung von „Singen" und „Sagen" – neben der allgemeinen „Wort-Zentriertheit" dieser Zeit – auch Bestätigung in einigen mittelalterlichen, primär monastischen Praktiken im Umgang mit dem Wort. Dabei steht das geradezu omnipräsente Wort der Bibel als geschriebenes und als klingendes Wort der Liturgie im Mittelpunkt.

Im Mittelalter wurde sehr viel gelesen: Das gemeinsame Lesen eines Textes von Lehrer und Schüler war die wichtigste Unterrichtsmethode[62], und für die *lectio divina* – neben dem *divinum officium* zentraler Bestandteil des monastischen Lebens – war in der klösterlichen Lebensordnung ein ansehnlicher Zeitraum reserviert[63]. Das Lesen wurde nach antikem Vorbild laut vollzogen[64]. Diese Art des Lesens bringt es mit sich, daß auch das geschriebene Wort, da wo sich jemand seiner bedient, immer klingendes Wort ist. Das Wort in seiner abstrakten, rein geistigen Bedeutung ohne Klang kommt also kaum vor, es ist ein Phänomen einer späteren Zeit. Die *lectio divina* mit ihrem langsamen, verweilenden und wiederholten Lesen kommt dem sehr nahe, was man in Antike und Mittelalter unter *meditatio* verstand: auch dies eine Übung, die Geistiges und Leibliches eng miteinander verband[65]. Den Text vor sich hinsprechen, ihn beständig wiederholen und auswendig lernen – *ex corde* –, das war die dabei verwandte Technik[66]. Daß große Teile der Hl. Schrift auswendig beherrscht und Lesungen auswendig vorgetragen wurden, war für den mittelalterlichen Mönch selbstverständlich[67]. „Das Wesen der *meditatio* besteht also darin, alle

60 Die Traditionslinie verläuft hier von Augustinus über Isidor zu den Autoren der Karolingerzeit, besonders Hrabanus Maurus; siehe 2.3.4. *Hrabanus Maurus: ut ad intellectum ...*

61 Jean Leclercq hat sich ausführlich mit der Spannung zwischen monastischer Theologie und antiker Bildung im frühen Mittelalter befaßt; vgl. Leclercq, *Wissenschaft und Gottverlangen.*

62 Vgl. Leclercq, 138f.

63 Wenigstens vier Stunden pro Tag; vgl. RB 48, 1. 4. 10. 14f. 22.

64 Dazu Leclercq, 23f: „Zur Frage der Lesetechnik ist hier eine grundlegende Feststellung zu treffen: In der Antike liest man normalerweise nicht wie heute hauptsächlich mit den Augen, sondern mit den Lippen, indem man das, was man sieht, vor sich hinsagt, und mit den Ohren, indem man den gesprochenen Worten zuhört, indem man, wie es heißt, die *voces paginarum* hört. Man pflegt also ein richtiges akustisches Lesen; *legere* bedeutet gleichzeitig *audire.*"

65 Vgl. Leclercq, 25f.

66 Vgl. ebd., 26.

67 Vgl. RB, 9, 10; 10, 2; 12, 4; 13, 11.

Fähigkeiten des Gedächtnisses aufmerksam zu entwickeln, sie ist von der *lectio* untrennbar und schreibt sozusagen den heiligen Text in den Körper und den Geist hinein."[68] Für dieses ständige, wiederholende Vor-Sich-Hersagen des meditierten Textes haben die Mönche einen eigenen *terminus technicus* gefunden: Das Wort *ruminatio*[69], was eigentlich „Wiederkäuen" bedeutet, gibt den Vorgang plastisch wieder.

Diese Umgangsweise mit dem geschriebenen Text bewirkt eine beständige Verknüpfung von Sprachinhalt und Sprachklang. Letzterer erhält dadurch eine in der heutigen Zeit kaum noch nachvollziehbare Bedeutung. Wir erleben Sprache ja fast ausschließlich von ihrem abstrakten, geistigen Gehalt, ihrem „Inhalt" her. Deshalb ist es nicht weiter erstaunlich, daß im Mittelalter der Klang auch in die Deutung der Texte einbezogen wird: „Wie bei den Vätern wirkt sich die Wiedererinnerung auch bei den monastischen Autoren des Mittelalters aus. Die akustische Vorstellung von Worten, insofern sie verschiedene Worte nur wegen ihres ähnlichen Klanges nebeneinanderstellt, erzeugt ein System von Wortverbindungen. [...] Sie schreiben nicht immer nach einer logischen Disposition [...]. Die Disposition folgt dem psychischen Ablauf, der vom Spiel der Assoziationen bestimmt wird [...]."[70]

Was bedeutet dies nun für die Beziehung von Musik und Sprache im gregorianischen Gesang? Daraus ergibt sich, daß für eine enge musikalische Verknüpfung von Sprache und Klang durch die genannten Praktiken der Antike und des Mittelalters bereits auf dem Gebiet der gesprochenen bzw. gelesenen Sprache eine ausgeprägte Grundlage vorhanden war. Es liegt daher nahe, die weitere Ausformung des „klingenden Wortes" zu einem Gesang, der dem Sprachklang eng verbunden bleibt und aus ihm herauswächst, als einen konsequenten nächsten Schritt zu betrachten.

Die Grenzen zwischen Singen und Sagen, zwischen geschriebenem und klingendem Wort sind durchlässiger als dies unserem heutigen Empfinden entspricht, die Übergänge sind selbstverständlicher. Sprechen, Schreiben, Singen können eins ins andere verwandelt werden, wie Guido von Arezzo im XVII. Kapitel seines *Micrologus* mit der Überschrift *Quod ad cantum redigitur omne quod dicitur* feststellt:

> „Perpende igitur quia sicut scribitur omne quod dicitur, ita ad cantum redigitur omne quod scribitur. Canitur igitur omne quod dicitur, [...]."[71] – „Erwäge also, daß so wie alles, was gesagt wird, geschrieben werden kann, so wird (auch) alles Geschriebene zu Gesang redigiert. Es wird also alles gesungen, was gesagt [vorgetragen] wird, [...]."

Verblüffend erscheint hier der „Umweg" über das geschriebene Wort. Dieses und nicht das gesprochene Wort wird zur unmittelbaren Grundlage des Gesangs. Das ist möglicherweise aus den beschriebenen terminologischen Zusammenhängen heraus zu deuten. Das im Sinne des *dicere* vorgetragene und eben nicht im Sinne des *loqui* „nur" gesprochene, alltägliche Wort ist eben Wort der Liturgie und damit immer geschriebenes Wort. Guido spricht in diesem Kontext also von der Beziehung zwi-

68 Leclercq, 85 (Hervorhebungen ergänzt).

69 So schreibt z. B. Petrus Venerabilis in: *De miraculis*, PL 189, Sp. 887: „os sine requie sacra verba ruminans" – „der Mund [des Mönches] käut ohne Ruhe die heiligen Worte wieder".

70 Leclercq, 87.

71 Guido von Arezzo, *Micrologus*, hg. von Joseph Smits van Waesberghe, 1955 (CSM 4), 187.

schen liturgischer Sprache und liturgischem Gesang, die für ihn selbstverständlich eins ins andere umwandelbar sind.

Nach all diesen Beobachtungen drängt sich die Frage auf, ob bei den verschiedenen Formen des liturgischen Textvortrags – von der „Rezitation" (*tonus rectus*), dem Orationston, der einfachen Psalmodie, der *pronuntiatio*, den (Meß)antiphonen bis hin zu den melismatischen Sologesängen – nicht vielleicht dieselbe Vorstellung von der Beziehung zwischen dem Text und dem Klang bzw. der Vortragsweise zugrunde liegen könnte. Dabei dürfte der Lesevortrag dem Gesang näher stehen als die Rezitation im Sinne eines *tonus rectus*. Dies würde bedeuten, daß der Gesang als eine Form „gehobener Sprache" oder aber vielleicht auch als Sprache mit einer besonderen Akzentsetzung zu verstehen wäre, was der in der Einleitung genannten Empfehlung Godehard Joppichs, beim gregorianischen Gesang besser nicht vom „Singen" – im modernen Sinne – zu sprechen, nahe käme[72].

Wie die nachfolgende Untersuchung der mittelalterlichen Texte zeigt, spricht vieles dafür, aber auch einiges dagegen. Jedoch scheint es, daß sich eine solche Vorstellung durch das frühe Mittelalter hindurchzieht, so daß es z. B. in einem Text von Innocens III. um das Jahr 1200 heißen kann:

> „Tres diversitates verborum, videlicet orationes, modulationes et lectiones".[73] – „Es gibt drei verschiedene Arten von Worten, nämlich Orationen[74], Gesänge und Lesungen."

Allein schon die Reihenfolge dieser Aufzählung ist erwähnenswert, impliziert sie doch, daß, wie oben bereits vermutet, der Gesang der *pronuntiatio* der Lesungen näher steht als die Oration.

Aus diesen Überlegungen ergibt sich für die Frage nach möglichen Hinweisen auf die Beziehung von Musik und Sprache in den hier zu untersuchenden reflektierenden Quellen eine zu beachtende Akzentsetzung. Es wäre damit zu rechnen, daß sich die Äußerungen über „Sagen" und „Singen", über den *lector* und den *cantor* nicht allzu sehr unterscheiden. So kann es in der folgenden Untersuchung nicht nur darum gehen, im Vergleich von *dicere-cantare* und *dicere-legere* bzw. von *cantor* und *lector* nach Gegensätzen zu suchen. Gerade auch auffallende Ähnlichkeiten und Parallelen sind von Bedeutung.

72 Walafried Strabo weiß über diese Entwicklung ebenfalls ausführlicher zu berichten (vgl. PL 114, Sp. 943f. 948A. 953ff); siehe auch 1.1. *Einleitung*. Tatsächlich ist die Vorstellung, die aufwendigeren Gesangsformen hätten sich aus dem einfachen Textvortrag und der Psalmodie herausentwickelt, in der Forschung des 20. Jahrhunderts alles andere als neu (vgl. Mehler, 34f). Die Analyse wird an vielen Beispielen zeigen können, daß die Grundform der einfachen Psalmodie z. B. zahlreichen Introitus- und Communioantiphonen zugrunde liegt. Dazu Huglo, *Grundlagen*, 60: „In Wahrheit stammen alle Formen des syllabischen, verzierten und melismatischen Gesangs vom Psalmengesang ab. Der Aufbau der Psalmodie ist das «Skelett» der musikalischen Anlage in beiden liturgisch-musikalischen Gattungen, der Antiphon und dem Responsorium. Wie in der Psalmodie bestehen selbst die verziertesten Gesänge aus der Intonation, der Rezitation auf einem bestimmten Rezitationston (der in den Antiphonen oftmals, in den Responsorien zumeist durch mehr oder weniger wichtige Verzierungen verschleiert ist), der Mediante, dem zweiten Rezitationston und der Schlußkadenz."

73 PL 217, Sp. 774.

74 *Oratio* steht mitunter auch ganz allgemein für Rede, jedoch wohl nicht mehr in diesem hochmittelalterlichen Text, der von der Liturgie spricht.

Es geht demnach ganz grundsätzlich um die Frage, ob in dieser Zeit ein Bewußtsein für die Möglichkeit vorhanden war, im – wie auch immer gearteten – Klang einer sprachlichen Äußerung den formalen wie den inhaltlichen Aspekt sowie möglicherweise auch eine Interpretation des Textes gezielt zu gestalten. Dabei wäre ein Kontinuum denkbar, das von einer „Nur-Artikulation" – im Sinne eines *tonus rectus*[75] – über Syntax und Semantik bis hin zur Interpretation der Sprache durch den Klang reicht. Im Vergleich von *cantor* und *lector* läge dann der entscheidende Aspekt in der Frage, ob ein „Mehr" an Klang – also eine musikalische Gestalt – auch ein „Mehr", d. h. eine größere Differenzierung in der Beziehung dieses Klangs zur Sprache nach sich zieht, oder aber ob etwas ganz anderes damit bezweckt wird.

Bei einer genaueren Untersuchung der theologischen Quellen zeigt sich, daß die Beziehung von Musik und Sprache eine vielschichtige zu sein scheint. Bedeutsam ist dabei die Tatsache, daß sich neben der aus der Antike übernommenen Idee, die Musik an sich habe eine Wirkung (*effectus*) auf den Menschen[76], in diesen Texten tatsächlich auch die Forderung finden läßt, in der konkreten, einmaligen klanglich-musikalischen Gestaltung solle sich der Text in seinem formalen wie inhaltlichen Aspekt widerspiegeln.

2.3. *CANTOR*[77] UND *LECTOR*

2.3.1. Grundsätzliches

In den meisten der untersuchten Quellen sind eigene Kapitel mit Überschriften wie *De lectoribus*[78], *De cantoribus*[79], *De psalmis*[80], *De lectionibus*[81] und ähnliches mehr zu finden. Dabei werden *cantor* und *lector* häufig nicht isoliert voneinander besprochen, sondern meist gemeinsam oder unmittelbar nacheinander, oft ineinander verwoben, jedoch nur selten im expliziten Gegensatz zueinander. Diese Texte greifen unübersehbar auf Isidor von Sevilla zurück[82], dessen „Definition" von *cantor (psalmista)* und *lector* offenbar im gesamten frühen Mittelalter verbindliches Vorbild geblieben ist. Im VII. Buch der *Etymologiae* heißt es:

> „Lectores a legendo, psalmistae a psalmis canendis vocati. Illi enim praedicant populis, quid sequantur, isti canunt, ut excitent ad compunctionem animos audientium."[83]

75 Falls es einen solchen in dieser frühen Zeit bereits gegeben hat.

76 Dies wird von Fritz Reckow als die „ontologische Dimension" bezeichnet; vgl. Reckow, *Rhetorik*, 153ff; vgl. auch Schlager, *Ars cantandi*, 221f.

77 In den Quellen ist statt dessen auch häufig vom *psalmista* die Rede. Eine inhaltliche Unterscheidung zwischen diesen beiden Termini scheint wenig sinnvoll, liegen doch weithin die Texte der Psalmen sowie die musikalische „Grundform" der Psalmodie auch den melismatischen Sologesängen zugrunde.

78 Hrabanus Maurus, PL 107, Sp. 305.

79 Chrodegang von Metz, PL 89, Sp. 1079.

80 Hrabanus Maurus, PL 107, Sp. 361.

81 Hrabanus Maurus, PL 107, Sp. 363f.

82 Ca. 570 – 4. 4. 636.

83 PL 82, Sp. 292.

„Die *lectores* werden nach dem Lesen, die *psalmistae* nach dem Psalmengesang benannt. Jene verkündigen nämlich der Volksmenge, was sie befolgen sollen, diese singen, damit die Seelen der Zuhörer sich zur *compunctio*[84] erregen mögen.“

Dieser Text, an den immer wieder angeknüpft wird, legt durchaus die Interpretation nahe, daß *lector* und *cantor* zwei grundsätzlich verschiedene Funktionen haben: Der eine soll eine Botschaft verkünden, der andere das Empfinden, die Befindlichkeit der Hörer beeinflussen[85]. In letzterem wirkt die antike Musikvorstellung in ihrer bereits genannten ontologischen Dimension sichtlich nach[86]. An dieser Stelle wird sie mit einem Terminus in Verbindung gebracht, der keineswegs mit einem konkreten Text zusammenhängende Gefühle meint: Die *compunctio (cordis)* ist vielmehr ein *terminus technicus* aus dem theologischen Denken der Zeit.

Somit wird in diesem Zitat also von der Musik an sich gesprochen, unabhängig von dem zugrundeliegenden Text und von der konkreten Struktur dieser Musik. Handelt es sich bei Musik und Sprache doch um zwei unterschiedene Bereiche, ohne daß die konkrete Gestalt und der Inhalt des Textes einen Einfluß auf die Gestaltung der Musik ausüben? Daß dies in der mittelalterlichen Rezeption dieses Zitates von Isidor von Sevilla keineswegs so verstanden worden ist, sollen die nachfolgenden Beobachtungen an den Quellen zeigen.

Grundsätzlich sind verschiedene „Modelle“ für das Verhältnis von *cantor* und *lector* – und darin von Musik und Sprache – denkbar. Das erste wurde soeben genannt: Beide könnten als Gegensatz oder als Ergänzung verstanden werden; somit wäre der Inhalt, die Botschaft des Textes Aufgabe des *lector*, während dem *cantor* die Ebene des „Gefühls“ im Sinne des *excitare* zukäme. Beide hätten also ganz verschiedene Funktionen mit verschiedenen Zielsetzungen. Eine etwas andere Möglichkeit läge in der Vorstellung, daß der *lector* eher den Inhalt zu verkündigen hat, während der *cantor*, der ja schließlich den Hörern keine „bloße“, d. h. wortlose Musik präsentiert, stärker das Gefühl ansprechen soll. Es würde sich in diesem Fall um zwei verschiedene Akzente handeln, die jedoch nicht strikt voneinander getrennt sind, wenn ein Text entweder im Sinne des *dicere-legere* oder des *dicere-cantare*

84 Wörtlich eigentlich „Zerstechung“ von *compungere* – zerstechen. Gemeint ist damit eine Geisteshaltung der Offenheit für Gott, des Sich-Treffen-Lassens, der Betroffenheit wie auch der „Zerknirschung“, des Sündenbewußtseins. So heißt es z. B. in *Amalarii episcopi opera liturgica omnia*, Bd. 2, ed. Jean Michael Hanssens, Rom 1948 (Studi e testi 139), 302: „Sunt etenim duo genera conpunctionis, unum timoris, et alterum amoris.“ – „Es gibt nämlich zwei Arten von *compunctio*, die eine aus Furcht und die andere aus Liebe.“ Vgl. auch Schlager, *Ars cantandi*, 226.

85 Allerdings kennt auch Isidor eine Verwandtschaft bzw. Nähe von *cantor* und *lector*, die für ihn aber, in Anlehnung an das Mißtrauen des Augustinus gegenüber dem Gesang, nur in einer Reduktion der musikalischen Mittel zu erreichen ist. So schreibt er: „Primitiva ecclesia ita psallebat, ut modico flexu vocis faceret resonare psallentem ita, ut pronuntianti vicinior esset quam canenti.“ – „Die frühe Kirche aber hat die Psalmen so gesungen, daß sie mit nur mäßiger Bewegung der Stimme den Psalmengesang erklingen ließ, so daß er der *pronuntiatio* ähnlicher gewesen ist als dem Singen.“ Für Isidor scheint also eine Entfaltung des *pronuntiare* durch den Gesang zumindest in diesem Zitat nicht denkbar zu sein. Vgl. auch Augustinus, *Confessiones*, Sancti Augustini opera pars I. 1, Turnhout 1981 (Corpus Christianorum. Series Latina 17), X. 33, 181f.

86 Vgl. Reckow, *Rhetorik*, 153.

vorgetragen wird. Eine weitere Möglichkeit wäre die Verbindung des *pronuntiare* und *excitare* im Dienst des *cantor* und damit eine Steigerung vom „nur" zu verkündigenden zum musikalisch gestalteten Text. Die Musik könnte auf diese Weise Mittel der Verkündigung und eine zusätzliche Dimension derselben sein. Auch dies kommt bereits bei Isidor von Sevilla zum Ausdruck, wenn er zur Unterscheidung von *cantor* und *lector* schreibt:

> „Illic enim modulatio, hic sola pronuntiatio quaeritur."[87] – „Dort [beim *cantor*] wird nämlich die *modulatio* verlangt, hier [beim *lector*] nur die *pronuntiatio*."

Das Wörtchen *sola* – „nur" setzt dabei einen bemerkenswerten Akzent. Denn besagt es nicht implizit, daß für den Dienst des *cantor* gilt: *non sola pronuntiatio* und damit wohl *modulatio et pronuntiatio*? Die folgenden Beispiele werden diesen Eindruck bestätigen, dabei jedoch zugleich zeigen, daß die Quellen zum Verhältnis von *cantor* und *lector* ein sehr vielschichtiges und differenziertes, aber keineswegs eindeutiges Bild zeichnen.

2.3.2. Chrodegang: *non solum ... sed etiam*

Die früheste erhaltene Quelle dieser Art, die in den Kontext der Verbreitung des *cantus Romanus* im Frankenreich gehört, stammt von Chrodegang von Metz und somit geradezu aus „erster Hand", ein sehr selbständiger Text, der zwar auf Isidor hinweist[88], sich aber bei diesem bekannten Gedankengut nicht weiter aufhält. Die beiden kurzen Absätze: *De cantoribus* und *Quales ad legendum et cantandum ecclesia constituendi* aus der *Regula canonicorum*[89] sind weitgehend Anweisungen dafür, über welche – meist charakterlichen – Eigenschaften die Ausübenden verfügen sollten. Darin eingebettet sind jedoch einige, für die hier gestellte Frage äußerst wichtige Sätze zu finden. So heißt es gleich im ersten Absatz über die *cantores*:

> „Quorum melodia animos populi circumstantis ad memoriam amoremque coelestium non solum sublimitate verborum sed etiam suavitate sonorum, quae dicantur, erigat."[90]

> „Deren Gesang soll die Seelen des umstehenden Volkes zur Erinnerung und zur Liebe des Himmlischen erheben, nicht allein durch die Erhabenheit der Worte, sondern auch durch die Anziehungskraft[91] der Töne, welche vorgetragen werden [*dicantur*]."

Diese Stelle ist in doppelter Hinsicht bemerkenswert. Die Formulierung *non solum ... sed etiam* darf als einer der klarsten Hinweise in den für dieses Kapitel untersuchten Quellen dafür gelten, daß beim Dienst des *cantor* – und damit beim gregorianischen Gesang – beide Dimensionen, der Text auf seiner semantischen Ebene und die Musik an sich, von Bedeutung sind. Sie werden hier unter dem gemeinsamen Verb *dicere* zusammengefaßt. Interessant ist in diesem Zusammenhang aber auch

87 PL 82, Sp. 252.
88 Vgl. PL 89, Sp. 1079.
89 PL 89, Sp. 1079f.
90 Ebd., Sp. 1079. Unterstreichung ergänzt.
91 *Suavitas*: Lieblichkeit, Süße, Anziehungskraft; gemeint ist hier wohl eine tiefergehende Faszination des Sinnlich-Emotionalen, die nichts Süßliches oder gar „Verkitschtes" an sich hat.

der Gebrauch des Wortes *melodia*, das möglicherweise die Verbindung von Text und Musik bezeichnen soll. In den meisten Texten, gerade auch der mittelalterlichen Musiktheoretiker, findet sich für die (isoliert betrachtete) musikalische Dimension der Gesänge in der Regel der Terminus *modulatio*[92]. Schließlich findet sich im darauffolgenden Absatz[93] noch eine für den *cantor* unerwartete Formulierung. Dort heißt es:

> „[...] et audentium aures illorum pronuntiatione demulceantur [...]“[94] – „[...] und den Ohren der Hörer soll durch ihre Verkündigung[95] [der *cantores*] geschmeichelt werden [...] .“

Die Verknüpfung von *cantor* und *pronuntiatio* rührt an die Möglichkeit, daß sich im Dienst des *cantor pronuntiare* und *excitare* verbinden. Im Sprachgebrauch der Quellen ist das *pronuntiare* meist Charakteristikum des *lector* bzw. eines im Sinne des *dicere-legere* vorgetragenen Textes[96].

Das nächste Kapitel *Quales ad legendum et cantandum in ecclesia constituendi sint* beinhaltet – abgesehen von dem Faktum, daß hier *legere* und *cantare* gemeinsam genannt werden – ebenfalls eine Aussage, die voraussetzt, daß Musik und Sprache als Einheit gedacht werden. Für beide Dienste[97] wird gefordert:

> „[...] et suavitate lectionis ac melodiae doctos demulceant, et minus doctos erudiant; plusque velint in lectione vel cantu populi aedificationem quam popularem vanissimam adulationem. Qui vero haec docte peragere nequeunt, erudiantur prius a magistris, et instructi haec adimplere studeant, ut audientes aedificant.“[98]

> „[...] sie sollen durch die Anziehungskraft[99] der Lesung und der Melodie einerseits (den Sinnen) der Gelehrten schmeicheln und andererseits die weniger Gelehrten unterrichten; und sie sollen in Lesung und Gesang eher die Auferbauung des Volkes erstreben als die äußerst leere volkstümliche Unterhaltung. Diejenigen aber, welche nicht imstande sind, dies geschult auszuführen, sollen zuerst durch Lehrer unterrichtet werden, und wenn sie ausgebildet sind, sich bemühen, das zu erfüllen, um die Hörer zu erbauen .“

Abgesehen von der an sich schon erwähnenswerten Tatsache, daß es sich hier um einen gemeinsamen Anspruch an *lector* und *cantor* handelt, läßt sich auch in diesem

92 Diese Diffenzierung im Gebrauch von *melodia* und *modulatio* läßt sich auch bei anderen Autoren beobachten; vgl z. B. Hrabanus Maurus in Anlehnung an Isidor, PL 107, Sp. 361f: „Cujus psalterium idcirco cum melodia cantilenarum suavium ab Ecclesia frequentatur“ – „Dessen Psalterium wird deshalb mit den lieblichen Melodien der Gesänge von der Kirche häufig verwendet“, aber: „ut quia verbis non compunguntur, suavitate modulaminis moveantur.“ – „damit sie, weil sie durch die Worte nicht zur *compunctio* geführt werden, durch die Lieblichkeit der *melodischen Bewegungen* (zum Terminus *modulatio* vgl. auch 3. *Zeitgenössische Quellen musiktheoretischer Reflexion*, Anmerkung 90) bewegt werden mögen.“

93 Die Vorstellung einer Einheit von Sprache und Ton bestärkt auch der letzte Satz desselben Abschnitts, in dem die praktische Forderung an die *cantores* erhoben wird: „Sonum etiam vocalium litterarum bene et ornate proferant.“ – „Sie sollen auch den Klang der klingenden Buchstaben [der Vokale] gut und verziert vortragen.“ PL 89, Sp. 1079.

94 Ebd.

95 *Pronuntiatio.*

96 Vgl. Mehler, 36f.

97 *Cantare* und *psallere* wird hier außerdem noch differenziert; vgl. PL 89, Sp. 1079.

98 PL 89, Sp. 1079f.

99 *Suavitas.*

Abschnitt die oben bereits beschriebene „Vermischung“ der gängigen Terminologie beobachten. War oben die *pronuntiatio* dem *cantor* zugeordnet, so wird hier die *suavitas* – die „Lieblichkeit“, „Annehmlichkeit“ oder „Anziehungskraft“ – der *lectio* und der *melodia* zur Aufgabe gemacht. Noch erstaunlicher erscheint, daß auf diese Weise den Sinnen der Gelehrten „geschmeichelt“ (*demulcere*) werden soll, während die weniger Gelehrten auf demselben Wege „unterrichtet“ (*erudire*) werden sollen. Darin drückt sich eine bemerkenswerte Einheit von Intellekt und Emotionalität aus. Zugleich wird damit indirekt, aber unverzichtbar gefordert, daß die *melodia* einen den Intellekt ansprechenden Inhalt zum Ausdruck bringen soll.

2.3.3. Smaragdus: *psallite sapienter*

In dem von Chrodegang erhobenen Anspruch an den *cantor* klingt ein Denken an, das sich in den zwei Worten *psallite sapienter* ausdrückt, welche die *Regula Benedicti* im Kapitel XIX *De disciplina psallendi* anführt und die im Mittelalter immer wieder kommentiert worden sind. Damit ist natürlich zunächst gemeint, daß der Geist (*mens*) mit dem Text der Psalmen beschäftigt, also aufmerksam bleiben soll[100].

> „Sic ergo mens nostra intenta ad psallendum incedat [...]. Sic cordis conpunctione flagret, qualiter in se creatoris misericordiam excitet.“

> „So soll also unser Geist aufmerksam zum Psalmensingen hinzutreten [...]. So möge er durch die *compunctio* des Herzens glühen, wie er in sich die Barmherzigkeit des Schöpfers auflodern läßt.“

Wie dieses Zitat aus dem Regelkommentar des Abtes Smaragdus zeigt, soll das aber zu genau der Verfassung (*compunctio cordis*) führen, die, wie Isidor verlangt, der *psalmista* im Hörer hervorrufen soll. Daraus läßt sich nun aber ablesen, daß es sich bei der *compunctio* eher um eine Haltung handelt, der das Textverständnis als Voraussetzung unverzichtbar ist, als um eine Wirkung (*effectus*) im Sinne der typisch antiken ontologischen Dimension der Musik. Diese wird hier offenbar nur ganz oberflächlich rezipiert und in den Dienst der alles andere dominierenden theologischen Sicht genommen.

An anderer Stelle kommentiert Smaragdus dieselben Worte *psallite sapienter* noch einmal. Dort heißt es:

> „Cantat et sapienter, qui quod psallit intelligit. Nemo enim sapienter agit, qui quod operatur non intelligit. Quod enim est in omnibus cibis gustus, quo dignoscitur cujus saporis sit, hoc est et in verbis Sanctae Scripturae prudentia et sensus. Si quis ergo ita animam suam intendat in singula verba psalmodiae, sicut gustus intentus est in discretione saporis ciborum: iste est qui complevit quod dicitur, *Psallite sapienter*.“[101]

100 So z. B. *Smaragdi Abbatis Expositio in Regulam S. Benedicti*, Siegburg 1974 (Corpus Consuetudinum monasticarum 8), 209: „Nam considerare debet qui psallit semper, ne alio sensus eius demigret, ne cum in aliam cogitationem sensus noster migraverit de nobis dicat deus: «Populus iste labiis me honorat, cor autem eius longe est a me».“ – „Denn wer Psalmen singt, muß immer bedenken, daß sein Sinn nicht anderswohin abschweift, damit Gott nicht, wenn unser Sinn in anderen Gedanken umherwandern sollte, von uns sage: «Dieses Volk ehrt mich mit den Lippen, sein Herz aber ist weit weg von mir».“

101 *Smaragdi Abbatis Diadema Monachorum*, in: PL 102, Sp. 596.

„Es singt auch weise, wer versteht, was er (in den Psalmen) singt. Denn niemand handelt weise, der nicht versteht, was er verrichtet. Was nämlich für alle Speisen der Geschmackssinn ist, mit dem unterschieden wird, was für einen Geschmack (sie) haben, das ist für die Worte der heiligen Schrift die Klugheit und die Empfindung [*sensus*][102]. Wenn also jemand seine Seele so auf die einzelnen Worte der Psalmodie ausrichtet, wie der Geschmackssinn ausgerichtet ist auf die Unterscheidung des Geschmacks der Speisen: Dieser ist es, der erfüllt hat, was geschrieben steht: *Singt die Psalmen weise*."

In diesem Zitat wird noch deutlicher, daß es dem Autor um ein wirkliches Verstehen (*intellegere*) der – fremdsprachlichen – Texte der *Sancta Scriptura* geht. Es ist kaum denkbar, daß eine Kultur, der so viel an der Bedeutung der gesungenen Worte gelegen ist, darauf verzichtet haben soll, dieser Bedeutung auch in der musikalischen Gestalt Form und Ausdruck zu geben. Aber es geht bei Smaragdus – wie auch bei Chrodegang – um sehr viel mehr als um ein nur intellektuelles Verstehen, wie die Worte *gustus, sapor, sensus* zeigen. Diese Ausdrücke zeugen von einer Art der Wahrnehmung, in der der sinnliche Aspekt – und damit auch der Klang – eine zentrale Rolle spielt.

Ein zweites, auf Isidor zurückgehendes Zitat aus demselben Werk des Abtes Smaragdus führt ebenfalls auf eine wichtige Spur. Er schreibt:

„Dum enim Christianum non vocis modulatio, sed tantum verba divina quae ibi dicuntur debeant commovere."[103] – „Doch nicht etwa die melodische Bewegung[104] der Stimme, sondern vielmehr die göttlichen Worte, die dort erklingen, müßten die Christen erschüttern."

Zu beachten ist dabei die Formulierung *verba ... quae ibi dicuntur* bezogen auf *vocis modulatio*, was kaum anders zu verstehen ist, als daß im Gesang Musik und Sprache als untrennbare Einheit verstanden werden. Die Worte werden in und durch die musikalische Gestalt – eben singend – ausgesagt (*dicuntur*): Gesang ist eine Form der Sprache. Ein Verständnis, das um so naheliegender erscheint, als daß in dieser Zeit eine musikalische Notation – wenn überhaupt schon vorhanden – noch sehr neu und bruchstückhaft ist[105]. Die optische Trennung von Musik und Text in der Notation, die die moderne Vorstellung von zwei verschiedenen „Dimensionen" so leicht macht, ist das Produkt einer späteren Zeit. So ergibt sich zur Ausgangsfrage, ob es in dieser Zeit ein Bewußtsein für eine Beziehung von Musik und Sprache gegeben hat, die Gegenfrage, ob es beim Gesang überhaupt ein Bewußtsein für eine vom Text unabhängige musikalische Gestalt – also für Musik an sich – gegeben hat. Auch eine fraglose Selbstverständlichkeit für den Zusammenhang könnte eine Erklärung dafür sein, warum das Thema „Musik und Sprache" in den mittelalterlichen Texten vergleichsweise wenig besprochen wird[106]. In diesem Kontext spielt die noch

102 Auch: Sinn, Gefühl, Verstand etc.

103 Vgl. PL 83, Sp. 678f.

104 *Modulatio.*

105 Zur Frage der Entstehung der Neumennotation siehe 1.2.1. *Zur Quellenlage.*

106 So wird zum Beispiel die Frage nach der Redaktion der Textgrundlage des gregorianischen Repertoires in den zeitgenössischen Quellen überhaupt nicht gestellt, obwohl – wie bereits aufgezeigt – eine sehr bewußte Redaktion stattgefunden haben muß. Jedoch lag das „Corpus" der Texte zum einen bereits vor, und zum anderen war diese Art des Umgangs mit dem biblischen Text (z. B. Centonisation, Nebeneinander verschiedener Übersetzungstraditionen) allgemein üblich.

zu untersuchende Analogie von Musik und Sprache eine wichtige Rolle[107] und ebenfalls die Tatsache, daß sich erst die musiktheoretischen Traktate der „zweiten Generation", d. h. frühestens seit Ende des 9. Jahrhunderts, primär mit Fragen der Töne und des Tonsystems befassen[108].

2.3.4. Hrabanus Maurus: *ut ad intellectum mentes omnium sensusque permoveat*

Die Regelkommentare des Smaragdus bezeugen also eine enge Verflochtenheit von Klang (*vox, lingua*), Textverständnis (*mens, intellegere*) und einem – religiös motivierten und sehr umfassend zu verstehenden – Empfinden (*compunctio, gustus, sapor, cor*). Diese zeigt sich auch in der bekannten Forderung für den Psalmengesang aus der *Regula Benedicti*:

> „ut mens nostra concordet voci nostrae"[109] – „damit unser Geist (unsere Seele) in Einklang stehe mit unserer Stimme."

und deren Erläuterung durch Smaragdus:

> „Ad tantum ergo et tale officium, cor pariter cum lingua conveniat cum timore, domino cotidianum debitum reddi debere."[110] – „Zum so wichtigen und vortrefflichen Officium soll also unser Herz in Ehrfurcht mit unserer Zunge übereinstimmen, dem Herrn darbringend, wozu der tägliche Dienst verpflichtet."

Wie eng im Dienst von *cantor* wie *lector mens* und *cor* zusammenhängen, läßt sich auch aus den Isidor zitierenden Ausführungen des Alkuin-Schülers Hrabanus Maurus ablesen[111]. Er fordert für den *lector*:

> „Iste ergo doctrina et libris debet esse imbutus, sensuumque ac verborum scientia perornatus, ut distincte et aperte sonans, audientium corda possit instruere."[112] – „Dieser muß also von Gelehrsamkeit und von (Wissen aus) Büchern erfüllt sein, durch die Kenntnis der Bedeutungen

107 Siehe 3.2. *Die Analogie Musik – Sprache: ein indirekter Zugang?*

108 Siehe 3.1.1. Die *Quellen.*

109 RB 19, 7.

110 Smaragdus, *Expositio in Regulam*, 209.

111 Vgl. zu den im folgenden genannten Texten von Hrabanus Maurus die entsprechenden Texte bei Isidor: PL 82, Sp. 252f+292f und PL 83, Sp. 678f. 742–745. 751f. 791f. 1145ff. Zur Kompilation vgl. auch Hrabanus Maurus, *De institutione clericorum libri tres*, Studien und Edition von Detlev Zimpel, Frankfurt a. M. u. a. 1996 (Freiburger Beiträge zur mittelalterlichen Geschichte 7), 73ff. In dieser Ausgabe sind die von Hrabanus Maurus aus anderen Werken übernommenen Textausschnitte kenntlich gemacht. Zum Problem der Kompilation meint Ekenberg, 7f: „Die christlichen Texte des frühen Mittelalters sind bekannterweise sehr häufig kompilatorischer Art. Die häufige Benützung älterer Quellen in dieser Literatur hat nicht selten zu Urteilen über sie wie «unselbständig», «reines Flickwerk» usw. geführt. Neuere Forschungen bestätigen jedoch, wie wichtig es ist, sich hier vor Fehlschlüssen zu hüten. [...] Ein aufmerksames Studium seiner [des Verfassers] Verwendung und Zusammenstellung älteren Textmaterials führt nicht selten zu neuen Einsichten, die uns gerade in seine eigene Vorstellungswelt eindringen lassen. Und vor allem ist zu unterstreichen, daß ein Verfasser und Redaktor auch durch einen kompilatorisch hergestellten Text eine Sicht seinen Lesern übermittelt, die wir als seine eigene Sicht zu betrachten haben."

112 Hrabanus Maurus, *De clericorum institutione*, PL 107, Sp. 305.

> und der Worte bestens geschmückt [ausgestattet], damit er, klar[113] und deutlich klingend, die Herzen der Hörer unterweisen kann."

und für die *psalmistae*:

> „... quorum cantibus ad effectum Dei mentes audientium excitentur."[114] – „... durch deren Gesänge der Geist[115] der Hörer für das Wirken Gottes [zur Wirksamkeit Gottes] bereitet [erregt] wird."[116]

In diesem Fall ist es also der *lector*, der das Herz belehren (*cordem instruere* statt *mentem instruere*) und der *cantor*, der den Geist erregen (*mentem excitare* statt *cordem excitare*) soll. Wird das Wort *mens* im Sinne von „Seele" verstanden, nähern sich beide Aussagen einander noch stärker an[117].

Hrabanus Maurus' Text kann auch sonst noch in vielfacher Weise als eine wertvolle Quelle gelten. Er beginnt die Kapitel zu *cantor* und *lector* in *De clericorum institutione* mit der bereits genannten Definition beider Funktionen durch Isidor. Schon der nächste Satz, der auch bei Isidor an dieser Stelle steht, relativiert jedoch die vorausgehende Abgrenzung. Dort wird dem *lector* ebenfalls eine zur *compunctio* – in diesem Fall speziell zur Trauer – führende Funktion zugebilligt[118]:

> „Licet et quidam lectores ita miseranter pronuntient, ut quosdam ad luctum lamentationemque compellant."[119] – „Manche *lectores* verkündigen mit so klagendem (Ausdruck), daß sie manche zu Trauer oder Klage nötigen."

113 Auch in der Bedeutung von „mannigfaltig".

114 Hrabanus Maurus, PL 107, Sp. 305.

115 Eigentlich: die Geister.

116 Hier wird wohl auf die *compunctio* angespielt, die den Menschen für das Wirken Gottes bereit macht.

117 Von Bedeutung ist nebenbei auch Isidors bzw. Hrabanus Maurus zweite Definition der *psalmistae*, wenn er schreibt (PL 107, Sp. 305): „Psalmistarum, id est cantatorum principes sive auctores, fuere David sive Asaph. Isti enim post Moysen psalmos primi composuere et cantavere." – „Die Ersten oder auch die *auctores* der *psalmistae*, das heißt der *cantores*, waren David oder auch Asaph. Diese haben nach Moses nämlich als erste Psalmen komponiert und gesungen." Hier wird unmißverständlich von einer gezielten musikalischen Gestaltung gesprochen (*composuere*) und der „Komponist" als *auctor* bezeichnet.

118 Eine Verwandtschaft der Dienste von *cantor* und *lector* kommt auch darin zum Ausdruck, daß bei Hrabanus Maurus gerade die konkreten Anweisungen für *cantor* und *lector* ganz nahe beieinanderliegen. So sind die Anforderungen für die Stimme bei beiden geradezu identisch. Der *cantor* soll „voce et arte praeclarum illustremque" – „in Stimme und Kunst vortrefflich und hervorragend" sein, die Stimme: „alta, ut in sublime sufficiat; clara, ut aures adimpleat; suavis, ut animis audentium blandiatur." – „hoch, damit sie der Höhe noch gewachsen ist; klar, damit sie die Ohren erfüllt; lieblich, damit sie den Seelen der Hörer schmeichelt." (PL 107, Sp. 362). Die Anforderungen an die *lectores* lauten dagegen: „Tanta enim et tam clara eorum erit vox, ut quantumvis longe positorum aures adimpleat." – „So groß nämlich und so klar sei deren Stimme, daß sie die Ohren auch noch so weit entfernter Zuhörer erreicht [erfüllt]" (PL 107, Sp. 305); „Porro vox lectoris simplex esse debet et clara [...]." – „Ferner muß die Stimme des *lector* einfach und klar sein [...]." (PL 107, Sp. 364). In diesem Kontext ist es interessant festzustellen, daß bereits die römische *Schola cantorum* aus einer *Schola lectorum* hervorgegangen ist (vgl. dazu Joseph Schmit, in: Fellerer, *Katholische Kirchenmusik* 1, 179). Auch darin könnte ein Indiz dafür zu sehen sein, daß beide Dienste in Verständnis und Ausübung eng miteinander verbunden waren.

119 Hrabanus Maurus, PL 107, Sp. 305.

Zugleich klingt dabei ein ganz neuer Akzent an: Eine bestimmte Art des Vortrags soll nun die genannte Wirkung erzielen, nicht nur der Vortrag an sich. Der *lector* soll nicht etwa anfangen zu „singen“, er soll in einer besonders ausdrucksstarken Weise „sprechen“.

Daß Hrabanus Maurus in der Wiedergabe Isidors – wie die antike profane *pronuntiatio* – tatsächlich einen konkreten, inhaltsbezogenen Affektausdruck durch den *lector* im Sinn hat, zeigen seine Ausführungen im Kapitel LII *De lectionibus*. Dort heißt es, nachdem die oben bereits zitierte Forderung an den *lector* nochmals wiederholt und weiter ausgeführt wurde:

> „[...] sicque expeditus, vim pronuntiationis obtinebit, ut ad intellectum mentes omnium sensusque permoveat. Discernendo genera pronuntiationum, atque exprimendo proprios sententiarum affectus, modo voce indicantis simpliciter, modo dolentis, modo indignatis, modo increpantis, modo exhortantis, modo miserantis, modo percontantis, et his similia secundum genus propriae pronuntiationis, expromenda sunt. Multa sunt enim in scripturis, quae nisi proprio modo pronuntientur, in contraria recedunt sententiam.“[120]

> „[...] und so ausgerüstet, wird er die Fähigkeit zur *pronuntiatio* erlangen, so daß er den Geist und die Sinne aller zum Verständnis bewegt. Durch Unterscheidung müssen die Arten der *pronuntiationes* vorgebracht werden, und indem man die den Inhalten zugehörigen Affekte ausdrückt: (also) bald mit der Stimme eines einfach Mitteilenden, bald eines Trauernden, bald eines Empörten, bald eines Scheltenden, bald eines Aufmunternden, bald eines Klagenden, bald eines Fragenden und ähnlichem gemäß der Art der angemessenen *pronuntiatio*. Vieles steht nämlich in den Schriften [Bibel], das, wenn es nicht in angemessener Weise vorgetragen wird, seinen Sinn ins Gegenteil verkehrt.“

Dies ist nun also tatsächlich ein klarer und zugleich hochdifferenzierter Beleg dafür, daß ein Textvortrag im Sinne des *dicere-legere* in der Weise expressiv sein soll, daß sich der konkrete Inhalt des Textes in der Art, dem „Ton“ des Vortrags unmittelbar niederschlägt.

Höchst bemerkenswert erscheint auch der Anfang dieses Zitats: *ut ad intellectum mentes omnium sensusque permoveat*, denn dies besagt schließlich, daß alle dem menschlichen Geist und dem Empfinden verfügbaren Möglichkeiten[121] durch die Art des Vortrags zum Verstehen (*ad intellectum*) hin bewegt werden sollen. Der Text soll seinem konkreten Inhalt nach verstanden werden und dies keineswegs „nur“ rein geistig, logisch, intellektuell. Freilich bezieht sich dieser Absatz auf die *lectio*, nicht auf den Gesang[122]. Deshalb stellt sich von diesem Anspruch an den

120 PL 107, Sp. 363f; vgl. Isidor, PL 83, Sp. 791f; vgl. auch James J. Murphy, *Ars praedicandi: The Art of Preaching*, in: Rhetorik in the Middle Ages. A History of Rhetorical Theory from Saint Augustine to the Renaissance, Berkley/Los Angeles/London 1974, 268–355.

121 Sowohl *mens* als auch *sensus* sind Worte, die ein sehr breites Bedeutungsspektrum besitzen. Es reicht – beide Worte zusammengenommen – von Geist, Verstand über Gedanken, Vorstellung, Sinn, Erinnerung, Seele, Gewissen bis hin zu Herz, Gemüt, Gefühl, Stimmung, Rührung.

122 Ob nicht auch die Orationen und Lesungen als gesungene Rezitation vorgetragen wurden, kann hier nicht geklärt werden. Deshalb wird für den Dienst des *lector* allgemein eine „gesprochene“ Rezitation angenommen. Ekenberg bemerkt zu diesem Problem (4): „Es wird in der Forschung nicht selten angenommen, daß die gesungene Rezitation von Gebeten und Lesungen – oder, wie man heute gern sagt: die «Kantillation» – ein uralter Brauch in der lateinischen Liturgie darstellt, der auch im hier behandelten Zeitraum praktiziert wurde, obwohl er erst in späteren mittelalterlichen Quellen wirklich bezeugt ist. Dieses sehr komplizierte Problem braucht hier nicht

lector her wiederum die Frage, ob es darüber hinaus ein Bewußtsein dafür gab, daß die musikalischen Mittel diese Wirkung unterstützen und noch verstärken können.

Chrodegang kennt – wie oben erwähnt – den Terminus *pronuntiare* auch für den Gesang, und Hrabanus Maurus fordert den Affektausdruck – wenn auch in einer diffuseren, eher ontologischen Weise – durchaus für den Psalmengesang, wie das Kapitel XLVIII *De psalmis* zeigt, wo es heißt:

> „Omnes enim affectus nostri prae sonorum diversitate vel novitate, nescio qua occulta familiaritate excitantur magis, cum suavi et artificiosa voce cantatur."[123]

> „Denn alle unsere Affekte werden wegen der Verschiedenartigkeit oder Neuheit[124] der Töne – ich weiß nicht durch welche geheimnisvolle Verwandtschaft – stärker erregt, so oft mit lieblicher und kunstvoller Stimme gesungen wird."

Hrabanus Maurus greift dabei mit Isidor auf Augustinus zurück und nennt diesen auch als „Autorität"[125], setzt aber einen im Grunde völlig anderen Akzent. Er zitiert zwar den bei Isidor zu findenden und auf Augustinus[126] zurückgehenden Satz:

> „Primitiva autem Ecclesia ita psallebat, ut modico flexu vocis faceret resonare psallentum ita ut pronuntianti vicinior esset quam canenti."[127]

> „Die frühe Kirche aber hat die Psalmen so gesungen, daß sie mit nur mäßiger Bewegung[128] der Stimme den Psalmengesang erklingen ließ, so daß er der *pronuntiatio* ähnlicher gewesen ist als dem Singen."

Aber anders als Augustinus geht es Hrabanus Maurus nicht um die Möglichkeit, die gängige Gesangspraxis zu reduzieren, weil er in den *voluptates aurium* – den „Begierlichkeiten der Ohren"[129] – eine Sünde sieht. Dieser Aspekt ist bereits bei Isidor[130] deutlich abgeschwächt und wird bei Hrabanus Maurus umgedeutet. Er bezieht die in diesem Zitat liegende Einschränkung nur noch auf Haltung und Vortragsmodus des *cantor*[131], nicht mehr auf den Gesang an sich, und weist statt dessen wie Isidor zunächst auf die lange Tradition des Psalmengesangs seit Mose und David hin. Er schreibt dann:

näher erörtert zu werden. Eines ist in diesem Zusammenhang unbestreitbar: Die Begriffe wurden im frühen Mittelalter nicht selten anders verwendet, als es heute geschieht. Ein Wort wie z. B. *cantare* kann in den Quellen auch «lesen» oder «feiern» meinen; andererseits können Begriffe wie z. B. *dicere* oder *pronuntiare* auch einen gesungenen Vortrag einschließen."

123 PL 107, Sp. 361.

124 *Novitas* kann auch im Sinne von „Ungewöhnlichkeit" verstanden werden.

125 Hrabanus Maurus, PL 107, Sp. 362: „Sic namque et beatissimus Augustinus in libro Confessionem suarum, consuetudinem canendi approbat in Ecclesia [...]." – „So hat nämlich auch der seligste Augustinus im Buch seiner Confessiones die Gewohnheit zu singen in der Kirche approbiert [...]."

126 Augustinus, *Confessiones*, X.33, 181f: „[...] tam modico flexu vocis faciebat [Athanasius von Alexandrien] sonare lectorem psalmi ut pronuncianti vicinior esset quam canenti."

127 PL 107, Sp. 361f.

128 Eigentlich: Krümmung. Biegung.

129 Vgl. Augustinus, *Confessiones*, X.33, 181.

130 Vgl. PL 83, Sp. 742 f.

131 Siehe unten.

> „Cujus psalterium idcirco cum melodia cantilenarum suavium ab Ecclesia frequentatur, quo facilius animi ad compunctionem flectantur." – „Dessen Psalterium wird deshalb mit der Melodie lieblicher Gesänge von der Kirche häufig verwendet, damit die Seelen um so leichter zur *compunctio* bewegt werden."

Wie Isidor bemerkt Hrabanus Maurus zwar, daß dies ein Zugeständnis an die menschliche Schwäche sei:

> „Propter carnales autem in Ecclesia non propter spiritales, consuetudo cantandi est instituta, ut quia verbis non compunguntur, suavitate modulaminis moveantur." – „Wegen der fleischlich, nicht wegen der geistlich Gesinnten[132] aber ist in der Kirche die Gewohnheit zu singen eingeführt worden, damit sie, weil sie durch die Worte nicht zur *compunctio* geführt werden[133], durch die *suavitas* der Melodien bewegt werden."

Vom Konflikt des Augustinus ist jedoch nur noch ein schlichtes Ergebnis übriggeblieben: „Augustinus [...] consuetudinem canendi approbat in Ecclesia"[134] – der Gesang ist in der Kirche „approbiert". Dem fügt Hrabanus Maurus die – bei Isidor in einem ganz anderen Kontext stehende – Ermahnung an, der Vortrag der *cantores* möge schlicht (*simplicitas*), ohne große Gesten (*neque quae musico gestu*)[135] und ohne Theatralik (*theatrali arte*) sein, im Klang und in der Melodie der heiligen Religion angemessen (*habens sonum et melodiam sanctae religionis congruentem*)[136]. Dies aber schließt einen textbezogen, expressiven Gesang keineswegs aus, sondern bestätigt nur eine Wertordnung, in der die musikalische Gestalt und ihre „Darbietung" dem liturgischen Text und seinem Inhalt untergeordnet bleibt. So zeigt sich – ohne daß dabei die Kontinuität der (verbalen) Tradition aufgegeben wird – ein leiser Wandel von Augustinus über Isidor bis zu Hrabanus Maurus, der zu einer erheblichen Aufwertung des Gesangs in der Liturgie führt.

Geradezu ein „Sprung" in diesem Prozeß der Aufwertung ist bei Amalar zu verzeichnen. Anders als in der Tradition Isidors üblich, kehrt er die Rangfolge, in der der *lector* über dem *cantor*[137] steht, um. Er nimmt den *cantor* aus seiner Auflistung der Ämter heraus[138] und schreibt in einem eigenen Kapitel des *Liber officialis: De officio lectoris et cantoris*[139]:

> „Lector dicitur, quia lectione fungitur, ut Isidor ait: «Lectio dicitur, quia non cantatur, ut psalmus vel ymnus, sed legitur tantum. Illic enim modulatio, hic sola pronuntiatio quaeritur.» Cantor multa officia habet. Unumquodque officium ex illo quod efficit, nomen habet."

> „*Lector* wird er genannt, weil er mit der Lesung beauftragt ist, wie Isidor sagt: «Lesung wird sie genannt, weil sie nicht gesungen wird wie ein Psalm oder Hymnus, sondern bloß gelesen. Dort[140] [beim *cantor*] ist die *modulatio*[141] erforderlich, hier [beim *lector*] nur die *pronuntiatio*.» Der

132 *Carnales* bzw. *spiritales*.
133 *Compunguntur*.
134 PL 107, Sp. 362.
135 Vgl. zur Gestik bei der *pronuntiatio* auch Wille, *Musica Romana*, 487f.
136 Ebd.; vgl. Isidor, PL 83, Sp. 792.
137 Vgl. Isidor, PL 82, *De clericis*, Sp. 291ff.
138 Vgl. Amalar 2, 213–236.
139 Vgl. ebd., 292–299; hier 292.
140 Im Gesang, Psalm, Hymnus.
141 Melodiebewegung, musikalische Gestaltung.

cantor hat viele Verpflichtungen. Und jede einzelne Verpflichtung hat ihren Namen nach dem, was sie bewirkt."

In diesem Kontext kehrt also Isidors Ausspruch von der *sola pronuntiatio* des *lector* in genau der Deutung wieder, daß der *cantor* „viele Verpflichtungen" – *multa officia* hat. Danach folgen immer neue – höchst bild- und ausdrucksreiche – Varianten der Aussage, daß der Dienst des *cantor* dem des *lector* überlegen sei: Der *cantor* erfüllt den Dienst des Propheten im Gegensatz zum Gesetz[142]; er verkündet das Neue Testament (*quae excelsior est*) gegenüber dem Alten (*quae humilior est*)[143]; er ruft zur Hochzeit, jener „nur" zur Schule[144]; etc. In all diesen Aussagen schwingt mit, daß das, was die Funktion des *cantor* ausmacht, eben noch etwas beinhaltet, was über die *pronuntiatio* hinausgeht.

Die in diesem Kapitel dargestellten Beobachtungen und Überlegungen zum Verhältnis von *cantor* und *lector* zeigen eine Tendenz zu großer Nähe und Verflochtenheit beider Dienste und zu einem Verständnis des liturgischen Gesangs als Einheit von Text und Musik, bei der die Textaussage von ebenso zentraler Bedeutung ist wie der Ausdruck durch die Musik. Dies alles legt als Schlußfolgerung nahe, daß eine ausgeformte Beziehung von Musik und Sprache im gregorianischen Repertoire durchaus vorhanden sein müßte. Für einen klaren Beweis, daß auch im Gesang, in der „Vortragsart" – also in der konkreten musikalischen Gestalt und ihrer Präsentation – der Inhalt des Textes zum Ausdruck kommen soll, reicht das aber freilich noch nicht aus. Es bleibt trotz allem die Frage offen, ob hier für den Gesang, die *melodia*, nicht beide Bestandteile einfach addiert gedacht werden. Dann würde der Text den Intellekt und die Musik das Gemüt ansprechen[145]. Daher kann noch nicht sicher geklärt werden, ob nur „irgendwelche" ungeformten Töne *sui generis* diese Wirkung ausüben oder aber ob sich der Text in seiner Struktur und seinem Inhalt in der bewußten „Komposition" der Musik widerspiegeln soll. Letzteres wird zumindest als eine Möglichkeit in den Kommentaren zum OF *Vir erat* sowie bei den mittelalterlichen Musiktheoretikern eindeutig bestätigt. Auf beides wird noch genauer einzugehen sein. Die im nächsten Abschnitt zu besprechenden Meßerklärungen zeugen allerdings von einer ganz anderen Tendenz, nämlich von einem eher ontologischen Musikverständnis, in dem der konkrete Text der einzelnen Gesänge nicht bedacht wird.

142 Vgl. Amalar 2, 292 (letzter Abschnitt).
143 Vgl. ebd., 293 (letzter Abschnitt).
144 Vgl. ebd., 294.
145 Siehe auch 2.3.1. *Grundsätzliches*.

2.4. MUSIK UND SPRACHE IN DER LITURGISCHEN FUNKTION DER GESÄNGE

2.4.1. Die allgemeinen Meßerklärungen

Neben den Ausführungen über den Dienst von *cantor* und *lector* gibt es in fast allen untersuchten Quellen Kapitel, die sich mit dem Aufbau und der Erklärung der Meßfeier befassen, unter Titeln wie z. B. *De ordine missa*[146] oder *Expositio super missam*[147]. Anders Ekenberg[148] hat das Corpus dieser Schriften gründlich bearbeitet, so daß in den folgenden Überlegungen auf seine Ausführungen zurückgegriffen werden kann. Es geht ihm dabei hauptsächlich um die Bedeutung des Gesangs in diesen Erklärungen der Messe, in denen die Autoren der Karolingerzeit einige wichtige Aussagen zur Beziehung von Musik und Sprache eher beiläufig und aus einer ganz anderen Intention heraus machen.

Diese Texte[149] widmen sich sehr ausführlich Fragen des liturgischen Gesangs. Während – wie beschrieben – Hrabanus Maurus zu den Funktionen von *cantor* und *lector* das Gedankengut Isidors von Sevilla weitgehend übernimmt, fehlt ihm für diesen Themenkomplex dort ein geeignetes Vorbild. Zwar zitiert er die entsprechenden Passagen aus Isidors *Expositio in missa* bzw. *De ecclesiasticis officiis* (den Kommentar zum Agnus Dei[150] und Offertorium[151]), in denen immerhin noch vom *cantare* die Rede ist. Aber bereits Isidors Erklärungen zum Sanctus[152], die Hrabanus Maurus ebenfalls zitiert, betreffen nur noch den Text, desgleichen die einem anderen Kontext entnommenen Erläuterungen zum Alleluja[153]. Die übrigen Gesänge fehlen jedoch bei Isidor ganz, was nicht nur damit zu erklären ist, daß Isidor ja einen anderen Ritus – den altspanischen – beschreibt. Vielmehr zeigt sich an der auffälligen Gründlichkeit, mit der sich die Autoren der Karolingerzeit dem Gesang in der Liturgie widmen, daß es sich dabei um ein sowohl zentrales als auch aktuelles

146 Vgl. z. B. PL 107, Sp. 322.

147 Vgl. z. B. PL 138, Sp. 163f.

148 Anders Ekenberg, *Cur cantatur. Die Funktionen des liturgischen Gesanges nach den Autoren der Karolingerzeit*, Stockholm 1987.

149 Dazu Ekenberg, 18, der in diesem Kontext eine vollständige Liste der Quellen angibt: „Das wiederholte Fragen nach dem Sinn des Gottesdienstes und seiner verschiedenen Bestandteile, das «Warum?», ist als solches ohne Zweifel von einer weiter verbreiteten Strömung in der Karolingerzeit bedingt. Die seit der Mitte des 8. Jh. immer mehr zielbewußte Ausbreitung der römischen Liturgie, aber auch das abnehmende Verstehen der lateinischen Sprache [...], sowie die Mission [...], hatten einen Unterricht notwendig gemacht. [...]; diese liturgische Unterweisung ist im Rahmen der allgemeinen Bemühungen um Erhöhung des bildungsmäßigen und geistigen Niveaus im späten 8. und frühen 9. Jh. zu sehen. Die Literaturgattung der Meßerklärung (*expositio missae*) ist als Frucht dieser Bemühungen entstanden."

150 Isidor, *Expositio in missa*, PL 83, Sp. 1152; Hrabanus Maurus, *Liber de sacris ordinibus*, PL 112, Sp. 1190.

151 Isidor, *De ecclesiasticis officiis*, PL 83, Sp. 751f; Hrabanus Maurus, *Liber de sacris ordinis*, Sp. 1179.

152 Isidor, *Expositio in missa*, PL 83, Sp. 1146f; Hrabanus Maurus, *Liber de sacris ordinibus*, PL 112, Sp. 1182.

153 Vgl. Isidor, PL 83, Sp. 750f.

Thema für sie gehandelt haben muß. So ist denn auch Hrabanus Maurus Kommentar zur Messe in *De clericorum institutione*[154] fast ausschließlich eine Deutung der liturgischen Gesänge. Ganz ähnlich verhält es sich bei Aurelian, dessen Werk *Musica disciplina* ja insgesamt der Musik gilt. Auch Walafried Strabo behandelt in *De rebus Ecclesiasticis – caput XXII: De ordine missae et offerendi ratione*[155] bzw. *caput XXV: De horis canonicis et genuum flexione. De hymnis, item et cantilenis et incrementis eorum*[156] – ausführlich dieses Thema, desgleichen Amalar in seinen verschiedenen Meßerklärungen[157].

Mag dieses Quellenmaterial auch noch so reichlich sein, für die Frage nach einer Beziehung von Musik und Sprache in diesen Gesängen erweist es sich als wenig aufschlußreich. Abgesehen von den – liturgisch motivierten – Erklärungen zu den feststehenden Texten von Gloria, Alleluja, Sanctus und Agnus Dei, gibt es – außer bei Amalar – im ganzen Corpus der hier untersuchten Quellen keine einzige Aussage, die auch nur eine konkrete Textgrundlage der Gesänge erwähnen würde. Das Anliegen dieser Erklärungen zu den liturgischen Gesängen und Abläufen scheint vielmehr auf einer ganz anderen Ebene zu liegen. Sie befassen sich, wie Ekenberg darlegt, durchaus sehr ausführlich mit der Frage, warum in der Liturgie gesungen werden soll, kommen aber keineswegs zu dem Ergebnis, daß dies geschehe, um dem Text eine entsprechende und ihn interpretierende Klanggestalt zu geben[158]. Statt dessen fragen sie nach der Funktion der Gesänge als Teile der Liturgie sowie nach der ontologischen Dimension der Musik in ihrem charakteristisch-mittelalterlichen theologischen Verständnis.

Da diese Aspekte die Fragestellung dieser Arbeit nicht direkt betreffen und Ekenberg sie in seiner Dissertation ausführlich bearbeitet hat[159], braucht an dieser Stelle nicht weiter darauf eingegangen werden. Was dagegen genauer reflektiert werden sollte, ist die Tatsache als solche, daß in diesen Quellen das ontologische Musikverständnis bei weitem überwiegt. Widerspricht dies der Möglichkeit einer bewußt gestalteten Beziehung von Musik und Sprache im gregorianischen Repertoire? Warum diese Akzentsetzung; warum fehlen in diesen Texten Äußerungen zum Wort-Ton-Verhältnis, obwohl – wie im vorausgehenden Kapitel beschrieben wurde – der Verkündigungsaspekt auch der Gesänge, das *pronuntiare* mit seinem hohen Anspruch an die Vortragskunst vom *cantor* durchaus eingefordert wird?

154 Hrabanus Maurus, *De clericorum institutione, caput XXXIII: De ordine missae*, PL 107, Sp. 322ff.

155 PL 114, Sp. 943ff.

156 PL 114, Sp. 952ff.

157 Vgl. Amalar 1–3: *Missae expositionis geminus codex, Canonis missae interpretatio, Liber officialis III.*

158 So kommt folgerichtig auch bei Ekenberg dieser Aspekt praktisch nicht vor, auch nicht im Kapitel *Expressive Funktionen*, 178–188. Dort geht es vielmehr um die einheitstiftende Wirkung der Musik (178ff), daß sie „Ausdruck von etwas Tieferem und Umfassenderem“ sei (182), und um das „Denkschema *vox-cor-opus*“ (186). Das *intellegere* wird dabei kurz gestreift, aber der Gedanke, daß sich der Text in der Musik ausdrücken könnte oder sollte, kommt in diesem Kontext nicht vor. Ekenberg sieht zwar Parallelen zwischen *lectio* und Gesang (vgl. 163f); eine direkte Aussage der Quellen nennt er jedoch nicht.

159 Ekenberg, 31–109.

Versucht man, die in den Quellen gegebenen Deutungen der Gesänge zu klassifizieren, so lassen sich verschiedene Ansätze unterscheiden. Ein erster Ansatz ließe sich als liturgisch-funktional beschreiben. Dazu gehören Erklärungen wie z. B. des Introitus zum Einzug[160], des Introitus oder des Allelujas als Vorbereitung (*praeparatio)*[161], des Offertoriums als „Signal-Ton" einer *tuba*[162] und ähnliches mehr. Somit stehen dabei jeweils ein oder mehrere bestimmte Gruppen[163] oder „Typen" von Gesängen im Mittelpunkt, nicht aber der einzelne Gesang und damit auch nicht sein konkreter Text und dessen musikalische Gestalt. Den Autoren des frühen Mittelalters geht es im Kontext ihrer Meßerklärungen immer darum, zu erklären, welchen Wert der Gesang an sich oder eine Gruppe von Gesängen hat – nicht ein spezieller Gesang – und welche Wirkungen damit erzielt werden sollen.

Beim zweiten zu beobachtenden Ansatz der Erklärungen verhält es sich ganz ähnlich, wenn auch mit einer etwas anderen Akzentsetzung. Auch hier geht es um den liturgischen Ablauf in seiner Ganzheit und die Bedeutung einzelner Teile in ihm, nicht aber um Details dieser Bestandteile.

Dieser zweite Ansatz könnte als ontologisch, besser noch als liturgisch-ontologisch bezeichnet werden. Hierin kommt das ontologisch-kosmologische Musikverständnis zum Ausdruck, wie es auch die Antike kannte, bestätigt und erweitert durch biblische „Belegstellen", theologisch interpretiert und auf den konkreten liturgischen Vollzug bezogen. Die Antwort auf die Frage „Quid possit musica?" – „Was vermag die Musik?" von Isidor von Sevilla darf wohl für diese Zeit als paradigmatisch gelten[164], zugleich läßt sich aber feststellen, daß in den liturgischen Er-

160 Hrabanus Maurus, PL 107, Sp. 322: „[...] ut audiatur sonitus quando ingreditur sanctuarium in conspectu Domini, sicut in Veteri Testamento per tintinnabulorum sonitum ingressus intonuit pontificis." – „[...] damit ein Klang zu hören sei, wenn im Angesicht des Herrn das Heiligtum betreten wird, so wie im Alten Testament durch den Ton [Klang] der Schellen der Einzug des Hohen Priesters erklang."

161 Z. B. Anonymus, PL 96, *Expositio missae Romanae*, Sp. 1483: „Praeparatio est et excitatio animorum, ut animus populi [...] ad coelestia cogitanda ac desideranda trahatur." – „Es ist auch eine Vorbereitung und Anregung der Seelen, damit die Seele des Volkes [...] hingezogen werde, Himmlisches zu denken und zu ersehnen."

162 Hrabanus Maurus, PL 112, Sp. 1179 (Isidor v. Sevilla, PL 83, Sp. 751f): „Non aliter et nunc in sonitu tubae, id est in vocis praedicatione digne cantum proferimus." – „Nicht anders bringen wir auch jetzt beim Klang der *tuba*, das heißt durch die Predigt der Stimme, würdig den Gesang hervor."

163 Das Wort „Gattung" soll in diesem Kontext bewußt vermieden werden, auch wenn es in der Literatur durchaus gebräuchlich ist; siehe 1.2.5. *Zur Terminologie*.

164 Isidor, *Sententia de Musica*, Gerbert I, 20: „Itaque sine Musica nulla disciplina esse perfecta; nihil enim est sine illa. Nam & ipse mundus quadam harmonia sonorum fertur esse compositus, & coelum ipsum sub harmoniae modulatione revolvitur. Musica movet affectus, provocat in diversum habitum sensus. [...] Musica animum mulcet, [...]. Excitatos quoque animos musica sedat, sicut de David legitur, [...]. Sed & quicquid loquimur, vel intrinsecus venarum impulsu (pulsibus) commovemur, per musicos rhythmos harmoniae virtutibus probatur esse sociatum." – „Und so kann ohne die Musik keine Disziplin vollkommen sein; denn nichts ist ohne jene. Auch die Erde [das Weltall] selbst soll durch eine gewisse Harmonie der Töne «komponiert» [zusammengesetzt] worden sein; und der Himmel selbst dreht sich unter der Melodiebewegung der Harmonie. Die Musik bewegt die Affekte, sie fordert die Sinne [*sensus*] zu verschiedenen Zuständen heraus. [...] Die Musik schmeichelt der Seele, [...]. Auch beruhigt die Musik erregte

klärungen selbst keineswegs die antiken *effectus* auftauchen[165], sondern stets die gleichen, liturgisch motivierten Wirkungen genannt werden. Zentrale Begriffe lauten: *compunctio*[166], *ad lenos animos*[167], *concordia* bzw. *consonantia*[168], *contemplatio*[169].

Von diesem Ansatz kann nochmals ein dritter, rein theologischer unterschieden werden, dessen Deutungen das Erleben der Teilnehmenden nicht mehr unmittelbar zum Inhalt hat, sondern statt dessen Bilder[170], Glaubensaussagen[171] oder auch allegorische Deutungen[172], die in Amalars Schriften und bei den vom ihm „inspirierten" Autoren besonders häufig zu finden sind.

Ein Fehler wäre es, aus dem Vorhandensein dieser rein theologischen Sicht sowie der unterschwelligen Präsenz antiker Musiktheorie zu schließen, auch die liturgisch-ontologische Dimension im Musikverständnis des frühen Mittelalters sei als bloße theoretisch-spekulative Reflexion zu verstehen und man habe in dieser Zeit keinen Zugang zu oder keinen Sinn für das konkrete „Erleben" von Musik bzw. der musikalischen Gestalt gehabt. Statt dessen habe man die antiken Wirkungen (*effectus*) der Musik als rein abstrakte Idee übernommen.

Seelen, wie von David zu lesen ist, [...]. Es erweist sich, daß alles, was wir sagen oder wodurch wir innerlich vom Pulsschlag bewegt werden, durch musikalische Rhythmen verbunden ist mit den Wirkkräften [*virtutibus*] der Harmonie." Zu Isidor siehe auch Huglo, *Grundlagen*, 43f.

165 Vgl. dazu Albrecht Riethmüller, *Probleme der spekulativen Musiktheorie im Mittelalter*, in: Die Rezeption des antiken Fachs im Mittelalter, hg. von Frieder Zaminer, Darmstadt 1990 (Geschichte der Musiktheorie 3), 197–201.

166 Vgl. z. B. Hrabanus Maurus, PL 107, Sp. 323A.

167 Ebd.

168 Ebd., Sp. 322D.

169 Vgl. z. B. Aurelian, 130f, und Hrabanus Maurus, PL 107, Sp. 323B.

170 Alcuin, Opp. Supposita, *Liber de divinis officiis*, PL 101, Sp. 1248C: „[...], et hoc ipsum ad imitationem angelorum, ut ostendamus nos eumdem Dominum colere in terris, quem et Angeli venerantur in coelis." – „[...], und dies eben zur Nachahmung der Engel, damit wir zeigen, daß wir denselben Herrn auf der Erde verehren, dem auch die Engel im Himmel Ehrfurcht bezeigen."

171 Hrabanus Maurus, *Liber de sacris ordinibus*, PL 112, Sp. 1190D: „Et ideo Agnus Dei tunc canitur, quando corpus et sanguis Domini percipitur, ut omnes credamus quia ipsius Agni corpus et sanguis tunc sumitur, qui peccata mundi tulit moriendo." – „Und deshalb wird dann das Agnus Dei gesungen, wenn der Leib und das Blut des Herrn empfangen wird, damit alle glauben, daß dann der Leib und das Blut desselben Lammes verzehrt wird, das sterbend die Sünden der Welt getragen hat."

172 Z. B. Amalar 1, *Codex expositionis I*, 259: „Responsorium ideo dicitur, eo quod uno cantante ceteri respondeant. Cantavit unus Christus, id est vocavit Petrum et ceteros apostolos et illi responderunt, quia Christum imitati sunt." – „Es wird deshalb Responsorium genannt, weil einer singt und die anderen antworten sollen. Der eine Christus hat gesungen, das heißt, er hat Petrus und die anderen Apostel berufen, und jene haben geantwortet, indem sie Christus nachgeahmt haben." – Außerdem Alcuin, opp. supposita, *Liber de divinis officiis*, PL 101, Sp. 1245B: „Deinde in memoriam passionis Christi, dicunt cantores versum de psalterio. Psalterium inferius percutitur, superius reboat: et passio Christi ab inferiori parte habet percussuram, a superiori dulcedinem resurrectionis." – „Dann, in Erinnerung an die Passion Christi, singen die *cantores* den Vers aus dem Psalterium. Der untere Teil des Psalteriums wird geschlagen, der obere gibt ein Echo. Auch die Passion Christi hat vom unteren Teil her (etwas) Wunden Schlagendes, vom oberen her den süßen Geschmack der Auferstehung."

Neben den zeichenhaft-allegorischen Deutungen sind es hauptsächlich diese *effectus* der Musik, die Ekenberg in seiner Dissertation über den liturgischen Gesang der Karolingerzeit herausgearbeitet hat[173]. Er kommt am Ende seiner Arbeit zu folgender Feststellung: „Die Autoren [...] sprechen über den Kirchengesang in der Form einer ziemlich abwechslungsreichen metaphorischen Sprache – einer Sprache also, die eher die Sprache der Erfahrung als die der abstrakt-theoretischen Reflexion ist. In dem, was sie über den gottesdienstlichen Gesang zu sagen haben, spiegeln sich offensichtlich in hohem Maße wirkliche – natürlich in den Kategorien der Zeit erfaßte – Erfahrungen und keine bloßen Ideale wider."[174] Dazu ist freilich anzumerken, daß eine Trennung von Erfahrung und Reflexion wohl kaum dem Denken und Empfinden des frühen Mittelalters zuzuordnen ist.

Die Akzentsetzungen in den Quellen lassen aber die Schlußfolgerung durchaus zu, daß die dort angesprochene liturgisch-ontologische Dimension der Gesänge als erlebbare und erlebte Wirklichkeit gemeint ist. Es ist – dies sei nur am Rande erwähnt – eine Tatsache, daß in Zeugnissen aus den unterschiedlichsten Jahrhunderten abendländischer Musikgeschichte – und nicht nur dort – die genannten ontologischen Qualitäten der Musik gerade im religiös-kultischen Bereich zugesprochen werden[175].

Für die in dieser Arbeit gestellte Frage nach der konkreten Beziehung von Musik und Sprache in den Gesängen des gregorianischen Repertoires läßt sich aus dem so deutlichen Vorkommen eines ontologischen Musikverständnisses mit Sicherheit schließen, daß die Vorstellung, der gregorianische Gesang wäre nur als „gehobene Sprache" oder als „Hochform" der *pronuntiatio* zu verstehen, nicht die allein gültige sein kann. Auch wenn vieles dafür spricht, daß dieses Repertoire ganz aus dem Text heraus gestaltet wurde und auf ihn bezogen bleibt, so gibt es in seinem Verständnis doch auch eine genuin musikalische Dimension, d. h. es gibt bereits beim gregorianischen Gesang das „Singen" im klaren Unterschied zum „Sagen".

Ob sich dieser Unterschied zwischen „Singen" und „Sagen" jedoch dahingehend ausgewirkt hat, daß er eine Indifferenz der Musik gegenüber der Sprache, eine Unverbundenheit oder Beziehungslosigkeit von Text und musikalischer Gestalt zur Folge hatte, ist eine ganz andere Frage. Denn darin liegt keineswegs eine angemessene oder gar notwendige Schlußfolgerung. Was an dieser Stelle festgehalten werden kann und muß, ist die Tatsache, daß in den Texten der Karolingerzeit dem liturgischen Gesang als Ganzem, also als klingender Einheit von Text und Ton, eine andere Qualität zugeordnet wurde als dem „nur" zu verkündigenden Text. Die konsequente Ergänzung zu Isidors *sola pronuntiatio*[176] lautet eben nicht: *non pronuntia-*

173 So spricht er u. a. „von den affektiven Wirkungen der Musik" (153), ihrer vorbereitenden und einladenden sowie vertiefenden und interiorisierenden Rolle (vgl. 154), das Empfänglich-Machen (*compunctio, lenes facere*; vgl. 156), von ihrer erhebenden Wirkung (*contemplatio*; vgl. 156), der befreienden oder heilenden Wirkung (vgl. 157), der Reinigung (vgl. 157f), ihrer „erweckenden" Wirkung (*excitare*; vgl. 158) usw.

174 Ekenberg, 189.

175 Wie aktuell dies ist, zeigt z. B. folgender Titel: Niklas Wilson, *Sakrale Sehnsüchte. Über den «unstillbaren ontologischen Durst» in der Musik der Gegenwart*, in: Musik und Religion, hg. von Helga De-la-Motte-Haber, Laaber 1995, 251–266.

176 Isidor, *Etymologiarum liber VI*, PL 82, Sp. 252C: „Lectio dicitur, quia non cantantur, ut psal-

tio, sondern *non sola pronuntiatio*. Auch gilt es, sich vor einem weiteren möglichen Fehlschluß zu hüten. Die Beobachtung, daß in den Meßerklärungen nicht vom Wort-Ton-Verhältnis gesprochen wird, muß nicht besagen, daß dieses in den Gesängen keine bewußte Gestaltung erfahren hat, sondern nur, daß die Gesänge im Kontext der Gesamt-Liturgie nicht primär zum Zweck der Verkündigung im engeren Sinne, wie dies in den untersuchten Quellen allein für die *lectio* einschließlich des Evangeliums gefordert wird, eingesetzt wurden.

Bei genauerer Analyse einzelner Textstellen offenbart sich ein verblüffend differenziertes Denken über die Beziehung von zu verkündigendem Text und Gesang, und zwar dort, wo beide aufgrund der liturgischen Ordnung unmittelbar aufeinanderstoßen. In den bis jetzt analysierten Meßerklärungen gibt es zwar keine Stelle, die ausdrücklich besagt, daß der Text der Gesänge von Bedeutung sei, aber es gibt einige Äußerungen dazu, daß im speziellen Fall der Zwischengesänge, besonders des Allelujas, bewußt auf Worte verzichtet wird bzw. die Worte dieses Gesangs auf das nachfolgende Evangelium hin und diesem untergeordnet werden. So heißt es z. B. bei Remigius von Auxerre:

„Haec iubilatio, quam sequentiam vocant, illud tempus significat, quando non erat necessaria locutio verborum, sed sola cogitatione mens menti monstrabat, quod retinet in se."[177] – „Dieser Jubilus, den sie *sequentia* nennen, bezeichnet jene Zeit, als das Sprechen von Worten nicht nötig war, sondern allein durch den Gedanken ein Geist dem anderen[178] zeigte, was in ihm enthalten ist."

und: „[...] hoc ante lectionem evangelicam a cantore interponitur, [...] quasi dicat: Quia verba Evangelii salutem conferentia mox audituri estis, laudate Dominum, [...]. – „[...] dieses [das Alleluja] wird vom *cantor* vor der Evangelien-Lesung eingeschoben, [...] wie, wenn er damit sagte: Weil ihr jetzt gleich die heilbringenden Worte des Evangeliums hören werdet, lobet den Herrn, [...]."

2.4.2. Amalar: die speziellen Meßerklärungen

Wenn aber für einen Einzelfall wie das Alleluja eigens „dispensiert" werden muß, so legt dies die Vermutung nahe, daß in allen anderen Fällen der Text selbstverständlich als bedeutsam verstanden wird. Daß dies in der Karolingerzeit auch wirklich so gesehen wurde, zeigen die Erklärungen Amalars zu einzelnen liturgischen Zeiten und Festen. Sie geben ein völlig anderes Bild als die allgemeinen Meßerklärungen. In diesen Erläuterungen werden meist die Texte des Introitus, des Graduale, des Tractus und gelegentlich sogar des Alleluja-Verses in unmittelbarem Bezug zu den Texten von Lesung und Evangelium sowie bisweilen auch der Orationen gesetzt. Das Ganze bildet dann das Proprium, das spezielle „Thema" der jeweiligen liturgischen Feier.

mus, vel hymnus, sed legitur tantum: Illic enim modulatio, hic sola pronuntiatio quaeritur." – „Lesung wird sie genannt, weil sie nicht gesungen wird wie ein Psalm oder Hymnus, sondern bloß gelesen. Dort ist die *modulatio* erforderlich, hier nur die *pronuntiatio*."

177 PL 101, Sp. 1245.

178 *Mens menti*.

Selbst wenn man argwöhnt, Amalar neige zur Überinterpretation und habe die allegorische Deutung allzu eifrig betrieben, ist doch festzuhalten, daß er damit nicht nur den „Nerv“ seiner Zeit getroffen und zahlreiche Nachahmer gefunden hat. Seine Aussagen stellen außerdem einen wichtigen Beitrag zur Frage der Beziehung von Musik und Sprache im gregorianischen Repertoire dar. Denn sie besagen in großer Klarheit, daß alle Texte des Wortgottesdienstes vom Introitus bis zum Evangelium als eine inhaltliche Einheit zu verstehen sind[179]. Auch wenn – wie oben beschrieben – die Gesänge in den allgemeinen Erklärungen nicht der Verkündigung im engsten Sinne zugeordnet und so von Lesung und Evangelium unterschieden werden, so bedeutet dies eben nicht, daß ihr Inhalt und damit ihr Text ohne Bedeutung sei. Vielmehr bildet das Ganze der Propriumstexte eine „Komposition“, die Glaubensinhalte vermitteln soll und als Verkündigung, als *pronuntiatio* zu verstehen ist.

Wie Amalar dies konkret schildert, sei an einigen Beispielen erläutert. So schreibt er z. B. über die drei Proprien der Septuagesima, Sexagesima und Quinquagesima – also der drei Sonntage, die in der alten liturgischen Ordnung der eigentlichen Fastenzeit (Quadragesima) unmittelbar vorausgingen:

> „Constitutione officii sui ipsud ieiunium quod prius dictum est, imitavit in prima oratione missae dicens: «Ut qui iuste pro peccatis nostris affligimur.» Hic enim afflictionem sonat. In Introitu dicit: «Circumdederunt me gemitus mortis, dolores inferni circumdederunt me.» [...] Sic nobis videtur velle praeceptorem officii tempus septuagesimae tempus esse luctus, et propterea eum dixisse: «Circumdederunt me gemitus mortis» et iterum «Adiutor in opportunitatibus in tribulatione».“[180]

> „Durch die Zusammensetzung seines Officiums hat er [der *praeceptor officii*] das Fasten selbst, von dem zuvor die Rede war, nachgebildet, wenn er in der ersten Oration der Messe sagt: «Daß wir [wir, die] gerechterweise für unsere Sünden verworfen werden.»[181] Denn hier läßt er die Bedrängnis erklingen. Im Introitus sagt er: «Es umgaben mich die Seufzer des Todes, die Schmerzen der Unterwelt umgaben mich.» [...] Es scheint uns, daß der Lehrer des Officiums will, daß die Zeit der Septuagesima eine Zeit der Trauer ist, und deswegen hat er gesagt: «Es umgaben mich die Seufzer des Todes» und andererseits: «Ein Helfer (bist du) in Situationen der Not».“

In diesem Zitat werden also der IN *Circumdederunt me*[182] und das GR *Adiutor in opportunitatibus*[183] zusammen mit der ersten Oration als eine inhaltliche Einheit verstanden, in der Trauer (*luctus*) zum Ausdruck kommen soll. Daß die dazwischen andeutungsweise genannten Bibelstellen aus den Lesungstexten stammen, ist zu vermuten, aber nicht klar ersichtlich. Darüber hinaus bringt Amalar deutlich ins Wort, daß er diese Textzusammenstellung mit ihrer inhaltlichen Akzentuierung für bewußt gewollt hält (*sic nobis videtur velle praeceptorem officii*). Er spannt von

179 Damit sind drei der insgesamt fünf Propriumsgesänge inhaltlich eingebunden. Offertorium und Communio werden dagegen in diesem Kontext nicht erwähnt, was u. a. liturgisch zu begründen ist. Sie gehören einem anderen Teil der Liturgie an, der Eucharistiefeier im engeren Sinne. Daß die Textgrundlagen dieser Gesänge dennoch nicht ohne Bedeutung sind, zeigt zumindest Amalars Kommentar zum OF *Vir erat*; siehe 2.5. *Die Kommentare zum OF Vir erat.*

180 Amalar 2, 34+36.

181 Die von Amalar angedeutete Oration lautet weiter: „... pro tui nominis gloria misericorditer liberemur“ – „... zur Ehre deines Namens barmherzig befreit werden mögen“.

182 GT 117.

183 GT 69.

dort aus einen inhaltlichen Bogen zu beiden folgenden Sonntagen. Zur Sexagesima heißt es:

„In septuagesima circumdati sumus tribulationibus quam maximis, ac si non esset locus evadendi. [...] Peccata separant inter Deum et hominem; quare dubitamus in sexagesima utrum Dominus sit nobiscum, et propterea dicimus in Introitu: «*Exsurge, quare obdormis Domine?* [...]» [...] et iterum: «*Exsurge, Domine, adiuva nos*». [...] Est in epistola bonus athleta, qui nos confortat, ut quaeramus viam evadendi de captivitate [...] Nos captivi oboedientes secundum gradum arripuimus, id est de tribulatione conscendimus ad inquirendum nostrum proprium Dominum. «*Sciant*, dicimus, *gentes quoniam nomen tibi dominus*.» [...] Tractus *Commovisti*, ostendit terram commotam conscientia peccatorum; post terram commotam semen inducitur. In septuagesima increpati sumus [...]; in ista sexagesima semen iacimus.“[184]

„Am (Sonntag) Septuagesima sind wir umgeben gewesen von größter Not, wie wenn es keinen Ort gäbe, um zu entrinnen. [...] Die Sünden trennen zwischen Gott und Mensch; deshalb zweifeln wir am (Sonntag) Sexagesima, ob der Herr mit uns ist, und deshalb singen wir im Introitus: «*Steh auf, warum schläfst du, Herr?* [...]». [...] und abermals: «*Steh auf, Herr, hilf uns*» [...] In der Lesung kommt der gute Athlet vor, der uns stärkt, nach einem Weg zu suchen, um aus der Gefangenschaft zu entrinnen [...]. Wir Gefangenen haben, indem wir darauf hörten, die zweite Stufe an uns gerissen, das heißt: Aus der Not sind wir aufgestiegen zur Suche nach unserem eigenen Herrn. «*Es sollen wissen*», so sagen wir, «*die Völker, daß dein Name ja (lautet): der Herr.*» [...] Der Tractus *Du hast erschüttert* zeigt, daß die Erde[185] bewegt ist durch das (aufgerüttelte) Gewissen der Sünder; nach dem Bewegen[186] der Erde wird der Samen hineingelegt. Am (Sonntag) Septuagesima sind wir gescholten worden [...]; jetzt am (Sonntag) Sexagesima streuen wir den Samen aus.“

Auch in diesem Text werden drei Propriumsgesänge, der IN *Exsurge, quare obdormis*[187], das GR *Sciant gentes*[188] und der TR *Commovisti*[189], zusammen mit dem Lesungstext als ein Bogen gesehen, in dem eine bestimmte theologische Deutung zum Ausdruck kommt. Diese beschreibt einen Weg, der – so versteht es Amalar – in den drei Sonntagen vor Beginn der Quadragesima den Weg auf Ostern hin bereits ankündigt und vorwegnimmt. Diese Beziehung unterstreicht er, indem er auf den IN *Venite, benedicti*[190] der Osteroktav hinweist[191]. Man mag diesen Umgang mit dem gregorianischen Repertoire für allzu assoziativ halten, er zeigt dennoch sehr plastisch, wie präsent Amalar die Texte der Propriumsgesänge sind und für wie bedeutsam er ihren Inhalt hält.

Für den Sonntag Quinquagesima setzt er seinen Gedanken konsequent fort, wenn er schreibt:

„Quinquagesima in tertio gradu consistit. Antea dubitamus utrum proprius dominus nobiscum esset an non. Iam tenemus illum et dicimus: *Esto mihi in Deum protectorem* [...] Iam im patria

184 Amalar 2, 36ff.
185 Hier ist ein ganzes Bedeutungsspektrum möglich: von Unsicherheit, Erdbeben, etc.
186 Hier wohl im Sinne von „pflügen“.
187 GT 91.
188 GT 88.
189 GT 89.
190 GT 205.
191 Vgl. Amalar 2, 38f. Amalar macht hier eine ganz präzise liturgische Angabe: „Sexagesima percurrit infra septuagesimam ad quartam feriam paschalis ebdomadis.“ – „Der (Sonntag) Sexagesima weist (bereits) innerhalb der Septuagesima voraus zum Mittwoch der Osteroktav.“

sumus. Advenit doctissimus athleta, [...] dicit in alia epistola: [...] Triumphator militiae nostrae Deus est: *Tu es Deus, qui facis mirabilia* [...] Tractus vero Domino nobis praecipit servire [...]. In sexagesima seminavimus, in quinquagesima fructum collimus. Quid quaesivit caecus a Domino, qui nos praefigurat? Nihil aliud nisi ut frueretur lumine: Fructum quaesivit, fructum invenit."[192]

„Die Quinquagesima besteht in der dritten Stufe. Vorher zweifeln wir, ob unser eigener Herr mit uns ist oder nicht. Nun halten wir ihn fest und sagen: *Sei mir ein beschützender Gott* [...] Schon sind wir im Vaterland. Angekommen ist der geschickteste Athlet, [...] und sagt in der anderen Lesung: [...] Der Triumphator unseres (Kriegs)-Dienstes ist Gott: *Du (allein) bist der Gott, der Wunder wirkt* [...] Der Tractus aber befiehlt uns, dem Herrn zu dienen [...]. Am (Sonntag) Sexagesima haben wir gesät, am (Sonntag) Quinquagesima sammeln wir die Frucht. Was erbat der Blinde, der uns ein Vorbild ist [vorabbildet], vom Herrn? Nichts anderes, als daß er das Licht genieße: Frucht hat er erbeten, Frucht hat er gefunden."

Wiederum werden also die Texte mehrerer Propriumsgesänge, der IN *Esto mihi*[193], das GR *Tu es Deus*[194] und – zu erkennen am Wort *servire* und dem vorausgehenden Hinweis, daß der Tractus gemeint ist – der TR *Jubilate Domino*[195], zusammen mit Bibeltexten, von denen anzunehmen ist, daß sie Lesung bzw. Evangelium entnommen sind, als eine theologisch einheitliche Aussage interpretiert. Sie weist in diesem dritten Schritt auf Ostern hin.

So läßt sich an den Erklärungen zu diesen drei Proprien in überzeugender Weise erkennen, daß die Textgrundlagen der gregorianischen Gesänge eben doch als ein wichtiger Teil der Verkündigung zu betrachten sind, wenn auch – wie die allgemeinen Meßerklärungen zeigen – mit einer anderen „Qualität" und Akzentsetzung als die Texte von Lesung und Evangelium. Dabei ist nicht nur der einzelne Text von Bedeutung, sondern er wird in einen übergeordneten Zusammenhang gestellt. Für den Kontext dieser Arbeit ist es nicht so wichtig zu entscheiden, ob die Textgrundlagen der Proprien tatsächlich als Ganzes konzipiert wurden. Wichtig ist zunächst allein die Beobachtung, daß diese Texte auf ihrer inhaltlichen Ebene wahrgenommen und interpretiert wurden. Darin liegt zwar kein zwingender Beweis für das Vorhandensein einer auf den Text bezogenen musikalischen Gestalt, aber es kann als ein zusätzlicher Hinweis darauf gelten, daß eine Beziehung von Musik und Sprache im gregorianischen Repertoire einem Anliegen der Zeit entspricht.

Allerdings lassen sich auch Beispiele finden, die tatsächlich zeigen, daß Amalars Vorgehensweise bei den Erläuterungen der Proprien nicht nur einen theologischen Überbau darstellt, sondern zumindest in einigen markanten Fällen am konkreten Repertoire festzumachen ist. Das Proprium des ersten Fastensonntags ist z. B. ganz klar als textliche Einheit konzipiert. Alle Texte sind Psalm 90 entnommen. Amalar sieht auch hier einen Zusammenhang zwischen Propriumsgesängen[196] und Leseordnung, wenn er knapp und deutlich schreibt:

192 Amalar 2, 40.
193 GT 275.
194 GT 275.
195 GT 185.
196 Hier: Introitus, Graduale und Tractus.

„In quadragesima aliqua pars pugnae peracta est. Dicit nobis quem in quinquagesima protectorem invocavimus: «Invocavit me[197], et ego exaudiam eum» et cetera. Epistola ita: «*Tempore accepto exaudivi te, et in die salutis adiuvi te.*» In responsorio angeli Domini custodiunt nos. In tractu scuto veritatis circumdati sumus. In evangelio ad thriumphum tendimus, ut dicamus inimico: «*Vade, satana*», in interitum."[198]

„Am (Sonntag) Quadragesima ist ein Teil des Kampfes (bereits) abgeschlossen. Es sagt uns der, den wir am (Sonntag) Quinquagesima als Beschützer angerufen haben: «Er hat mich angerufen, und ich werde ihn erhören» etc. Die Lesung (sagt) so: «*Zur willkommenen Zeit habe ich dich erhört, und am Tag des Heiles habe ich dir geholfen.*» Im Responsorium beschützen uns die Engel des Herrn. Im Tractus sind wir vom Schild der Wahrheit umgeben worden. Im Evangelium strecken wir uns nach dem Triumph aus, auf daß wir dem Feind sagen können: «*Weiche, Satan*», in die Vernichtung."

In seiner Deutung der *Missa in die* von Ostern geht Amalar, ganz entgegen der obengemachten Aussage zu den Zwischengesängen, sogar so weit, explizit zu sagen, daß der Text des Alleluja-Verses eine Interpretation des Alleluja selbst sei:

„In alleluia monstratur in quo sit tota causa laetitiae, id est quia «pascha nostrum immolatus est Christus»; itaque epulemur, et cetera."[199]

„Im Alleluja wird gezeigt, worin der ganze Grund unserer Freude (besteht), nämlich daß «Christus als unser Osterlamm geschlachtet ist»; und so laßt uns Festmahl halten, etc."

Musikalisch handelt es sich bei diesem Gesang nicht nur um einen Alleluja-Gesang der „ersten Generation", sondern auch um eine einmalige und durch ihre Melismen, ihren Ambitus und durch Augmentationen durchaus auffällige melodische Gestalt[200]. Könnte es also möglich sein, daß neben dem liturgischen Anlaß und dem Text diese musikalische Gestalt Amalar zu seiner Äußerung inspiriert haben könnte? Oder noch wichtiger: Könnten dieser besondere liturgische Anlaß und der Text den unbekannten „Autor"[201] des Gesangs zu einer solch prägnanten musikalischen Ausgestaltung veranlaßt haben? Genau wie die anderen Autoren der Karolingerzeit schweigt Amalar zu den konkreten Details der Musik. Er spricht nur über den Gesang an sich und über den Text.

Im Vers *Confitemini Domino* des GR *Haec dies*[202], ebenfalls aus dem Proprium des Ostersonntags, liegt dabei ein besonderer Glücksfall für die Frage nach der Beziehung von Musik und Sprache im gregorianischen Gesang vor. Amalar kommentiert diesen Vers mit einem Zitat von Augustinus:

„Quid congruentius in hoc psalmo, quando alleluia cantamus, quod est laudate Dominum, nos ammoneri intellegimus, cum audimus: *Confitemini Domino*, quod id ipsum scilicet ut laudemus Dominum? Non potuit laus Dei brevius explicari, quam ut diceretur: *Quoniam bonus est.*"[203]

197 GT 71.
198 Amalar 2, 44.
199 Ebd., 168.
200 Siehe dazu Kapitel 4.2. *Gradualresponsorien im II. Ton.*
201 Für Amalar scheint es ganz klar zu sein, daß die Gesänge das Produkt planmäßiger und sinnvoller Gestaltung sind. Er spricht vom *compositor* (Amalar 2, 51: *compositor officii nostri*), *auctor* (ebd., 373) oder *praeceptor* (ebd., 36) *officii* oder *antiphonarii.*
202 GT 196.
203 Amalar 2, 158.

„Was erscheint uns, zu der Zeit, da wir Alleluja singen[204], das heißt: lobet den Herrn, in diesem Psalm passender, als daß wir ermahnt werden, wenn wir hören: *Preiset den Herrn*, was natürlich dasselbe ist, wie daß wir den Herrn loben sollen? Das Lob Gottes konnte nicht kürzer erklärt werden, als daß man sagte: *denn er ist gut*."

Wie im ersten Teil der Analyse noch ausgeführt werden soll, sind es genau diese Worte: *quoniam bonus*, deren außergewöhnliche – und in ihrer Besonderheit von Aurelian bestätigte[205] – musikalische Gestalt vor dem Hintergrund des „immergleichen" Melodieverlaufs der Gradualresponsorien im II. Modus[206] als eines der beweiskräftigsten Beispiele für eine Beziehung von Musik und Sprache auf der semantischen Ebene angesehen werden kann. War sich Amalar dieses Zusammenhangs bewußt? Wie aber läßt es sich dann erklären, daß er einen Zusammenhang zwischen dem Text der Cantica in der Osternacht und der jeweils vorausgehenden Lesung beschreibt, obwohl diese vier Gesänge, denen ein Melodie-Modell im VIII. Ton zugrunde liegt, melodisch fast identisch sind und deshalb davon auszugehen ist, daß eine Beziehung von Text und Musik hier nicht über die formale Ebene hinausgeht? Amalar hat offenbar allein den Zusammenhang zwischen den Texten im Sinn, wenn er z. B. schreibt:

„Et pene in aliquibus eadem repperiuntur in canticis quae in lectione. Dicit lectio: «*Omnes sitientes venite ad aquas*». Canticum dicit:«*Sitivit anima mea ad Deum vivum*». [...]"[207]

„Und manchmal findet man fast dasselbe in den Gesängen wie in der Lesung. Die Lesung sagt: «*Alle Dürstenden, kommt zum Wasser*»: Der Gesang sagt: «*Meine Seele dürstet nach dem lebendigen Gott*». [...]"

So bleibt auch nach all diesen Beobachtungen die Frage nach einer gezielten Umsetzung und Interpretation der Textaussage in der konkreten musikalischen Gestalt letztlich noch offen.

Was läßt sich nun zusammenfassend hinsichtlich der allgemeinen wie der speziellen Meßerklärungen für die Beziehung von Musik und Sprache im gregorianischen Gesang festhalten? Am Ende dieses Abschnitts bleiben Fragen und Unsicherheiten. Wie lassen sich die im Kontext von *dicere* und *cantare* bzw. *cantor* und *lector* gemachten Aussagen zu einer engen Beziehung von „Singen" und „Sagen", von Gesang und Sprache mit der Tatsache vereinbaren, daß in den Meßerklärungen die ontologische Dimension des mittelalterlichen Musikverständnisses weit überwiegt? Einerseits ist also festzustellen, daß es im frühen Mittelalter ein Bewußtsein für eine genuin musikalische Dimension gegeben hat. Der gregorianische Gesang ist nach den Aussagen der Quellen Musik (Gesang) und nicht nur eine Form „gehobener Sprache". Seine Funktion geht klar über die einer bloßen verbalen Verkündigung (*sola pronuntiatio*) hinaus. Dennoch kann andererseits ebenfalls mit Sicherheit gesagt werden, daß sich im Gesang eben diese *pronuntiatio* ereignet, daß die Gesänge

204 Wahrscheinlich spielt Augustinus – oder zumindest Amalar – hier darauf an, daß dieser Text in der liturgischen Ordnung am Sonntag und Montag der Osteroktav an der Stelle des ersten Allelujas steht.

205 Siehe 3.3.1.2. *integritas sensus*.

206 Siehe 4.2. *Gradualresponsorien im II. Ton*.

207 Amalar 2, 119.

im frühen Mittelalter von ihrem Text her, in ihrer Aussage erfaßt worden sind. Sie sind über die ontologische Dimension der Musik hinaus ein Teil der Verkündigung innerhalb der Liturgie.

Konkrete Schlüsse auf die Art des Zusammenspiels zwischen der musikalischen Gestalt der einzelnen Gesänge und dem zugrundeliegenden Text lassen sich jedoch aus den bisher untersuchten Quellen allein immer noch nicht ziehen. Diese Frage war wohl auch nicht das Anliegen dieser Texte. Vielmehr geht es in den Quellen um die Liturgie als Ganze, die in dieser Zeit ja erst etabliert werden mußte, worin allerdings die Äußerungen zu den Gesängen eine erstaunlich große Rolle spielen. Ob aber die Texte nur „irgendwie" mit einer Melodie versehen wurden, ob es eine Anpassung des Melodieverlaufs an die formalen Vorgaben der Sprache oder gar eine bewußte Beziehung zwischen Textaussage und musikalischer Gestalt gegeben hat, ist daraus nicht ersichtlich. Dennoch läßt sich aus etlichen Aussagen der Quellen ablesen, daß eine ausgeprägte Wort-Ton-Beziehung als naheliegend und für die Autoren wünschenswert erscheint, während es keine Äußerungen gibt, die diese Möglichkeit ausschließen.

2.5. DIE KOMMENTARE ZUM OF *VIR ERAT*

Wie bereits angedeutet, hat Amalar eine außergewöhnliche Quelle hinterlassen, nämlich den Kommentar zu einem konkreten einzelnen Gesang, der von Remigius von Auxerre aufgegriffen und erweitert wurde. Kein musiktheoretischer Autor und schon gar kein anderer theologischer Autor des frühen Mittelalters gibt sonst einen Kommentar zur inhaltsbezogenen Gestalt eines einzelnen Gesangs ab. Diese beiden Texte sollen im Mittelpunkt der folgenden Überlegungen stehen. Bevor jedoch beide Quellen einer genaueren Analyse unterzogen werden, muß zunächst festgestellt werden, daß nicht nur die Existenz dieser Kommentare außergewöhnlich ist, sondern auch der Gesang selbst, um den es hier geht: das OF *Vir erat*[208]. Genau dies hat Amalar offenbar dazu gedrängt, sich in seinem *Liber officialis* dieses Gesangs anzunehmen. Er wird in diesem Zusammenhang auffallend persönlich, wenn er schreibt:

> „Interim occurrit mihi repetitio verborum quae est in versibus offertorii «Vir erat». Nolui praetermittere quod sensi de illa, quamvis ordo rerum teneat post scriptionem nativitatis sancti Johannis nativitatem Christi scribere."[209]

> „Inzwischen bin ich auf die Wiederholung der Wörter, die in den Versen des Offertoriums «Vir erat» zu finden ist, gestoßen. Ich will nicht übergehen, was ich mir dazu dachte[210], obwohl die Ordnung der Dinge vorsähe, nach der Beschreibung der Geburt des hl. Johannes über die Geburt Christi zu schreiben."

In der Tat erscheint es als ein ungewöhnlicher Ort, zwischen den Ausführungen zum Fest der Geburt Johannes des Täufers und zum Weihnachtsfest einen Gesang zu beschreiben, der nach dem AMS seinen liturgischen Ort am *Dominica XXI post*

208 *Offertoriale Triplex cum versiculis* (OT), Solesmes 1985, 125ff.
209 Amalar 2, *XXXVIIII De offerenda Vir erat in terra*, Liber officialis III, 373.
210 *De illa*: von jener (Wiederholung).

Pentcostes[211] hat und inhaltlich eher zur Passion paßt als zu Weihnachten. Remigius von Auxerre hat diese Reihenfolge verändert. Bei ihm steht das Kapitel, korrekt der liturgischen Ordnung folgend[212], nach *De solemnitate omnium sanctorum* als letztes Kapitel zu einem speziellen liturgischen Thema. Konsequenterweise fehlen bei ihm daher auch diese beiden ersten Sätze. Der Einschub dieses kurzen Kapitels bei Amalar wirkt dagegen beinahe spontan. Der Gesang hat bei ihm offenbar etwas ausgelöst, was mindestens als Irritation zu verstehen ist, denn sein Kommentar kann im wesentlichen als eine Erklärung zum Zweck der Rechtfertigung bzw. Entschuldigung aufgefaßt werden.

Zwei Punkte sind es, die Amalar als Auslöser für diese Irritation nennt. Den ersten gleich zu Beginn, nämlich die *repetitio verborum.* Diese – von Fritz Reckow zu Recht als „geradezu exzessiv"[213] bezeichneten – Textwiederholungen sind der eine Punkt, der Amalar beschäftigt. Der andere ist die Begründung, die er dafür findet:

> „[...] ut affectanter nobis ad memoriam reduceret aegrotantem Iob."[214] – „[...] damit uns affektvoll in die Erinnerung zurückgebracht würde der leidende Hiob."

In diesem Kommentar liegt also eine Quelle vor, die eindeutig bestätigt, daß in einem Gesang ein bestimmter, dem Inhalt des Textes entsprechender Affekt zum Ausdruck kommt. Vollständig heißt es an dieser Stelle:

> „In offertorio non est repetitio verborum; in versibus est. Verba historici continentur in offertorio; verba Iob aegroti et dolentis continentur in versibus. Aegrotus cuius anhelitus non est sanus neque fortis, solet verba imperfecta saepius repetere. Officii auctor, ut affectanter nobis ad memoriam reduceret aegrotantem Iob, repetivit saepius verba more aegrotantium. In offertorio, ut dixi, non sunt verba repetita, quia historicus scribens historiam non aegrotabat."[215]
>
> „In der Antiphon[216] gibt es keine Wiederholung von Worten; in den Versen gibt es (sie). Die erzählenden Worte sind in der Antiphon enthalten; die Worte des leidenden und schmerzerfüllten Hiob sind in den Versen enthalten. Ein Kranker, dessen Atem nicht gesund und stark ist, pflegt unvollkommene Worte häufiger zu wiederholen. Der *auctor* des Officiums hat, um uns den leidenden Hiob affektvoll in Erinnerung zu rufen, die Worte nach Art von Kranken häufiger wiederholt. In der Antiphon gibt es, wie ich gesagt habe, keine Wortwiederholungen, weil der Erzähler, der die Geschichte schrieb, selber nicht krank war."

Meint Amalar in diesem kurzen Kommentar in Hinblick auf das Offertorium wirklich nur die Textwiederholungen? Hat er nur die Textgrundlage im Blick, oder spricht er vom gesamten Gesang? Wie an anderer Stelle schon besprochen[217], gilt in der Tradition, die auf Isidor zurückgeht, der *auctor (officii)* – von dem auch Amalar verschiedentlich spricht – als der „Komponist", der Schöpfer der Gesänge. Es handelt sich dabei um den *cantor*[218]; von einem *auctor* oder besser Redaktor der bibli-

211 Der drittletzte Sonntag des Jahreskreises.
212 Allerheiligen kommt liturgisch vor dem 21. Sonntag nach Pfingsten.
213 Reckow, *Rhetorik*, 162.
214 Amalar 2, 373.
215 Amalar 2, 373; vgl. auch Reckow, *Rhetorik*, 168f.
216 Mit *offertorium* bezeichnet Amalar den ersten, sich wiederholenden Teil des Gesangs, den man auch als Antiphon oder Responsum betrachten könnte. Die Übersetzung mit „Offertorium" ist dagegen irreführend, da damit in der Regel der gesamte Gesang bezeichnet wird.
217 Siehe 2.3.4. *Hrabanus Maurus: ut ad intellectum ...* .
218 Vgl. Isidor, PL 83, Sp. 792.

schen Textgrundlagen[219] ist dagegen nirgendwo die Rede. Aber Sicherheit gibt in dieser Frage erst der Kommentar des Remigius zum selben Offertorium. Dort ist nämlich zu lesen:

„Solet enim auctor antiphonarii aut distinctione cantus, aut distinctione ordinis, varium affectum monstrare sanctorum." – „So pflegt nämlich der *auctor* der Antiphonen entweder durch Unterschiede im Gesang oder durch Unterschiede in der Ordnung den wechselnden [unterschiedlichen] Affekt der Heiligen zu zeigen."

Die unterschiedlichen Affekte[220] sollen also entweder durch den Gesang selbst zum Ausdruck gebracht werden oder aber durch die liturgische Ordnung. Letzteres dürfte sich auf das von Remigius am Ende seiner Ausführungen gegebene Beispiel, den Verzicht auf Gloria und Alleluja am Fest der Unschuldigen Kinder, beziehen. Zuvor nennt Remigius ein die Unterscheidung im Gesang (*distinctio cantus*) illustrierendes Beispiel. Er hat offenbar einen ganz konkreten Gesang mit seinem Text und seinen Neumen im Blick, wenn er schreibt:

„[...]: sicut de Joanne Symmysta fecit per neumam circa intellectum verborum, *sapientiae et intellectus*, in responsorio, *In medio Ecclesiae*. In quo quodammodo imitatur verbum ineffabile, de quo dicebat: *In principio erat verbum.*"[221]

„[...]: so wie er [der *auctor*] es von Johannes Symmysta[222] [dem Priester] ausgeführt hat durch die Neume in Beziehung auf das Verständnis der Worte *sapientiae et intellectus* im Responsorium *In medio ecclesiae*. In ihm wird in gewisser Weise das unaussprechliche Wort nachgeahmt [imitiert], von dem er sagte: Im Anfang war das Wort."

Das von Remigius angegebene Responsorium *In medio ecclesiae* läßt sich im Repertoire des AMS wie des GT nicht finden; es gibt nur einen Introitus, der so beginnt. Wahrscheinlich meint Remigius hier ein Responsorium des Stundengebetes. Tatsächlich gibt es ein solches[223]:

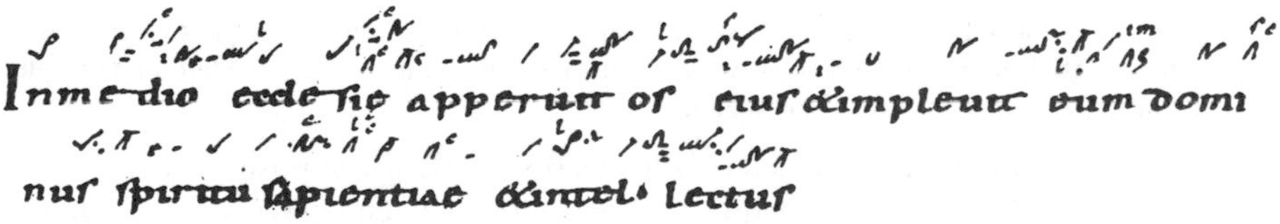

219 Siehe auch 1.3.1. *Die biblischen Textvorlagen.*

220 Anders als Amalar könnte Remigius sehr wohl bereits die *Musica enchiriadis* und somit die Idee der affektbewegenden *imitatio* gekannt haben; siehe auch 3.3.2. *Musica enchiriadis-Micrologus: affektbewegende imitatio.*

221 PL 101, Sp. 1231.

222 Gemeint ist der Evangelist Johannes.

223 *Die Handschrift St. Gallen Stiftsbibliothek 390. Antiphonarium Hartkeri*, Münsterschwarzach 1988 (MPG 4/I), 63. Vgl. auch *Liber responsorialis pro Festis I. Classis et communium sanctorum. Iuxta ritum monasticum*, Solesmes 1895, 203.

Auch wenn sich aus Remigius' Aussage für das genannte Responsorium musikalisch nicht allzu viel schließen läßt, ist dieses Zitat von großer Bedeutung. In dieser Quelle wird unmißverständlich davon gesprochen, daß durch die „Neume" *(per neumam)* der Sinn der Worte *(intellectum verborum)* zum Ausdruck kommen soll, und dies als eine bewußte Gestaltung *(auctor fecit)*. Remigius stellt also fest, daß die konkrete Gestalt der Musik als rhetorisches Mittel eingesetzt wird. Freilich bleibt auch hier der Verweis auf die andere, die ontologische Dimension der Musik sowie eine theologische Deutung, wenn es gleich im Anschluß daran heißt, daß auf diese Weise das unaussprechliche Wort *(verbum ineffabile)* imitiert werden soll. Das Zitat der ersten Worte des Johannesevangeliums: *In principio erat verbum* zeigt, daß damit Christus gemeint ist.

In den zitierten zwei Sätzen tritt somit die ganze Vielschichtigkeit der Funktionen des liturgischen Gesangs in Erscheinung, die aus den bisher untersuchten Quellen mehr oder weniger klar herauszulesen war: Musik, Gesang als Ausdruck von Sprache, Musik als ein Ausdrucksmittel, das über die Sprache hinausgeht und eine Wirkung ausübt *(effectus)*, und schließlich eine rein theologische Deutung der Musik, des Gesangs. Bemerkenswert erscheint in diesem Zusammenhang der Gebrauch des Wortes *imitari*, auf das im Verlauf dieser Arbeit noch ausführlich eingegangen werden soll[224]. Das Wörtchen *quodammodo* – in gewisser Weise – zeugt von einer Unsicherheit über das „Wie" der Wirkung und des (allegorischen) Zum-Ausdruck-Bringens der Musik. Auch darauf wird noch zurückzukommen sein[225].

Die Sätze, die bei Remigius von Auxerre den beiden soeben zitierten vorausgehen, enthalten einen weiteren indirekten Hinweis darauf, daß es ihm nicht nur um die Textwiederholung als Ausdruck des Affektes geht, sondern um den Gesang als Ganzes, auch in seiner musikalischen Gestalt. In verschiedenen Bildern erläutert Remigius das Leiden Hiobs, das in den Wiederholungen zum Ausdruck kommt. Dabei vergleicht er Hiob als erstes mit einer *cithara*, die geschlagen wird:

> „Job sicut *cithara* percutiebatur, id est, cita iteratione dolor dolorem sequebatur, vulnus vulnum." – „Hiob wurde wie eine *cithara* geschlagen, das heißt, in rascher Wiederholung folgte Schmerz auf Schmerz, Wunde auf Wunde."

Er verwendet also ein musikalisches Bild. Daß sich die „Komposition" der Textgrundlage des Offertoriums tatsächlich in höchst überzeugender Weise in der musikalischen Gestalt niederschlägt und daß dabei gerade auch die musikalischen Wiederholungen eine große Rolle spielen, soll in der Analyse des Gesangs gezeigt werden[226].

Aber zurück zum Ursprungstext von Amalar: Was ist es nun, woran Amalar Anstoß nimmt? Ist es der konkrete Affektausdruck an sich? Dies würde ja bedeuten, daß in dieser frühen Zeit – zumindest für Amalar – eine solch konkrete Umsetzung des affektiven Gehaltes eines Textes im Gesang nicht üblich war oder sogar als falsch und anstößig empfunden wurde. Bis Remigius von Auxerre könnte durchaus

224 Siehe 3. *Quellen musiktheoretischer Reflexion* (besonders 3.3.2. *Musica enchiriadis – Micrologus: affektbewegende imitatio*) sowie 5. *Analyse:* IMITATIO.

225 Siehe 3.3.2. *Musica enchiriadis – Micrologus: affektbewegende imitatio.*

226 Siehe 4.4. *Das OF Vir erat.*

eine Entwicklung geschehen sein. Die genauere Analyse der Quelle legt jedoch nahe, daß Amalars Problem nicht der Affektausdruck an sich ist, sondern die „Qualität" der ausgedrückten Affekte. Er spricht von den *verba imperfecta*, die wiederholt werden, sie sind Ausdruck von Hiobs krankem Zustand. Amalars Problem liegt also eher im theologischen Bereich. Offensichtlich nimmt er Anstoß daran, daß dieser liturgische Gesang einen kranken und schwachen (*non est sanus neque fortis*) und vor allem unvollkommenen Zustand so deutlich zum Ausdruck bringt – auch wenn er zu erklären und zu entschuldigen versucht. Es kommt in diesem Offertorium eben das Leiden Hiobs zum Klingen, nicht dessen Überwindung.

Ganz deutlich zeigt sich diese Schwierigkeit auch im Text des Remigius, der an dieser Stelle den von ihm zweifellos verehrten Amalar korrigiert und damit indirekt kritisiert. Remigius sah sich wohl gedrängt, gleichsam zur „Ehrenrettung" Hiobs einzuschreiten, wenn er schreibt:

> „Hiob fuit mirabiliter flagellatus, et mirabiliter et singulariter inter antiquos Patres victoria patientiae laudatus. Ideo non abhorret a vero, si alio modo composita sint verba sua per suos versus, in quibus ipse videtur loqui, quam caeterorum versuum."

> „Hiob ist in erstaunlicher Weise geschlagen worden, sowohl in erstaunlicher als auch in einzigartiger Weise ist der Sieg der Geduld unter den alten Vätern gepriesen worden. Deshalb weicht es nicht vor der Wahrheit ab, wenn seine Worte durch seine Verse, in welchen er selbst zu sprechen scheint, in anderer Weise komponiert sind als die anderen Verse."

Remigius verweist also auf die gängige Deutung des alttestamentlichen Buches Hiob, die normalerweise Hiobs Geduld rühmt, der ja in der Patristik eine Allegorie für Christus selbst ist[227]. Gerade dies dürfte der Grund dafür sein, warum Remigius Amalar korrigiert. Allerdings zeigt seine anschließende Argumentation, daß er eigentlich die gleiche Schwierigkeit hat wie Amalar, nur ist sein Lösungversuch ein anderer. Während Amalar im Affektausdruck des Gesangs die Schwäche Hiobs erkennt, tendiert Remigius zu der Meinung, Hiob sei so „stark" und „siegreich" gewesen, daß er den Ausdruck des Schmerzes nicht zu scheuen brauche. Das Problem dürfte demnach bei beiden ein theologisches gewesen sein.

Ein weiteres bemerkenswertes Detail im Text beider Kommentare soll noch kurz erwähnt werden. Amalar differenziert eindringlich und wiederholt zwischen dem „historischen", d. h. erzählenden Text in der Antiphon selbst und der wörtlichen Rede Hiobs in den Versen. In den Versen kommen Affekte zum Ausdruck, in der Antiphon nicht. Remigius übernimmt diese Aussage und ergänzt sie nur noch um eine präzisere Angabe zur Anzahl der Wiederholungen:

> „In versibus praedicti offertorii duplicantur sive triplicantur ac multiplicantur verba." – „In den Versen des genannten Offertoriums werden Worte verdoppelt oder verdreifacht und sogar vervielfacht."

Der Text enthält tatsächlich meist zwei- und dreifache Wiederholungen von Textabschnitten oder einzelnen Worten und zum Schluß – je nach Überlieferung – eine sieben- bis neunfache Wiederholung. Beide Autoren machen auf diese Weise indirekt die Aussage, daß sie offenbar verschiedene – auch musikalische? – Vortragsweisen kennen, durch die ganz unterschiedliche Inhalte und Sprachformen hörbar

227 Ebd.

gemacht werden sollen. Dies korrespondiert mit dem, was Hrabanus Maurus in Anlehnung an Isidor vom *lector* bei der *pronuntiatio* forderte[228], nur daß es nun eben nicht um einen Text im Sinne des *dicere-legere* geht, den ein *lector* vorzutragen hat, sondern um einen Gesang zum Offertorium, der zumindest in den Versen ein Sologesang des *cantor* gewesen sein dürfte.

Abschließend kann also festgehalten werden, daß die beiden erhaltenen Kommentare zum OF *Vir erat* eine außergewöhnlich wertvolle Quelle für die Frage nach der Beziehung von Musik und Sprache im gregorianischen Gesang darstellen. Sie sind bisher der überzeugendste Nachweis, daß es im frühen Mittelalter ein Bewußtsein für eine Beziehung von Musik und Sprache gegeben hat, die dazu diente, durch die musikalische Gestalt auch den Inhalt eines Textes – in diesem Offertorium besonders auf der affektiven Ebene – zum Klingen zu bringen. Das nächste Kapitel über die musiktheoretischen Quellen wird noch genauer zeigen, daß ein solcher Ansatz in dieser Zeit durchaus verbreitet war. So sei an dieser Stelle nur noch Fritz Reckow zitiert, der in diesem Kontext über das OF *Vir erat* schreibt: „Es gilt zwar dank seiner geradezu exzessiven Textwiederholungen als mehr oder weniger singulär; doch kann es jedenfalls als Beleg dafür dienen, daß rhetorisch interpretierbare Gestaltungsweisen in der liturgischen Gesangspraxis des frühen Mittelalters nicht nur bekannt waren, sondern auch glänzend beherrscht wurden. Darüber hinaus ist das auffällige Offertorium auch deshalb ein historischer Glücksfall, weil es bereits den karolingischen Liturgiker Amalar von Metz zu einem unvorhergesehenen Exkurs provozierte, der *imitatio* auch gezielt als *imitatio* kommentiert – und damit ein waches Bewußtsein für dergleichen Wirkmittel im frühen Mittelalter bestätigt."[229]

2.6. RESÜMEE

Zum Schluß dieses Kapitels soll nochmals an den Anfang zurückgekehrt werden. Es ging in diesen Überlegungen darum, die zeitgleich mit der Verbreitung des gregorianischen Gesangs im Frankenreich entstandenen reflektierenden Quellen dahingehend zu untersuchen, ob in ihnen Aussagen über eine Beziehung von Musik und Sprache im gregorianischen Repertoire zu finden sind. Dabei war von vorneherein klar, daß sich diese Texte ihrer Intention nach eher mit theologischen Fragen, besonders der Liturgie und der liturgischen Dienste, befassen als mit musikalischen Themen. Dennoch werden in ihnen umfangreiche Aussagen über den liturgischen Gesang gemacht. Auch wenn die in dieser Arbeit gestellte Frage nach dem Wort-Ton-Verhältnis in diesen Gesängen darin kaum einmal explizit berührt wird, bieten diese Schriften doch wertvolle Grundlagen und Voraussetzungen für weitere Überlegungen.

Angesichts der zahlreichen und vielschichtigen Beobachtungen, die in den untersuchten Quellen gemacht wurden, erscheint es sinnvoll, diese am Ende des Kapitels noch einmal zusammenfassend aufzulisten. Dabei soll versucht werden, die Fülle

228 Siehe 2.3.4. *Hrabanus Maurus: ut ad intellectum …*
229 Reckow, *Rhetorik*, 162.

der zum Teil sehr unterschiedlichen oder gar einander widersprechenden Beobachtungen zu systematisieren. Als Orientierung dient dabei die Frage, ob die gewonnene Aussage eher für eine bewußt wahrgenommene und gestaltete Beziehung von Musik und Sprache in den gregorianischen Gesängen spricht oder eher dagegen.

So ergeben sich die folgenden wesentlichen Aspekte, die eine solche Beziehung von Musik und Sprache bestätigen oder ihr zumindest nicht entgegenstehen:

1. Es läßt sich die Beobachtung machen, daß in der Spätantike und dem frühen Mittelalter „Singen" und „Sagen" anders und in gewisser Weise auch enger miteinander verknüpft sind als im heutigen Verständnis und Empfinden. Dies wurde an drei Themenkreisen dargestellt:
   a. an der Frage nach der Terminologie. Der Umgang mit den Verben *dicere* und *cantare* in den Quellen zeigt, daß die Begriffe nicht klar gegeneinander abzugrenzen sind, sondern daß gerade das Wort *dicere* sowohl den Lesevortrag, der sich vom „normalen" Sprechen (*loqui*) unterscheidet, als auch den Gesang – vor allem den Sologesang des *cantor* – bezeichnet;
   b. am „Erbe" der antiken Rhetorik, besonders der profanen *pronuntiatio* und ihrer großen Nähe zur Musik;
   c. an einigen Besonderheiten der stark monastisch geprägten Kultur des frühen Mittelalters im Umgang mit dem Wort – besonders der Bibel und der Liturgie –, deren Pflege ein Grundanliegen der Karolingischen Reform war. Dabei zeigt sich ein viel engerer Zusammenhang von Sprachinhalt und Sprachklang, als dies für das moderne Verständnis üblich ist, sowie ein Umgang mit dem Wort, der stark vom Klang der – auswendig beherrschten – Texte und von der Klangassoziation bestimmt ist, was sich auch an der zeitgenössischen Exegese ablesen läßt.
   Dies alles stellt natürlich in keiner Weise einen Nachweis dar, zeigt aber, daß ein möglicher Ausdruck der Sprache in der konkreten Gestalt der Musik insgesamt von einer anderen, vielleicht selbstverständlicheren Basis ausgeht als in späteren Jahrhunderten. Zumindest ist es noch für Guido von Arezzo völlig selbstverständlich, daß alles, was sprechend vorgetragen wird (*dicere*), auch geschrieben werden kann (*scribere*) und daß sich alles, was geschrieben ist, in Gesang umformen (*redigere*) läßt.
2. In den Quellen werden die liturgischen Dienste des *cantor* und *lector* ausgiebig reflekiert und zueinander in Beziehung gesetzt. Das ermöglicht einen indirekten Zugang zum Verhältnis von Lesevortrag und Gesang. Auf diesem Weg können vergleichend Erkenntnisse darüber gewonnen werden, ob beim Gesang die musikalische Komponente als Ausdrucksmittel für den Text verstanden wurde. Dabei sind eine Reihe von Beobachtungen zu machen, die für einen solchen Einsatz der Musik sprechen:
   a. Zunächst ist festzustellen, daß für den Dienst des *lector* – in der Rezeption des Gedankenguts von Isidor von Sevilla – ganz eindeutig eine expressive Vortragsweise gefordert wird, die den konkreten Inhalt des Textes, besonders auch in seinem affektiven Gehalt, zu Gehör bringen soll.
   b. Auch wenn in diesem Kontext nirgendwo klar gesagt wird, daß dies auch für die Gesänge zu gelten hat, so gibt es doch – neben einer allgemeinen Nähe

zwischen beiden Diensten – verschiedene Aussagen, die auch dem *cantor* die *pronuntiatio*, den *terminus technicus* für diese Art Lesevortrag, zuordnen.
c. Einige Quellen, die sich als Kommentar zur *Regula Benedicti* mit der Forderung *psallite sapienter* befassen, machen deutlich, daß ein wirkliches Verstehen (*intellegere*) der Gesangstexte beim liturgischen Vollzug als sehr wichtig erachtet wurde. Das Verstehen ist in diesen Äußerungen verblüffend umfassend und ganzheitlich gemeint. Die Texte sollen mit Verstand (*intellectus, mens*), Gefühl (*cor, mens, sensus*) und Sinnen (*sensus, gustus, sapor*) erfaßt werden. Daraus ergibt sich die Frage, ob es vielleicht ein Bewußtsein dafür gegeben haben könnte, daß die Musik die Möglichkeiten der *pronuntiatio* noch erweitern oder ergänzen könnte.
d. Verschiedene Aussagen der Quellen erwecken den Eindruck, daß der Gesang selbstverständlich als eine Einheit von Musik und Text gesehen wurde, eben als „gesungene Sprache". So gilt es auch, selbstkritisch zu fragen, ob nicht bereits die Ausgangsfrage nach einer Beziehung von Musik und Sprache allzu modern gestellt ist, bedingt durch ein Musikverständnis, das schon rein optisch – in der Notation – den Text von der musikalischen Gestalt trennt. Auch wenn dies natürlich keine Antwort auf die Frage ist, ob versucht wurde, in der konkreten musikalischen Gestalt den konkreten Text und seinen Inhalt zu „imitieren", so mahnt diese Beobachtung doch zur Vorsicht. Zu leicht geschieht es, daß ein Musikverständnis späterer Jahrhunderte auf diese frühe Zeit übertragen wird.
e. Ganz unmißverständlich ist in den Schriften des 8. und 9. Jahrhunderts davon die Rede, daß die Gesänge das Ergebnis der Gestaltung (*composuere*) durch einen *auctor* sind. In Anlehnung an Isidor ist der *cantor* nicht nur der Ausführende, sondern auch der Schöpfer dieser Gesänge, was – wie die beiden Kommentare zum OF *Vir erat* zeigen – die Wahl der Worte wie auch der Töne umfaßt.

3. Die Ausführungen Amalars zu einzelnen Proprien geben Zeugnis davon, daß die Texte der von ihm genannten, eindeutig zu identifizierenden Gesänge des gregorianischen Repertoires als ein Teil der Verkündigung verstanden wurden. Er sieht sie als inhaltliche Einheit mit den Texten von Orationen, Lesungen und Evangelium. Zugleich wertet er den Dienst des *cantor* im Vergleich zum *lector* deutlich auf, setzt aber bei beiden den Akzent auf die Verkündigung. Unter Berufung auf Isidors *sola pronuntiatio* beim *lector* kommt für Amalar beim Dienst des *cantor* noch etwas hinzu (*multa officia*). So wäre in dieser Quelle der liturgische Gesang als eine besondere, möglicherweise intensivierte Form (*non sola pronuntiatio*) des Textvortrags zu verstehen.
4. Der mit Abstand sicherste Hinweis auf ein gezielt gestaltetes Wort-Ton-Verhältnis liegt in den beiden erhaltenen Kommentaren zum OF *Vir erat* vor. Bei Remigius von Auxerre kommt klar zum Ausdruck, daß durch die musikalische Gestalt der Sinn der Worte (*per neumam circa intellectum verborum*) zum Klingen kommen soll. Zugleich bezeichnet er dies als das bewußt gewollte Ergebnis eines gestalterischen Vorgangs.
Besonders bemerkenswert erscheint dabei die Tatsache, daß auf diese Weise ein Ausdruck der Affekte, so wie sie im konkreten Text vorkommen, bewirkt

werden soll und nicht (nur) die in vielen Quellen geforderte *compunctio* oder das allgemeine *excitare animos*.

Die beiden zuletzt genannten Formulierungen, *compunctio* und *excitare animos*, spielen eine zentrale Rolle bei der Auflistung der Argumente, die eher gegen eine Beziehung zwischen dem konkreten Text und seiner jeweiligen musikalischen Gestalt sprechen:

1. Die von Isidor von Sevilla gegebene Definition von *cantor* bzw. *psalmista* und *lector* [230] ist für das frühe Mittelalter wohl als paradigmatisch zu bezeichnen. Auch wenn Isidor diese Abgrenzung bereits im nachfolgenden Satz selbst relativiert, so hat diese Aussage doch Folgen:
   a. In den untersuchten Quellen ist diese Vorstellung von Musik, die an die antiken *effectus* anknüpft, durchgängig präsent und wird sehr viel öfter und stärker formuliert als die Vorstellung, daß der liturgische Gesang als *pronuntiatio* zu verstehen sei. Darin wirkt offensichtlich das antike ontologische Musikverständnis im frühen Mittelalter nach.
   b. Die in diesem Kontext immer wieder genannten *effectus*, auch wenn sie zumindest in den die Liturgie beschreibenden Texten mit den antiken *effectus* nicht identisch sind, zeichnen sich dadurch aus, daß sie eben keine mit dem konkreten Gesangstext übereinstimmenden Inhalte und Affekte bewirken sollen, sondern allgemeine, theologisch motivierte Haltungen und Empfindungen wie z. B. *compunctio, concordia, contemplatio*.
   c. Besonders in den allgemeinen Meßerklärungen, die sich sehr ausführlich mit den Funktionen des liturgischen Gesangs befassen, kommt fast ausschließlich dieser ontologische Ansatz zum Tragen, so daß die dort beschriebene Rolle der Gesänge als liturgisch-ontologisch bezeichnet werden könnte.
   d. Daraus ist zumindest die Schlußfolgerung zu ziehen, daß die Vorstellung vom gregorianischen Gesang als einem reinen Ausdruck von Sprache, bei dem besser nicht vom „Singen“ gesprochen werden sollte, keineswegs die allein gültige sein kann. Es gibt vielmehr in den reflektierenden Quellen der Karolingerzeit die klare Aussage, daß beim Gesang eine der bloßen Verkündigung (*sola pronuntiatio*) fremde Dimension hinzukommt, die als vom jeweiligen Text unabhängig zu gelten hat. Dies sollte nicht voreilig als eine rein theoretisch-spekulative Idee abgetan werden, die aus der Antike übernommen wurde, ohne daß sie die musikalische Praxis berührt hätte. Was die Quellen der Karolingerzeit zu diesem Aspekt sagen, ist mehr als eine bloße Wiederholung antiken Gedankenguts, sie setzen vielmehr eigene Akzente, denen eine Auswirkung auf die Praxis nicht einfach abgesprochen werden kann.
2. Es sollte insgesamt trotz der Fülle der genannten Beobachtungen, die eine ausgeprägte Beziehung von Musik und Sprache im gregorianischen Repertoire nahelegen oder zumindest nicht ausschließen, nicht vergessen werden, daß es nur wenige Aussagen gibt, die ein solches Wort-Ton-Verhältnis sicher bezeugen oder gar konkrete (musikalisch umsetzbare) Mittel oder Prinzipien eines solchen nennen. Dieser Mangel bzw. diese Zurückhaltung der Quellen ließe sich

230 Siehe 2.3.1. *Grundsätzliches*.

jedoch möglicherweise mit der besonderen Absicht dieser Texte erklären. Die historischen Gegebenheiten brachten es mit sich, daß in dieser Zeit erst darum gerungen werden mußte, die römische Liturgie und damit das gregorianische Repertoire zu etablieren, bevor musikalische Details zum Thema werden konnten. Auch eine große Selbstverständlichkeit im Vorhandensein (oder Fehlen) einer Beziehung von Musik und Sprache wäre als Ursache denkbar. Offensichtlich ist die Frage nach einer solchen Beziehung keine drängende, der Klärung bedürftige Frage des 8./9. Jahrhunderts gewesen.

So steht am Ende dieser Analyse der reflektierenden Schriften der Karolingerzeit, die freilich rudimentär bleiben mußte, die Feststellung, daß sich darin sowohl Indizien für die gesuchte Beziehung von Musik und Sprache finden lassen als auch solche, die diese in Frage stellen. Klare, ausreichend tragfähige Gewißheiten geben diese Quellen allein noch nicht.

Gibt es nun eine Möglichkeit, diese beiden offenbar differierenden Tendenzen zu einem ersten Entwurf eines Gesamtbilds oder wenigstens eines Rahmens für die weitere Suche zusammenzufügen? Beide Tendenzen scheinen so stark zu sein, daß sie für die weiteren Überlegungen wirklich wahr- und ernstgenommen werden sollten. Damit kommen aber gleich zwei nicht seltene und in der Einleitung bereits genannte Vorstellungen über das Wort-Ton-Verhältnis im gregorianischen Gesang ins Wanken, nämlich sowohl die Idee einer „vollkommenen Symbiose" oder einer bloßen „Klangrede" als auch die Vorstellung, daß diese Musik „sich dem Inhalt des Textes gegenüber vollkommen neutral" verhalte. Wenn wirklich beide gefundenen Tendenzen in die Überlegungen einbezogen werden sollen, so kommt man nicht umhin, sie zumindest vorläufig als Pole eines Verständnisses von liturgischem Gesang im frühen Mittelalter zu akzeptieren. So erweist sich der von Fritz Reckow gewählte Titel seines – im Zusammenhang mit der *Musica enchiriadis* noch ausführlich zu besprechenden – Artikels zu dieser Fragestellung als äußerst treffend: „Zwischen Ontologie und Rhetorik". Wäre es nicht denkbar, daß sich diese beiden Aspekte gar nicht ausschließen müssen, da in ihnen durchaus verschiedene Ebenen zum Tragen kommen? Ein „rhetorisch" durchgestalteter Gesang kann trotzdem als Ganzes, eben weil er Gesang ist, eine textübersteigende allgemeine Wirkung ausüben. Es erscheint aber ebenfalls denkbar, daß eine wie auch immer geartete „musikalische Rhetorik" nur eine partielle ist und sich deshalb nur auf bestimmten Ebenen oder in bestimmten Gesängen oder Situationen beobachten läßt.

Im nächsten Kapitel soll nun die Frage gestellt werden, ob die frühen musiktheoretischen Schriften des Mittelalters ebenfalls Hinweise auf eine Wort-Ton-Beziehung enthalten, und vor allem, ob sie dafür konkrete musikalische Mittel nennen, die es ermöglichen, Ansätze für eine Analyse von Ausschnitten aus dem gregorianischen Repertoire zu entwickeln.

3. ZEITGENÖSSISCHE QUELLEN MUSIKTHEORETISCHER REFLEXION

3.1. FRÜHE MUSIKTHEORETISCHE SCHRIFTEN – VORÜBERLEGUNGEN

3.1.1. Die Quellen

Eine durchaus bemerkenswerte Anzahl mittelalterlicher musiktheoretischer Schriften ist bis heute überliefert. Michael Bernhard[1] zählt für den gesamtem Zeitraum (6.–15. Jh.: Boethius – Johannes Tinctoris) ca. 120 Texte, deren Verfasser bekannt sind, und schätzungsweise 700 anonyme Traktate, hinzu kommen außerdem die Handschriften noch älterer antiker Autoren (z. B. Augustinus, Cassiodor, Isidor). Diese Fülle an Material, die sich auf verschiedene Weise klassifizieren läßt[2], wird zunächst in zwei große Gruppen unterteilt: Die eine enthält die seit der Mitte des 9. Jahrhunderts überlieferten Texte der antiken Musiktheorie[3], die andere die ab dem 9. Jahrhundert entstandenen, eigentlich mittelalterlichen Texte, deren Überlieferung jedoch erst im 10. Jahrhundert beginnt[4].

Für die Frage nach einer musiktheoretischen Auseinandersetzung mit dem gregorianischen Gesang im Mittelalter haben die antiken Texte nur insoweit Bedeutung, wie sie von den mittelalterlichen Autoren rezipiert worden sind[5]. Dabei spielt die Schrift *De Institutione musica* von Boethius im Mittelalter eine überragende Rolle. Von den übrigen antiken Autoren waren Cassiodors (485/7–ca. 580) *Institutiones* und die *Etymologiae* des Isidor von Sevilla (ca. 560–636), der Cassiodor darin ausgiebig zitiert, sehr verbreitet: Cassiodor als vollständige Schrift vor allem im Frühmittelalter[6], während Isidors Schriften oft auszugsweise in Einleitungen anderer Werke Verwendung fanden[7]. Die älteren antiken Autoren – unter ihnen auch der erwähnte Quintilian –, die in den mittelalterlichen Handschriften erhalten sind[8], wurden zwar abgeschrieben, aber zumeist nicht in wiedererkennbarer Weise in den zeitgenössischen Texten weiter rezipiert.

Die Auseinandersetzung mit der aktuellen zeitgenössischen Musik stellt die Musiktheorie des 9.–12. Jahrhunderts vor neue Fragen, für die die antike Musiktheorie

1 Bernhard, *Fachschrifttum*, 43f.

2 Vgl. ebd., 44ff.

3 Vgl. Michael Bernhard, *Überlieferung und Fortleben der antiken lateinischen Musiktheorie im Mittelalter*, in: Die Rezeption des antiken Fachs im Mittelalter, hg. von Frieder Zaminer, Darmstadt 1990 (Geschichte der Musiktheorie 3), 7–35.

4 Vgl. Bernhard, *Fachschrifttum*, 74f.

5 Vgl. Huglo, *Grundlagen*, 21–51.

6 Vgl. Bernhard, *Überlieferung*, 31ff.

7 Vgl. ebd., 33ff.

8 Vgl. ebd., 8: Vitruvius, Quintilianus, Censorius, Calcidius, Augustinus, Macrobius, Favonius Eulogius, Martianus Capella, Fulgentius.

keine Antworten hat. „Die Verbreitung des Gregorianischen Chorals nördlich der Alpen führt die Musiktheorie zu völlig neuen Aufgaben. Erklingende Musik, die keine erkennbare Verbindung zu antiker Musik hat und entscheidend vom Christentum geprägt ist, wird nunmehr Objekt der Betrachtung und fordert eine Angleichung der überlieferten Theorie an die Praxis und vice versa. Dabei wird die antike Theorie keinesfalls über Bord geworfen; dazu war die Ehrfurcht des Mittelalters vor dem überlieferten Bildungsgut der Antike zu groß. Vielmehr versuchte man, die vorhandene Theorie mit der praktischen Musik in Einklang zu bringen.“[9] Bei diesem Bemühen steht bei den frühen Schriften im Hinblick auf die Praxis die Lehre von der Modalität im Mittelpunkt, die – wie Eugène Cardine meint – „einerseits praktisch und interessant, andererseits theoretisch und sachlich anfechtbar“ ausfällt[10].

Ab dem 10. Jh. kommt es dann in den musiktheoretischen Schriften immer mehr zu einer Akzentverschiebung. „Die theoretische Fundierung des Chorals tritt weiter in den Vordergrund, während antikes Gut sich zwar behauptet, aber nicht mehr das fachliche Denken bestimmt. Es ist die Zeit des Traktattyps, den C. Vivell treffend mit «Kontroversschrift» bezeichnet hat. Traktate werden hauptsächlich geschrieben, weil man etwas Neues zu sagen hat oder weil man das System der Musik auf eigene Weise interpretiert. Die Bedürfnisse des Praktikers werden stärker berücksichtigt.“[11] Dies ist ein Schritt weiter auf dem Weg der Musik durch das Mittelalter, den Albrecht Riethmüller so charakterisiert: „Überspitzt, aber am kürzesten läßt sich die Verwandlung an der «Umfunktionierung» des Begriffes «musica» fassen: Er trat als «theoria» ins Mittelalter ein und verließ es als «praxis».“[12] Auch Michel Huglo sieht in ihrer zunehmenden Praxisnähe das Charakteristikum der Musiktheorie im Gefolge der Karolingischen Reform: „Erst dieser vom Glück begünstigte Zeitpunkt war es, mit dem die frühesten mittelalterlichen Versuche einer Synthese von Musiktheorie und liturgischer Gesangspraxis möglich wurden.“[13]

Von den frühen Schriften zur „Musiktheorie“ sind für diese Arbeit aufgrund ihrer zeitlichen Nähe zur Redaktion des gregorianischen Gesangs die ältesten von besonderer Bedeutung[14]. Die für diese Untersuchung ausgewählten vier Quellen zeichnen sich nicht nur dadurch aus, daß sie zu den frühesten mittelalterlichen Musiktraktaten zählen, sie gehören auch zu den meistüberlieferten[15]; dies gilt in besonderem Maße für die *Musica enchiriadis* und den *Micrologus*. Deshalb ist davon auszugehen, daß die Autoren dieser Texte auch die Fragen und Anliegen der Musik in ihrer

9 Bernhard, *Fachschrifttum*, 49.

10 Cardine, *Überblick*, 30. Diesen Schriften fehlt zwar eine umfassende Darstellung der Praxis des gregorianischen Gesangs, doch sind sie nicht ohne Hinweise darauf, die jedoch noch nicht systematisch ausgewertet worden sind und gewiß keine vollständige Aufführungspraxis darstellen; siehe auch 1.2. *Zum gegenwärtigen Stand der Forschung*.

11 Bernhard, *Fachschrifttum*, 50.

12 Riethmüller, *Probleme der spekulativen Musiktheorie*, 177.

13 Huglo, *Grundlagen*, 49.

14 Zu den Autoren vgl. auch Bernhard, *Fachschrifttum*, 53ff, sowie die Liste der Schriften, 72f: „Aurelianus Reomensis, Musica disciplina (spätes 9. Jh.); Alia musica (9.Jh.); Scolica enchiriadis (9.Jh.); Musica enchiriadis (9.Jh.); [...] Hucbald, De harmonica institutione (ca. 900) ... .“

15 Vgl. ebd., 72f.

Zeit wirklich getroffen haben. Zugleich sind diese Schriften natürlich nach dem Gesichtspunkt ausgesucht, ob in ihnen überhaupt Äußerungen zum Wort-Ton-Verhältnis zu finden sind.

Die älteste das gregorianische Repertoire betreffende Schrift, die *Musica disciplina* von Aurelian von Réôme (um 840/850)[16], ist in ihren allgemeinen Teilen zur Musik (Kapitel I–IX und XX) stark von antiken Zitaten durchzogen[17]. In den eigenständigen, mit zahlreichen identifizierbaren Beispielen aus dem gregorianischen Repertoire versehenen Kapiteln X–XVII enthält sie dagegen besonders wertvolle Aspekte zur Beziehung von Musik und Sprache. Insgesamt unterscheidet sich dieser Text auffällig von der „zweiten Generation" musiktheoretischer Traktate, für die in dieser Untersuchung die *Musica enchiriadis* und Hucbalds *De harmonica institutione* stehen. Der Unterschied, gerade auch in der Art der Beschreibung der Modi, ist so auffällig, daß z. B. Hartmut Möller davon ausgeht, daß Aurelian „noch hauptsächlich auf monastische Wissensquellen zurückgriff"[18] und weniger auf die Quellen antiker Musiktheorie. Es fällt leicht zu zeigen, daß dies keineswegs zum Nachteil für die Frage nach der Beziehung von Musik und Sprache im gregorianischen Gesang ist. Aurelian kann in seinen „empirisch" orientierten Darlegungen der Modi anhand von Beispielen kaum der Praxisferne bezichtigt werden.

Die ebenfalls noch ins 9. Jahrhundert zu datierende *Musica enchiriadis* befaßt sich dagegen ganz ausführlich mit dem Tonsystem und der frühen Mehrstimmigkeit, dem Organum. So scheint es vielleicht auf den ersten Blick verfehlt, gerade diesen Text für die Frage nach dem Wort-Ton-Verhältnis im einstimmigen liturgischen Gesang zu Rate zu ziehen. Dennoch ist diese Schrift eine unverzichtbare Quelle, da in ihr – neben den Kommentaren zum OF *Vir erat*[19] – das älteste Zeugnis für einen von der konkreten Textvorlage abhängigen Affektausdruck durch die Musik vorliegt.

Der wahrscheinlich etwas spätere Text von Hucbald von Saint-Amand, *De harmonica institutione* (ca. 870–900), der im wesentlichen eine Bearbeitung von Boethius darstellt, enthält außer einigen wichtigen Beispielen zur Analogie von Musik und Sprache keine direkten Aussagen zur Textvertonung. Dennoch ist er in verschiedenen grundlegenden Fragen sowie in Detailaussagen zum gregorianischen Repertoire ebenfalls eine wichtige Quelle.

Im Kontext der ersten stärker „praxisorientierten" Schriften spielt das Werk Guido von Arezzos eine zentrale Rolle. Seine Traktate sind nicht nur die am meisten verbreiteten musiktheoretischen Texte der folgenden Jahrhunderte, sie zeichnen sich auch dadurch aus, daß Guido von Arezzo dem überlieferten musiktheoretischen Gedankengut mit größerer Freiheit begegnet als die älteren Autoren. Er bleibt zwar der Tradition verbunden, wagt es aber, nicht mehr sinnvollen theoretischen Ballast ab-

16 Siehe auch 2.1. *Schriften und Autoren – Vorüberlegungen.*

17 Siehe die Anmerkungen in der kritischen Ausgabe: Aureliani Reomensis, *Musica disciplina*, ed. Laurence Gushee, 1975 (CSM 21).

18 Hartmut Möller, *Die Grundlagen der europäischen Musikkultur (bis ca. 1100)*, in: NHbMw 2, Laaber 1991, 171.

19 Siehe 2.5. *Die Kommentare zum OF Vir erat.*

zuwerfen[20]. Seine Schriften gewinnen so eine vorher nicht gekannte Klarheit und Praxisnähe. In dem vier überlieferte Werke umfassenden Schrifttum des Guido von Arezzo, *Prologus in Antiphonarium* (vor 1025), *Micrologus* (1025/26), *Regulae rhythmicae* (1025/26) und *Epistola* (nach 1028)[21], ist der *Micrologus* das wohl bekannteste Werk. In ihm legt Guido in komprimierter Form das grundlegende musikalische Wissen seiner Zeit dar. Die Kapitel X–XVII befassen sich ausdrücklich mit dem einstimmigen Gesang[22]. Die wenn auch sparsamen Musikbeispiele belegen, daß Guido von Arezzo dabei das gregorianische Repertoire vor Augen hatte[23]. Unter diesen Kapiteln ist das XV. mit der Überschrift *De commoda vel componenda modulatione* als erklärte „Kompositionslehre“[24] für die Frage nach Musik und Sprache, aber auch für das Musikverständnis seiner Zeit von besonderem Interesse. Auf diesen Text soll deshalb ausführlicher eingegangen werden. Dabei muß jedoch auch gefragt werden, inwieweit die Schriften Guidos überhaupt etwas über den gregorianischen Gesang aussagen können, sind sie doch rund 250 Jahre nach der vermuteten Entstehung[25] bzw. Redaktion des gregorianischen Repertoires geschrieben.

Bei der Lektüre der frühen Musiktheoretiker bildet die große zeitliche Entfernung eine bleibende Schwierigkeit. Wie sind diese Schriften zu lesen? Denkweise und Sprache des mittelalterlichen Menschen sind von heutigen Vorstellungen weit entfernt. Neben der häufig zu findenden Diskrepanz zwischen übernommener antiker Theorie und dargestellter mittelalterlicher Praxis bereitet auch die selbst zur Zeit Guidos von Arezzo noch nicht festgelegte Terminologie immer wieder Probleme[26]. Dennoch lassen sich in den genannten Quellen wichtige Aussagen zur Beziehung von Musik und Sprache entdecken und auch behutsam deuten. Das umfangreiche Auftreten einer Analogie von Musik und Sprache macht es notwendig, sich diesem Phänomen mit seinen sowohl hilfreichen Aussagen als auch seinen nicht unbeträcht-

20 Das gilt z. B. für seine Darstellung des Systems der Modi; vgl. Michael Markovits, *Das Tonsystem der abendländischen Musik im frühen Mittelalter*, Bern/Stuttgart 1977 (Publikationen der Schweizerischen Musikforschenden Gesellschaft II/30), 103.

21 Datierungen aus: Bernhard, *Fachschrifttum*, 72f.

22 Zum Ende von Kapitel XVII in Vers 44/45 heißt es: „de canendo ista sufficant. Iam nunc diaphoniae praecepta breviter exsequamur.“ – „vom Singen möge jenes genügen. Schon wollen wir nun der Lehre der *diaphonia* nachgehen.“

23 Z. B. in Kapitel XV. 58 läßt sich der Introitus vom ersten Adventssonntag *Ad te levavi* durch die Buchstabennotation eindeutig identifizieren.

24 Schon vor Guido von Arezzo ist nicht nur das Verb *componere* üblich, Hucbald von Saint-Amand kennt auch den *compositor*. So heißt es in seiner Schrift *De harmonica institutione,* hg. von Andreas Traub, in: BzG 7 (1989), 183: „.. nullatenus sicut a compositore statuta est, ...“ So selbstverständlich den mittelalterlichen Autoren die Vorstellung von der zeitgenössischen Musik als „Komposition“ auch war, so ungewohnt mag dies für die musikwissenschaftliche Forschung erscheinen, der es – wie Schlager (*Ars componendi*, 220) ausführt – sinnvoll erschien, „den Begriff «Komposition» auf schriftliche Darstellung von klanglich geformter Musik zu beschränken.“ Dagegen drückt sich für das frühe Mittelalter gerade im Wort *componere* die enge Verbindung zur Rhetorik aus.

25 Wenn man davon ausgeht, daß das Repertoire nach 750 im Frankenreich seine Ausformung erfahren hat.

26 Vgl. Bernhard, *Fachschrifttum*, 43ff sowie 78ff.

lichen Schwierigkeiten zuzuwenden[27]. Der Schwerpunkt der Beobachtungen und Überlegungen soll jedoch bei den Fragen der konkreten Textvertonung liegen. Diese sind allgemein grundlegender wie auch praktischer Art. Auch wenn die Abschnitte dieses Teils von Kapitel 3 nach den vier untersuchten Schriften bzw. deren Autoren benannt sind, so ist aufgrund der Ähnlichkeit ihrer Aussagen eine scharfe Trennung nicht immer sinnvoll. Deshalb werden in diesen Abschnitten jeweils themenbedingt auch parallele oder ergänzende Äußerungen der anderen drei Autoren mit besprochen.

3.1.2. Zum Problem der Modi

Die große Bedeutung der Modi in den frühen musiktheoretischen Traktaten macht es notwendig, an dieser Stelle kurz auf dieses Thema einzugehen. Die Bestimmung der Töne, ihr Verhältnis zueinander und der Aufbau eines Tonsystems sowie der Tonarten sind die Fragen, mit denen sich die Musiktheoretiker des frühen Mittelalters auseinanderzusetzen hatten[28]. Die Beziehung von Musik und Sprache spielt dagegen in ihren Texten – wie auch in den bereits untersuchten theologischen Schriften – nur eine untergeordnete Rolle; dies gilt es zunächst klar festzustellen. Die Wechselbeziehung von Text und musikalischer Gestalt scheint, aus welchen Gründen auch immer, in dieser Zeit kein Problem gewesen zu sein, das zur Reflexion herausgefordert hat.

Die Modi – damit sind an dieser Stelle alle Versuche der Konstruktion und Vermittlung eines Ton- bzw. Tonartensystems im frühen Mittelalter gemeint – sind zwar der Aspekt des gregorianischen Gesangs, über den die mittelalterlichen Texte am ausführlichsten Auskunft geben[29]. Zugleich aber dürfte dies auch einer der pro-

27 Ausführlich befaßt sich mit dieser Analogie Mathias Bielitz, *Musik und Grammatik. Studien zur mittelalterlichen Musiktheorie*, München/Salzburg 1977 (Beiträge zur Musikforschung 4).

28 Dieser Bedeutung des Tonsystems und der Tonartenlehre entspricht auch das Gewicht, das auf diesen Themen in: *Die Lehre vom einstimmigen liturgischen Gesang*, hg. von Thomas Ertelt und Frieder Zaminer, Darmstadt 2000 (Geschichte der Musiktheorie 4), liegt. Zwei Artikel sind diesen Fragen ganz gewidmet: Charles M. Atkinson, *Das Tonsystem des Chorals im Spiegel mittelalterlicher Musiktraktate*, 103–133, und Christian Meyer, *Die Tonartenlehre im Mittelalter*, 135–215; alle drei anderen Artikel kommen ebenfalls häufig auf Aspekte dieses Themenkreises zu sprechen (z. B. Huglo, *Grundlagen*, 59–75). Vgl. zu diesem Themenkomplex auch: Michael Markovits, *Das Tonsystem der abendländischen Musik im frühen Mittelalter*, Bern/Stuttgart 1977 (Publikationen der Schweizerischen Musikforschenden Gesellschaft II/30). Erwähnt seien hier außerdem noch die zahlreichen älteren Artikel von Henri Potiron zu den Modi in den Étude Grégorienne 1957–1975, besonders: *Les modes grégoriens selon les premiers théoriciens du Moyen Age*, in: EG V (1962), 109–118; *Les équivoques terminologique*, in: EG IX (1968), 37–40; *La définition des modes liturgiques*, in EG IX (1968), 41–46; sowie die Arbeiten von Ewald Jammers, *Die Tonalität*, in: Der mittelalterliche Choral – Art und Herkunft, Mainz 1954 (Neue Studien zur Musikwissenschaft 2), 59–70; und Helmut Hucke, *Die Herkunft der Kirchentonarten und die fränkische Überlieferung des Gregorianischen Chorals*, in: Kongreßbericht Berlin 1974, 257–260.

29 Atkinson, *Tonsystem*, 105: „Fast alle diese Versuche zielten darauf ab, ein logisches und umfassendes Tonsystem zu entwickeln, in das sich der Choral auf leicht verständliche Weise einpas-

blematischsten Aspekte sein, da einerseits die komplexen Aussagen der Traktate nicht ohne Widersprüche und Unklarheiten sind und andererseits die Bedeutung des Systems der acht Modi für das gregorianische Repertoire umstritten bleibt. Angesichts der Komplexität des Themas und der Vielfalt der ungeklärten Fragen müssen diese Überlegungen eine kurze Skizze bleiben.

Die Voraussetzungen des Tonsystems, d. h. die Berechnung der Töne und Intervalle[30], waren in den orientalischen Hochkulturen der Antike allgemein bekannt. Diese Grundlagen wurden zusammen mit den griechischen Gattungen, Tonoi und Stammesbezeichnungen über die griechische Tradition, die sie adaptiert hatte, und dann vor allem durch Boethius – inklusive der Fehler, die er machte, bzw. der Zusammenhänge, die er nicht verstand[31] – bis ins Mittelalter weitergegeben. Die Frage nach Entstehung und Ursprüngen des Systems der acht Modi, des Oktoëchos, ist vielschichtig und der Weg, auf welchem diese Modi zum Ordnungssystem und strukturbildenden Element für das gregorianische Repertoire wurden, letztlich ungeklärt[32]. Möglicherweise stammt es – so die These zahlreicher Autoren – aus Byzanz[33], wo es in den ältesten erhaltenen liturgischen Gesängen nachweisbar ist[34], oder aber – so Huglo – aus dem Palästina des 6. Jahrhunderts bzw. aus der Kirche von Alexandria in Unterägypten[35]. Es stellt sich darüber hinaus die Frage, ob die Entstehung der Modi des gregorianischen Gesangs nicht auch eine selbständige und relativ unabhängige Parallelentwicklung zum byzantinischen Tonartensystem gewesen sein könnte[36]. Das System der Modi wurde im Laufe des frühen Mittelalters immer wieder sowohl mit dem übernommenen antiken Gedankengut als auch mit dessen Terminologie in Verbindung gebracht[37], bis schließlich die mit der Praxis nicht übereinstimmenden antiken Theorien verschwanden[38] und die Oktavtonleitern der acht Modi übrigblieben[39] – ohne jedoch eine spannungsfreie Übereinstimmung von Theorie und Praxis zu erreichen.

sen läßt und das zugleich dem melodischen Aufbau der Gesänge ein rationales Fundament liefert. Eng verbunden damit war die Suche nach einer praktischen Notation, in der zugleich dieses Tonsystem dargestellt werden konnte. Das Ergebnis war ein System, in welchem sich Bestandteile verschiedener Herkunft mischten. [...] Die Kombination dieser Elemente aus antiken und mittelalterlichen Quellen macht das eigentümliche Gepräge des abendländischen Tonsystems aus."; vgl. auch Meyer, *Tonartenlehre*, Einleitung 139ff.

30 Vgl. Markovits, 13.

31 Vgl. ebd., 87. 91.

32 Vgl. Huglo, *Grundlagen*, 59.

33 Vgl. Markovits, 75. 97ff. 105f. 107ff.

34 Es baute genau wie das griechische System auf dem Tetrachord auf, war aber, anders als dieses, von unten nach oben – also als aufsteigende Tonleiter – orientiert. Hucbald beschreibt z. B. noch ausführlich beide Richtungen; vgl. Hucbald 46ff (123)ff. Dies hatte u. a. eine Verschiebung innerhalb des Tetrachords von TTS (T = *Tonus*; S = *Semitonus)* nach TST zur Folge; vgl. Markovits, 75; vgl. auch Atkinson, *Tonsystem*, 110–126.

35 Vgl. Huglo, *Grundlagen*, 59.

36 Vgl. Möller, *Institutionen*, 144; auch Huglo, *Grundlagen*, 59 stellt fest: „Es bleibt zu klären, auf welchem Wege die Praxis der acht Töne ins Abendland gelangen konnte."

37 Vgl. Markovits, 100ff.

38 Dieser Entwicklungsschritt ist sehr deutlich im Micrologus zu beobachten; vgl. dazu Markovits, 103.

39 Diese acht Modi werden in den musiktheoretischen Schriften entweder als Protus, Deuterus,

Bei aller Komplexität der verschiedenen übernommenen Theorien und ihrer Widersprüche untereinander gab es – so meint Markovits – doch ein einheitliches, anwendbares System der Modi: „Die Konstruktion des abendländischen Tonartensystems verlief folgerichtig, und die für die Erfordernisse möglichst zweckmäßige Tonordnung entstand aus Notwendigkeit und keineswegs aus irgendeiner Konfusion. Die acht Modi dienten zum Ordnen der liturgischen Gesänge nach ihren Melodien, und die Tonleitern halfen, die Tonhöhenverhältnisse festzulegen.“[40] Bereits in den frühen mittelalterlichen Musiktraktaten wird jedoch auch auf das Problem eingegangen, das sich daraus ergibt, daß sich Teile des gregorianischen Repertoires nicht eindeutig in das System einordnen lassen[41]. Deshalb werden z. B. zusätzliche Modi für solche Gesänge genannt[42], die mit einem anderen Modus schließen als sie beginnen bzw. die sich wegen ihres geringen Tonumfangs nicht genau zuordnen lassen, oder aber der Zustand der Unklarheit wird ganz einfach beklagt[43].

Die Frage nach dem Zusammenhang zwischen der Entstehung bzw. Umformung des gregorianischen Gesangs und dem System der Modi bringt neue Fragen und Probleme mit sich. Der byzantinische Oktoëchos kann nach der obengenannten These kaum älter sein als die Übernahme des römischen Gesangs durch die Karolinger[44]. In Form der Tonare sind die acht Modi noch vor dem vollständigen Text des gregorianischen Repertoires oder gar der Neumennotation überliefert[45]. Sie reichen als einzige Zeugen bis ins 8. Jahrhundert zurück und damit sehr nahe an die vermutete Umformung bzw. Redaktion des Repertoires heran. Somit könnten sie ein grundlegendes Element dieses Vorgangs gewesen sein. Eine Ansicht, die auch Michel Huglo vertritt, wenn er schreibt: „Wie nun der gregorianische Gesang auch entstanden sein mag – ob aus der Restrukturierung der altrömischen Melodien oder eher aus der liturgischen Angleichung des gallikanischen Gesangs an den römischen –, so ist der Schluß erlaubt, daß der Oktoëchos den abendländischen Gesang bestimmend mitgeprägt hat.“[46] Deshalb darf aus dem bisher Gesagten geschlossen werden, daß die acht Modi wahrscheinlich als Ordnungssystem des gregorianischen Gesangs frühestens ab der zweiten Hälfte des 8. Jahrhunderts betrachtet werden können, nicht aber als Ordnungssystem der älteren römischen bzw. gallikanischen Überlieferungen, die diesem zugrunde liegen. Bei einer Analyse sollte darum stets mit älteren – und neueren –, mit diesem System inkompatiblen Erscheinungen ge-

Tritus und Tetrardus – jeweils mit dem Zusatz authenticus oder plagius bzw. plagialis – bezeichnet, oder aber von eins bis acht durchgezählt, wobei der I. und II. Ton identisch sind mit dem Protus authenticus und dem Protus plagialis usw. (vgl. Markovits, 100; *Micrologus* XII. 13–15.) Da die Identifizierung mit den griechischen Stammesnamen – dorisch, lydisch etc. – problematisch ist, werden diese hier beiseite gelassen. (vgl. Markovits, 89ff; siehe auch 1.2.5. *Zur Terminologie.*)

40 Vgl. Markovits, 103.

41 Huglo, *Grundlagen*, 60: „... muß man zugeben, daß die Einteilung in acht Töne in der Praxis weit überschritten wird.“, vgl. auch Atkinson, *Tonsystem*, 139; Meyer, *Tonartenlehre*, 169ff.

42 Vgl. Markovits, 104f.

43 Vgl. z. B. *Micrologus* XIII. 23–28.

44 Vgl. (einschließlich Literaturangaben) Markovits, 97.

45 Vgl. Huglo, *Grundlagen,* 76–102.

46 Huglo, *Grundlagen*, 63.

rechnet werden, so daß es sinnvoll erscheint, sich da, wo das System nicht greift, auf eine schlichte Beschreibung des Phänomens zu beschränken. Im Umgang mit den Modi und in ihrer Bewertung bleibt große Behutsamkeit geboten.

3.2. DIE ANALOGIE MUSIK – SPRACHE: EIN INDIREKTER ZUGANG?

Bei der Suche nach Äußerungen zur Beziehung von Musik und Sprache in den obengenannten musiktheoretischen Schriften fällt auf, daß ein bedeutender Teil der so gefundenen Aussagen sich nicht auf Fragen der Textvertonung bezieht. Statt dessen verwenden diese Textstellen Termini und Bilder aus dem Bereich der Sprache, um damit „Wesen“ und Funktionsweise der Musik zu erklären. Diese Analogie von Musik und Sprache ist ein Phänomen, das gleichermaßen in allen vier untersuchten Quellen zu beobachten ist. Wie ist diese Tatsache zu erklären? Und vor allem: Läßt sich daraus etwas für eine konkrete gestalterische Beziehung zwischen der Musik und dem ihr zugrundeliegenden Text schließen?

Wenn nun versucht werden soll, anhand einer Analyse von Details dieser Analogie Antworten auf die gestellten Fragen zu finden, so kann das nicht heißen, daß damit dieses Phänomen grundlegend erfaßt wird. Die Vorstellung, daß die Musik wie Sprache oder gar selbst eine Art von Sprache sei, ist mit komplexen und schwierigen Fragen verbunden. Der Anspruch an dieses Kapitel ist sehr viel bescheidener. Es soll nur darum gehen, an einigen Beispielen aus den musiktheoretischen Schriften des frühen Mittelalters zu zeigen, daß in dieser Analogie ganz verschiedene Aspekte enthalten sind, und abzutasten, ob – und wenn ja, wie – diese Aspekte auf ein konkretes Wort-Ton-Verhältnis hinweisen. Dabei geht es auch um die Frage, ob das Faktum, daß diese Analogie existiert und sich im Mittelalter allgemeiner Verbreitung erfreute, schon an sich ein weiterer Hinweis auf eine große Nähe von Sprache und Musik ist, und damit verbunden, ob diese beiden Phänomene (und Systeme) in eine Beziehung zueinander treten oder lediglich als parallele Erscheinungen zu verstehen sind.

Hartmut Möller geht im NHbMw kurz auf diese Analogie ein[47]. Unter Bezugnahme auf Erich Reimer hält er die Analogie Musik – Sprache für einen Aspekt der im frühen Mittelalter zu beobachtenden „Rationalisierung“ der Musik: „Mit welcher Intensität die von Aurelian proklamierte Rationalisierung der musikalischen Praxis vorangetrieben wurde, lassen schon die Traktate der «zweiten Generation» erkennen: die Schriften von Hucbald und Regino, die *Alia musica* und die Traktatgruppe um die *Musica Enchiriadis*. [...] Als Vorbild für die Rationalisierung aber fungierte – wie schon Aurelians Gegenüberstellung von Grammatiker und Leser erkennen läßt – die bereits erfolgte Reform der literarischen Bildung. Unter Rückgriff auf eine möglicherweise auf Platon zurückgehende Tradition werden Sprache und Musik analog gesetzt.“[48] Möller sieht also in der Analogie von Musik und Sprache ein Mittel zur Entwicklung einer nachvollziehbaren Ordnung. Die hergestellte Verbin-

47 Vgl. Möller, *Grundlegung*, 170ff.
48 Vgl. ebd., 170.

dung zum Bemühen um die lateinische Sprache in der Karolingischen Reform erscheint darüber hinaus ebenfalls bemerkenswert; in ihr kommt einmal mehr die Sprachzentriertheit dieser Zeit zum Ausdruck.

Michael Bernhard gibt dagegen zu bedenken, daß von der Terminologie her gesehen die Analogie Musik – Sprache aus dem Griechischen übernommen wurde. Dies habe seine Ursache bereits in der Abhängigkeit der römischen antiken Musiktheorie von der griechischen. Zu den griechischen Benennungen der Töne „treten Termini aus Grammatik und Rhetorik, die vor allem zur Beschreibung rhythmischer (rhythmos, comma) und melodischer (melos, arsis, thesis) Elemente sowie der Klangphänomene an sich (phthongos) dienen. Da sich die Rhythmuslehre bei den Römern auf Verslehre, d. h. Metrik beschränkte, ist es natürlich, daß das Vokabular der Grammatik und Rhetorik, soweit es diesen Bereich betrifft, übernommen wird. Die Erörterung der Lautlichkeit der Sprache bringt die notwendige Definition der «vox articulata» und «vox inarticulata» in die Grammatik ein, von wo aus sie zur Definition der Elemente wiederum in die mittelalterlichen Musiktraktate getragen wird.“[49] Auf viele der hier von Bernhard erwähnten Termini wird im Verlauf der Untersuchung der Äußerungen zu Musik und Sprache bei den frühen mittelalterlichen Musiktheoretikern noch zurückzukommen sein.

Was also sind dic Gründe für das verbreitete Vorkommen dieser Analogie? Handelt es sich um ein praxisfernes Relikt antiker spekulativer Musiktheorie? Ist sie einfach ein reines Instrumentarium der Systematisierung der Musik? Ist sie nur deshalb zustande gekommen, weil das Thema „Sprache“ ein bedeutsames Thema dieser Zeit war? Oder aber – und dieser Aspekt wird in der Literatur bisher kaum bedacht – ist diese Analogie wirklich Ausdruck einer wie auch immer gearteten Nähe oder gar Beziehung von Musik und Sprache?

Befragt man die Quellen, so scheint der häufigste oder vielleicht auch auffälligste Zweck, zu dem diese Analogie eingesetzt wird, der Versuch zu sein, Aufbau und Struktur, das System der Musik zu erklären und festzulegen, also das, was Hartmut Möller wohl mit dem Begriff „Rationalisierung“ meint[50]. Deshalb sollen zunächst einige Textstellen dieser Art genauer betrachtet werden.

Diese Form der Analogie kommt in allen vier untersuchten Quellen vor. Eines der wahrscheinlich bekanntesten Beispiele dafür findet sich zu Beginn der *Musica enchiriadis*[51]. Dort heißt es:

> „Sicut vocis articulatae elementariae atque individuae partes sunt litterae, ex quibus compositae syllabae rursus componunt verba et nomina, eaque perfectae orationis textum, sic canore vocis phthongi, qui latine dicuntur soni, origines sunt, [...]. Ex sonorum copulatione diastemata, porro ex diastematibus concrescunt systemata; soni vero prima sunt fundamenta cantus.“[52]

49 Bernhard, *Fachschrifttum*, 80f.

50 Möller, *Grundlegung*, 170: „Laurence Gushee spricht von einer «plötzlichen und dramatischen» Wendung zu «scientistischer» beziehungsweise «technischer» Musiktheorie“ bei den Schriften seit Aurelian.

51 Vgl. auch Meyer, *Tonartenlehre*, 144ff.

52 *Musica et Scolica Enchiriadis una cum aliquibus tractulis adiunctis*, ed. Hans Schmid, München 1981 (Bayerische Akademie der Wissenschaften. Veröffentlichungen der Musikhistorischen Kommission 3), 3; vgl. auch Aurelian, *Musica disciplina*, CSM 21, 78.

„So wie die Buchstaben elementare und unteilbare Teile der *vox articulata*[53] sind, aus denen zusammengesetzte Silben wiederum Worte und Namen bilden und aus diesen den Text der ganzen Rede, so sind beim melodischen Klang der Stimme die *phtongi*, die lateinisch *soni* genannt werden, die Ursprünge, [...]. Aus der Verknüpfung der Töne entstehen die *diastemata*, ferner aus den *diastemata* die *systemata*. Die Töne aber sind die ersten Fundamente des *cantus*."

In diesem Textausschnitt kommt ganz klar zum Ausdruck, daß sich die Musik nach der Vorstellung des Autors dieses Traktates auf die gleiche Weise zusammensetzt wie die Sprache. Bemerkenswert erscheint daran, daß – wie Hartmut Möller im Vergleich ausführt[54] – die Reihenfolge, die z. B. Calcidius[55] verwendet, unter Beibehaltung des Vokabulars umgekehrt wird. Während Calcidius von den größeren Teilen (*maximae partes nomina et verba*) zu den kleinsten (*litterae*) fortschreitet, geht die *Musica enchiriadis*, und gleich ihr alle musiktheoretischen Schriften des frühen Mittelalters, die sich dieser Form der Analogie bedienen, den umgekehrten Weg. Sie beginnt mit den Buchstaben (*litterae*) und führt in der Zusammensetzung noch über Calcidius hinaus, wenn sie vom vollständigen Text der Rede (*perfectae orationis textum*) spricht. Ohne diese Tatsache überbewerten zu wollen, läßt sich doch feststellen, daß die mittelalterliche Analogie im Gegensatz zu der des Calcidius nicht analytisch, sondern synthetisch vorgeht. Sie will ein Konstruktionsprinzip beschreiben, und tatsächlich fällt in diesem Kontext auch gleich zweimal das Wort *componere*[56]. Die Musik wird also einmal mehr als etwas bezeichnet, das durch einen bewußt gesetzten gestalterischen Akt entsteht, und dies eben in Analogie zur Sprache.

Eine weitere interessante Beobachtung liegt darin, daß das so beschriebene System ein melodisches ist und kein rhythmisches. Der Aufbau verläuft von den *phtongi* bzw. *soni* über das *diastema* zum „System" (*systemata*)[57]. Diese Art der Konstruktion von Musik ist keineswegs in allen Beispielen für diese Ausprägung der Analogie Musik – Sprache zu finden, wie am Beispiel des *Micrologus* noch gezeigt werden soll, und hat in der *Musica enchiriadis* ihre Motivation wohl in der Tatsache, daß sich die nachfolgenden Kapitel primär mit Fragen des Tonsystems befassen.

53 Dazu Wille, *Musica Romana*, 492f: „Die lateinischen Grammatiker machten regelmäßig bei der Grundlegung der Lautlehre und der Unterscheidung von Vokalen und Konsonanten auf die akkustischen Grundlagen der Sprache aufmerksam. [...] Der Klang wird eingeteilt in artikulierten und verschmolzenen Klang. Artikulierter Klang manifestiert sich in vernünftigen Gesprächen der Menschen und kann schriftlich durch Buchstaben festgehalten werden. [...] Von einigen wird [...] auch der musikalische Klang hinzugefügt, der zwar nicht (mit Buchstaben) zu fixieren ist, aber musikalischer Artikulation nicht entbehrt."

54 Möller, *Grundlegung*, 170f.

55 *Timaeus a Calcidio translatus commentarioque instructus*, ed. J. H. Waszink, London/Leiden 1962 (Corpus Platonicum Medii Aevi. Plato Latinus 4), 92. 11ff.

56 *Compostiae* und *componunt.*

57 Die *Musica enchiriadis*, IX, 22f, definiert die Begriffe folgendermaßen: „Porro autem sicut cola commatibus constant, sic commatum spatia dicimus diastema: quae in colis vero spatia fuerint, vel integro quolibet melo, systemata nominamus." – „Ferner aber so wie die *cola* aus den *commata* bestehen, so nennen wir die Ausdehnungen der *commata diastema*: die Ausdehnungen aber, die in den *cola* gewesen sind, oder in einem beliebigen ganzen *melos*, nennen wir *systemata*."

Anders als die *Musica enchiriadis* kennt Hucbald in seiner Schrift *De harmonica institutione*[58] nicht nur die *litterae* als Analogie für die *soni* bzw. *phtongi,* sondern spricht im Prolog zunächst ganz allgemein von den *elementa*[59] sowie von den *numeri*[60], womit er sich sowohl am kosmologischen als auch am mathematischen „Modell" antiker Musiktheorie orientiert. Dies genügt ihm, um eine sinnvolle Ordnung (*ratio*) für seine Intervallehre zu entwickeln. Erst erheblich später tritt bei ihm die gesuchte Analogie in Erscheinung[61]. Er verwendet sie, reduziert auf die *litterae* als *elementa* der Sprache, aus denen die „ganze Vielfalt der Sprache" (*sermonum cuncta multiplicitas*)[62] zusammengesetzt wird, nicht um das System zu erklären, sondern um die Musik gegen andere Klangphänomene abzugrenzen. Hucbald unterscheidet Buchstaben und Töne von den (Geräuschen der) „unsensiblen" Dinge (*insensibilium rerum)* und von den unvernünftigen oder nicht geordneten Stimmen der Tiere (*inrationabilium voces animalium),* weil ihnen ein Sinn innewohnt.

Damit setzt er jedoch ganz andere, weitergehende Akzente, als sie im erwähnten Beispiel aus der *Musica enchiriadis* zu finden sind. Er fordert für die Musik, daß sie wie die Sprache etwas „Verständliches" hervorbringe: *intelligibilia verba – ita his sub intellectum decidunt soni*[63]. Hucbalds Interesse ist an dieser Stelle darauf gerichtet, die verwendbaren Töne als vernunftbedingt (*rationabiles phtongi)* zu rechtfertigen und zu ordnen – mit einem bemerkenswerten Bewußtsein für die „historische" Erweiterung des Systems, das die Möglichkeit eines weiteren „Wachstums" einschließt[64]. Aber er rührt damit zugleich an eine andere Aussage, nämlich die, daß die Musik wie die Sprache „Sinnträger"[65] im doppelten Sinn von *sensibilis* und

58 Hucbald von Saint-Amand, *De harmonica institutione*, herausgegeben und übersetzt von Andres Traub, in: BzG 7 (1989).

59 Ebd., 24 (6).

60 *Numerorum*, ebd., 24 (8).

61 Ebd., 34 (68)–(72).

62 Ebd., 34 (71).

63 Ebd., 34 (71)–(72).

64 Vgl. ebd., 34f (72)–(73).

65 Ein solches, biblisch begründetes Verständnis war auch im Ansatz in den theologischen Schriften zu finden, wenn es z. B. bei Isidor (PL 83, Sp. 752) vom Offertorium heißt: „Tunc exclamaverunt filii Aaron in tubis productilibus, et sonuerunt, et auditam fecerunt magnam vocem in memoriam coram Deo (Eccli. L, 10). Non aliter et nunc in sono tubae, id est, in vocis praedicatione cantu accendimur, simulque corde, et ore laudes Domino declamantes jubilamus in illo scilicet vero sacrificio, cujus sanguine salvatus est mundus." – „Damals haben die Söhne Aarons in die verlängerten *tubae* laut geblasen, und sie haben geklungen und einer mächtigen Stimme Gehör verschafft zum Gedächtnis im Angesicht Gottes. Nicht anders (verhält es sich) auch jetzt mit dem Klang der *tubae*, das heißt, wir werden entzündet im Lobpreis der Stimme durch den *cantus*, und wir jubeln, indem wir zugleich mit Herz und Mund das Lob des Herrn deklamieren, natürlich in jenem wahren Opfer, durch dessen Blut die Welt erlöst ist." – Mit dem Signalton der *tubae* in Verbindung gebracht wird die Musik auch von Paulus in 1 Kor 14, 7–9 (Vulgata) in seiner Argumentation gegen das Zungenreden. Dabei offenbart sich ein Musikverständnis, in dem die Musik ebenfalls als Sinnträger fungiert: „Tamen quae sine anima sunt vocem dantia, sive tibia, sive cithara: nisi distinctionem sonituum dederint, quomodo scietur id, quod canitur, aut quod citharizatur. Etenim si incertam vocem det tuba, quis parabit se ad bellum? Ita et vos per linguam nisi manifestum sermonem dederitis: quomodo scietur id, quod dicitur?" – „Doch diese sind leblose Instrumente (ohne Seele einen Ton gebend), z. B. *tibia* oder

rationabilis[66] sein soll, daß sie einen Inhalt zu vermitteln hat. Diese Aussage soll noch an deutlicheren Beispielen weiter erläutert werden.

Zunächst sei zur *Musica enchiriadis* zurückgekehrt, in der eine ganz ähnliche Aussage wie die Hucbalds zu entdecken ist. Zu Beginn von Kapitel X *De symphoniis*[67] heißt es:

> „Praemissae voces non omnes aeque suaviter sibi miscentur, nec quoquo modo iunctae concordabiles in cantu reddunt effectus. Ut litterae, si inter se passim iungantur, saepe nec verbis nec syllabis concordabunt copulandis.“[68]

> „Die zuvor genannten Töne mischen sich nicht alle auf die gleiche liebliche Weise, noch erzeugen sie, auf beliebige Weise zusammengefügt, einmütig [harmonisch] im Gesang die *effectus*. So wie Buchstaben, wenn sie untereinander ohne Ordnung verbunden werden, oft weder zu Worten noch zu Silben verknüpft zusammenpassen werden.“

Natürlich ist hier von der frühen Mehrstimmigkeit die Rede und nicht (direkt) vom gregorianischen Repertoire, dessen *ornatus* diese darstellt[69]. Dennoch erscheint diese Aussage grundsätzlich von Bedeutung, sagt sie doch, daß die Wirkungen (*effectus*) der Musik wie der Sinn der Worte von einer Ordnung abhängig sind. Somit wirkt „Musik“ nicht *sui generis* durch „irgendwelche“ Klänge, sondern durch eine spezielle Zusammensetzung („Komposition“) derselben. Auch wenn diese Ordnung an dieser Stelle mit keinem noch so geringen Hinweis an die konkrete Sprache der Textgrundlage gebunden wird, so vermittelt diese Aussage dennoch zwischen dem „ontologischen“ und dem „rhetorischen“ Verständnis der Musik.

Nochmals einen ganz anderen, eigenen Akzent setzt Guido von Arezzo bei seinem Gebrauch des strukturellen Aspekts der Analogie von Musik und Sprache im XV. Kapitel seines *Micrologus*. Er schreibt gleich zu Beginn:

> „Igitur quemadmodum in metris sunt litterae et syllabae, partes et pedes ac versus, ita in harmonia sunt phtongi, id est soni, quorum unus duo vel tres aptantur in syllabas; ipsaeque solae vel duplicatae neumam, id est partem constituunt cantilenae; et pars una vel plures distinctionem faciunt, id est congruum respirationis locum. De quibus illud est notandum quod tota pars compresse et notanda et exprimenda est, syllaba vero compressius.“[70]

> „Also so wie es in der metrischen Dichtung [*in metris*] Buchstaben, Silben, Wörter[71], Versfüße und Verse gibt, so gibt es in der *harmonia* [Musik] *phtongi* [Töne], das heißt *soni*, derer ein,

cithara: Wenn sie nicht eine Unterscheidung der Klänge geben, wie wird man wissen, was erklingt oder was auf der *cithara* gespielt wird? Denn wenn die *tuba* einen unsicheren Ton geben sollte, wer wird sich zum Krieg bereiten? So auch bei euch, wenn ihr nicht mit der Zunge klar redet: Wie wird man wissen, was gesagt wird?“ Hier ist die Argumentation genau umgekehrt wie bei Hucbald. Dieses bekannte Bibelzitat könnte aber sehr wohl mit ein Grund für das verbreitete Vorkommen der Analogie im frühen Mittelalter gewesen sein.

66 Mit den Sinnen erfaßbar und sinn-voll.

67 *Musica enchiriadis*, X, 23.

68 Ebd.

69 *Musica enchiriadis*, XVIII, 56: „Superficies quaedam artis musicae pro ornatu ecclesiasticorum carminum [...].“

70 *Micrologus*, XV. 2–6, 162f.

71 Vgl. Andreas Traub, *Zur Kompositionslehre im Mittelalter*, in: BzG 17 (1994), 70, Anmerkung 9: Traub meint, daß *pars* nach der Lehre von den acht *partes orationis* in der Bedeutung von „Wort“ zu verstehen ist.

zwei oder drei zu Silben zusammengefügt werden; und diese (bilden) allein oder verdoppelt eine *neuma*, das ist der Teil, aus dem die Gesänge zusammengesetzt sind; und ein (solcher) Teil oder mehrere ergeben eine *distinctio*, das ist der passende Ort zum Atemholen. Von diesen ist anzumerken, daß ein ganzer Teil zusammengedrängt sowohl zu schreiben als auch vorzutragen ist, eine Silbe jedoch noch gedrängter."

Guido von Arezzo geht bei seiner Darstellung der musikalischen Struktur anders als die *Musica enchiriadis* primär vom – im weitesten Sinne – rhythmischen Aspekt der Musik aus. Daß er dabei das Metrum zum Vergleich heranzieht, bereitet ein Problem für das Verständnis dieses Kapitels[72]. Hatte zur Zeit Guidos der gregorianische Gesang[73] – einschließlich seiner inzwischen entstandenen Neuschöpfungen – wirklich ein Metrum? Spricht er vielleicht nur über die Hymnen? Oder ist es nicht doch angemessener, diese Analogie einfach als einen Vergleich zu verstehen, mit dem Guido eben betont auf die unterschiedlichen Längen der Töne bzw. auf die verschiedenen „Tempi" sowie auf „Proportionen" im Gesamtaufbau eines Gesangs hinweisen will? Guido relativiert diese Analogie selbst, indem er sagt, daß dies nicht in gleichem Maße für den Musiker gelte:

„musicus non se tanta legis necessitate constringat"[74] – „der Musiker möge sich nicht mit so großer Striktheit des Gesetzes einengen".

Zugleich sagt er, daß es besser sei, dies alles im Gespräch zu erklären statt durch einen Traktat. Er scheint also darum zu wissen, daß sein Erklärungsversuch schwer verständlich bleiben muß[75].

Nimmt man die Analogie nicht allzu wörtlich, indem man z. B. nach Metren oder ähnlichem im „Choralrhythmus"[76] sucht, so läßt sich erkennen, daß Guido von Arezzo mit Hilfe der zitierten Analogie, die er noch verschiedentlich fortführt[77], in

72 Für Joseph Smits van Waesberghe liegt hier ein Hauptkritikpunkt am XV. Kapitel des *Micrologus*; vgl. *Wie Wortwahl und Terminologie bei Guido von Arezzo entstanden und überliefert wurden*, in: AfMw 31/2 (1974), 73–86, (hier: 86): „Im obenstehenden Text Guidos [...] spürt man, wie schwer es ihm fällt, eine deutliche Erklärung des Gregorianischen Chorals aufgrund des Verhältnisses der Ars metrica zum «cantus metrici» (z. B. die Hymnen) und der Ars rhetorica zum «cantus prosaici» (der größte Teil des gregorianischen Repertoires) zu geben. Weder für seine Zeitgenossen noch für uns ist es Guido gelungen, die motorische Konstruktion und die Interpretation des gregorianischen Chorals mittels der Artes dicendi zu verdeutlichen. Es konnte ihm auch nicht gelingen, weil er keine Brücke zwischen einerseits den Begriffen «Pes» und «Pronuntiatio» der rhythmischen Prosa, und andererseits der Analyse und dem Vortrag der «prosaici cantus» schlagen konnte."

73 Und daß Guido dieses Repertoire meint, zeigt nicht nur die Tatsache, daß er hier von einstimmigem Gesang spricht, sondern auch seine konkreten Beispiele wie der IN *Ad te levavi* am Ende dieses Kapitels.

74 *Micrologus*, XV. 18, 167.

75 *Micrologus*, XV. 21, 167: „Sed haec et huiusmodi melius colloquendo quam vix scribendo monstrantur." – „Aber dies und dergleichen wird besser im Gespräch erläutert als nur im geschriebenen (Wort)."

76 Zu diesem Problemfeld vgl. Corbin, *Die Neumen*, 3. 95–198.

77 Dabei ist im Sinne der soeben vorgeschlagenen Relativierung dieser Analogie in Hinblick auf das Metrum zu bedenken, daß Guido von Arezzo einerseits zwischen *quasi versus* und *sicut fit cum ipsa metra canimus* (XV. 38) differenziert, also zwischen einem Aufbau der Gesänge, der den Versen der Dichter gleicht und einem tatsächlich dem Gesang zugrundeliegenden Metrum

bunter Reihe mit sehr konkreten Anweisungen für den „Komponisten" ein verblüffend präzises und differenziertes Bild des gregorianischen Gesangs zeichnet, das angesichts konkreter Gesänge durchaus bestehen kann[78]. Dies kann und braucht an dieser Stelle nicht weiter ausgeführt werden. Erwähnenswert für die Frage nach der Analogie von Musik und Sprache ist zunächst nur, daß diese von Guido von Arezzo offenbar in den Dienst der Beschreibung konkreter musikalischer Strukturen genommen und damit zur Darstellung musikalischer Praxis verwendet wird.

Ein noch klareres Beispiel dieser Art ist bei Hucbald zu finden. Er benutzt die Analogie, um das Phänomen der Repercussion höchst anschaulich und nachvollziehbar zu beschreiben:

> „Et de aequalibus quidem vocibus, quoniam ipsae per se patent, nihil aliud dicendum, nisi quod continuo vocis impulsu proferuntur in modum soluta oratione legentis, et quod una tantum vox est, quotienscumque repetantur, velut si unam quamlibet litteram saepius scribas aut proferas a a a , et quod nulla inter eas consonantia est, sunt enim aequisonae, non consonae."[79]

> „Und von den gleichen Tönen, denn sie sind von sich aus klar, ist nichts anderes zu sagen, als daß sie durch den aufeinanderfolgenden Impuls der Stimme hervorgebracht werden, in der Art der ungebundenen Rede beim Lesen, und daß es nur ein Ton ist, so oft sie auch wiederholt werden, so wie wenn du beispielsweise einen beliebigen Buchstaben oft schreibst oder aussprichst a a a, und daß unter ihnen keine Konsonanz besteht, sie sind nämlich gleichklingend, nicht konsonant."

Bei dieser Textstelle kann man schon kaum mehr von einer Analogie sprechen, geht es doch um eine beinahe identische Praxis in beiden Systemen, die einer musikalischen Umsetzung von konkreter Sprache gar nicht fern ist. Noch stärker gilt dies für Guido von Arezzos Aussage zur Liqueszenz:

(des Textes) wie bei den Hymnen. – Versteht man Guidos Text als Ausführungen über tatsächlich metrische Gesänge wie die Hymnen, bereitet dies große Schwierigkeiten beim Verständnis der Quelle. Wie z. B. wäre dann die folgende Stelle zu verstehen: „Sunt vero quasi prosaici cantus qui haec minus observant, in quibus non est curae, si aliae maiores, aliae minores partes et distinctiones per loca sine discretione inveniantur more prosarum." (XV. 36+37) – „Es gibt aber auch gleichsam prosaische Gesänge, die dies weniger befolgen, in ihnen gibt es keine Besorgnis, wenn die einen *partes* oder *distinctiones* größer und die anderen kleiner ohne *discretio* (Ausgewogenheit, Maßhaltung) an (verschiedenen) Stellen vorgefunden werden in der Art der Prosa." Sollte Guido, wenn er vom Metrum spricht, die Hymnen meinen, dann müßte er wohl hier mit *cantus prosaici* mehr oder weniger den gesamten „Rest" – also den Großteil – des Repertoires vor Augen haben. Er schränkt aber nirgendwo seine „Kompositionsanleitung" auf das Schreiben von Hymnen, die ja auch mehr oder weniger syllabisch sind, ein. Wäre es nicht genauso denkbar, daß er hier eher so etwas wie eine Ausgewogenheit im Gesamtaufbau des Gesangs im Blick hat, die eben nicht in allen Stücken des Repertoires zu beobachten ist? Er spricht ja gar nicht von metrischen Verhältnissen innerhalb der *partes* oder *distinctiones*, sondern von *maiores* oder *minores partes* im Gesamt-Gesang. – Klar wird an den erläuterten Problemen und Beispielen auf jeden Fall, daß die Analogie Musik – Sprache hier zu einer Schwierigkeit für das Textverständnis und damit für die Vorstellung der beschriebenen Musik wird; siehe auch 3.3.1.1. *Rhythmus ...*

78 Siehe 3.3.4.2. *Das Musikverständnis.*

79 Hucbald, 24 (10)–(14).

„Liquescunt vero in multis voces more litterarum, ita ut inceptus modus unius ad alteram limpide transiens nec finiri videatur. Porro liquescenti voci punctum quasi maculando supponimus hoc modo:

GD F Ga a G
Ad te le – va – vi.

Si eam plenius vis proferre non liquefaciens nihil nocet, saepe autem magis placet."[80]

„Die Töne[81] aber liqueszieren oft in der Art der Buchstaben, so daß einer [das begonnene Maß (die Tonhöhe?) des einen] in den anderen fließend[82] übergeht und nicht zu enden scheint. Sodann unterlegen wir dem liqueszierenden Ton ein *punctum* wie einen Fleck[83] auf diese Weise:

GD F Ga a G
Ad te le – va – vi.

Wenn du ihn [den Ton] voller [plenius] singen [vorbringen] willst, ohne zu liqueszieren, schadet es nicht, oft gefällt es aber mehr."

Der Blick ins gregorianische Repertoire zeigt – mißtraut man dem praktischen Wert dieser Forderung – sogleich, daß die liqueszierenden Neumenzeichen nur bei geeigneten Buchstaben bzw. Silben des Textes zu finden sind[84]. In dieser Äußerung kann deshalb eine bereits sehr ins Detail gehende Anweisung für die Textvertonung gesehen werden.

Daß aber auch Guido von Arezzos Analogie darüber hinaus in wenigstens einigen Punkten zur konkreten Umsetzung in der Textvertonung drängt, findet noch in derselben Aufzählung „kompositorischer" Anweisungen und Mittel eine Bestätigung. Grundlegende, konkrete Verbindungen von Musik und Sprache werden nun tatsächlich eingefordert: der von ihm beschriebene Gesamtaufbau in Abschnitte (*partes, distinctiones*) sowie die Vorstellung von (rhythmischen) Akzentsetzungen, also die Verbindung von Syntax und Silbenlängen mit der musikalischen Gestalt. So schreibt Guido von Arezzo in einem Rückgriff auf die *Musica enchiriadis*:

„Item ut in unum terminentur partes et distinctiones neumarum atque verborum, nec tenor longius in quibusdam brevibus syllabis aut brevis in longis obscoenitatem paret, [...]"[85]

„Ebenso sollen die *partes* und *distinctiones* der Neumen und der Worte gleichzeitig beendet werden, weder soll ein langer *tenor* auf irgendeiner kurzen Silbe eine Scheußlichkeit[86] bewirken noch ein kurzer auf einer langen, [...]."

Von dieser Aussage her ließe sich bereits zu den Fragen der Textvertonung übergehen: Ob und wie Hinweise darauf in den musiktheoretischen Quellen zu finden sind.

Zuvor ist jedoch noch auf einen anderen Aspekt der Analogie von Musik und Sprache hinzuweisen, der in besonderer Deutlichkeit im letzten Kapitel von Aure-

80 *Micrologus*, XV. 57+58, 175f.
81 *Voces.*
82 *Limpide*: durchsichtig, klar.
83 *Maculando*, von *maculo*: bunt machen, beflecken. Möglicherweise spielt hier Guido von Arezzo auf die Form des Zeichens für die Liqueszenz an, das durchaus den Eindruck erwecken könnte, dem Schreiber wäre die Feder ausgerutscht, bzw. das rund und flächig erscheint, vgl. den Anfang des IN *Ad te levavi*, GT 15; in St. Gallener und Metzer Notation.
84 Zur Liqueszenz vgl. auch Phillips, *Notationen*, 385–408.
85 *Micrologus*, XV. 48+49, 173f.
86 Siehe dazu 3.3.4.1. *Elemente der Textvertonung*.

lians *Musica disciplina* vorkommt und zeigt, daß Musik und Sprache geradezu unauflöslich aneinander gebunden sind. Aurelian geht zunächst vom Alleluja aus, das – in der patristischen Tradition seit Augustinus[87] – eine die Sprache übersteigende, apophatische Dimension hat. Dies weiter erläuternd, greift Aurelian u. a. auf den Apostel Paulus zurück und schreibt:

> „Quod et apostolus Paulus metuens de seipso dicit: Audivit secreta verba, quae non licet homini loqui."[88]
>
> „Dies fürchtend, sagt auch der Apostel Paulus von sich selbst: Er hat geheime Worte gehört, die kein Mensch aussprechen darf."

Auch dies stellt eine Variante der Analogie Musik – Sprache dar. Die apophatische Dimension deutend und – da ganz auf das „Himmlische" bezogen – nochmals übersteigend, wird die Musik zum Ausdruck der *verba secreta, quae non licet homini loqui*. Die Gebundenheit der Musik an die Sprache geht also im Verständnis Aurelians so weit, daß die Musik da, wo sie die konkreten Worte verläßt, zum Ausdruck „höherer Worte" wird[89].

So zeigen die genannten Aspekte der Analogie, daß die Musik in der Vorstellung des frühen Mittelalters auf allen Ebenen auf die Sprache bezogen bleibt. Auch wenn in diesen Überlegungen längst nicht alle Beispiele und auch nicht alle Varianten der Analogie Musik – Sprache in den untersuchten Quellen erfaßt wurden, so genügt das Dargestellte doch, um einen Eindruck dieser Vielfalt zu gewinnen. Die erläuterten Aussagen demonstrieren eindrücklich die enge Verknüpfung der Musik mit der Sprache im Denken dieser Zeit. Dabei darf mit Blick auf die obengenannten Beispiele als sicher gelten, daß diese Analogie weder nur als ein Relikt antiker Musiktheorie noch als ein bloßes Mittel der Rationalisierung und Systematisierung der Musik durch die frühen Theoretiker zu betrachten ist. Sie ist erheblich mehr: Sie dient außerdem einer teilweise verblüffend praxisnahen Erläuterung musikalischer Vorgänge; sie zeugt von einer Musikvorstellung, die in der Musik ein sinnvolles System wie auch einen „Sinnträger" sieht, der – mit und ohne Worte, d. h. ontologisch wie rhetorisch – eine Botschaft zu vermitteln hat; sie weiß zu sagen, daß die Wirkung (*effectus*) der Musik mit ihrer konkreten Gestalt zusammenhängt; und schließlich geht diese Analogie in einigen Fällen nahtlos über in Anweisungen zur Vertonung konkreter Texte. So sollen nun in den folgenden Kapiteln gerade diese direkten oder indirekten Hinweise zur Textvertonung im Mittelpunkt des Interesses stehen.

87 Vgl. den Psalmenkommentar zu Psalm 32, 8: Augustinus, *Enarrationes in Psalmos*, Turnhout 1956 (Corpus Christianorum. Series Latina 38), 254.

88 Aurelian, XX. 43–45, 134.

89 Ein ähnlicher Gedanke war auch bei Remigius von Auxerre zu finden; siehe 2.5. *Die Kommentare zum OF vir erat*.

3.3. DER DIREKTE ZUGANG: FRAGEN DER TEXTVERTONUNG

3.3.1. Aurelian von Réôme

3.3.1.1. Rhythmus: ... *cum verbis modulatio apte concurrat*

Die ersten klaren Hinweise zu einer Beziehung zwischen Textgrundlage und musikalischer Gestalt auf der rhythmischen Ebene gibt Aurelian in seinem Werk *Musica disciplina* in Kapitel IV: *Quod habet humana musica partes*, wenn es dort heißt:

> „Rithmica est, quae incursionem requirit verborum, utrum sonus bene an male cohaereat. Rithmus namque metris videtur esse consimilis quae est modulata[90] verborum compositio, non metrorum examinata ratione, sed numero sillabarum atque a censura diiudicatur aurium, ut pleraque Ambrosiana carmina, unde illud: «Rex eterne Domine rerum Creator omnium», ad instar metri iambici compositum. Nullam tamen habet pedum rationem sed tantum contentus est rithmica modulatione.“[91]

> „Das Rhythmische ist das, was (eine bestimmte) Abfolge der Worte verlangt, ob der Klang gut oder schlecht zusammenhängt. Der Rhythmus nämlich scheint den Metren ähnlich zu sein, das ist die bewegte Zusammensetzung der Worte, die unterschieden wird durch die Prüfung der Ohren, (jedoch) nicht durch die abgewogene Ordnung der Metren, sondern nach dem *numerus*[92] der Silben, wie die meisten ambrosianischen Gesänge, davon jener: «Ewiger König, Herr, Schöpfer aller Dinge», der nach Art des jambischen Metrums komponiert ist. Dennoch hat er keine Ordnung von Versfüßen, sondern begnügt sich mit der bloßen rhythmischen Bewegung[93].“

Zu diesem Zitat sollte zunächst festgehalten werden, daß sich Aurelian dabei auf Cassiodor und Isidor bezieht. Beide machen eine ganz ähnliche, wenn auch kürzere Aussage zum Rhythmus in der Musik. Bei ihnen ist nur der Anfang dessen zu finden, was Aurelian weiter ausführt: „Rithmica est, quae requirit in concursione verborum, utrum sonus bene an male cohaereat.“[94] bzw. „Rithmica est, quae incursionem verborum, utrum sonus bene an male cohaereat.“[95] Laurence Gushee macht

90 Das Wort *modulatio* (bzw. *modulatus* oder *modulari*) besitzt ein breites Bedeutungsspektrum, das – bedingt durch den jeweiligen Kontext – eher rhythmische oder eher melodische Aspekte der Musik oder Sprache bezeichnet. Das deutsche Wort „Bewegung“ wird diesem Doppelaspekt am ehesten gerecht. Die Definition der Musik durch Augustinus: *musica est scientia bene modulandi* (Augustinus, *Musica* 1.2.3.) – „Musik ist die Wissenschaft von der guten (rhythmisch-melodischen) Bewegung“ geht stark vom rhythmischen Aspekt aus. Dazu Günther Wille, *Musica Romana*, 605: „Was die modulatio betrifft, so wird sie zunächst als das Wissen um den richtigen Bewegungsvorgang erläutert; die rhythmisch rechte Gestaltung gibt die Maßregel für alle Bewegung.“ Siehe auch Huglo, *Grundlagen*, 30: „Der Erfolg von De musica zu Beginn der karolingischen Renaissance erklärt sich zunächst durch Cassiodors Empfehlung, den Traktat zu lesen. Dann aber auch, weil die Musica hier nach antiker Vorstellung unter dem Blickpunkt des Rhythmus betrachtet wird in Zusammenhang mit den Regeln der lateinischen Prosodie.“

91 Aurelian, IV. 3+4, 67.

92 Der *numerus* der Silben bezeichnet deren rhythmischen Gehalt im Sinne des *numerus oratorius*, des Sprechrhythmus z. B. bei der *pronuntiatio*; vgl. Wille, *Musica Romana*, 476ff.

93 Hier wohl im Sinne von rhythmischen Akzentsetzungen und nicht als „Melodie“ zu verstehen.

94 Cassiodor: *Magni Aurelii Cassiodori Institutiones Musicae*, seu excepta ex ejusdem libro de Artibus ac Disciplinis liberalium Litterarum, Caput V., Ad 5: Musicae partes, GS 1, 15–19, hier 16.

95 Isidor, *Sentfentia de Musica*, GS 1, 21.

außerdem darauf aufmerksam, daß dieser Satz auch beim Angelsachsen Beda Venerabilis in dessen Rhetorik vorkommt[96]. Es handelt sich bei dieser Aussage, die ganz selbstverständlich aus dem Bereich der Rhetorik übernommen wird, somit sichtlich um ein Allgemeingut des frühen Mittelalters bzw. der Spätantike.

Aurelian führt dies weiter aus, indem er den Rhythmus mit dem Metrum vergleicht und zugleich davon unterscheidet. Dabei tritt im obengenannten Zitat die gleiche Schwierigkeit auf, wie zuvor bereits bei Guido von Arezzo beschrieben[97]. Möglicherweise ist Aurelians Text ein Vorbild für Guidos Analogie wie auch ein Schlüssel zu deren Verständnis. Wie also ist es zu verstehen, daß der Rhythmus der Musik dem Metrum gleicht (*metris consimilis*) und doch davon verschieden ist, und zwar so klar, daß das Metrum als dritter Bestandteil (*armonica, rithmica, metrica*) der Musik nach Cassiodor, Isidor und Aurelian im Anschluß an den Rhythmus eigens erklärt werden muß? Gleich im Anschluß daran relativiert Aurelian seinen Vergleich jedoch wieder, wenn er sagt: *non metrorum examinata ratione* – nicht durch die abgewogene Ordnung der Metren, sondern durch den *numerus* der Silben soll der Rhythmus des Gesangs zustande kommen. Als Beispiel gibt Aurelian jedoch statt eines eindeutig nicht-metrischen Gesangs einen Vers aus der Textgrundlage eines ambrosianischen Hymnus (*ambrosiana carmina*), der seiner Meinung nach zwar ungefähr dem Metrum des Jambus entspricht, aber dennoch „nur" rhythmisch ist.

Wozu diese Verwirrung? Das Ganze wird noch in zwei weiteren Versen erläutert. Warum keine einfache Unterscheidung wie bei Cassiodor und Isidor? Der Blick auf die antike Rhetorik zeigt, daß es sich bei der Abgrenzungsschwierigkeit zwischen Rhythmus und Metrum möglicherweise um ein aus der *pronuntiatio* „ererbtes" Problem handelt[98], was ein Hinweis mehr auf eine Nähe des gregorianischen Gesangs zu dieser rhetorischen Vortragskunst wäre, während die Rhythmuslehre der antiken römischen Musik nur das Metrum kannte[99]. Daß auch Aurelian theoretisch ganz genau zwischen Rhythmus und Metrum zu unterscheiden weiß, zeigt sein reizvolles Wortspiel zu beiden:

> „Etenim metrum est ratio cum modulatione, rithmus vero est modulatio sine ratione, et per sillabarum discernitur numerum."[100]
>
> „Denn das Metrum ist eine (quantitierende) Ordnung mit *modulatio*[101], der Rhythmus aber ist eine *modulatio* ohne (quantitierende) Ordnung und wird unterschieden durch den *numerus* der Silben."

96 Beda Venerabilis (672/72–735) galt als einer der wichtigsten Gelehrten am Übergang der Spätantike zum frühen Mittelalter; vgl. auch die Anmerkung in: Aurelian, IV. 3, 67.

97 Siehe 3.2. *Die Analogie Musik – Sprache: ein indirekter Zugang?* sowie Anmerkung 72+77.

98 Dazu Wille, *Musica Romana*, 470f: „Dann wird für jenes rhythmische Element, das zwischen der völligen Rhythmuslosigkeit und dem taktmäßigen Schlagen die schwierig zu findende Mitte hält, [...] in Übereinstimmung mit Cicero der Begriff rednerischer Rhythmus geprägt [siehe: Quintilian, *Institutio oratoria*, 9. 4. 57: ... *oratorius numerus* ...]. Dieser Prosarhythmus wird immer wieder charakterisiert als eine unbestimmte, rational nicht voll faßbare [...] Erscheinung."

99 Vgl. Wille, *Musica Romana*, 469; sowie Bernhard, *Fachschrifttum*, 80f.

100 Aurelian, IV. 7, 67.

101 Auch hier dürfte *modulatio* als rhythmische Akzentsetzung zu verstehen sein.

Das Metrum ist demnach eine Ordnung (*ratio*) mit einer rhythmisch-melodischen Bewegung (*modulatio*); es steht also die (quantitierende) Ordnung im Vordergrund. Rhythmus ist dagegen eine solche Bewegung ohne vorgegebene Ordnung, aber bestimmt durch den *numerus* der Silben, d. h. deren rhythmischen „Charakter". In diesem Fall steht daher die Textvorlage im Vordergrund, an ihren Gegebenheiten muß sich der rhythmische Aspekt der Musik ausrichten.

Gibt es – außer einer Nähe zur *pronuntiatio* – vielleicht noch weitere Motive dafür, daß Aurelian in seiner Erklärung des musikalischen Rhythmus die Nähe zum Metrum der Sprache sucht? Will er eine Besonderheit des musikalischen Rhythmus damit ins Wort bringen? Wäre es möglich, daß ihm dabei die Intensität der Akzentuierung ein Anliegen ist, die seiner Meinung nach über die Unterschiede in einem „normalen" Sprechrhythmus hinausgehen soll? Guido von Arezzo wird rund 150 Jahre später im Kontext genau derselben Analogie von *duplo longiorum vel duplo breviorum* ...[102] bzw. *in ratione tenorum neumae [...] aequae [...] duplae vel triplae* ...[103] sprechen, also von wirklich ausgeprägten, quantifizierbaren rhythmischen Unterschieden.

Es wird sich kaum hinreichend nachweisen lassen, ob eine solche Deutung dem Anliegen Aurelians wie Guidos entsprechen könnte. Aber zumindest eins ist festzuhalten: Gerade die verwirrende Komplexität der Erklärungsversuche von beiden mittelalterlichen Autoren zeugt von ihrem Bemühen, eine musikalische Realität in Worte zu bringen. Sie lassen sich nicht damit abtun, daß hier ein der Praxis fremdes Relikt antiken Denkens einfach adaptiert worden sei. Dann hätte Aurelian sich damit begnügen können, seine Vorlage schlicht zu zitieren, statt sie aufwendig zu kommentieren.

Ein weiterer Hinweis zum Phänomen Rhythmus – Metrum in der Musik ist bei Walafried Strabo zu entdecken. In seiner „historischen" Abhandlung zum liturgischen Gesang in *De rebus ecclesiasticis* weiß er eine ganze Reihe von „Komponisten" zu nennen: „composuerunt Ambrosius, Hilarius et Beda Anglorum Pater, et Prudentius Hispaniarum scholasticus, et alii multi"[104]. In diesem Kontext schreibt er:

„Unde et liber Psalmorum apud Hebraeos liber hymnorum vocatur. Et quamvis in quibusdam ecclesiis hymni metrici non cantentur, tamen in omnibus generales hymni, id est laudes dicuntur. [...] Porro hymni metrici ac rhythmici in Ambrosianis officiis dicuntur [...]. In officiis quoque quae beatus Benedictus abbas [...] ordinavit, hymni dicuntur [...] quos confecit Ambrosius, vel alios ad imitationem Ambrosianorum compositos."[105]

„Deshalb wird das Buch der Psalmen bei den Hebräern auch Buch der Hymnen genannt. Und obgleich in gewissen Kirchen keine metrischen Hymnen gesungen werden, werden in allen allgemeine Hymnen gesungen, das heißt Lobgesänge. [...] Ferner werden metrische und rhythmische Hymnen in den ambrosianischen Offizien gesungen [...]. Auch in den Offizien, die der selige Abt Benedictus geordnet hat, [...] werden Hymnen gesungen [...], die Ambrosius angefertigt hat oder andere in Nachahmung der Ambrosianischen komponiert haben."

102 *Micrologus*, XV. 10, 164.
103 *Micrologus*, XV. 14+15, 165.
104 PL 114, Sp. 954.
105 Ebd.

Walafried Strabo kennt also einen Unterschied zwischen „rhythmischen" und „metrischen" Gesängen und weiß zu berichten, daß es (Orts-)Kirchen gibt, die in ihrer Liturgie keine metrischen Hymnen singen. Er erklärt in diesem Kontext, daß der Terminus „Hymnus" umfassend zu verstehen ist und einerseits die Psalmen im Hebräischen, andererseits ganz allgemein Lobgesänge (*laudes*) bezeichnet. Aber er kennt auch die (metrischen und nicht-metrischen) Hymnen in der Tradition des Ambrosius, die sich als ein Teil des benediktinischen Officiums eingebürgert haben[106].

Aurelian kommt an anderer Stelle nochmals auf die Frage von Rhythmus und Metrum zurück und wird dabei erheblich klarer. In Kapitel VI: *Quod habet musica cum numero maximam concordiam* ist zu lesen:

> „In rithmica autem provisio manet ut cum verbis modulatio apte concurrat, ne scilicet contra rationem verborum cantilenae vox inepte formetur.
> Metrica vero proditur unumquodque genus metri, qua cantilena moduletur rationeque probabili discernitur unumquodlibet metrum qua mensura metiatur."[107]

> „Im Rhythmischen aber bleibt Voraussicht (geboten), damit die *modulatio* mit den Worten passend zusammenläuft, denn die Melodiebewegung[108] der Gesänge sollte nicht entgegen der Ordnung der Worte unpassend gestaltet werden.
> Durch das Metrische aber wird eine jede Art von metrischem Genus hervorgebracht, nach dem der Gesang rhythmisch bewegt wird, und durch eine nachprüfbare Ordnung wird jedes Metrum unterschieden, nach welcher *mensura* es mißt[109]."

In diesem Zitat kommt in aller Deutlichkeit zum Ausdruck, daß Vorsicht (*provisio*) zu walten habe, damit die „Melodie" auch wirklich mit den Worten genau zusammenpaßt; *apte concurrat* ist schon fast eine insistierende Doppelung: Musik und Sprache sollen „genau angefügt zusammentreffen oder -laufen". Der zweite Halbsatz besagt nochmals dasselbe – fast im Stil eines *Parallelismus membrorum* –, aber negativ: *ne scilicet contra ... inepte formetur*. Hier steht außerdem die bemerkenswerte Formulierung *contra rationem verborum*. Auch wenn dabei mit *ratio* zunächst die äußere „Ordnung", also der formale Aspekt der Sprache gemeint sein dürfte, so ist dieser doch nicht zu trennen vom inhaltlichen Aspekt, der ja auch eine „vernünftige Ordnung" (*ratio*) darstellt. Daß dies einer Grundaussage Aurelians entspricht, wird in den weiteren Überlegungen noch auszuführen sein. Genauso klar wie der Rhythmus wird auch das Metrum definiert, dessen Kennzeichen ein bestimmtes Maß ist. Auch dies wird gleich doppelt gesagt: *qua mensura metiatur*. Daß dabei bereits das in der späteren Musikgeschichte so prägende Wort „Mensur" anklingt, erscheint besonders reizvoll.

Es darf nach diesen Überlegungen wohl als gesichert gelten, daß nach Aurelian der Text der gregorianischen Meßproprien, um die es in der Analyse ja ausschließlich geht, die Grundlage darstellt, die für den rhythmischen Aspekt des Gesangs

106 Quantitativ spielen die Hymnen im engeren Sinne eine untergeordnete Rolle im Vergleich zu Psalm und Antiphon, die hier wohl auch unter die Hymnen im umfassenden Sinn fallen. In den Proprien der Messe gibt es – zumindest in der ältesten überlieferten Schicht – (fast) keine metrischen Gesänge.

107 Aurelian, VI. 5+6, 71.

108 *Vox cantilenae.*

109 *Metior*: messen, abmessen, zuteilen.

bindend ist. Dies besagt, daß die im analytischen Teil dieser Arbeit untersuchten Gesänge im „freien" Rhythmus mit den Akzentsetzungen der Sprache übereinstimmen sollten. So unmißverständlich Aurelians Aussagen auch sind, sie sollen trotzdem nicht der einzige Beleg für eine solche Beziehung von Musik und Sprache bleiben. Tatsächlich handelt es sich bei der Wortgebundenheit des Rhythmus um einen der am besten belegbaren Aspekte des Wort-Ton-Verhältnisses im gregorianischen Gesang.

3.3.1.2. *integritas sensus*

Daß Aurelian mit seinem Traktat auch wirklich das gregorianische Repertoire meint, daran läßt er keinen Zweifel. Er führt in den Kapiteln X–XVII eine große Zahl von Beispielen an, die er in einer Weise beschreibt, daß sie eindeutig identifizierbar sind. Was sich aus diesen Beschreibungen Aurelians für das Zusammenspiel von Text und Musik schließen läßt, soll Inhalt der nachfolgenden Überlegungen sein.

Wie in der Übersicht über die musiktheoretischen Schriften des frühen Mittelalters bereits erwähnt, kreisen diese Quellen zu einem großen Teil um Fragen des Tonsystems und der Modi. Letzteres gilt sogar in besonderer Weise für Aurelian, jedoch geht er dabei ganz anders vor als die Autoren der drei anderen untersuchten Texte. Statt die Modi theoretisch – z. B. von den Tetrachorden her – konstruieren zu wollen, ist seine Vorgehensweise eher analytisch. Er versucht anhand von konkreten Beispielen aus dem Repertoire, Varianten (*varietates*) eines Modus als seine Charakteristika zu entdecken. Helmut Hucke, der in seinem Artikel *Gregorianische Fragen* recht ausführlich auf Aurelian eingeht, schreibt dazu: „Den Kern von Aurelians Traktat stellen die Kapitel 10–17 über die Kirchentonarten dar. Es handelt sich um eine Art Tonar, ähnlich dem von St. Requier, aber mit Kommentaren."[110] Michel Huglo bezeichnet die Tonare als „Bindeglied zwischen Theorie und Praxis"[111], sie seien „mehr der Gesangspraxis verpflichtet [...] als dem Studium spekulativer Fachschriften"[112], und er kann anhand eines Beispiels, historisch belegt durch einen Brief des Abtes Helisachar von St. Requier, feststellen: „Die ästhetische Untersuchung der Beziehungen von Text und Melodie zeigt, daß dieser Sänger und seine Vorgänger sich perfekt in den Regeln der lateinischen Grammatik (Akzentuierung, Cursus, Prosodie) und der Musik auskannten und daß ihnen bei ihrer Arbeit keine Fehler unterlaufen sind."[113]

Die Verbindung von konkret faßbaren Gesängen des gregorianischen Repertoires mit z. T. recht detaillierten Kommentaren birgt – wie die nachfolgende Analyse von Aurelians Ausführungen zeigt – tatsächlich eine Fülle von Aussagen zur Beziehung von Musik und Sprache in sich. Daran macht Hucke seine Folgerung fest, daß die Wahl des Initiums und die Wahl der Tonart nicht unabhängig von den Voraussetzungen des Textes sei[114]. An anderer Stelle meint er noch weitergehend,

110 Helmut Hucke, *Gregorianische Fragen*, in: Mf 41 (1988), 316; vgl. auch Meyer, *Tonartenlehre*, 142ff.

111 Huglo, *Grundlagen*, 78.

112 Ebd.

113 Ebd. 79.

114 Vgl. Hucke, *Gregorianische Fragen*, 316.

daß es dabei nicht um einen formelhaften Gebrauch gehe, sondern Raum für die Interpretation des jeweiligen Textes und die musikalische Gestaltung dessen Sinnakzentes bleibe[115]. Dies beinhaltet allerdings bereits sehr weitgehende Äußerungen zur Frage nach einer Beziehung von Musik und Sprache im gregorianischen Gesang, umfassen sie doch formale, inhaltliche und sogar interpretatorische Möglichkeiten des Wort-Ton-Verhältnisses. Was aber läßt sich nun genau aus Aurelians Traktat im Hinblick auf die Frage nach dem Wort-Ton-Verhältnis ablesen?

Aurelian beginnt seine Darstellung der Modi in Kapitel X mit der Beschreibung von Initien der Introitusantiphonen im I. Ton. Dabei geht er so vor, daß er zunächst seine Unterscheidung von drei Varianten anhand des Übergangs zwischen Vers und Introitusantiphon trifft[116]. Viel wichtiger für das Wort-Ton-Verhältnis als dieses Unterscheidungsprinzip, bei dem mehr als nur fragwürdig sein dürfte, ob es der Vielfalt der Introitusantiphonen im I. Ton gerecht werden kann[117], erscheint jedoch Aurelians Beschreibung der Initien der von ihm gewählten Beispiele. Bei den Introitusantiphonen *Iustus es Domine*[118] und *Suscepimus Deus*[119] erläutert Aurelian, daß das besondere „Kennzeichen" des I. Tones[120] (*perfectus tonus*) in dem einen Fall auf der ersten Silbe (*-ius-*) und im anderen Fall auf der zweiten Silbe (*-ce-*) zu finden ist. Diese beiden Silben bilden die jeweiligen Akzentsilben der beiden ersten Worte des Introitus, sie erhalten so durch die Melodiebewegung – Quinte *re-la* mit anschließendem Sekundschritt aufwärts – auch musikalisch einen Akzent[121].

Helmut Hucke versucht gerade an den Initien der Introitusantiphonen im I. Ton mit diesem Quintsprung zu zeigen, daß es bei der Verteilung dieser melodischen „Formel" um mehr geht als nur um die richtige Akzentsetzung. Als Beispiel führt er den IN *Da pacem*[122] an, bei dem eine Besonderheit vorliegt, die sich – so Hucke – aus dem Text ergibt: „Der Introitus *Da pacem* [...] könnte ebenso beginnen wie der

115 Vgl. ebd., 311; Zitat siehe nächste Seite.

116 Vgl. I. IN *Gaudete*, GT 21. – II. Beim IN *Iustus es*, GT 332, fehlt die Neumennotation am Ende des Verses, nach Aurelians Beschreibung könnte der Vers wie im IN *Lex Domini*, GT 86, aussehen, bei dem allerdings die Neumennotation von der Quadratnotation verschieden ist. Dies gilt für alle Beispiele dieser Art im GT. Nach Aurelians Beschreibung ist diese Variante nicht von der dritten zu unterscheiden. – III. IN *Suscepimus*, GT 543f, fehlt die letzte Neume, vgl. daher IN *Gaudeamus*, GT 545f.

117 Daß Aurelian dabei das Initum durch den Schluß der Verse zu erklären sucht, bereitet Schwierigkeiten. Dabei dient ihm die Psalmodie der Verse als Orientierung, und da gibt es eben im Fall des I. Tones drei verschiedene Endungen, ganz ähnlich wie auch in der einfachen Psalmodie des Officiums innerhalb eines Psalmtones die Unterschiede bei der Finalis und nicht bei Mediatio oder Initium zu finden sind. Hier ist zu bedenken, daß es ja Aurelians Anliegen ist, die Gesänge nach den Modi zu klassifizieren, und daß er sich dabei mehr für die Verse als für die Antiphonen interessiert.

118 GT 332.

119 GT 543.

120 Die aufsteigende Quinte *re-la* mit anschließendem Sekundschritt aufwärts.

121 Anders sieht dies beim ebenfalls von Aurelian beschriebenen IN *Gaudete* (GT 21) aus, bei dem er feststellt, daß der *tonus* in der dritten Silbe gefunden wird, welche nicht die Akzent-, sondern die Schlußsilbe ist, in diesem Fall aber die Silbe, die musikalisch in diesem Wort einen besonderen Akzent erhält. Auf dieses Phänomen einer (relativ) starken Endbetonung wird bei der Analyse noch häufig zurückzukommen sein.

122 GT 336.

Introitus *Rorate caeli*. Aber die Quint-Sekund-Figur erscheint bereits auf dem ersten, einsilbigen Wort und betont dieses Wort. Danach kann die Melodie aber nicht fortfahren wie in *Iustus es Dominus*, weil sogleich eine Akzentsilbe folgt und auf dem Wort «pacem» der eigentliche Sinnakzent liegt. Das Problem wird durch die Wiederholung des Sekundschritts auf «pa(cem)» gelöst. Die verschiedenen Introitus-Initien werden also nicht bloß formelhaft je nach Text- und Akzentverhältnissen eingesetzt. Es bleibt Raum für besondere Interpretation, in diesem Fall für die Hervorhebung der Bitte «Da pacem».“[123]

So überzeugend Huckes Darstellung auch sein mag, bei Aurelian findet sich leider kein Hinweis auf ein solches Verständnis der von ihm gegebenen Beispiele, ja er spricht im Kontext dieser Introitus-Initien noch nicht einmal direkt von Wortakzenten und musikalischen Akzentsetzungen. Dies könnte sehr wohl in seiner besonderen Fragestellung, die eben den Modi gilt und nicht primär den Einzelstücken, seinen Grund haben. Dennoch paßt Huckes Deutung ausgezeichnet mit Aurelians Forderung nach der *integritas sensus*, dem noch zu besprechenden Erhalt der „Integrität“ des Text-Sinnes, zusammen.

An anderer Stelle gibt Aurelian zumindest Auskunft über Wortakzente, und zwar ganz am Ende seiner Darstellung der Modi in Kapitel XIX[124] mit dem Titel *Norme*[125] *qualiter versuum spissitudo raritas celsitudo profunditasque discernatur omnium tonorum* – Die Normen, nach welchen die Häufigkeit, die Seltenheit, die Höhe und die Tiefe der Verse aller Modi unterschieden werden. Er nennt in diesem Kontext melodische Formeln (*formulae*)[126] für die einzelnen Töne. Dabei gebraucht er wiederholt alle drei Akzentbezeichnungen aus der Rhetorik (*gravis, acutus* und *circumflexus*)[127] und wendet diese präzise auf die sprachlichen Akzentverhältnisse an, beschreibt damit aber zugleich eine Melodiebewegung. Zur Silbe *Pa-* des Wortes *Patri* in der Doxologie schreibt er z. B.:

> „[…] si producta fuerit veluti haec eadem syllaba quae positione producitur, in ea acutus accendetur vocis accentus.“[128] – „[…] wenn so z. B. genau die Silbe gedehnt wird, die durch ihre Stellung hervorgehoben wird, wird in ihr der scharfe (hohe) Akzent der Stimme gesteigert.“

In seinem schon genannten Artikel *Zur musikalischen Terminologie der antiken Rhetorik* weist Ulrich Müller nach, daß zumindest bei Quintilian die Akzentbezeichnungen als Tonhöhenakzente zu verstehen sind[129]. So können sie in dieser Beschreibung eher syllabischer Melodiebewegungen durch Aurelian zum „Bindeglied“ zwischen Text und Ton werden. In welchem Maße Aurelian dabei alle Register rhetorischer und musikalischer Terminologie zieht, soll das folgende Zitat zeigen. Auch hier gibt er in seiner Schilderung des Melodieverlaufs die sprachlichen Akzentverhältnisse präzise wieder:

123 Hucke, *Gregorianische Fragen*, 310f.
124 Vgl. zu diesem Kapitel: Kenneth Levy, *Aurelian's use of neumes*, in: Gregorian Chant and the Carolingians, Princeton 1998, 187–194.
125 *Normae.*
126 Vgl. Aurelian, XIX. 8, 119.
127 Siehe auch 3.3.3.3. *Tonhöhen- und Tonbewegungssymbolik?*
128 Aurelian, XIX. 12, 119.
129 Vgl. Müller, *Zur musikalischen Terminologie*, 41ff.

„Magnificat anima mea Dominum, tunc prior, id est «Mag-» plenum reddit sonum. Secunda videlicet «-ni-», alte scandetur. Tertia vero et quarta, id est «fi-» et «-cat,» mediocriter tenebuntur. Quinta, hoc est «a-» accuetur. Sexta ac septima, id est «-ni-» et «-ma,» mediocriter proferentur. «Me-» autem et «-a» circumflexe volventur, quamquam dispariliter. Decima id est «Do-» iterum mediocriter sustolletur. Undecima, videlicet «-mi-», inflexione letabitur [lentabitur]. Duodecima vero (id est «-num»), secundam supra insitam rationem differentias terminabit."[130]

„Meine Seele preist die Größe des Herrn [Magnificat anima mea Dominum], in dem Falle die erste (Silbe), das ist «Mag-», sie gibt den vollen Klang wieder. Die zweite, nämlich «-ni-», wird hoch emporgehoben. Die dritte aber und die vierte, das sind «-fi-» und «-cat», werden im mittleren Maß gehalten. Die fünfte, dies ist «a-», wird akzentuiert. Die sechste und die siebte, das sind «-ni-» und «-ma», werden im mittleren Maß vorgebracht. «Me-» aber und «-a» werden nach Art des Circumflex gerollt, obwohl ungleich. Die zehnte, das ist «do-» wird wiederum auf ein mittleres Maß emporgehoben. Die elfte, nämlich «-mi-», wird durch Beugung heruntergedrückt[131]. Die zwölfte aber [das ist «-num»], wird gemäß der oben eingefügten Ordnung die *differentiae* beenden."

Auf diese Weise kommt Aurelian zu einer gleichzeitigen Darstellung von Text und Melodiebewegung. Er nennt dabei jede einzelne Silbe. Sie dienen ihm als wichtige Orientierung bei der Beschreibung der Gesänge. Dies allein ist schon auffällig. Aurelian verwendet nur an wenigen Stellen Neumen und diese, wie Hucke bemerkt, „ohne ein Wort der Einführung oder Erklärung, und [...] nicht systematisch, sondern ausnahmsweise und beiläufig"[132]. Statt dessen bezieht er seine recht differenzierten Beschreibungen immer unmittelbar auf die Silben des Textes, wie z. B.:

„Haec autem melodia quae fit in ON in ultima sillaba huius offertorii aequalis est his duobus responsoriis in fine eorundem responsoriorum."[133] – „Die Melodie aber, die auf ON auf der letzten Silbe dieses Offertoriums[134] steht, ist identisch mit diesen beiden Responsorien[135] an deren Ende [der Responsa]."

oder „In fine autem sui aequatur antiphonae: [Ant.] *Ipsi vero non cognoverunt*, namque in ultima versus syllaba quae est [«-i»] ut «iubilemus ei», percussoris ad instar manum vox erigitur, rursumque declivis profertur. Quod, ut dictum est, non alicubi in invitatoriis invenies."[136]. – „Am Ende aber gleicht er [*versus*] der Antiphon: [Ant.] *Ipsi vero non cognoverunt*, denn auf der letzten Silbe des Verses, das ist [«-i-»] wie bei «iubilemus ei», wird der Ton[137] aufgerichtet wie die Hand eines Schlägers[138] und wieder abwärtsgehend hervorgebracht. Das wirst du, wie gesagt, nirgendwo sonst in den Invitatorien finden."

Aurelian identifiziert also musikalische Abläufe und Gestalten anhand der Silben, denen sie zugeordnet sind, und die im ersten Beispiel genannten konkreten Gesänge machen deutlich, daß es sich dabei um recht komplexe Melodieverläufe handeln

130 Aurelian, XIX. 28–31, 120f; Unterstreichungen ergänzt.

131 *Lentabitur.*

132 Hucke, *Gregorianische Fragen*, 316.

133 Aurelian, X. 13, 87.

134 OF *Super flumina Babylonis*, GT 345.

135 GR *Posuisti, Domine*, GT 477; GR *Sacerdotes eius*, GT 488.

136 Aurelian, XIII. 9, 96. Es handelt sich um die folgenden Antiphonen, die im Antiphonale von Worcester, Tournay 1922 (Paléographie Musicale I/12), zu finden sind: *Adoremus Deum (major)*, 43; *Ipsi vero non cognoverunt*, 110.

137 *Vox.*

138 *Percussor*: Mörder, Schläger.

kann[139]. Er macht jedoch keineswegs eine der modernen Musikauffassung selbstverständliche Aussage, wenn er dabei implizit davon ausgeht, daß den Silben bestimmte, wiedererkennbare und offensichtlich öfter und in ganz verschiedenen Gesängen verwendete melodische Abschnitte zugeordnet werden und keine jeweils neue Zusammensetzung von Einzeltönen[140].

Aurelian spricht außerdem häufig über die gesamte Textgrundlage oder über einen größeren Ausschnitt daraus. Dabei geht es ihm *expressis verbis* um den Sinn (*sensus*) des jeweiligen Textes. Etliche Male verwendet er dabei die Formulierung *sensus integer* bzw. *integritas sensus* und meint damit einen inhaltlich sinnvollen und verständlichen Text. Er gebraucht außerdem in diesem Kontext das Verb *servare* – „hüten, bewahren". So sagt er z. B. zur Wiederholung in den Responsorien:

> „Versum autem eiusdem ita debere aptari quatinus iunctus repetitioni integrum littere servet sensum."[141] – "Der Vers desselben aber muß so angepaßt werden, daß, insofern er der Wiederholung verbunden wird, er den integeren Sinn des Textes[142] bewahrt."

Es geht zunächst also ausschließlich um die Textgrundlage. Das Responsum muß zum Vers passen, und Aurelian führt diese Überlegung an anderer Stelle noch ausführlicher weiter:

> „Hoc animo condendum est quia ubicumque versus (responsoriorum) nequit cum ipsius repetitione plenum habere sensum, licentiam cantor habet [...] mutare syllabam, etiam et verba, si necessitas exigit."[143]

> „Dies muß mit Bewußtsein[144] zusammengefügt werden, weil überall da, wo der Vers (der Responsorien) nicht imstande ist, mit seiner Wiederholung einen vollen Sinn zu ergeben, der *cantor* die Freiheit hat [...], die Silbe zu verändern und sogar auch die Worte, wenn die Notwendigkeit es erfordert."

An verschiedenen Beispielen erläutert er anschließend, wie dabei Worte ausgetauscht und ergänzt werden oder auch ein Ablativ in einen Akkusativ geändert wird. Bemerkenswert an diesen Aussagen ist die Feststellung, daß auf diese Weise dem *cantor* die Sorge für eine sinnvolle, sprachlich korrekte Textgrundlage zugewiesen wird.

Diese Sorge um die Textgrundlage und die Frage nach der musikalischen Gestalt sind für Aurelian keine untereinander unverbundenen Teile eines Gesangs. Mehrfach werden von ihm beide gemeinsam genannt, wobei es allerdings nicht immer leicht fällt zu verstehen, was genau gemeint ist, wie etwa in dem Satz:

> „maximeque servandus est sensus litterature [litteraturae] quam modulationis."[145] – „und vor allem ist der Sinn des Textes wie der *modulatio* zu bewahren."

139 Hucke (*Gregorianische Fragen*, 317ff) geht auf diese Stelle bei Aurelian ein und hat die drei Gesänge untereinandergestellt.

140 Im ersten Teil der Analyse soll auf die Frage dieser „*formulae*" genauer eingegangen werden; siehe 4. *Analyse:* FORMULAE.

141 Aurelian, X. 26 (hier liegt in der Ausgabe von Gushee ein Fehler in der Zählung vor; es erscheint zweimal der Vers 27), 88.

142 *Litter[a]e.*

143 Aurelian, XI. 5, 91

144 *Anima*: Seele, Geist, Bewußtsein, Urteilskraft etc.

145 Aurelian, X. 30, 89.

Nicht klar zu ermitteln ist dabei, was Aurelian in diesem Zusammenhang unter dem Terminus *litteratura* versteht. Es scheint jedoch so, als meine er den (geschriebenen) Text, der dem Gesang zugrunde liegt. Dies bestätigt auch die vorausgehende, bereits kommentierte Äußerung in X. 27. Jedoch verwendet er denselben Begriff ebenfalls für die in Kapitel IX vorgestellten Silben der Modi, die als Text ohne Inhalt charakterisiert werden könnten[146].

Unabhängig von dieser Schwierigkeit gibt Aurelian auch ein höchst klares und bedeutsames Beispiel, das etwas über die Beziehung zwischen Text und musikalischer Gestalt aussagt. In Kapitel XIII fordert er zunächst für die Responsorien in den nächtlichen Vigilien, die sich gegenüber denen der anderen Horen dadurch auszeichnen, daß sie musikalisch erheblich aufwendiger gestaltet sind:

> „[...] si integer canitur, nequit habere minus quam XVI syllabas. Aliquando medietas modulationis et integritas sensus solet cani [...].“[147] – „[...] wenn er integer gesungen wird, kann er [*versus nocturnalis responsorii*] nicht weniger als 16 Silben haben. Manchmal pflegt die Mitte[148] der *modulatio* und die Integrität des Sinnes gesungen zu werden [...].“

Es folgen darauf zwei Beispiele, mit denen Aurelian offensichtlich zeigen will, daß der Vers inhaltlich einen erläuternden Einschub des Responsums bildet. Zweimal kommt in diesem Zitat das Wort „Integrität“ vor (*integer* und *integritas*), einmal bezogen auf den Gesang und ein zweites Mal bezogen auf den Sinn, womit hier in Gegenüberstellung zur *modulatio* und durch die vorausgehende Erwähnung des Textes (*XVI syllabas*) eben dieser Text gemeint sein muß. Was versteht Aurelian in diesem Kontext unter „Integrität“? Für den Text erklärt er dies mit dem Wort *sensus,* und damit fordert er – wie bereits erwähnt –, daß der Textsinn beim Singen in seiner Integrität bewahrt, also verständlich sein soll. Darin liegt jedoch eine ganz fundamentale Aussage zur Beziehung von Musik und Sprache, die „technisch“ den formalen Aspekt einfordert und doch über diesen hinausgeht. Für den Gesang fällt es schwerer zu ermitteln, was sich Aurelian unter „Integrität“ vorstellt. Jedoch erläutert Aurelian anschließend, was zu geschehen hat, wenn Text und Musik nicht von vornherein so zusammenpassen, daß beide „integer“ sein können. Er schreibt:

> „Nonnumquam vero plures valet habere syllabas, sicuti in reponsoriis de beato Joseph, ad liquidum edocemur, sed tamen mutatur modulatio. Nec si fieri potest, in nullius toni distinctione minus quam VIII debent antecedere syllabae tandem distinctionem.“[149]

> „Manchmal kann er [der Vers] aber auch mehr Silben haben, wie wir in den Responsorien vom seligen Josef ganz klar erkennen können [*ad liquidum edocemur*], aber dennoch wird die *modulatio* verändert. Und möglichst sollen in keinem Modus[150] der *distinctio* weniger als acht Silben vorausgehen, zuletzt (folgt) schließlich die *distinctio.*“

146 Vgl. Aurelian, VIII. 22, 79; sowie Berno, *Prologus in Tonarium*, GS 2, 62–91, hier 77. Eine moderne, ausführlichere Darlegung dazu findet sich in Huglo, *Grundlagen, III. 2. Die modalen Formeln Noeane, Noeagis*, 69–75.

147 Aurelian, XIII. 17b+18a, 97.

148 Wahrscheinlich ist damit einfach der Vers im Unterschied zum Responsum gemeint, der in den nachfolgenden Beispielen eben nicht die geforderten 16 Silben hat, sondern nur 14 bzw. 15.

149 Aurelian, XIII. 20+21, 97.

150 Aurelian verwendet das Wort *tonus.*

Aurelian beschäftigt sich also mit der Frage, was zu tun ist, wenn eine Textgrundlage mehr Silben hat als vorgesehen oder weniger. In diesem Kontext macht er die wichtige und grundsätzliche Aussage: *sed tamen mutatur modulatio*. Damit besagt er zweierlei: nämlich zunächst, daß die musikalische Gestalt dem Text angepaßt, auf ihn hin verändert wird (*mutatur*), da die *integritas sensus* – die Textaussage – bewahrt bleiben muß. Dies aber ist eine ganz entscheidende Grundaussage zur Beziehung von Musik und Sprache, wenn nicht die Grundforderung schlechthin. Rund 250 Jahre später wird Johannes Afflighemensis in seiner Erklärung zum XV. Kapitel des *Micrologus* eine ähnliche Formulierung gebrauchen, jedoch ohne diese an Beispielen zu erläutern. Es heißt dort gleich im ersten Satz:

> „Primum igitur praeceptum modulandi subnectimus, ut secundum sensum verborum cantus varietur."[151] – „Als erste Vorschrift für die *modulatio* führen wir an, daß der Gesang dem Sinn der Worte gemäß variiert werden soll."

Zum Zweiten bringt Aurelian durch seine Forderung, daß die *modulatio* verändert werden soll, einmal mehr zum Ausdruck, was für ihn in seinen Ausführungen nur allzu selbstverständlich zu sein scheint, nämlich daß eine Melodiegestalt bereits vorliegt, die an einen bestimmten konkreten Text anzupassen ist. Demnach stehen „Formeln" oder umfassende „Modelle" zur Verfügung, die je nach der gewünschten Textgrundlage so abgewandelt werden sollen, daß der Textsinn nicht entstellt wird. Diese Anpassungsmöglichkeiten haben aber offenbar Grenzen. Im hier gegebenen Beispiel fordert Aurelian, daß die einzelnen Abschnitte des Textes, die zu einem Melodieabschnitt gehören, wenigstens acht Silben haben müssen. Auch damit gibt er einen elementaren Hinweis darauf, wie er sich die Beziehung von Musik und Sprache vorstellt: Sie besteht hier offensichtlich in einer Übereinstimmung zwi-

151 Johannes Afflighemensis, *De Musica cum Tonario*, ed. Joseph Smits van Waesberghe, Rom 1950 (CSM 1), 117. Waesberghe geht davon aus, daß die Schrift zwischen 1100 und 1121 verfaßt wurde, auf jeden Fall später als die Aribos (siehe 3.3.4.2. *Das Musikverständnis*), da auf diese im Text Bezug genommen wird. Vgl. auch Schlager, *Ars cantandi*, 249–259. Schlager findet in den späteren Schriften wiederholt direkte Aussagen zu der Beziehung von Musik und Sprache (Rhetorik), was ihn zu folgender Schlußfolgerung zum obengenannten Zitat bringt: „Die neu zu komponierenden Gesänge zeichnen sich vor allem durch ein Wort-Ton-Verhältnis aus, in dem nicht nur der Aufbau des Textes aus *distinctiones* in Melodie und Ausführung betont wird, sondern an erster Stelle der Sinn der Worte einen angemessenen musikalischen Ausdruck finden soll." Hier ist jedoch zu fragen, ob es wirklich um eine neue Entwicklung geht oder ob nicht doch altes Wissen referiert wird, zumal auch Johannes Afflighemensis z. B. davon spricht, daß der *sensus verborum* durch die richtigen Zäsuren gewahrt bleiben soll. Daß, wie Schlager schreibt, die „Voraussetzung für die Anpassung der *materia* des Textes an die Melodie [...] die Charakteristik der Kirchentöne" ist, spricht ebenfalls eher gegen ein differenziertes Wort-Ton-Verhältnis als dafür. Mit dem um 1380 geschriebenen Traktat des Heinrich Eger von Kalkar bringt Schlager (*Ars cantandi*, 273–279) dann auch selbst ein wenn auch spätes Zeugnis, das die Forderung nach einer formale und inhaltliche Aspekte umfassenden Beziehung von Text und Musik anhand von Beispielen überlieferter gregorianischer Gesänge aufzeigt (278): „für den Autor ist die Wort-Ton-Beziehung in dieser Ebene kein Aspekt des Neuschaffens, im Gegenteil: die sorgfältige Betrachtung dieser Kunst in den Büchern und Gesängen offenbart die Unwissenheit jener, die glauben, daß eine Melodie «als Zufallsprodukt und ohne Sorgfalt ablaufen würde» (casualiter currere et sine arte)."

schen der Syntax und Silbenzahl des Textes und der Struktur des „Melodie-Modells".

Gleich im Anschluß daran zeigt er an einem Beispiel, was eine falsche und was eine richtige Anpassung bedeutet:

> „Unde quidam hunc male distingunt, auferentes a rudibus intellectum, ita canentes: «V. Ecce agnus Dei ecce» facientes in «-ce» distinctionem. Cum potius conservandum sit sensus quam modulatio, quidam vero in sexta syllaba distingunt, scilicet in «-i» ut «Ecce agnus Dei»."[152]

> „Deshalb trennen manche diesen (Vers) schlecht, den Ungebildeten das Verständnis verstellend [wegnehmend], indem sie so singen: «V. Ecce agnus Dei ecce» und bei «-ce» eine *distinctio* bilden. Weil es aber wichtiger ist, den Sinn zu bewahren als die *modulatio*, trennen manche nach der sechsten Silbe, nämlich bei «-i» wie «Ecce agnus Dei»."

Sehr plastisch wirkt in diesem Zitat der tadelnde Einschub: *auferentes a rudibus intellectum*. Eine falsche Anpassung zeugt demnach von Ungeschick und entstellt den Sinn, das Verständnis des Textes, während eine korrekte Anpassung ihn bewahrt. Dabei macht Aurelian die bedeutsame Aussage, daß es wichtiger sei, den Sinn des Textes zu erhalten als die musikalische Gestalt (*cum potius conservandum sit sensus quam modulatio*), und ordnet somit diese dem Text zu und unter. Daraus ist abzulesen, daß zwar „Formeln" oder „Melodie-Modelle" vorliegen, diese aber nicht als vom jeweiligen Text unabhängige „Größen" zu verstehen sind, zumindest kritisiert Aurelian eine solche Haltung.

Im weiteren Verlauf dieses Kapitels sind weitere erwähnenswerte Details zu erfahren, z. B. in seinen Ausführungen zu einigen Gradualresponsorien, die im GT im II. Modus stehen, hier jedoch für den IV. Modus angegeben sind. Helmut Hucke macht auf dieses Phänomen aufmerksam, das um so auffälliger erscheint, als Aurelian insgesamt in seinen Angaben zum Repertoire sehr präzise ist[153]. Aurelians Darstellung zu diesen Gesängen wirkt hochdifferenziert und bekundet eine erstaunliche Fähigkeit, musikalische Abläufe ohne Zuhilfenahme einer Notation zu erklären[154]. Hucke bringt in diesem Kontext etwas ins Wort, was für Aurelian selbstverständlich gewesen sein muß: „Die Gregorianischen Melodien erscheinen bei Aurelian als zitierbare Individuen; die Überlieferung war offenbar weitgehend festgelegt."[155] Auf diese Weise gibt Hucke beiläufig eine Antwort auf ein Problem, das durch die zeitliche Distanz zwischen dem Wissen um das Repertoire (ab 750), den ersten Zeugnissen ohne Notation und der schriftlichen Fixierung des Repertoires (ab der zweiten Hälfte des 9. Jh., diastematisch nach 1000) gegeben ist. Handelt es sich wirklich um dieselben Gesänge? Soweit Aurelians Traktat darüber Auskunft gibt, offensichtlich ja, von Details und einigen identifizierbaren Ausnahmen abgesehen.

Den Beispielen aus den Gradualresponsorien geht folgende allgemeine Erklärung voraus:

152 Aurelian, XIII. 22+23, 97f.

153 Vgl. Hucke, *Gregorianische Fragen*, 319ff. Er sieht darin einen Hinweis auf eine Abweichung einer mündlichen Überlieferung des Repertoires von der späteren schriftlichen Aufzeichnung.

154 Vgl. ebd., 320.

155 Ebd., 321.

„Estque musica licentia ut in ea littera quae maiorem obtinet numerum, scilicet «-a-», longiorem, si necessitas cogit, effici modulationem, et pro duabus vel tribus constare syllabis (at tamen non tam fortiter initium exprimitur modulationis.)"

„Und es ist eine musikalische Freiheit, wie bei dem Buchstaben, der den größeren *numerus*[156] [das größere rhythmische Gewicht] besitzt, nämlich «-a-», wenn die Notwendigkeit es erzwingt, eine längere *modulatio* auszuführen und für zwei oder drei Silben stillzustehen (aber dennoch wird das Initium der *modulatio* nicht so stark ausgedrückt)."

Auch an dieser Stelle kommt also eine unmittelbare Beziehung von Musik und Sprache zum Ausdruck. Diesmal aber geht es nicht um die Syntax, sondern um Veränderungen im Melodieverlauf, die durch die Länge oder Akzentuierung der Silbe bewirkt werden. Aurelian meint in diesem Abschnitt offensichtlich einen langen Vokal wie das -a-, wahrscheinlich verbunden mit einer Akzentsilbe. Liegt ein solcher vor, so kann, wenn notwendig, die vorgesehene Melodiebewegung verlängert werden. Er gibt als ein erstes Beispiel dafür den Vers des GR *Exaltabunt sancti* an[157]. Dort wird, so schreibt Aurelian, nach dem ersten langen Melisma auf der ersten Silbe von *Domino* (*post primam modulationem maiorem*) das erste Wort des zweiten Abschnitts, *canticum*, auf der Akzentsilbe *-can-* mit einer Verdoppelung der Melodiebewegung versehen. Diese Beobachtung stimmt präzise mit dem Melodieverlauf des genannten Graduale im GT überein. Der Vergleich mit anderen Versen der Gradualresponsorien im II. Ton zeigt, daß es noch eine Reihe solcher Beispiele gibt[158]. Wo diese Verdoppelung auftritt, liegt jeweils ein (relativ) langer Vokal vor – *gloriam, qui* und *sede* –, sie fehlt dagegen bei den kurzen Vokalen, z.B. in *quis* und *potentiam*. Für das Fehlen dieser Verdoppelung gibt Aurelian ebenfalls zwei Beispiele:[159] *egressio* aus dem GR *In sole posuit*[160] und *aut quis* aus dem GR *Tollite portas*[161], und erklärt sie damit, daß die dem Wortakzent vorausgehende Silbe lang (*prolixa*) sei:

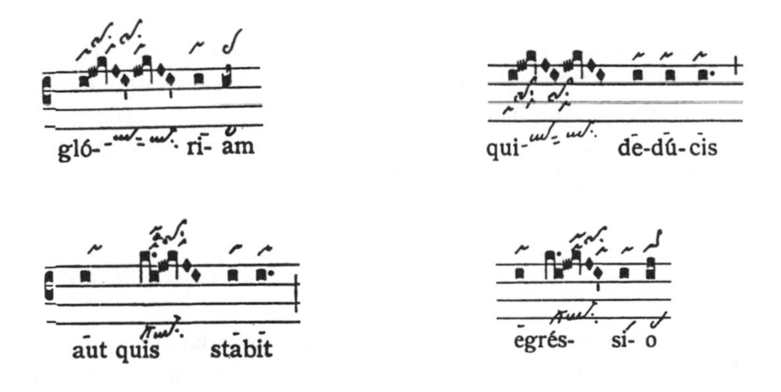

156 Siehe auch 2.2.2. *In der antiken pronuntitio.*
157 GT 455f.
158 Siehe 4.2. *Gradualresponsorien im II. Ton.*
159 Aurelian, XIII. 26–29, 98f.
160 GT 30.
161 GT 25.

Als wichtig an diesen Ausführungen Aurelians ist vor allem die Tatsache zu betrachten, daß er ein weiteres „Verfahren“ der Anpassung einer vorgegebenen Melodie an einen bestimmten Text nennt, das über die Syntax hinausgeht. Es geht dabei wohl darum, einen stark melismatischen Melodieverlauf so auf den Text zu verteilen und notfalls abzuwandeln, daß der besonderen „Qualität“ oder vielleicht besser der „Quantität“, dem *numerus*, der einzelnen Silben Rechnung getragen wird. Dies kann allerdings schon als ein recht differenziertes Verfahren bezeichnet werden, in dem sich eine bewußt reflektierte Beziehung von Musik und Sprache ausdrückt. Aurelians Anweisungen sind – wie auch zuvor zur Syntax – allgemeiner Art, so daß seine Vorgehensweisen wohl zumindest der Idee nach als systematisch anzuwendende Prinzipien gedacht sind[162].

Als letzte Anmerkung zu diesen Gradualresponsorien erwähnt Aurelian das GR *Haec dies* mit seinem Vers *Confitemini Domini* und schreibt, daß er sich im gesamten Umfang des Repertoires (*in prolixitate totius antiphonarii*) an nichts erinnern kann, was so sei wie dieser Vers nach seinem ersten Abschnitt bis *Domino*[163]. Damit meint er die musikalische Gestalt der beiden Worte *quoniam bonus*, so daß neben Amalars exegetischer Deutung[164] zu diesem Vers nun Aurelian belegt, daß dieser Gesang des Osterfestes auch musikalisch als herausragend zu gelten hat, wie die Analyse leicht bestätigen kann[165]. Allerdings gibt er keinerlei Deutung für diese Tatsache; deshalb ist es nicht möglich festzustellen, ob er diese außergewöhnliche musikalische Gestalt mit dem Inhalt des Textes in Verbindung gebracht hat.

Die in diesem Kapitel vorgestellten Beobachtungen zur Wort-Ton-Beziehung sollen zum Traktat Aurelians genügen. Der Text wäre sicher der Mühe wert, unter diesem Gesichtspunkt einmal vollständig und systematisch bearbeitet zu werden, was jedoch im Kontext dieser Arbeit nicht geleistet werden kann. Aurelian gibt ganz bedeutsame und grundlegende Hinweise darauf, daß ihm die Möglichkeit einer Beziehung von Musik und Sprache nicht nur bewußt ist, sondern auch ein wirkliches Anliegen, für das er konkrete Anweisungen gibt. Diese betreffen zunächst durchweg die formale Ebene des Wort-Ton-Verhältnisses, weisen jedoch zugleich darüber hinaus, da für Aurelian die Wahrung der Textaussage (*integritas sensus*) eine zentrale Motivation darstellt. Sein Werk kann wohl als eine der ergiebigsten Quellen des frühen Mittelalters zur Beziehung von Musik und Sprache gelten.

3.3.2. *Musica enchiriadis – Micrologus*: affektbewegende *imitatio*

Was die *Musica enchiriadis* zu dieser Frage beizutragen hat, ist zwar weniger umfangreich, aber keinesfalls weniger bedeutsam. Von ihrem Grundanliegen wie auch von ihrem Aufbau her unterscheidet sich diese Schrift stark von der Aurelians[166].

162 Auf diese Verfahren der Anpassung soll im ersten Teil der Analyse unter dem Stichwort *formulae* genauer eingegangen werden.

163 Aurelian, XIII. 30, 99.

164 Siehe 2.4.2. *Amalar: die speziellen Meßerklärungen.*

165 Siehe 4.2. *Gradualresponsorien im II. Ton.*

166 Zur *Musica enchiriadis* vgl. Nancy Phillips, *„Musica“ and „Scolica enchiriades“. The Literary, Theoretical and Musical Sources*, Diss. New York 1984.

Die *Musica enchiriadis* befaßt sich mit dem Tonsystem – in diesem Kontext auch mit den Modi –, mit den Tetrachorden, mit Fragen der Notation und der frühen Mehrstimmigkeit. Schon von diesen inhaltlichen Akzentsetzungen her wird klar, daß der einstimmige Gesang und die Frage nach seinem Wort-Ton-Verhältnis kein zentrales Anliegen dieser Quelle sein kann. Dennoch leistet sie in wenigen Sätzen einen unverzichtbaren Beitrag zur Fragestellung dieser Arbeit.

Neben den genannten Beispielen für die Analogie von Musik und Sprache sowie einem weiteren, das Notation und Buchstabenschrift analog deutet[167], macht nur noch das XIX. Kapitel dieses Traktates Aussagen zu einer Beziehung zwischen beiden. Eine dieser Aussagen, die Guido von Arezzo später auch in das XV. Kapitel seines *Micrologus* übernimmt[168], stimmt mit der Forderung Aurelians nach einer korrekten Wiedergabe der Syntax des Textes in der musikalischen Gestalt überein. So heißt es in der *Musica enchiriadis*:

> „Item ut in unum terminentur particulae neumarum atque verborum."[169] – „Ebenso sollen die Abschnitte der Neumen und der Worte gleichzeitig beendet werden."

Dies ist die einzige Aussage zum Wort-Ton-Verhältnis in diesem Traktat, die problemlos als schlichte, praktische Anweisung umgesetzt werden kann.

Insgesamt aber spricht das XIX. Kapitel der *Musica enchiriadis* eine ganz andere Sprache. Es handelt sich dabei um eine Reflexion über die Musik. Der Text beginnt mit einem Verweis auf Orpheus, der hier – in Anlehnung an Fulgentius – nicht als „Bezähmer" wilder Tiere in Erscheinung tritt, wie bei Isidor und Aurelian[170], sondern als Beispiel menschlichen Versagens beim Versuch, die musikalische Wirklichkeit zu durchschauen:

> „Sed dum rursus per Orpheum, id est per optimum cantilenae sonum, a secretis suis acsi ab inferis evocatur, imaginarie perducitur usque in auras huius vitae dumque videri videtur, amittitur, scilicet quia inter caetera, quae adhuc ex parte et in enigmate cernimus, haec etiam disciplina haud ad plenum habet rationem in hac vita penetrabilem."[171]

> „Aber während sie [Eurydice] durch Orpheus, das heißt durch den optimalen Klang des Gesangs, aus ihren Geheimnissen so wie aus der Unterwelt herausgerufen wird, wird sie, bildlich gesprochen, an die Oberwelt [bis an die Luft dieses Lebens] geführt, und während sie gesehen zu werden scheint, da geht sie verloren. Weil nämlich unter all dem, was wir bis jetzt (nur) teilweise und rätselhaft erkennen, auch diese Disziplin [die *musica*] keineswegs in diesem irdischen Leben vollständig[172] zu erkennen ist."

Wie Orpheus, der in dem Moment, als er zu sehen scheint, seine Eurydice verliert, so ergeht es dem, der versucht, die Musik in diesem Leben wirklich zu verstehen. Alles menschliche Begreifen bleibt – so der Autor des Traktats – bruchstück- und rätselhaft (*adhuc ex parte & aenigmate cernimus*)[173].

167 Vgl. *Musica enchiriadis*, VI, 10.
168 Vgl. *Micrologus*, XV. 48, 173f.
169 *Musica enchiriadis*, XIX, 57.
170 Vgl. Isidor, *Etymologiae* III, XVII. 3, GS 1, 20; Aurelian, I. 3+4, 58.
171 *Musica enchiriadis*, XIX, 57.
172 *Penetrabilis*, eigentlich: durchdringbar.
173 Dies ist eine Anspielung auf einen biblischen Text, vgl. 1 Kor 13, 9–12.

Im Anschluß daran wird aufgezählt, was ein Musiker alles mit dem Verstand erfassen kann, nämlich das, was dieser Traktat zu lehren versucht. Dies geht über in einen Satz, der ganz ähnlich bei Boethius zu finden ist und die ontologische Dimension der Musik in den Blick nimmt[174]. Von der letztlich unerklärlichen Wechselwirkung zwischen Musik und Seele ist dabei die Rede. Dann aber nimmt der Gedankengang eine unerwartete Wende. Statt nun bei diesem ontologischen Ansatz zu bleiben und die antiken oder mittelalterlich-liturgischen *effectus* zu nennen, nimmt der Text eine Differenzierung vor. Er unterscheidet zwischen einer rein musikalischen Dimension und dem, wovon in den Gesängen die Rede ist:

„Nec solum diiudicare melos possumus ex propria naturalitate sonorum, sed etiam rerum."[175] – „Den *melos* können wir nicht nur aus der eigenen Natur der Töne unterscheiden, sondern auch aus derjenigen der Inhalte (des Textes)[176]."

Ein solches doppeltes Verständnis der Musik, das sowohl die ontologische als auch eine als rhetorisch zu bezeichnende Sicht der Musik nennt, ist auch in einer Glosse zu Boethius aus dem 10. Jahrhundert zu beobachten. Dort heißt es:

„Notantum (lege: Notandum) valde quod ait miro in modo, quia illud tangit, quod Fulgentius in fabula Orphei et Euridicis subtilissime diiudicat, in omnibus artibus esse primas et secundas. Sed praetermissis ceteris dicendum est de hac in musicis est prima musica, secunda apoterismatice (lege: apotelesmatice), quia in musicis aliud est armonia phtongorum sistenmatum et diastenmatum, aliud effectus tonorum virtusque verborum, vocis enim pulcritudo delectans interna artis secretam virtutem etiam misticam verborum attingit."[177]

„Was er hier auf wunderbare Weise sagt, ist sehr bemerkenswert, weil es das berührt, was Fulgentius in der Fabel von Orpheus und Euridice sehr fein unterscheidet, daß es nämlich in allen Künsten eine erste und eine zweite gebe. Indem ich das übrige übergehe, bleibt dazu zu sagen, daß in der Musik die Musica selbst die erste Kunst ist, die zweite das Apotelesmatische. Denn in der Musik ist das eine die Harmonie der Töne, Reihen und Intervalle, das andere die Wirkung der Tonarten und die Trefflichkeit der Worte. Die Schönheit des Tons erfreut und berührt das Innere der Kunst und die geheime mystische Macht der Worte."[178]

174 *Musica enchiriadis*, XIX, 58: „Quomodo vero tantam cum animis nostris musica commutationem et societatem habet, etsi scimus quadam nos similitudine cum illa compactos, edicere ad liquidum non valemus." – „Auf welche Weise aber die Musik mit unseren Seelen eine so große Wechselwirkung und Gemeinsamkeit hat, vermögen wir nicht genau zu sagen [flüssig herauszusagen], wenn wir auch wissen, daß wir durch eine gewisse Ähnlichkeit [*similitudo*] mit ihr verbunden sind." – Boethius, *De Institutione Musicae*, ed. Gottfried Friedlein, Leibzig 1867, Unveränderter Nachdruck: Frankfurt 1966, 180: „Cum enim eo, quod in nobis est iunctum convenienterque coaptatum, illud excipimus, [...] eoque delectamur, nos quoque ipsos eadem similitudine compactos esse cognoscimus. Amica est enim similitudo, dissimilitudo odiosa atque contraria." – „Weil wir nämlich dies, was uns gewohnheitsgemäß verbunden ist und zusammenpaßt, herausnehmen [...] und uns an ihm erfreuen, erkennen wir, daß es auch mit uns selbst durch dieselbe Ähnlichkeit übereinstimmt. Denn liebenswert ist die *similitudo*, verhaßt und feindlich aber die *dissimilitudo*."

175 *Musica enchiriadis*, XIX, 58.

176 *Res*: Sache, Ding, Ereignis, Wirklichkeit etc.

177 Handschrift Paris 7297, fol. 79r, zit. in: Bernhard, *Überlieferung*, 23f. Bernhard bezeichnet den Terminus *apotelesmatice* als unklar.

178 Übersetzung von Michael Bernhard, ebd.

Diese Glosse besagt ganz klar, daß zwei Aspekte der Musik (*prima musica, secunda apoterismatice*) zu unterscheiden sind: Der erste – rein innermusikalisch zu verstehende – Aspekt erfreut durch Schönheit (*pulcritudo delectans*), der zweite jedoch tritt durch seine Wirkungen (*effectus*) in Beziehung (*attingit*) zu der „geheimen, mystischen Kraft“ der Worte. Es wird in dieser Quelle also zwischen zwei Arten der *effectus* differenziert, von denen die eine der Ordnung der Töne entspringt, die andere jedoch ihren Ursprung im Wechselspiel zwischen Text und musikalischer Gestalt hat. Dies deckt sich mit den in Kapitel 2 gemachten Beobachtungen sowie mit einer Grundaussage, die Fritz Reckow in seinem Artikel *Zwischen Ontologie und Rhetorik* macht. Seiner Meinung nach „kennt schon das frühe Mittelalter ein stimulierendes Wechselverhältnis zwischen ontologisch und rhetorisch orientiertem Musikdenken – die Dynamik mittelalterlicher Musikgeschichte ist nicht zuletzt auf die permanente Herausforderung zur theoretischen wie praktischen Bewältigung dieses Wechselverhältnisses zurückzuführen.“[179]

Was aber mit der Andeutung der *Musica enchiriadis* gemeint ist, daß die „Ereignisse“ (*rerum*), die Textinhalte für die Musik von Bedeutung sind, wird gleich anschließend weiter ausgeführt:

> „Nam affectus rerum, quae canuntur, oportet, ut imitetur cantionis effectus: ut in tranquillis rebus tranquillae sint neumae, laetisonae in iocundis, merentes in tristibus; quae dura sint dicta vel facta, duris neumis exprimi; subitis, clamosis, incitatis et ad ceteras qualitates affectuum et eventuum deformatis.“[180]

> „Es muß so sein, daß die Wirkung [*effectus*] des Gesangs die Affekte der Inhalte, welche besungen werden, nachahme [imitiere]: daß bei ruhigen Inhalten die Neumen ruhig seien, bei erfreulichen froh klingend, bei traurigen klagend[181]; sollten die Worte oder Fakten hart sein, so sind sie durch harte Neumen auszudrücken; durch plötzliche, schreiende, aufgeregte und die anderen Qualitäten der Affekte und Ereignisse abbildende (Neumen).“

In diesem Textabschnitt wird also ganz klar und erstaunlich detailliert gefordert, daß in der konkreten musikalischen Gestalt die in der Textgrundlage zum Ausdruck kommenden Affekte zum Klingen gebracht werden sollen. Guido von Arezzo greift diesen Gedanken im XV. Kapitel seines *Micrologus* nochmals auf. Seine Variante, die ganz offensichtlich ein Zitat der *Musica enchiriadis* ist, lautet:

> „Item ut rerum eventus sic cantionis imitetur effectus, ut in tristibus rebus graves sint neumae, in tranquillis iocundae, in prosperis exultantes et reliqua.“[182]

> „Ebenso soll die Wirkung des Gesangs die Inhalte der Ereignisse [*rerum eventus*] so nachahmen [imitieren], daß bei traurigen Inhalten die Neumen schwer[183] seien, bei ruhigen erfreulich, bei glücklichen jubelnd und so weiter.“

Sein etwas kürzerer und durch das abschließende *reliqua* auf etwas Bekanntes hinweisender Text hat gegenüber dem der *Musica enchiriadis* den Vorzug, daß Guido ihn deutlich in den Kontext des einstimmigen Gesangs stellt und in diesem Kapitel

179 Reckow, *Rhetorik*. 149; siehe auch 2.6. *Resümee*.

180 *Musica enchiriadis*, XIX, 58.

181 *Moerentes*.

182 *Micrologus*, XV. 50, 174.

183 *Graves*: schwer, tief; auf die Verständnisprobleme, die dieses Wort an dieser Stelle aufwirft, soll noch genauer eingegangen werden.

zumindest ein eindeutig als gregorianischen Gesang zu identifizierendes Beispiel gibt, den IN *Ad te levavi*[184].

Der Akzent liegt in beiden Texten auf dem affektiven Gehalt von Situationen und Ereignissen, der durch die Wirkung (*effectus*) der Musik „imitiert" werden soll. Beide Zitate geben dabei unmißverständlich Zeugnis davon, daß eine konkrete Textaussage sich in einer ebenso konkreten musikalischen Gestalt, nicht nur in einem diffusen ontologischen Aspekt der Musik widerspiegeln soll. Die Musik ahmt nach der Aussage beider Autoren also Inhalt und Affekt eines ganz bestimmten Textes nach[185]. Interessant ist in diesen Texten der Gebrauch des Wortes *imitari*. Der langen Geschichte der „Imitation" in der Musik wird auf diese Weise noch ein weiterer, sehr früher Aspekt hinzugefügt.

Reckow sieht in diesen beiden Quellen eine Bestätigung, daß „die Idee des *movere animos* und das Problem ihrer praktischen Realisierung schon seit dem frühen Mittelalter Autoren wie Komponisten beschäftigt – beunruhigt, aber auch inspiriert – hat."[186] Damit gibt er ein Votum ab für die Existenz einer Beziehung von Musik und Sprache weit über die formale Ebene und einen dadurch sinngemäßen Textvortrag – wie bei Aurelian – hinaus. Denn er meint damit eben nicht, daß dieses *movere animos* ausschließlich der ontologischen Dimension der Musik zuzuordnen ist, sondern daß es auch den konkreten Affektausdruck als Anspruch an den *cantor*, als „Komponisten" wie als Ausführenden, schon in dieser Zeit gibt. Die Tatsache, daß diese Forderung in zwei Traktaten erhoben wird, die neben Boethius zu den am meisten abgeschriebenen und kommentierten dieser Zeit gehören, motiviert Reckow zu der Aussage: „Die Idee des *movere animos* mit Hilfe wirkungsorientierter *imitatio* war also dank diesen beiden Grundschriften im Mittelalter fast omnipräsent."[187] Neben den beiden Zitaten aus der *Musica enchiriadis* und dem *Micrologus* führt Reckow auch Amalars Kommentar zum OF *Vir erat* an sowie den Gesang selbst als Beispiel für einen „rhetorischen" Affektausdruck[188]. Doch bleibt dieser Gesang in seiner beweiskräftigen Klarheit des Affektausdruckes eher die Ausnahme. Ja, wie am Zitat von Amalar abzulesen ist, entspricht dieser emphatische „Ausbruch" offenbar auch gar nicht dem allgemeinen zeitgenössischen Empfinden, er bedarf eher der Entschuldigung. So muß gefragt werden, ob das, was in diesem Gesang an Affektausdruck vorliegt, wirklich auch dasselbe ist, was die *Musica enchiriadis* und der *Micrologus* ganz allgemein fordern.

Der Akzent der geforderten *imitatio* dürfte normalerweise etwas anders gelagert sein, als es in diesem Gesang verwirklicht wird. Daß für die beiden Kommentatoren ein theologisches Problem vorliegt, wurde schon an anderer Stelle besprochen[189]. Aber darüber hinaus sollte nicht übersehen werden, daß in der *Musica enchiriadis* explizit von den Qualitäten der Affekte und Ereignisse (*qualitates affectuum et eventum)* die Rede ist, die abgebildet (*deformare*) werden sollen. Allein das Verb *defor-*

184 GT 15.

185 Wie von Quintilian auch für die *pronuntiatio* gefordert; siehe 2.2.2. *In der antiken pronuntiatio.*

186 Reckow, *Rhetorik*, 147.

187 Ebd., 154.

188 Vgl. ebd., 160ff.

189 Siehe 2.5. *Die Kommentare zum OF Vir erat.*

mare setzt einen interessanten Akzent, der die Möglichkeit „bildhafter" Darstellung durch die Musik impliziert. Erwähnenswert erscheint auch die vorausgehende Differenzierung *dicta vel facta*, die auf ein waches Gespür für die verschiedenen Ebenen eines Textes schließen läßt, aber eben Sprache und Fakten anführt und keine Emotionen. Desgleichen spricht Guido von den *rerum eventus*, er gebraucht das Wort *affectus* nicht, auch wenn er dann bei seinen Beispielen durchweg affektive Gehalte nennt.

Es ist dabei zu bedenken, daß das mittelalterliche Verständnis von *affectus* ein anderes gewesen sein dürfte als das späterer Epochen. Wenn daher in diesem Kontext von *tristis, tranquillus* oder *prosper* die Rede ist, so sind damit eben keine subjektiven Gefühle im neuzeitlichen Sinne gemeint. Solche werden jedoch im OF *Vir erat* musikalisch wiedergegeben, das macht seine Besonderheit aus, zumindest in dieser sowohl massiven wie konsequenten Form. Schon bei dem von Remigius von Auxerre in seinem Kommentar angefügten Beispiel, dem Responsorium *In medio ecclesiae*, sind es aber keineswegs dem OF *Vir erat* vergleichbare Affekte, die seiner Meinung nach – *per neumam* – in ihrer Bedeutung (*intellectum verborum*) wiedergegeben werden, sondern die Worte *sapientiae et intellectus* – „Weisheit und Verstand"[190].

Die Glossen der Handschriften zum *Micrologus* bekunden die charakteristische mittelalterliche Lesart[191]: *Effectus* wird dort mit *factus* und *id est operationes* kommentiert, also eben nicht mit „Gefühlszuständen", sondern mit äußeren Ereignissen und Handlungen. *Rebus tristibus* z. B. wird daher mit *passionibus rebus* oder *Tristitia vel sepulto domino* erläutert; es wird also eine unmittelbare Beziehung zu theologischen Aussagen hergestellt bzw. zu den Inhalten, die eben in der Liturgie, für die die Gesänge gedacht sind, gefeiert werden. Es erscheint daher nur folgerichtig, wenn die Trauer der Passion bzw. dem Grab des Herrn zugeordnet wird. Auch die *(res) tranquilli* werden theologisch gedeutet mit *iocunda ut Deum time*; sie sollen freudig zum Ausdruck kommen, damit Gott gefürchtet werde. Die *(res) prosperi* werden selbstverständlich mit *exultantes ut In die resurrectionis* oder aber mit *puer natus est* kommentiert und verweisen so auf Ostern und Weihnachten. Der liturgische Bezug ist dabei einfach unübersehbar. Die „affektbewegende *imitatio*"[192], wie Reckow sie nennt, bleibt in ihrem Verständnis von „Affekten" also tief in der biblisch-theologischen Weltsicht des frühen Mittelalters verwurzelt.

Aus all dem ist zu entnehmen, daß die *imitatio* viel grundlegender und umfassender verstanden werden kann als nur in Bezug auf die Affekte im modernen Sinne: Vielmehr wird letzteres im gregorianischen Repertoire eher die Ausnahme bleiben. Die *imitatio* stellt neben dem formalen Aspekt die zweite zentrale Aussage zum Spannungsfeld von Musik und Sprache dar, wie es die mittelalterlichen Autoren reflektieren. Dieser Gedanke, der schließlich in wenigstens zwei der meistüberlieferten musiktheoretischen Texte dieser Zeit präsent war, dürfte deshalb für die musikalische Praxis nicht ohne Folgen geblieben und somit am Repertoire selbst abzulesen sein.

190 Ebd.

191 Vgl. *Micrologus*, XV. 50, 174 (Anmerkungen).

192 Reckow, *Rhetorik*, 152.

So klar es aber auch ist, daß es um konkrete Möglichkeiten des musikalischen Ausdrucks gehen soll, so problematisch bleiben doch die genannten erläuternden Adjektive: *tranquillae, laetisonae, merentes* etc. Sie klingen zwar sehr konkret, fragt man jedoch nach „technischen" Anweisungen für eine Umsetzung, dann fallen diese sehr sparsam aus. Was sind im Verständnis des frühen Mittelalters ruhige, frohklingende oder gewinnende Neumen (*tranquillae, laetisonae, merentes neumae*), oder wie sind harte, plötzliche, schreiende oder aufgeregte (*duris, subitis, clamosis, incitatis*) Ereignisse und Gefühle musikalisch darzustellen? Dies bereitet Probleme, wenn man es sich in notierbarer musikalischer Gestalt und Struktur vorzustellen versucht. Leichter fällt es dagegen, sich einige dieser Adjektive in Anlehnung an die *pronuntiatio* als Aspekte der Vortragsart zu denken. Solche wären natürlich bei einer Analyse nur selten im schriftlich fixierten Repertoire wiederzufinden.

Wie dem auch sei, die *Musica enchiriadis* schweigt dazu, bemerkt aber, daß es Zusammenhänge gibt, die dem Begreifen zugängig sind, und andere, die unzugänglich und verborgen bleiben:

> „In talibus cum iudicatio nostra esse possit, plura sunt tamen, quae nos sub causis occultioribus lateant."[193] – „Während unsere Unterscheidungsfähigkeit solche erfassen kann, gibt es aber auch mehr, was vor uns unter undurchschaubaren Ursachen verborgen bleibt."

Lediglich die etwas hilflose Feststellung, daß zu manchen Inhalten (*res, sensus*) bestimmte Modi besser passen als andere[194], weist auf ein musikalisch faßbares Detail hin, führt aber zugleich wieder in die Nähe eines ontologischen Musikverständnisses. Und selbst an dieser Stelle folgt das Eingeständnis, daß dies nicht leicht zu erforschen sei (*non facile investigatur*).

Auch Guido von Arezzo gibt in seiner Adaption dieser Textstelle der *Musica enchiriadis* nur einen minimalen Hinweis auf die konkrete musikalische Umsetzung der *imitatio*. Bei ihm heißt es: *ut in tristibus rebus graves sint neuma*. Für ihn läßt sich also ein trauriges Ereignis musikalisch durch eine geringe Tonhöhe ausdrükken. Demnach wäre also der melodische Aspekt der Musik ein Mittel, den Affekt einer Situation zum Klingen zu bringen. Oder meint er hier das Wort *graves* vielleicht gar nicht als musikalischen *terminus technicus*, sondern wörtlich im Sinne von „schwer, drückend"? Auch dies wäre eine sinnvolle Aussage, die dann aber möglicherweise auch den rhythmischen Aspekt der Musik als langsame oder gedehnte Neumen mit einschlösse.

Spätere Quellen, die Guidos Text wiedergeben und zugleich durch Erweiterungen kommentieren, sind in dieser Hinsicht schon etwas aufschlußreicher, aber dennoch nicht allzu ergiebig, geschweige denn systematisch in ihrer Darstellung. Reckow nennt zwei solcher Beispiele, von denen das erste ergänzt:

> „quod in rebus tristibus graviores sint neume id est vocum modulationes seu emissiones earum."[195] – „daß bei traurigen Ereignissen die Neumen (in höherem Maße) *graves* seien, das heißt die Bewegungen[196] der Töne oder die Art, sie vorzutragen."

193 *Musica enchiriadis*, XIX, 58.

194 Siehe 3.3.4.3. *Text und Modus*.

195 Guido von Saint-Denis, *Tractatus de tonus* (um 1300), Ms. London, British Library, Harl. 281 (noch nicht ediert), zit. in: Reckow, *Rhetorik*, 154.

Dieser ergänzende Kommentar versteht unter *graviores* offenbar nicht „tiefere“[197] Neumen, sondern die konkret klingende Vortragsart; Reckow nennt dies „die affektabhängige Stimmlage“[198]. Sein zweites Beispiel deutet dagegen dieselbe Stelle wie folgt:

> „ut in tristibus rebus graves sint neumpae, tardae et prolongatae.“[199] – „daß bei traurigen Ereignissen die Neumen *graves* seien, langsam und gedehnt.“

Hier wird *graves* eindeutig dem rhythmischen Aspekt der Musik zugeordnet, obwohl dieses Wort als Terminus der Tonhöhe zu dieser Zeit durchaus geläufig gewesen sein dürfte. Die Schwierigkeit, die Forderung nach der *imitatio* mit konkreten musikalischen Mitteln umzusetzen, scheint also bereits im weiteren Verlauf des Mittelalters zu ganz verschiedenen Ergebnissen geführt zu haben. Aber zugleich zeugen diese Texte von einer lebendigen Auseinandersetzung mit dieser Frage, so daß Reckow zu der Einschätzung kommt: „An diesen beiden deutlich erweiterten Zitaten läßt sich zugleich erkennen, daß die frühmittelalterliche Idee der *imitatio* keineswegs wie totes Traditionsgut weitergeschleppt wurde. Faszinierend ist vielmehr, in welchem Maße sich Autoren von der Idee der *imitatio* haben beunruhigen und zu eigenem Nachdenken und *investigare* haben provozieren lassen.“[200]

Das Fehlen von wirklich praktischen Anweisungen trotz des Versuchs der *Musica enchiriadis* wie des *Micrologus*, solche zu geben, könnte als Signal dafür gelten, daß das frühe Mittelalter vielleicht keine allgemein gültigen oder gar systematisierten Mittel musikalischer Rhetorik über die formale Ebene hinaus kannte. Möglicherweise war diese Ebene der Wort-Ton-Beziehung dem Geschick und der Kreativität, aber auch dem Belieben des „Komponisten“ sowie den expressiven Fähigkeiten des Ausführenden – also dem *canto*r in seiner Doppelfunktion – anheimgestellt. Für das gregorianische Repertoire würde dies bedeuten, daß Beispiele für die *imitatio* – wenn überhaupt nachweisbar – sehr verschieden aussehen und auch sehr ungleich auf das Repertoire verteilt sein könnten. Auch Fritz Reckow stellt in seinen Ausführungen zur *imitatio* fest, daß in der mittelalterlichen Musik zwar mit konkreten Beispielen gerechnet werden kann, „allerdings mit dem Vorbehalt, daß im Mittelalter dergleichen *imitatio* nicht aus *necessitas* gestaltet, sondern – ad libitum – als *ornatus* gepflegt, wenn auch immer wieder empfohlen worden ist. Die Kriterien für das Aufspüren des nachahmend Bewegenden und *affectanter* Sprechenden müssen freilich weithin erst noch erarbeitet werden.“[201] Das *investigare* der *Musica enchiriadis* mit seinem ganzen Bedeutungsspektrum von „auf- und nachspüren“ im Sinne einer Jagd, von „forschend herausbringen“ und „ausfindig machen“, könnte also ein treffender Terminus für das sein, was im zweiten Teil der

196 Mit dem Plural *modulationes* sind hier offenbar die konkreten rhythmisch-melodischen Bewegungen gemeint.

197 Zur Frage nach der Terminologie für die Tonhöhe im frühen Mittelalter siehe 3.3.3.3. *Tonhöhen- und Tonbewegungssymbolik?*

198 Reckow, *Rhetorik*, 155.

199 *Tertium principale* (2. Hälfte 14. Jh.), ed. Charles Edmond Henri Coussemaker, Paris 1876 (Scriptorum de Musica Medii Aevi Nova Series 4), Sp. 247b.

200 Reckow, *Rhetorik*, 155.

201 Ebd., 171.

Analyse dieser Arbeit, basierend auf den Aussagen der reflektierenden Quellen, zu leisten ist[202].

So bleibt am Ende der Überlegungen zum XIX. Kapitel der *Musica enchiriadis* sowie seiner Adaption im XV. Kapitel des *Micrologus* zwar die klare Aussage, daß die affektbewegende *imitatio* als Form der Beziehung von Musik und Sprache im gregorianischen Gesang bezeugt und gefordert wird. Konkrete Zugänge für die Analyse bieten beide Quellen in diesem Zusammenhang jedoch fast nicht. Die „technischen" Möglichkeiten der *imitatio* müssen daher – mit aller gebotenen Vorsicht – indirekt aus den anderen Aussagen dieser oder anderer Schriften über die zur Verfügung stehenden musikalischen Ausdrucksmittel wie auch aus der Analyse des gregorianischen Repertoires selbst gewonnen werden. Reckow merkt dazu an: „So evident es ist, daß sich Autoren der Musiklehre seit dem frühen Mittelalter um das Thema der affektbewegenden *imitatio* bemüht haben, so schwer kann es im konkret musikalischen Einzelfall doch sein, bewußte kompositorische Gestaltung aufgrund rhetorisch-wirkungsorientierter Erwägungen nachzuweisen. Dies mag zum einen daran liegen, daß es [...] an zuverlässigen Kriterien für eine jeweils sichere Unterscheidung zwischen unauffälliger Konvention («Standard») und «sprechender» Besonderheit, Abweichung bis hin zum Verstoß noch immer mangelt. Zum andern muß aber auch in Rechnung gestellt werden, daß der ganze Komplex der «bewegenden» empirischen Mittel und Maßnahmen [...] ad libitum in eine Komposition eingebracht werden konnte – oder auch nicht: [...] Es darf demnach nicht beunruhigen, wenn sich nicht in allen Musikstücken Symptome von *imitatio* entdecken lassen – das bestätigt nur den undogmatischen Stilpluralismus und die Kriterienvielfalt mittelalterlichen Komponierens."[203]

3.3.3. Quellenübergreifende Aspekte

3.3.3.1. Bei Hucbald von Saint-Amand

Die von Hucbald von Saint-Amand verfaßte und in der Überlieferung *De harmonica institutione* benannte Schrift enthält überhaupt keine direkten Aussagen zur Beziehung von Musik und Sprache als Textvertonung. Lediglich die angeführten Analogien, die z. T. sehr praktische musikalische Details beschreiben, berühren *expressis verbis* den Themenkreis von Musik und Sprache. Dennoch sind in dieser Quelle, anders als in der *Musica enchiriadis*, eine Fülle von Aussagen zu finden, die unmittelbar den gregorianischen Gesang betreffen. Hucbald gibt dabei zahlreiche identifizierbare Beispiele aus dem Repertoire, in deren Kontext bemerkenswerte Detailinformationen zu entdecken sind, so – um nur ein Beispiel zu nennen – die Erwähnung des Sextsprungs im IN *Ad te levavi*[204]. In seinen sehr differenzierten Äußerun-

202 Siehe 5. *Analyse: IMITATIO*.
203 Reckow, *Rhetorik*, 160f.
204 Siehe 5.2.1.1. *IN Ad te levavi*.

gen zur Notation, in denen er eine Doppelnotation von Neumen und Buchstabennotation vorschlägt, sind ebenfalls wichtige Informationen enthalten[205].

Auch einige grundlegende Äußerungen Hucbalds erweisen sich als hilfreich für die Auseinandersetzung mit der in dieser Arbeit gestellten Frage. Diese sollen nun besonders betrachtet werden. Dabei handelt es sich weniger um Aussagen, die nur in dieser Quelle vorkommen, als vielmehr um zwei ganz allgemeine Fragen, die sich auch anhand der drei anderen Traktate besprechen ließen, so daß Parallelstellen und Ergänzungen aus diesen Texten jeweils genannt werden.

Zuerst soll dabei das Prinzip der „Gleichheit" oder „Ähnlichkeit" (*similitudo-aequalitas*) angesprochen werden als ein verbreitetes „Ideal" der Antike und des frühen Mittelalters, das auch in der Beziehung von Musik und Sprache wirken könnte. Danach soll die Frage nach der Terminologie für die Tonhöhe im frühen Mittelalter gestellt werden. Ziel dieser Beobachtungen und Überlegungen ist es, herauszufinden, ob es bereits eine Vorstellung von einem „Ton-Raum" gegeben hat. Dies ist unverzichtbar für die damit verbundene Frage, ob Begriffe wie „hoch" oder „tief" bzw. Bewegungsrichtungen wie „aufwärts" oder „abwärts" in der Beziehung von Musik und Sprache als Bedeutungsträger zur Verfügung standen, d. h., ob es schon eine Tonhöhen- bzw. Tonbewegungssymbolik gegeben haben kann oder nicht.

3.3.3.2. *similitudo*

Im Zusammenhang mit der Frage nach den Intervallen, die ein besonderes Anliegen Hucbalds sind, kommt er zu einer Grundaussage, in der sich ein „Paradigma" der Musik des frühen Mittelalters zeigt, das auch für die Suche nach Informationen über die Beziehung von Musik und Sprache von Bedeutung ist. So ist in dieser Schrift zu lesen:

> „[...] quomodo aequalitate quasi fonte quodam materiaque proposita omnis haec ab ea ratio inaequalitatis profluxit."[206] – „[...] so ist die Gleichheit wie eine gewisse Quelle und Materie vorgegeben, aus ihr ist diese ganze Ordnung der Ungleichheit hervorgeströmt."

Im Bild der Quelle (*fons*) beschreibt Hucbald ein Musikverständnis, das am „Ideal des Gleichen" orientiert ist. Aus dieser Gleichheit geht alles Ungleiche geordnet hervor (*ratio inaequalitas profluxit*) wie Wasser aus einer Quelle. Dieses Phänomen ist um so interessanter, als gerade die Verschiedenheit (*varietas)* ein bestimmendes Prinzip der frühen Mehrstimmigkeit darstellt. Im weiteren Verlauf des Mittelalters wird „vor allem auf die *diversitas* zwischen den Teilen geachtet [...]. Nicht auf «Geschlossenheit» des Ganzen, sondern auf Kontraste zwischen unmittelbar aufeinanderfolgenden Teilen scheint es primär anzukommen. [...] Es ist der Gesichtspunkt, daß [...] *identitas* und *similitudo* die «mater satietatis» seien, und daß man sich deshalb um *diversitas* und *varietas* bemühen müsse, wolle man beim Hörer *fastidium* – Langeweile, Überdruß, Geringschätzung vermeiden."[207] Im frühen Mit-

205 Vgl. Hucbald, 62 (179)–(183).
206 Hucbald, 28 (43)+(44).
207 Fritz Reckow, *processus und structura. Über Gattungstradition und Formverständnis im Mittelalter*, in: Musiktheorie 1, Laaber 1986, 8.

telalter dagegen scheinen die Verhältnisse genau umgekehrt zu sein, die *aequalitas* oder *similitudo* gilt als Ausgangs- und Bezugspunkt für alle Verschiedenheit.

Auch in den anderen frühmittelalterlichen musiktheoretischen Schriften ist wiederholt von der „Gleichheit" oder „Ähnlichkeit" die Rede, sie wird dabei meist mit dem Terminus *similitudo* bezeichnet. Dies gilt bereits für Boethius, der in aller unmißverständlichen Klarheit schreibt:

> „Amica est enim similitudo, dissimilitudo odiosa atque contraria."[208] – „Denn liebenswert ist die *similitudo*, verhaßt und feindlich aber die *dissimilitudo*."

Wohl u. a. von dort her wird dieser Gedanke durch das gesamte frühe Mittelalter tradiert, aber eben nicht nur als bloßes Relikt antiken Denkens, das aus „Pietät" nicht aufgegeben wird, sondern als ein durchaus lebendiges Ideal, das jeweils neu zu interpretieren ist. So ist in der *Musica enchiriadis* in Abwandlung des bei Boethius dem genannten Zitat unmittelbar vorausgehenden Satzes zu lesen:

> „Quomodo vero tantam cum animis nostris musica commutationem et societatem habeat, etsi scimus quadam nos similitudine cum illa compactos, edicere ad liquidum non valemus."[209]
>
> „Auf welche Weise aber die Musik mit unseren Seelen eine so große Wechselwirkung und Gemeinsamkeit hat, vermögen wir nicht genau zu sagen [flüssig herauszusagen], wenn wir auch wissen, daß durch eine gewisse Ähnlichkeit [*similitudo*] eine Übereinstimmung zwischen uns und jener (besteht)."

Ging es bei Hucbald um die Gleichheit (*aequalitas*) der einzelnen Töne in der Musik, so ist es hier, die irgendwie (*quadam*) gegebene Gleichheit (*similitudo*) zwischen der Musik und der menschlichen Seele (*anima*), auf Grund derer die Musik auf den Menschen wirkt, auch wenn sich dies einer genauen Erklärung entzieht[210]. Sowohl die ontologische Dimension des antik-mittelalterlichen Musikverständnisses als auch die affektbewegende *imitatio* haben also im „Ideal" der Gleichheit eine Wurzel.

Bei Guido von Arezzo sind noch zwei weitere Varianten des Phänomens der *similitudo* zu beobachten[211], von denen die eine die Beziehung von Musik und Sprache direkt berührt, auch wenn dabei keine für die Analyse verwendbaren Details genannt werden. In allgemein gehaltener, aber zugleich unmittelbarer Weise spricht Guido von Arezzo im XVII. Kapitel des *Micrologus* über das Verhältnis von Musik und Sprachklang. Wenn auch die in diesem Kapitel entwickelte äußerst elementare „Kompositionslehre"[212] wohl kaum als eine Methode zum Komponieren gregoria-

208 Boethius, 180.

209 *Musica enchiriadis*, XIX, 58.

210 Hier dürfte Augustinus bzw. in Anlehnung daran Isidor von Sevilla nachwirken.

211 Eine dritte, hier nicht weiter beschriebene Variante bezieht sich auf die Ähnlichkeiten unter den Modi und kommt z.B. in Kapitel VII und VIII des *Micrologus* vor; vgl. dazu Meyer, *Tonartenlehre*, II. 1. c. Die Lehre von den Verwandtschaften: *similitudo* und *affinitas*, 158–163.

212 Andreas Traub, *Kompositionslehre*, 62, bemerkt dazu: „Es sind Elementarlehren [...]. Ein großes Alleluja wird man dann nicht komponieren können, aber der Vergleich der regelrecht angefertigten eigenen Produkte allein mit den einfachen Antiphonen des Repertoires wird auf Wesentliches geführt haben. So wird man die Methode, nach Vokalfolgen zu komponieren, als eine primitive Form der „Wittgenstein'schen Leiter" verstehen dürfen." Vgl. auch Schlager, *Ars cantandi*, 236–239.

nischer Gesänge akzeptiert werden kann, so wird in diesem Kontext doch ein grundlegendes, mittelalterliches Verständnis und Empfinden für den Zusammenhang zwischen Sprachklang und Musik beschrieben.

Zunächst nennt Guido die bereits erwähnte „Gleichung", in der sich die typisch mittelalterliche, enge Verbindung von gesprochener, geschriebener und gesungener Sprache ausdrückt[213]. Er schreibt dann weiter:

> „[...] earumque permaxime casus [casu, causa] conficitur, quotienscumque suavis concordia in diversis partibus invenitur, sicut persaepe videmus tam consonos et sibimet alterutrum respondentes versus in metris, ut quamdam quasi symphoniam grammaticae admireris. Cui si musica simili responsione iungatur, duplici modulatione dupliciter delecteris."[214]

> „[...] und vor allem durch diese Tatsache[215] wird es bewirkt, wann auch immer in verschiedenen Teilen eine liebliche Übereinstimmung[216] zu finden ist, so wie wir sehr oft in der metrischen Dichtung gleichklingende und einander wechselseitig entsprechende Verse wahrnehmen, so daß du sozusagen eine *symphonia grammatica* bewunderst. Wenn dem die Musik in ähnlicher Entsprechung verbunden wird, so wirst du durch die doppelte *modulatio* doppelt erfreut."

Bemerkenswert ist bei diesem Zitat schon allein die Terminologie. Es handelt sich beinahe um ein Spiel mit der geläufigen Analogie zwischen Musik und Sprache. Da ist von der *symphonia grammatica* die Rede, die Musik wird also zur Analogie für ein sprachliches Phänomen – statt umgekehrt, wie bei allen bisherigen Beispielen. Auch das Adjektiv *consonus* – „zusammenklingend" ist musikalischen Ursprungs. Zugleich wird jedoch ein konkreter Aspekt der Beziehung von Musik und Sprache eingefordert. Die Musik soll diesem quasi musikalischen Phänomen des „Gleich-Klangs" in der Sprache nochmals in gleicher Weise verbunden werden (*simili responsione iungatur*). Dies könnte u. a. in der Praxis zur Folge haben, daß gleich klingende – oder auch gleiche Worte – auch in gleicher Weise (*duplice modulatione*) vertont werden. Es läßt sich leicht zeigen, daß solche Zusammenhänge im gregorianischen Repertoire tatsächlich in verblüffendem Ausmaß vorkommen[217]. Dieser Abschnitt läßt somit vermuten, daß die Klangverwandtschaft und -assoziation im Denken Guidos von Arezzo – wie im Mittelalter überhaupt[218] – für die Beziehung von Sprache und Musik eine zentrale Rolle spielt.

Die von Guido von Arezzo gebrauchten Formulierungen: *suavis concordia, consonos* bzw. *respondentes versus* auf der Ebene des Textes korrespondieren mit dem (rein) musikalischen Prinzip der Ähnlichkeit bzw. Gleichheit (*similitudo*), das von Guido von Arezzo als ein bevorzugtes musikalisches Mittel im XV. Kapitel des *Micrologus* wiederholt genannt wird. Dies erschöpft sich keineswegs in der bloßen Wiederholung, sondern Guido spricht von der *moderata varietas*[219] oder im Pa-

213 Vgl. *Micrologus*, XVII. 6, 187; siehe auch 2.2.3. *In der monastischen Kultur des frühen Mittelalters.*
214 *Micrologus*, XVII. 9b–11, 188.
215 Gemeint ist hier die zuvor geschilderte Tatsache, daß die Vokale „Träger" des Klanges sind.
216 Oder auch: Zusammenklang.
217 Siehe 6. *Analyse:* SIMILITUDO DISSIMILIS.
218 Siehe 2.2.3. *In der monastischen Kultur des frühen Mittelalters.*
219 Vgl. *Micrologus* XV. 41–43, 172: „Rationabilis vero discretio est, si ita fit neumarum et distinctionibus moderata varietas ut tamen neumae neumis et distinctiones distinctionibus qua-

radoxon von der *similitudo dissimilis*[220]. Auch wenn dieser letzte Terminus nicht als gängiger Begriff der mittelalterlichen Musiktheorie nachgewiesen werden kann, soll er in dieser Arbeit dennoch Verwendung finden, da er das Phänomen der Spannung zwischen Gleichheit – Ähnlichkeit und Unterschied – Variation so treffend zum Ausdruck bringt[221]. Guido von Arezzo beschreibt dies in seinen praktischen Konsequenzen z. B. in den Versen 22–25:

> „Item ut more versuum distinctiones aequales sint, et aliquotiens eaedem repetitae aut aliqua vel parva mutatione variatae, et cum perpulchrae fuerint duplicatae, habentes partes non nimis diversas, et quae aliquotiens eaedem transformentur per modos, aut similes intensae et remissae inveniantur."[222]

> „Ebenso sollen in der Art der Verse die *distinctiones* gleich sein, und dieselben sollen einige Male entweder wiederholt oder durch irgendeine kleine Veränderung variiert werden und, wenn sie sehr schön sind, verdoppelt; so haben sie nicht allzu verschiedene Teile, und diejenigen, die, in den (verschiedenen) Modi [durch die Modi] wiedererkennbar bleibend [als dieselben], einige Male verwandelt werden[223], erscheinen entweder ähnlich intensiviert oder zurückgenommen[224]."

Die einzelnen Teile (*distinctiones*) eines Gesangs sollen nach seiner Vorstellung demnach nicht zu verschieden, mitunter auch gänzlich gleich sein. Sie wandeln sich durch die verschiedenen Modi, womit die interessante Andeutung gemacht wird, daß es melodisch grundsätzlich gleiche, wiedererkennbare Teile in verschiedenen Modi geben könnte. Auch dies läßt sich tatsächlich am Repertoire nachweisen[225]. Weiterhin meint Guido von Arezzo, daß diese melodisch gleichen Teile auch „intensiviert" (*intensae*) oder aber „zurückgenommen" (*remissae*) vorgefunden werden können. Diese zwei Adjektive zeigen einmal mehr, wie schwer es fällt, einen solchen Text zu interpretieren. Denn wovon genau ist hier die Rede? Meint Guido von Arezzo den musikalischen Vorgang der Diminution bzw. Augmentation? Das wäre eine durchaus sinnvolle Erklärung. Die bereits erwähnten Untersuchungen von Ulrich Müller führen in eine etwas andere Richtung: Er identifiziert das Begriffspaar *intentus – remissus* als Angabe für die Dynamik[226]. Dies erscheint ebenfalls als eine nachvollziehbare Deutung. Andreas Traub übersetzt noch anders; er bezieht diese

dam semper similitudine sibi consonanter respondeant, id est similitudo dissimilis, more praedulcis Ambrosii." – „Es ist aber eine vernunftgemäße *discretio*, wenn eine das rechte Maß haltende *varietas* der Neumen und *distinctiones* so gestaltet wird, daß die Neumen den Neumen und die *distinctiones* den *distinctiones* immer durch eine gewisse *similitudo* übereinstimmend antworten; das ist die *similitudo dissimilis*, im Stil des lieblichen Ambrosius." Vgl. dazu auch Schlager, *Ars cantandi*, 234f. Schlager geht in diesem Kontext selbstverständlich davon aus, daß Guido hier von den ambrosianischen Hymnen spricht. Siehe auch 3.3.1.1. *Rhythmus* ...

220 *Micrologus* XV. 41–43, 172.

221 Siehe 6. *Analyse:* SIMILITUDO DISSIMILIS.

222 *Micrologus,* XV. 22–25, 168.

223 Wahrscheinlich will Guido damit zum Ausdruck bringen, daß – wie ja auch am Repertoire zu beobachten ist – melodische Abläufe (Formeln) nicht an einen bestimmten Modus gebunden sind, sondern in verschiedenen Modi, angepaßt an die jeweiligen Intervallverhältnisse, auftreten können.

224 Zur Bedeutung von *intensae* und *remissae* siehe den anschließenden Text.

225 Dies wird der dritte Teil der Analyse in Kapitel 6 zeigen.

226 Vgl. Müller, *Zur musikalischen Terminologie*, 45.

Adjektive auf die Tonhöhe: Die „Phrasen" der Melodie sollen gelegentlich „unverändert an höherer oder tieferer Stelle vorgefunden werden."[227]

An anderer Stelle spricht Guido von Arezzo in einem geradezu poetischen Bild vom Brunnen, in dem wir unser Spiegelbild zu sehen erwarten:

„Item ut qualem ambitum vel lineam una facit saliendo ab acutis talem altera inclinata e regione opponat respondendo a gravibus, sicut fit cum puteo nos imaginem nostram contra exspectamus."[228]

„Ebenso wie die eine (Neume) einen Ambitus oder eine Linie ausführt, indem sie aus der Höhe[229] springt, so soll sich eine andere von unten [*inclinata e regione*] entgegenstellen, indem sie aus der Tiefe antwortet; wie es geschieht, wenn wir in einem Brunnen unser Spiegelbild als Gegenüber [*contra*] erwarten."

Bei dieser Forderung schwebt ihm offensichtlich so etwas wie eine „Spiegelung" melodischer Abschnitte vor. Guido von Arezzos differenzierte Beschreibung des einstimmigen Gesangs soll noch Gegenstand weiterer Überlegungen sein[230].

Im Text des XV. Kapitels findet sich jedoch bei der Beschreibung des Phämomens der *similitudo* kein unmittelbarer Hinweis auf einen Textbezug, sondern es ist jeweils von rein musikalischen Vorgängen die Rede. Am Repertoire des gregorianischen Gesangs läßt sich allerdings leicht zeigen, daß Guidos Aussagen über eine *similitudo dissimilis* sehr treffend ein konstitutives Element dieser Gesänge beschreiben[231].

3.3.3.3. Tonhöhen- und Tonbewegungssymbolik?

Als nächstes sollen nun einige Anmerkungen zur Frage der Terminologie für die Tonhöhe in den musiktheoretischen Schriften des frühen Mittelalters folgen. In vielen Zusammenhängen kommt noch die der Antike entstammende „alte" Bezeichnung *gravis* – „schwer" vor, der als Gegenteil *acutus* – „spitz, scharf" entspricht, beides Worte, in denen noch nicht die räumliche Vorstellung von Ton-„Höhe" bzw. -„Tiefe" enthalten ist. Gelegentlich ist auch noch die griechische Terminologie mit den Begriffen *arsis* und *thesis* zu beobachten. Dies trifft für alle vier untersuchten Quellen zu, also für den gesamten Zeitraum von ca. 840/50–ca. 1020.

Nochmals sei an Aurelian erinnert, der die Worte *gravis, acutus* und *circumflexus* – also die drei Akzente in der Rhetorik – gerade dort gebraucht, wo er die zu einem konkreten Text gehörende Melodiebewegung beschreibt. Im folgenden Beispiel erscheinen gleich alle drei Möglichkeiten unmittelbar hintereinander:

„[...] sexta et septima [syllaba] [...] gravi tenebuntur tenore. Octava vero [...] circumflectetur. Nona acuetur, [...]."[232] – „[...] die sechste und siebte Silbe [...] werden durch einen schweren/tiefen *tenor* gehalten. Die achte aber [...] mit einem Circumflex versehen. Die neunte geschärft/erhöht, [...]."

227 Traub, *Kompositionslehre*, 71.
228 *Micrologus*, XV. 27–29, 169.
229 Zur Terminologie der Tonhöhe siehe 3.3.3.3. *Tonhöhen- und Tonbewegungssymbolik?*
230 Siehe 3.3.4.2. *Das Musikverständnis.*
231 Siehe 6. *Analyse: SIMILITUDO DISSIMILIS.*
232 Aurelian, XIX. 13, 119.

Die *Musica enchiriadis* verwendet ebenfalls diese Bezeichnungen, im nachfolgenden Beispiel jedoch eindeutig nur auf Töne bezogen:

> „Sic denique acutissima et gravissima disdiapason[233] ad se invicem reddunt."[234] – „So gehen schließlich der geschärfteste/höchste und der schwerste/tiefste *disdiapason* ineinander über."

Ähnliches erscheint auch bei Hucbald, z. B. „quod et gravissimum vel infimum"[235] oder „Nete acuta"[236], und bei Guido von Arezzo, dort, wie häufig auch bei Aurelian, in Verbindung mit dem Wort *accentus,* das bei Guido jedoch zumindest an dieser Stelle nur auf die Musik bezogen ist:

> „Item saepe vocibus gravem et acutum accentum superponimus [...]."[237] – „Ebenso setzen wir oft auf die Töne einen *accentus gravis* oder *acutus* [...]."

Noch öfter ist eine „neue" Terminologie zu finden[238]. Dabei überwiegen Bezeichnungen, die eine räumliche Vorstellung bzw. eine Bewegung implizieren: *altus* oder *altior*[239], *superior – inferior*[240], *sursum*[241] – *deorsum*[242], *elevatio – depositio*[243] oder auch Verben wie *ascendere*[244] – *descendere*[245], *erigere*[246], *deflectere*[247], *elevare*[248] usw. Der Weg vom *elevare* zu einer Tonbewegungssymbolik – z. B. beim IN *Ad te levavi*[249] – erscheint nun nicht mehr weit.

Häufig werden allerdings „alte" und „neue" Bezeichnungen in den Quellen in einem bunten Gemisch verschiedener Termini verwendet[250]:

> „[...] dum gravioris altior in se quantitatem teneat."[251] – „[...] während der höhere (Ton) in sich die *quantitas* des schwereren/tieferen enthalten soll."

233 Wie die Überschrift des Kapitels zeigt, geht es hier um Dreistimmigkeit. Es ist im vorausgehenden Satz von zwei Männer- und einer Knabenstimme die Rede. *Disdiapason* wird mit *bis diapason* (zweimal eine Oktave) erläutert. Die höchst-mögliche und die tiefst-mögliche Doppeloktave sollen, wie das dem Text der *Musica enchiriadis* beigefügte (zyklische) Schema zeigt, aufeinander folgen (*vox extremis perpende ut reddi*).

234 *Musica enchiriadis*, XI, 28.

235 Hier in einer doppelten Terminologie: *gravissimum* und *infimum* (der zu unterst befindliche), 54 (151).

236 Hucbald, 60 (177).

237 *Micrologus*, XV. 52, 175.

238 Allerdings kennt bereits Quintilian in seiner Darstellung der *pronuntiatio* beide Begriffspaare: *gravis – acutus* und *altius – inferius*; siehe 2.2.2. *In der antiken pronuntiatio.*

239 Hoch – höher, z. B. *Musica enchiriadis*, XII, 36.

240 Weiter oben – weiter unten, Aurelian, X. 19, 87.

241 Aufwärts, *Musica enchiriadis*, X, 27.

242 Abwärts, z. B. Aurelian, X. 2, 85.

243 Emporheben – Niederlegen, *Micrologus*, XVI. 3, 178.

244 Aufsteigen, *Micrologus*, XIII. 19, 155.

245 Absteigen, *Musica enchiriadis*, XVII, 49.

246 Aufrichten, Hucbald, 36 (79).

247 Herabbiegen, ebd..

248 Emporheben, Aurelian, X. 3, 85.

249 Siehe 5.2.1.1. *IN Ad te levavi.*

250 An verschiedenen Stellen werden die Terminologien ganz offensichtlich synonym gebraucht; es kommt zu Vermischungen.

251 *Musica enchiriadis*, IX, 21.

oder „Simphoniam autem dicimus temperamentum sonorum, id est convenientiam gravis cum acuto, acutique cum presso."[252] – „*Simphonia* aber nennen wir die richtige Mischung der Töne, das heißt die Übereinstimmung des schweren/tiefen (Tones) mit dem scharfen/hohen und des scharfen/hohen mit dem gedrückten."

Der in den mittelalterlichen musiktheoretischen Schriften vielfach zu beobachtende gleichzeitige Gebrauch verschiedener Terminologien betrifft also auch den Bereich der Tonhöhe[253]. Es ist dabei oft gar nicht nachzuvollziehen, warum gerade welche Terminologie gebraucht wird. Das Ganze hat vielfach etwas Beliebiges an sich.

Aber es gibt auch sehr sinnvolle Verknüpfungen beider Terminologien. Die *Musica enchiriadis* und – in Anlehnung daran – Guido von Arezzo gebrauchen im gleichen Text die „alten" griechischen Akzentbezeichnungen und die „neuen", der Idee eines „Tonraumes" entsprechenden Begriffe *elevatio* und *depositio*. Sie geben dabei eine Art Definition der „alten" Bezeichnungen:

„At ipsa commata per arsin et thesin fiunt, id est elevationem et depositionem."[254] – „Aber dieselben *commata* entstehen durch *arsis* und *thesis*, das heißt durch Emporheben und Niederlegen."

bzw. „igitur motus vocum, qui sex modis fieri dictus est, fit arsis et thesis, id est elevatio et depositio."[255] – „Wie gesagt, geschieht also die Bewegung der Töne in sechs Arten, es geschieht *arsis* und *thesis*, das heißt Emporheben und Niederlegen."

In einer subtilen Beobachtung bringt Guido von Arezzo beide Terminologien in einen Zusammenhang, der zeigt, wie eng Tonhöhe und Lautstärke bzw. rhythmische Akzentsetzung miteinander verknüpft sind. In Kapitel XV. 52+53 heißt es:

„Item saepe vocibus gravem et acutum accentum superponimus, quia saepe aut maiori impulsu aut minori efferimus, adeo ut eiusdem saepe vocis repetitio elevatio vel depositio esse videatur."

„Ebenso setzen wir oft auf die Töne einen *accentus gravis* oder *acutus*, weil wir sie oft entweder mit einem größeren oder kleineren Impuls hervorbringen, so sehr, daß die Wiederholung desselben Tones oft als Emporheben oder Niederlegen erscheint."

Er besagt damit sinngemäß, daß bei unterschiedlichen Akzentsetzungen bzw. Betonungen in einer Tonwiederholung leicht der Eindruck entstehe, es handle sich um eine Auf- oder Abwärtsbewegung statt um eine gleichbleibende Tonhöhe. Dies ist schon eine recht subtile Beobachtung; häufiger erscheint jedoch das genannte undifferenzierte Gemisch der Terminologien.

Darüber hinaus finden sich gerade bei Hucbald auch Bezeichnungen, die bereits ins Metaphorische reichen. Er gebraucht z. B. die Worte *elatius* (erhabener, stolzer) und *pressius* (gedrückter)[256] oder *sublimus* (erhaben, hochstrebend, großartig) und *depressus* (niedergedrückt)[257]. Von solchen Bedeutungen aus ist es nur noch ein kleiner Schritt zum bildhaft-symbolischen Gebrauch der Tonhöhe bzw. -bewegung für die Beziehung von Musik und Sprache in den gregorianischen Gesängen.

252 Aurelian, VI. 8, 71.
253 Vgl. Bernhard, *Fachschrifttum*, 80ff.
254 *Musica enchiriadis*, IX, 22.
255 *Micrologus*, XVI. 9, 179f.
256 Hucbald, 64 (188).
257 Hucbald, 38 (88).

Nach der Art, wie in den angeführten Zitaten die zeitgenössischen Theoretiker mit der Tonhöhe und ihrer Terminologie umgehen, liegt also eine Tonhöhen- bzw. Tonbewegungssymbolik im gregorianischen Gesang zumindest im Rahmen des Möglichen[258].

Dies war nun eine erste Frage nach einem Zusammenhang, der in den frühen musiktheoretischen Schriften nur rein innermusikalisch besprochen wird, ohne daß ein direkter Bezug zur Sprache artikuliert wird. Dennoch ist das Ergebnis der Beobachtungen von großem Wert für die Untersuchung des Wort-Ton-Verhältnisses, klärt es doch eine wichtige Voraussetzung, um bei der Analyse nicht allzu leicht der Gefahr der Fehlinterpretation zu erliegen. Um diese Gefahr möglichst gering zu halten, sollen im folgenden Abschnitt noch einige weitere grundlegende Fragen des Musikverständnisses in den Blick genommen werden. Es geht dabei um die Suche nach Kriterien für die gängige „Norm" der Zeit, die als Basis für die Interpretation eines jeglichen musikalischen Vorgangs hinsichtlich seiner Bedeutung für das Wort-Ton-Verhältnis sowie für die Frage nach dem „Besonderen" unverzichtbar ist[259]. Das differenzierte Bild des einstimmigen liturgischen Gesangs, das Guido von Arezzo im XV. Kapitel seines *Micrologus* zeichnet, eignet sich in besonderer Weise für solche Überlegungen, wenn auch der Text selbst und seine relativ späte Entstehungszeit durchaus Schwierigkeiten mit sich bringen.

3.3.4. Guido von Arezzo

3.3.4.1. Elemente der Textvertonung

In den vorausgehenden Abschnitten war schon wiederholt recht ausführlich von Guido von Arezzo die Rede, so daß es an dieser Stelle genügt, an einige wesentliche Aussagen zur Beziehung von Musik und Sprache in seinen Schriften kurz zu erinnern. Als besonders wichtig wäre seine Variante zur Forderung der *Musica enchiriadis* nach einer affektbewegenden *imitatio* des Textinhaltes durch die Musik nochmals zu nennen. Auch seine Äußerungen zur *similitudo*, in denen er einen unmittelbaren Zusammenhang zwischen Sprachklang und Musik herstellt, geben einen kostbaren Hinweis auf die Existenz einer reflektierten Beziehung von Musik und Sprache im frühen Mittelalter, ebenso seine „Gleichung", nach der alle gesprochene Sprache in geschriebene Sprache und alle geschriebene Sprache in Gesang „umgeformt" werden kann. Weiterhin wurde kurz erwähnt, daß bei Guido von Arezzo auch konkrete Anweisungen für das Wort-Ton-Verhältnis auf der formalen Ebene zu finden sind. Das soll nun zunächst noch weiter entfaltet werden.

Guido von Arezzo gibt neben den beiden obengenannten allgemeinen Aussagen zur Beziehung von Musik und Sprache und der ausführlich entwickelten Analogie wenigstens zwei klare Anweisungen zur Textvertonung. Die erste – schon genannte – betrifft die Einheit der Syntax des Textes mit der musikalischen Zäsurbil-

258 Besonders im zweiten Teil der Analyse (5. *Analyse: IMITATIO*) soll auf diese Frage an konkreten Beispielen weiter eingegangen werden.

259 Vgl. Reckow, *Rhetorik*, 160f.

dung. Sie dürfte der *Musica enchiriadis* entlehnt sein, wo sie – etwas hilflos und deplaziert – unmittelbar nach der Forderung zur *imitatio* steht, im Grunde als einziges wirklich konkretes Mittel der Beziehung von Musik und Sprache, das in diesem Kontext genannt wird, sich aber gerade nicht zum Affektausdruck eignet[260].

Guido verändert diese Reihenfolge und stellt die Anweisungen für die formale Ebene des Textes der Forderung nach der *imitatio* voran. Zugleich ergänzt er die darin eingeforderte Übereinstimmung der Syntax des Textes mit der Zäsurbildung in der Musik um eine zweite elementare Anweisung für das Wort-Ton-Verhältnis, die auch bei Aurelian schon zu finden war[261], nämlich die Übereinstimmung von Silbenlänge und Tondauer[262]. So heißt es insgesamt an dieser Stelle bei Guido von Arezzo, von der auch im Kontext der Analogie Musik – Sprache bereits die Rede war:

> „Item ut in unum terminentur partes et distinctiones neumarum atque verborum, nec tenor longus in quibusdam brevibus syllabis aut brevis in longis obscoenitatem paret, quod tamen raro opus erit curare."[263]

> „Ebenso sollen die *partes* und *distinctiones* der Neumen und der Worte gleichzeitig beendet werden, weder soll ein langer *tenor* auf irgendeiner kurzen Silbe eine Scheußlichkeit bewirken noch ein kurzer auf einer langen; es ist jedoch nur selten nötig, das zu verbessern."

Guido von Arezzo bedient sich in dieser Forderung eines starken Ausdrucks, *obscoenitatem paret*: Er hält es geradezu für scheußlich, für „obszön", wenn lange Silben musikalisch mit kurzer Dauer und kurze mit langer Dauer ausgestattet werden. Die Glossen demonstrieren das Bedürfnis nach Erläuterung und Abschwächung, dort steht häufig „nur noch" das Wort *turpitudinem* – „Häßlichkeit"[264].

Wovon jedoch spricht Guido in diesem Kontext? Meint er die Wortakzente[265]? In sehr vielen Fällen handelt es sich dabei um Silben mit langen Vokalen. Daß dies aber keineswegs so sein muß, zeigte bereits das von Aurelian gegebene und kommentierte Beispiel des Wortes *egressio* im Vers des GR *In sole posuit*, bei dem der kurzen Akzentsilbe ein langer Vokal vorausgeht[266]. Ob aber Wortakzente, wie z. B.

260 Vgl. *Musica enchiriadis*, XIX, 58.

261 Siehe 3.3.1. *Aurelian von Réôme.*

262 Daß der Terminus *tenor* bei Guido von Arezzo als Tondauer verstanden werden kann, zeigen Waesberghes Ausführungen zu Aribos Kommentaren zum *Micrologus*; siehe 3.3.4.2. *Das Musikverständnis.*

263 *Micrologus*, XV. 48+49, 173f.

264 *Micrologus*, XV. 49, 174, Anmerkungen.

265 Schlager (vgl. *Ars cantandi*, 235) deutet *tenor* ausschließlich als „der ausgehaltene Ton, am Anfang des Kapitels als *mora ultimae vocis* eingeführt," und interpretiert diese Stelle als Forderung, daß dieser letzte Ton „nach Möglichkeit mit einer langen Silbe zusammenfallen" solle, was angesichts der konkreten Gegebenheiten der lateinischen Textgrundlagen jedoch nur selten der Fall ist und von daher als Interpretation problematisch. Außerdem bezieht Guido die *mora ultimae vocis* auf *syllabae, partes* und *distinctiones*. Es ist durchaus möglich, Guidos Definition (XV. 7+8) – *tenor vero, id est mora ultimae vocis* – so zu verstehen, daß sich *tenor* nur durch *mora*, also (allgemein) als „Dauer" definiert – ein Verständnis, wie es z. B. auch bei Aurelian (VIII. 4, 78 oder XIX. 13, 119) zu finden ist. Insgesamt kommt Schlager aber zu derselben Aussage (235): „musikalische Längen und Kürzen sollten den metrischen nicht widersprechen". Zum Problem des *tenor* siehe auch 3.3.4.2. *Das Musikverständnis.*

266 Siehe 3.3.1.1. *integritas sensus.*

in Aurelians grundsätzlicher Aussage zum Rhythmus, oder Silbenlängen – beides zeugt von einer wirklichen Sensibilität für die sprachlichen Gegebenheiten, denen die musikalische Gestalt zu entsprechen hat[267]. Davon, daß dies in der Regel in den Gesängen auch so vorzufinden ist, kündet Guidos Nachsatz: *quod tamen raro opus erit curare* – es ist jedoch nur selten nötig, das zu verbessern.

Auf diese „Selbstverständlichkeiten" der Beziehung von Musik und Sprache folgt dann das, was nicht mehr selbstverständlich ist, die Forderung nach der *imitatio* in der schon erläuterten Weise. Abgesehen von der ebenfalls bereits erwähnten Aussage zur Liqueszenz[268], die einen sehr ins Detail gehenden Aspekt des Wort-Ton-Verhältnisses anspricht, sind damit die unmittelbaren Aussagen Guidos von Arezzo zur Beziehung von Musik und Sprache schon erschöpft. Freilich betreffen diese wenigen Sätze dennoch die wesentlichen Aspekte dieser Beziehung, nämlich die Syntax der Sprache und die Struktur der Musik, den „Sprechrhythmus" und den „Rhythmus" der Musik, den Klang der Sprache wie der Musik (*similitudo* sowie die Liqueszenzen) und schließlich den Inhalt der Sprache, der durch die Musik nachgeahmt werden soll. So wird auch das XV. Kapitel des *Micrologus* zu einer zentralen Quelle für die Fragestellung dieser Arbeit.

3.3.4.2. Das Musikverständnis

Gerade dieses XV. Kapitel des *Micrologus* ist jedoch in seiner Bedeutung und seinem Aussagewert nicht unumstritten[269]. Der Text erweist sich als eine reichhaltige, jedoch nicht unproblematische Quelle. Wie zuverlässig sind seine Aussagen? Deshalb sollen im folgenden einige grundsätzliche Gedanken zu diesem Text versucht werden. Das XV. Kapitel aus dem *Micrologus* stellt ein eindrückliches Beispiel für die Probleme dar, die das Verständnis der frühen musiktheoretischen Schriften des Mittelalters bereitet. Bereits Michael Hermesdorf bemerkt dazu in seiner Ausgabe von 1876 zu einem Abschnitt dieses Kapitels: „Die Construktion ist sehr schwerfällig und der Gedanke unklar."[270] Joseph Smits van Waesberghe bringt seine Ausführungen über diesen Teil des *Micrologus* auf den Punkt, indem er schreibt: „Gehen wir einen Schritt weiter und konzentrieren wir uns – die Schönheit der Sprache außer Betracht lassend – auf den Inhalt, dann müssen wir feststellen, daß vor allem dieses Kapitel XV höchst unbefriedigend ist."[271] Er kommt zu dem Schluß, daß Guido von Arezzo zwar ein ausgezeichneter Rhetoriker sei, aber leider nicht imstande, die musikalischen Gegebenheiten seiner Zeit in Sprache zu fassen.

Ein wichtiger Grund für Waesberghes Kritik wurde bereits genannt, er liegt in der problematischen Analogie von Musik und Sprache, wo es um die Frage des Metrums geht[272]. In der Einleitung zur kritischen Ausgabe von Aribos *De musica*

267 Vgl. auch Schlager, *Ars cantandi*, 227.

268 Siehe 3.2. *Die Analogie Musik – Sprache: ein indirekter Zugang?*

269 Einen neuen Interpretationsversuch, der sich in mancher Hinsicht vom hier vorgestellten unterscheidet, unternimmt Schlager, *Ars cantandi*, 230–239.

270 Michael Hermesdorf, *Micrologus Guidonis de disciplina artis musica*, Trier 1876, 84.

271 Joseph Smits van Waesberghe, *Wie Wortwahl und Terminologie bei Guido von Arezzo entstanden und überliefert wurden*, in: AfMw 31/2 (1974), 86.

272 Vgl. ebd.; siehe auch 3.2. *Die Analogie Musik – Sprache: ein indirekter Zugang?*

kommt er desgleichen ausführlich auf das XV. Kapitel des *Micrologus* zu sprechen, das Aribo – nur etwa eine Generation nach Guido von Arezzo – wiederholt kommentiert hat[273]. Waesberghe schreibt in diesem Kontext: „The interest taken in the theory of melody and composition as expounded in Micrologus XV has not been confined to medieval scholars. Even during the last decades texts from this chapter have been bandied for or against the various views on the authentic rhythm and performance of Gregorian chant. Amid these heated polemics it was often forgotten that within a generation of Guido's death some of his pronouncements were the subject of controversy."[274]

Waesberghe führt gleich mehrere zeitgenössische Kommentare zum XV. Kapitel des *Micrologus* an, die sich mit solchen problematischen oder strittigen Aussagen befassen. Der in Aribos *De musica* zu findende Kommentar trägt dann auch den Titel: *Utilis expositio super obscuras Guidonis sententias.* Was aber erschien Aribo und einigen seiner Zeitgenossen „obskur" an den Ausführungen Guidos? Was Waesberghe anhand der Quellen anführt, ist verblüffend wenig: „It was especially on two passages of that 15th chapter that interpretations clashed as they still do at the present time."[275] Seiner Meinung nach geht es im wesentlichen um die Verse 10 und 11:

> „et aliae voces ab aliis morulam duplo longiorem vel duplo breviorem, aut tremulam habeant, id est varium tenorem, quem longum aliquotiens apposita litterae virgula plana significat."[276]

> „und die einen Töne sollen von den anderen (verschieden) eine Dauer von doppelter Länge oder doppelter Kürze oder eine *tremula* haben, das heißt einen unterschiedlichen *tenor*, dessen Länge manchmal ein dem Buchstaben beigegebenes waagerechtes Strichlein anzeigt."

Probleme bereiten hier – neben den Angaben für solch klar unterschiedenen Tondauern überhaupt[277] – bereits im 11. Jahrhundert die Begriffe *morula* und *tremula*. Der von Waesberghe angeführte Anonymus differenziert sie als zwei „Gesangstechniken"[278]. Aribo dagegen identifiziert *tremula* ganz eindeutig mit dem Quilisma[279] und deutet *morula* als Diminutiv von *mora* – „Rast, Verweilen", was der Intention Guidos schon näher kommen dürfte. Eine weitere Schwierigkeit liegt im Begriff *tenor*, der dadurch problematisch wird, daß Guido ihn zuvor auf den jeweils letzten Ton einer Silbe bzw. eines kleineren oder größeren Abschnitts bezogen hat[280].

273 Zu Aribo vgl. auch Schlager, *Ars cantandi,* 239–249.

274 *Aribonis De Musica*, ed. Joseph Smits van Waesberghe, Rom 1951 (CSM 2), XVI.

275 Ebd.

276 *Micrologus*, XV. 10+11, 164.

277 Waesberghe macht zu einem ersten Kommentar Aribos die interessante Bemerkung: „To him these words mean that there is a proportional arrangement [...] in the length of the tones (*in ratione tenorum*). This last proportion he thinks he finds back in antiquated chant books, in which the *litterae rhythmicae c, t, m, (celeritas, tarditas. mediocritas)* are added to the neumes. In older times *(antiquitus)* they composed and performed in accordance with these proportions, but this usage has long disappeared («jamdudum obiit, immo sepultus est»)." Hier werden also die Rhythmusangaben auf die „alte", adiastematische Neumennotation bezogen, die für Aribo offensichtlich zumindest in dieser Differenziertheit (mit Zusatzzeichen) nicht mehr aktuell ist. Sie sind nach Aribo „längst gestorben und schon begraben". Zugleich erklärt er damit Guido indirekt – zumindest in dieser Frage – für „veraltet".

278 Vgl. Aribo, XXII.

279 Ebd., 66.

280 Siehe Anmerkungen 262 und 265.

Es soll an dieser Stelle gar nicht der Versuch unternommen werden, diese Fragen zu klären[281], sondern es soll nur darauf aufmerksam gemacht werden, daß es sich dabei um einen nur sehr kleinen Ausschnitt aus dem XV. Kapitel des *Micrologus* handelt. Angesichts des offensichtlich sehr ausgeprägten Sinns für die musikalische Praxis seiner Zeit, den Aribo in seinen Erläuterungen zeigt, können diese Schwierigkeiten durchaus zu einer ganz anderen Schlußfolgerung führen als derjenigen Waesberghes, daß das XV. Kapitel des *Micrologus* wenig Zuverlässiges über den gregorianischen Gesang zu Beginn des 11. Jahrhunderts zu sagen habe. Wenn Aribo sich ausgiebig einzelnen Verständnisfragen widmet, muß dann nicht davon ausgegangen werden, daß ihm alle anderen Aussagen dieses Kapitels sinnvoll und richtig, ja bedeutsam erscheinen? Im folgenden soll nun wenigstens kurz versucht werden, einige Aspekte des Bildes nachzuzeichnen, das Guido von Arezzo in diesem Teil seines *Micrologus* vom einstimmigen liturgischen Gesang zu entwickeln sucht.

Wie schon bei Aurelian zu beobachten, so spricht auch Guido in diesem Kontext kaum von klaren, bestimmbaren Tonhöhen oder überhaupt von Einzeltönen[282]. Statt dessen zeichnet er ein Bild, das bestimmt ist von Neumen und Abschnitten, Bewegungsrichtungen, relativen Tonhöhenangaben, Angaben zu Tempo und Rhythmus im weitesten Sinne; auch „Klangphänomene" wie die Liqueszenzen oder Tonrepetitionen beschäftigen ihn. Nach seiner Vorstellung setzen sich die Gesänge aus einer „Hierarchie" von verschieden langen Melodiebewegungen zusammen[283]: *syllabae, neumae, partes* und *distinctiones*, was recht präzise der Einteilung der adiastematischen Handschriften des Repertoires in einzelne Zeichen der Neumennotation, Neumen und verschieden große Abschnitte – vielleicht wären die kleineren als „Worteinheiten" zu verstehen[284] – entspricht. Er versteht diese Teile als „Spannungsbögen", die am „Höhepunkt", in der Mitte, eher beschleunigt (*compresse*)[285] und zum Ende hin verlangsamt werden sollen. Guido gebraucht dabei den anschaulichen Vergleich mit einem Pferd, das seinen Schritt verlangsamt, wenn es sich dem Ort seiner Ruhe nähert[286]. Dieses retardierende Element der Zäsurbildung kann in den untersuchten diastematischen Handschriften mühelos beobachtet werden, es gibt kaum eine Zäsur, bei der es nicht zu finden wäre. Innerhalb der „Spannungsbögen" gibt es offensichtlich ausgeprägte rhythmische Akzentsetzungen, Längen und Kürzen, Repercussionen und *tremula* etc. Dies rührt an die obengenannten ungeklärten Fragen, aber das Phänomen einer solchen Differenzierung ist grundsätzlich – bei allen blei-

281 Jedoch ist an dieser Stelle anzumerken, daß es nicht unbedingt ein Widerspruch sein muß (einmal abgesehen von der allgemeinen Tendenz der musiktheoretischen Terminologie des frühen Mittelalters zur Mehrdeutigkeit), wenn Guido von Arezzo den Begriff *tenor* zuerst als Länge des letzten Tons einführt und dann für die Tondauer allgemein braucht – wie Aribo es ja auch versteht. Der Treminus *tremula* oder *tremulae voces* ist durchaus auch bei Aurelian (wiederholt) sowie bei Hucbald – im Kontext der Frage nach der Bedeutung der Neumennotation – zu finden. Es muß sich also um eine gängige „Gesangstechnik" der Zeit gehandelt haben.

282 Wie auch Hucbald [24 (18)] gebraucht er den Terminus *linea* (XV. 27, 169).

283 *Micrologus*, XV. 1–5, 162f.

284 Siehe 4. *Analyse:* FORMULAE.

285 *Micrologus*, XV. 6, 163.

286 *Micrologus*, XV. 54, 175.

benden Deutungsschwierigkeiten im einzelnen – in den Zeugnissen der Neumennotation sehr wohl zu erkennen und ja auch bereits bei Hucbald[287] belegt.

Alles bisher Genannte ist so elementarer Natur, daß es in jedem gregorianischen Gesang wiederzuentdecken ist[288]. Etwas anders verhält sich dies bei den im Kontext der *similitudo*[289] erwähnten Vorstellung von melodischen Teilen, die – wiederholt oder nur leicht variiert – durch die verschiedenen Modi oder Vortragsarten – seien damit nun Tonhöhe, Tondauer oder Dynamik gemeint – abgewandelt werden. Melodisch ähnliche oder gleiche Abschnitte oder „Formeln" sind zur Genüge auch im gregorianischen Repertoire zu finden[290]. Werden sie allerdings in Verbindung gesehen mit dem Anspruch wechselseitiger Entsprechung[291] oder „Spiegelung"[292] sowie mit Guidos mühsamen Erklärungen zu einer – wie auch immer gearteten – Ausgewogenheit und Proportioniertheit[293] der einzelnen Abschnitte untereinander, wird dies also sozusagen zum „System", dann fällt es schon erheblich leichter, dies in eher späten Gesängen – wie z. B. in zahlreichen Alleluja-Versen – wiederzuentdekken als in solchen der „ersten (greifbaren) Generation" der gregorianischen Gesänge. Das braucht nicht zu verwundern, ist doch Guido von der „Redaktion" des gregorianischen Repertoires bereits rund 250 Jahre entfernt. Seine Schriften können deshalb bestenfalls einen Einblick in das geben, was er und seine Zeit – also das 10./11. Jahrhundert – unter gregorianischem Gesang verstanden haben.

Eugène Cardine zeigt einige Elemente der Neuerung auf, die – so wurde aus Vergleichen innerhalb des Repertoires geschlossen – für das 9.–12. Jahrhundert charakteristisch sind. Er nennt: das Sich-Beschränken auf das System der acht Modi unter Verlust einer vorher vorhandenen Vielfalt und Flexibilität, die Fixierung auf die Oktave als Ambitus (zuvor oft die Septime), offensichtliche Mängel in der Wort-Ton-Beziehung beim Unterlegen vorhandener Melodien mit neuen Texten, schließlich Änderungen in „Melodieverlauf" und „Kompositionsweise"[294]. Dazu Eugène Cardine: „Bei diesen Kompositionen, die allgemein aus dem 10./11. Jh. stammen, sind die Tonfolgen manchmal für das moderne Ohr melodiöser, ihre Ausarbeitung ist schulmäßiger: Imitation, ausladende Melodik und transponierte Motive sind zahlreich. Das soll nicht heißen, daß das authentische gregorianische Repertoire nicht bereits derartige Beispiele enthielte, dort aber sind sie selten und scheinen offenbar mehr spontane Einfälle als Ergebnisse methodischen Vorgehens zu sein."[295] Grundsätzlich handelt es sich bei den genannten Veränderungen aber offensichtlich zu-

287 Vgl. Hucbald, 64 (188)–(190).

288 Nach der Auffassung Schlagers so elementar, daß es sich nicht unbedingt auf das gregorianische Repertoire beziehen muß; vgl. *Ars cantandi*, 239.

289 Siehe 3.3.3.2. *similitudo*.

290 Siehe 6. *Analyse:* SIMILITUDO DISSIMILIS.

291 *Micrologus*, XV. 26, 168.

292 *Micrologus*, XV. 27–29, 169.

293 Vgl. *Micrologus*, XV. 17–22, 167f und XV. 38–47, 171ff.

294 Vgl. Cardine, *Überblick*, 30ff.

295 Cardine, *Überblick*, 32. Einige dieser, von Cardine als zeitgenössische Veränderungen erklärten Erscheinungen lassen sich auch an den Ausführungen Guido von Arezzos zeigen; z. B. die „Imitation" (*Micrologus*, XV. 22–27, 168f).

nächst eher um Akzentverschiebungen als um Veränderungen grundlegender Art[296]. Freilich führt dieser allmähliche Prozeß der Verwandlung von den Ursprüngen weg, traditionell Überliefertes – darunter möglicherweise auch Aspekte einer Beziehung von Musik und Sprache, sicher aber die adiastematische Neumennotation – geht verloren oder wird verändert, Neues[297] rückt in den Mittelpunkt des Interesses.

Bezogen auf diesen Prozeß lebte Guido von Arezzo in einer Zeit, in der die Überlieferung des ursprünglichen Repertoires bei gleichzeitiger Erweiterung und Neuschöpfung noch sehr lebendig war[298]. So stammen aus dieser Zeit auch noch eine Reihe bedeutender Neumenhandschriften, besonders auch der St. Gallener Notationsschule. Bei allem Bedauern über die – zumindest unmittelbare – Unzugänglichkeit des ursprünglichen Repertoires des 8. Jahrhunderts, erscheint es auf diesem Hintergrund durchaus sinnvoll, diesen frühen „praxisorientierten" Theoretiker zu befragen. Jedoch wird dabei bereits eine wache Unterscheidung notwendig in dem Bewußtsein des Abstands zur „ersten Generation" und des musikalischen Wandels. Guido von Arezzo bewirkt mit seiner erfolgreichen Etablierung einer diastematischen Notation selbst einen ganz entscheidenden Umbruch. Er steht offenbar an einer Schwelle[299]. Noch spätere Theoretiker zu befragen, denen – wie Aribo[300] – die adiastematische Notation schon fremd geworden ist, erscheint kaum mehr sinnvoll.

3.3.4.3. Text und Modus

Wiederholt war bereits von den Modi die Rede. Abschließend sollen noch einige Gedanken zur Bedeutung dieses sehr schwierigen Aspektes im gregorianischen Gesang für das Wort-Ton-Verhältnis gewagt werden. Es kann dabei nicht der Versuch unternommen werden, auf die zahlreichen offenen oder strittigen Frage bezüglich der Modi und ihrer (praktischen) Bedeutung einzugehen[301], sie bleiben ein Problem. Eine detailliertere Beschäftigung mit den Modi ist aber auch deshalb nicht nötig, weil sich die Analyse in dieser Arbeit auf einige elementare Aspekte derselben beschränken wird, die von diesen Fragen kaum berührt werden. Denn eines gilt es vorweg zu betonen: Bei keinem der vier untersuchten Theoretiker wird ein klare Aussage zur Beziehung zwischen den Modi und der Textgrundlage der Gesänge gemacht. Angesichts der Ausführlichkeit, mit der das Problem der Modi bespro-

296 Sie sind auch keineswegs durchgängig zu beobachten, so Cardine, *Überblick*, 31: „Entsprechend ihrem persönlichen Geschmack, ihrer Vertrautheit mit dem authentischen Repertoire oder der in der Schule erworbenen Kenntnisse schwanken die Komponisten von da an zwischen der alten und der neuen Art."

297 Besonders die frühe Mehrstimmigkeit.

298 Dazu Joppich, *Der Gregorianische Choral*, 5: „Wohl gibt es einige Schriften von mittelalterlichen Theoretikern, die eigentlich noch lebendigen Kontakt zu jener Ausführung der Gesänge gehabt haben mußten, wie sie die rhythmischen Quellen des 10. Jhs. nahelegen, doch leider läßt sich aus diesen Traktaten nichts entnehmen, worauf sich eine umfassende klangliche Realisation stützen könnte."

299 Vgl. Huglo, *Grundlagen*, 102.

300 Siehe Anmerkung 277.

301 Siehe 3.1.2. *Zum Problem der Modi*.

chen sowie deren Etablierung betrieben wird, liegt darin an sich schon eine Aussage. Nur die *Musica enchiriadis* nennt die Modi, mit einigem Abstand im Anschluß an die affektbewegende *imitatio*, in einer vagen, unsicher anmutenden Weise[302] und sagt, daß zu manchen Inhalten die einen Modi besser passen als die anderen:

> „Sunt interdum res, quae minime suum sensum aeque huic et illi tono attribuant."[303] – „Es gibt mitunter Inhalte, die ihren Sinn keineswegs gleicherweise diesem oder jenem Modus zuteilen."

Gerade dieser kurze Absatz endet mit dem Eingeständnis der Undurchschaubarkeit:

> „[...] sed quare aut quomodo haec aliave sint, non facile investigatur."[304] – „[...] aber warum und wie dies und anderes ist, ist nicht leicht herauszufinden."

Wie schon kurz ausgeführt[305], zeichnet sich auch bei den Modi Guido von Arezzo in seiner musiktheoretischen Darstellung durch besondere Klarheit aus[306]. Freilich handelt es sich dabei um das Ideal-Modell der Modi, wie das 10./11. Jahrhundert sie verstand[307]. Gerade die Klage und die Vehemenz, mit denen Guido von Arezzo einfordert, man möge sich an dieses System halten[308], zeugen davon, daß dies zu seiner Zeit eben keine Selbstverständlichkeit und das Problem der Modi immer noch nicht gelöst ist. Dennoch gibt der Text des *Micrologus* wertvolle Hinweise darauf, welche Aspekte der Modi aus der Sicht des Mittelalters als konstituierende Elemente zu verstehen sind. An diese soll bei der Frage nach einer Beziehung zwischen den Modi und dem Text des gregorianischen Gesangs, da wo sie sich im konkreten Einzelfall der Analyse stellt, angeknüpft werden.

In Kapitel XI: *Quae vox et quare in cantu obtineat principatum* geht Guido von Arezzo auf die Bedeutung der Finalis ein[309]. Sie wird hier als prägend für den ganzen Modus bezeichnet:

> „Et praemissae voces, quod tantum exercitatis patet, ita ab ea [finalis] aptantur, ut mirum in modum quandam ab ea coloris faciem ducere videantur."[310]

> „Und die vorausgehenden Töne werden, was nur den Geübten offenbar ist, so von dieser [der Finalis] zusammengefügt, daß sie auf wunderbare Weise durch diese eine gewisse Farbe [ein farbiges Gesicht] anzunehmen scheinen."

Im XV. Kapitel des Micrologus bezeichnet Guido die Finalis als *principalis vox* und die wichtigste Möglichkeit der Zäsurbildung[311], was aber nicht für eine frühere Zeit

302 Hier wandelt sich das Verständnis im weiteren Verlauf des Mittelalters, und spätere Autoren bieten viel ausgeprägter als die frühen eine Verbindung von Modus und affektivem Gehalt des Textes bis hin zu detaillierten Listen; vgl. Schlager, *Ars cantandi*, 251f.

303 *Musica enchiriadis*, XIX, 58.

304 Ebd., 59.

305 Siehe 3.1.2. *Zum Problem der Modi.*

306 Zur Frage der Modi bei Guido von Arezzo vgl. auch Meyer, *Tonartenlehre*, 155–171.

307 Ebd. 155: „Der *Dialogus* und der *Micrologus*, die im Mittelalter und darüber hinaus weite Verbreitung fanden, sind die beiden grundlegenden Texte, von denen sich die mittelalterliche Tradition der Tonartenlehre herleitet. Es handelt sich um die ersten Versuche einer zusammenfassenden Lehre."

308 Vgl. *Micrologus*, X, 133ff: *Item de modis et falsis meli agnitione et correctione.*

309 Zur Finalis vgl. auch Meyer, *Tonartenlehre*, 164ff.

310 *Micrologus*, XI. 4+5, 139f.

311 *Micrologus*, XV. 33–35, 170f.

in diesem Maße gelten muß. Jedoch dürften Zäsurbildungen auf der Finalis im allgemeinen als besonders „schließend" zu betrachten sein.

An dieser Stelle soll der Begriff der „Strukturstufe" für die häufig verwendeten Rezitationsebenen eines Modus eingeführt werden. Dieser in der gregorianischen Semiologie verwendete Terminus gibt sehr treffend wieder, daß die Modi durch bestimmte Tonstufen „strukturiert" sind. Neben der Finalis gibt es in jedem Modus weitere spezifische Tonstufen, zu denen der Melodieverlauf hin tendiert (*intendere*), bzw. solche, die er meidet. Guido von Arezzo schreibt dazu:

„Ibi enim praevidetur quibus in vocibus singulorum modorum cantus rarius saepiusve incipiant et in quibus minime id fiat, ut in plagis quidem minime licet vel principia vel fines distinctionum ad quintas intendere, cum ad quartas perraro soleat evenire. In autentis vero, praeter deuterum, eadem principia et fines distinctionum minime licet ad sextas intendere; plagae autem proti vel triti ad tertias intendunt; et plagae siquidem deuteri vel tetrardi ad quartas intendunt."[312]

„Dort kann man sehen, mit welchen Tönen die Gesänge der einzelnen Modi seltener oder häufiger beginnen und mit welchen das am wenigsten geschieht, wie es (z. B.) in den plagalen (Modi) gewiß am wenigsten erlaubt ist, entweder am Anfang oder am Ende der *distinctiones* zur Quinte hin zu tendieren, während zur Quarte sehr selten vorzukommen pflegt. In den authentischen aber, außer dem Deuterus, ist es keineswegs erlaubt, daß ebendiese Anfänge oder Enden der *distinctiones* zur Sext hin tendieren; die plagalen aber des Protus oder Tritus tendieren zur Terz hin; die plagalen des Deuterus und Tetrardus allerdings tendieren zur Quarte."

Weitere häufig verwendete Strukturstufen können sehr leicht am Repertoire selbst abgelesen werden. Im Grunde könnte man jede Tonstufe, die in einem Gesang als Rezitationsebene verwendet wird (bzw. als Schwerpunkt der Melodieführung, wo nicht explizit rezitiert wird), als Strukturstufe bezeichnen; zu unterscheiden ist dabei lediglich, ob diese Tonstufe im jeweiligen Modus eine gängige Strukturstufe darstellt oder nicht. Diese Strukturstufen bilden, wo sie augenfällig als Rezitationsebenen in Erscheinung treten, einen möglichen Ansatzpunkt für das Zusammenspiel von Modus und Text. Bei der Analyse wird also zu beachten sein, ob sich der Wechsel der Rezitationsebenen formal oder inhaltlich in Einklang mit der Textgrundlage befindet.

Ein die Strukturstufen umfassendes Element der Modi ist die „Psalmodie" in ihren verschiedenen Varianten, z.B. die „Verse" (*versus* oder *versiculi*), denen sich Aurelian so ausgiebig widmet. In der Ausformung für die an die Introitusantiphonen anschließenden Verse wie auch für die Verse der melismatischen Gesänge ist die Psalmodie in den adiastematischen Handschriften belegt[313]. Es wurde schon kurz gesagt, daß die Psalmodie als Grundform – ganz oder teilweise – des öfteren auch in

312 *Micrologus*, XIII. 10–14, 154f. Die hier genannten Tonstufen entsprechen – nicht ganz vollständig, die Quinte des 1., 5. und 7. Tones ist nur implizit Vers 11/12 zu entnehmen – dem sogenannten Tenor der Modi, d. h. der Rezitationsebene, auf der in der einfachen Psalmodie normalerweise rezitiert wird: I. Ton: Tenor = Quinte über der Finalis (authentischer Protus); II. Ton: Tenor = Terz über der Finalis (plagaler Protus); III. Ton: Tenor = Sext über der Finalis (authentischer Deuterus); IV. Ton: Tenor = Quarte über der Finalis (plagaler Deuterus); V. Ton: Tenor = Quinte über der Finalis (authentischer Tritus); VI. Ton: Tenor = Terz über der Finalis (plagaler Tritus); VII. Ton: Tenor = Quinte über der Finalis (authentischer Tetrardus); VIII. Ton: Tenor = Quarte über der Finalis (plagaler Tetrardus).

313 Siehe z. B. E im GT.

den Antiphonen wiederzufinden ist. Dazu meint Michel Huglo: „... denn alle alten liturgischen Melodien [...] weisen eine enge Verwandtschaft zur Psalmodie auf. In Wahrheit stammen alle Formen des syllabischen, verzierten und melismatischen Gesangs vom Psalmengesang ab. Der Aufbau der Psalmodie ist das «Skelett» der musikalischen Anlage in den beiden liturgisch-musikalischen Gattungen, der Antiphon und dem Responsorium. Wie in der Psalmodie bestehen selbst die verziertesten Gesänge aus der Intonation, der Rezitation auf einem bestimmten Rezitationston (der in den Antiphonen oftmals, in den Responsorien zumeist durch mehr oder weniger wichtige Verzierungen verschleiert ist), der Mediante, dem zweiten Rezitationston und der Schlußkadenz."[314]

Nun ist die Psalmodie zum einen – sozusagen *per definitionem* – mit der syntaktischen Ebene des Textes verknüpft; zum anderen aber hat sie offensichtlich eine so ausgeprägte Eigengesetzlichkeit, daß es – tritt sie in den Antiphonen auf – auch Fälle gibt, bei denen fraglich ist, ob hier das Modell der Psalmodie nicht mit anderen Elementen der Wort-Ton-Beziehung in Konflikt gerät, was sich ja bereits an Aurelians Ausführungen ablesen läßt.

Das letzte konstituierende Element der Modi, das noch angesprochen werden soll, ist der Ambitus[315]. Guido von Arezzo nennt, jeweils bezogen auf die Finalis, dazu folgende Regel:

> „Memineris praeterea, quod sicut usualium cantuum attestatione perhibetur, autenti vix suo fine plus una voce descendunt. Ex quibus autentus tritus rarissime id facere propter subiectam semitonii imperfectionem videtur. Ascendunt autem ad octavam et nonam vel etiam decimam. Plagae vero ad quintas remittuntur et intenduntur. Sed intensioni et sexta auctoritate tribuitur, sicut in autentis nona et decima. Plagae vero proti, deuteri et triti aliquando in a. h. c. acutas necessario finitur."[316]

> „Erinnere dich weiterhin, daß, so wie durch das Zeugnis der üblichen Gesänge bestätigt wird, die authentischen (Modi) an ihrem Ende kaum mehr als einen Ton hinuntersteigen. Unter diesen scheint der authentische Tritus wegen der angrenzenden Unvollkommenheit des Halbtons dies ganz selten zu tun. Sie steigen aber zur Oktav und zur Non oder sogar zur Dezim auf. Die plagalen aber werden zur Quinte zurückgeschickt [abwärts] oder ausgestreckt [aufwärts]. Jedoch wird der Ausdehnung durch die Autorität auch die Sext zugestanden, so wie in den authentischen die Non und die Dezim. Der plagale Protus, Deuterus und Tritus aber wird manchmal notwendigerweise in der Höhe a. h. c. beendet."

Wie Eugène Cardine meint, kennzeichnet die Fixierung auf die Oktave – bei Guido auch Non und Dezime – eine spätere Schicht des Repertoires. Daher bleibt auch hier Vorsicht geboten. Der Vergleich mit anderen Gesängen desselben Modus scheint deshalb wichtiger und sicherer zu sein als „theoretische" Angaben zum Ambitus. Wo im gregorianischen Gesang dieser (relative) Ambitus auffallend über- oder unterschritten wird, muß es sich nicht immer um einen – im Sinne der Theorie von Guido von Arezzo – atypischen (weil vielleicht älteren) oder „vermischten" Modus handeln. Bisweilen könnte dies auch als ein bewußtes Ausdrucksmittel verstanden

314 Huglo, *Grundlagen*, 60.

315 Zur Frage des Ambitus in den verschiedenen mittelalterlichen Traktaten vgl. Meyer, *Tonartenlehre*.

316 *Micrologus*, XIII. 16–22, 155f.

werden; eine Frage, die in jedem Einzelfall neu zu stellen und nicht immer zu beantworten sein wird.

Über diese Grundlagen hinaus geht die Frage nach charakteristischen Intervallen oder Tonfolgen. Der Versuch, die Unterschiede zwischen den Modi zu quantifizieren, erweist sich als eher problematisch[317]. Manches – vor allem die gebräuchlichsten Schlußformeln wie auch verschiedene andere Formeln – kommt durchaus in mehreren Modi vor[318]. Dennoch gibt es, wie Aurelian ja zur Genüge beschreibt, solche „typischen" melodischen Formeln der Modi. Auch in diesem Fall hilft nur der Vergleich; so werden in der Analyse als charakteristisch für einen Modus bezeichnete, formelhafte Erscheinungen jeweils mit weiteren Beispielen belegt.

Eine letzte mit den Modi verbundene Frage beschäftigt sich mit der *diversitas troporum*, womit Guido von Arezzo eine bestimmte Qualität der Modi, so etwas wie einen spezifischen Charakter oder auch emotionalen Gehalt bezeichnet[319]. Dies rührt an die antike ontologische Sicht der Musik. Erstaunlicher- oder vielleicht auch verständlicherweise werden die Modi bei Guido von Arezzo nicht als Ausdrucksmittel der affektbewegenden *imitatio* genannt; sie gehören offenbar einer anderen „Dimension" an und haben zumindest in dieser Weise keinen Bezug zum konkreten Text. Solche Klassifizierungen der Modi erweisen sich insgesamt als problematisch und sind analytisch nicht zugänglich. Sie werden daher in dieser Arbeit nicht weiter berücksichtigt.

Mit diesem kurzen Exkurs über die Modi sollen die Überlegungen zur Beziehung von Musik und Sprache im Werk Guidos von Arezzo schließen. Trotz seiner relativ großen zeitlichen Entfernung zur Entstehung des gregorianischen Repertoires macht er im *Micrologus* wesentliche Aussagen, die zumindest teilweise mit denen der „älteren" Theoretiker in direkter Verbindung stehen und so von einer lebendigen Überlieferung zeugen.

3.4. RESÜMEE

Auch am Ende dieses Kapitels seien die wichtigsten Beobachtungen und Ergebnisse noch einmal kurz zusammengefaßt. Dieses Resümee wird sich jedoch auf die Aussagen zur Textvertonung beschränken. Im Anschluß daran soll dann gefragt werden, was diese Ergebnisse für die Analyse bedeuten und welche Zugänge sie ermöglichen. Zur kurz beschriebenen Analogie von Musik und Sprache in den Quellen sei an dieser Stelle nur nochmals angemerkt, daß sie in ganz verschiedenen Facetten eine enge Verflochtenheit beider Dimensionen beschreibt, ohne daß sich daraus ein tragfähiger Nachweis für das konkrete Wort-Ton-Verhältnis ableiten ließe.

Für die Musiktheoretiker des frühen Mittelalters ist – so wurde eingangs festgestellt – die Frage nach dem Wort-Ton-Verhältnis kein zentrales Anliegen ihrer Schriften. Dieses Thema scheint, aus welchen Gründen auch immer, in ihrer Zeit kein

317 Vgl. Hubert Kupper, *Statistische Untersuchungen zur Modusstruktur der Gregorianik*, Regensburg 1970 (Kölner Beiträge zur Musikforschung 56), 66f.

318 Siehe 6. *Analyse:* SIMILITUDO DISSIMILIS.

319 *Micrologus,* XIV. 2–6, 158f.

Problem gewesen zu sein, das der Auseinandersetzung bedurfte. Dennoch darf nach der Analyse von vier besonders wichtigen und im Mittelalter verbreiteten Traktaten unter dieser Fragestellung als Ergebnis formuliert werden, daß diese vier Autoren eine Fülle von Aussagen machen, die belegen, daß es bei ihnen ein Bewußtsein für die Möglichkeit gab, in der konkreten musikalischen Gestalt eines Gesangs formale und inhaltliche Aspekte des zugrundeliegenden Textes zum Ausdruck zu bringen, zu „imitieren". Dabei lassen sich die nachfolgenden Ansätze und Akzente unterscheiden:

1. Bei AURELIAN finden sich auffallend viele und detaillierte Hinweise. Diese betreffen neben der allgemeinen Aussage über den Rhythmus der Musik, der dem der Worte entsprechen soll, vor allem Fragen der Syntax, der Wortakzente und Silbenlängen.
   a. Dabei geht es ihm immer um die melodische Veränderung einer „Formel" oder eines vorgegebenen „Melodie-Modells" – in der Regel der Verse eines zu besprechenden Gesangs – zwecks Anpassung der Melodiebewegung an den konkreten Text. Als einziger der musiktheoretischen Autoren erweckt er den Eindruck, seine Aussagen stünden auf der Basis allgemein anwendbarer Verfahren für diesen Vorgang, den er an plastischen und identifizierbaren Beispielen aus dem gregorianischen Repertoire erläutert.
   b. Der Sinn des Textes (*sensus*) stellt für Aurelian ein ganz zentrales Anliegen dar. Wiederholt spricht er von der *integritas sensus* und meint damit, der Gesang sei so zu gestalten, daß das Textverständnis nicht behindert oder gar entstellt wird. Nur dann sind für Aurelian musikalische Gestalt und Textgrundlage eines Gesangs „integer". Die vorgegebenen „Formeln" oder Modelle" sind somit keine eigenständigen Größen, sondern textabhängig.
   c. Dabei beschäftigen sich Aurelians Beispiele immer mit Fragen der formalen Ebene der Sprache, die für ihn untrennbar mit der inhaltlichen verbunden ist. Seine Reflexionen des Wort-Ton-Verhältnisses zeigen somit, daß die Differenzierung in formale und inhaltliche Aspekte der Sprache durchaus fragwürdig ist. Obwohl er einen eigenen Passus dem GR *Haec dies* und darin der außergewöhnlichen musikalischen Gestalt der Worte *quoniam bonus* widmet, interpretiert er dies nicht als ein Mittel der inhaltlichen „Hervorhebung" dieses Textabschnittes. Er bewertet diesen Vorgang überhaupt nicht – weder positiv noch negativ; es bleibt bei der schlichten Feststellung. Es scheint also, als kenne er keinen gezielten Einsatz von die Norm übersteigenden musikalischen Mitteln als Ausdrucksmittel von Inhalt oder Interpretation eines Textes. Möglicherweise billigt er eine solche Vorgehensweise auch nicht, oder aber er hält sie einfach nicht für das Anliegen seines Traktates, der ja vornehmlich mit der Darlegung der „Norm" der Modi befaßt ist.
   d. Aurelians Ausführungen zur Beziehung von Musik und Sprache müssen in dieser Differenziertheit als singulär gelten, so wie ja auch seine Schrift als ältester der erhaltenen musiktheoretischen Texte der Karolingerzeit insgesamt eher eine Sonderstellung einnimmt, da sie „monastischen Wissensquellen"[320] beson-

320 Siehe 3.1.1. *Die Quellen.*

ders eng verbunden erscheint und weniger der antiken Musiktheorie. Vergleichbares kommt in den späteren Quellen nicht mehr vor. So stellt sich die Frage, wie dies zu deuten sei. Drückt sich darin vielleicht bereits das „Verlorengehen" eines in den „Ursprüngen" des gregorianischen Repertoires vorhandenen, differenzierten Wort-Ton-Verhältnisses aus oder einfach nur die selbstverständliche Kenntnis der von Aurelian angedeuteten „Techniken"?

2. Die MUSICA ENCHIRIADIS enthält nur wenige Sätze zur Beziehung von Musik und Sprache, die jedoch Wesentliches und im Vergleich mit Aurelian „Neues" beinhalten.
a. Die wichtigste Aussage besteht in der Forderung nach einem Ausdruck des Textinhalts – besonders seines affektiven Gehalts – in der konkreten musikalischen Gestalt des betreffenden Gesangs.
b. Diese Aufforderung zur affektbewegenden *imitatio* korrespondiert mit der Aussage, die Amalar und Remigius von Auxerre in ihren Kommentaren zum OF *Vir erat* machen. Sie dürfte also – Aurelians Schweigen zum Trotz – bereits zu Beginn des 9. Jahrhunderts als Möglichkeit bekannt gewesen sein.
c. Obwohl der Abschnitt über die *imitatio* seiner Sprache nach praxisorientiert wirkt, fehlen dennoch hinreichende praktische Hinweise über die Art und Weise dieses Zusammenhangs von Musik und Sprache. Es bleibt die Frage offen, ob dies damit zu erklären ist, daß sich die *imitatio* entweder als Ausdrucksmittel in der Tradition antiker wie mittelalterlicher *pronuntiatio* in der Rhetorik bzw. der Liturgie versteht – und damit eher eine Frage der Vortragsart als der (notierbaren) musikalischen Gestalt ist – oder aber als eine Möglichkeit *ad libitum*, die als *ornatus* dem Belieben wie der Kreativität und Expressivität des *cantor* anheimgestellt bleibt.
d. Der elementare Zusammenhang zwischen Syntax des Textes und musikalischer Struktur des Gesangs wird zwar in der *Musica enchiriadis* ebenfalls erwähnt, wirkt aber im Vergleich zu Aurelian eher rudimentär.

3. Die von HUCBALD VON SAINT-AMAND verfaßte Schrift *De harmonica institutione* schweigt zur Beziehung von Musik und Sprache als Textvertonung. Sie gibt aber mit zwei grundsätzlichen Aussagen wertvolle Hinweise zu diesem Thema, die um so bedeutsamer sind, als sie auch in den anderen Quellen vorkommen, sich darin also eine „Tradition" ausdrückt.
a. In einem poetischen Bild von der „Quelle der Gleichheit" (*aequalitate quasi fonte*), aus der alle „geordnete Ungleichheit entspringt" (*ratio inaequalitatis profluxit*), bringt Hucbald eine Grundtendenz des Musikverständnisses im frühen Mittelalter zur Sprache. Anders als in der frühen Mehrstimmigkeit, die sich an der Verschiedenheit, der *varietas* als Ideal orientiert, spielt im einstimmigen liturgischen Gesang die *aequalitas* oder *similitudo* eine entscheidende Rolle. Diese Grundausrichtung stellt ein Fundament dar, auf dem das Wort-Ton-Verhältnis als eine *similitudo* von Musik und Sprache verstanden werden kann.
b. In der für die Analyse so bedeutsamen Frage, ob eine Tonhöhen- oder Tonbewegungssymbolik bzw. der abbildhafte Einsatz von Tonhöhen im gregorianischen Gesang denkbar ist, gibt gerade Hucbald durch seine höchst variable und auch explizit metaphorische Terminologie für die Tonhöhen einen Hinweis dar-

auf, daß dies durchaus im Rahmen des Möglichen liegt, auch wenn keiner der Autoren einen solchen Vorgang als einen Aspekt des Wort-Ton-Verhältnisses eigens nennt.

4. Guido von Arezzo, dessen *Micrologus* zeitlich bereits etwa 250 Jahre von der vermuteten Redaktion des gregorianischen Repertoires entfernt liegt, äußert sich dennoch besonders umfangreich und differenziert zum Zusammenspiel von Text und Musik. Er nimmt gleichsam alle „Fäden" der anderen Autoren nochmals auf und „bündelt" sie.
a. Nach Aurelian ist es Guido von Arezzo, der die differenziertesten Aussagen über das Wort-Ton-Verhältnis auf der formalen Ebene macht. Er spricht von der Verbindung von Musik und Sprache auf der syntaktischen Ebene, fordert vehement ein, daß Silbenlängen und Tonlängen übereinzustimmen haben und nennt einen so differenzierten Aspekt des Wort-Ton-Verhältnisses wie das Phänomen der Liqueszenz.
b. Gleichzeitig greift er die Forderung der *Musica enchiriadis* nach der affektbewegenden *imitatio* auf und stellt diese explizit in den Kontext seiner Ausführungen zur „Komposition" einstimmiger Gesänge.
c. Es ist ebenfalls Guido von Arezzo, der die *similitudo* als ein Phänomen der Beziehung von Musik und Sprache nennt. Dabei liegt der Akzent darauf, daß sprachliche *similitudo* durch musikalische verstärkt werden soll.
d. Insgesamt zeichnet Guido in seinem XV. Kapitel des *Micrologus* trotz aller bleibenden Verständnisschwierigkeiten ein bemerkenswert differenziertes und lebendiges Bild des gregorianischen Gesangs zu Beginn des 11. Jahrhunderts, das durchaus noch auf einen unmittelbaren Traditionszusammenhang mit der ältesten greifbaren Schicht in den ersten adiastematischen Handschriften des Repertoires schließen läßt.
e. Schließlich sind es gerade die klaren und von theoretischem Ballast „bereinigten" Darlegungen Guidos über die Modi, die – bei aller Vorsicht angesichts der zeitlichen Distanz – in dieser schwierigen Frage doch wenigstens einige Ansätze für die Analyse ermöglichen. Eine direkte Aussage über einen Zusammenhang von Musik und Sprache über die Modi ist bei keinem der untersuchten frühen Theoretiker zu finden.

Am Ende dieser Auflistung dürfte es keine Frage mehr sein, daß im gregorianischen Repertoire bei der Analyse konkreter Gesänge Spuren einer gezielt gestalteten Verbindung der jeweiligen „Vertonung" mit der zugehörigen Textgrundlage zu beobachten sein müßten. Auch bezüglich der – im weitesten Sinne des Wortes – „Technik" dieser Beziehung lassen sich nun einige Aussagen machen. Es sei jedoch zuvor nochmals ausdrücklich an die Gefahr der Fehlinterpretation erinnert. Denn es ist wichtig, diese für die Auseinandersetzung mit der mittelalterlichen Musik typische Problematik im Auge zu behalten. Fritz Reckow bringt sie auf den Punkt, wenn er schreibt: „Versuche, Musik des Mittelalters zu analysieren und nach ihren Kompositionsprinzipien zu erklären, sind häufig mit einer charakteristischen Schwierigkeit konfrontiert. Einerseits führt die analytische Auseinandersetzung in der Regel zu den verschiedenartigsten Beobachtungen, die auf eine sehr bewußte und planvolle Gestaltung schließen lassen. Andererseits jedoch fällt es schwer, im Corpus jener

Texte, die man gemeinhin als «Musiktheorie des Mittelalters» bezeichnet, hinreichend klare Aussagen über die Kompositionsprinzipien selbst (oder gar über deren Voraussetzungen) zu finden: über die Ideen und Ideale also, über die Intentionen und Gestaltungsweisen, die der Musik jeweils zugrunde liegen. Viele analytische Versuche stützen sich deshalb weit mehr auf unmittelbare Plausibilität (oft nach neuzeitlich geprägten Vorstellungen) als auf historisch verbürgte Kategorien und Kriterien."[321] Um dieses Risiko der Fehlinterpretation durch meist neuzeitliche Musikvorstellungen so gering wie möglich zu halten, wird sich die Analyse dieser Arbeit im allgemeinen auf die dargestellten – bei den mittelalterlichen Musiktheoretikern zu findenden – Aspekte der Beziehung von Musik und Sprache beschränken. Dabei soll nicht vergessen werden, daß auch diese Annäherung an das mittelalterliche Verständnis von Musik durch die genannten Interpretationsprobleme und die bereits gegebene zeitliche Distanz zur Entstehung des gregorianischen Repertoires nur mit einer gewissen Vorsicht geschehen kann. Trotz dieser Probleme lassen sich nun eine ganze Reihe von Ansätzen für eine Analyse nennen:

1. Eine ganz klare Aussage machen die mittelalterlichen Schriften hinsichtlich der Einheit zwischen der Syntax der Textgrundlage und der zugehörigen musikalischen Struktur. Diese sollte sich problemlos in den zu untersuchenden Gesängen wiederfinden lassen. Guido von Arezzos Anweisung zum „Ritardando" am Ende von Abschnitten könnte helfen, musikalische Zäsuren auch dort zu identifizieren, wo sie vielleicht nicht zwingend zu erwarten wären, bzw. festzustellen, wo sie fehlen. Beides könnte sowohl einen Mangel im Wort-Ton-Verhältnis als auch eine besondere Aussageabsicht als Ursache haben. Dies kann – wenn überhaupt – nur im Einzelfall entschieden werden.
2. Ein weiteres bevorzugtes „Medium" für eine Verbindung von Musik und Sprache ist nach den Hinweisen der Quellen der rhythmische Aspekt der Gesänge. Daran könnte sich die Frage nach dem Umgang mit den Wortakzenten, hier verstanden als Tonlängen-Akzente, anschließen, was ebenfalls leicht am Repertoire nachzuvollziehen sein sollte. Hinzu kommt dabei die Möglichkeit von Tonhöhen-Akzenten, die zumindest Aurelian für die eher syllabischen Gesänge – bzw. für syllabische Passagen aller Gesänge – bezeugt. Auch hier ist nach der Bedeutung unerwarteter Akzentsetzungen zu fragen. Ebenfalls kämen möglicherweise besonders auffällige Augmentationen oder Diminutionen ganzer Worte oder Textpassagen als inhaltliche Akzentuierungen in Frage, worauf es jedoch keinen expliziten Hinweis in den Quellen gibt.
3. Was die Bedeutung von Tonhöhe und Tonbewegung betrifft, so liegen Tonhöhen- wie auch Tonbewegungssymbolik durchaus im Rahmen des Möglichen. Es sollte also da, wo eine Textgrundlage zu einer solchen Gestaltung „einlädt", bewußt darauf geachtet werden. Allerdings schweigen die besprochenen musiktheoretischen Schriften auch zu dieser Frage.
4. Bei den Modi bieten die Rezitationsebenen oder Strukturstufen einen Ansatzpunkt. Hier wäre zu fragen, ob sich der Wechsel der Strukturstufen mit einem Wechsel in formalen Aspekten der Sprache, wie z. B. erzählender Text – wörtliche Rede oder mit „Themenwechseln" im Inhalt deckt.

321 Fritz Reckow, *processus* und *structura*, 5.

5. Ein weiterer Aspekt des Wort-Ton-Verhältnisses liegt in den von Aurelian ausführlich besprochenen vorgegebenen melodischen „Formeln" – *formulae*. Dabei bietet die Anpassung dieser „Formeln" oder „Modelle" – soweit sie wiederholt auftreten – an die verschiedenen Textgrundlagen ein besonders ergiebiges Material für die Frage nach Verfahren des Wort-Ton-Verhältnisses auf der formalen Ebene. Auch hier gilt es nach Erklärungen für Abweichungen zu suchen.
6. Damit verbunden ist außerdem die Frage, ob es – im Sinne der *similitudo* bei Guido von Arezzo – das Phänomen gibt, daß gleiche oder klanglich ähnliche Worte oder Textabschnitte auch gleich oder ähnlich vertont werden.
7. Besonders schwierig gestaltet sich die Suche nach Anzeichen für die von der *Musica enchiriadis* und dem *Micrologus* geforderte *imitatio*. Dies kann, da konkrete Hinweise fast gänzlich fehlen, nur tastend im Einzelfall geschehen. Basis muß dafür die Schlüssigkeit in der „Interpretation" des Textes durch die Musik sowie eine möglichst große Auffälligkeit sein. Ein wirklich beweiskräftiger Nachweis dürfte dabei eher selten vorkommen.

Es soll versucht werden, allen diesen Ansätzen in den drei Teilen der Analyse nachzugehen. Die Untersuchung des ausgewählten Materials steht dabei jeweils unter einem von drei z. T. schon mehrfach genannten Leitworten: *formulae*, *imitatio* und *similitudo dissimilis*, die zu Beginn der einzelnen analytischen Kapitel zunächst nochmals beschrieben und in ihrer Bedeutung und Funktion für diese Arbeit definiert werden sollen.

4. ANALYSE: *FORMULAE*

4.1. VORÜBERLEGUNGEN

4.1.1. Zum Begriff *formulae*

Von den drei Stichworten, unter denen nun die konkrete Analyse von Ausschnitten aus dem gregorianischen Repertoire erfolgen soll, lautet das erste: *formulae*. Dieser Begriff wurde bereits im Kapitel über die musiktheoretischen Schriften des frühen Mittelalters kurz erwähnt, aber nicht weiter ausgeführt, da er dort in keiner direkten Äußerung zur Beziehung von Musik und Sprache genannt wird. Wenn er jetzt als Leitwort an erster Stelle in der Analyse erscheint, so beruht dies auf den Ausführungen Aurelians zur *integritas sensus*, aber auch auf Beobachtungen am Repertoire selbst, die von besonderer Bedeutung für die eher formalen und elementaren Aspekte der Beziehung von Musik und Sprache in den gregorianischen Gesängen sind, welche als „Basis" am Beginn der Analyse stehen sollen.

Das zu beschreibende Phänomen wird in der Literatur vielfach reflektiert. Mag es sich nun um mittelalterliche oder moderne Autoren handeln, die Tatsache, daß im gregorianischen Repertoire häufig einzelne melodische Abschnitte oder auch die Melodiegestalt ganzer Gesänge an anderer Stelle und mit (meist) anderem Text wiederzufinden sind, ist kaum zu übersehen, auch wenn nicht jeder Autor dies zur Sprache bringt. Diese Beobachtung erscheint vielleicht zu selbstverständlich, um es wert zu sein, eigens erwähnt zu werden. Doch dieser Eindruck trügt, wie die folgenden Überlegungen und Beobachtungen zeigen werden. Denn: Was ist eine *formula*, eine Formel, wie läßt sie sich definieren? Welche Funktion hat sie im gregorianischen Gesang? Und – vor allem – wie wirkt sich dieses Phänomen auf die Beziehung von Musik und Sprache aus? Spricht es eher gegen eine solche Beziehung? Oder liegt darin ein Zugang? Bevor darauf Antworten für diesen ersten Teil der Analyse gefunden werden sollen, sei zunächst eine kleine Sammlung alter wie neuer Äußerungen zum Begriff *formulae* vorgestellt.

In der frühmittelalterlichen Musiktheorie kommt das Wort *formula* bei Aurelian vor. In Kapitel XIX bezeichnet er damit das Phänomen der für einen Modus typischen, wiedererkennbaren und wiederverwendeten melodischen Bewegung für einen ganzen Textabschnitt, meist einen Vers, jedoch ohne zuvor eine Definition für diesen Terminus zu geben. Er spricht in diesem Kontext auch von *versi*[1], *versiculi*[2] oder auch von *floscula*[3]. Aurelian geht es in den Kapiteln X–XVII seiner *Musica disciplina* um eine Charakterisierung der Modi anhand ihrer „Formeln", und er gibt in Kapitel XVIII: *Deuterologium tonorum* eine genaue Zahl solcher Formeln für die

1 Z. B. Aurelian, X. 32+33, 89.
2 Ebd, X. 2–4, 85.
3 Ebd., XVIII. 4, 114.

einzelnen Modi an. Das Ganze ist als eine Art Tonar mit Kommentar zu verstehen. In dieser Tradition steht z. B. auch die erheblich spätere (Ende des 11. Jh.) anonyme Schrift *De Modorum Formulis et Tonarius*, die nicht nur in ihrem Titel von den *formulae* spricht. Dort heißt es z. B.: „Igitur optus decem habet regulares formulas“[4].

Auch Hucbald verwendet den Ausdruck *formula,* ohne eine explizite Definition dafür zu geben. Bei ihm erscheint er jedoch in einem völlig anderen Kontext als bei Aurelian. *Formula* steht hier für eine vergleichsweise kurze Melodiebewegung zum Wort *Alleluia.* Hucbald erläutert daran das Problem der adiastematischen Notation, wenn er schreibt:

> „Incerto enim semper videntem ducunt vestigio, utputa si ad subiectam formulam respicias Al le lu ia.“[5] – „Sie [die Neumen] führen den Betrachtenden immer auf unsicherer Spur, z. B. nämlich wenn du auf die unterlegte Formel bei Al le lu ja blickst.“

Allerdings setzt das zugehörige Adjektiv *subiectus* (unterliegend) bereits einen bemerkenswerten Akzent: Der melodische Ablauf wird so unmittelbar an den Text gebunden, ihm zu- und untergeordnet. Dieser Tatbestand der Verbindung des Wortes *Alleluia* mit einer ganz bestimmten, fehlerfrei zu überliefernden Melodiebewegung – das ist Hucbalds Anliegen – wird von ihm durchgängig mit dem Wort *formula* bezeichnet:

> „Si vero, quas subsequens ratio demonstrabit, cordarum notulis eandem formulam consignatum videris, mox procul dubio, qualiter procedat, advertes hoc utique modo Al^{i}le^{m}lu^{pmp}ia^{cf}.“[6] – „Wenn du aber, wie die nachfolgende Ordnung demonstrieren wird, mit den Zeichen der Saiten dieselbe Formel bestätigt siehst, erkennst du bald zweifelsfrei, auf welche Weise sie fortschreiten soll, nämlich folgendermaßen Al^{i}le^{m}lu^{pmp}ia^{cf}.“

> „Quacumque ergo ex his notulam sive litteram in superiori formula videris, similiter proferre non cuncteris.“[7] – „Wo auch immer du also daraus ein kleines Zeichen oder einen Buchstaben an der oben genannten Formel erkennst, zögerst du nicht, sie auf (immer) gleiche Weise hervorzubringen.“

In der *Musica enchiriadis*[8] und im *Micrologus*[9] werden zwar für verschiedene Aspekte einer Beziehung von Text und musikalischer Gestalt Anweisungen gegeben, jedoch sprechen beide in diesem Kontext nicht von *formulae.* Dagegen beschreibt Guido von Arezzo das Phänomen gleicher oder ähnlicher melodischer Abschnitte – allerdings ohne den Terminus *formula* zu nennen – als ein „ästhetisch“ begründetes, rein innermusikalisches Geschehen bei der „Komposition“ der Gesänge[10].

Diese Beispiele zeigen, daß das gesuchte Phänomen der *formulae* bereits in den mittelalterlichen Schriften eine ganze Spannbreite von Bedeutungen besitzt: Es bezeichnet die modus-spezifische Melodiebewegung zu einem ganzen Vers und die vorgegebene Melodie nicht näher erklärter Herkunft zu einem einzelnen Wort. Die

4 *Anonymi De Modorum Formulis et Tonarius*, hrsg. von Clyde W. Brockett, 1997 (CSM 37), 57.
5 Hucbald, 62.
6 Ebd.
7 Ebd., 64.
8 Siehe 3.3.2. *Musica enchiriadis – Micrologus: affektbewegende imitatio.*
9 Siehe 3.3.4.1. *Elemente der Textvertonung.*
10 Siehe 3.3.3.2. *similitudo* (bei Guido von Arezzo).

vom Text als unabhängig betrachtete wiederholte Verwendung melodisch ähnlicher oder gleicher Abschnitte wird ebenfalls beschrieben, aber nicht mit dem Terminus *formula* benannt.

Ganz selbstverständlich wird auch in modernen Reflexionen über den gregorianischen Gesang das Wort „Formel" verwendet. Z. B. bemerkt Eugène Cardine in seiner bereits besprochenen Unterscheidung der Gesänge in „Originalkompositionen", „Centonisationen" und „Typusmelodien"[11]: „Statt ein ganzes Stück zu kopieren, nimmt der Komponist hier und da Formeln, um sie aneinanderzureihen und ein neues Ganzes zu schaffen. Unter «Formel» ist hier ein mehr oder weniger entwickeltes musikalisches Motiv zu verstehen, das den Wörtern unter Wahrung ihrer Akzentuierungen angepaßt werden kann ..."[12] Die an dieser Stelle angeführten drei Beispiele aus zwei Tracten im II. Ton[13] werfen jedoch Fragen auf. Handelt es sich wirklich nur um eine Formel? Unterscheidet sich nicht wenigstens das zweite Beispiel zu klar von den beiden anderen[14]? Diese Beobachtung rührt an die grundsätzliche Frage nach Kriterien für die Abgrenzung und Unterscheidung von solchen Formeln:

Für Leo Treitler sind die Formeln Voraussetzung dafür, daß eine mündliche Überlieferung des Repertoires möglich ist. Sie dienen als memotechnische Hilfe. Deshalb spricht Treitler u. a. von „formulaic practice" oder „formulaic construction"[15]. Allerdings interessiert er sich dabei allein für die wiedererkennbare Melodiebewegung; er fragt nicht nach einem Bezug zum Text. Dabei schlägt er die folgende einfache Klassifizierung vor: „The official classification of the plainchant repertory is based upon the intersection of two factors: the melody's place in the order of service and its modal group. (The assignment within the liturgical calendar does not,

11 Siehe 1.2.4. *Gregorianische Semiologie.*

12 Cardine, *Überblick*, 16.

13 TR *Qui habitat*, V 2: ... *ipse*; V 6: *mille*; TR *Deus Deus meus*, V 3: *Israel.*

14 Siehe Formel 8 und 14 bzw. 8/5 in: 4.3.1. TR *Qui habitat.*

15 Leo Treitler, *Homer and Gregory: The Transmission of Epic Poetry and Plainchant*, in: MQ 60/II (1974), 370.

in the main, have musical import). Taking these factors as coordinates, we can construct a chart in which we can locate any individual chant."[16]

Auch das von Treitler angeführte Beispiel aus dem gregorianischen Repertoire bringt – wie das Cardines – Fragen mit sich. Hier ist zu fragen, ob es legitim ist, eine Tabelle für die Verse eines Tractus so zu erstellen, wie sie in Leo Treitlers Übersicht über den TR *Deus, Deus meus* vorliegt[17]: Die recht verschieden langen Verse werden einfach auseinandergezogen oder zusammengedrängt, so daß sie jeweils in vier Abschnitte zu unterteilen sind. Dabei stehen (zufällig?) identische Töne der verschiedenen Verse jeweils in einer Reihe untereinander, ganz gleich wie viele oder wenige bzw. welche Töne dazwischenliegen. Anders gefragt: Zeigt sich die Ähnlichkeit oder gar Identität von Formeln an einzelnen übereinstimmenden „Ecktönen"? Ist das nicht eine Melodievorstellung einer viel späteren Zeit, die ja auch in der Notation von Einzeltönen ausgeht? Der relative Erfolg dieser Vorgehensweise könnte einfach mit dem beschränkten Ambitus der Gesänge oder auch mit der modusbedingten Bedeutung und Häufigkeit bestimmter Tonstufen wie Tenor oder Finalis zusammenhängen.

Die enorme Differenz zwischen Cardines und Treitlers Vorstellung von einer „Formel" ist leicht an einem Beispiel zu erkennen. Während Cardine, wie oben angeführt, den Schluß *Israel* des dritten Verses *Tu autem* aus dem TR *Deus, Deus meus* als eine Formel bezeichnet, verteilt Treitler das Wort auf die Abschnitte c und d der vierten Zeile seiner Übersicht, wobei nur die letzte Silbe auf Teil d entfällt. Er bemerkt dabei nicht, daß er die fast identische Melodiebewegung bei *Tu autem* zu Beginn desselben Verses dagegen als Einheit bestehen läßt:

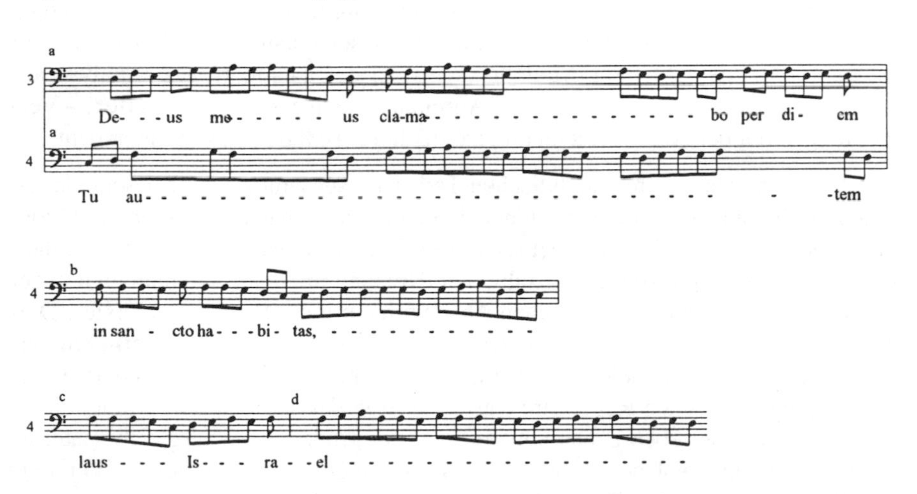

Auch Helmut Hucke spricht vom „Gebrauch typischer Formeln und formelhafter Wendungen"[18]. Anhand der konkreten Beispiele in seinen Ausführungen versucht

16 Ebd., 347.
17 Vgl. ebd., 348+349.
18 Hucke, *Gregorianische Fragen*, 321.

er u. a. zu zeigen, daß sich darin durchaus eine Beziehung von Musik und Sprache verwirklichen kann, die über die rein syntaktische Ebene hinausgeht. So schreibt er – wie schon in einem anderen Kontext zitiert[19] – z. B. zu den melodisch jeweils fast identischen Initien der Introitusantiphonen im I. Ton: „Die verschiedenen Introitus-Initien werden also nicht bloß formelhaft je nach Text- und Akzentverhältnissen eingesetzt. Es bleibt Raum für besondere Interpretation, in diesem Fall für die Hervorhebung der Bitte «Da pacem».“[20]

Aber in der Formulierung „nicht bloß formelhaft“ klingt zugleich auch eine gängige gegenteilige Meinung an, nämlich die Vorstellung, der gregorianische Gesang sei eine Aneinanderreihung melodisch formelhaften Materials ohne Bezug zur inhaltlichen Ebene des Textes. Dabei seien es eben genau diese unabhängig vom Text vorgegebenen, „bloß formelhaften“ Melodiebewegungen, die eine Umsetzung der Textaussage in eine musikalische Gestalt verhindern.

In den genannten Zitaten, Meinungen und Fragen wurden nun bereits verschiedene Aspekte zum Begriff *formulae* eingeführt. Sie zeigen, wie komplex und problematisch dieses scheinbar so einfache Phänomen des gregorianischen Gesangs in Wirklichkeit ist. Im Kontext dieser Arbeit wird dieser Begriff zunächst für eine wiederholt auftretende, leicht wiedererkennbare und oft sogar identische Melodiebewegung verwendet. Diese muß mindestens so lang oder so prägnant sein, daß eine zufällige Übereinstimmung weitgehend ausgeschlossen werden kann, darf jedoch nicht mehr als einen melodischen Abschnitt zwischen zwei klaren Zäsuren bezeichnen. Wird die Melodie eines Gesangs als Ganzes wiederverwendet, so soll von einem „Melodie-Modell“ gesprochen werden; dieses gilt als ein „Extremfall“ des Gebrauchs der *formulae*. Die Frage der Abgrenzung und Definition der einzelnen Formeln ist für jedes Beispiel neu zu klären. Dieses musikalische Phänomen der *formulae* bzw. der „Melodie-Modelle“ wird bei der nachfolgenden Analyse auf möglicherweise auftretende – und von Aurelian ja auch explizit geforderte[21] – Veränderungen bei der Anpassung an unterschiedliche Textgrundlagen untersucht.

Das Anliegen dieses ersten analytischen Teils ist insgesamt ein eher bescheidenes. Er wird sich zunächst vor allem mit den elementaren formalen Aspekten der Beziehung von Musik und Sprache befassen: der Bildung musikalischer „Worteinheiten“, der Anpassung an die Silbenzahl, dem Umgang mit den Akzentsilben und der Übereinstimmung von musikalischen Abschnitten mit der Syntax des Textes. Dies sind durchaus wesentliche und fundamentale Aspekte des Wort-Ton-Verhältnisses.

Das umfangreiche melodisch wiedererkennbare und wiederverwendete Material des gregorianischen Repertoires, also die *formulae* im weitesten Sinne, bieten für die Analyse der eben genannten Aspekte ein großzügiges Vergleichsmaterial. Der Grundgedanke solcher Vergleiche läßt sich in etwa so formulieren: Wenn ein und dieselbe melodische Gestalt für viele verschiedene Texte oder Worte Verwendung findet, kann man davon ausgehen, daß in ihr keine speziellen musikalischen Ausdrucksmittel für den Textinhalt vorliegen. Vor dem Hintergrund dieser semanti-

19 Siehe 3.3.1.2. *integritas sensus.*
20 Hucke, *Gregorianische Fragen*, 311; vgl. GT 336.
21 Siehe 3.3.1.2. *integritas sensus.*

schen „Neutralität" lassen sich dafür um so deutlicher die formalen Aspekte der Beziehung von Musik und Sprache beobachten, natürlich immer vorausgesetzt, daß es eine solche Beziehung in der konkreten Gestalt der gregorianischen Gesänge überhaupt gibt. Jedoch sollte sich auch das Fehlen eines solchen Bezugs anhand der *formulae* leicht zeigen lassen. Sie würden sich dann den Gegebenheiten des Textes gegenüber entweder starr oder beliebig verhalten.

Genau diese grundlegenden Aspekte des Wort-Ton-Verhältnisses beschreibt Aurelian bei seinen Ausführungen über die Modi mit hoher Präzision und Praxisnähe[22]. Auch wenn sein Hauptanliegen in der Unterscheidung und Charakterisierung der Modi besteht, geben seine Ausführungen über die Silbenverteilung verschiedener Texte auf die einzelnen Formeln oder Melodie-Modelle beredt Zeugnis davon, daß im frühen Mittelalter nicht nur ein Bewußtsein für diesen Teil der Beziehung von Musik und Sprache vorhanden war, sondern auch konkrete „Techniken" dafür existierten.

In der modernen Literatur gehen verschiedene Autoren ebenfalls davon aus, daß es solche nachvollziehbaren Anpassungsverfahren der Formeln an den gewünschten Text gibt. Helmut Hucke erläutert dies in seinen schon mehrfach erwähnten, sehr differenzierten Beispielen der Initien für die Introitusantiphonen im I. Ton[23].

Eugène Cardine ist desgleichen davon überzeugt: „Die Adaptionen geschehen nach ganz bestimmten, genau festgelegten Gesetzen: hat ein Text eine Silbe mehr als die erlaubte größtmögliche Ausdehnung oder eine Silbe weniger als die Untergrenze der möglichen Kontraktion, so kommt er für eine bestimmte Melodieformel nicht mehr in Frage. [...] Auf diese Weise entsprachen zumindest ursprünglich die Texte, die den melodischen Formeln angepaßt wurden, immer den Grundbedingungen der Kompatibilität von Wort und Musik."[24] Eben solchen „Grundbedingungen" gilt ja die besondere Aufmerksamkeit dieses Abschnitts der Analyse. Deshalb wurden dafür vor allem Gesänge ausgesucht, die bei unterschiedlichem Text möglichst viel übereinstimmendes Formel-Material und möglichst wenig „melodisches Eigengut" aufweisen. Bei der Erläuterung dieser Auswahl soll zugleich auch eine Antwort auf die Frage gefunden werden, wie im Kontext der verschiedenen Analysen der Begriff der „Formel" jeweils zu definieren ist. Außerdem ist für jede „Gruppe" von Gesängen darzulegen, wie der Vergleich der melodisch übereinstimmenden und textlich verschiedenen Passagen durchgeführt werden soll.

4.1.2. Zur Auswahl der Gesänge

Alle zur Analyse ausgewählten Beispiele sind als melismatisch zu bezeichnen. Solche Gesänge sind im gregorianischen Repertoire vor allem unter den Gradualresponsorien, Alleluja-Versen, Tracten und – mit Einschränkungen – Offertorien zu finden. Die Introitus- und Communioantiphonen sind dagegen in der Regel oligotonisch. Diese melismatischen Gesänge zeichnen sich mit Ausnahme der Offertorien

22 Siehe ebd.
23 Hucke, *Gregorianische Frage*, besonders 309–316.
24 Cardine, *Überblick*, 16f.

dadurch aus, daß sie in besonderem Maße – wenn auch keineswegs alle – aus dem gesuchten Formel-Material bestehen. Die Melismatik hat dabei weiterhin den Vorteil, daß in ihr, aufgrund der größeren Länge der Neumen, Formeln klarer charakterisiert und in den jeweiligen Gesängen identifiziert werden können, als dies bei eventuell nur wenige Töne umfassenden melodischen Elementen in den oligotonischen Gesängen der Fall sein kann.

An dieser Stelle sei noch einmal an Cardines Definition der „Typus-Melodien" und „Centonisationen" erinnert: „Die Typus-Melodien sind so komponiert, daß sie für verschiedene Texte verwendet werden können. Sie enthalten Formeln und Abschnitte, die je nach Bedarf hinzugefügt oder weggelassen werden können, und darüber hinaus Rezitationsebenen, die es ermöglichen, eine variable Anzahl von Wörtern einzufügen. [...] Besonders gut kann man es in den Gradualien des II. Modus feststellen [...]. Andere Beispiele finden sich in den Alleluia-Versen des II., IV. und VIII. Modus [...]."[25] Auch für das Verfahren der „Centonisation" gilt, daß Gesänge „durchgehend mit Hilfe von Formeln komponiert worden sind: viele bedingen einander und werden immer gemeinsam verwendet, andere sind unabhängiger und vertragen sich mit den verschiedensten Nachbarformeln. [...] Man findet sie [...] in den Gradualien des V. Modus und besonders in den Tracten des II. Modus [...]."[26] Verschiedene Gesänge im II. Modus sowie – am Rande – die Gradualresponsorien im V. Modus sollen anhand einiger Beispiele in diesem Teil der Analyse untersucht werden.

Auch bei Helmut Hucke findet sich eine ähnliche Äußerung, wenn auch mit einer anderen Akzentsetzung: „Während es sich bei den Melodien der Introitus meist um Unica handelt, prägen sich in den Gradualien gewisse Vortragsweisen aus. Diese Vortragsweisen stellen nicht, wie etwa die Psalmtöne, ein System von Melodiemodellen zum Vortrag von Texten in allen Tonarten nach einheitlichen Regeln dar, sondern sind unterschiedlich strukturiert. Sie scheinen älter als das System der Kirchentonarten und in dieses System eingeordnet worden zu sein."[27] Diese Aussage rührt an das Problem der Modi. Alle für diese Analyse ausgesuchten Gesänge stehen im selben Modus: Das GT gibt für sie den II. Ton an. Auch wenn diese Begrenzung auf einen einzigen Modus die Möglichkeit einer Verallgemeinerung der Untersuchungsergebnisse in Frage stellt, bringt dies doch zwei wesentliche Vorteile mit sich. Zum einen tritt so das Problem der Modi, ihrer Ursprünglichkeit, ihrer Unterscheidung und ihrer Charakteristika in den Hintergrund. Denn es soll ja auch nicht die Modusabhängigkeit der Formeln untersucht werden, sondern ihr Bezug zum Text. Zum anderen erhöht diese Beschränkung die Wahrscheinlichkeit, daß sich aus der Analyse ablesen läßt, ob und in welchem Ausmaß Formeln zwischen den verschiedenen Gruppen von Gesängen „wandern".

Die liturgische Funktion der untersuchten „Zwischen-Gesänge" legt außerdem die Vermutung nahe, daß in ihnen der Inhalt des Textes nicht in gleichem Maße eine Rolle spielt wie in den Introitus- und Communioantiphonen[28]. Arnold Angenendt

25 Ebd., 61.
26 Ebd., 18.
27 Hucke, *Gregorianische Fragen*, 325.
28 Siehe dazu 2.4.1. *Die allgemeinen Meßerklärungen.*

meint dazu im Kontext der Entwicklung der Leseordnung in der Frühzeit der Kirche: „Zumeist freilich begnügte man sich mit einem dreigliedrigen oder auch nur zweigliedrigen Schema, wobei der Psalm seinen Lesungscharakter verlor und sich zum Zwischengesang, zu einem «Nachklang» des zuvor Gehörten wandelte.“[29] So läßt sich aus allem bisher Gesagten entnehmen, daß die „Zwischen-Gesänge“ tatsächlich den gewünschten Voraussetzungen eines umfangreichen Vergleichsmaterials sowie einer wenigstens relativen „Neutralität“ dem Inhalt des Textes gegenüber entsprechen.

Die in Kapitel 4.2. analysierte Gruppe von Gesängen zeichnet sich dadurch aus, daß die Gesänge melodisch nahezu identisch sind. Bei diesen Gradualresponsorien handelt es sich, anders als in der oben zitierten Äußerung Huckes, sehr wohl um Melodie-Modelle, also um komplexe und feststehende Aneinanderreihungen von Formeln, die als Ganzes einem gewünschten Text angepaßt werden. Durch eine Übersichtstabelle, in der die melodisch übereinstimmenden Abschnitte jeweils untereinander stehen, wird dies für die ausgewählten sieben Gradualresponsorien anschaulich gemacht. Bei der Auswahl der Gesänge wurde darauf geachtet, daß nur solche zum Vergleich hinzugezogen werden, die nicht nur in den für das GT verwendeten adiastematischen Handschriften, sondern auch bereits in den Texthandschriften des AMS zu finden sind und somit mit großer Wahrscheinlichkeit einer sehr frühen Schicht der gregorianischen Überlieferung angehören. Auf diese Weise soll nach Möglichkeit vermieden werden, daß spätere Adaptionen mit vielleicht anderen Anpassungsverfahren das Ergebnis der Analyse verfälschen. Innerhalb der ausgewählten Gesänge, die – abgesehen vom GR *Haec dies* der Osteroktav – alle liturgisch der Advents- und Weihnachtszeit entstammen, soll bewußt auf den Versuch verzichtet werden, „Original“ und „Adaption“ voneinander zu unterscheiden.

Die Frage danach, was im Kontext dieser Melodie-Modelle unter einer „Formel“ zu verstehen ist, erweist sich als recht unproblematisch. Da die Gesänge insgesamt praktisch identisch sind, ergeben sich keine Schwierigkeiten hinsichtlich der Abgrenzung der Formeln untereinander, sie kann einfach nach den Zäsuren erfolgen. Dabei zeigt sich, daß die kleinsten so entstehenden melodischen Einheiten, die als Formeln definiert werden sollen, in der Regel einzelne Worte umfassen, während die größeren Zäsuren der Syntax der Texte entsprechen.

Bei den im nachfolgenden Kapitel 4.3. untersuchten Tracten im II. Ton sind die Verhältnisse wesentlich komplizierter. Auch diese durch drei Beispiele vertretenen Gesänge wurden ausgewählt, weil sie fast ausschließlich aus melodischen Elementen bestehen, die immer wieder verwendet werden. Allerdings geschieht dies nicht wie bei den Melodiemodellen in einer feststehenden Reihenfolge, sondern die einzelnen Formeln erscheinen in unterschiedlicher Häufigkeit und wenigstens teilweise variabler Kombination sowohl im einzelnen Tractus als auch in der gesamten Gruppe der Tracten des II. Modus.

Dadurch wird es erforderlich, zu Beginn einer Analyse die einzelnen Formeln klar zu definieren und möglichst eindeutig voneinander abzugrenzen; denn es zeigt sich sehr schnell, daß die Formeln nicht immer mit Abschnitten, die durch Zäsuren

29 Angenendt, *Religiosität im Mittelalter*, 477f.

bestimmt werden, übereinstimmen. Deshalb werden beim ersten zu analysierenden Tractus (*Qui habitat*) die verschiedenen Formeln – es sind zunächst 17, später insgesamt 23 – kurz vorgestellt. Solche, die bei den beiden anderen Tracten erstmalig vorkommen, werden bei der Analyse dieser Gesänge erläutert. Alle Formeln sollen anhand von möglichst auffälligen, eindeutig erkennbaren melodischen Elementen, die für sie charakteristisch sind, identifiziert werden. Wenn an einer Stelle der Tracten nur Fragmente eines solchen „Charakteristikums" vorliegen, wird dies ausdrücklich vermerkt. Sind in einem melodischen Abschnitt mehrere der definierten „Kennzeichen" zu beobachten, so besteht er nach dieser Definition aus mehreren Formeln; sind gar keine zu erkennen, so handelt es sich um einen „formelfreien" Abschnitt. Solche Teile der Tracten sollen ebenfalls mit besonderer Aufmerksamkeit betrachtet werden.

Bei diesem Verfahren darf nicht vergessen werden, daß es sich trotz der zumeist sehr klaren Erkennbarkeit der Formeln doch letztlich um künstliche Grenzziehungen handelt. Genauso berechtigt könnten mehr oder auch weniger Formeln definiert werden, da eine Reihe von Formeln melodisch ähnliches Material verwenden. Es läßt sich deshalb nicht immer sagen, wo Ähnlichkeit aufhört und Verschiedenheit anfängt[30]. Dennoch erscheint der eingeschlagene Weg für die Analyse dieser Gesänge als sinnvoll, da es so möglich wird festzustellen, wie die einzelnen Formeln an den vorliegenden Text angepaßt werden. Auch läßt sich auf diese Weise an der erstellten Übersicht ablesen, in welchem Maße die Tracten aus diesen Formeln zusammengesetzt sind bzw. ob es Schemata für den Aufbau der Gesänge gibt.

Diesen drei Punkten soll dann auch in der Analyse besondere Aufmerksamkeit gewidmet werden. Dazu werden bei allen drei Beispielen jeweils die besonders häufig gebrauchten Formeln 2 und 3 systematisch auf die in ihnen erkennbaren Verfahren zur Anpassung an den Text hin untersucht. Sodann werden Übersichtstabellen über die Verteilung der Formeln auf den Tractus erstellt, die in ihren Auffälligkeiten detailliert erläutert werden sollen.

Das in Kapitel 4.4. zu analysierende OF *Vir erat* setzt sich zwar ebenfalls weitgehend aus melodisch mehrfach verwendeten Teilen zusammen, dennoch hebt es sich deutlich von den anderen analysierten Gesängen ab. Dieser Gesang hat unter den Offertorien als Sonderfall zu gelten, wie bereits eindrücklich dargelegt wurde[31].

Dieses Offertorium zeichnet sich schon vor jeder gründlicheren Analyse durch eine sehr interessante Spannung aus. Es enthält auf der einen Seite eine Fülle sich wiederholender musikalischer und sprachlicher Bestandteile, nach deren Verhältnis zueinander zu fragen sein wird. Somit paßt es sehr gut in die Gruppe der hier zu untersuchenden Gesänge und bietet Vergleichsmaterial für die Suche nach den elementaren Aspekten der Beziehung von Musik und Sprache. So sollen auch für diesen Gesang eine Reihe von Formeln, ähnlich wie bei den Tracten, definiert und beschrieben werden. Auf der anderen Seite ist zu fragen, ob und – wenn ja – mit welchen konkreten musikalischen Mitteln in diesem Gesang tatsächlich der Inhalt

30 Allein schon das in 4.1.1. *Zum Begriff formulae* angeführte Beispiel aus den Tracten im II. Modus bei Cardine macht dieses Problem deutlich.

31 Siehe 2.5. *Die Kommentare zum OF Vir erat* und 3.3.2. *Musica enchiriadis – Micrologus: affektbewegende imitatio.*

des Textes in seiner emotionalen Dimension zum Ausdruck kommt. Dies soll an jedem einzelnen Abschnitt wie auch am gesamten Offertorium untersucht werden. Dabei wird die Suche nach musikalischen Ausdrucksmitteln expressiver, „dramatischer“ Steigerung von besonderer Bedeutung sein. Durch seinen ausgeprägten Affektausdruck leitet dieser Gesang bereits über zum zweiten Teil der Analyse, der unter dem Leitwort *imitatio* steht.

4.2. GRADUALRESPONSORIEN IM II. TON

Im folgenden Kapitel soll nun, wie angekündigt, ein besonders häufig wiederkehrendes Melodie-Modell, das den Gradualresponsorien im II. Ton zugrunde liegt, auf seine Beziehung zwischen Musik und Sprache hin untersucht werden. Sieht man die Gradualresponsorien im II. Ton des GT durch, so zeigt sich, daß mit Ausnahme des sehr außergewöhnlichen GR *Collegerunt*[32] tatsächlich alle mehr oder weniger nach diesem einen Modell aufgebaut sind. Zunächst folgt eine Übersicht dieser Gesänge mit Angabe ihres Ortes in der liturgischen Ordnung des frühen Mittelalters sowie des GT:

Graduale:	Ort im GT:	Ort im AMS:[33]
GT 25: Tollite Portas V.: Quis ascendet	in feriis Adventus feria secunda	Feria IV Quatuor Tempus Adv. Annuntiat. S. Mariae
GT 27: A summo caelo V.: Caeli enarrant	in feriis Adventus feria tertia	Sab. Q. T. Adv. Dom. IV Adv.
GT 30: In sole posuit V.: A summo caelo	in feriis Adventus feria quarta	Sab. Q. T. Adv.
GT 31: Ostende nobis V.: Benedixisti	in feriis Adventus feria quinta	Fer. VI Q. T. Adv.
GT 32: Domine Deus virtutem V.: Excita Domine	in feriis Adventus feria sexta	Sab. Q. T. Adv.
GT 33: Excita Domine V.: Qui regis Israel	in feriis Adventus sabbato	Sab. Q. T. Adv.
GT 38: Hodie scietis V.: Qui regis Israel	in Nativitate Domini ad Missam in vigilia	Vig. Nat. Dni.

32 GT 135.
33 Bezeichnungen wie im Index des AMS, 234–238.

GT 42: Tecum principium V.: Dixit Dominus	in Nativitate Domini ad Missam in nocte	Nat. Dni. I
GT 72: Angelis suis mandavit V.: In manibus	Temp. Quadragesimae hebdomada I Dominica	Dom. Quad.
GT 101: Ab occultis meis V.: Si mei non fuerint	Temp. Quadragesimae hebdomana III feria tertia	Fer. III Hebd. III Quad. Dom. V p. Pent.
GT 155: Ne avertas faciem V.: Salvum me fac	Hebdomana sancta feria quarta	Fer. IV Maj. Hebd.
GT 196: Haec dies V.: Confitemini	Dom. Resurrectionis ad Missam in die	Dom. Paschae
GT 201: Haec dies V.: Dicat nunc Israel	infra Octavam Paschae feria secunda	Dom. Paschae Fer. II Paschae
GT 203: Haec dies V.: Dicant nunc qui	infra Octavam Paschae feria tertia	Fer. III Paschae
GT 206: Haec dies V.: Dextera Domini	infra Octavam Paschae feria quarta	Dom. Paschae Fer. IV Paschae Fer. V Paschae
GT 209: Haec dies V.: Lapidem	infra Octavam Paschae feria quinta	Dom. Paschae Fer. V Paschae Fer. VI Paschae
GT 212: Haec dies V.: Benedictus	infra Octavam Paschae feria sexta	Dom. Paschae Fer. VI Paschae
GT 347: Domine, refugium V.: Priusquam montes	Temp. per annum hebdomada XXVII	Fer. VI p. Cin. Dom XXI p. Pent. Dom XXII p. Pent.
GT 427: In omnem terram V.: Caeli enarrant	Com. Apostolorum extra T. P.	Vig. S. Petri
GT 428: Nimis honorati sunt V.: Dinumerabo	Com. Apostolorum extra T. P.	SS. Simoni et Judae Vig. S. Andreae
GT 455: Exsultabunt sancti V.: Cantate Domino	Com. Martyrum extra T. P.	SS. Primi et Feliciani SS. Processi et Martiani

GT 510: Justus ut palma V.: Ad annuntiandum	Commune Sanctorum et Sanctarum	S. Johanni Ev. I S. Johanni Bapt. I S. Hermetii Vig. S. Matthaei S. Crysogoni
GT 520: Dispersit V.: Potens in terra	Commune Sanctorum et Sanctarum	Vig. S. Laurentii
GT 646: (ohne Neumen) Uxor tua V.: Filii tui	Missae rituales pro sponsis	fehlt
GT 670: Requiem aeternam V.: In memoria aeterna	Missa pro defunctis	fehlt

Die Auflistung macht deutlich, daß dieses Melodie-Modell der Gradualresponsorien im II. Ton in den letzten Tagen des Advent und den ersten beiden Weihnachtsmessen seinen bevorzugten liturgischen Ort hat, wie auch in der besonderen Ausprägung des *Haec dies* in der Osteroktav. Von den 25 in der Tabelle aufgeführten Gradualresponsorien entfallen acht auf Advent bzw. Weihnachten, drei auf die Fastenzeit und weitere sechs (acht im AMS) auf die Osteroktav, einige auf verschiedene Heiligenfeste, aber nur ein einziges auf einen Sonntag im Jahreskreis.

So könnte in diesen melodisch so ähnlich gestalteten Gradualresponsorien vielleicht auch ein musikalisches Mittel gesehen werden, das auf sowohl einfache wie deutliche Weise einen musikalisch-liturgischen Zusammenhang stiften kann, z. B. unter den Proprien des Weihnachtsfestes und den vorausgehenden adventlichen Quatembertagen. Noch offensichtlicher ist dies in der Osteroktav, wo nur der Vers des Graduales an jedem Tag ein anderer ist. Dieses etwas abweichende GR *Haec dies* soll als Kontrast hinzugenommen werden, wenn nun einige dieser Gradualresponsorien miteinander verglichen werden. Dabei werden sowohl „überzählige“ Wörter und Silben[34] als auch melodisch von der Version der meisten Vertreter einer Formel abweichende Stellen besonders berücksichtigt.

In der Übersicht (*Notenbeispiel*) wird die große Ähnlichkeit dieser Gesänge noch stärker sichtbar. Sie lassen sich musikalisch in Abschnitte zerlegen, die syntaktischen Einheiten des Textes zugeordnet sind und bei größeren Zäsuren auch mit Formeln der Zäsur- bzw. Schlußbildung enden[35]. Die Gesänge sind darüber hinaus auch dahingehend flexibel, daß je nach Länge des Textes unterschiedliche Möglichkeiten der Einfügung oder Auslassung ganzer Abschnitte verwendet werden.

34 Da es keinen Prototyp der jeweiligen Formel gibt, an dem dies zu messen wäre, bedeutet in diesem Kontext „überzählig“, daß diese Silben oder Worte zu der in diesen Beispielen vorliegenden Minimalform der vollständigen Formel hinzukommen.

35 Z. B. GR *Tollite Portas*: *Tollite portas, principes, vestras: – et elevamini portae aeternales: – et introibit Rex gloriae.*

Notenbeispiel: Vergleichstabelle zu den Gradualresponsorien im II. Ton

1. ae- ter-ná- les: ēt intro- í- bit Rex gló- ri- ae.
2. ūsque ād sum- mum e- ius.
3. ēt sal- vi é- ri- mus.
4. ēt ve- ni, ūt salvos fá- ci- as nos.
5. vi-dé- bi- tis gló- ri- am e- ius.
6. ex ú- te- ro ān-tē lu-cí- fe-rum gé- nu- i te.
7. Dó- mi- nus: exsulté- mus, et lae- té- mur in e- a.

1. ℣. Quis ascéndet in montem Dó- mi- ni? aut quis stabit in lo-co sancto e- ius?
2. ℣. Caeli e-nár- rant gló- ri- am De- i :
3. ℣. Exci-ta, Dó- mi- ne, pot-én- ti- am tu- am, et ve- ni,
4. ℣. Qui re-gis Isra- el, intén- de : qui- de-dú-cis vel-ut ovem Io- seph :
5. [sine neumis
℣. Qui re-gis Isra- el, intén- de : qui dedú-cis vel-ut ovem Io- seph :
6. ℣. Di-xit Dó- mi-nus Dómi-no me- o : Se- de à dextris me- is :
7. ℣. Confi- témi-ni Dó- mi- no, quó- ni- am bo- nus :

1. In-no-cens má- nibus et mundo cor- de.
2. et ó-pe-ra má-nu-um e- ius annúnti- at firmamén- tum.
3. ut salvos fá- ci- as nos.
4. qui se- des super Ché-ru-bim, ap-pá- re co- ram Ephra- im, Béniamin, et Ma-násse.
5. qui se- des super Ché-ru-bim, ap-pá- re co-ram [Ephra- im] Béniamin, et Ma- násse.
6. do- nec po- nam in-imi- cos tu- os sca- bél- lum pe- dum tu- ó- rum.
7. quó- ni- am in saé- cu-lum mi-se- ri-cór- di- a e- ius.

Die Reihenfolge bleibt dabei aber stabil. Das melodische Modell besteht aus „Bausteinen" oder Formeln, die in der Regel jeweils ein Wort umfassen, z. B. *portas, caelo, virtutum, Domine, scietis, virtutis* oder *vestras, eius, nos, tuam, Dominus, tuae, (dies)*. Es spielt dabei offensichtlich weder die Zahl der Silben dieses Wortes eine Rolle, noch wird eine solche melodische Einheit geteilt, um zusätzliche Worte mit zu vertonen. Diese werden vielmehr in zumeist einfacher Rezitation dazwischen eingefügt[36], ganz gleich, ob es sich um bloße Partikel oder um inhaltlich zentrale Worte handelt.

Etwas anders als in diesen Worteinheiten verhält es sich bei den Schlußformeln[37]: Diese werden offenbar stärker nach der Zahl der Silben gestaltet. Der melodische Verlauf für die letzte Silbe, die mit einem besonders langen Melisma ausgestattet ist, bleibt immer gleich. Die davorliegenden Silben werden auf die vorausgehende Melodiebewegung verteilt, dabei kann diese verschieden getrennt werden. Die letzte Spalte der Übersicht des Responsums zeigt dies ganz deutlich. In allen sieben Beispielen ist das Endmelisma identisch, wenn auch nur beim ersten, fünften (nur E) und siebten in den Neumenhandschriften ausgeführt. Aber die Verteilung der davor liegenden Silben und Worte fällt sehr verschieden aus. Während so z. B. in sechs Gesängen die vor dem Endmelisma befindliche Melodiebewegung (Clivis, Pes quassus) jeweils gleichbleibend auf der vorletzten Silbe steht – ob betont oder unbetont –, wird sie im ersten Gesang bei *gloriae* geteilt in eine Clivis auf der ersten und einen einfachen Pes auf der zweiten Silbe. Trotz der gleichen Silbenzahl und dem ebenfalls auf der ersten Silbe stehenden Wortakzent geschieht dies beim Wort *erimus* im dritten Beispiel jedoch nicht. Auch die vorausgehende Melodiebewegung verteilt sich noch in ganz unterschiedlicher Weise auf die verschiedenen Worte: *facias, gloriam, genui, summum*. Ähnliches wie beim Responsum läßt sich auch bei der dem Ende des Responsums – abgesehen vom Endmelisma – fast identischen Schlußformel der Verse feststellen. Bei diesem Melodie-Modell zeigt sich also eine Eigenart der Schlußformeln im Umgang mit dem Text: Die „Eigendynamik" dieser Formeln scheint eine sonst gültige Regel der Anpassung des Melodie-Modells an den Text zumindest teilweise außer Kraft zu setzen – ein Phänomen, das, wie Karl-Heinz Schlager bemerkt, bereits in der Schrift *Instituta patrum de modo psallendi sive cantandi* (wahrscheinlich 13. Jh.) reflektiert wird[38].

Eine eingehendere Analyse der Formeln zeigt, daß sie sehr flexibel und bis ins Detail hinein dem zu vertonenden Wort bzw. den Wörtern angepaßt werden, was an den Zeichen der Neumennotation besonders gut zu erkennen ist[39]. Einige wichtige und elementare Methoden der Anpassung seien hier zunächst kurz aufgeführt:

36 Z. B. *Domine Deus virtutum* oder *Hodie scietis, quia veniet.*

37 Ähnliches gilt auch für das Initium des Verses.

38 Schlager gibt dazu ein Beispiel aus der mittelalterlichen Musiktheorie, *Ars cantandi*, 228: „Nam in depositione fere omnium tonorum, musica in finalibus versuum per melodiam subprimit sillabas, et accentus sophisticat, et hoc maxime in psalmodia (CG I,6). – Denn im Schließen fast aller Töne unterdrückt die Melodie an den Versschlüssen die Silben, und der Akzent wird verfälscht, vor allem in der Psalmodie."

39 Z. B. in der 2. Spalte: *egressio* und *veniet* aber – liqueszierend – *principes, convertere, potentiam* oder im Vers: *quis* und *potentiam* – komprimiert –, aber *gloriam, qui* und *sede.*

– Der Wortakzent wird durchweg melodisch klar hervorgehoben[40], außer in einigen Fällen bei den Schlußformeln[41].
– Gehen dem Wortakzent mehr Silben voraus oder folgen ihm nach als in der Formel vorgesehen sind, werden diese meist wie ein überzähliges Wort mit einem Einzelton versehen[42].
– Fehlen Silben, so werden Neumen zusammengefaßt; dabei kommt es bisweilen zu Auslassungen[43].
– Wenn die Syntax des Satzes dies erfordert, kann auch eine Formel der Zäsurbildung zu einer im Zusammenhang stehenden Worteinheit umgeformt werden[44].
– Gelegentlich finden sich auch grundlegendere Änderungen in beiden Handschriften, bei denen nicht so leicht zu erklären ist, welchen Zweck sie erfüllen[45]. Einige dieser Fälle seien nun im Detail erläutert.

Ein kleineres Beispiel dieser über die genannten elementaren Verfahren hinausgehenden Anpassung eines längeren Wortes an eine melodische Formel ist in der dritten Spalte der Übersicht zu finden. Dort wird das Wort *Dominus* beim fünften Beispiel dadurch eingepaßt, daß der Porrectus des zugrundeliegenden Modells verdoppelt wird[46]. Ähnliches gilt für das Wort *appare* im Vers des fünften und sechsten Beispiels[47].

Die vierte und fünfte Spalte des ersten Graduale, *et elevamini portae aeternales,* enthält ebenfalls einige Besonderheiten. Zunächst erscheint beim Wort *elevamini* statt des Torculus auf der Akzentsilbe wie bei *occursus* und *ostende* ein Pes auf der Silbe vor dem Wortakzent, während die doppelte Clivis, die sonst überall auf einer Endsilbe steht, den Wortakzent bildet. Die beiden noch verbleibenden Silben werden auf der Finalis rezitiert.

Warum aber erfolgt diese Art der Vertonung und nicht z. B. die gleiche wie bei *in splendoribus* im sechsten Graduale, wo ebenfalls zwei Silben auf den Wortakzent folgen? Dort wird die in den ersten drei Beispielen zu Beginn des Abschnitts stehende Bivirga (mit Episemen in E und *a* in L) auf die Akzentsilbe verschoben. Der Torculus und die doppelte Clivis schließen sich auf den beiden letzten Silben des

40 Z. B. *principes, egressio, converte, potentiam, veniet*; oder *elevamini, occursus, ostende, salvabit, splendoribus, fecit.*
41 Z. B. GR *Domine Deus virtutem: erimus*; GR *Excita Domine*, Vers: *Ephraim, Benjamin.*
42 Z. B. GR *Tollite portas: elevamini, introibit*; GR *A summo caelo: egressio*; GR *Tecum principium: sanctorum, luciferum.* Gelegentlich handelt es sich auch um mehrere Töne, z. B. einen Porrectus bei *Dominus* im GR *Hodie scietis* oder bei *appare* im Vers desselben Graduale. Dieses Verfahren ist z. B. auch bei den drei Initien im IN *Populus Sion* zu beobachten; siehe 5.2.2.1. *IN Populus Sion.*
43 Z. B. GR *Domine Deus virtutem: converte + nos.*
44 Z. B. GR *Tollite portas: et elevamini portae (aeternales)* .
45 Z. B. GR *Tollite Portas: elevamini:* bei *-le-* Pes statt Torculus; *aeternales:* kein Porrectus statt dessen eine Virga bzw. ein Uncinus vor der Tristropha; GR *Domine Deus virtutem: faciem tuam:* Clivis und Quilisma zu Beginn werden trotz ausreichender Silbenzahl weggelassen.
46 Vgl. GR *Requiem aeternam*, GT 670; dort wird das gleiche Wort in der gleichen Weise eingepaßt.
47 Dabei läßt sich jedoch nicht erkennen, ob der Porrectus hier ergänzt oder im 7. Beispiel weggelassen wird.

Wortes an. Beide Möglichkeiten erscheinen von Silbenzahl und Akzentsetzung her den Worten entsprechend. Aber handelt es sich dabei um eine bewußte Wahl dieser Möglichkeiten? Wäre es denkbar, daß hier der Klang der Silben – die Endsilbe von *elevamini* ist z. B. wesentlich „leichter" als die von *splendoribus* – oder gar die Bedeutung der Worte – der Pes statt des Torculus als eindeutige Aufwärtsbewegung bei *elevamini* – eine Rolle spielen? Diese Fragen sind in diesem Einzelfall natürlich nicht zu beantworten, aber die Möglichkeit einer solch differenzierten Wort-Ton-Beziehung kann auch nicht ausgeschlossen werden, solange nicht eine alternative Erklärung gefunden ist.

Auch das Wort *aeternales* (1. GR, 5. Sp.), das zwei „überzählige" Silben vor, aber – im Vergleich zu den anderen Gradualresponsorien – eine zu wenig nach dem Wortakzent hat, wird auf bemerkenswerte Weise durch die vorliegende melodische Formel gestaltet. Die Tristropha steht dabei nicht nach, sondern auf der Akzentsilbe und erhält durch eine vorangestellte Virga (auf *re*) mit Episem (in L mit *t*) eine zusätzliche Betonung. So wird einerseits die Akzentsilbe unmißverständlich musikalisch gekennzeichnet und andererseits das Problem der „fehlenden" Silbe am Ende des Wortes gelöst. Der in den anderen Beispielen zum Wortakzent gehörende Porrectus entfällt. Statt dessen erscheinen ein Trigon auf der ersten und eine kurrente, liqueszierende Clivis auf der zweiten Silbe.

In der vierten Spalte des Responsums liegt beim dritten Graduale eine weitere Auffälligkeit vor. Zunächst wird auf der – im Vergleich z. B. mit *occursus* oder *splendoribus* sprachlich tatsächlich auch kürzeren – Endsilbe von *ostende* in beiden Handschriften die Augmentation (in L durch *a*, in E durch zwei Episeme) zurückgenommen. Das danach folgende „überzählige" Wort *faciem* wird durch einfache Rezitation ergänzt. Beim zugehörigen *tuam* wird dann jedoch der Anfang der Formel – nicht kurrente Clivis und Quilisma-Pes – weggelassen. Dieses Vorgehen erzeugt mit Sicherheit eine größere Ausgewogenheit in der Vertonung der Worte *faciem tuam*. Ein Blick auf den Vers zeigt, daß in Beispiel vier bis sechs bei *qui sedes super Cherubim* bzw. *donec ponam inimicos* ein fast identischer Melodieverlauf zu finden ist.

Das bisher Gesagte zeugt weitgehend von einer sowohl engen als auch leicht nachvollziehbaren Verbindung von Syntax, Wortakzent, Silbenverteilung des jeweiligen Textes und dem Melodie-Modell. Was jedoch die Beziehung von Wortbedeutung und musikalischer Gestalt betrifft, so kann bei diesen Gesängen schon allein aufgrund ihrer großen Ähnlichkeit bei unterschiedlichem Text wohl kaum davon die Rede sein, hier werde ein bestimmter Inhalt vertont. Deshalb sind diese Gesänge, wie vermutet, eine ausgezeichnete Quelle, um die Beziehung von Musik und Sprache auf den eher elementaren Ebenen zu studieren, während gleichzeitig eine Beziehung inhaltlicher Art bei einem solchen Melodie-Modell normalerweise von vornherein auszuschließen ist.

Existiert also bei dieser Art von Gesängen grundsätzlich keine Berührung mit der semantischen Ebene des Textes? Inmitten der formelhaften Wiederholung der Graduale im II. Ton findet sich zumindest ein außergewöhnlich deutlicher Nachweis der Beziehung von Musik und Sprache auf der inhaltlichen Ebene. Das GR *Haec dies* hat für die *Missa in die* des Ostersonntags wie auch für den Montag der

Osteroktav je einen Vers aus Psalm 117, der die Worte *quoniam bonus* enthält. Diese beiden Worte fallen, wie bei Aurelian bereits belegt ist[48], in ihrer musikalischen Gestalt in jeder Hinsicht aus dem Rahmen: Der Melodieverlauf des *quoniam* kommt nirgends sonst vor und geht über den Ambitus des Melodie-Modells hinaus, zugleich wird das Wort *bonus* im Unterschied zu der in den meisten Gradualresponsorien an dieser Stelle verwendeten Formel in einer außergewöhnlichen Intensität augmentiert. Alle anderen Verse des GR *Haec dies* enthalten dagegen dieses Phänomen nicht, ebensowenig die Verse der anderen Gradualresponsorien im II. Ton.

Bei diesem Beispiel kann also mit großer Sicherheit davon ausgegangen werden, daß die beiden theologisch bedeutsamen Worte *quoniam bonus* durch ihre außergewöhnliche melodische Gestalt hervorgehoben werden sollen. Auf diese Weise kommt die inhaltliche Ebene der Beziehung von Musik und Sprache zum Ausdruck, und der Text wird durch seine herausragende musikalische Gestalt akzentuiert und somit auch interpretiert. Dazu sei außer dem schon angeführten Augustinus-Zitat bei Amalar[49] ein weiterer Ausschnitt aus einem längeren Beispiel mittelalterlicher Exegese zitiert:

> „«Confitemini Domino quoniam.» In hoc psalmo habet propheta materiam bonitatem Dei: de hac sic agit: In prima parte ostendit Deum sic adiuvare suos, [...] In secunda parte, quae incipit: «Bonum est confidere,» ostendit quod confidentibus et sperantibus in Domino faciat Deus, [...] «Confitemini Domino,» id est, laudate Dominum: et debetis, «quoniam,» ipse singulariter «bonus» per se: et quicunque boni sunt, ex eo boni sunt, unde Christus [...] dixit: «Quid me vocas bonum. Nemo bonus, nisi solus Deus.»“[50]

> „«Preiset den Herrn, denn.» In diesem Psalm hat der Prophet als Thema die Güte Gottes. Diese stellt er so dar: Im ersten Teil zeigt er, daß Gott so den Seinen hilft, [...]. Im zweiten Teil, der beginnt: «Gut ist es zu vertrauen», zeigt er, was Gott denen tut, die auf den Herrn vertrauen und hoffen. [...] «Preiset den Herrn», das heißt, lobet den Herrn, und das müßt ihr, «denn» er allein ist gut aus sich selber, und alle die gut sind, sind aus ihm gut, deshalb spricht Christus [...]: «Was nennst du mich gut. Niemand ist gut außer[51] Gott.»“

Helmut Hucke macht darüber hinaus darauf aufmerksam, daß auch das Wort *Domino* im GR *Haec dies* ungewöhnlich gestaltet ist und sich dasselbe Wort mit demselben Melodieverlauf im Vers des GR *Tollite Portas* nochmals findet[52].

Einen weiteren auffälligen melodischen Sonderfall bietet der Anfang des GR *Tecum principium*. Die ersten Worte *tecum principium in die virtutis* entsprechen, abgesehen von der Endsilbe des Wortes *virtutis*, nicht dem Melodie-Modell. Auch der Beginn des GR *A summo caelo* scheint abweichend zu sein. Der Vergleich zeigt jedoch, daß es sich im letzteren Fall um eine öfters verwendete Variante handelt[53]. Ein Melodieverlauf wie am Anfang des GR *Tecum principium* ist dagegen bei keinem anderen Beispiel zu finden. So stellt sich die Frage, ob der außergewöhnliche Melodieverlauf nicht dazu dient, diesen liturgisch bedeutsamen Gesang – er gehört zur *Missa in nocte* von Weihnachten – in der Menge der immergleichen Gradual-

48 Siehe 3.3.1.2. *integritas sensus.*
49 Siehe 2.4.2. *Amalar: die speziellen Meßerklärungen.*
50 Haymo, PL 116, Sp. 596.
51 Wörtlich: wenn nicht allein.
52 Hucke, *Gregorianische Fragen*, 318ff.
53 Z. B. GR *Ab occultis meis*, GT 101; GR *In omnem terram*, GT 427; GR *Dispersit*, GT 520.

responsorien als besonders bedeutsam zu kennzeichnen. Die relativ große Zahl der Worte und Silben in diesem ersten Abschnitt des GR *Tecum principium* rechtfertigt den Unterschied jedenfalls nicht. Dafür gibt es – wie bereits gezeigt – sehr viel unauffälligere Verfahren der Anpassung. Daß die liturgische Bedeutung des Kontextes, in dem das GR *Tecum principium* zu finden ist, tatsächlich das Motiv für die einzigartige musikalische Ausgestaltung sein könnte, bestätigt die Tatsache, daß abgesehen vom GR *Haec dies* noch zwei weitere Gradualresponsorien melodisch herausragend gestaltet sind. Das letzte adventliche GR *Ostende nobis*[54], dessen Text – wie der Vergleich mit den Responsorien des Officiums zeigt[55] – die Textgrundlage des adventlichen Responsoriums schlechthin darstellt, zeigt in noch größerem Maße als das GR *Tecum principium* einen eigenständigen Melodieverlauf. Auch das einzige Graduale im II. Ton der Karwoche, *Ne avertas*[56], weicht zu Beginn sichtlich vom Melodie-Modell ab.

So geben gerade diese wenigen Ausnahmen vom stets identischen Modell einen sehr interessanten Hinweis darauf, daß es offensichtlich ein Bewußtsein gab für die Möglichkeit, Inhalt und Bedeutung eines Textes und seiner liturgischen Funktion auch durch eine herausragende musikalische Gestalt als besonders bedeutsam zu kennzeichnen. Allerdings muß auch mit der Möglichkeit gerechnet werden, daß abweichende Melodieabschnitte auf Relikte älterer Gesänge zurückgehen, die vielleicht wegen ihrer liturgischen oder theologischen Bedeutung erhalten geblieben sind, vielleicht aber auch aus musikalischen Gründen oder rein zufällig.

Insgesamt sehr viel komplizierter wird es freilich, wenn nicht mehr ein „glattes“, vollständiges Melodie-Modell vorliegt, sondern wenn nur einzelne Passagen in verschiedenen Gesängen wiederverwendet werden bzw. verschiedene Modelle sich überlagern. Beides ist bei den vierzehn Gradualresponsorien im V. Ton, die dem GR *Christus factus est*[57] teilweise oder vollständig melodisch verwandt sind, zu beobachten[58]. Während sich jedoch bei diesen Gesängen die einzelnen Formeln in der Regel noch am gleichen Ort innerhalb eines Graduale wiederfinden lassen, ist die Situation bei den im folgenden zu analysierenden Tracten eine ganz andere. Dieser recht kleinen Gruppe von Gesängen, die zum mutmaßlich ältesten Teil des fränkisch-gregorianischen Repertoires gehören[59], liegen eine überschaubare Anzahl

54 GT 31.

55 Vgl. Antiphonale Monasticum, Paris/Tournay/Rom 1934, 182.

56 GT 155.

57 GT 148.

58 Das sind: GR *Discerne*, GT 127; GR *Pacifice*, GT 131; GR *Timebunt gentes*, GT 265; GR *Propitius esto*, GT 288; GR *Protector noster*, GT 292; GR *Domine, Dominus noster*, GT 308; GR *In Deo*, GT 311; GR *Bonum est confiteri*, GT 327; GR *Suscepimus*, GT 360; GR *Locus iste*, GT 397; GR *Iustus*, GT 476; GR *Ecce sacerdos*, GT 486; GR *Qui operatus est*, GT 536; GR *Fuit homo*, GT 569; GR *Exiit sermo*, GT 636.

59 Bemerkenswert erscheint hier insgesamt die Tatsache, daß davon ausgegangen werden kann, daß die in diesem ersten Teil der Analyse ausgewählten Gesänge – abgesehen von den Gradualresponsorien – in besonderem Maße die in das gregorianische Repertoire eingeflossene gallikanische Tradition repräsentieren: „Es scheint, daß nicht nur einzelne Gesänge, ja möglicherweise ganze Gattungen des Gregorianischen Gesangs nicht auf römische, sondern auf «gallikanische» Überlieferung zurückgehen. Die Frage stellt sich insbesondere beim Alleluja, beim Tractus und beim Offertorium der Messe, [...]. Der von den Franken kodifizierte und als «Cantus romanus»

melodischer Formeln zugrunde, die in unterschiedlicher Abfolge zusammengesetzt werden können. Wie dies geschieht, was daran für die Anpassung von Melodie-Elementen an die Texte abgelesen werden kann und was darüber hinaus an diesen Gesängen zur Beziehung von Musik und Sprache zu entdecken ist, soll nun an drei Beispielen aufgezeigt werden.

4.3. TRACTEN IM II. TON

4.3.1. TR *Qui habitat*

Der TR *Qui habitat*[60] ist nach der Ordnung des AMS wie des GT Teil des Propriums vom ersten Fastensonntag, dessen Texte ausnahmslos dem 90. Psalm entnommen sind. Der Text des Tractus umfaßt unter Auslassung der Verse 8–10 den gesamten Psalm in der Textvariante des Psalterium Romanum. Die insgesamt dreizehn Abschnitte bestehen jeweils aus einem Vers. Nur bei den letzten beiden wird die Verseinteilung des Psalterium Romanum nicht eingehalten.

Wie bereits angedeutet, setzt sich die musikalische Gestalt des gesamten Tractus aus leicht wiedererkennbaren Formeln zusammen. Sie umfassen gelegentlich eines, meist aber mehrere Worte; selten wird ein Wort auf zwei Formeln verteilt. Ihre genaue Zahl angeben zu wollen, enthält einen unvermeidlichen Aspekt der Willkür, da es nicht immer möglich ist zu unterscheiden, wo eine Formel aufhört und eine andere anfängt. Genauso schwer fällt es bisweilen festzustellen, ob es sich nun um zwei verschiedene oder nur um eine einzige Formel handelt. Da aber zu einer nachvollziehbaren Beschreibung der Gesänge eine klare Differenzierung nötig ist, werden zunächst 17, später dann 23 verschiedene Formeln unterschieden. Sie werden so vorgestellt, daß jeweils dasjenige Beispiel genannt wird, das im TR *Qui habitat* zuerst erscheint, auch dann, wenn es vielleicht eher als ein atypisches Beispiel für die jeweilige Formel zu bezeichnen ist. Dieses Verfahren wurde deshalb bevorzugt, weil es vor dem Versuch bewahrt, einen Prototyp der einzelnen melodischen „Bausteine“ finden zu wollen. Statt dessen wird in der Beschreibung der Formeln eine besonders auffällige und in allen „Vertretern“ einer bestimmten Formel

deklarierte «Gregorianische Gesang» ist nicht erst von den Franken geschaffen worden. Aber das Repertoire umfaßt einen noch nicht eindeutig umschreibbaren «gallikanischen» Anteil.“ (Hucke, *Gregorianische Fragen*, 307) Auch wenn diese Frage noch weiterer Forschung bedarf, ist sie für den Kontext dieser Arbeit doch insofern von Interesse, als daraus geschlossen werden kann, daß Gesänge, deren Ursprung in „vorgregorianische“ Zeit zurückweist, als zur ältesten Schicht des fränkisch-gregorianischen Repertoires gehörig angesehen werden dürfen. Angesichts der komplexen Verhältnisse bei den großen Gruppen der Offertorien und besonders der Allelujas – mit ihrem wohl sehr vielschichtigen Entstehungsprozeß – muß dies natürlich jeweils im Einzelfall nachgewiesen werden. Jedoch macht diese Vermutung die kleine Gruppe der Tracten, die alle entweder im II. oder im VIII. Modus stehen, zu einem besonders interessanten Material für die Analyse. Von diesen Gesängen sind im GT im II. Ton noch acht (gegenüber 31 im GN) erhalten, davon sind jedoch nur fünf in den verwendeten adiastematischen Handschriften bezeugt.

60 GT 73.

vorhandene Melodiebewegung als Erkennungssignal beschrieben. Außerdem wird bei jeder einzelnen als Beispiel stets ein klar erkennbarer Abschnitt zwischen zwei Zäsuren angeführt – auch wenn er mehr als eine Formel enthält, da dies die einzige einigermaßen sichere und klare Möglichkeit der Abgrenzung darstellt.

Die bei den *Vorschlägen zur Restitution* in den BzG bereits bearbeiteten Tracten *Qui habitat*[61] und *Deus, Deus meus*[62] weisen angesichts der Länge der Gesänge verblüffend wenige Korrekturen auf, die insgesamt für diese Analyse nicht relevant sind. Sie werden deshalb bei der Vorstellung der Formeln nur als Anmerkungen erwähnt. So erfolgt nun zunächst eine kurze Beschreibung aller für diesen Tractus definierten Formeln.

Die 1. Formel gestaltet die Worte *qui habitat* und kann als Initium des gesamten Tractus bezeichnet werden, denn sein charakteristischer Beginn ist auch bei den anderen beiden noch zu analysierenden Tracten zu finden, und diese Melodiebewegung kommt auch nur an dieser einen Stelle vor:

Die 2. Formel wird in diesem Gesang wohl am häufigsten verwendet. Ihr Schlußmelisma kann als klares Erkennungszeichen gelten:

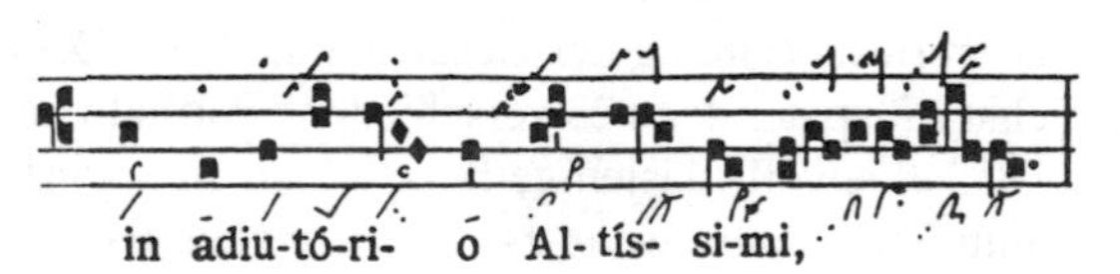

Die 3. Formel folgt meist unmittelbar auf die zweite und ist durch die Melodiebewegung: nicht kurrente Clivis (*re-do*) und viertöniger Quilisma-Scandicus (*re-mi-fa-sol*) zu charakterisieren. Unter den verschiedenen Varianten dieses Typs fällt die des letzten Verses besonders auf. Sie wird daher mit 3a bezeichnet und soll im Verlauf der Analyse noch genauer besprochen werden:

61 Vgl. *Vorschläge zur Restitution*, in: BzG 24, 16–23.
62 Vgl. *Vorschläge zur Restitution*, in: BzG 26, 21–26.

Formel 4 ist besonders schwer abzugrenzen, da sie immer in Verbindung mit einer anderen Formel in Erscheinung tritt, im angeführten Beispiel in Verquickung mit der vorausgehenden Formel 3. Ein unübersehbares Kennzeichen ist jedoch die fünffache Tonrepetition auf dem Tenor *fa*. Während in E auch jeweils in der Neumennotation fünf Töne auszumachen sind, variiert die Zahl in L bei den hier angeführten Beispielen zwischen drei und fünf. Es läßt sich nicht ermitteln, ob es sich dabei um eine Nachlässigkeit beim Schreiben handelt oder um eine gewollte Differenz:

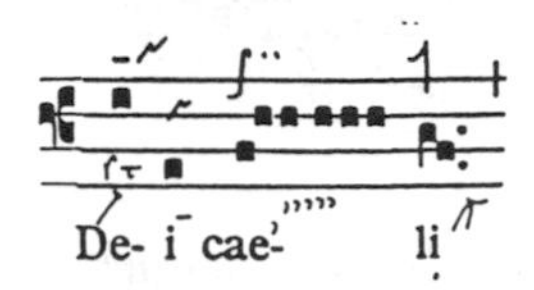

Die 5. Formel tritt in recht verschiedenen Varianten immer nur als Schlußformel eines ganzen Verses auf und ist durch die Tonfolge: Climacus *fa-mi-re*, Tractulus auf *re* und Pressus *mi-mi-re* zu erkennen. Man wäre hier durchaus berechtigt, verschiedene Formeln zu definieren. 5a stellt eine Variante dar, die erst im TR *Deus, Deus meus* zweimal auftritt und, wie schon erläutert[63], als Kombination der Formeln 8 und 5 verstanden werden kann:

Bei der mit 6 bezifferten melodischen Formel sind drei verschiedene Varianten zu unterscheiden, die mit dem Zusatz a, b oder c angegeben werden. 6a enthält die Melodiebewegung *sol-fa-mi – fa-mi-re – (mi-re)*, 6b *la-sol-mi – fa-mi-re – (mi-re)*[64] und 6c *la-sol-fa-mi – fa-mi-re – (mi-re)*:

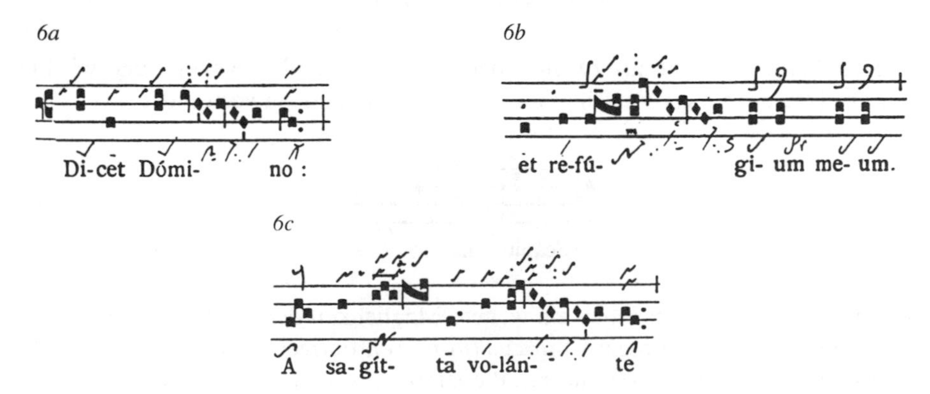

63 Siehe S. 170/171.
64 Vgl. *Vorschläge zur Restitution*, in: BzG 24, 17. Dort wird statt des ersten *mi* ein *fa* angegeben.

Die 7. Formel, zu identifizieren an der Tonfolge *(do-fa-mi) – fa-sol-fa-fa-do*[65], findet in diesem Gesang nur einmal Verwendung, kommt auch sonst eher selten vor[66] und ist dann nur als vorletztes Melodie-Element vor der Schlußbildung mit Nummer 5 in einer ganz speziellen Ausprägung zu finden. Beide sind nur sehr unklar voneinander zu trennen:

Formel 8 zeigt ein ausgedehntes Melisma, das in L größtenteils zusammenhängend geschrieben wird. Die Formel kommt in diesem Tractus dreimal vor, davon zweimal zu Beginn eines Verses (2 und 10):

Die 9. Formel dient wie Nummer 5 zumindest in diesem Gesang ausschließlich der Schlußbildung. Sie ist durch den Porrectus *sol-fa-sol* und dem anschließenden Quartsprung nach *re-mi-mi-re* charakterisiert. Beim TR *Deus, Deus meus* ist eine Variante (9a) zu finden, die jedoch auch als eine Verbindung der Formeln 16 und 9 aufgefaßt werden kann:

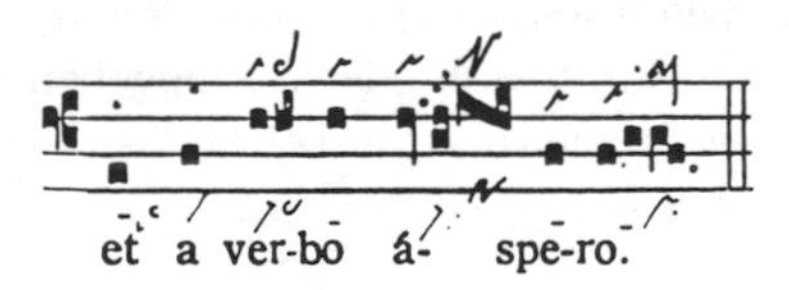

Die 10. Formel besteht aus zweimal der gleichen Melodiebewegung und wird in diesem Tractus in zwei Versen (3 und 7) jeweils am Anfang verwendet:

Formel 11 bezeichnet dagegen ein weitere Möglichkeit der Schlußbildung. Sie ist zu erkennen an der Abfolge: Climacus *(fa-mi-re)*, Porrectus *(re-do-re)*, Quart abwärts *(re-do-la)*, Porrectus *(re-do-re)*, Pressus *(mi-mi-re)*. Beim Wort *leonem* in Vers 9 liegt eine Variante vor, die nicht der Schlußbildung dient.

65 Vgl. ebd.; es wird an dieser Stelle vorgeschlagen: *(do-fa-mi) – fa-sol-mi-mi-do.*
66 Vgl. z. B. TR *Deus, Deus meus*, V 1 und 12.

Als Charakteristikum für die 12. Formel kann die im II. Ton als Initium nicht seltene Aufwärtsbewegung *la-do-re*, die Virga mit Episem auf *re*, die Tonrepetition auf *fa* sowie die anschließende Abwärtsbewegung und der Porrectus *re-do-re* gelten. Diese relativ kurze Melodiebewegung erscheint in diesem Tractus nur zweimal und dies im selben Vers (5). Im TR *Deus, Deus meus* kommt sie nur einmal vor (in Vers 13 ohne das vollständige Initium) und im TR *Domine exaudi* gar nicht:

Die 13. Formel fällt durch ihr langes Melisma auf, das ebenfalls eine Tonrepetition auf *fa* enthält, während das ähnlich lange Melisma der 14. Formel an einer unmittelbar aufeinanderfolgenden Wiederholung (zweimal *fa-sol-fa-re-re-do*)[67] zu erkennen ist:

Formel 15 steht am Beginn der Verse 8, 9 und 15. Diese melodische Bewegung ist einer Formel der besprochenen Alleluja-Verse im II. Ton verwandt. Dort ist sie mit der vorangestellten, für die 3. Formel typischen Melodiebewegung Clivis, Quilisma-Scandicus gleich am Anfang des Verses zu finden und ein zweites Mal – ohne diese – im dritten Teil des Melodie-Modells. Erstaunlicherweise handelt es sich dabei jedoch auch um die einzige Doppelung einer Formel in den für diese Arbeit untersuchten Gruppen von melismatischen Gesängen. Zwischen den Gradualrespon-

67 Hier wird in *Vorschläge zur Restitution*, in: BzG 24, 21, in Übereinstimmung mit den adiastematischen Handschriften vorgeschlagen, jeweils das zweite *re* wegzulassen.

sorien und den Tracten im II. Modus gibt es überhaupt keine Überschneidungen in den zugrundeliegenden melodischen Formeln:

Die mit 16 bezifferte, recht kurze Formel ist einer Melodiebewegung sehr ähnlich, die häufig dem charakteristischen Endmelisma von Nummer 2 vorausgeht, so z. B. bei *Altissimi* (TR) und *venantium* (V 2), so daß hier einmal mehr zu fragen ist, wo und wie die Grenzen zwischen den Formeln zu ziehen sind, zumal auch die Formeln 16 und 17, die den Tractus beschließen, nahtlos ineinander übergehen. Diese ausgedehnte Schlußformel des letzten Verses ist auch am Ende der beiden anderen, hier zu untersuchenden Tracten zu finden. Beim TR *Domine exaudi* bildet die Formel 17 das Ende der drei letzten Verse, bei den beiden letzten mit der vorangestellten Formel 16:

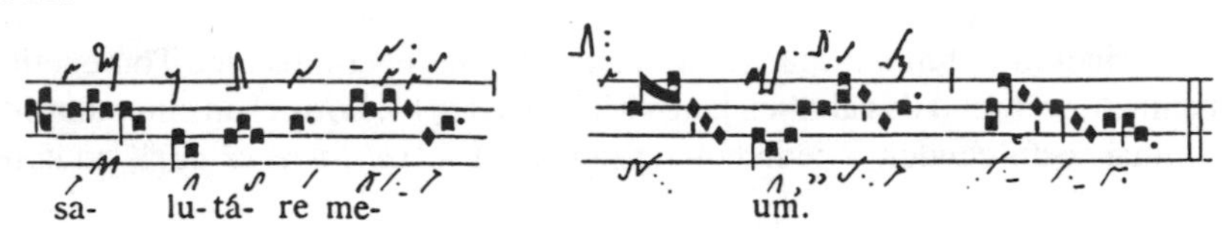

Nach diesem ersten Überblick soll an zwei Beispielen (Formel 2 und 3) zum einen nachgewiesen werden, daß die einzelnen „Bausteine" der Tracten – bei allen Schwierigkeiten der Abgrenzung und Benennung – wirklich klar und mühelos wiederzuerkennen sind. Zum anderen soll danach gefragt werden, wie bei ein und derselben zugrundeliegenden Formel die Anpassung an den jeweiligen Text geschieht. Zu diesem Zweck wurde eine weitere Übersicht erstellt, die alle melodischen Abschnitte des TR *Qui habitat* zeigt, die die Formel 2 bzw. 3 enthalten.

Die 2. Formel läßt sich insgesamt vierzehn bzw. fünfzehn Mal[68] in diesem einen Tractus entdecken (*Notenbeispiel*). Dabei sind wenigstens drei Gruppen voneinander zu unterscheiden. Die Gruppe A umfaßt acht Beispiele von recht verschiedener Länge. Neben dem schon beschriebenen, für diese Formel bezeichnenden Schlußmelisma lassen sich noch drei weitere Elemente unterscheiden, die jedoch nicht in allen Beispielen vorkommen und sich teilweise überlagern. In den Abschnitten aus Vers 2, 4, 8 und 11 ist zu Beginn der Melodieverlauf Clivis (außer in V 4), nicht kurrenter Pes, Climacus zu beobachten. Der Anfang des Abschnitts *in adiutorio Altissimi* aus der Antiphon kann als eine damit verwandte Melodiebewegung aufgefaßt werden. In Vers 4, 8, und 11 folgen auf diese Eröffnung eine Virga und ein Porrectus und dann das Schlußmelisma. Der besonders kurze Abschnitt *per diem* aus Vers 5 kann als Verkürzung dieser Variante verstanden werden.

Zu diesem Beispiel läßt sich eine bemerkenswerte Beobachtung machen. Im TR *Deus, Deus meus* sind ebenfalls in Vers 2 diese beiden Worte zu finden. Dort

68 Wenn man den Sonderfall in Vers 5 bei *et daemonio* mitrechnet.

Notenbeispiel: Formel 2 im TR Qui habitat

heißt es: *clamabo per diem, nec exaudies.* Die melodische Gestalt von *per diem* stimmt in verblüffender Weise mit derjenigen im TR *Qui habitat* überein, nur fehlt hier das für Formel 2 typische Endmelisma. Es erscheint erst auf der letzten Silbe von *nec exaudies*, wo die gesamte Formel nochmals verwendet wird. Von daher stellt sich die Frage, ob es sein kann, daß der identische Text bewußt auch musikalisch identisch gestaltet wurde, oder ob dies als ein – angesichts des ohnehin etwas aus dem Rahmen der Formel fallenden Melodieverlaufs von *per diem* – recht bemerkenswerter Zufall zu betrachten ist. Sollte die melodische Identität der beiden gleichen Textstellen wirklich beabsichtigt sein, so wäre dies ein Hinweis auf eine Beziehung von Musik und Sprache auf der inhaltlichen Ebene. Davon wird im Verlauf dieser Untersuchung noch ausführlicher zu sprechen sein.

Im Beispiel aus dem 2. Vers schließt sich an die genannte Eröffnung ein anderes Melodie-Element an, das auch in der Antiphon sowie in Vers 5 bei *perambulante in tenebris* Verwendung findet. Hier folgt auf einen Salicus die Abwärtsbewegung: nicht kurrente Clivis mit Tonrepetition auf der oberen Tonstufe, Clivis (die bereits zum Endmelisma gehört). Das abschließende Melisma wird um einen Scandicus flexus (*do-re-mi-re*) erweitert.

Eine Variante des Anfangs der Formel 2 liegt ebenfalls im Beispiel *perambulante in tenebris* in Vers 5 vor. Dabei ist zu fragen, ob es sich nicht um eine eigenständige Formel handelt, denn sie erscheint nicht nur im selben Vers bei *et daemonio* wieder – ohne das für Formel 2 charakteristische Schlußmelisma –, sondern bildet auch ein Kennzeichen für die Schlußformel 9a und ist außerdem bei der noch zu erwähnenden Formel 23 zu finden. Daran läßt sich einmal mehr ablesen, wie schwer die Abgrenzung der einzelnen Formeln untereinander fällt. Für den tatsächlichen Melodieverlauf ist eine solche Trennung jedoch nicht wirklich von Bedeutung.

Klar zu unterscheiden von der nun beschriebenen Gruppe A ist eine zweite, in der Übersicht mit B benannte Gruppe, deren ersten beiden Vertreter aus Vers 3 und 7 melodisch nahezu identisch sind, während gleichzeitig der Text in seiner Struktur wie auch in einzelnen Worten sich ebenfalls gleicht. Bei *scapulis suis* und bei *angelis suis* – beide zu Beginn des jeweiligen Verses – wird die Formel 10 mit ihrer bezeichnenden melodischen Wiederholung verwendet, an die sich ein Porrectus (*sol-mi-sol*) anschließt. Auf die Abwärtsbewegung *fa-mi* folgt sodann in Vers 7 ein Pes, während in Vers 3 ein Climacus erscheint. Dieser ist auch beim dritten Beispiel dieser Gruppe aus Vers 9 zu entdecken. Dort geht ihm aber eine andere Melodiebewegung voraus, die aber ebenfalls aus einer Wiederholung zusammengesetzt ist.

Die dritte Gruppe – C – der Beispiele für Formel 2 im TR *Qui habitat* ist daran zu erkennen, daß hier vor dem Endmelisma die Formel 4 zu finden ist, in Vers 12 bei *longitudine dierum adimplebo eum* gleich zweimal.

Nach diesem Überblick soll nun gefragt werden, wie Formel 2 an den jeweiligen Text angepaßt wird und ob auch bei diesem Tractus ähnliche Verfahren wie bei den untersuchten Melodie-Modellen zu differenzieren sind.

Insgesamt läßt sich erkennen, daß die Akzentsilben der durch Formel 2 gestalteten Worte durchweg auch musikalisches Gewicht erhalten. Dies geschieht in zahlreichen Fällen mittels relativ langer Melodiebewegungen wie z. B. bei *obumbrábit* (AN) – *méus* (V 1) – *longitúdine* (V 12). Eine Ausnahme bilden dabei die Fälle, in denen der Akzentsilbe eine starke Endbetonung – meist durch das charakteristische Melisma – gegenübersteht, z. B. in Gruppe B: *tibi* (V 3) und *dextris tuis* (V 6). Auf dieses Problem wird später noch zurückzukommen sein. In der Regel sind es jedoch gerade bei Formel 2 auch sehr starke Betonungen[69], die diesem Effekt entgegenwirken.

Bei verschiedenen Beispielen fällt sogleich auf, daß – wie bei den Melodie-Modellen – auch hier „überzählige" Silben mit Einzeltönen versehen werden. Als Beispiel sei das Wort *perambulante* in Vers 5 im Vergleich mit dem Wort *daemonio* im selben Vers erwähnt. In der Gruppe C bei Formel 4 ist diese Vorgehensweise besonders gut zu beobachten; man vergleiche nur die Worte *susceptor, liberabo* und *et glorificabo* miteinander. Dabei wird die Akzentsilbe – wie auch bei vielen Formeln der analysierten Gradualresponsorien und Alleluja-Verse – jeweils mit demselben Element, in diesem Fall einer Virga, vertont.

Die vorausgehende Clivis ist in den Beispielen *Susceptor meus es* (V 1) und *et glorificabo eum* (V 12) mit *c* bezeichnet. Dies weckt die Frage, ob die Wort-Ton-Beziehung wirklich bewußt bis in ein solches Detail hinein gestaltet wurde. Beim Wort *susceptor* geht der – durch das nicht klingende *e* – kurzen Akzentsilbe die sprachlich stärkere Silbe *-sus-* voraus, die deshalb sinnvoll mit *c* versehen ist. Dagegen fehlt dieses Zusatzzeichen beim Wort *liberabo* in Vers 10, bei dem jedoch die durch die Clivis gestaltete Silbe *-be-* stimmlos ist und deshalb den darauffolgenden Wortakzent auf der Silbe *-ra-* nicht so leicht gefährdet. In den beiden anderen Beispielen aus Vers 12, *glorificabo* und *adimplebo*, wird die Clivis durch *c* bzw. durch eine Liqueszenz[70] verkürzt. Freilich läßt sich bei diesem einen Beispiel nicht ausschließen, daß als Erklärung für die Differenzen in der Neumennotation auch vermutet werden könnte, es wären vielleicht verschiedene Schreiber am Werk gewesen. Möglicherweise war die Schreibweise nicht genau festgelegt, oder es liegen vielleicht einfach Nachlässigkeiten vor. Dennoch bleibt die Stimmigkeit von sprachlicher und musikalischer Gestalt bemerkenswert.

Auch bei dem fünften bis siebten Beispiel der Gruppe A – *veritas eius, ne unquam offendas* und *exaudiam eum* – werden die Wortakzente mit jeweils dem gleichen Zeichen, einem nicht kurrenten Pes bzw. Porrectus versehen. Desgleichen ist bei den ersten beiden Beispielen in Gruppe A, die mit einem ähnlichen bzw. identischen Melodieverlauf beginnen – trotz des Unterschieds der Länge und Akzentsetzung bei den Worten *adiutorio* und *laqueo* –, auf dem Wortakzent je ein nicht kurrenter Pes zu finden. In den ersten drei Beispielen der Gruppe A, die vor dem Schlußmelisma die Melodiebewegung Salicus – Pressus – Clivis zeigen, fällt der Wortakzent jedesmal mit dem Pressus zusammen. Allerdings macht in diesen Fällen die Textvorlage auch keine besondere Anpassung notwendig.

Beim relativ kurzen *veritas* in Vers 4 fehlt die in den vergleichbaren Abschnitten aus Vers 2, 8 und 11 vorhandene vorausgehende Clivis. Diese Möglichkeit der Anpassung durch Verkürzung der Formel ist auch in der bereits erwähnten Gruppe

69 Nicht kurrente Clivis mit Tonverdoppelung auf der oberen Tonstufe, nicht kurrenter Porrectus, fünffache Tonrepetition.

70 Vgl. dazu die Neumentabellen in: Cardine, *Gregorian Semiology*, 12–15.

C bei Formel 4 klar zu beobachten und gehört ebenfalls zu den auch in den Melodie-Modellen angewandten Verfahren.

Dies soll als Analyse an dieser Stelle genügen. Zusammenfassend wäre festzuhalten, daß bei der in verschiedenen Varianten erscheinenden Formel 2 deutliche Ansätze für die gleichen elementaren Verfahren der Anpassung der melodischen Formel an einen Text zu beobachten sind wie auch in den bereits untersuchten Melodie-Modellen.

Als zweites Beispiel für eine Formel soll nun der Nummer 3 eine gründlichere Beachtung zuteil werden (*Notenbeispiel*). Dieser melodische „Baustein" kommt im TR *Qui habitat* insgesamt elfmal vor, davon neunmal in Kombination mit Formel 2. Auch hier gibt es verschiedene Ausprägungen. Deren Unterschiede beziehen sich jedoch jeweils auf die Schlußbildung der Formel. Die häufigste Variante wird zunächst durch die ersten vier Beispiele der Übersicht repräsentiert. Sie beginnt mit einem kurrenten Pes (*mi-fa*); nach einer oder mehreren Einzeltonneumen folgt die oben beschriebene auffällige Melodiebewegung (nicht kurrente Clivis, viertöniger Quilisma-Scandicus); abschließend ist meist die Folge Clivis, Pes (in L werden beide zusammenhängend geschrieben) und nicht kurrente Clivis zu finden. Die Formel endet nicht auf der Finalis, sondern auf dem Tenor und ist daher als eigentliche Schlußformel nicht geeignet. Darin könnte auch eine Begründung dafür zu sehen sein, daß Formel 3 am Ende gelegentlich variiert wird, was allerdings bei Formel 2, die eine Tonstufe unter der Finalis auf *do* schließt, in keinem einzigen Beispiel der Fall ist.

Die beiden in diesem Tractus vorkommenden Varianten von Formel 3 sind recht auffälliger Art. Die erste – bei *et sub pennis eius* (V 3) und *et lapidem* (V 8) – besteht in einer melismatischen Abwärtsbewegung hin zum *do*, auf die jeweils nur sehr schwache Zäsuren folgen.

Die zweite Variante (3a) findet in diesem Tractus wie auch im TR *Deus, Deus meus* nur einmal und im TR *Domine exaudi* zweimal Verwendung. Sie hat, davon war bereits die Rede, ihren offenbar bevorzugten Platz unmittelbar vor der Schlußbildung mit Formel 16 und 17. Der Melodieverlauf bei *ostendam illi* in Vers 12 wirkt – in modernen Kategorien gesprochen – wie eine melodische Intensivierung der am häufigsten verwendeten Variante von Formel 3. Statt der Schlußbildung mit der Folge Clivis-Pes-nicht kurrente Clivis erscheinen ein Porrectus, ein Torculus und dann erst die abschließende Clivis. Dabei wird eine Tonstufe erreicht (*si b*), die sonst nirgendwo im Tractus vorkommt, was den Eindruck der Steigerung noch verstärkt. Es bleibt natürlich größte Vorsicht gegenüber der Aussage geboten, es handele sich hier um eine bewußt intendierte, abschließende Steigerung im Melodieverlauf, die womöglich sogar den inhaltlich so zentralen Worten *et ostendam illi salutare meum* durch die musikalische Gestalt besonderes Gewicht verleihen will. Dennoch bleibt es unbestreitbar, daß das Endmelisma sehr oft eine aufwendige Gestaltung zeigt, also eine Entfaltung der musikalischen Möglichkeiten und somit auch eine Steigerung gegenüber dem Vorausgegangenen. Auch wird die Frage nach der Tonhöhe als Mittel musikalischer Steigerung und Hervorhebung des zugrundeliegenden Textes noch bei zahlreichen anderen Gesängen zu stellen sein. Spätere Beobachtungen werden also noch weiteres Licht auf dieses Phänomen werfen.

Notenbeispiel: Formel 3 im TR Qui habitat

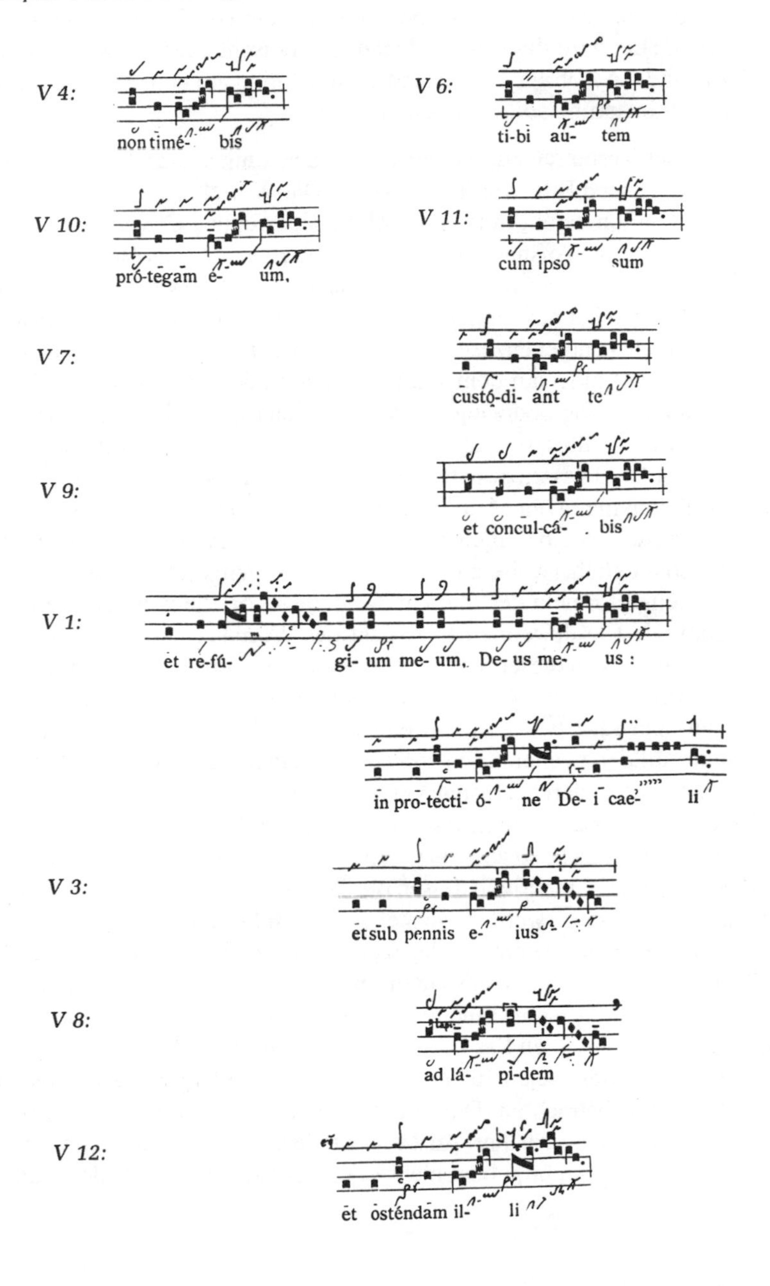

Die dritte Variante zu Formel 3 bei *in protectione Dei caeli* in der Antiphon des Tractus dürfte wohl als Sonderfall einer Überlappung von Formel 3 und 4 zu interpretieren sein. Hier wird das schlußbildende melodische Element zu einem Porrectus verkürzt und die Abfolge Finalis und Tonrepetition auf dem Tenor der Formel 4 nach einem Quintsprung *sol-do* angeschlossen.

Die Analyse der Verfahren zur melodischen Anpassung an den Text ergibt für Formel 3 fast das gleiche Bild wie für Formel 2. Die Wortakzente werden meist auch musikalisch deutlich betont mittels der Melodiebewegung Clivis, viertöniger Quilisma-Scandicus. Eine Ausnahme bilden hier die Beispiele aus Vers 7 und 11, *custodiant te* und *cum ipso sum*, bei denen die besagte Melodiebewegung auf der Schlußsilbe steht. Bei *ipso* hat der schlichte Tractulus bzw. Uncinus der Akzentsilbe dem praktisch gar nichts entgegenzusetzen, bei *custodiant* ist immerhin noch eine Virga strata (bzw. ein Pes in L) auf dem Wortakzent zu finden. Warum erfolgt bei diesen beiden Beispielen keine überzeugendere Anpassung an die Betonungsverhältnisse in den Worten? Es fällt auf, daß die beiden letzten Neumen[71] immer unmittelbar aufeinander folgen. Dies zieht natürlich nach sich, daß so nur eine vorletzte Silbe mit der erwähnten massiven Melodiebewegung versehen werden kann. Tatsächlich ist auch die Akzentsilbe bei allen anderen Beispielen jeweils die vorletzte Silbe[72]. Liegt hier also möglicherweise eine musikalische Eigengesetzlichkeit der Formel – ähnlich der Schlußformeln der Melodie-Modelle – vor, die von der Beziehung zur Sprache zumindest in diesem einen Aspekt des Wortakzents unabhängig ist? Das einzige Beispiel, das an dieser Stelle eine überzeugende Anpassung an den Wortakzent auf der drittletzten Silbe zeigt, die Worte *ad lapidem* in Vers 8, ist nur für C belegt, nicht aber für L[73]. In diesem Fall wird ein nicht kurrenter Pes *(fa-sol)* als dritte Neume auf der zweiten Silbe von *lapidem* eingefügt. Dieses Verfahren findet auch in den beiden anderen Tracten Verwendung.

Wie auch bei der 2. Formel werden überzählige Silben meist mit einer Einzeltonneume belegt. Es sieht so aus, als geschähe dies auf der Basis eines „vorgegebenen“ Melodieverlaufs, innerhalb dessen die Töne ganz einfach nach Bedarf verdoppelt[74] oder ausgelassen[75] werden. So steht vor dem Pes zu Anfang der Formel immer die Tonstufe *do*, nach dem Pes dagegen immer *re*. Freilich ist diese Feinheit der Tonhöhe nicht sicher an den adiastematischen Handschriften abzulesen und könnte somit jüngeren Datums sein. Eine unbedeutende Abweichung von dieser „Regel“ durch einen liqueszierenden Pes liegt bei *conculcabis* vor.

Unter den elf Beispielen für Formel 3 sind eigentlich nur zwei als aus dem Rahmen fallend zu betrachten. Die eine Ausnahme in der Antiphon, *in protectione Dei caeli,* wurde bereits erwähnt. An dieser Stelle sei dazu nur noch die Anmerkung ergänzt, daß – ob beabsichtigt oder nicht – der Quintsprung dem bedeutsamen Wort

71 Neume = alle Zeichen auf einer Silbe.

72 Z. B. *áutem – conculcábis – protectióne.*

73 Bei L ist an dieser Stelle auch nur die kurze Endung der Formel angegeben.

74 Z. B. V 10: *protegam*; V 3: *et sub pennis.*

75 Z. B. V 6: *tibi autem*; V8: *ad lapidem.*

Dei[76] eine genauso schlichte wie auffällige musikalische Gestalt verleiht, wiederum in C auffallend differenziert hinsichtlich der Wortakzente. Allerdings ist dieser Quintsprung *sol-do* auch in einer Reihe von Schlußformeln, z. B. in den Versen 4, 7 und 9, zu beobachten.

Als ungewöhnlich, wenn auch nicht einzigartig, ist auch das Beispiel *et refugium meum, Deus meus* aus Vers 1 zu bezeichnen. Dort werden die Formeln 6b und 3 durch sechsmal denselben Pes[77] miteinander verbunden – ein Phänomen, das das spätere Mittelalter als fehlerhafte Melodieführung kritisiert[78]. In Vers 12 bei den Worten *longitudine dierum* erfolgt die Verknüpfung von Formel 6b mit 4 ebenfalls durch einen solchen zweifachen Pes, wie auch in Vers 1 bei *susceptor meus es* die Ergänzung der zusätzlichen Silbe durch eben diesen Pes geschieht.

Die bisherigen Überlegungen liefern bereits eine bemerkenswerte Fülle an Material in Hinblick auf die Struktur der Formeln, die als „Bausteine" dieses Tractus dienen, wie auch für die Frage nach einer Anpassung dieser Formeln an den gewünschten Text. Im nächsten Schritt soll nun untersucht werden, wie der Gesamtaufbau des Gesangs aussieht und ob darin noch weitere Spuren einer Gestaltung der Beziehung von Musik und Sprache – möglicherweise auch auf der inhaltlichen Ebene – zu entdecken sind. Dazu wird zunächst eine Übersicht erstellt, die aufzeigt, welche Formel im Gesang wo ihren Ort hat und wo es melodische Abweichungen von den Formeln[79] oder sogar nicht an Formeln gebundene Melodieverläufe[80] gibt.

AN: Qui habitat (1) – in adiutorio Altissimi (2) – in protectio*ne Dei* (3) – caeli (4) – commorabitur (5).

V 1: Dicet Domino (6a): – Susceptor meus (4) – es (2), – et *refugium meum (6b)*, – *Deus* meus (3): – sperabo (7) – in eum (5).

V 2: Quoniam ipse (8) – liberavit me (6) – de laqueo venantium (2), – et a verbo aspero (9).

V 3: Scapulis suis (10) – obumbrabit tibi (2), – et sub pennis eius (3) – sperabis (5).

V 4: Scuto (4) – circumdabit te (6a) – veritas eius (2): – non timebis (3) – a timore nocturno (11).

V 5: A sagitta volante [(19) 6c] – per diem (2), – a negotio (12) – perambulante in tenebris (2), – a ruina (12) – et daemonio [2(Anfang)] – *Meridiano*.

V 6: Cadent (13) – a latere (6c) – tuo mille (14), – et decem millia (8) – a dextris tuis (2): – tibi autem (3) – non appropinquabit (11).

V 7: Quoniam Angelis suis (10) – mandavit de te (2), – ut custodiant te (3) – in omnibus viis tuis (9).

V 8: In manibus (15) – portabunt te (6a), – ne unquam offendas (2) – ad lapidem (3) – pedem tuum (9).

V 9: Super aspidem (15) – et basiliscum (6a) – ambulabis (14), – et conculcabis (3) – *leonem (11)* – et draconem (13).

76 In C steht auf der Akzentsilbe eine Virga mit Episem, die mit den Zusatzzeichen *t* und *s* versehen ist.
77 In C; in L ist es dreimal die Folge Pes, (liqueszierende) Einzeltonneume.
78 Vgl. Schlager, *Ars cantandi*, 254f.
79 *Kursiv*.
80 Kapitälchen.

V 10: Quoniam in me speravit (8), – liberabo e- (4) – um (2): – protegam eum (3), – quoniam cognovit nomen meum (9).

V 11: Invocabit me (15), – et ego (6c) – exaudiam eum (2): – cum ipso sum (3) – in *tribula*tione (9).

V 12: Eripiam eum [(10) 6b], – et glorificabo e- (4) – um (2): – longitudine (6b) – dierum adimplebo e- (4) – um (2), – et ostendam illi (3a) – salutare me- (16) – um [17 (Schlußformel)].

So ergibt sich als Zahlenfolge diese Gesamtstruktur des TR *Qui habitat*:

AN:	1	– 2	– *3*	– 4	– 5.				
V 1:	6a	– 4	– 2	– *6b*	– *3*	– 7	– 5.		
V 2:	8	– 6a	– 2	– 9.					
V 3:	10	– 2	– 3	– 5.					
V 4:	4	– 6a	– 2	– 3	– 11.				
V 5:	(19) 6c	– 2	– 12	– 2	– 12	– 2(Anfang) – MERIDIANO.			
V 6:	13	– 6c	– 14	– 8	– 2	– 3	– 11.		
V 7:	10	– 2	– 3	– 9.					
V 8:	15	– 6a	– 2	– 3	– 9.				
V 9:	15	– 6a	– 14	– 3	– *11*	– 13.			
V 10:	8	– 4	– 2	– 3	– 9.				
V 11:	15	– 6c	– 2	– 3	– *9.*				
V 12:	(10) 6b	– 4	– 2	– 6b	– 4	– 2	– 3a	– 16	– 17.

Daran ist zunächst abzulesen, daß es neben den im Kontext von Formel 3 schon genannten Sonderfällen nur zwei größere Abweichungen von Formeln gibt. In Vers 9 bei *leonem* liegt wohl eine kurze Variante von Formel 11 vor, die hier nicht die Schlußformel bildet – was an sich schon eine Erklärung für die Abweichung sein könnte. Gleichzeitig ähnelt dieser kurze Abschnitt ebenfalls dem Initium, was damit zu begründen ist, daß die Formeln 1 und 11 einige Merkmale gemeinsam haben. Ein möglicher Textbezug als Begründung für diese musikalische Ausnahme ist beim anschließenden Wort *et draconem* zu entdecken. Tatsächlich sind die abschließenden Melodiebewegungen des Wortpaares *leonem et draconem* identisch – ein Zufall?

Die zweite melodische Auffälligkeit bei der Schlußformel 9 in Vers 11 könnte dagegen schon eher mit der Vermutung erklärt werden, hier solle dem Wort *cum ipso sum in tribulatione* durch die Art der Vertonung besonderes Gewicht verliehen werden. Dem widerspricht nicht unbedingt, daß dieselbe Variante von Formel 9 im TR *Deus, Deus meus* bei den Worten *et liberasti eos* vorkommt. Jedoch könnte es sich auch, wie die verschiedenen Varianten von Formel 2 gezeigt haben, ganz einfach um eine weitere textunabhängige Variante handeln, die in diesen beiden Fällen zweifellos sehr passend ausgewählt wurde.

Das einzige „formelfreie" Wort des Tractus ist *meridiano* am Ende von Vers 5. Die Bedeutung dieses Wortes im Kontext des Gesamttextes rechtfertigt dies keineswegs, und es will nicht recht gelingen, eine Erklärung für dieses Phänomen zu finden. Natürlich ist denkbar, daß es sich um eine weitere Formel handelt, die weder in diesem Tractus noch in den beiden anderen hier untersuchten nochmals verwendet wird, oder aber, was die Melodiebewegung beim vorausgehenden *et daemonio* nahelegt, um eine Variante der noch zu besprechenden Schlußformel 23.

Die Zahlenfolgen zeigen, daß keine zwei Verse des Tractus identisch sind. Auch läßt sich kein Prinzip für den Aufbau der Verse wie des gesamten Tractus aus der Übersicht ablesen. Die einzelnen Formeln werden in sehr verschiedener Häufigkeit verwendet. Recht oft findet man die Formeln 2, 3, 4 und 6. Die Formeln 5, 9, 11 und 17 dienen – wie gesagt – (fast) ausschließlich der Schlußbildung, 10 und 15 erscheinen dagegen nur als Initium. Die Formeln 2 und 3 folgen sehr häufig aufeinander, und die Abfolge 2–3–9 steht am Ende von gleich vier Versen (7, 8, 10, 11).

Aber all diese Beobachtungen helfen nicht weiter bei der Suche nach differenzierteren Aspekten der Beziehung von Musik und Sprache in diesem Gesang. Interessanter erscheinen dagegen einige mehr ins Detail gehende Entdeckungen. So ist es z. B. bemerkenswert, daß nicht nur der Text der beiden einzigen durch Formel 10 vertonten Initien, *scapulis suis (obumbrabit tibi)* und *(quoniam) angelis suis (mandavit de te),* sehr ähnlich ist, sondern auch die formal wie inhaltlich miteinander in Beziehung stehenden Worte *a negotio* und *a ruina* in Vers 5 sind mit derselben Formel 12 versehen, die ebenfalls sonst nirgendwo in diesem Tractus vorkommt. Ebenso wird im selben Vers das Gegensatzpaar *per diem* und *in tenebris* musikalisch mit derselben Formel (2) gestaltet.

Während also in Vers 5 bei den Worten *per diem a negotio – in tenebris a ruina* zweimal hintereinander die Folge von Formel 2 und 12 zu finden ist, besteht der recht lange Vers 12 (*Eripiam eum et glorificabo eum – longitudine dierum adimplebo eum*) aus der zweimaligen Abfolge der Formeln 6b–4–2. Dem ist lediglich ein kurzes Initium, das als eine Verkürzung von Formel 10 betrachtet werden könnte, bei *eripiam* vorausgestellt, und die ausgeprägte Schlußformel bei *et ostendam illi salutare meum* schließt sich an. Der durch die zweimal gleiche Formelkombination musikalisch gestaltete Text kann inhaltlich als ein Parallelismus aufgefaßt werden.

All diese Beispiele reichen keineswegs für einen Beweis aus, aber sie machen es notwendig, die Frage wach im Auge zu behalten, ob es noch weitere und klarere Hinweise für die übereinstimmende Vertonung identischer bzw. offensichtlich miteinander in Beziehung stehender Texte gibt.

Eine weitere bedeutsame Frage ist mit der Beobachtung verknüpft, daß es einzelne – keineswegs nur am Schluß stehende – Worte gibt, die herausragend melismatisch gestaltet sind. Diese Melismen zeichnen sich meist dadurch aus, daß sie aus kleineren melodischen Wiederholungen – oft auf verschiedenen Tonstufen – zusammengesetzt sind. Im TR *Qui habitat* tritt dieses Phänomen in den Versen 6 und 9 gleich gehäuft auf, in Vers 6 bei *cadent* und bei *mille* sowie *millia*, in Vers 9 bei *ambulabis* und *draconem*, außerdem in Vers 2 bei *ipse* und in Vers 10 bei *sperabis* – diese beiden letzten sind ganz klar Worte von inhaltlich zentraler Bedeutung. Ist es darüber hinaus ein Zufall, daß es sich bei Vers 6 und 9 um zwei inhaltlich besonders „dramatische" Texte handelt, oder ist es denkbar, daß hier ein musikalisches Mittel der Steigerung und Intensivierung vorliegt? Auch dieser Frage wird weiter nachzugehen sein.

So führen alle bisherigen Beobachtungen, wagt man es, sie ernst zu nehmen, zuletzt doch noch zu einer nachvollziehbaren Gesamtstruktur des Tractus, auch wenn diese recht komplex bleibt. Im auf die Antiphon folgenden, recht langen Vers 1 sind es die Worte *et refugium meum, Deus meus: sperabo in eum,* die eine auffällige musikalische Gestalt zeigen, zunächst durch den beschriebenen sechsmaligen Pes, sodann durch das einzige Auftreten von Formel 7 in diesem Gesang auf dem Wort *sperabo*. In Vers 2 ist es dann das Wort *ipse*, das durch sein Melisma aus dem Kontext herausragt, ein unzweifelhaft inhaltlich zentrales Wort. Der Anfang von Vers 3, *Scapulis suis obumbrabit tibi,* steht in sprachlicher wie musikalischer Beziehung zu dem von Vers 7, *quoniam angelis suis mandavit de te*. Vers 4 beginnt ohne Initium mit der Tonrepetition von Formel 4 auf *scuto*. Das anschließende *circumdabit te* ist mit den Worten *liberavit me* aus Vers 2 melodisch identisch – schon wieder ein Zufall? Die Worte *portabunt te* in Vers 8 sind damit ebenfalls identisch, allerdings auch *et basiliscum* in Vers 9. Von dem Ansatz zu einem musikalischen „Parallelismus“ in Vers 5 war bereits die Rede. Die zwischen den beiden inhaltlich „dramatischen“ und musikalisch melismatischen Versen 6 und 9 liegenden Verse 7 und 8 weisen neben der melodischen Verwandtschaft durch die Formelfolge 2–3–9 auch eine textlich-inhaltliche Beziehung auf. Sie bilden einen klaren Parallelismus. Eine vergleichbare, wenn auch weniger klare Beziehung besteht zwischen Vers 10 und 11, die ebenfalls die Formelfolge 2–3–9 gemeinsam haben. Der letzte Vers 12 enthält – wie erwähnt – in sich einen Parallelismus in Text und Musik und endet mit einer herausragenden Schlußformel.

Dies sind nun eine ganze Fülle von Aspekten einer Beziehung von Musik und Sprache, die schon weit über die elementaren Zusammenhänge von Syntax, Silbenverteilung und Wortakzent hinausgehen. Sie sollen zunächst nur mit aller Vorsicht bewertet werden. Zu leicht wäre es möglich, daß rein musikalisch bedingte oder auch zufällig zustandegekommene Konstellationen als bewußt gestaltete Elemente der Wort-Ton-Beziehung interpretiert werden. Dieses eine Beispiel reicht als Nachweis längst nicht aus, aber es stellt eine beachtliche Basis dar, von der aus nun der nächste Tractus *Deus, Deus meus* genauer untersucht werden soll.

4.3.2. TR *Deus, Deus meus*

Der TR *Deus, Deus meus*[81] hatte bereits in der liturgischen Ordnung des AMS seinen Ort am Palmsonntag. Er übertrifft den TR *Qui habitat* an Länge noch um einen Vers. Der Text ist dem 21. Psalm ebenfalls in der Fassung des Psalterium Romanum entnommen. Von den insgesamt 32 Versen dieses Psalms wurden für den Tractus dreizehn zusammengestellt. Der Antiphon und dem ersten Vers des Tractus liegt Vers 2 zugrunde. Darauf folgen als je ein Vers des Gesangs die Psalmverse 3–9. Der 9. Vers des Tractus entspricht der zweiten Hälfte des 18. und dem 19. Psalmvers. Sodann schließen sich die Psalmverse 22 und 24 an. Der letzte Psalmvers (32) wird abschließend in den Tractus-Versen 12 und 13 vertont.

Diese Textauswahl zeigt die ganze dramatische Spannung dieses Psalms, der von höchster Not und drohender Vernichtung bis zum Dank für die Rettung und die Aufforderung, Gott zu loben, reicht. Schon sein liturgischer Ort am Beginn der Karwoche macht klar, daß dieser Text christologisch verstanden werden will. Die

81 GT 144.

Centonisation – besonders die Hinzunahme von Vers 19 – macht dies noch deutlicher.

Der TR *Deus, Deus meus* besteht melodisch weitgehend aus denselben Formeln wie der TR *Qui habitat*. Formel 1–12 und 17 kommen darin vor, 13–16 fehlen. Darüber hinaus gibt es noch drei Formeln (18–20), die im anderen Tractus nicht zu finden sind. Sie sollen zunächst kurz beschrieben werden.

Formel 18 bei *sum vermis, et non homo* in Vers 6[82], *aspernabantur me* in Vers 7 und bei *(de ore) leonis* in Vers 10 tritt jeweils in Verbindung mit dem für Formel 2 charakteristischen Endmelisma auf, so daß zu fragen ist, ob es sich hier nicht einfach um eine weitere Variante davon handelt. Da aber die dazugehörende Melodiebewegung mit ihrem zweimaligen Quartsprung (*re-sol-la-sol-re*) und dem doppelten Climacus (*la-sol-fa – fa-mi-re*) sehr auffällig ist, soll dieser melodische Teil dennoch als eine eigene Formel aufgefaßt werden:

Die zweite zu besprechende Formel (19) kam in einer unauffälligeren Variante auch schon im TR *Qui habitat* zu Beginn des 5. Verses bei *a sagitta* vor. Im TR *Deus, Deus meus* steht sie am Anfang des 2. Verses. Neben einem Initium (Torculus und kurrenter Pes) besteht sie aus der – durch Zusatzzeichen, Episeme bzw. nicht kurrente Zeichen der Neumennotation stark augmentierten – Melodiebewegung *sol-la-sol-la-sol-la-re* auf dem Wort *meus*. Dies ist die einzige Stelle im Tractus, an der Formel 19 verwendet wird. Sie ist in dieser Ausformung jedoch noch im TR *Eripe me* zu finden, der im GT nicht mehr vorkommt, jedoch im AMS wie auch im Graduel Neumé für den Karfreitag angegeben wird. Dort steht sie ebenfalls am Beginn des zweiten Verses beim Wort *acuerunt*:

Der dritte melodische Abschnitt in diesem Tractus, der nicht durch die bisher behandelten Formeln abgedeckt ist, gehört zu Vers 9. Die musikalische Gestalt der Worte *vestimenta mea et super vestem meam miserunt (sortem)* macht es schwer, diese als eine eigene Formel zu erkennen. Erst die Analyse des nächsten TR *Domine exaudi* hilft, diesen Abschnitt einzuordnen. In Vers 3 dieses Gesangs ist bei den Worten *sicut in frixorio* der gleiche Melodieverlauf zu beobachten wie bei *et super vestem meam miserunt* im TR *Deus, Deus meus*. Aufgrund dieser Tatsache soll die-

82 Vgl. *Vorschläge zur Restauration*, in: BzG 26, 23; dort wird – wie in E – auf *sum* und *vermis* statt des *sol* ein kurrenter liqueszierender Pes *sol-la* angegeben.

se Melodiebewegung als Formel 20 bezeichnet werden. Das vorausgehende *vestimenta mea* kann dagegen als eine kurze Variante von Formel 5 verstanden werden, wie sie z. B. auch im TR *Qui habitat* bei *sperabis* in Vers 3 zu finden ist. Der Schluß von *miserunt sortem* kann als Variante von Formel 11 aufgefaßt werden:

Wie auch beim TR *Qui habitat* sollen nun die Beispiele für die Formeln 2 und 3 etwas ausführlicher betrachtet werden, um zu erkunden, ob sie in beiden Gesängen in ähnlichen Varianten gebraucht werden, und vor allem, um zu untersuchen, ob dabei die gleichen Wege zur Anpassung der Formeln an den Text beschritten werden.

Formel 2 erscheint im TR *Deus, Deus meus* insgesamt dreizehnmal (*Notenbeispiel*). Sie läßt sich wiederum in drei deutlich verschiedene Gruppen unterteilen. Gruppe C umfaßt auch hier die Beispiele – vier an der Zahl –, in denen die Formeln 4 und 2 miteinander verknüpft sind. Gruppe B besteht aus den schon erwähnten Fällen, in denen Formel 18 dem Endmelisma von Formel 2 unmittelbar vorausgeht. Die Variante, wie sie in der Gruppe B beim TR *Qui habitat* vorkam, ist in diesem Gesang dagegen nicht zu finden. Gruppe A enthält wieder die meisten Beispiele, die in diesem Tractus jedoch untereinander sehr viel ähnlicher sind als im TR *Qui habitat*. Nur ein einziges Beispiel aus Vers 8, *eripiat eum,* zeigt den Melodieverlauf: Clivis – nicht kurrenter Pes – Climacus – Virga – Porrectus, der im TR *Qui habitat* in wenigstens vier Beispielen vorkam. Alle anderen fünf Beispiele der Gruppe A des TR *Deus, Deus meus* enthalten den Melodieverlauf Pressus – Clivis, jedoch ohne vorausgehenden Salicus wie im TR *Qui habitat* im Beispiel 1–3. Der Beginn der Varianten aller drei Gruppen fällt jedoch recht anders aus als bei denselben Varianten im TR *Qui habitat*. So kann nach dieser Übersicht über die Formel 2 im TR *Deus, Deus meus* festgehalten werden, daß – bei aller sehr offensichtlichen Übereinstimmung zwischen den Vertretern dieser Formel in beiden Gesängen – doch eine unübersehbar eigene Auswahl und Ausprägung einzelner Varianten zu beobachten ist.

In Hinblick auf die Wort-Ton-Beziehung zeigt auch diese Formel das Phänomen, daß die Akzentsilben in der Regel sehr konsequent betont werden und dabei immer dieselbe Neume auf den Wortakzent fällt. In Gruppe A ist dies meist die Clivis mit Tonrepetition (fa-fa-mi), die in Vers 3 und 5 in einer kurrenten Form noch ein zweites Mal ebenfalls auf einer Akzentsilbe verwendet wird: *nec exáudies* (V 2) – *in sáncto hábitas* (V 3) – *et sálvi fácti sunt* (V 5) – *et conspexérunt me* (V 9). Im einzigen Beispiel der oben beschriebenen anderen Ausprägung *erípiat éum* sind es wie im TR *Qui habitat* der nicht kurrente Pes und der desgleichen nicht kurrente Porrectus, die dem Wortakzent auch musikalisch eine Betonung zukommen lassen. Dagegen ist bei dem etwas aus dem Rahmen fallenden Beispiel aus der Antiphon, *Deus meus, respice in me*, eine klare Endbetonung bei *respice* gegenüber einer einfachen Virga auf der Akzentsilbe nicht zu übersehen. Ganz allgemein bildet das

Notenbeispiel: Formel 2 im TR Deus, Deus meus

Endmelisma von Formel 2 natürlich in allen Beispielen ein starkes Gegengewicht zu den beschriebenen Wortakzenten.

In Gruppe B ist die Melodiebewegung von Formel 18 auf den Wortakzenten am Ende der Formel deutlich massiver als das Endmelisma: *sum vermis et non hómo* (V 6), *aspernabántur me* (V 7) und *de ore leonis* (V 10). Jedoch liegt in Vers 6 bei *vermis* eine klare Endbetonung bei schwächerem Wortakzent vor, was angesichts der retardierenden Wirkung durchaus als ein Mittel der Betonung des Wortes *vermis* verstanden werden könnte.

Bei den Beispielen der Gruppe C sind es wiederum dieselben Neumen wie im TR *Qui habitat*, mit denen die Akzentsilben musikalisch hervorgehoben werden: die Virga, die in diesem Fall als Tonhöhenakzent gelten muß, mit der vorausgehenden, in der Regel mit *c* versehenen kurrenten Clivis und die charakteristische Tonrepetition von Formel 4 – diesmal auch in L durchgängig fünftönig. Dies sieht konkret wie folgt aus: *a salute mea* (V 1) – *in te speraverunt patres nostri* (V 4) – *laudate eum* (V 11) – *generatio ventura* (V 12).

Was die Verfahren betrifft, nach denen diese Formel dem Text gemäß abgewandelt wird, so ist auch im TR *Deus, Deus meus* die schlichte Rezitation auf einer Einzeltonneume bei „überzähligen" Silben festzustellen, so z. B. in Vers 9 bei *et conspexerunt me*, in Vers 7 bei *aspernabantur me* oder in Vers 12 bei *generatio ventura*. Desgleichen ist eine Verkürzung der Formel durch Weglassen des ersten Tons bei *laudate eum* in Vers 11 zu finden.

Es gibt bei Formel 2 im TR *Deus, Deus meus* jedoch auch eine Reihe von Beispielen für komplexere Vorgehensweisen beim Ausweiten des Melodieverlaufs auf einen relativ langen Text; diese sollen nun einzeln erläutert werden.

Gleich in der Antiphon ist – wie bei der Betrachtung der Wortakzente schon angedeutet – eine solche Abweichung zu finden. Der auf das stark melismatische Initium bei *Deus* folgende Text (*Deus meus, respice in me*) wird nach der Quadratnotation mit Rezitation auf den Stufen *do* und *fa* vertont, die durch einen Quartsprung auf dem Wortakzent von *meus* miteinander verbunden werden. Aus der Neumennotation von L und C ist jedoch kein eindeutiger Hinweis auf die genaue Tonhöhe zu entnehmen.

Bei den Beispielen aus Vers 3 und 5 kommt es – wie ebenfalls schon im Kontext der Wortakzente erläutert wurde – zu einer diminuierten Verdoppelung eines Teils der Formel, der Clivis mit Tonrepetition auf *fa*.

Auch in Gruppe B bei *sum vermis, et non homo* in Vers 6 geschieht eine Erweiterung durch die Verdoppelung des ersten Teils der Melodiebewegung. Auf *sum vermis* ist die gleiche Abfolge – Quartsprung (*re-sol*) und eine weitere Aufwärtsbewegung (*sol-la*) – zu beobachten wie zu Beginn des unmittelbar folgenden *et non homo*.

Bei der Kombination von Formel 4 und 2 in der Gruppe C ist dieses Phänomen ebenfalls festzustellen. Hier wird bei *in te speraverunt patres nostri* in Vers 4 die 4. Formel in leicht variierter Form zweimal hintereinander verwendet. Zunächst erscheint ein kleines Initium durch das vorangestellte *do* bei *in*. Dann kommt es zu einer leichten Verschiebung im Melodieverlauf: Statt der Folge Clivis (*fa-mi*) – Virga (*fa*) werden dieselben Töne auf eine Virga (*fa*) und eine kurrente Virga strata (*mi-fa*) verteilt. Nach einem Quilisma-Pes auf der Endsilbe von *speraverunt* erscheint in verkürzter Form noch einmal der erste Teil von Formel 4 auf *patres*. Daran schließt sich eine weitere fünffache Tonrepetition auf *nostri* an. Beim verwandten Beispiel *generatio ventura* in Vers 12 geschieht eigentlich nicht viel mehr, als daß die Silbe *-ti-* um ein dreimaliges *fa* erweitert wird, dennoch ähnelt dies der verdoppelten Formel, da eben die Tonrepetition auf *fa* als das auffälligste Merkmal von Formel 4 gelten kann.

Insgesamt kann zur Formel 2 im TR *Deus, Deus meus* festgehalten werden, daß hier in praktisch identischer Weise wie im TR *Qui habitat* die Akzentsilben des Textes musikalisch gestaltet werden. Auch die Anpassung der Formel an den Text durch die Verfahren von Rezitation und Verkürzung sind zu finden. Hinzu kommt die Möglichkeit der Verdoppelung eines Teils der Formel, um sie für einen relativ langen Text abzuwandeln.

Auch Formel 3 ist in diesem Tractus recht häufig, nämlich zwölf- bzw. dreizehnmal, vertreten (*Notenbeispiel*). Wie bei der Gruppe A von Formel 2 fällt auch bei Formel 3 auf, daß sie im Vergleich mit dem TR *Qui habitat* in diesem Gesang in weit weniger differierenden Varianten verwendet wird. So kommt außer der „Steigerung“[83] (3a) beim letzten Erscheinen der Formel in Vers 12, *et annuntiabunt caeli,* keine andere Variante vor. Bei dem als 13. Beispiel angefügten Abschnitt *quare dereliquisti* aus der Antiphon ist zu fragen, ob es sich, wie die Melodiebewegung auf *me* sowie die unmittelbar vorausgehende Formel 2 nahelegen, zu Beginn um ein Fragment von Formel 3 handelt, das mit Formel 5 verknüpft wird.

Die einmütige Gleichförmigkeit aller anderen Vertreter dieser Formel macht diese zu einer besonders geeigneten Gruppe für die Untersuchung der Anpassungsverfahren an den jeweiligen Text. Sie sind in diesem Gesang durchweg elementarer Natur. Die in den meisten Fällen vorausgehende Formel 2 endet auf *do,* und Formel 3 beginnt dann jeweils auch auf dieser Tonstufe, außer bei den beiden extrem kurzen Beispielen *verba* in Vers 1 und *speraverunt* in Vers 4. Bei *verba* ist die Formel auf die beiden charakteristischen Neumen reduziert: nicht kurrente Clivis – viertöniger Quilisma-Scandicus sowie auf die Folge Clivis – Pes – nicht kurrente Clivis; bei *speraverunt* erscheint auf der ersten Silbe gleich der Pes *mi-fa*[84], der in der Regel auf der Akzentsilbe oder aber – wie in diesem Beispiel – auf einer weiteren betonten Silbe steht. Alle zusätzlichen Silben in den anderen Beispielen, die vor diesem Pes stehen, werden auf *do* rezitiert. Die danach folgenden Silben werden, so sie unbetont sind, auf *re* rezitiert, wie z. B. *oppróbrium hominum* (V 6) – *locúti sunt labiis* (V 7) – *salvum fáciat* (V 8). Sind sie jedoch betont, dann steht auf dieser Silbe ein weiterer Pes (*re-mi*), z. B. *univérsum sémen Iacob* (V 11) – *et annuntiábunt caeli* (V 12) und auch *in te speraverunt* (V 5). Dieses Verfahren ist in besonderer Deutlichkeit auch beim Melodie-Modell der Alleluja-Verse im II. Ton zu beobachten. Bei dem Beispiel *unicornuorum* (in L *unicornium*) aus Vers 10 liegt angesichts der Gleichförmigkeit aller anderen Beispiele die Vermutung nahe, daß der erste Pes ebenfalls *mi-fa* lauten müßte. Die adiastematische Neumennotation läßt diese Möglichkeit durchaus zu, kein Zusatzzeichen gibt einen Hinweis über das Tonhöhenver-

83 Siehe 4.3.1. *TR Qui habitat.*

84 In den meisten Beispielen als Virga strata notiert.

Notenbeispiel: Formel 3 im TR Deus, Deus meus

V 4: spe-ravé- runt,

V 5: in te spe-ravé- runt,

V 6: oppróbri- um hó- mi-num,

V 10: u-ni-cor-nu- ó- rum

V 7: lo-cú- ti sunt lá- bi- is

V 8: salvum fá-ci- at e- um,

V 1: ver- ba

V 9: di- vi- sé-runt si- bi

V 2: [in]e nocte, et non

V 11: u-nivérsumsemen Ia- cob,

V 12: et annunti- ábunt cae- li

AN: qua-re me de-re-li-

hältnis zum vorausgehenden *re*. Das Erscheinen des Pes gleich auf der ersten Silbe sowie der Abschluß der zwischen 2 und 3 eingefügten Formel 6c auf der Finalis *re* könnte jedoch auch ein plausibler Grund für die Verschiebung des Pes um diese eine Tonstufe sein.

Anders als im TR *Qui habitat* gibt es in diesem Gesang wenigstens ein klares Beispiel dafür, daß zwischen die beiden letzten Neumen der Formel 3 eine zusätzliche Silbe eingeschoben wird. Bei den Worten *opproprium hominum* geschieht dies mit Hilfe eines nicht kurrenten Pes (*fa-sol*) auf der vorletzten Silbe. Interessant erscheint außerdem, daß das Wort *labiis* in Vers 7 genauso wie das ähnlich klingende Wort *lapidem* aus Vers 8 im TR *Qui habitat* in C mit und in L ohne diesen zusätzlichen Pes angegeben wird.

So kann zusammenfassend auch für die Formel 3 im TR *Deus, Deus meus* bestätigt werden, daß die bisher gefundenen Verfahren zur Betonung der Wortakzente sowie zur Anpassung der Formel an den Text auch in diesem Fall offenbar Gültigkeit haben.

Im nächsten Schritt der Analyse soll nun genauso wie beim TR *Qui habitat* eine Übersicht über die Verteilung der verschiedenen Formeln im gesamten Gesang erfolgen:

AN: Deus (1), – Deus meus, respice in me (2): – *quare me dereli-* [(*3*) Fragment] – quisti (5).

V 1: *Longe* (*8*) – a salute me- (4) – a [2 (Schluß)] – verba (3) – delictorum (7) – meorum (5).

V 2: *Deus meus* (19) – clamabo (6c) – PER DIEM, – nec audies (2): – in nocte, et non (3) – ad insipientiam mihi (5a).

V 3: Tu autem (8) – in sancto habitas (2), – LAUS – Israel [5a (8–5)].

V 4: In te speraverunt (4) – patres no- (4) – stri [2 (Schluß)]: – speraverunt (3), – et liberasti eos (9).

V 5: Ad te clamaverunt (6b), – et salvi facti sunt (2): – in te speraverunt (3), – et non sunt confusi (11).

V 6: Ego autem (8) – sum vermis, et non ho- (18) – mo [2 (Schluß)]: – opproprium hominum (3), – et abicctio plebis (11).

V 7: Omnes (4) – qui videbant me (6a), – aspernabantur (18) – me [2 (Schluß)]: – locuti sunt labiis (3) – et moverunt caput (11).

V 8: Speravit in Domino (10), – eripiat eum (2): – salvum faciat eum (3), – quoniam vult eum (11).

V 9: Ipse vero (4) – consideraverunt (4), – et conspexerunt me (2): – diviserunt sibi (3) – *vestimenta mea (5)*, – et super vestem meam miserunt (19) – sortem (11).

V 10: LIBERA ME (vgl. TR *Memento*, GT 159) – de ore (6b) – leo- (18) – nis [2 (Schluß)]: – et a cornibus (6c) – unicornuorum (3) – humilitatem meam (20).

V 11: Qui timetis Dominum (6a), – laudate e- (4) – um [2 (Schluß)]: – universum semen Iacob (3), – magnificate eum (20).

V 12: Annuntiabitur Domino (6a) – generatio (4) – ventu- (4) – ra [2 (Schluß)]: – et annuntiabunt cae*li* (3a) – iustitiam (7) – eius (5).

V 13: Populo (12) – QUI NASCETUR, – quem fecit (7) – Dominus (17).

Dies sei in einer schlichten Zahlenfolge noch anschaulicher gemacht, um möglicherweise Aufschluß über das „Konstruktionsprinzip“ des Tractus zu gewinnen:

AN:	1	– 2	– *3*	– 5.				
V 1:	*8*	– 4	– 2	– 3	– 7	– 5.		
V 2:	19	– 6c	– PER DIEM		– 2	– 3	– 5a.	
V 3:	8	– 2	– LAUS		– 5a (8–5).			
V 4:	4	– 4	– 2	– 3	– 9a.			
V 5:	6b	– 2	– 3	– 11.				
V 6:	8	– 18	– 2	– 3	– 11.			
V 7:	4	– 6a	– 18	– 2	– 3	– 11.		
V 8:	10	– 2	– 3	– 11.				
V 9:	4	– 4	– 2	– 3	– *5*	– 19	– 11.	
V 10:	*LIBERA ME*		– 6b	– 18	– 2	– 6c	– 3	– 9.
V 11:	6a	– 4	– 2	– 3	– 20.			
V 12:	6a	– 4	– 4	– 2	– 3a	– 7	– 5.	
V 13:	12 – *QUI NASCETUR*			– 7	– 17.			

Ähnlich wie beim TR *Qui habitat* läßt sich aus dieser Übersicht keine leicht durchschaubare musikalische Struktur des Tractus entnehmen. Wiederum gibt es nur einige wenige Abschnitte, die klar von den Formeln abweichen. Es sind jedoch deutlich mehr als im TR *Qui habitat*.

Da ist als erstes das schon kurz erwähnte Fragment von Formel 3 in der Antiphon bei den Worten *quare (me dereliquisti)* zu nennen. Warum steht an dieser Stelle nicht wie beim noch kürzeren *verba* in Vers 1 die vollständige Formel? Warum die Ähnlichkeit im Melodieverlauf zwischen *quare* und *dereliquisti*? Dabei folgt in unmittelbarer Wiederholung die Abfolge zweimaliger nicht kurrenter Pes[85] und das typische, abschließende Melodie-Element der 3. Formel bzw. ein – diesem nahe verwandter – Scandicus flexus.

Die nächste Abweichung steht gleich zu Beginn des ersten Verses. Es handelt sich ganz eindeutig um eine längere Variante von Formel 8, die dadurch erzeugt wird, daß ein melodisches Element auf verschiedenen Stufen viermal erscheint. Dabei drängt sich die Frage auf, ob der Grund für die „Verlängerung“ in der Bedeutung des Wortes *longe* liegen könnte, das auf diese Weise musikalisch gestaltet wird. Kann dies ein Zufall sein? Ansonsten endet der Vers 1 mit der gleichen Formelfolge 3–7–5 wie der erste Vers des TR *Qui habitat*.

Der zweite Vers enthält dann die Worte *per diem*, deren Melodieverlauf – wie bereits erwähnt – der Vertonung derselben Worte in Vers 5 des TR *Qui habitat* so verblüffend ähnlich ist, obwohl er an dieser Stelle kaum als Teil der darauffolgenden Formel 2 aufgefaßt werden kann. Diese Melodiebewegung steht vielmehr eher als ein selbständiger, wenn auch sehr kurzer Abschnitt zwischen den Formeln 6c und 2.

In Vers 3 ist es das Wort *laus*, das Schwierigkeiten bereitet. Es könnte als Fragment von Formel 12 verstanden werden oder aber als eine ganz selbständige Melodiebildung. Aber worin liegt der Sinn dieser Abweichung, da doch die hier vorliegende Variante von Formel 5 (5a=8+5), die auch in Vers 2 schon Verwendung fand,

85 Dies allerdings auf verschiedenen Tonstufen.

dieses Wort problemlos hätte „fassen" können? Wäre es möglich, daß das Wort *laus* seiner Bedeutung wegen melodisch herausragend gestaltet wurde? Die Tonrepetition durch eine dreifache Virga mit Episem auf dem Tenor darf wohl als massiv gelten.

Im fünften Vers weicht der Beginn der Schlußformel 11 von dem der anderen Vertreter dieser Formel sichtlich ab, auch wenn die sonst übliche Gestalt – der Quintsprung *sol-do* – bei *non* noch vage zu erahnen ist. Soll vielleicht an dieser Stelle dem inhaltlich bedeutsamen Wort *non* auch melodisch ein Akzent verliehen werden? Eine weitere ähnlich „gefüllte" Quinte ist beim Wort *quoniam* am Ende von Vers 8 zu beobachten.

Der Anfang von Vers 7, der nur aus der Tonrepetition von Formel 4 besteht, auf die dann sofort Formel 6a folgt, läßt ebenfalls die Vermutung zu, auf diese Weise solle verhindert werden, daß das aussagekräftige Wort *omnes* in einem schlichten Initium „untergeht".

Von der Besonderheit bei der musikalischen Gestalt der Worte *vestimenta mea et super vestem meum* in Vers 9 war bereits die Rede. Eine Beobachtung sei dazu jedoch noch ergänzt: Wie ist es zu erklären, daß an dieser Stelle das einzige Mal in den beiden bisher untersuchten Tracten die Formel 5 nicht als Schlußformel, sondern mitten im Vers vorkommt? Der Melodieverlauf der beiden sprachlich als Parallelismus zu verstehenden Formulierungen *vestimenta* und *et super vestem* ist sich verblüffend ähnlich. Könnte diese Ähnlichkeit bei der Auswahl der beiden Formeln 5 und 20 eine Rolle gespielt haben?

Eine bislang einmalige Gestalt und ein besonders langes Melisma zeigt der Beginn des zehnten Verses bei den Worten *libera me*. Wieder drängt sich die Frage auf, ob der zweifellos äußerst bedeutsame Inhalt dieser Worte die Motivation für die außergewöhnliche musikalische Ausprägung gewesen sein könnte. Beim nur in L belegten TR *Confitemini Domino*[86] erscheint dieser Melodieverlauf noch einmal bei der nicht weniger zentralen Bitte *memento nostri* am Anfang von Vers 3.

Einen letzten auffälligen, Formel 7 deutlich erweiternden, Melodieverlauf zeigen die Worte *qui nascetur* in Vers 13. Die Begründung für die intensive Ausprägung könnte einmal mehr in dem Bemühen zu sehen sein, auf musikalischem Wege einen wichtigen Teil der Textaussage hervorzuheben.

Viele der genannten Abweichungen von den Formeln haben nun schon die Frage nach einer Beziehung von Musik und Sprache auch auf der inhaltlichen Ebene in diesem Tractus berührt. So wenig beweiskräftig das einzelne Beispiel sein mag, so bemerkenswert ist doch die Fülle der Einzelheiten, die eine solche Erklärung nicht nur möglich, sondern auch ausgesprochen sinnvoll erscheinen lassen. Auch da, wo klare Formeln verwendet werden, lassen sich noch einige Beispiele dieser Art entdecken.

Kaum zu übersehen ist dies am Beginn von Vers 3 und 6. Dort werden zwei sprachlich sehr ähnlich und inhaltlich zusammengehörende Textaussagen *tu autem* und *ego autem* nicht nur identisch, sondern auch durch ein besonders langes Melisma vertont.

86 GT 158.

Eine weitere melodische Übereinstimmung, die jedoch angesichts der Häufigkeit der verwendeten Formel 3 auch auf Zufall beruhen könnte, ist bei *speraverunt* (V 3) und *in te speraverunt* (V 4) zu finden. Das dritte *in te speraverunt* am Anfang von Vers 3 wird musikalisch anders gestaltet.

Außer bei den genannten stark melismatischen Beispielen *longe, tu autem, ego autem, libera me* stellt sich auch bei den Worten *Deus meus* in Vers 2 die Frage, ob hier die auffallende Augmentation ähnlich wie die Länge des Melismas in den anderen Beispielen ein musikalisches Mittel sein könnte, um diese Worte aus dem Kontext hervorzuheben und so als besonders wichtig zu bezeichnen. Als ein letztes Beispiel für eine stark melismatische und zugleich augmentierte Formel sei das Wort *beati* zu Beginn von Vers 2 des TR *Confitemini Domino* erwähnt, auch dies wieder eine unzweifelhaft zentrale Aussage des Textes.

Zur Struktur des gesamten Tractus soll nur noch festgestellt werden, daß es auch in diesem Gesang keine zwei von den Formeln her identischen Verse gibt. Wieder ist die Kombination von Formel 2 und 3 besonders häufig; und wieder sind die Formeln 5, 9, und 11 (fast) ausschließlich als Schlußformeln zu finden, während 8 und 10 hier (fast) nur am Anfang verwendet werden. Vier aufeinanderfolgende Verse (5–8) enden mit der Formelfolge 2–3–11. Vers 6 und 7 haben noch die davorliegende Formel 18 gemeinsam. Beide Verse stehen inhaltlich durchaus in einem Zusammenhang zueinander, indem sie beide die trostlose Situation des Beters beschreiben, während die Verse 5 und 8 wie ein Rahmen von Hoffnung (*speraverunt* bzw. *speravit*) und Heil (*et salvi facti sunt* bzw. *salvum faciat eum*) sprechen.

Auch einige andere Übereinstimmungen sind zu bemerken. Vers 4 und 9 sind in den ersten vier Formeln (4–4–2–3) melodisch gleich, aber inhaltlich gegensätzlich. Ob es sich hier um eine beabsichtigte Verbindung handelt, läßt sich nicht sagen. Vers 11 und 12 haben ebenfalls die ersten vier Formeln (6a–4–2–3) gemeinsam, so daß sie sich nur in ihren Schlußbildungen unterscheiden. Diese beiden Verse bilden in ihrer gemeinsamen Aufforderung zum Lobe Gottes eine inhaltliche Einheit, die sich von dem vorausgehenden Schrei um Rettung (*libera me*) deutlich unterscheidet. Die Schlußformel von Vers 12 ist mit derjenigen des 12. und letzten Verses im TR *Qui habitat* verwandt. Bei beiden erscheint die Formel 3a. Die endgülige Schlußbildung erfolgt jedoch erst mit der Formel 17 in Vers 13, die auch im TR *Qui habitat* nur an dieser letzten Stelle zu finden ist. Dieser letzte Vers, der ja nur einen kleinen Abschnitt des Verses 32 von Psalm 21 vertont, muß als bewußt gesondert gestaltet betrachtet werden. Er wirkt in seiner Kürze und in der sonst nicht vorkommenden Formelkombination (12–7–17) wie ein Fazit aus dem vorher Gesagten: *Populo qui nascetur, quem fecit Dominus.*

Am Ende dieser Analyse zum TR *Deus, Deus meus* bleibt dieselbe skeptische Verblüffung wie beim TR *Qui habitat.* Ohne daß sich eine leicht durchschaubare Systematik der Gesamtstruktur dieses Gesanges oder seiner Wort-Ton-Beziehung zeigt, gibt es doch eine Fülle von Hinweisen darauf, daß die musikalische Gestalt unter besonderer Berücksichtigung der formalen sowie zumindest partiell auch der inhaltlichen Gegebenheiten des Textes bewußt und vielschichtig angelegt, ja „komponiert“ wurde.

4.3.3. TR *Domine exaudi*

Der dritte Tractus, der in diesem Kontext analysiert werden soll, ist der TR *Domine exaudi*[87], der nach dem AMS zum Mittwoch der Karwoche gehört[88]. Im GT ist er am Karfreitag zu finden. Dieser Gesang ist mit seinen fünf Versen bedeutend kürzer als die beiden bisher besprochenen Tracten. Der Text entstammt Psalm 101 in einer altlateinischen Textfassung. Es handelt sich um die Verse 2–5 und 14 des 29 Verse umfassenden Psalms. Dabei wird der dritte Vers geteilt und so zur Textgrundlage von Vers 1 und 2 des Tractus. Inhaltlich ist dies ein weiterer „hochdramatischer" Text: Er schildert die Situation eines Menschen in höchster Bedrängnis und seine Bitte und Hoffnung auf Gottes Erbarmen. Auch dies ist, zumal in der Karwoche, wiederum christologisch zu deuten.

Außer den bisher verwendeten Formeln gibt es auch in diesem Tractus einige neue melodische „Bausteine", die als Formel 21 bis 23 bezeichnet werden sollen. Formel 21 ist gleich zweimal in der Antiphon zu finden – und nur dort – bei den Worten *exaudi* und *et clamor*. Daher ist zu fragen, ob es sich wirklich um eine Formel handelt oder aber einfach um eine einmalige melodische Parallelbildung, die hier am Anfang eines Parallelismus des Psalms steht. Diese Melodiebewegung kommt jedenfalls sonst in keinem der untersuchten Tracten vor:

Formel 22 wird desgleichen nur zweimal verwendet, allerdings in zwei verschiedenen Versen, nämlich in der Antiphon bei *ad te* und in Vers 1 bei *inclina ad me* in Verbindung mit dem Schlußmelisma von Formel 2:

Die 23. Formel steht damit in direktem Zusammenhang, sie bildet den Schluß der Antiphon (*veniat*) wie auch von Vers 1 (*aurem tuam*):

87 GT 172.
88 Als Graduale, in R außerdem als 1. GR zum Karfreitag.

Auch in diesem Tractus sollen die Formeln 2 und 3 ausführlicher betrachtet werden. Formel 2 erscheint im TR *Domine, exaudi* viermal (*Notenbeispiel*). Zwei Varianten davon waren bereits in den beiden anderen Tracten zu finden. In Vers 4 bei *aruit cor meum* steht sie in der Variante der Gruppe A, für die die Melodiefolge: Clivis (fehlt hier), nicht kurrenter Pes auf der Akzentsilbe, Climacus, nicht kurrenter Porrectus (ebenfalls auf der Akzentsilbe) charakteristisch ist. Die Antiphon des Tractus zeigt außerdem einen Vertreter der Gruppe C, mit der Verknüpfung von Formel 4 und 2 bei den Worten *orationem meam*. Wie in den anderen Tracten, so fällt auch hier die Virga auf *fa* mit dem ersten Wortakzent zusammen, während die vorausgehende Clivis durch den Zusatzbuchstaben *c* rhythmisch verkürzt wird. Der zweite Wortakzent wird genau wie in den bereits bekannten Beispielen durch die Tonrepetition von Formel 4 vertont, diesmal allerdings so, daß die fünf Töne gegliedert werden in zwei Gruppen zu je zwei Tönen, die mit dem Zusatzzeichen *x* (=*exspectare*) versehen sind, daran schließt sich die fünfte Repetition als erster Ton einer mit c bezeichneten Clivis (*fa-re*) an.

Das dritte Beispiel von Formel 2 kann als eine Variante des ersten Beispiels (V 4) aufgefaßt werden. Bei den Worten *faciem tuam a me* in Vers 1 ist der folgende Melodieverlauf (nach C) zu beobachten: Virga, Climacus, Tractulus (*faciem*) – doppelte Clivis, Virga, Porrectus (*tuam*) – Tractulus, Endmelisma (*a me*). Als vierter Vertreter der 2. Formel soll die schon genannte Verbindung mit Formel 22 gelten, die ebenfalls in Vers 1 zu finden ist.

Diese eher kleine, recht stark variierende Auswahl und das deshalb nur geringe Vergleichsmaterial macht natürlich eine Analyse der Anpassungsverfahren der Formel an die unterschiedlichen Texte bedeutend schwieriger und unsicherer. Das hat zur Folge, daß – abgesehen von der schon beschriebenen Kontinuität durch alle bislang analysierten Tracten im Gebrauch bestimmter Neumen auf den Akzentsilben – keine differenzierte Aussage über die Beziehung von Musik und Sprache auf der formalen Ebene in diesen Beispielen zur Formel 2 möglich ist.

Formel 3 erscheint in diesem Tractus insgesamt fünf- bzw. sechsmal (*Notenbeispiel*). Dabei lassen sich drei Varianten unterscheiden, die alle bereits in den beiden anderen Tracten Verwendung fanden. Die ersten beiden Beispiele, *et ossa mea* (V 3) und *quia oblitus sum* (V 4), zeigen wieder die Virga strata bzw. den Pes (*mi-fa*) auf dem ersten Wortakzent mit den Tonstufen *do* davor und *re* danach. Auf der zweiten Akzentsilbe findet sich die vertraute Melodiebewegung: nicht kurrente Clivis, viertöniger Quilisma-Scandicus. Bei *quia oblitus sum* wird die Formel auf der zweitletzten Silbe um einen nicht kurrenten Pes (*fa-sol*) erweitert, aber auch dies war bereits in den anderen Tracten festzustellen. Das dritte und vierte Beispiel aus Vers 1 und 2 zeigt die aus dem TR *Qui habitat* schon bekannte Verkürzung der letzten Neume auf einen endbetonten[89] Porrectus (*fa-mi-fa*).

Die um die Aufwärtsbewegung bis zum *si b* erweiterte Variante 3a erscheint wieder unmittelbar vor der endgültigen Schlußbildung mit den Formeln 16 und 17 bei den Worten *quia venit tempus* in Vers 5. Aber sie kommt überraschenderweise in veränderter Form auch noch ein weiteres Mal in der Antiphon bei *(clamor) meus*

89 Durch Episem in C.

Notenbeispiel: Formel 2 im TR Domine, exaudi
A
V 1:
fá-ci- em tu- am a me :
V 4:
á-ru- it cor me- um :
B
AN:
ad te
vé- ni- at.
V 1:
et in-cli- na ad me- aurem tu- am.
C
AN:
o-ra- ti- ónem mé- am,
Notenbeispiel: Formel 3 im TR Domine, exaudi
V 3:
et ossa me- a
V 4:
qui- a oblí- tus sum
V 1:
in quacúmque di- e trí- bu- lor,
V 2:
In quacúmque di- e
V 5:
qui- a ve-nit tem- pus

vor. Dies ist das bislang erste Mal, daß bei Formel 3 die typische Melodiebewegung nicht kurrente Clivis, Quilisma-Scandicus variiert wird. Hier steht statt dessen eine Virga (mit Episem bzw. *t*), eine kurrente zweitönige Auswärtsbewegung und ein kurrenter Torculus (*fa-sol-fa*), so daß die Formel eigentlich nur anhand der Schlußbildung 3a, die durch eine weitere vorangestellte Virga (mit Episem in C) noch ausgeweitet wird, identifiziert werden kann. Es darf an dieser Stelle gefragt werden, ob dieser Gebrauch von Formel 3a auf *meus* in Verknüpfung mit der Formel 21 beim unmittelbar vorangehenden *et clamor* nicht ein bewußt gewähltes Mittel der Beziehung von Musik und Sprache auf der inhaltlichen Ebene sein könnte. Es könnte ein Versuch sein, die Aussage *et clamor meus* auch musikalisch besonders auffällig und intensiv zu gestalten und so dem damit verbundenen Affekt Ausdruck zu verleihen.

Was die Anpassung an die jeweilige Textgrundlage betrifft, so verhalten sich diese Beispiele von Formel 3 genauso wie die bisher beschriebenen[90]. Eine Ausnahme bildet lediglich das vierte Beispiel *in quacumque die* (V 2), dessen aus dem Rahmen fallender Beginn aber damit zu erklären sein könnte, daß es sich bei dieser einzigen Verwendung von Formel 3 am Anfang eines Verses um ein Initium handelt, ähnlich dem bei *ne avertas* in Vers 1. Es ist aber auch nicht auszuschließen, daß hier ein musikalischer Ausdruck der Steigerung gegenüber der vorausgehenden identischen Formulierung in Vers 1 vorliegt, was freilich nicht beweisbar ist.

Das bislang Gesagte soll für die Formeln im TR *Domine, exaudi* genügen. Auch dieser Gesang sei in seiner Gesamtstruktur anhand einer Übersichtstabelle dargestellt:

AN: Domine *(1)*, – exaudi (21) – orationem me- (4) – am [(2) Schluß], – et clamor (21) – *meus (3a)* – ad te (22) – veniat (23).

V 1: Ne avertas (8a) – faciem tuam a me (2): – in quacumque die tribulor (3), – inclina (22) – ad me (2) – aurem tuam (23).

V 2: In quacumque die (3) – INVOCAVERO TE, – VELOCITER – EXAUDI ME.

V 3: Quia defecerunt (8) – sicut fumus (6a) – dies mei (14): – et ossa me (3) – sicut in frixorio (19) – confrixa sunt (17).

V 4: Percussus sum (15) – sicut fenum (6a), – et aruit cor meum (2): – quia oblitus sum (3) – manducare (16) – panem meum (17).

V 5: Tu exsurgens, Domine (15), – misereberis (6a) – Sion (14): – quia venit tempus (3a) – miserendi (16) – eius (17).

Dies sei wiederum kurz zusammengefaßt:

AN:	*1*	– 21	– 4	– 2	– 21	– *3a*	– 22	– 23.
V 1:	8a	– 2	– 3	– 22	– 2	– 23.		
V 2:	3	– INVOCAVERO TE – VELOCITER – EXAUDI ME.						
V 3:	8	– 6a	– 14	– 3	– 19	– 17.		
V 4:	15	– 6a	– 2	– 3	– 16	– 17.		
V 5:	15	– 6a	– 14	– 3a	– 16	– 17.		

90 Siehe besonders 4.3.2. *TR Deus, Deus meus.*

Wenn dieser Tractus auch wie die beiden vorausgegangenen keine leicht durchschaubare Struktur zeigt, so gibt es in der Auswahl der Formeln doch deutliche musikalische Übereinstimmungen zwischen der Antiphon und dem ersten Vers. Das Ende beider, *(clamor meus) ad te veniat* und *inclina ad me aurem tuam,* ist melodisch ähnlich gestaltet. Diese beiden Abschnitte stehen auch inhaltlich in einem klaren Zusammenhang, so daß sich einmal mehr die Frage stellt, ob die melodische Ähnlichkeit nicht vielleicht gezielt gesetzt wurde, um der inhaltlichen Beziehung einen musikalischen Ausdruck zu verleihen. Die melodische Übereinstimmung zu Beginn des bereits erwähnten Parallelismus *exaudi ... – et clamor meus ...* in der Antiphon könnte dieselbe Funktion haben.

Eine weitere melodisch verwandte Gruppe von Versen bilden die Verse 3–5, die alle drei mit der Schlußformel 17 enden, welche in den beiden anderen Tracten nur je einmal zu finden war. Auch sonst gibt es deutliche Übereinstimmungen in der Zusammensetzung der Verse: Die Formeln 6a und 3(a) erscheinen in allen drei Versen. Die Verse 4 und 5 sind bis auf die dritte Formel im Aufbau identisch; Vers 3 und 5 stimmen außer in den drei genannten (6a, 3 und 17) auch in dieser Formel (14) überein, unterscheiden sich aber im Initium[91] und in der vorletzten Formel[92]. Bemerkenswert erscheint die Tatsache, daß die beiden sprachlich fast identischen und inhaltlich verwandten Stellen *sicut fumus* in Vers 3 und *sicut fenum* in Vers 4 auch melodisch gänzlich identisch sind. Beide Male geht es um einen bildhaften Ausdruck des „Dahinschwindens". Angesichts der beschriebenen Beobachtungen bei *exaudi* und *et clamor*, bei *ad te veniat* und *inclina ad me* sowie beim zweimaligen *in quacumque die* liegt es durchaus im Rahmen des Möglichen, daß in der melodischen Übereinstimmung bei *sicut fumus* und *sicut fenum* mehr zu sehen ist als ein Produkt des Zufalls. Es könnte sich also auch hier um einen Ausdruck der Beziehung von Musik und Sprache auf der semantischen Ebene handeln.

Inmitten dieser beiden melodisch verwandten „Blöcke" von Versen steht Vers 2, dessen musikalische Gestalt sich dem Versuch der Einordnung in die bekannten Formeln hartnäckig entzieht. Allein der Beginn mit Formel 3 ist – wie zuvor angedeutet – an sich schon ungewöhnlich, dabei wird die Formel ja noch modifiziert, obwohl sie bei der textgleichen Stelle in Vers 1 in der üblichen Ausprägung erscheint. Ansonsten besteht der gesamte Vers aus einem in keinem anderen Tractus des II. Modus zu findenden Melodieverlauf. Zugleich kann der Text, *invocavero te, velociter exaudi me* – „ich rufe dich an, erhöre mich schnell", als eine verdichtete Kurzfassung der Gesamtaussage des dem Tractus zugrundeliegenden Textes verstanden werden. Die ausgedehnten Melismen bei *te* und noch mehr bei *me* erscheinen – wie auch in den anderen Tracten – als klarer Ausdruck besonderer Betonung dieser Worte durch ihre musikalische Gestalt. Das Melisma zu Anfang des ersten Verses bei den Worten *ne avertas*, kann ebenfalls so gedeutet werden; es ist mit dem Melisma bei *longe* im ersten Vers des TR *Deus, Deus meus* beinahe identisch. Als ein zusätzliches Beispiel für eine außergewöhnliche Vertonung inhaltlich bedeutsamer Textausschnitte sei der im GT nicht mehr vorhandene TR *De necessitatibus*[93]

91 Formel 8 in Vers 3 und Formel 15 in Vers 5.

92 Formel 19 in Vers 3 und Formel 16 in Vers 5.

93 GN 91.

genannt, der als Graduale im AMS[94] dem Mittwoch der fastenzeitlichen Quatembertage zugeordnet wird. Dort sind es die beiden ersten Verse aus Psalm 24: *ad te levavi …*, denen die Verse 17 und 18 vorangestellt werden. Es handelt sich dabei um die beiden auch im Introitus und Offertorium des ersten Advents höchst bedeutsamen Textabschnitte: *ad te, Domine, levavi animam meam: Deus meus* und *etenim universi, qui te exspectant*[95]. Sie erfahren eine besondere melodische Ausprägung. In diesem Kontext sei nur auf die nicht aus einer Formel stammende Aufwärtsbewegung bei *levavi* hingewiesen[96], die die Wortbedeutung so treffend musikalisch umsetzt, sowie auf die melodische Gestalt des am ersten Advent jeweils ausgelassenen Wortes *etenim*, die dem Beginn des IN *Etenim sederunt*[97] vom Fest des hl. Stephanus ähnlich ist.

Am Ende der Analyse der drei ausgewählten Tracten im II. Ton läßt sich folgendes Resümee ziehen. Die Untersuchung hat gezeigt, daß diese Gesänge bis auf wenige Ausnahmen bei meist inhaltlich herausragenden Textstellen vollständig aus leicht wiedererkennbaren Formeln, gewissermaßen aus „Bausteinen“, zusammengefügt sind, die jedoch – wie an Formel 2 und 3 ausgeführt – jeweils ein gewisses „Eigengut“ aufweisen, so daß der Eindruck entsteht, die Zusammensetzung der Tracten sei keineswegs rein „mechanisch“ erfolgt. In den elementaren Aspekten des Wort-Ton-Verhältnisses – Wortakzente und Anpassung an die Anzahl der Worte bzw. Silben – des gewünschten Textes ließen sich jedoch in allen drei Tracten die gleichen grundlegenden Verfahren feststellen. Diese korrespondieren auch mit den in den Melodie-Modellen beobachteten Vorgehensweisen.

Der Gesamtaufbau der Tracten aus den Formeln läßt keine einfach durchschaubaren Strukturen erkennen, dennoch gibt es in jedem der Gesänge eine Fülle von Hinweisen darauf, daß die Auswahl und Aneinanderreihung des Formelmaterials nach textgemäßen formalen und zumindest teilweise auch inhaltlichen Gesichtspunkten erfolgt ist. Dabei lassen sich die hier nochmals kurz genannten Verfahren wiederholt aufzeigen.

Es gibt eine Reihe von Beispielen dafür, daß textgleiche oder textlich eng miteinander in Beziehung stehende Abschnitte auch melodisch gleich oder nachvollziehbar ähnlich gestaltet werden. Dies ist jedoch nicht durchgängig zu beobachten; es gibt auch textlich gleiche Stellen mit unterschiedlicher musikalischer Gestalt. Als ein weiteres mögliches Ausdrucksmittel der Wort-Ton-Beziehung konnte mehrfach festgestellt werden, daß inhaltlich zentrale Worte auffällig melismatisch oder augmentiert vertont werden. Darüber hinaus läßt sich in allen drei Tracten beobachten, daß Melodieverläufe, die nicht den Formeln zugeordnet werden können, durchweg an Stellen zu finden sind, die aus der Perspektive der Sprache heraus sehr sinnvoll und bedeutsam erscheinen.

94 Zusätzlich auch am dritten Sonntag nach Epiphanie.

95 Siehe dazu 5.2.1.1. *IN Ad te levavi.*

96 Es handelt sich zwar um eine ähnliche Zeichenfolge wie in Formel 3: nicht kurrente Clivis, viertöniger Quilisma-Scandicus, aber auf gänzlich anderen Tonstufen. Auch sonst zeigt dieser Abschnitt keine Beziehung zu dieser Formel.

97 GT 632.

Auch wenn es sich im jeweiligen Einzelfall nicht ausreichend beweisen läßt, daß die genannten Aspekte nicht doch nur nach rein musikalischen (formelbedingten) Gegebenheiten oder rein zufällig zustande kommen, so bleibt die Vielzahl der Hinweise doch richtungsweisend für weitere Analysen.

4.4. DAS OF *VIR ERAT*

Wie die mittelalterlichen Kommentare[98] gezeigt haben, liegt in dem OF *Vir erat*[99] ein sehr auffälliger und möglicherweise besonders „expressiver" Gesang vor. Da er in Umfang und Ausprägung seiner Melismatik mit den bisher untersuchten Gesängen durchaus vergleichbar ist und außerdem eine Fülle melodischer Wiederholungen und Ähnlichkeiten – also Formeln? – enthält, soll er als ein letztes Beispiel unter dem Aspekt der *formulae* analysiert werden.

Der Text entstammt, soweit es sich um wörtliches Bibelzitat handelt, höchstwahrscheinlich der Vulgata[100]. Wie nur bei wenigen anderen Texten kann an diesem Offertorium abgelesen werden, in welchem Maße bereits der Text als recht beeindruckende und kunstvolle „Komposition" zu betrachten ist. Durch Centonisation[101], ergänzte erzählende Teile[102] und besonders durch die bis zu neunmaligen[103] Textwiederholungen wird eine Textgrundlage geschaffen, die ganz eigene formale und inhaltliche Akzente setzt, womit ein gesteigerter Affektausdruck bezweckt wird, wie bereits in den Kommentaren des frühen Mittelalters bei Amalar und Remigius von Auxerre eindeutig belegt ist.

Warum wird aber dieser Text, der das Leiden des Hiob wiedergibt, zur Grundlage für ein Offertorium, noch dazu für ein solch gezielt und aufwendig gestaltetes? Man darf wohl davon ausgehen, daß dies aus der charakteristisch christologischen Sicht mittelalterlicher Theologie zu verstehen ist. Hiob wird mit Christus identifiziert; es geht um ihn und sein „Offertorium", seine Passion. Dazu ein Beispiel frühmittelalterlicher Exegese in Anlehnung an Hieronymus zum Buch Hiob:

> „Sicut omnes iusti, ita Iob, non modo verbis, sed rebus, Christum praesignavit: ut per passionem passurum ostendat Christum: id est, caput cum corpore, quod est Ecclesia."[104]
>
> – „Wie alle Gerechten so hat auch Hiob nicht nur durch Worte, sondern durch Taten Christus im voraus abgebildet, damit er durch (sein) Leiden Christus zeigt, der leiden wird, das heißt, das Haupt mit dem Leib, welcher die Kirche ist."

Die Beziehung dieser Textgrundlage zur melodischen Gestalt des Offertoriums soll Gegenstand der folgenden Überlegungen sein, und zwar zum einen – wie bisher – in ihren eher elementaren Aspekten. Zum anderen soll dabei aber auch die Frage ge-

98 Siehe 2.5. *Die Kommentare zum OF Vir erat.*
99 Offertoriale Triplex (OT), 122.
100 Vgl. auch Reckow, *Rhetorik*, 162f.
101 *Liber Iob*: 1,1; 6, 2+3; 6, 11+12; 7, 7.
102 Im ersten Teil des Offertoriums: *quem satan petiit ... vulneravit.*
103 Gemeint ist hier der Schluß: *ut videam bona*, der nach dem OT nicht nur sieben, sondern neunmal wiederholt wird.
104 Walafried Strabo, *Glossa ordinaria*, PL 113, Sp. 750.

stellt werden, wie sich die Aussage des Textes in der Musik „niederschlägt" bzw. wie die musikalische Gestalt diesen Text interpretiert. Deshalb erfolgt zunächst eine Beschreibung des musikalischen Aufbaus jedes einzelnen der insgesamt fünf Abschnitte[105].

Der erste Abschnitt des Offertoriums, der als Antiphon oder Responsum[106] zwischen den Versen noch mehrmals wiederholt wird, stellt den Rahmen für diese Verse dar. Es wird die Geschichte des Hiob in einer Kurzfassung, die nur in ihrem Beginn biblischen Ursprungs ist, erzählt. Dieser Abschnitt enthält als einziger keine Textwiederholungen. Musikalisch läßt er sich in Teile gliedern, die der Syntax und dem Inhalt des Textes klar entsprechen. Einige Schluß- bzw. Zäsurformeln, die alle auf der Finalis *la*[107] schließen, werden dabei in inhaltlich sinnvoller Weise wiederholt verwendet, ein Phänomen, das bei den bislang untersuchten melismatischen Gesängen so nicht zu beobachten war. Dies führt zu der folgenden Gliederung:

Vir erat in terra nomine Iob,	simplex et rectus ac timens Deum (A):
quem Satan petiit, ut tentaret (B):	
et data est ei potestas a Domino (B)	
	in facultate et in carne eius (A):
perdiditque omnem substantiam ipsius, et filios (C):	
carnem quoque eius gravi ulcere vulneravit (C).	

Diese Paare von Zäsur- bzw. Schlußformeln bewirken eine weit über den rein formalen Aspekt hinausreichende Gliederung. Besonders bei den mit B und C gekennzeichneten Abschnitten, die an ihrem Ende außerdem identisch sind, wird sogleich klar, daß hier formal wie inhaltlich zusammengehörende Aussagen mit derselben Formel der Schlußbildung versehen werden. Subtiler ist das Verhältnis der beiden mit Formel A endenden Teile. Von der Syntax her gehört der Abschnitt *in facultate et in carne eius* zum vorausgehenden *et data est ei potestas a Domino*. Inhaltlich erscheint die musikalische Gliederung jedoch als sinnvoll, denn es geht in diesem Abschnitt wieder um Hiob, von dem auch im ersten, erheblich längeren und nach dem Namen *Iob* nochmals unterteilten Abschnitt die Rede ist. Eine weitere Formel steht bei kleineren Zäsuren oder aber – wie bei *omnem* – auch mitten im Text, ein Phänomen, nach dessen möglicher Funktion als Mittel der Hervorhebung später gefragt werden soll[108]. Sie endet jeweils mit einer nicht kurrenten Clivis, außer bei *in facultate et in carne eius*, wo sie sich mit der Zäsurformel A überlagert.

Abgesehen von dieser Gliederung mittels der Zäsur- bzw. Schlußformeln sind noch drei weitere Paare melodischer Übereinstimmungen festzustellen. Am deutlichsten wird die melodische Ähnlichkeit bei den Worten *in facultate et in carne*. An

105 OT 122ff.

106 Beide Bezeichnungen sind denkbar, da es sich nicht um ein typisches Responsum handelt, bei dem nach dem Vers nur der zweite Teil wiederholt wird. Hier wird insgesamt dreimal der ganze erzählende Abschnitt wiederholt, deshalb wird im folgenden von der Antiphon gesprochen. Amalar verwendet – wie oben angeführt – für diesen Teil den Begriff *offertorium*.

107 Der C-Schlüssel im OT zeigt, daß dieser Gesang im II. Modus insgesamt um eine Quinte nach oben transponiert ist. Deshalb lautet die Finalis *la* (statt *re*) und der Tenor *do* (statt *fa*).

108 Siehe 5. *Analyse: IMITATIO*.

dieser Stelle folgt die gleiche Melodiebewegung zweimal hintereinander, was als eine sinnvolle musikalische Gestaltung dieser Aufzählung verstanden werden kann. Weniger scharf, aber dennoch nachvollziehbar ist die melodische Verwandtschaft bei *simplex et rectus* – auch dies eine Aufzählung. Die dritte Ähnlichkeit ist im letzten Abschnitt bei den Worten *carnem quoque* und *gravi ulcere* zu entdecken, auch dort liegt ganz klar ein unmittelbarer sprachlicher Zusammenhang vor. Diese Beobachtung rührt an die bereits bei den Tracten im II. Ton gemachte Erfahrung, daß sprachlich identische, parallele oder eng zusammenhängende Textteile gelegentlich melodische Übereinstimmungen aufweisen. Es stellt sich dabei die Frage, ob dies als ein gezielt eingesetztes Mittel der Beziehung von Musik und Sprache betrachtet werden darf, eine Frage, die an dieser Stelle noch nicht entschieden werden kann und soll[109].

Was die elementaren Verfahren der Anpassung an den Text betrifft, so bereitet in diesem ersten Teil des Gesangs, wie auch bereits im letzten, recht kurzen Tractus, der Mangel an vergleichbarem Material einige Schwierigkeiten. Die Aussagen können deshalb nicht so klar und sicher sein wie bei den Melodie-Modellen oder den beiden ersten Tracten. Dennoch lassen sich Ansätze der bekannten Verfahren erkennen. So werden z. B. bei der genannten melodischen Wiederholung *carnem quoque* und *gravi ulcere vulneravit* die letzte, „überzählige" Silbe des Wortes *ulcere* sowie die erste von *vulneravit* ganz schlicht auf der Finalis rezitiert. Auch bei *facultate et in carnem* wird die erste Silbe von *facultate* auf diese Weise ergänzt. Die Akzentsilbe wird bei beiden Worten mit einer – in der Quadratnotation nicht vorhandenen – kurrenten Clivis vertont. Einige andere Stellen zeigen ebenfalls das Phänom der Rezitation, wie z. B. bei *erat in terra*, *rectus ac timens* oder – besonders umfangreich – bei *et data est ei potestas*.

Im Hinblick auf die Wortakzente läßt sich leicht feststellen, daß die allermeisten mit in ihrem Kontext relativ langen oder nicht kurrenten Neumen versehen werden. Bei den Zäsurformeln gibt es eine Reihe Endbetonungen, denen – wie z. B. beim Wort *filios* – nicht immer eine starke Akzentsilbe gegenübersteht. Fragen werfen auch die Worte *nomine* und *gravi* auf: Reicht bei *nomine* die einzelne Virga gegenüber der melismatischen Vertonung der beiden anderen Silben für den Wortakzent aus bzw. muß das Wort *gravi* nicht als endbetont gelten, obwohl es – ebenso wie das Wort *data* – zu Beginn eines Abschnitts steht? Auch das Wort *substantia* mit seiner massiven Neume auf der vorletzten Silbe gegenüber einem nicht kurrenten Pes auf dem Wortakzent erscheint fragwürdig. Trotz dieser „Unebenheiten" darf jedoch festgehalten werden, daß die Wortakzente im allgemeinen durch ihre musikalische Gestalt eine den sprachlichen Gegebenheiten entsprechende Betonung erfahren.

Die Verse des Offertoriums unterscheiden sich sprachlich wie musikalisch stark von der Antiphon. Sprachlich sind sie in „Ich-Form" verfaßt: Hiob spricht über seine Situation. Dabei werden zahlreiche Textabschnitte z. T. mehrfach wiederholt, was bereits in den mittelalterlichen Kommentaren als ein Mittel der Intensivierung verstanden wird. Musikalisch sind ebenfalls eine Fülle an Wiederholungen zu beob-

109 Siehe 6. *Analyse:* SIMILITUDO DISSIMILIS.

achten, bei denen – wie auch von Reckow beschrieben[110] – Varianten durch ausgedehnte Melismatik oder auch besonders große Tonhöhen den Eindruck erwecken, sie seien gezielt als musikalische Steigerungen angelegt. Diese Abschnitte sollen besonders aufmerksam analysiert werden. Zunächst erfolgt ein Überblick über die sprachliche wie musikalische Struktur des ersten Verses[111].

Utinam appenderentur peccata mea: 1a 1b 2
Utinam appenderentur peccata mea, *1a* *1b* 3
quibus iram merui, *2a* 2
quibus iram merui, 2a 2
et calamitas 1a
et calamitas 1c 1b
et calamitas, 1a
quam patior, *haec gravior* appareret. 2a *1a* 2

Vers 1 läßt sich ähnlich wie die Tracten gänzlich in Abschnitte zerlegen, die entweder im selben oder in einem anderen Vers nochmals in identischer oder leicht variierter Weise vorkommen. Gleichzeitig enthält der Vers zwei zweifache und eine dreifache Textwiederholung. Lediglich der Schluß des Textes, *quam patior, haec gravior appareret*, erscheint nur einmal.

Diese melodischen wie sprachlichen Übereinstimmungen fordern zu der Frage heraus, in was für einem Verhältnis sie zueinander stehen. Findet hier grundsätzlich die Zuordnung gleicher Text – gleiche Melodie statt? Oder sind diese beiden Phänomene voneinander unabhängig?

Die mit 1 bezeichnete Formel dieses Verses ist in zwei Abschnitte (a + b) zu zerlegen, die auch getrennt Verwendung finden:

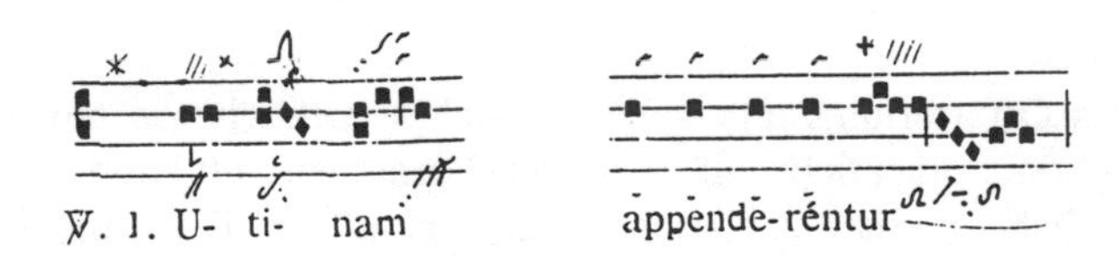

110 Vgl. Reckow, *Rhetorik*, 166ff.
111 Auffällige Varianten sind *kursiv* gedruckt, „formelfreier“ Text in Kapitälchen.

Die ersten beiden Worte, *utinam appenderentur*, werden mit Hilfe dieser Formel vertont. Auch die melodische Gestalt der Wiederholung dieses Textausschnitts trägt in der Schlußformel sowie in der Rezitation auf dem Tenor *do* deutlich Züge dieser Formel. Sie ist aber zugleich stark davon verschieden und drängt durch ihre langen Neumen, die intensive Tonrepetition sowie das Erreichen einer großen Tonhöhe (oberes *fa* bei *utinam*) zu der Vermutung, es handle sich um eine Variante, die mit Mitteln musikalischer Steigerung eine Intensivierung des melodisch-sprachlichen Ausdrucks bewirken soll. Auf solchen Beobachtungen beruht ja die Aussage Reckows, daß dieses Beispiel frühmittelalterlicher Musik bereits den mit einer Fülle konkreter musikalischer Mitteln gezielt gestalteten Affektausdruck kennt[112]. Die beiden zeitgenössischen Kommentare fordern dies ebenfalls klar ein[113].
Dieselbe Formel (1a) findet sich nochmals bei den Worten *et calamitas*, die dreimal hintereinander im letzten größeren Abschnitt des Verses stehen. Das zweite *et calamitas* zeigt ein weiteres mit 1c benanntes melodisches Element, das man als eine emphatische Steigerung der Rezitation auf dem Tenor, wie z. B. beim Wort *appenderentur*, interpretieren kann:

Als charakteristisch für diese Formel 1c kann das Melisma auf der Akzentsilbe von *calamitas* gelten, das mit seinen Quartsprüngen wie eine ineinander geschobene Tonrepetition auf zwei Ebenen (*do* und *fa*) wirkt. Auch bei diesem Beispiel entsprechen Tonrepetition und große Tonhöhe, ergänzt um große Intervalle, der modernen Vorstellung melodischer Steigerung. Diese zweite musikalische Gestalt des Wortes *calamitas* endet mit Formel 1b. Die letzte Wiederholung entspricht mit Formel 1a melodisch der ersten Fassung. Bei den Worten *haec gravior* kommt dann nochmals der Beginn dieser Formel vor.
Eine weitere Formel (2) ist in diesem Vers insgesamt viermal zu entdecken:

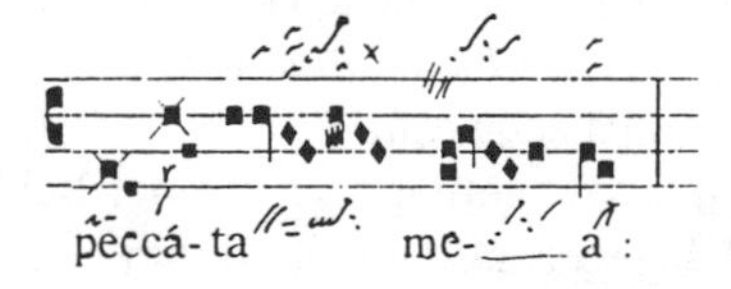

Zunächst bei der ersten Fassung der Worte *peccata mea*, dann zweimal bei *iram merui*, wo sie beim zweiten Mal „offen“ mit einem Pes quassus endet, und schließlich als Schlußbildung des Verses beim Wort *appareret*. Die zweite Vertonung der Worte *peccata mea* zeigt dagegen eine andere Formel (3), die in Vers 1 nur dieses

112 Vgl. Reckow, *Rhetorik*, 161 ff.
113 Siehe 2.5. *Die Kommentare zum OF Vir erat.*

eine Mal erscheint, in den Versen 2 und 3 jedoch ebenfalls vorkommt – auch dort jeweils beim Wort *(fortitudo) mea:*

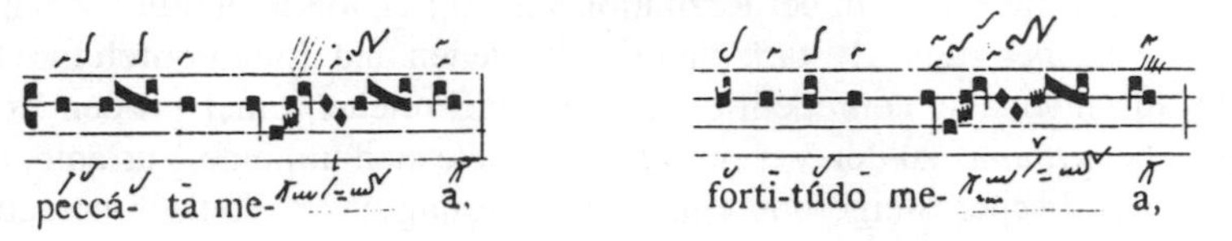

So bleiben nur noch das zweimalige *quibus* sowie *patior* ohne Zuordnung zu einer Formel. Dabei läßt sich zwischen dem zweiten *quibus* und *patior* durchaus eine, wenn auch nur schwache melodische Verwandtschaft erkennen. Da diese Worte – abgesehen vom ersten *peccata mea* – immer unmittelbar vor Formel 2 zu finden sind, sollen sie als Formel 2a bezeichnet werden. Obwohl das wesentlich kürzere erste *quibus* nur eine ganz vage Ähnlichkeit mit den beiden anderen Beispielen für Formel 2a zeigt, soll es als Variante verstanden werden.

Quae est enim, 1a
quae est enim, 1c 1b
quae est enim fortitudo mea, UT SUSTINEAM? Rezitation 3
Aut quis finis meus, ut patienter agam? 4a 4b
Aut finis meus, ut patienter agam? 4a 4b

Der zweite Vers des Offertoriums enthält ebenfalls zahlreiche Wiederholungen in Text und Musik. Der Anfang, *quae est enim*, folgt dreimal hintereinander, die anschließenden Worte *fortitudo mea, ut sustineam* dagegen nur einmal. Die abschließende Frage wird melodisch nahezu identisch nochmals wiederholt: *Aut (quis) finis meus, ut patienter agam*? Das dreifache *quae est enim* ähnelt in seiner musikalischen Gestalt stark dem dreifachen *et calamitas* des ersten Verses. Zunächst kommt wieder Formel 1a, dann die „Steigerung" 1c mit der Schlußformel 1b. Die dritte Frage *quae est enim* wird dagegen auf *fa* rezitiert, nur erweitert durch einen kurrenten Pes auf dem Wortakzent von *enim*. Daran schließt sich in gleicher Weise das Wort *fortitudo* an. Das zugehörige *mea* wird wie in Vers 1 mit der Formel 3 vertont. Die beiden Worte *ut sustineam* weisen als einziger Abschnitt in diesem Vers eine musikalische Gestalt auf, die sonst nirgendwo im Offertorium Verwendung findet. Auch dieser Teil besteht in sich jedoch aus der Wiederholung einer prägnanten Melodiefolge: Tractulus (*la*), Virga mit Episem (*do*), Pes quassus (*do-re*). Dem wird ein melodisch mit dem Pes quassus korrespondierender, nicht kurrenter Pes (*do-re*) auf *ut* vorangestellt. Könnte ein gezielt eingesetztes Ausdrucksmittel darin zu sehen sein, daß dieser erste Teil des Verses mit eben dieser zweimaligen Aufwärtsbewegung von Virga, Pes quassus endet – Aufschrei und Frage zugleich ausdrückend? Dies mutet einmal mehr verblüffend modern an.

Die abschließende Frage – *Aut quis finis meus, ut patienter agam*? – beginnt nach der Quadratnotation eine Quarte tiefer auf der Finalis *la,* die Neumennotation ist mit dem Zusatzbuchstaben *i* (= *inferius* oder *iusum*) versehen. Die Frage gliedert sich in zwei Teile, die melodisch fast identisch beginnen und deshalb mit 4a und 4b bezeichnet werden sollen:

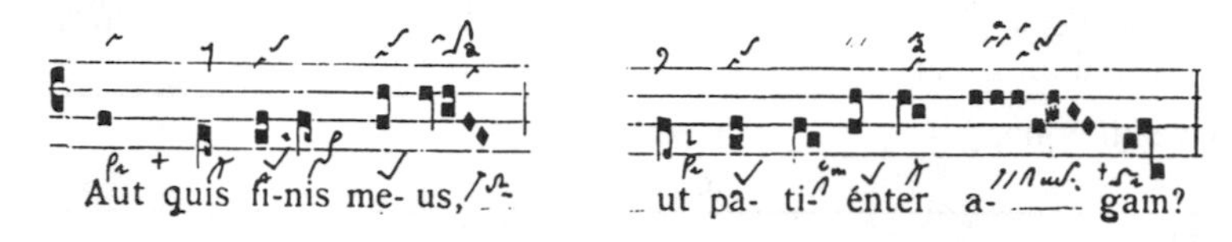

Diese Formel erscheint auch wiederholt am Ende von Vers 3 und 4. Die ganze Frage wird unter Auslassung des Wörtchens *quis* sogleich nochmal wiederholt. Der Melodieverlauf stimmt – abgesehen von kleinen Anpassungen – mit der vorausgehenden ersten Fassung derselben Frage überein.

NUMQUID FORTITUDO LAPIDEM EST FORTITUDO mea? 3
Aut caro mea aenea est? 4b
Aut caro mea aenea est? 4b

Der dritte Vers ist recht kurz und besteht ebenfalls aus zwei Fragen. Wie Fritz Reckow anmerkt[114], wird hier die Aussage der Vulgata zur rhetorischen Frage umgewandelt. Der Melodieverlauf der ersten Frage ist bis auf Formel 3 bei *mea* mindestens in diesem Offertorium einzigartig. Doch auch hier gibt es ein kleines Element der Wiederholung: den Salicus *si-si-do* auf den beiden letzten Silben von *lapidum est*, dessen Aufwärtsbewegung derjenigen bei *ut sustineam* im 2. Vers nicht unähnlich erscheint und als Ausdrucksmittel dieselbe Funktion – Frage und Aufschrei – erfüllen könnte.

Die zweite Frage – *Aut caro mea aenea est?* – wird zweimal fast identisch durch die Formel 4b vertont. Auf diesen dritten Vers folgt nach den Neumenhandschriften des OT die erste Wiederholung der Antiphon *Vir erat*, eine vom Text her höchst sinnvolle Einteilung, denn die Verse 1–3 stehen inhaltlich in engstem Zusammenhang zueinander, sie bringen Klage und Frage Hiobs zum Ausdruck. Vers 4 dagegen spricht von Hiobs Hoffnung.

114 Vgl. Reckow, *Rhetorik*, 163.

Quoniam, 5a	
Quoniam, 5b	
Quoniam NON REVERTETUR OCULUS MEUS, 5c	
UT VIDEAM BONA,[115] (Schlußformel)	UT VIDEAT BONA[116] (Schlußformel)
ut videam bona, 4c	ut videat bona, 4c
ut videam bona, 6 (Schlußformel)	ut videat bona, 4c
ut videam bona, 4c (hoch)	ut videat bona, 6
ut videam bona, 4c (hoch)	ut videat bona, 4c (hoch)
ut videam bona, 6 (hoch)	ut videat bona, 4c (hoch)
ut videam bona, 4c (hoch)	UT VIDEAT BONA. (Schlußformel)
ut videam bona, 4c (hoch)	
ut videAM bona. (ut videat, videat bona) 6 (hoch) (Schlußformel)	

Vers 4 darf wohl als der expressivste Teil dieses Offertoriums gelten – vom Text[117] wie von der musikalischen Gestalt her. Gleich der Beginn, das dreimalige *quoniam*, läßt sich melodisch kaum anders denn als emphatische Steigerung verstehen. Der Melodieverlauf beginnt jeweils mit einem Pes (Quarte: *la-re*) und einer Clivis (*re-do*), an die sich auf der je letzten Silbe drei unterschiedliche Neumen anschließen, die sich dadurch auszeichnen, daß die Melodiebewegung von Mal zu Mal weiter nach oben ausgreift. Die auf das dritte *quoniam* folgenden Worte, *non revertetur oculus meus,* sind keiner Formel zuzuordnen und zeigen wie die ebenfalls melodisch selbständigen Abschnitte in Vers 2 und 3 eine kleinere Wiederholung bei *revertetur*: nicht kurrente Clivis *re-si*, Quilisma-Pes *do-re* mit abschließender nicht kurrenter Clivis *mi-re*.

115 L und E.

116 Montpellier H 159.

117 Die zweite Textfassung (*ut videat bona*) entspricht der Vulgata, die erste könnte durchaus bewußte Textredaktion sein.

Der weitaus größte Teil dieses Verses stellt jedoch nichts weiter dar als die – je nach Überlieferung – sieben- bis neunfache Wiederholung der Worte *ut videam bona* bzw. *ut videat bona*. In der Übersicht werden zwei Varianten aufgeführt: die neunfache Wiederholung, wie sie die Neumenhandschriften des OT unter Einbeziehung der diastematischen Handschrift des Codex Remensis[118] (*Notenbeispiel*) nahelegen, und die siebenfache Wiederholung des Codex H 159 Montpellier, den Reckow seiner Analyse zugrunde legt[119]. Beide Möglichkeiten sind wie der Beginn des Verses ganz deutlich auf expressive Steigerung hin angelegt.

Nach einer ersten einmaligen melodischen Fassung der Worte *ut videam (videat) bona* in beiden Varianten, die mit der aus der Antiphon bekannten Schlußformel B endet, folgt im OT die einmalige, in H 159 die zweimalige Verwendung der Formel 4c. Daran schließt sich jeweils eine weitere Formel (6) an. Während nun in der kürzeren Variante nach der nochmaligen doppelten Ausführung der Formel 4c auf höherer Tonstufe (eine Quinte höher) sogleich die melismatisch gestaltete letzte Fassung des *ut videat bona* erscheint, folgt nach dem Codex Remensis der zweimaligen Formel 4c auf höherem Niveau die ebenfalls um eine Quinte höhere Formel 6. Danach kommt wieder zweimal Formel 4c in der hohen Variante, und erst dann schließt sich das letzte, melismatische *ut videat bona* an. Im Codex Remensis ist hier eine weitere Textwiederholung der Wortes *videat* eingefügt: *ut videat, videat bona*, der eine melodische Wiederholung entspricht. Insgesamt trägt der Schlußteil in dieser Handschrift deutlich die Züge von Formel 6. Er schließt in allen Varianten mit der Schlußformel B ab, die jedoch nicht mit der Finalis endet, sondern einen „offenen" Schluß mit dem Quilisma-Scandicus (*la-si-do*) bzw. dem Pes (*la-do*) erkennen läßt. Dies führt dazu, daß die darauffolgende Antiphon einen Sextsprung (!) tiefer (oberes *do-mi*) beginnt, was die Dramaturgie dieses vierten Verses zweifellos noch weiter steigert.

Bevor nun einige Anmerkungen zur Gesamtkonzeption dieses außergewöhnlichen Gesangs folgen, seien zunächst einige kurze Beobachtungen zu den formalen Aspekten der Beziehung von Musik und Sprache am Beispiel der beiden Formeln 1 und 4 erwähnt. Gleich der Beginn von Formel 1 zeigt, daß dies für eine Interpretation der inhaltlichen Ebene der Wort-Ton-Beziehung eine zentrale Voraussetzung ist. So interpretiert Fritz Reckow diese melodische Gestalt von Formel 1a folgendermaßen: „Die Melodie wird am Beginn von Vers 1 [...] nicht – wie zu Beginn des einleitenden Chorteils – von der tiefen Region der Finalis (e)[120] her erst allmählich zur Höhe hin entfaltet, sondern setzt unmittelbar auf der Sext c' über der Finalis ein: dem emphatischen Ausruf *Utinam appenderentur* entspricht eine unvorbereitete, stimmlich gespannte *exclamatio* [...]." Seine rhetorische Deutung, es handle sich um eine *exclamatio*, erscheint sehr überzeugend und zur Gesamtinterpretation passend. Die bisher mit den Formeln gesammelten Erfahrungen fordern jedoch zumindest zunächst eine viel schlichtere Erklärung. Der Beginn dieses Verses ist aus den

118 OT 195.
119 Vgl. Reckow, *Rhetorik*, 164 ff.
120 Hier liegt ein Fehler vor. Es müßte vom Initium die Rede sein, das hier mit der im II. Ton wie auch in den anderen plagalen Modi sehr oft zu findenden Quarte unter der Finalis beginnt.

Notenbeispiel: Vers 4

p. 124, seq. Codex Remensis XI[i] vel XII[i] saeculi (apud Gevaert *la Mélopée antique* in appendice) ita notat Versum quartum :

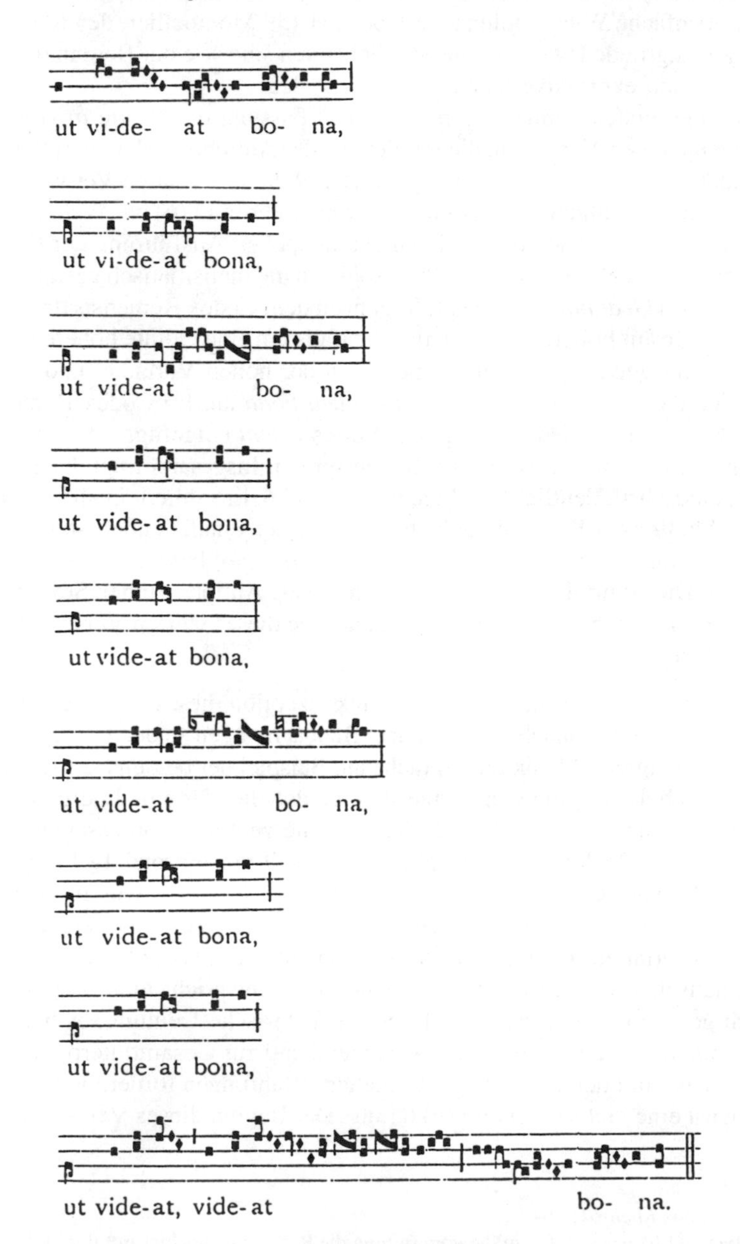

Gegebenheiten der Formel zu verstehen. Der Vergleich der verschiedenen Varianten von Formel 1a zeigt, daß jeweils dieselbe Neume, nämlich die Bivirga, auf der Akzentsilbe zu finden ist: *útinam – et calámitas – haec grávior*, ein Verfahren bei der Anpassung einer Formel an den Text, das ja schon an zahlreichen anderen Beispielen aufgezeigt wurde. Auch wenn dies Reckows Interpretation keineswegs ausschließt – eine Modifikation des Textes wie der Formel hätte, falls gewünscht, die Bivirga zu Beginn durchaus verhindern können –, so wird daran doch einmal mehr deutlich, wie viel Behutsamkeit und kritische Wachsamkeit im Umgang mit dem gregorianischen Repertoire erforderlich sind, um nicht unbemerkt musikalische Vorstellungen späterer Zeit auf diese frühe Musik anzuwenden, und wie sehr sich die formale und die inhaltliche Ebene der Beziehung von Musik und Sprache miteinander vermischen. Als sicherer Nachweis für eine „*exclamatio*" im gregorianischen Gesang kann dieses Beispiel allerdings nicht dienen.

Auch bei Formel 4 läßt sich in allen drei Varianten feststellen, daß – abgesehen vom Wort *aenea* in Vers 3 – der nicht kurrente Pes (*sol-la* bzw. *la-do*) immer auf dem Wortakzent steht, z. B. *fínis – méus – patiénter – bóna*. Bei *videam* sieht dies jedoch anders aus, dort wird die Akzentsilbe mit einer Virga vertont, die nachfolgende Silbe ist mit einem kurrenten Pes (*sol-la* bzw. *re-mi*) versehen. Das Wort endet mit einer nicht kurrenten, liqueszierenden Clivis, die sowohl eine gewisse Endbetonung als auch ein Innehalten vor dem inhaltlich zweifellos zentralen Wort *bona* bewirkt. Bei den ausgiebigeren Vertonungen von *ut videam (videat) bona* ist es – außer beim ersten Mal – jeweils diese Endsilbe von *videam (videat)*, die eine melismatische Ausformung erfährt. Das Wort *bona* wird dagegen immer durch dieselbe (Zäsur)-Formel (B) gestaltet.

Einfache Rezitationen auf einem Ton sind bei *appenderentur, quae est* und beim letzten *videam (videat)* zu finden. Dabei läßt sich nicht sicher bestimmen, ob in diesen Fällen „überzählige" Silben ergänzt werden sollen. Beim letzten *videam* ist dies sogar auszuschließen; hier wäre auch ein weiteres Mal der Anfang von Formel 4 möglich gewesen. Vielleicht soll auf diese Weise dem großen Melisma auf der Endsilbe möglichst viel Gewicht gegeben werden, eine Tendenz, die ja auch in anderen Schlußbildungen schon zu beobachten war.

Die ebenfalls bereits bekannte „Technik" der Vertonung eines Textabschnittes durch Rezitation auf einem Ton in Verbindung mit einem (meist) kurrenten Pes auf den betonten Silben liegt bei *quae est enim fortitudo* in Vers 2 vor. Die dritte Wiederholung der Worte *quae est enim* wird fast genauso gestaltet wie beim ersten Mal zu Beginn des Verses. Warum jedoch das Wort *fortitudo* anders als in Vers 3 melodisch so stark zurückgenommen wird, leuchtet nicht unmittelbar ein.

Die Frage nach den Wortakzenten ergibt ebenfalls das schon vertraute Bild. Im allgemeinen werden die Akzentsilben musikalisch so gestaltet, daß sie in ihrem jeweiligen Kontext relativ lange oder augmentierte Neumen haben. Wo dies nicht der Fall ist, liegt in der Regel eine starke Endbetonung bzw. ein Endmelisma vor, wie z. B. das zweite *enim* in Vers 2 oder eben die melismatischen Varianten von *videam (videat)*.

Dies soll zu den elementaren, formalen Aspekten des Wort-Ton-Verhältnisses genügen. Sie lassen sich nicht so klar aufzeigen wie beim umfangreichen Vergleichsmaterial der Melodie-Modelle oder bei den langen Tracten. Dennoch sind im Ansatz die gleichen Vorgehensweisen zu erkennen.

Es seien nun abschließend die genannten, wesentlichen Aspekte des Zusammenspiels von Musik und Sprache auf der inhaltlichen Ebene in diesem Offertorium kurz zusammengefaßt und kommentiert.

Ausgegangen wurde bei der Analyse von einer Textgrundlage, die in ihrer Gestalt und ihrem Inhalt an sich schon hochaffektiv ist. Während der erzählende Rahmen der Antiphon nur in den Aufzählungen und bei Schlußbildungen melodische Übereinstimmungen aufweist, fordern die zahlreichen Wiederholungen einzelner Textabschnitte in den Versen zur melodischen Wiederholung wie zu einer Steigerungsanlage heraus.

Einfache Wiederholungen sind eigentlich nur am Ende der Verse 2 und 3 bei den Fragen (*Aut finis meus, ut patienter agam?* bzw. *Aut caro mea aenea est?*) zu finden, die beide auch untereinander melodisch stark übereinstimmen. Aus dem schlichten Beginn dieser Formel 4 wird dann jedoch am Ende von Vers 4 die eindrucksvollste Steigerung des ganzen Offertoriums entwickelt. Ob nun siebenfach oder neunfach, beide Varianten enthalten dieselben Verfahren, um eine solche emphatische Steigerung zu bewirken. Nach einer ersten Ausführung des Textes *ut videam (videat) bona*, mit welcher der Vers ohne weiteres enden könnte, setzt ein Steigerungsprozeß ein, der sich einer ganzen Fülle musikalischer Mittel bedient. Zunächst ist der Anfang sehr zurückgenommen: in der Tonlage, im Ambitus, in der Zahl der Töne und in den Intervallen. Dies ermöglicht eine um so stärkere Entwicklung. In der siebenfachen Variante dient die schlichte Wiederholung als ein erstes Mittel der Intensivierung. In der neunfachen erfolgt dagegen sogleich eine Steigerung durch mehr und höhere Töne. Die dabei verwendete Formel 6 hat allerdings mit Formel 4c den verhaltenen Beginn gemeinsam. Während nun in der siebenmaligen Wiederholung der ganze Vorgang – Formel 4c, Wiederholung, abschließende melismatische Formel – einfach eine Quinte höher wiederholt und am Schluß noch wesentlich stärker melismatisch ausgestaltet wird, geht dem bei der neunmaligen Wiederholung des OT die Abfolge 4c–4c–6 auf höherer Tonstufe voraus. Dabei zeigt die letzte Fassung des *ut videat bona* in der in den Notae criticae[121] angeführten Variante des Codex Remensis deutlich Züge von Formel 6, die durch Wiederholung des Wortes *videat* sowie einzelner Elemente des Melismas weiter gesteigert wird. So dienen also Zurücknahme, Wiederholung, größere Tonhöhe und größere Anzahl der Töne bis hin zu einem langen Melisma und dem offenen Schluß, der einen Sextsprung abwärts zur Antiphon hin erzwingt, als Ausdrucksmittel emphatischer Steigerung. Diese Häufung der musikalischen Ausdrucksmittel wie auch ihre konsequente Anwendung machen es praktisch unmöglich, hier von Zufall zu sprechen oder eine alternative Erklärung finden zu wollen.

Die diesem „Finale" vorausgehenden Steigerungsanlagen bestätigen diesen Eindruck. Auch die musikalische Gestalt des dreimaligen *quoniam* zu Beginn des vierten Verses erscheint, wie bereits beschrieben, klar auf Steigerung mittels ansteigender Tonhöhe hin angelegt. Ebenso offensichtlich ist die Steigerung des zweiten *utinam*

121 OT 195.

appenderentur in Vers 1, wiederum durch ansteigende Tonhöhe und vor allem durch Ausweitung der Formel mittels Tonrepetition. Das abschließende *peccata mea* endet mit einer melismatischen Formel auf dem Tenor. Bei *et calamitas* im selben Vers bzw. beim zweiten *quae est enim* des folgenden Verses geschieht musikalische Intensivierung mit Hilfe der Ausgestaltung einer schlichten Rezitation auf dem Tenor zu einer „Rezitation auf zwei Ebenen", die in Quart-Spannung zueinander stehen. Das zweimalige *quibus iram merui* des ersten Verses wird durch die größere Länge und Höhe des *quibus* und durch den offenen Schluß (Pes quassus) der Wiederholung des *merui* musikalisch intensiviert.

Diese Neigung zur intensiven Aufwärtsbewegung, in der sich – wie mehrfach erwähnt – Frage, heftige Erregung, Aufschrei ausdrücken, läßt sich in allen vier Versen beobachten, nicht jedoch in der eher schlichten und nüchtern erzählenden Antiphon. Keiner der Verse endet auf der Finalis des II. Modus: Der erste Vers schließt auf *sol*, der zweite und dritte auf *mi* und der vierte auf dem oberen *do*.

Neben all diesen Steigerungsanlagen liegt beim in Vers 1–3 jeweils etwa in der Mitte des Verses erscheinenden Wort *mea* (*peccata mea* – *fortitudo mea* – *fortitudo mea*) eine Kombination gleicher Text – gleiche Melodie vor, die durch ihre massive Formel (3) als auffällig gelten kann und ein interessantes verbindendes Element dieser drei inhaltlich zusammengehörenden Verse darstellt. Im Zentrum der Textaussage steht ja schließlich das leidende „Ich" Hiobs.

Am Ende dieser Analyse bleibt nur festzustellen, daß es sich beim OF *Vir erat* auch musikalisch um einen höchst außergewöhnlichen Gesang aus dem gregorianischen Repertoire handelt. In einer Klarheit und Greifbarkeit wie wohl in kaum einem zweiten Stück lassen sich konkrete musikalische Mittel einer Beziehung von Musik und Sprache mit dem Ziel des Affektausdrucks ablesen. Der Text und seine musikalische Gestalt zeugen von einer eindrucksvollen Dramaturgie und Expressivität. Aber selbst wenn es sich um einen Einzelfall handeln sollte, so öffnet er doch den Blick für offenbar vorhandene Möglichkeiten. Dieses Offertorium ist ein Nachweis dafür, daß die Forderung der *Musica enchiriadis*[122] nicht nur als bloße Theorie, sondern als konkrete musikalische Praxis aufzufassen ist:

> „Nam affectus rerum, quae canuntur, oportet, ut imitetur cantionis effectus: [...] subitis, clamosis, incitatis et ad ceteras qualitates affectuum et eventuum deformatis" – „Es muß so sein, daß die Wirkung [*effectus*] des Gesangs die Affekte der Inhalte, welche besungen werden, nachahme [imitiere]: [...] durch plötzliche, schreiende, aufgeregte und die anderen Qualitäten der Affekte und Ereignisse abbildende (Neumen)."

Zugleich hat die Analyse gezeigt, daß dieser außergewöhnliche Gesang nach ganz ähnlichen Prinzipien gestaltet ist wie die zuvor untersuchten und daß dabei den *formulae* eine zentrale Bedeutung zukommt.

122 Und des *Micrologus*; siehe 3.3.2. *Musica enchiriadis – Micrologus: affektbewegende imitatio.*

4.5. RESÜMEE

Am Ende dieses ersten Teils der Analyse stehen eine Fülle von Beobachtungen, die weit über die ursprüngliche Fragestellung nach den grundlegenden formalen Elementen der Beziehung von Musik und Sprache im gregorianischen Gesang hinausgehen. Statt der erwarteten elementaren Aspekte dieser Beziehung eröffnet sich bereits ein ganzes Spektrum an Möglichkeiten des Wort-Ton-Verhältnisses.

Schon bei den Melodie-Modellen hat sich gezeigt, daß die Beschränkung auf die rein formalen Aspekte nicht aufrechtzuerhalten ist. Gerade das Immergleiche des Modells wird in einzelnen Fällen zum Hintergrund, vor dem sich Ausnahmen, die sich nur mit einer bewußt intendierten Verbindung von Musik und Sprache auf der semantischen Ebene erklären lassen, besonders scharf abzeichnen. Bei der Untersuchung der Tracten tritt dieser Fall noch weit häufiger ein. Schließlich liegt im OF *Vir erat* ein Gesang vor, dessen musikalische Gestalt in kaum zu widerlegender Klarheit den hochexpressiven Inhalt zum Ausdruck zu bringen sucht und dabei gezielt und konsequent verblüffend „moderne" musikalische Ausdrucksmittel einsetzt.

Dennoch soll in diesem Resümee zunächst zur Ausgangsfrage zurückgekehrt werden. Was läßt sich nach der Untersuchung der ausgewählten melismatischen Gesänge über die Formeln und die elementaren Aspekte der Beziehung von Musik und Sprache im gregorianischen Repertoire sagen? Allgemein ist festzuhalten, daß die Formeln mit ihrer Fülle an Vergleichsmaterial einen hilfreichen und überzeugenden Zugang zum Wort-Ton-Verhältnis auf der formalen Ebene ermöglichen. Dabei läßt sich an zahlreichen Beispielen zeigen, daß dieses Verhältnis bisweilen systematisch gestaltet erscheint und gelegentlich bis in verblüffend subtile Details reicht. Grundsätzlich aber zeigt sich in der jeweiligen musikalischen Gestalt eine sinnvolle Wortgebundenheit, die durch kein auffälliges Gegenbeispiel grob beeinträchtigt wird. Dies soll nun in den wesentlichen Punkten nochmals kurz zusammengefaßt werden:

1. Die als Formeln (*formulae*) definierten Abschnitte der analysierten Gesänge sind tatsächlich in den weitaus meisten Fällen mühelos wiederzuerkennen. Sie haben teilweise ihren (relativ) festen Ort, wie z. B. bei den Melodie-Modellen oder bei den Initien oder Schlußformeln der Tracten, teilweise treten sie bevorzugt in bestimmten Kombinationen auf wie z. B. die Formeln 4 und 2 oder 2 und 3 bei den Tracten, teilweise scheinen sie aber auch zum variablen Gebrauch zur Verfügung zu stehen, wie eine weitere Gruppe der Formeln bei den Tracten, aber auch im OF *Vir erat* zeigt.
2. Diese Formeln vertonen in der Regel wenigstens vollständige Worte als kleinste sinntragende Einheiten eines Textes; schon darin zeigt sich ein Bezug zur Sprache. Es kommt grundsätzlich nicht vor, daß eine dieser Formeln z. B. das Ende des einen und den Anfang des nächsten Wortes bildet. Nur bei einigen wenigen Formelkombinationen der Tracten kommt es vor[123], daß ein Wort durch mehrere Formeln gestaltet wird, was jedoch als ein Problem der Formel-Ab-

123 Vgl. z. B. TR *Deus, Deus meus*: Formeln 18+2 bei *sum vermis et non homo* (V 6) und *leonis* (V 10) oder 4+2 bei *a salute mea* (V 1) und *patris nostri* (V 4).

grenzung und -Definition aufzufassen ist. Größere syntaktische Einheiten der Texte werden oft musikalisch mit ausgeprägten Schlußbildungen abgerundet.

3. Der Vergleich unter den verschiedenen Beispielen einer Formel ermöglicht eine Reihe von Aussagen über die Verfahren zur Anpassung der Formel an den gewünschten Text. Diese Verfahren lassen sich auch unabhängig von den Formeln an einigen Stellen im OF *Vir erat* nachweisen. Daher ist zu vermuten, daß sie Allgemeingültigkeit haben und z. B. auch bei gängigen Formeln in den noch zu untersuchenden Introitus- und Communioantiphonen zu beobachten sind.
   a. Insgesamt läßt sich festhalten, daß die Akzentsilben der einzelnen Worte fast immer auch musikalisch klar betont werden. Wo dies nicht der Fall ist, liegt in der Regel eine Endbetonung – meist durch eine Formel der Schlußbildung – vor. Sehr oft läßt sich feststellen, daß immer dieselbe Neume einer Formel auf dem jeweiligen Wortakzent zu finden ist, vielfach auch dann, wenn die Akzentsilben an recht verschiedenen Stellen der außerdem unterschiedlich langen Worte liegen.
   b. Zusätzliche Silben oder Worte werden nicht dadurch ergänzt, daß die Formel auf sie verteilt wird, sondern sie werden in der Regel auf einer passenden Tonstufe schlicht rezitiert. Oft werden dabei die betonten Silben mit einem – meist kurrenten – Pes versehen.
   c. Sind weniger Silben vorhanden, als dies für die vollständige Formel erforderlich ist, so kommt es vor, daß Teile der Formel entfallen oder zusammengezogen werden.
   d. Öfters lassen sich auch komplexere Verfahren der Anpassung beobachten, die gelegentlich aus Besonderheiten der zugrundeliegenden Worte leicht zu erklären sind, für die sich aber nicht immer klar ersichtliche Gründe finden lassen. Relativ häufig ist dabei die Verdoppelung eines Teils der Formel, ein „Verfahren", das bereits Aurelian nennt[124].
4. Die den Gesängen zugrundeliegenden Formeln erweisen sich bei den hier untersuchten Beispielen in der Regel als an die jeweiligen Gesänge bzw. Gruppen von Gesängen „gebunden". Trotz der Beschränkung auf einen einzigen Modus lassen sich, abgesehen von den ganz wenigen genannten Beispielen, keine „Wanderungen" von Formeln beobachten. Auch die, durch das begrenzte Tonmaterial wohl unvermeidlichen, Ähnlichkeiten sind eigentlich erstaunlich selten und eher vage. Besonders an den drei Tracten kann abgelesen werden, daß jeder der Gesänge – bei aller melodischen Übereinstimmung untereinander – doch eine eigene, in sich „geschlossene" Prägung, eine eigene „Identität" durch die Auswahl der Formeln und ihrer Varianten aufweist. Dies legt die Vermutung nahe, daß die Auswahl der Formeln nicht stereotyp, sondern durchaus gezielt geschehen ist, was auf eine bewußte „Komposition" der einzelnen Gesänge schließen läßt und möglicherweise auch auf eine entstehungsgeschichtliche Homogenität dieser Gruppen von Gesängen im II. Modus.
5. Für auffällige Abweichungen von Formeln lassen sich in vielen Fällen sprachlich bedingte Erklärungen finden, die jedoch in der Regel der semantischen Ebene

124 Siehe 3.3.1.2. *integritas sensus*.

des Textes angehören, womit dieser Punkt zum zweiten Teil dieses Resümees überleitet.

Auch die bei diesen ersten Analyseversuchen gefundenen, unverhofft häufigen und differenzierten Beispiele für eine Beziehung von Musik und Sprache auf der inhaltlichen Ebene sollen in einem ersten Entwurf aufgelistet und, soweit möglich, vorläufig systematisiert werden. Sie geben wertvolle Hinweise darauf, wo die weitere Analyse ansetzen könnte:

1. Der erste beweiskräftige Zugang zur semantischen Ebene des Textes in den untersuchten Gesängen ließ ein Verfahren erkennen, bei dem durch eine auffällige musikalische Gestalt vor dem Hintergrund des „Immergleichen“ ein Ausschnitt des Textes ebenfalls „auffällig“ wurde. So wird durch ein musikalisches Mittel der gesamte Text inhaltlich akzentuiert, weil dieser eine Textabschnitt inhaltlich hervorgehoben wird. Im ersten Beispiel, den Worten *quoniam bonus* im GR *Haec dies* vom Ostersonntag und -montag, geschah dies konkret durch eine bisher nicht vorkommende Formel von herausragender Tonhöhe bei *quoniam* sowie durch Augmentation einer bekannten Formel bei *bonus*. Auf diese beiden Möglichkeiten der Hervorhebung soll im weiteren Verlauf der Analyse noch genauer eingegangen werden.
2. Das zweite grundlegende Verfahren, das eine Beziehung von Musik und Sprache auf der semantischen Ebene zum Ausdruck bringt, bedient sich im Gegensatz zum ersten gerade des melodisch Gleichen bzw. klar Wiedererkennbaren. Besonders in den Tracten waren eine Reihe von Fällen zu beobachten, bei denen derselbe bzw. ein formal wie inhaltlich fast identischer Text auch musikalisch (fast) identisch gestaltet wurde. Auch wenn dabei nicht immer auszuschließen ist, daß dies zufällig geschah, und außerdem zu beobachten ist, daß dieses Verfahren nicht systematisch angewendet wurde – denn es gibt auch Beispiele mit gleichem Text und verschiedener Melodie –, so handelt es sich doch um eine bemerkenswerte Spur, die weiter verfolgt werden soll.
3. Der dritte Ansatz, der vor allem im OF *Vir erat* zu finden war, brachte durch musikalische Steigerung und Intensivierung einen stark affektgeladenen Inhalt sehr ausdrucksstark zum Klingen. Als konkrete Mittel solcher musikalischer Steigerung sind zu nennen:
   a. Wiederholungen,
   b. auffallende bzw. sich steigernde Tonhöhe,
   c. große Intervalle,
   d. (im Kontext auffällig) lange Melismen, die z. T. aus Wiederholung kleinerer melodischer Elemente zusammengesetzt sind,
   e. Tonrepetitionen,
   f. Augmentationen.

Alle diese „Techniken“ können auch ganz allgemein bei der unter 1. genannten Hervorhebung von Worten und Textabschnitten Verwendung finden. Einige waren bereits, wenn auch nicht in der gleichen beweiskräftigen Klarheit, bei den zuvor untersuchten Gesängen zu entdecken. So gilt es auch, all diese „Verfahren“ bei der weiteren Analyse im Auge zu behalten.

Nach dieser Zusammenfassung der ersten Eindrücke und Ergebnisse der Analyse, die die ursprünglichen Erwartungen der Ausgangsfrage weit übertroffen haben, darf mit gespannter Zuversicht weiter nach Spuren des Wort-Ton-Verhältnisses im gregorianischen Repertoire gesucht werden. Dabei sollen die bislang gefundenen Aspekte der Beziehung von Musik und Sprache im gregorianischen Gesang nochmals kritisch diskutiert, vertieft und – soweit möglich – auf ein tragfähigeres Fundament von Beispielen gestellt werden. Zugleich wird nach weiteren Zugängen Ausschau gehalten.

Das nächste Kapitel der Analyse steht unter dem Leitwort *imitatio*. In ihm wird die Frage nach dem Zusammenspiel von Musik und Sprache mit einem möglichst breiten Spektrum von Aspekten und methodischen Zugängen angegangen, die durch Aussagen der „musiktheoretischen" Autoren des frühen Mittelalters fundiert werden können.

5. ANALYSE: *IMITATIO*

5.1. VORÜBERLEGUNGEN

5.1.1. Zum Begriff *imitatio*

Der Begriff *imitatio* im Kontext mittelalterlicher Musiktheorie wurde bereits in Kapitel 3 ausführlich besprochen. Daher genügt es nun, an die beiden entscheidenden Zitate aus der *Musica enchiriadis* und dem *Micrologus* zu erinnern[1]. Beide Quellen zeugen von einem im frühen Mittelalter vorhandenen Bewußtsein für eine differenzierte Beziehung der Musik zum Inhalt des Textes und besonders zu dessen affektivem Gehalt. Sie eröffnen auf diese Weise eine wertvolle Perspektive für das Wort-Ton-Verhältnis und rechtfertigen die Suche nach Beispielen im Repertoire selbst, die dies praktisch belegen. Aber diese Textstellen allein reichen als methodischer Ansatz nicht aus, weil die in ihnen gegebenen „praktischen" Hinweise kaum konkrete Zugänge für eine Analyse eröffnen. Deshalb müssen auch die anderen Ergebnisse der Auseinandersetzung mit den reflektierenden Texten sowie die im ersten Teil der Analyse bereits gefundenen Aspekte der Beziehung von Musik und Sprache zur Entwicklung methodischer Zugänge zur *imitatio* hinzugezogen werden.

In diesem zweiten Teil der Analyse soll der Begriff *imitatio* sehr weit gefaßt werden. Dies erscheint durchaus legitim, da es sich dabei, wie auch bei den beiden anderen Leitworten der Analyse, eben nicht um einen klar definierten *terminus technicus* mittelalterlicher Musiktheorie handelt. In den beiden zitierten Belegstellen kommt jeweils nur das Verb *imitari* vor, das in diesen Zusammenhängen auch mit *deformare* und *monstrare*[2] umschrieben wird. Obwohl es durch den Kontext auf den affektiven Gehalt der Gesänge bezogen ist, so meint es doch offensichtlich auch andere Aspekte des Inhaltes[3]. In den Analysen dieses 5. Kapitels soll der Schwerpunkt bei dieser Beziehung zwischen Musik und Textinhalt liegen, verstanden als *imitatio* im engeren Sinne. Aber der Begriff *imitatio* soll insgesamt nicht nur die affektive und inhaltliche, sondern auch die formale Ebene der Beziehung von Musik und Sprache umfassen. Die Tatsache, daß die *Musica enchiriadis* die formalen Aspekte im Kontext der *imitatio* anführt und daß sie im *Micrologus* der Forderung nach der *imitatio* unmittelbar vorausgehen, rechtfertigt dieses Verständnis der *imitatio* aus den mittelalterlichen Quellen heraus.

Denn wenn z. B. die Musik die gleichen Zäsuren aufweist wie der Text, also mit dessen Syntax übereinstimmt, oder aber die im Text zu betonenden Wortakzente auch musikalisch betont, dann ist dies im wörtlichen Sinne bereits *imitatio* – „Nach-

1 Siehe auch 3.3.2. *Musica enchiridadis – Micrologus: affektbewegende imitatio.*
2 Vgl. Remigius von Auxerre, PL 101, Sp. 1231.
3 Siehe 3.3.2. *Musica enchiriadis – Micrologus: affektbewegende imitatio.*

ahmung" eines (formalen) Elementes von Sprache mit musikalischen Mitteln. So wird *imitatio* in der folgenden Untersuchung als jede Form der Nachahmung eines Aspektes der Textgrundlage durch die Musik verstanden. Damit umfaßt der Begriff auch den zweiten wichtigen Aussagenkomplex zum Wort-Ton-Verhältnis bei den mittelalterlichen Musiktheoretikern. Dieser setzt sich, wie schon in der Reflexion der musiktheoretischen Quellen und an Beispielen der *formulae* ausgeführt wurde, sehr konkret mit den eher elementaren Forderungen und Möglichkeiten der musikalischen Umsetzung eines Textes auseinander[4].

In diesem zweiten Teil der Analyse sollen also die formalen wie die inhaltlichen Aspekte der Wort-Ton-Beziehung an Beispielen der Advents- und Weihnachtszeit, einem in sich geschlossenen liturgischen Festkreis, detailliert zur Sprache kommen. Dabei sollen zunächst einige Antiphonen gemäß den nachfolgenden Kriterien für die *imitatio* des Textes durch die Musik möglichst systematisch untersucht werden. Ausgewählt wurden dafür die Introitus- und Communioantiphonen der Adventssonntage bzw. der adventlichen Quatembertage. Dabei soll an diesen Gesängen beispielhaft gezeigt werden, wie facettenreich, wie unterschiedlich und gegebenenfalls auch wie problematisch die Frage nach dem Wort-Ton-Verhältnis in jedem einzelnen Gesang des gregorianischen Repertoires sein kann.

Die Frage nach den Anpassungsverfahren von Formeln an einen Text kann allerdings mangels Vergleichsmaterial nicht mehr so systematisch weitergeführt werden, denn die nun untersuchten Introitus- und Communioantiphonen bestehen viel seltener aus Formelmaterial als die melismatischen Gesänge in Kapitel 4. Sie wurden ja für diesen Teil der Analyse gerade deshalb ausgewählt, weil sie sehr viel musikalisches „Eigenmaterial" enthalten. Die ganz eigene Prägung jedes einzelnen Gesanges dürfte die Wahrscheinlichkeit erhöhen, eine möglichst große Spannbreite an Aspekten des Wort-Ton-Verhältnisses sowie besonders klare Beispiele musikalischer Gestaltung als Ausdruck und Interpretation der Textaussage zu beobachten.

Die weiteren Abschnitte über die Introitus- und Communioantiphonen der Weihnachtsmessen bzw. der Weihnachtsoktav konzentrieren sich nach den ersten detaillierten Beispielen deshalb bewußt auf jene Aspekte dieser Gesänge, in denen die Beziehung von Musik und Sprache als eine *imitatio* des Textinhaltes durch die musikalische Gestalt besonders klar zu erkennen ist, und verzichten auf eine ausführliche Analyse der formalen Aspekte.

Bevor mit der Analyse der Introitus- und Communioantiphonen der Advents- und Weihnachtszeit begonnen werden kann, ist zu fragen, wie dabei nun konkret vorzugehen ist. Dazu sei an dieser Stelle nochmals auf die am Ende des Resümees 3.4. aufgelisteten Ansätze für eine Analyse zurückverwiesen. Aus den Reflexionen und Anweisungen der Musiktheoretiker des frühen Mittelalters zum Wort-Ton-Verhältnis ließen sich unmittelbar entnehmen: eine Einheit zwischen der Syntax der Textgrundlage und der zugehörigen musikalischen Struktur, die Übereinstimmung von Silbenlängen mit rhythmischen oder melodischen „Längen" in der Musik und die Umsetzung der Wortakzente als musikalische Tondauern- oder Tonhöhen-Akzente. Diese primär formalen Aspekte der Beziehung von Musik und Sprache lassen sich

4 Siehe 3.4. *Resümee.*

recht unproblematisch an den schriftlichen Quellen des Repertoires selbst überprüfen.

Alle anderen möglichen Zugänge – besonders zur semantischen Ebene des Textes – wie Tonhöhen- oder Tonbewegungssymbolik, inhaltliche Akzentuierungen durch eine wie auch immer festzustellende rhythmisch oder melodisch „auffällige" Gestalt, der Zusammenhang vom Wechsel der Rezitationsebenen mit formalem oder inhaltlichem „Wechsel" in der Sprache usw. bedürfen dagegen einer erheblich größeren Vorsicht in der Interpretation. Denn es bleibt trotz aller gefundenen Hinweise aus den Quellen im Einzelfall sehr schwierig festzulegen, was Mittel eines bewußt gesetzten Ausdrucks des Textes sein soll und was durch – weiterhin viel zu wenig faßbare – rein musikalische Normen, Motivationen oder Eigengesetzlichkeiten zustande kommt[5]. Damit die Interpretation einer musikalischen Gestalt als Ausdruck des Inhalts als einigermaßen nachweisbar gelten kann, müssen deshalb mindestens folgende Voraussetzungen erfüllt sein:

1. Es muß sich um Ausschnitte aus den Gesängen handeln, die textlich – sei es nun ein einzelnes Wort oder ein sprachlich zusammenhängender Abschnitt – eine zentrale Aussage enthalten und musikalisch „auffällig" sind, d. h. sie sollten von einer im Einzelfall immer wieder neu im Vergleich zu erschließenden „Norm" abweichen. Diese „Abweichung" kann sowohl innerhalb eines Gesanges erschlossen werden[6] als auch im Vergleich mit anderen Gesängen[7].
2. Die musikalische Gestalt muß in irgendeiner Weise nahelegen, daß sich in ihr der Inhalt des Textes ausdrückt, z. B. durch eine herausragende rhythmische oder melodische Gestalt bei inhaltlich wichtigen Wörtern, Wiederholung oder Ähnlichkeit bei Parallelen oder zusammengehörenden Aussagen, zum Text passende Tonhöhensymbolik.
3. Alternative Erklärungen müssen wenigstens mit großer Wahrscheinlichkeit auszuschließen sein, wobei die Frage nach Formeln oder Melodie-Modellen, denen auch andere Texte zugrunde liegen, von besonderer Bedeutung ist[8].

Bei dieser Problematik des Nachweises kommt dem Vergleich innerhalb der Repertoires eine wichtige Funktion zu. Ein Nachweis ist durch ein einzelnes, noch so

5 Hier sei an den bereits zitierten Passus von Reckow, *Rhetorik*, 160f, erinnert, der feststellt, daß es „an zuverlässigen Kriterien für eine jeweils sichere Unterscheidung zwischen unauffälliger Konvention («Standard») und «sprechender» Besonderheit, Abweichung bis hin zum Verstoß noch immer mangelt."

6 Z. B. die auffällige Rezitation der inhaltlich bedeutsamen Worte *ecce Dominus* im Gegensatz zum Wort *veniet* wie auch zum „Rest" der Antiphon in der CO *Ecce Dominus veniet*; siehe 5.2.4.2. *Das Proprium Prope es tu.*

7 Z. B. die auffällige und dem Wortsinn gemäße Augmentation des für den Advent theologisch wichtigen Wortes *exspectant* im GR *Universi* im Vergleich mit allen anderen Gradualresponsorien im I. Ton, in denen dieselbe Melodiebewegung eben nicht nochmals zu finden ist; siehe 5.2.1.1. *IN Ad te levavi.*

8 So macht es z. B. keinen Sinn, in der Aufwärtsbewegung bei *ascendens* im AL *Dominus in Sina*, GT 236, vom Fest Christi Himmelfahrt, eine Tonhöhensymbolik sehen zu wollen, denn hier handelt es sich eindeutig um ein Melodie-Modell, das an dieser Stelle bei jedem Text diese melodische Bewegung aufweist; vgl. z. B. AL *Dominus dixit*, GT 43 oder AL *Specie tua*, GT 416.

plausibles Beispiel nicht zu erbringen, dazu bedarf es wenigstens einer ganzen Reihe von Beispielen, um den „Zufall“ als Quelle dieser Erscheinungen[9] ausschließen zu können. Nur durch einen möglichst umfangreichen Vergleich kann also im Einzelfall mit eingermaßen großer Zuverlässigkeit gewährleistet werden, daß tatsächlich eine „auffällige“ musikalische Gestalt vorliegt, die als Ausdrucksmittel der konkreten Textgrundlage sinnvoll und wenigstens relativ beweiskräftig erscheint. Eine Rest-Unsicherheit wird dabei freilich immer erhalten bleiben. Als Konsequenz dieser Überlegungen wird in vielen Beispielen der Analyse der jeweilige Gesang mit zahlreichen oder sogar allen zur Verfügung stehenden Introitus- oder Communioantiphonen desselben Modus verglichen. Je nach Fragestellung werden Beispiele für ähnliche oder gegenteilige Phänomene in den Anmerkungen angeführt.

Ein besonders schwieriger Spezialfall des Vergleichs tritt ein, wenn verschiedene „Gruppen“ von Gesängen daran beteiligt sind, also z. B. ein Introitus mit einem Alleluja-Vers oder einem Graduale verglichen werden soll, da der unterschiedlichen liturgischen Funktion der Gesänge ein jeweils anderes Wort-Ton-Verhältnis zugrunde liegen könnte. Auch könnten unterschiedliche und deshalb nicht ohne weiteres vergleichbare musikalische Prinzipien die verschiedenen Gruppen von Gesängen prägen, wie dies ja z. B. bereits der Unterschied zwischen syllabisch, oligotonisch und melismatisch nahelegt. Diese Art des Vergleichs zwischen Gesängen mit verschiedener liturgischer Funktion bietet sich bei der mehrfachen Vertonung desselben Textes an, die oft auch in demselben Proprium zu beobachten ist. Im Verlauf der Analyse soll dieser Aspekt nur eine untergeordnete Rolle spielen, jedoch an einem Beispiel explizit ausgeführt werden[10].

Die wichtigsten Ansätze für eine Analyse im definierten Sinne einer umfassenden *imitatio* seien, diesen Teil der Vorüberlegungen abschließend, nochmals kurz genannt:

1. Die Syntax des Textes sollte sich nach den Schriften der frühmittelalterlichen Theoretiker in den musikalischen Zäsurbildungen widerspiegeln. Dazu gehört auch die Frage nach der „Form“ der Gesänge – falls es so etwas gibt – sowie nach eventuell bewußt gesetzten Abweichungen in der Zäsurbildung als Möglichkeit zur Interpretation des Textes.

9 Z. B. eine Aufwärtsbewegung bei einem Wort wie *surge* oder *ad te levavi*.

10 Siehe 5.2.1.1. *IN Ad te levavi*. In diesem Fall sind die folgenden zwei Punkte zu bedenken: – Bei mehrfach vertonten Texten ist es notwendig, umfangreiche Vergleiche im Repertoire mit anderen, ähnlichen Gesängen im gleichen Modus und mit der gleichen liturgischen Funktion durchzuführen, bevor Gesänge mit demselben Text miteinander verglichen werden können. Nur so können Fehlinterpretationen vermieden werden, wie z. B. dadurch, daß ein Inhalt oder eine theologische Deutung in ein nicht erkanntes Melodie-Modell oder eine häufig verwendete Formel hineininterpretiert wird. – Neben der Möglichkeit, ähnliche musikalische Umsetzungen desselben Inhalts in Mehrfachvertonungen identischer Texte zu entdecken, ist auch das Umgekehrte denkbar: Es könnten auch verschiedene Aspekte des Inhalts darin zum Ausdruck kommen. In diesem Fall müßte die jeweilige Deutung in jedem einzelnen Gesang mit möglichst großer Sicherheit nachgewiesen werden. Dies soll am Beispiel von *te exspectant* im IN *Ad te levavi* (GT 15) im GR *Universi* (GT16) und im OF *Ad te, Domine, levavi* (GT 17) demonstriert werden.

2. Die Wortakzente sollten in musikalischen Betonungen, z. B. durch Länge oder Augmentation der Neumen oder aber durch Tonhöhe, wiederzufinden sein.
3. Damit verbunden ist die Frage nach inhaltlichen Akzentuierungen, die zu einer Interpretation des Textes führen. Sie könnten sich ausdrücken in Mitteln musikalischer Intensivierung, Steigerung[11] sowie auch in jeglicher Form musikalischer „Auffälligkeit", die nur im Vergleich mit anderen Gesängen zu erkennen ist.
4. Ein weiterer Zugang liegt – wie der erste Teil der Analyse gezeigt hat – in Textwiederholungen bzw. in Parallelismen. So ist zu untersuchen, inwieweit sich diese in melodischen Übereinstimmungen niederschlagen.
5. Eine andere Form der *imitatio* könnte darin bestehen, daß der sprachliche Ausdruck von Höhe, Tiefe oder Bewegung – auch im metaphorischen Sinne – in einer Tonhöhen- oder Tonbewegungssymbolik eine Entsprechung findet.
6. Dieser 6. Punkt ist der am schwersten zu fassende. Er schließt alle in den mittelalterlichen Zitaten zur affektbewegenden *imitatio* angedeuteten Möglichkeiten ein, wie z. B. tiefe Neumen (*graves*) bei traurigen Ereignissen[12], froh klingende (*laetisonae*) Neumen oder erregte (*incitatae*), wie auch immer sich das musikalisch konkret gestalten mag. Deshalb soll auch auf alle Inhalte und affektiven Gehalte geachtet werden, die in nachvollziehbarer Weise in irgendeiner Form von musikalischer Abbildung – im Sinne des *deformare* der *Musica enchiriadis*[13] – einen Ausdruck finden. Gemeint ist damit jeder unmittelbar einleuchtende, bildhafte Ausdruck einer Textaussage[14]. Außerdem soll mit der Möglichkeit gerechnet werden, daß auch in den Zeichen der Neumennotation Hinweise auf eine Beziehung zum Text vorliegen könnten[15].

Am Ende dieser grundlegenden Gedanken sei aber auch nochmals daran erinnert, daß einerseits die Deutung eines Phänomens als Ausdruck einer Beziehung von Musik und Sprache gerade auf der Ebene des Textinhaltes und seiner Interpretation in der Mehrzahl der Fälle eher möglich oder sinnvoll sein wird als beweisbar und andererseits davon auszugehen ist, daß die schriftliche Fixierung des Repertoires nur einen geringen Teil der Möglichkeiten der *imitatio* fassen kann und wird. Gerade die Möglichkeiten der affektbewegenden *imitatio* gehen weit darüber hinaus[16], wie es auch die Quellen zu den Ausdrucksmöglichkeiten der *pronuntiatio* nahelegen[17].

11 Siehe auch 4.5. *Resümee.*
12 Siehe dazu 3.3.2. *Musica enchiriadis – Micrologus: affektbewegende imitatio.*
13 *Musica enchiriadis*, XIX, 58: „ad ceteras qualitates affectuum et eventuum deformatis."
14 Z. B. die großen Intervallschritte zur Darstellung des schnellen Laufs (*currere*) des Riesen (*gigas*) in der CO *Exsultavit ut gigas*, GT 28.
15 Z. B. das Zusatzzeichen *perfecte* beim Wort *fructum*; vgl. 5.2.1.2. *CO Dominus dabit.*
16 Siehe 3.3.2. *Musica enchiriadis-Micrologus: affektbewegende imitatio.*
17 Siehe 2.2.2. *In der antiken pronuntiatio* und 2.3.4. *Hrabanus Maurus: ut ad intellectum … permoveat.*

5.1.2. Advent und Weihnachten in der Liturgie des frühen Mittelalters

Die liturgischen Feiern von Advent und Weihnachten sind eine eher späte Entwicklung in der christlichen Liturgie[18]. Allgemein geht man davon aus, daß es sich bei den Terminen 25. Dezember bzw. 6. Januar um eine bewußte christliche Adaption älterer heidnischer Feste handelt, nachdem das Christentum zur Staatsreligion erhoben worden war[19]. Am 25. Dezember wurde in Rom das Fest *Natale solis invicti*[20], also das Fest des unbesiegbaren Sonnengottes zur Wintersonnenwende, gefeiert, wie auch das Geburtsfest des Gottes Mithra, dessen Mysterienreligion in der Spätantike weit verbreitet war[21]. Im Orient, besonders in Ägypten, wurde dagegen am 6. Januar das Fest des Äon, des Gottes der Zeit und der Ewigkeit gefeiert[22]. Daraus wurde wahrscheinlich im Osten das Fest Epiphanie, das bereits kurze Zeit vor dem westlichen Weihnachtsfest entstand. Nicht nur terminlich, sondern auch in ihren theologischen Akzenten gab es Unterschiede zwischen diesen beiden sich parallel entwickelnden Festen. Im Osten und in Gallien, das zunächst das östliche Fest Epiphanie übernommen hatte[23], lag die Betonung auf dem eschatologischen Charakter, d. h. es wurde in Advent und Epiphanie besonders die erwartete Wiederkunft Christi als Weltenherrscher und -richter gefeiert. Der Advent, der etwa ab dem 6. Jahrhundert in der Liturgie nachweisbar ist, hatte die Bedeutung einer Bußzeit – liturgisch ohne Alleluja, Gloria, Te deum – parallel zur Fastenzeit. Er dauerte wie diese 40 Tage, d. h. unter Auslassung der Samstage und Sonntage vom Tag nach dem Fest des hl. Martin (11. November) bis zum 6. Januar. Die römische Liturgie sah dagegen vier oder fünf Adventssonntage vor – mit Alleluja, Gloria, Te deum – sowie drei Quatembermessen[24]. Beim römischen Weihnachtsfest lag der Akzent stärker auf der Feier der Geburt Christi. Die von Amalar allegorisch gedeutete unterschiedliche Länge der Adventszeit[25] läßt sich auch in den Handschriften des AMS wiederfinden: In R gibt es die Angabe *Dominica V ante natale Domini*. Ein 6. Adventssonntag, der für einen vierzigtägigen Advent nötig wäre, kommt darin jedoch nicht vor.

Im Laufe der Zeit kam es zur gegenseitigen Anerkennung und durch die Übernahme der römischen Liturgie ins Frankenreich[26] auch zur inhaltlichen Durchdrin-

18 Der älteste erhaltene Beleg geht davon aus, daß in Rom das Fest 335/337 bereits existierte; vgl. Hansjörg Auf der Maur, *Feiern im Rhythmus der Zeit I. Herrenfeste in Woche und Jahr*, Regensburg 1983 (Gottesdienst der Kirche. Handbuch der Liturgiewissenschaft 5), 166.

19 Vgl. Michael Kunzler, *Die Liturgie der Kirche*, Paderborn 1995 (Lehrbücher zur katholischen Theologie 10), 603.

20 Ebd. und Auf der Maur, 167.

21 Vgl. Bernhard Kötting, *Auseinandersetzung des Christentums mit der Umwelt*, in: Maarten J. Vermaseren (Hrsg.), *Die orientalischen Religionen im Römerreich*, Leiden 1981, 404.

22 Ebd.

23 Kunzler, 601.

24 Die Quatembertage waren – wie seit dem 4. Jh. nachweisbar – Fasttage, die viermal im Jahr abgehalten wurden, jeweils mittwochs, freitags und samstags. Sie endeten mit einer Vigilfeier; vgl. Auf der Maur, 54f.

25 Vgl. Kunzler, 601 und Auf der Maur, 181f.

26 Vgl. Bernhard Meyer, *Von der römischen zur römisch-fränkischen Messe*, in: *Eucharistie*, Regensburg 1989 (Gottesdienst der Kirche. Handbuch der Liturgiewissenschaft 4), 196–208.

gung der beiden Feste[27]. In den Proprien für die Meßfeier von Weihnachten und Epiphanie überwiegt die Vorstellung der Epiphanie bzw. Theophanie, während in den Officiumsantiphonen auch auf die Geburtsgeschichte Jesu, wie sie in den Evangelien steht, eingegangen wird[28].

Die im AMS zusammengefaßten sechs ältesten noch erhaltenen Texthandschriften der Meßgesänge zeigen, mit welchen Gesängen im frühen Mittelalter Advent und Weihnachten in der Liturgie gefeiert wurden. Diese Ordnung war im 8./9. Jahrhundert offensichtlich nicht überall gleich und unterscheidet sich in einigen wesentlichen Punkten von der heutigen.

Die Angaben *Statio ad* bzw. nur *ad* haben ihren Ursprung in den Stationsfeiern des päpstlichen Gottesdienstes in Rom[29]. Für die Meßfeier selbst haben sie meist keine inhaltliche Bedeutung. Ausnahmen bilden z. B. der zweite Adventssonntag *ad Hierusalem*[30], der mit dem vierten Fastensonntag *Laetare* – ebenfalls *Statio ad Hierusalem* – korrespondiert, und der Quatembermittwoch *Feria IIII ad S. Mariam ad presepem*[31]. Beide Proprien sind deutlich nach inhaltlichen Gesichtspunkten zusammengestellt.

Das Fehlen eines Propriums bzw. die uneinheitliche Ordnung für den vierten Adventssonntag hat ihren Grund darin, daß das Quatemberfasten in der Nacht von Samstag zum Sonntag durch eine Vigil mit anschließender Eucharistiefeier[32] beendet wurde, die – bis diese Vigilfeier auf den Samstagmorgen vorverlegt wurde – bereits dem Sonntag zugerechnet wurde. Introitus und Communio vom vierten Advent wie sie heute im GT zu finden sind, gehören ursprünglich zum adventlichen Quatembermittwoch, der als *Statio ad Mariam ad presepem* zu einer inhaltlichen Ausformung des Propriums nach dem Ort der Stationsfeier förmlich einlud. Lediglich die Texthandschrift S kennt für den vierten Advent bereits das Proprium *Rorate caeli.* Die Ordnung der vier Weihnachtsmessen: *Missa in vigilia, Missa in nocte, Missa in aurora* und *Missa in die* findet sich dagegen, so wie sie im GT steht, in allen Handschriften des AMS.

Die unmittelbar nach Weihnachten folgenden Heiligenfeste Stephanus, Johannes und das sogenannte Fest der Unschuldigen Kinder wurden schon gefeiert, bevor die Weihnachtsoktav entstand[33]. Auch der erste Januar, als *Natale Sanctae Mariae* wohl das älteste Marienfest der Kirche, dürfte schon früh gefeiert worden sein[34]. Da in die Weihnachtsoktav (meistens) auch ein Sonntag fällt, der ein eigenes Proprium

27 Vgl. Kunzler, 601.

28 Allerdings auch hier nur in den Laudes; vgl. Antiphonale Monasticum, Paris/Rom/Tournay 1934, 240–244.

29 Der Papst feierte die Gottesdienste in einer festgelegten Reihenfolge in den verschiedenen römischen Kirchen: Diese Tradition sollte der Einheit der römischen Kirche dienen; vgl. Johann Peter Kirsch, *Die Stationskirchen des Missale Romanum,* Freiburg 1926 (Ecclesia orans 19); sowie Rolf Zerfaß, *Die Idee der römischen Stationsfeier und ihr Fortleben*, in: Liturgisches Jahrbuch 1958, Münster, 218–229.

30 Siehe 5.2.2.1. *IN Populus Sion.*

31 Siehe 5.2.4.1. *Das Proprium: Rorate caeli.*

32 Vgl. AMS, 8–11.

33 Vgl. Kunzler, 607f und Auf der Maur, 169+171.

34 Vgl. Kunzler, 607 und Auf der Maur, 171f.

(*Dum medium*) hat, und da am 31. 12. im AMS der Papst Silvester angegeben ist, umfaßt die Oktav einschließlich Oktavtag nach dem AMS insgesamt zwar nur sechs Tage, hat aber dennoch sieben Proprien, da für Johannes eine *prima missa* angegeben ist.

5.2. INTROITUS UND COMMUNIO DER ADVENTS- UND WEIHNACHTSZEIT

5.2.1. Erster Advent

5.2.1.1. IN *Ad te levavi*

Der Text des Introitus *Ad te levavi*[35] besteht aus den ersten Versen[36] von Psalm 24. Er stammt aus dem Psalterium Romanum (PsR), das bei den Worten *qui te exspectant* von der Fassung der Vulgata (Vg), *qui sustinent te*, abweicht:

[GT] Ad te, (Domine), levavi	[Vg] Ad te, (Domine), levavi
animam meam:	animam meam:
Deus meus in te confido,	Deus meus in te confido,
non erubescam:	non erubescam:
neque irrideant me inimici mei:	neque irrideant me inimici mei:
etenim universi qui te exspectant,	etenim universi qui sustinent te,
non confundentur.	non confundentur.
(Vers:) Vias tuas, Domine,	(Vers:) Vias tuas, Domine,
notas fac mihi:	demonstra[37] mihi:
et semitas tuas edoce me.	et semitas tuas edoce me.

Bei diesem Text handelt es sich um aufeinanderfolgende Verse unter Auslassung der Anrede *Domine*, die im ansonsten textgleichen Offertorium des ersten Adventssonntags jedoch erscheint, so daß für den Introitus eine bewußte Auslassung vermutet werden kann.

Im Einsiedelner Kodex 121 (E) ist dieser Introitus im Gegensatz zur Handschrift von Laon (L) nicht zu finden, da die entsprechende Seite der Handschrift nicht erhalten ist. Die St. Gallener Notation wird deshalb durch die spätere Handschrift SG 376 (11. Jh.) vertreten. E enthält aber das Offertorium *Ad te, Domine, levavi*. Der zweite Teil des Textes beider Gesänge (ab *universi*) erscheint noch ein drittes Mal als Graduale (in L und C). In L folgen diese drei Gesänge unmittelbar aufeinander.

Zu Beginn der Analyse sollen „Form" und Modus des Introitus in den Blick genommen werden. Der Gesang ist im GT mit VIII bezeichnet und zeigt tatsächlich auch durchgängig Charakteristika des VIII. Tones, die nun kurz beschrieben werden. Eine sehr häufig gebrauchte Schlußformel dieses Modus[38] (bei *non erubescam*

35 GT 15.

36 Vers 1–4 unter Auslassung von 4a: *Confundantur omnes iniqua agentes supervacue.*

37 Textvariante des GT; im AMS steht an dieser Stelle – wie auch im Vers des GR *Universi* – die Formulierung des Psalterium Romanum *notas fac mihi.*

38 Vgl. z. B.: OF *Ave Maria*, GT 36: *ventris tui*; OF *Deus enim firmavit*, GT 46: *commovebitur*; OF *Scapulis suis*, GT 76: *tibi Dominus, veritas eius*; CO *Hoc corpus*, GT 170: *commemorationem*; IN *Introduxit vos Dominus*, GT 200: *alleluia* (2x).

und bei *non confundentur*) gliedert das Stück in zwei etwa gleich lange Hälften. Dabei wird jedoch die schlußbildende Wirkung der ersten Formel in E durch eine Virga mit Episem aufgefangen und so ein Zusammenhang zwischen beiden Teilen hergestellt. Dadurch erhält der Introitus eine „Gesamtform", in der zwei nahezu parallele Aussagen in „spiegelbildlicher" Form miteinander verknüpft sind. Dies soll an der Melodieführung noch genauer gezeigt werden. Beide Teile werden nochmals dem Text gemäß unterteilt nach *animam meam*[39] bzw. *inimici mei*[40]. Kleinere Zäsuren, durch nicht kurrente Neumen oder augmentierende Zusatzzeichen bewirkt, sind außerdem bei *meus, confido, exspectant* zu finden[41].

Der Introitus bewegt sich hauptsächlich um die zwei zentralen Rezitationsebenen des VIII. Modus: die Finalis *sol* und den Tenor *do*. Ein häufig zu findendes Initium desselben mit der Quartbewegung von der Finalis nach unten (*sol-re*)[42] und der Quartsprung nach oben (*sol-do*)[43] erscheinen in der Quadratnotation beide gleich zu Beginn des Introitus. Auch sonst zeigt der Introitus keine modal auffälligen Elemente.

Bei der Analyse der Wortakzente fällt auf, daß es in dieser Introitusantiphon besonders zahlreiche musikalische Endbetonungen gibt, z. B. bei den vier aufeinanderfolgenden Worten *ánimam méam Déus méus*[44]. Dabei wird der Wortakzent in der Regel trotzdem nicht vernachlässigt[45].

Kann in dieser Häufung von Endbetonungen ein Mittel des rhythmischen Ausdrucks der Beziehung von Musik und Sprache gesehen werden? Spätere Beispiele werden noch zeigen, daß viele Endbetonungen möglicherweise durch melodische Formeln – in der Regel Schluß- bzw. Zäsurformeln – zu erklären sind, die zwar der syntaktischen Ebene des Textes entsprechen, aber der Wort-Ton-Beziehung zumindest auf der Ebene der Wortakzente bisweilen auch entgegenstehen. In der Häufung wie im IN *Ad te levavi* sind solche Endbetonungen eher selten; kaum eine von ihnen läßt sich überzeugend mit einer Schlußformel erklären. Die rhythmische Akzentuierung durch die Augmentation am Ende der Worte im ersten Teil des Introitus könnte deshalb versuchsweise als ein ergänzendes Ausdrucksmittel zu der noch zu beschreibenden Tonhöhensymbolik verstanden werden. Die vier Worte *animam meam Deus meus* erhalten durch die Endbetonung auf subtile Weise einen vielleicht als vorwärtsdrängend oder auch intensivierend zu beschreibenden Charakter, der im Pes

39 Torculus und Clivis mit Episem in E bzw. nicht kurrente Clivis in L.

40 Nicht kurrente Clivis (mit Episem und *t* in E) und Torculus.

41 Bei *meus* durch nicht kurrenten Pes in L bzw. Pes quassus in E mit anschließendem Sextsprung; bei *confido* durch Clivis mit Episem, bei *te exspectant* durch die Zusatzzeichen *a* in L und *t* in E. Für die Zäsuren der Quadratnotation nach *irrideant me* und *universi* gibt es in den Handschriften keinen Hinweis.

42 Vgl. z. B.: IN *Lux fulgebit*, GT 44; IN *Dum medium*, GT 53; IN *Introduxit vos Dominus*, GT 200; AL *Angelus Domini*, GT 201.

43 Vgl. z. B.: AL *Dominus dixit*, GT 43: *ego*; OF *Deus enim firmavit*, GT 46: *non*, *sedes*; IN *Dum medium*, GT 53: *nox, cursu, medium iter*; IN *Invocabit me*, GT 71: *invocabit, eripiam.*

44 *Animam*: nicht kurrenter Pes in L und *t* in SG; *meam:* nicht kurrente Clivis; *Deus*: Bivirga mit Episem; *meus*: nicht kurrenter Pes in L und Pes quassus mit Episem in SG.

45 Bei *animam* und *meus* sind die Verhältnisse dem Wortakzent entsprechend. Bei *meam* und *Deus* sind die Endsilben länger.

quassus in SG auf der letzten Silbe von *Deus meus* einen besonders klaren Ausdruck erhält. Dieser Effekt – hier durchaus zu verstehen als eine Möglichkeit der *effectus,* wie im XIX. Kapitel der *Musica enchiriadis* und im *Micrologus* Kapitel XV[46] beschrieben – wiederholt sich bei *neque (irrideant)* und ansatzweise auch bei *te exspectant*, während bei den anderen Worten der Wortakzent deutlich stärker betont wird als die anderen Silben.

Der Melodieverlauf der Quadratnotation beginnt, wie bereits erwähnt, auf der Finalis und greift gleich auf der ersten Silbe *ad* eine Quart nach unten – das einzige Mal in diesem Introitus und nur flüchtig – wodurch er der anschließenden Bewegung nach oben damit um so größeren Raum verleiht[47]. Die St. Gallener Notation (SG 376) sieht für das anschließende Wort *te* einen Pes vor, während L wie die Quadratnotation nur einen Einzelton (Uncinus) angibt. Der Pes auf *levavi* und die gleiche, weiter ausgreifende und durch die anschließende Virga (SG) bzw. den Uncinus (L) noch verstärkte Melodiebewegung auf *animam,* die mit dem Quartsprung nach oben den Tenor erreicht, korrespondieren melodisch mit dem Vorgang des Sich-Erhebens. Diese Aufwärtsbewegung erreicht in *animam* mit dem Tenor einen ersten Höhepunkt, der bei den Worten *Deus meus* noch durch den genannten Pes quassus *(do-re)* überschritten wird. Der anschließende Sextsprung nach unten *re-fa* – ein selten großes Intervall – ist bereits bei Hucbald von Saint-Amand belegt[48]. Er verwendet dieses Beispiel, um die Sext als Intervall vorzustellen. Dieser plötzliche Abbruch, der auf die beschriebene Aufwärtsbewegung folgt, bestärkt noch den Eindruck, daß in der melodischen Bewegung nach oben das *levare* einen musikalischen Ausdruck finden soll.

In der Mitte des Introitus stehen zwei Aussagen, die als Negationen formuliert sind: *non erubescam* und *neque irrideant me inimici mei*; am Ende des Introitus kommt mit *non confundentur* noch eine weitere Negation hinzu. Von der Melodieführung her liegt ein starkes Gewicht auf *non* und *neque*. *Non* wird als Tristropha auf dem Tenor vertont, während *erubescam* nichts weiter als eine Schlußformel darstellt (melodisch könnte der Introitus an dieser Stelle enden). *Neque* ist desgleichen mit einer Tristropha auf dem Tenor versehen, eine Akzentsetzung, die durch eine Virga mit Episem (SG) bzw. einen Uncinus (L)[49] auf der ersten Silbe und einen vorangestellten Uncinus bzw. Tractulus auf der zweiten (in L mit *t* und in SG mit Episem) noch verstärkt wird. Der abschließende Torculus wird in SG als nicht kur-

46 Siehe 3.3.2. *Musica enchiriadis – Micrologus: affektbewegende imitatio.*

47 Diese Melodiebewegung ist jedoch – wie der Vergleich mit den Handschriften zeigt – durchaus fragwürdig. Der Vorschlag in BzG 21 (1996), 13f, sieht hier einen ganz anderen Verlauf – nämlich *re-do-fa* – vor. Als Begründung dieser Korrektur werden Beispiele aus der deutschen und beneventanischen Tradition angegeben. Gerade der Beginn des IN *Ad te levavi* zeigt die Probleme der Melodienrestitution: Das Stück fehlt einerseits in zahlreichen Handschriften, andererseits sind in den Handschriften des *Micrologus* (XV, 58), der den Anfang des Introitus mit Buchstabennotation als Beispiel für die Liqueszenz wiedergibt (vgl. Waesberghe, *Micrologus*, 176) bereits 15 verschiedene Melodievarianten überliefert. Die Grundbewegung des Melodieverlaufs bleibt jedoch dieselbe.

48 Hucbald, 28/29.

49 Vgl. *Vorschläge zur Restitution*, in: BzG 21 (1996), 13, wird hier ein Halbton tiefer vorgeschlagen.

rent angegeben. Das nachfolgende Wort *irrideant* umspielt zwar ebenfalls den Tenor, ist aber durchweg mit kurrenten Neumen und *c* (SG) versehen. So liegt in diesem Mittelteil von der Melodieführung her das Gewicht klar auf den beiden Negationen. Die durch den Melodieverlauf akzentuierte Aussage des Textes lautet also: Der Mensch, der dem vorangegangenen *ad te levavi animam meam: Deus meus in te confido* sowie dem nachfolgenden *universi qui te exspectant* entspricht, wird vor dem genannten Unheil – *erubescam, irrideant, confundentur* – bewahrt bleiben. Die dreifache Negation wird so zu einer positiven Aussage verwendet, durch die Akzentsetzung in der Melodieführung bleibt dabei gleichzeitig der negierende Charakter, das „heftige Abwehren" erhalten. Zu dieser „Lesart" des Textes sei hier ein Beispiel zeitgenössischer Exegese angeführt:

> „«Deus meus, confido in te,» id est, in custodia tuae misericordiae, et ideo «non erubescam,» id est, non retraham me ab aliquo bono incepto.
> Neque alii retrahent me, per quod erubescentiam patiar, et hoc dicit: «Neque inimici mei» spirituales sive corporales «irrideant me,» id est, faciant irrisibilem. Tantum valet haec optatio, quantum si diceret, non irridebunt, et vere non erubescam neque irridebor, cum levata anima in te confidam, [...]."[50]

> „«Mein Gott, ich vertraue auf dich», das heißt, auf den Schutz deiner Barmherzigkeit, und deshalb «werde ich nicht beschämt», das heißt, ich werde mich nicht zurückziehen von irgendeinem guten Vorhaben.
> Und auch andere werden mich nicht (davon) abhalten, selbst wenn ich Beschämung erleide, und er sagt: «Und auch meine Feinde», geistliche oder körperliche, «sollen mich nicht verspotten», das heißt, dem Spott zugänglich machen. Soviel bedeutet dieser Wunsch, wenn auch noch soviel gesagt würde, sie werden nicht verspotten, und ich werde wahrhaft nicht beschämt und nicht verspottet, weil ich, die Seele erhoben, auf dich vertraue, [...]."

Im Schlußteil des Introitus gibt es eigentlich nur noch zwei Worte, deren Melodieführung über Rezitation, Betonung der Akzentsilbe oder Schlußformel hinausgeht und die durch einen gemeinsamen Vokal zu einer Einheit verschmolzen sind: *te exspectant*. An dieser Stelle findet sich, wie zu Beginn des Introitus, eine deutliche Aufwärtsbewegung, die jedoch ganz anders gestaltet ist. Sie besteht hauptsächlich aus drei Torculi, die beiden ersten mit vorangestelltem Tractulus bzw. Uncinus, der dritte mit *a* bzw. *t* versehen. Kann darin eine zum *levare* des Anfangs parallele Tonbewegungssymbolik gesehen werden? Ein Sich-Ausstrecken nach „oben", auf Gott hin, das könnte hier vielleicht eine treffende theologische Beschreibung sein. Es lohnt sich, an dieser Stelle genauer zu untersuchen, wie das so zentrale adventliche Wort *te exspectant* in Graduale und Offertorium erklingt[51].

Beschäftigt man sich mit dem Phänomen, daß in zahlreichen Proprien derselbe Text zwei- oder manchmal auch dreimal erscheint, so fällt auf, daß es sich dabei meist um eine Introitus- oder Communioantiphon – also einen normalerweise oligotonischen Gesang – und um Graduale oder Alleluja – also einen eher melismatischen Gesang – handelt. Auch die Kombination Introitus oder Communio mit dem Offer-

50 Haymo, *Explanatio in Psalmos*, PL 116, Sp. 273f.

51 Die Frage, welche Bedeutung – wohl liturgischer Art – diese mehrfach vertonten Texte haben, wenn sich in ihnen, was der „Normalfall" sein dürfte, keine übergreifende Beziehung zum Inhalt des Textes nachweisen läßt, muß hier offen bleiben.

torium, das seiner Form nach oft zwischen diesen beiden Arten von Gesängen liegt, kommt häufiger vor[52]; seltener ist auch die Doppelung Offertorium – Graduale[53] zu finden. Nun besteht aber wenigstens ein großer Teil der Gradualresponsorien und Alleluja-Verse ganz klar aus Melodie-Modellen. Deshalb muß vorab festgestellt werden, daß normalerweise kaum eine Beziehung zwischen der musikalischen Gestalt und dem Text auf der inhaltlichen Ebene in allen vorhandenen Gesängen mit der gleichen Textgrundlage zu erwarten ist. Daß dies dennoch der Fall sein kann, soll nun an einem Beispiel veranschaulicht werden. Dabei sollen ganz bewußt die Grenzen des Möglichen und vor allem des Nachweisbaren demonstriert werden.

Der Text des IN *Ad te levavi* wird, wie oben erwähnt, einmal ganz und einmal teilweise im selben Proprium noch zweimal verwendet: im GR *Universi* und im OF *Ad te, Domine, levavi.* Aus diesen Gesängen soll die musikalische Gestaltung des für die Theologie des Adventes zentralen Wortes *exspectant*[54] genauer analysiert und miteinander verglichen werden.

Schon beim ersten Blick auf die musikalische Gestalt dieses Wortes fällt auf, daß es in allen drei Gesängen im Gegensatz zum vorausgehenden *te* ausgiebig musikalisch ausgeformt und jeweils mit einer massiven Endbetonung ausgestattet ist, die über das zur Zäsurbildung Notwendige weit hinausgeht. Schon allein dieses musikalische „(Ab)-Warten" paßt zur Wortbedeutung. Das inhaltlich ebenfalls bedeutsame Wörtchen *te* wird dagegen in allen drei Fällen nur mit einem Einzelton versehen.

Bei der Analyse des IN *Ad te levavi* wurde die „gestreckte" Aufwärtsbewegung der drei Torculi auf dem Wort *exspectant* als eine verhaltene Tonbewegungsymbolik beschrieben, in der sich theologisch die Erwartung als ein Sich-Ausstrecken nach „oben" – auf Gott hin, denn der erwartete Messias ist göttlicher Natur[55] – ausdrükken könnte. Der Vergleich mit den insgesamt 16 Introitusantiphonen im VIII. Ton[56] des GT zeigt, daß diese melodische Bewegung nicht nur in ihrem Kontext auffällig, sondern tatsächlich einmalig ist, so daß eine Erklärung dieses Melodieverlaufs durch ein Melodie-Modell oder eine melodische Formel ausgeschlossen werden kann. Die zweite, sehr klare Tonhöhensymbolik in demselben Introitus beim vorausgehenden

52 Z. B. IN+OF *Ad te (Domine) levavi*, GT 15+17; OF+CO *Scapulis suis*, GT 76+77.

53 Z. B. OF+GR *Tollite portas*, GT 25+40.

54 Z. B. Amalar, *Liber officialis*, 503: „Quamvis cum gaudio boni servi exspectent adventum Domini sui, tamen maximum gaudium recolunt in praesentia eius." – „So sehr auch die guten Knechte mit Freude die Ankunft ihres Herrn erwarten, so haben sie doch die größte Freude in seiner Gegenwart."

55 Z. B. Haymo, *Homiliae de tempore*, PL 118, Sp. 54: „Dominicae nativitatis diem, qua temporaliter natus est, annua revolutione colentes, licet oculos mentis ad contemplandam naturam Divinitatis convertere; et quia in tribus evangelistarum dictis, Mattaei scilicet, Marci et Lucae, modus humanae nativitatis describitur, ad consubstantialem Dei Patris essentiam, oportet beati Joannis evangelistae dicta considerare." – „Den Tag der Geburt des Herrn, an dem er in der Zeit geboren wurde, alljährlich feiernd, darf man die Augen des Geistes zur Kontemplation der göttlichen Natur wenden; und weil in den drei Texten der Evangelisten, nämlich Matthäus, Markus und Lukas, die Art der menschlichen Geburt beschrieben wird, geziemt es sich, in Hinblick auf die wesensmäßige Einheit mit Gott dem Vater den Text des seligen Evangelisten Johannes zu betrachten."

56 Siehe GT, Index, 893–895.

Text – *Ad te levavi animam meam: Deus meus* – kann ebenfalls als eine Bestätigung dieser Deutung verstanden werden:

Der Vergleich des GR *Universi* mit den anderen 15 Gradualresponsorien im I. Ton[57] zeigt, daß der Fall hier nicht so einfach liegt wie bei den Gradualresponsorien im II. Ton. Es lassen sich keine klaren Wiederholungen eines oder mehrerer Melodie-Modelle ausmachen. Dennoch lassen sich gemeinsame Grundlagen erkennen, die jedoch nur noch in einer vagen Ähnlichkeit[58] miteinander verbunden sind. Auf diesem Hintergrund erweist sich die Vertonung des *exspectant* auch im Graduale als einmalig und auffällig:

Das Graduale beginnt mit den Worten *Universi qui te exspectant*. Beim Wort *exspectant* wird der Tenor *la* erreicht, betont gehalten, stark augmentiert (durchweg nicht kurrente Neumen, *a* in L und *t* in C) und dabei umspielt. So wird dieses Wort durch die klangliche Ausgestaltung nicht nur besonders hervorgehoben, sondern es erhält – so könnte man deuten – gleichzeitig etwas „Wartendes", die Spannung Aufrechterhaltendes. Ein ausharrendes Erwarten und Ausschau-Halten, der Aspekt der Dauer[59] kommt hier zum Ausdruck. Das hat einen ganz anderen Charakter als das „Hin- bzw. Hinaufstreben" desselben Wortes im Introitus.

Einen noch anderen Akzent erhält das Wort *exspectant* im OF *Ad te, Domine, levavi*. Auch dort ist es auffällig gestaltet: Es durchbricht die Grenze des üblichen Tonraums des II. Modus nach unten, was nicht nur im Kontext der insgesamt 18 Offertorien im II. Ton einmalig ist[60]. Eine solche Abwärtsbewegung kommt im gesamten Repertoire nur noch zweimal vor: bei dem ebenfalls inhaltsträchtigen Wort *miserere* im Responsorium *Emendemus*[61], das am Aschermittwoch beim Austeilen

57 Siehe GT, Index, 895f.

58 Vgl. z. B. GR *Sciant gentes*, GT 88; GR *Beata gens*, GT 333; oder GR *Posuisti Domine*, GT 476; GR *Sacerdotes eius*, GT 488.

59 Vgl. Amalar, *Liber officialis*, 503: „... quod longe tempore exspectaverunt patres ..." – „... weil die Väter lange Zeit gewartet haben ..."

60 Lediglich in den Versen einiger Offertorien kommt dies vor; vgl. z. B. OF *Tollite portas*, OT 14f; OF *Dextera Domini*, OT 25f.

61 GT 66.

der Asche gesungen wird, und beim schon erwähnten, in vielfacher Hinsicht aus dem Rahmen fallenden GR *Collegerunt*[62]. Diese Abwärtsbewegung geschieht mit einem nicht kurrenten Porrectus, der in E zudem noch mit den Zusatzzeichen *x=exspectare* (!) und *i=inferius* oder *iusum* versehen ist. Dies kann mehr als nur gesangstechnisch verstanden werden:

Wieso aber eine solch auffällige Abwärtsbewegung? Theologisch gedeutet, impliziert sie eine ganz andere Vorstellung von Erwartung als die beiden anderen. Hinwendung zu Gott, adventliche Erwartung – so könnte man deuten – muß nicht unbedingt in der Orientierung nach „oben" geschehen. Theologisch könnte die „tiefe" Variante des *exspectant* in der Vorstellung wurzeln, daß die erwartete Ankunft des Messias einen Abstieg Gottes, seine Selbstentäußerung in der Menschwerdung bedeutet. Dies führt, bildlich gesprochen, tiefer als vorstellbar nach „unten", es „sprengt den Rahmen" – und genau dies geschieht auch in der Melodieführung. So kann auch im dritten *exspectant* ein wesentlicher Aspekt des Advents gesehen werden. Durch ein Beispiel aus den Ausführungen Amalars zum Weihnachtsfest soll das belegt werden:

> „Dei Filius, cum esset unigenitus filius, voluit sibi fratres adiungere. Descendit ad humanum genus et assumpsit hominem, ut faceret sibi fratres."[63] – „Der Sohn Gottes, obwohl er der eingeborene Sohn war, wollte Brüder haben (sich hinzufügen). Er stieg hinab zum Geschlecht der Menschen und nahm an den Menschen, um sich Brüder zu schaffen."

Eine solche Vorgehensweise mag zu gewagt erscheinen, sie bleibt bei aller Plausibilität eben doch eine Frage der Interpretation. Auf jeden Fall bedarf es weiterer Beispiele, die diese Möglichkeit belegen. Eine einigermaßen offensichtliche Beziehung von Musik und Sprache in dieser Komplexität wird jedoch wohl eher die Ausnahme bleiben. Das Problem des Nachweises für eine Interpretation aber ist nicht neu und wird auch die weiteren Untersuchungen begleiten, sobald der Versuch unternommen wird, über die elementaren Aspekte der Wort-Ton-Beziehung – wie Zäsuren, Wortakzente – hinauszugehen. Dann zeigt sich die Beziehung von Musik und Sprache im gregorianischen Gesang in ihrer ganzen Vielschichtigkeit und Problematik. Auch bei den folgenden Einzelanalysen bleibt die Spannung erhalten zwischen Ergebnissen, die mit großer Wahrscheinlichkeit eine Beziehung von Musik und Sprache bis in erstaunliche Details und theologische Interpretationen nahelegen, und anderen, die über das Elementarste kaum hinauszuführen vermögen.

Die bei der Analyse dieses ersten Introitus gemachten Beobachtungen erweisen sich für die Frage nach der Beziehung von Musik und Sprache im gregorianischen Ge-

62 GT 135.
63 Amalar, *Liber officialis*, 504.

sang als ausgesprochen ermutigend. Wenn auch dieser eine Gesang nicht ausreicht, um hinreichend gesicherte Ergebnisse zu erhalten, so gibt er doch eine Reihe von Anhaltspunkten für eine Verbindung von Text und musikalischer Gestalt: Die Zäsuren in Text und Musik stimmen überein, die Wortakzente werden in den meisten Fällen rhythmisch hervorgehoben, rhythmische und melodische Elemente bestätigen die hier versuchte Interpretation auf der semantischen Ebene. Ohne in den musikalischen Mitteln den Rahmen eines charakteristischen VIII. Modus zu sprengen, kommt in diesem Introitus der Text in deutlich inhaltsbezogener Weise zum Klingen. Weithin „Typisches" verbindet sich dabei zu einem sehr „originalen" Ausdruck[64].

5.2.1.2. CO *Dominus dabit*

Der CO *Dominus dabit*[65] des ersten Adventssonntags liegt als Text Vers 13 aus dem 84. Psalm zugrunde. Dieser Text ist im Psalterium Romanum und im Psalterium der Vulgata identisch. Das überleitende *etenim* wird in der Communio weggelassen. Der gesamte Psalm 84 dient häufig als adventliche Textgrundlage, aus ihm sind an anderen Stellen eine ganze Reihe weiterer Texte genommen[66]. Der Kontext des Psalmverses zeigt, daß es nicht nur um die konkrete Frucht der Erde geht, sondern daß hier „Frucht" in einem übertragenen, tieferen Sinne verstanden werden kann und muß. So heißt es in den vorausgehenden und nachfolgenden Versen:

> Misericordia et veritas obviaverunt sibi:
> iustitia et pax osculatae sunt.
> Veritas de terra orta est:
> et iustitia de caelo prospexit.
> Etenim *Dominus dabit benignitatem:*
> *et terra nostra dabit fructum suum.*
> Iustitia ante eum ambulabit:
> et ponet in via gressus suos.

Es ist außerdem eine theologisch sinnvolle Möglichkeit und für das mittelalterliche Denken keineswegs zu weit hergeholt, den Text ganz adventlich zu deuten und in der Frucht, die die Erde aufgrund des Segens Gottes hervorbringt, den erwarteten Messias zu sehen[67]. Verschiedene zeitgenössische Autoren bezeugen dies:

> Haymo: „«Etenim Dominus dabit benignitatem,» id est, futurus est ille per quem dabit benignitatem, id est Spiritum sanctum benigne nos intus inspirantem, et per hoc dabit hanc benignitatem, quia «terra,» id est, virgo Maria, «nostra,» id est, de nostra natura, «dabit fructum suum»

64 Siehe 1.2.4. *Gregorianische Semiologie.*

65 GT 17.

66 Wie z. B. der Allelujavers *Ostende nobis* vom ersten Adventssonntag – dieser Text bildet zugleich die Grundlage für ein im Advent im Offizium ständig wiederkehrendes Responsorium, das OF *Deus tu convertens* vom zweiten Adventssonntag, den Introitusvers und das OF *Benedixisti, Domine* vom dritten Adventssonntag.

67 Auch andere adventliche Texte greifen dieses Bild auf z. B.: *Rorate caeli desuper et nubes pluant iustum: aperiatur terra et germinet salvatorem.* (Js 54, 8); siehe 5.2.4.1. *Das Proprium Rorate caeli.*

id est, filium suum."[68] – „«Denn der Herr wird seinen Segen geben», das heißt, in Zukunft wird jener kommen (zukünftig ist jener), durch den er den Segen geben wird, das heißt den Heiligen Geist, der uns innerlich gütig erfüllt [inspirantem], und dadurch wird er diesen Segen geben, weil «unsere», das heißt von unserer Natur, «die Erde», das heißt die Jungfrau Maria, «ihre Frucht geben wird», das heißt, ihren Sohn."

Hrabanus Maurus: „«Terra dedit fructum suum:» virgo Maria peperit Christum, [...]."[69] – „«Die Erde hat ihre Frucht gegeben»; die Jungfrau Maria hat Christus geboren, [...]."

„*Terra*, Virgo Maria, ut in Psalmis: «Et terra nostra dabit fructum suum,» id est, Maria suum peperit Filium."[70] – „Die Erde, die Jungfrau Maria, wie in den Psalmen: «Und unsere Erde wird ihre Frucht geben», das heißt, Maria hat ihren Sohn geboren."

Der Text der Communio kann also in dreifacher Weise verstanden werden: konkret auf die Natur bezogen, auf den Beter bezogen als eine moralische Aussage über das Zusammenspiel von Segen (Gnade) Gottes und Wahrheit (Treue/Gerechtigkeit) des Menschen als „Frucht" und – allegorisch – auf das Weihnachtsgeschehen bezogen. Wie wird nun dieser sehr kurze, aber vielschichtige Text musikalisch gestaltet?

Die Form der Communio erschließt sich scheinbar auf den ersten Blick, handelt es sich doch um zwei kurze, parallel gebaute Sätze mit jeweils dem Wort *dabit* in der Mitte. Bei genauerer Betrachtung zeigt sich, daß zwar die in der Editio Vaticana angegebene Pause dieser Einteilung nachkommt, aber durch das Fehlen einer ausgeprägten Schlußformel[71] bei *benignitatem* und das Verharren der Melodie auf dem Tenor gleichzeitig die Spannung und Verbindung zum zweiten Teil hin aufrechterhalten bleibt. Auch die sonstige Gestaltung des Melodieverlaufs ist – wie noch gezeigt werden soll – alles andere als parallel. Daher erscheint es angemessener, die Communio als eine durchgängige Einheit zu betrachten, denn es handelt sich um einen einzigen großen Spannungsbogen, auch wenn dieser der Syntax gemäß in zwei Abschnitte gegliedert wird.

Der Modus der Communio ist mit I angegeben, aber in diesem Gesang mischen sich Authentisches und Plagales. Er beginnt nicht – wie sehr oft beim I. Ton – auf der Finalis, sondern auf *fa*, das als eine mögliche Strukturstufe des I. Modus[72] zugleich Tenor des zugehörigen plagalen II. Modus ist. Diese Tonstufe bleibt auch während der ersten Hälfte des Stückes zusammen mit dem Tenor des I. Tones (*la*) die tragende Strukturstufe, während die Finalis nur als Durchgang erscheint. In der zweiten Hälfte dagegen sinkt der Melodieverlauf gleich nach dem Wörtchen *et* um einen Ton ab, und *sol* und die Finalis *re* werden, neben dem weiter vorhandenen *la*, zu den prägenden Strukturstufen. Außerdem erscheint das untere *do* zweimal als letzter Ton vor einer kleineren Zäsur (*Dominus* und das zweite *dabit*). Auf *benignitatem* greift die insgesamt eher tief liegende Melodie in einer Bewegung nach oben aus bis zum oberen *re*. So durchläuft das Stück trotz seiner Kürze die wesentlichen Strukturstufen des I. und II. Tones. Diese „modale Dichte" paßt zur Dichte der Textaussage.

68 PL 116, Sp. 478; Zeichensetzung wie im Original.
69 PL 112, Sp. 937.
70 PL 112, Sp. 1065.
71 In E fehlt hier – anders als in L – nicht nur jede Augmentation, es wird sogar ein *c* hinzugefügt.
72 Vgl. z. B.: AL *Laetatus sum*, GT 19: *domum Domini ibimus*; IN *Gaudete*, GT 21: *iterum dico, gaudete*; IN *Memento nostri*, GT 29: *in beneplacito populi tui*.

Die Wortakzente des Textes werden auch musikalisch durch Länge bzw. Augmentation betont. Bei *Dominus dabit, terra* und *fructum* kommt zur Akzentsilbe eine starke Endbetonung hinzu. Fast alle Worte – außer *et* und in E *benignitatem* – dieses sowohl kurzen wie intensiven Textes sind mit augmentierenden Zusatzzeichen, Episemen oder nicht kurrenten Neumen versehen. Eine besonders auffällige Länge der Neumen zeigt sich jedoch bei *Dominus* und bei *dabit fructum*, was nur bei *fructum* als Teil einer Schlußformel[73] verstanden werden kann[74].

Ist es Zufall, daß sich der Melodieverlauf von *Dominus* und dem zweiten *dabit* ähneln, während *Dominus* und das erste *dabit* durch die Bivirga zu Beginn in einer Art sprachlich-musikalischer „Alliteration" verbunden sind? Diese musikalische Beziehung des Wortes *Dominus* mit dem zweifachen *dabit* reizt zur theologischen Interpretation: Es ist der Herr (*Dominus*), der gibt, und indem er den Segen gibt, ermöglicht und gibt er damit letztlich auch die Frucht. Dazu sei an dieser Stelle nochmals Haymo zitiert:

> „Ad primam sententiam ita continuatur: Vere de terra orta est veritas, id est, Christus, quia Dominus dabit benignitatem, id est, gratiam aspirantem quam non daret, nisi per Christum, et terra nostra, id est, caro humana, aspirata illa benignitate Dei, dabit fructum suum, id est bona opera."[75]

> „Zum ersten Sinnabschnitt wird so fortgefahren: Wahrhaft ist aus der Erde aufgestiegen die Wahrheit, das heißt Christus, weil der Herr seinen Segen geben wird, das heißt den Hauch der Gnade, die er nicht geben würde, außer durch Christus, und unsere Erde, das heißt das menschliche Fleisch, angehaucht durch jenen Segen Gottes wird ihre Frucht geben, das heißt gute Werke."

Ein weiteres melodisch herausragendes Wort ist *benignitatem*. Hier ist die Tonhöhe bzw. die Bewegung das Auffälligste; der Ambitus durchmißt – wie schon angedeutet – die ganze Oktave vom unteren zum oberen *re*.

An der Gestaltung des Wortes *fructum* erscheint die „Leichtigkeit" reizvoll, die beide Handschriften dafür vorsehen (*c* und weitgehend kurrente Neumen) und besonders das Zusatzzeichen *perfecte* – vollkommen, das wohl kaum nur auf die Gesangstechnik zu beziehen ist, denn diese Angabe ist technisch eigentlich nicht umsetzbar. Auch dies könnte also ein möglicher „Haken"[76] für eine Assoziation und ein Zeugnis für die inhaltsbezogene und „meditierende" Arbeit des Schreibers sein: Nach der oben genannten theologischen Interpretation muß diese Frucht – da es sich um den erwarteten Messias, Christus, handelt – *perfecte* sein.

Zusammenfassend soll zur CO *Dominus dabit* festgehalten werden, daß dieser Gesang trotz seiner Kürze textlich wie musikalisch vielschichtig ist. Eine Beziehung von Musik und Sprache läßt sich in diesem Gesang auf allen möglichen Ebenen aufzeigen: Form und Syntax, rhythmische Akzentsetzungen und Wortakzente stimmen überein, und auch die modale Struktur und der Melodieverlauf lassen auf eine am Text orientierte Gestaltung schließen. Gerade auf der Ebene der theologi-

73 Vgl. z. B.: IN *Gaudete*, GT 21: *iterum dico, gaudete;* IN *Memento nostri*, GT 29: *populi tui*; CO *Revelabitur*, GT 40: *Dei nostri*.

74 Die auffällige Melodiebewegung des zweiten *dabit* findet sich nochmals im IN *Misereris* des Aschermittwoch (GT 62) auf den abschließenden Worten: *Dominus Deus noster*.

75 PL 116, Sp. 487.

76 Vgl. Leclercq, 86.

schen Interpretation bietet diese Communio eine Reihe Ansatzmöglichkeiten, die um so näherliegend sind, als sie der gängigen zeitgenössischen Exegese entsprechen. Es handelt sich um ein Beispiel für das zuvor erwähnte Phänomen, daß aus der musikalischen Gestalt eines Stückes heraus die im mittelalterlichen Denken allgegenwärtige theologische Interpretation vielfach möglich ist – ja, der Gesang diese geradezu provoziert. Aber zugleich kann eine solche kaum bewiesen werden, zumindest nicht allein aus dieser einen Communio.

5.2.2. Zweiter Advent

5.2.2.1. IN *Populus Sion*

Mit dem IN *Populus Sion*[77] beginnt die Messe des zweiten Adventssonntags. Die Texte dieses Propriums, die in allen Handschriften des AMS dieselben sind wie im GT, stehen offensichtlich untereinander in einer inhaltlichen Beziehung. In den durchweg alttestamentlichen Texten gibt es keine Textwiederholungen. Stattdessen haben die Texte einen auffällig homogenen Inhalt, der um einige Themenschwerpunkte kreist. In allen Gesängen ist vom Volk Israel, Zion und Jerusalem die Rede, womit sowohl die menschliche Gemeinschaft als auch der konkrete Ort bezeichnet und immer wieder betont werden[78]. Offensichtlich hängt dies mit der urspünglichen Stationsfeier – *Statio ad Hierusalem* – zusammen[79].

Als ein weiteres zentrales Thema wird die *laetitia* bzw. *iucunditas* – die Freude – wiederholt genannt[80]. Außerdem wird das Wort *veniet* – „er wird kommen“, das meist in dieser Form oder noch häufiger im Imperativ: *veni!* – „Komm!“ als zentraler Gedanke den Advent durchzieht, mehrfach verwendet[81].

Die Textgestalt des Introitus selbst gibt bezüglich ihrer Herkunft einige Rätsel auf. Ein Vergleich des Textes mit den im GT angegebenen Stellen aus dem Buch Jesaja (30, 19+30) bleibt höchst unbefriedigend. Der ursprüngliche Bedeutungszusammenhang erscheint dem des Introitus beinahe komplementär entgegengesetzt. Lediglich die Worte *auditam faciet ... vocis suae* lassen sich eindeutig als Jesaja 30, 30 in der Formulierung der Vulgata identifizieren. Der restliche Text des Introitus findet sich nur höchst fragmentarisch in den vorausgehenden Versen des biblischen Textes wieder. Auch die Variante der Vetus Latina[82] hilft hier nicht weiter. Die folgende Textgegenüberstellung verdeutlicht das ganze Ausmaß der Problematik:

77 GT 18.

78 IN: *Populus Sion ... Israel ... ovem Joseph*; GR: *Ex Sion ... congregati illi sanctos eius ...*; AL: *... in domum Domini ibimus ...*; OF: *... plebs tua ...*; CO: *Jerusalem*

79 Vgl. Kirsch, 234.

80 IN: *... in laetitia cordis ...*; AL: *Laetatus sum ...*; OF: *... plebs tua laetabitur in te ...*; CO: *... vide iucunditatem.*

81 IN: *... ecce Dominus veniet ...*; GR: *... Deus manifeste veniet ...*; CO: *..., quae veniet tibi a Deo tuo.*

82 In der Vetus Latina heißt es Is. 30, 28: „et spiritus eius sicut aqua in valle trahens veniet usque ad collum et dividetur ut conturbit gentes super errore vano.“

[GT] Populus Sion,	[Vg] 19. Populus enim Sion habitabit in Jerusalem …
ecce Dominus veniet	27. Ecce nomen Domini venit de longinquo, ardens furor eius …
	28. Spiritus eius velut torrens inundans usque ad medium colli
AD SALVANDAS GENTES:	AD PERDENDAS GENTES in nihilum
et auditam faciet Dominus gloriam vocis suae,	30. Et auditam faciet Dominus gloriam vocis suae
in laetitia cordis vestri.	29. Canticum erit vobis …, et laetitia cordis …

Es ist zwar möglich, fast alle Worte im Text Jesaja 30 der Vulgata wiederzufinden, doch wirkt die Zusammenstellung des Textes für diesen Introitus im Vergleich zur Textgrundlage geradezu sinnentstellend. Aus der Vernichtung der (Israel feindlichen) Völker *(ad perdendas gentes)* wird die Erlösung aller Völker *(ad salvandas gentes)*. Handelt es sich dabei vielleicht einfach um einen Fehler in der Quellenangabe des GT? Der Versuch, mit Hilfe der lateinischen Wortkonkordanz[83] eine mögliche Alternative zu finden, bleibt ohne Ergebnis. Gerade die so augenfällig sinnverändernden Worte *ad salvandas gentes* statt *ad perdendas gentes* lassen sich in den Texten des AT so nicht finden. Nur wenige Stellen des AT weisen in ihrer Heilserwartung über das Volk Israel hinaus[84]. Der Text des IN *Populus Sion* enthält also schon an sich eine theologische Interpretation des alttestamentlichen Textes. Er wird aus neutestamentlicher Sicht gedeutet: Die Ankunft Jesu Christi bringt universale Erlösung. So schreibt z. B. Haymo in seinem Jesaja-Kommentar zu Vers 30, 27:

„«Ecce nomen Domini venit de longinquo,» id est Filius Patris verus Jesus Christus in nomine Patris venit, quia Deus verax est sicut Pater. Unum quippe nomen est Patris et Filii et Spiritus sancti, juxta quod ipse Apostolus dicit: «Ite, docete omnes gentes, baptizantes eos in nomine Patris et Filii et Spiritus sancti.»“[85]

„«Seht der Name des Herrn kommt von Ferne», das heißt, der wahre Sohn des Vaters, Jesus Christus, kommt im Namen des Vaters, weil er wahrhaft Gott ist so wie der Vater. Denn es ist ja ein (einziger) Name des Vaters und des Sohnes und des Heiligen Geistes, gemäß dem, was der Apostel selbst sagt: «Geht und lehrt alle Völker und tauft sie im Namen des Vaters und des Sohnes und des Heiligen Geistes».“

Als Ergebnis der Textanalyse sollte deshalb festgehalten werden, daß es sich beim IN *Populus Sion* um einen extremen, für die Textgrundlage des gregorianischen Repertoires außergewöhnlichen Fall von Centonisation handelt. Die Freiheit im Umgang mit dem biblischen Text geht so weit, daß ein deutlich neuer Sinnzusammenhang entsteht und dabei auch aktiv eine eigene Formulierung gebraucht wird. Wie verhält sich nun die musikalische Gestalt des Introitus zu diesem Textbefund?

Der Gesang gliedert sich von seiner modalen Struktur her deutlich in drei Teile, die sowohl durch das Initium des VII. Tones[86] als auch durch eine immer gleiche,

83 Vgl. *Novae Concordantiae Biblorum Sacrorum iuxta Vulgata versionem critice editam*, hg. von Bonifatius Fischer, 5 Bde., Stuttgart 1977.

84 So z. B. Is 66, 18–22. In der Textzusammenstellung der Weihnachtsmessen erscheint der Gedanke des universalen Heils sehr deutlich; siehe 5.2.5. *Die vier Weihnachtsmessen.*

85 PL 116, Sp. 870.

86 Vgl. die Psalmodie vom Vers des Introitus.

einfache wie auch charakteristische Schlußformel[87] desselben gekennzeichnet sind. Allerdings endet der mittlere Teil nicht auf der Finalis *sol,* sondern bleibt auf dem Tenor *re* des VII. Tones, wodurch der zweite Teil des Introitus nicht in dem Maße musikalisch abgeschlossen wird wie der erste und dritte. Auf diese Weise entsteht eine dem Text entsprechende stärkere Verbindung zwischen Teil 2 und 3. Als wichtige Rezitationsebene tritt im ersten und dritten Teil neben den Tenor *re*, der zwar erreicht wird, aber eher untergeordnet bleibt, die Tonstufe *do*, welche dem Tenor des VIII. Tones entspricht und auch in den meisten Gesängen im VII. Ton zu finden ist. Der mittlere Teil dagegen verharrt auf dem eigentlichen Tenor und kommt in seinem gesamten Verlauf dem Modell der Psalmodie am nächsten. Der Wechsel der Rezitationsebenen entspricht in diesem Gesang also jeweils dem Beginn eines Textabschnittes.

In den Korrekturvorschlägen der BzG 21[88] weisen die Autoren darauf hin, daß für diesen Introitus in den diastematischen Handschriften eine Variante existiert, die im ersten Teil mit einem Quintsprung beginnt und bei danach gleicher Intervallkonstellation einen Ton höher liegt als die ebenfalls durch Handschriften belegte Variante des GT. Somit würde auch im ersten Teil der Tenor zur wichtigsten Rezitationsebene allerdings unter Hinzunahme des Vorzeichens # vor *do.*

Bis hierher ergibt die Analyse von Form und Modus das Bild eines Stückes, dem eine geradezu formelhaft-schematische Struktur – die Psalmodie des VII. Tones – zugrunde liegt, die zwar den syntaktischen Gegebenheiten entspricht, aber fast nichts über eine Beziehung zwischen dem Inhalt des Textes und seiner musikalischen Form aussagt. Diese fast stereotype Form wird dadurch aber zugleich zu einem besonders interessanten Hintergrund für die Detailanalyse, ermöglicht sie doch den Vergleich von drei Teilen mit (fast) gleicher Grundstruktur, aber verschiedenem Text. Darauf soll gegen Ende der Analyse kurz eingegangen werden.

Zunächst ist jedoch danach zu fragen, inwieweit die Wortakzente mit den zugehörigen Neumen korrespondieren, d. h. ob betonte Silben gegenüber unbetonten musikalisch hervorgehoben werden. Bei diesem Introitus sind die Verhältnisse besonders klar. Es fällt auf, daß die Wortakzente nahezu ausnahmslos entweder mit langen[89] bzw. augmentierten Neumen[90] versehen sind oder aber – in E – ihr relativ großes Gewicht innerhalb des betreffenden Wortes dadurch gewährleistet wird, daß die anderen Silben durch das Zusatzzeichen[91] *c* verkürzt und so zurückgenommen werden. Die beiden einzigen Worte, bei denen das Verhältnis auf den ersten Blick nicht ganz so klar erscheint, *(faciet) Dominus* und *laetitia,* haben neben der betonten Akzentsilbe auch eine starke Endbetonung, die jedoch den Wortakzent nicht gefährdet. Die ebenfalls starke Betonung auf der Endsilbe von *cordis*[92] kann als Teil der

87 Auf: ... *gentes;* ... *suae;* ... *vestri;* vgl. auch z. B. IN *Puer natus*, 47; CO *Tolle puerum*, 51; IN *Oculi mei*, 96; CO *Ne traderis me*, 132; IN *Aqua sapientiae*, 202.

88 *Vorschläge zur Restitution*, in: BzG 21 (1996), 20; vgl. dazu Rupert Fischer, Die Bedeutung des Codex B. N. lat. 776 (Albi) und des Codex St. Gallen, Stiftsbibliothek 381 (Versikular), für die Rekonstruktion gregorianischer Melodien, in: BzG 22 (1996), 43–73.

89 Z. B. *ecce Dominus; faciet; vocis.*

90 Z. B. *Sion; veniet; gentes.*

91 Z. B. *Sion; salvandas; gloriam.*

92 Durch Zusatzzeichen in L und Episeme in E.

zur Schlußbildung[93] gehörenden Retardierung interpretiert werden. Gemeinsam ist beiden Handschriften die – rein klangliche Notwendigkeiten überschreitende – Akzentsetzung auf dem Wort *gentes*: in L durch a, in E durch t bei jeweils ohnehin schon nicht kurrentem Torculus. Ein zwar bescheidener, aber eben doch vorhandener Hinweis auf die Bedeutung dieser so wesentlichen Textstelle? Warum aber wird dann ausgerechnet das Wort *salvandas* nicht augmentiert? Dient dies einer Verstärkung der einen inhaltlichen Akzentsetzung auf *gentes* oder einer durch die Schlußformel bedingten Notwendigkeit? Ist es ein Mangel in der Wort-Ton-Beziehung, oder ist die Frage ganz einfach falsch gestellt, weil keine Systematik für eine Beziehung von Musik und Sprache auf der inhaltlichen Ebene vorhanden ist?

Der Melodieverlauf des gesamten Introitus weist neben der bereits beschriebenen, von der Grundform der Psalmodie bedingten Verwandtschaft in den drei Teilen keine auffälligen melodischen Ähnlichkeiten oder gar Wiederholungen auf. Auch sonst lassen sich keine melodischen Auffälligkeiten erkennen, die einen klaren Bezug zur Aussage des Textes nahelegen. Anhand der drei Initien auf *populus, et auditam* und *in laetitia* soll nun beispielhaft gezeigt werden, wie differenziert die musikalische Formel des Initiums an die Klanggestalt der Worte angepaßt wird.

Bei *populus*, das auf der ersten Silbe seinen Wortakzent hat, erfolgt die Aufwärtsbewegung auf eben dieser Silbe im Quartsprung durch einen Pes, an den sich ein weiterer mit dem Sekundschritt *do-re* anschließt. Die beiden anderen Silben des Wortes werden nur noch auf der Strukturstufe *do* rezitiert.

Zu Beginn des zweiten Initiums *et auditam* wird das Wörtchen *et* auf der Finalis rezitiert. Der Quartsprung nach oben geschieht durch einen kurrenten Pes auf der ersten Silbe von *auditam*. Aber erst die zweite Silbe trägt den Wortakzent. Deshalb steht auf dieser ein Salicus, der meist dem Wortakzent oder einem Initium vorbehalten ist, dessen beide ersten Töne identisch sind[94]. Die letzte Silbe ist wiederum nur mit einem Uncinus bzw. Tractulus ausgestattet. Bei *in laetitia* wird das erste, unbedeutende Wort ebenfalls auf einen Ton reduziert. Die Aufwärtsbewegung erfolgt aber nicht auf der ersten Silbe von *laetitia*, sondern erst auf der Akzentsilbe, und zwar nicht durch einen Quartsprung, sondern durch einen Salicus *sol-la-do*. Die Endsilbe wird durch eine auffällig lange Neume gestaltet, deren Clivis mit Episem bzw. *a* in L das Wort am Schluß nicht nur abrundet, sie bewirkt auch eine kleine Zäsur zur folgenden Worteinheit *cordis vestri*.

So führt bei diesen drei Initien die Grundgestalt der Psalmodie keineswegs zu einer stereotypen Wiederholung. Sie wird zur Basis für eine differenzierte musikalische Gestaltung. Was ist der Grund dafür? Die Neigung zur *varietas*, zum Spiel mit den musikalischen Möglichkeiten? Oder tatsächlich die Klanggestalt der zugrundeliegenden Worte, die hier sehr stimmig musikalisch umgesetzt wird? Was von Aurelian gefordert und im Kontext der melismatischen Gesänge und Melodie-Modelle in Kapitel 4 dieser Arbeit untersucht wurde, scheint auch bei diesem Gesang selbstverständliche Grundlage musikalischer Gestaltung von Sprache zu sein.

93 Ein ganz ähnlicher Schluß ist z. B. bei dem IN *Puer natus*, GT 47, zu finden.

94 Vgl. z. B.: IN *Gaudete*, GT 21: *Dómino, modéstia, sollíciti*; CO *Dicite Pusillánimes* (2x!), GT 23: + *ét salvabit nos*; IN *Prope es tú, Domine* GT 24; IN *Memento nostri*, GT 29: *vísita nos*; CO *Revelabitur*, GT 40: *glória*; CO *In splendoribus*, GT 44: *ex útero ante lucíferum*; IN *Lúx fulgebit*, GT 44: *pater futúri.*

Was läßt sich nun nach dieser Analyse zusammenfassend über das Verhältnis von Musik und Sprache in diesem Introitus sagen? Auf der formalen Ebene von Sprache korrespondieren der Text und seine Vertonung deutlich miteinander. „Gesamtform“ und Akzentsetzungen durch die Neumennotation entsprechen durchgängig der Syntax bzw. den Wortakzenten. Für eine theologische Interpretation findet sich in diesem Stück jedoch nur ein sehr schwacher Ansatz, der für sich allein genommen kaum als Hinweis für eine Beziehung von Musik und Sprache auf dieser Ebene gelten kann. Dennoch darf davon ausgegangen werden, daß die Augmentation des bereits von der Textzusammenstellung her so bedeutungsschweren Wortes *gentes* in beiden Handschriften kein Zufall ist. Wie das genannte Beispiel mittelalterlicher Exegese zeigt, schwingt in dieser Textgrundlage eine ganze Theologie, die – wenn überhaupt – wohl nur eines geringen musikalischen „Anstoßes“ bedarf, um dem zeitgenössischen Sänger und Hörer verständlich zu sein.

5.2.2.2. CO *Jerusalem surge*

Der Communioantiphon *Jerusalem surge*[95] liegt genau wie dem Introitus ein Text zugrunde, der durch das Verfahren der Centonisation entstanden ist. Er entstammt dem Buch Baruch und unterscheidet sich im Wortlaut von der Vulgata so deutlich, daß er wahrscheinlich einer altlateinischen Textvariante entnommen wurde.

[GT] Jerusalem surge, et sta in excelso:	[Vg] 5, 5: Exsurge Jerusalem, et sta in excelso: et circumspice ad orientem, et vide …
	4, 36: Circumspice Jerusalem ad orientem,
et vide iucunditatem, quae veniet tibi a Deo tuo.	et vide jucunditatem a Deo tibi venientem.

Es ist davon auszugehen, daß auch diese Centonisation eine durchaus bewußte Aussageabsicht enthält[96], über die sich freilich nur (theologisch) spekulieren läßt.

Die Anlage der Communio entspricht dem Satzgefüge und gliedert sich in zwei große Teile, die jeweils mit der Finalis enden. Bei *in excelso* wird diese Zäsur mit einer Clivis ohne Episem in E bzw. in kurrenter Schreibweise in L gebildet, was eher ungewöhnlich ist und bewirkt, daß – ähnlich wie bei der CO *Dominus dabit* in E – die Zäsur wieder relativiert und so ein deutlicher Zusammenhang mit dem zweiten Teil hergestellt wird. Am Schluß bei *a Deo tuo* erscheint eine im II. Ton geläufige Schlußformel[97]. Dieser zweite Teil wird nochmals in zwei Abschnitte unterteilt, aber lediglich durch eine Clivis[98] mit Episem *fa-mi*[99] auf der Endsilbe von *iucunditatem*, die das Wort abrundet und so eine kleine Zäsur bewirkt.

95 GT 20.

96 Z. B. das Wort *veniet*.

97 Vgl. z. B.: IN *Dominus dixit*, GT 41; IN *Ecce advenit*, GT 56; CO *Narrabo*, GT 281.

98 Zur Entdeckung des rhythmischen Wertes der Clivis mit Episem vgl. Corbin, *Die Neumen*, 3.198f.

99 Die Tonstufe *mi* ist im II. Ton als eher instabil zu bewerten, da sie zwischen den zentralen Rezitationsebenen Finalis und Tenor liegt.

Der Gesang steht im II. Modus. Er beginnt mit der Finalis und bewegt sich zunächst zwischen der Finalis *re* und dem Tenor *fa* mit einem Schwerpunkt auf letzterem. Beim Wort *surge* wird der Tenor überschritten, und die Rezitationsebene der folgenden Worte *et sta in excelso* steigt auf dem Ton *sol* an, bevor der erste Teil schließlich mit der Finalis endet. Diese Stelle, *et sta in excelso*, ist also die melodisch „höchste" Rezitationsebene der Communio, die lediglich bei *iucunditatem*, *veniet* und *Deo* noch einmal kurz berührt wird. Dies könnte ein Aspekt der musikalischen Umsetzung des Textes *sta in excelso* sein. Ein solches Verständnis von Tonhöhe liegt, wie bereits gezeigt[100], im Rahmen der Möglichkeiten mittelalterlicher Musikauffassung.

Der zweite Teil beginnt mit *et* auf dem Tenor, geht dann aber zurück zur Finalis als Rezitationsebene, die erst auf der Akzentsilbe von *iucunditatem* wieder verlassen wird. Die Worte *quae veniet tibi* durchschreiten in einer Abwärtsbewegung den ganzen Oktavraum vom oberen zum unteren *la* – auch dies eine Tonhöhensymbolik? –, und die Communio endet mit einer Schlußformel auf den Worten *a Deo tuo*, die alle drei genannten Rezitationsebenen (*sol, fa, re*) streift und auf der Finalis endet.

Eine Analyse des Verhältnisses der Wortakzente zur Neumennotation ergibt, daß bei vier von neun mehrsilbigen Worten (*Jerusalem, surge, excelso* und *veniet*) die Akzentsilben durch einen nicht kurrenten Pes und bei drei weiteren (*vide, jucunditatem* und *tibi*) durch die Zeichenfolge Virga mit Episem, kurrenter Porrectus bzw. Torculus mit zusätzlichen Schlußtönen hervorgehoben wird. Auf den Wortakzenten von *Deo* und *tuo* findet sich ein Torculus. Lediglich bei *Deo* wird, wahrscheinlich bedingt durch die Schlußformel, die Akzentsilbe deutlich schwächer betont als die Schlußsilbe. Allgemein läßt sich aber auch für diese Communio festhalten, daß die betonten Silben der Worte durch die Neumennotation klar hervorgehoben werden.

Die Handschrift E verzichtet bei diesem Gesang auf jegliche rhythmische Zusatzzeichen, enthält aber etliche Zeichen bezüglich der relativen Tonhöhe. Das Zeichen *t* in L entspricht fast überall der Virga mit Episem in E. Die Konstellation Virga mit Episem bzw. Uncinus (meist mit *t*) mit anschließender kurrenter Auf- und Ab-Bewegung erscheint auffallend oft in dieser Communioantiphon[101] – nicht nur bei den Akzentsilben; noch häufiger erscheint der nicht kurrente Pes[102]. Diese beiden Neumen bestimmen – lediglich ergänzt durch eine zweimalige Clivis mit Episem und einem nicht kurrenten Torculus in der Schlußformel – die Betonungen und damit den rhythmischen Verlauf des Stückes.

Die Neumen verteilen sich so gleichmäßig auf den zu vertonenden Text, daß es schwerfällt, einzelne Worte im Satzgefüge als besonders auffällig gestaltet zu bezeichnen. Dies steht allerdings keineswegs im Widerspruch zum Inhalt des Textes. Bis auf die kleinen Worte *et (vide), quae* und *a* – so könnte man deuten – spielt in dieser Communio offensichtlich jedes Wort eine Rolle; die Aussage des Textes ist sehr dicht. Interessant erscheint dabei, daß bei *surge, et sta in excelso* selbst die Wörtchen *et* und *in* mit nicht kurrenten Neumen versehen sind. Darin könnte ein weiterer Hinweis darauf gesehen werden, daß der Inhalt dieses Textes musikalisch

100 Siehe 3.3.3.3. *Tonhöhen- und Tonbewegungssymbolik?*

101 *Jerusalem, vide, iucunditatem, veniet, tibi, Deo.*

102 *Jerusalem, surge, sta, in, excelso, veniet, tibi.*

dargestellt werden soll, denn der Text von nur acht Silben wird an dieser Stelle viermal mit derselben Aufwärtsbewegung des nicht kurrenten Pes[103] versehen.

Im zweiten Teil der Communio wechselt dagegen das dominierende rhythmische Schema hin zu der oben beschriebenen Verbindung von Virga mit Episem und anschließender verhältnismäßig leichter Bewegung. Zumindest könnte dies als ein Ausdruck des „Themenwechsels" gelten. Darf man aber auch soweit gehen, dieses Faktum im Sinne der *effectus* auf den Inhalt hin zu interpretieren, da es – auch für den mittelalterlichen Hörer? – durchaus mit der im Text angesprochenen Freude (*iucunditatem*) korrespondiert? Man denke hier an die ja offensichtlich praktisch gemeinte Äußerung Guidos[104]: „ut neumis in tranquillis [rebus] iocunda [sint]".

Ähnlich wie bei der bereits beschriebenen Abwärtsbewegung bei *quae veniet tibi* – die durchaus Ausdruck des *adventus* sein könnte – ist bei einer solchen Interpretation vorsichtige Zurückhaltung geboten, obwohl sie nicht ausgeschlossen und im Kontext dieses Gesanges plausibel ist. Aber es wären auch andere Erklärungen rein musikalischer Art möglich. Bei *quae veniet tibi* handelt es sich z. B. um eine melodische Formel[105], die gelegentlich bei Stücken im II. Modus vorkommt – und nicht nur dort[106]. Anders als die oben beschriebene, eher rhythmische Bewegung[107], deren Funktion nicht so leicht auszumachen ist, dient diese melodische Formel meist einer kleineren Zäsurbildung, die sowohl dem Wort, zu dem sie gehört, als auch dem folgenden Wort Gewicht verleiht, was auch für diese Communio zutrifft.

Auch die leichter faßbare, weil bildhafte Symbolik von Neumen und Tonhöhe bei *surge, et sta in excelso*, die in beiden Handschriften noch durch ein technisch wie inhaltlich deutbares *supra* bzw. *sursum* der Zusatzzeichen auf *surge* bestärkt wird, läßt sich im letzten nicht an dieser einen Communio beweisen. Sie entspricht aber auf recht konkrete Weise dem Anspruch der *Musica enchiriadis* und des *Micrologus*: „... ut (sic) cantionis imitetur effectus ..."; und der Vergleich mit dem Beginn des IN *Ad te levavi* kann als zusätzliche Bestätigung dienen[108].

Zum Abschluß soll noch ein kurzer Blick auf den Melodieverlauf geworfen werden. Die in BzG 21[109] vorgeschlagenen Korrekturen verändern neben einem

103 Auf *Jerusalem* ein sechstes Mal, hinzu kommt die Umkehrbewegung Clivis mit Episem und Pressus (auf *et*). Es gibt aber auch andere Beispiele im Repertoire, bei denen es nicht so leicht fällt, eine Häufung des nicht kurrenten Pes mit einer Tonhöhen- bzw. Bewegungssymbolik zu erklären, z. B. CO *Aufer a me*, GT 353. Wie sind hier die Neumen z. B. auf *exquisivi Domine* zu verstehen, vor allem wenn man sie in Zusammenhang mit den Wiederholungen in der rhythmisch-melodischen Bewegung auf *nam et testimonia tua* und *meditatio mea est* sieht?

104 *Micrologus*, XV.51, 174; Worte in Klammern sinngemäß ergänzt.

105 Vgl. z. B.: CO *Cum invocarem te*, GT 80: *et exaudi*; TR *Domine exaudi*, GT 172; IN *Venite adoremus: procidamus + ploremus*, GT 271.

106 Vgl. z. B.: IN *Rorate caeli: et germinet*, I, GT 34; CO *In splendoribus: luciferum*, VI, GT 44; IN *Deus in loco: fortitudinem*, V, GT 310.

107 Virga mit Episem und anschließende „leichte" Auf- und Abbewegung. Ungewöhnlich ist allerdings die Häufung dieser rhythmischen Abfolge in diesem einem Gesang; vgl. z. B.: CO *Dominus dabit*, GT 17: zweites *dabit*; CO *Ecce virgo*, GT 37: *concipiet*; CO *Revelabitur*, GT 40: *caro*; IN *Misereris*, GT 62: *Deus*; IN *Laetetur cor*, GT 268: *Dominum + quaerite*; CO *Narrabo*, GT 281: *in te*.

108 Ein weiteres sehr deutliches Beispiel für eine solche Tonhöhensymbolik ist z. B. im OF *Ascendit Deus*, GT 237, auf eben diesen beiden ersten Worten zu finden.

109 *Vorschläge zur Restitution*, in: BzG 21 (1996), 27.

alternativen Initium nur eine Stelle. Übereinstimmend mit den beiden Handschriften E und L ergänzen sie auf der Endsilbe des Wortes *tibi* die Virga der Quadratnotation zu einem Pes.

Wie bereits bei der Analyse von Modus und Neumen dargestellt, so legt auch der Melodieverlauf des ersten Teils die Vermutung nahe, daß hier der Inhalt des Textes *surge, et sta in excelso* durch die wiederholte, betonte Aufwärtsbewegung in der Musik als Aufstieg und Höhe bildhaft-symbolisch umgesetzt wird.

Eine melodisch wie rhythmisch problematische Stelle für die Wort-Ton-Beziehung bildet der Schluß der Communio. Es sollte daher noch einmal die Frage gestellt werden, wie es zu erklären ist, daß beim Wort *Deo* der Wortakzent gegenüber der Schlußsilbe so schwach ausfällt. Andere Gesänge mit ähnlicher Schlußformel finden Lösungen, die den Wortakzenten mehr entsprechen, wie z. B. der IN *Dominus illuminatio*[110]. Vergleicht man diese mit dem Schluß in der CO *Jerusalem surge*[111], so wird erkennbar, daß dieser Form der Schlußbildung ein bestimmtes melodisches Schema zugrunde liegt, das – bei aller Anpassung an den jeweiligen Text – doch einer so starken Eigengesetzlichkeit zu unterliegen scheint, daß die Wortakzente eine vergleichsweise geringere Rolle spielen. Daher ist zu fragen, ob die Erklärung für die mangelnde Übereinstimmung bei *a Deo* nicht darin liegen könnte, daß gelegentlich unterschiedliche Prinzipien miteinander konkurrieren, wobei nicht immer eine in jeder Hinsicht befriedigende Lösung gefunden wird. Offensichtlich wird dabei die Beziehung Wortakzent – Neumenverteilung der vorgegebenen musikalischen Formel, die der Schlußbildung dient, wenn nötig untergeordnet[112]. Also wird bei diesem Beispiel die Wort-Ton-Beziehung auf der Ebene der Wortakzente zugunsten eines musikalischen Vorgangs, der sich nur noch der Syntax des Textes anpaßt, zumindest zeitweise zurückgestellt.

Zum Schluß der Analyse der CO *Jerusalem surge* soll festgehalten werden, daß die Beziehung von Musik und Sprache in dieser Antiphon sich wesentlich vielschichtiger darstellt als in der zugehörigen Introitusantiphon *Populus Sion*. Nicht nur das Verhältnis der Neumennotation zu den Akzentsilben in den einzelnen Worten ist weitgehend stimmig, sondern auch die modale Struktur, die Neumennotation und der Melodieverlauf bieten Anhaltspunkte für eine Beziehung zwischen Textinhalt und musikalischer Gestalt. Dabei wird der im Text beschriebene Vorgang *surge, et sta in excelso* mit Hilfe von Bewegung und Tonhöhe quasi bildlich umgesetzt. Zugleich bleibt bei dieser Communio aber auch die Frage offen, ob hier nicht im formelhaften Schluß Anzeichen einer Loslösung oder Verselbständigung der Musik vom Text zu finden sind, wie dies z. B. auch bei den Schlußformeln der Gradualresponsorien im II. Ton[113] festzustellen ist.

110 GT 288.

111 Oder auch IN *Dominus dixit*, GT 41; IN *Laetetur cor*, GT 268; CO *Narrabo*, GT 281; IN *Dominus fortitudo*, GT 294: *plebis suae*.

112 Siehe auch 4.2. *Gradualresponsorien im II. Ton*, besonders Anmerkung 38.

113 Ebd.

5.2.3. Dritter Advent

5.2.3.1. IN *Gaudete*

Das Proprium des dritten Adventssonntags beginnt mit dem IN *Gaudete*[114]. Dieses erste Wort *gaudete* (Freuet euch!) gibt diesem Sonntag sein charakteristisches Gepräge, das bis in römische Zeit zurückreicht. Erst im Laufe der Liturgiegeschichte wurde dieser Tag zum adventlichen Gegenstück des Fastensonntags *Laetare*, der – wie bereits angedeutet – als *Statio ad Hierusalem* mit seinen auch inhaltlich geprägten Propriumstexten eher zum zweiten Adventssonntag als zum dritten gehört. Inmitten einer Zeit der Vorbereitung auf Weihnachten hat der dritte Advent bereits einen festlichen Charakter. An ihm wird die Freude über das weihnachtliche Heilsgeschehen vorweggenommen.

Der Text des Introitus stammt aus dem NT; er ist dem Brief des Apostels Paulus an die Philipper entnommen. Der Wortlaut entspricht dem der Vulgata[115]. Der Text umfaßt die Verse 4, 4–6 unter Auslassung der Worte *et obsecratione, cum gratiarum actione* in Vers 6.

Pausen und Schlußformeln reichen bei dieser Introitusantiphon nicht aus, um eine dem Text entsprechende Form zu entdecken. Leichter als an den Schlußbildungen läßt sich eine „Gesamtform" des Introitus vielleicht an den Rezitationsebenen erkennen. Im ersten Teil überwiegen außer bei *Domino semper* die tiefer gelegenen Tonstufen *re* und *fa*. Ein mittlerer Teil von *modestia* bis *sitis* bewegt sich hauptsächlich um den Tenor *la*, während beim verbliebenen Rest wieder die tieferen Rezitationsebenen vorherrschen. So ergibt sich folgende Dreiteilung:

I. Gaudete in Domino semper: iterum dico, gaudete:
II. 1. modestia vestra nota sit omnibus hominibus:
  2. Dominus prope est.
  3. Nihil solliciti sitis:
III. sed in omni oratione petitiones vestrae innotescant apud Deum.

Der erste und dritte Teil dieser Gliederung, die beide in etwa die gleichen Strukturstufen umfassen, stehen auch sonst in Zusammenhang zueinander. Beide enthalten vom Text her die Verdoppelung einer Aussage (zweimal *gaudete* bzw. *omni oratione – petitiones vestrae*), von denen die erste – *gaudete* – weniger als Parallelismus denn als affirmative Wiederholung zu bezeichnen wäre. Auch melodisch läßt sich ansatzweise eine Verwandtschaft dieser Teile entdecken, wenn man den ersten Teil mit dem dritten bis *petitiones* vergleicht. Beide beginnen tief – zwischen *re* und *fa* –, bewegen sich zum Tenor[116] hin, in einer der Mediatio (*si b, la, sol, la*) der Psalmodie des I. Tones ähnlichen Bewegung. Sodann erfolgt eine kurze Rezitation auf *fa* und eine fast identische Schlußformel, die im dritten Teil aber zum *do* abwärts geführt wird. Dort schließt dann in einer dem melodischen Verlauf von *sed in omni* vergleichbaren Bewegung der Schluß *innotescant apud Deum* an.

114 GT 21.
115 In der Vetus Latina gibt es keine Textvariante mit diesem Wortlaut; vgl. Vetus Latina, Bd. 24.2, 235–239.
116 Der erste Teil hat dort eine Zäsur, der dritte – dem Text entsprechend – eine wesentlich schwächere auf *sol*.

Der mittlere Teil hebt sich durch die bevorzugt verwendete Strukturstufe *la* von den beiden anderen ab. Inhaltlich läßt er sich nochmals in drei kleinere Abschnitte unterteilen, von denen wiederum der erste und dritte in Beziehung zueinander stehen. Die Abschnitte *nota sit ... hominibus* und *nihil ... sitis* ähneln sich deutlich in ihrem Melodieverlauf. *Nota* wirkt wie eine etwas zurückgenommene Vorausnahme des *nihil* auf einer anderen Tonstufe. Der anschließende formelhafte Melodieverlauf beider ist nahezu identisch[117], wobei der erste Teil auch von den Neumen her stärker schließt als der dritte, dessen Imperativ durch den abschließenden Pes quassus bei *sitis* noch verstärkt wird. Er könnte als musikalisches „Ausrufezeichen" verstanden werden. Durch diesen offenen Schluß wird außerdem der Übergang zu *sed in omni ...* unmittelbarer, während zu *Dominus prope est* hin eine Zäsur entsteht. Dieser mittlere Abschnitt enthält kaum mehr als eine Schlußformel[118] auf dem Tenor.

Auch bei diesem Introitus soll nun nach dem Verhältnis der Wortakzente zu den Akzentsetzungen der Neumennotation durch Länge bzw. Augmentation gefragt werden. In den meisten Worten stimmen beide problemlos miteinander überein. Bei einer ganzen Reihe zeigt sich darüber hinaus das bereits bekannte Phänomen, daß zur betonten Akzentsilbe eine starke Schlußbetonung hinzukommt[119]. Nicht ganz der Sprache gemäß sind die Betonungsverhältnisse im Wort *prope*. Auch hier gibt es eine lange Neume auf der Endsilbe, der aber eine vergleichsweise schwache Akzentsilbe[120] gegenübersteht. Die bereits genannte Formel dürfte der Grund dafür sein.

Als besonders aufschlußreich erweist sich bei dieser Introitusantiphon die Analyse der durch die Länge bzw. Augmentation der Neumen bewirkten Gewichtungen der Worte innerhalb des Satzgefüges. Die daraus resultierende Lesart des Textes setzt den Schwerpunkt so, daß der Text inhaltlich akzentuiert wird. Die auf diese Weise stärker betonten Worte geben dem Text einen eindringlichen, fast imperativen Charakter. Besonders deutlich wird das durch die starke Betonung der Wörter *semper, iterum, nihil, omni*, aber auch das Wort *nota* und die stärkere Betonung von *vestra* gegenüber *modestia* weisen in diese Richtung.

Dieser Eindruck wird durch den Melodieverlauf an diesen Stellen bestätigt: *In Domino* befindet sich geradezu im Sog des – in E auf beiden Silben betonten – *semper*[121]. Es folgt sogleich das ähnlich massive *iterum*[122]. Da die Dehnung auf der vorletzten Silbe des zweiten *gaudete* als durch die Schlußformel bedingt angesehen werden kann, sind es im ersten Teil eben diese beiden Worte, *semper* und *iterum*, die durch ihre musikalische Gestalt am intensivsten zum Klingen gebracht werden.

117 Die „überzähligen" Worte *modestia vestra* können vielleicht als eine Art Initium aufgefaßt werden. Die abschließende Formel ist eher selten, um so bemerkenswerter ist ihr zweifacher Gebrauch im selben Introitus: Vgl. auch IN *Misereris*, GT 62: *hominum*; IN *Lex Domini*, GT 86.

118 Vgl. z. B. AN *Immutemur*, GT 65: *ante Dominum*; IN *Gaudeamus*, GT 545: *in Domino*; auf anderen Stufen z. B. IN *Rorate caeli*, GT 34: *desuper*; CO *Videns Dominus*, GT 124: *mortuis* (andere Neumen).

119 *Domino, semper, iterum, hominibus.*

120 Ein kurrenter Porrectus.

121 Zum Wort *semper* siehe auch: IN *Oculi mei semper ad Dominum*, GT 96.

122 Virga und Bivirga, jeweils mit Episem.

Ähnlich offensichtlich sind die Verhältnisse beim Wort *nihil*, das vom Melodieverlauf her als einziges das obere *do* erreicht – mit einer Bivirga. Auch wenn, wie oben erläutert, eine Bewertung der Tonhöhe als ein Mittel der „Hervorhebung" in den musiktheoretischen Quellen des frühen Mittelalters nicht direkt belegt ist, so läßt sich doch aus dem erstmaligen und einmaligen Erreichen der für den I. Ton gängigen Strukturstufe *do*[123] darauf schließen, daß sich Melodieverlauf und Betonung durch die Neumen an dieser Stelle wechselseitig verstärken.

Liest man den Text in der Betonung, die die Neumen und der Melodieverlauf nahelegen, so bekommt das Ganze einen geradezu moralisch wirkenden Unterton. Eine solche Interpretation eines biblischen Textes ist in der mittelalterlichen Auslegung der Bibel häufig zu finden. Es handelt sich dabei um eine der vier grundlegenden Ebenen der Schriftauslegung[124]. Hierzu ein zeitgenössisches Beispiel:

> „*Gaudete in Domino semper.* Vos qui non gaudetis in temporalibus rebus, negotiis terrenis, caducis, et transitoriis, gaudete in Domino, in fide, in ore, et opere: mente, et corpore.
> *Modestia*, id est mansuetudo et humilitas, *vestra nota sit omnibus hominibus*, fidelibus et infidelibus hæreticis falsisque fratribus. Fidelibus nota sit, ut vestro exemplo coroborentur in omni bonitate, imitatores vestri facti [...]. Infidelibus nota sit, ut videntes vestram religionem et bonam conversationem [...], revocentur ab errore. Dominus prope est omnibus videlicet qui recte credunt, juste vivunt, bene docent et cor immaculatum habent."[125]

> „*Freut euch allezeit im Herrn.* Ihr, die ihr euch nicht an zeitlichen Dingen freut, an irdischen Geschäften, an vergänglichen und vorübergehenden, freut euch im Herrn, im Glauben, in Wort und Tat: mit Geist und Körper.
> *Eure Milde*, das ist Sanftmut und Demut, *sei allen Menschen bekannt*, Gläubigen und Ungläubigen, Häretikern und falschen Brüdern. Den Gläubigen sei sie bekannt, damit sie durch euer Beispiel in allem Guten gestärkt werden und eure Nachahmer werden [geworden...] [...]. Den Ungläubigen sei sie bekannt, damit sie euren Glauben und euren guten Wandel sehen [...], und dadurch vom Irrtum bekehrt werden. Der Herr ist allen nahe, nämlich denen, die recht glauben, gerecht leben, gut lehren und ein reines Herz haben."

Diese Ebene der Schriftauslegung könnte durchaus als eine schlüssige Erklärung für die auffällige Betonung der oben genannten Worte im IN *Gaudete* gelten. Damit ist allerdings die Frage noch nicht ausreichend beantwortet, warum die musikalische Gestalt des formal wie inhaltlich doch wohl zentralen Satzes *Dominus prope est* so wenig Hinweise auf eine bewußt gestaltete Beziehung zwischen Musik und Sprache gibt. Handelt es sich an dieser Stelle um einen Mangel in der Wort-Ton-Beziehung? Vielleicht bedingt durch die Eigendynamik der gewählten musikalischen Formel? Oder könnte auch eine gewollte Zurücknahme zugunsten der einen genannten theologischen Interpretation vorliegen? Mit letzterem wären jedoch die Unausgewogenheiten bei den Wortakzenten noch nicht erklärt.

So ist der Gesamteindruck der Analyse des IN *Gaudete* recht komplexer Natur. Die Form ist nicht leicht zu entschlüsseln. In ihr werden typische Abläufe der Psalmodie bzw. Schlußformeln erkennbar, denen aber – durch den Text bedingte? – starke Modifikationen gegenüberstehen. Die Beziehung von Wortakzenten und Neu-

123 Vgl. z. B.: CO *Dominus dabit*, GT 17; IN *Memento nostri*, GT 29; IN *Rorate caeli*, GT 34; CO *Ecce virgo*, GT 37; GR *Miserere mei*, GT 63.

124 Siehe 1.3.2. *Zur Exegese im frühen Mittelalter.*

125 Haymo, PL 117, Sp. 750.

mennotation entspricht meist den sprachlichen Gegebenheiten; wiederum ist es eine melodische (Schluß- bzw. Zäsur-) Formel, bei der es zu Problemen kommt. Gleichzeitig akzentuieren die Neumen einzelne Worte innerhalb des Textes so stark, daß darin eine theologische Interpretation hörbar wird, die um so näher liegt, als sie dem mittelalterlichen Denken entspricht. Die Analyse zeigt, daß zahlreiche musikalische Einzelheiten eine solche Interpretation offenbar bestätigen. In diesem Introitus findet also eine Gestaltung auf allen Ebenen – von formelhaften Elementen bis zu einer theologischen Interpretation – in der Beziehung von Musik und Sprache zu einer Synthese, die nicht ohne Fragen und Spannungen bleibt.

5.2.3.2. CO *Dicite Pusillanimes*

Der Text der Communio *Dicite Pusillanimes*[126] stammt aus dem Buch Jesaja und entspricht im Wortlaut weitgehend der Vulgata.

[GT] Dicite: Pusillanimes	[Vg] Dicite pusillanimis:
confortamini, et nolite timere:	confortamini et nolite timere:
ecce Deus noster	ecce Deus vester ultionem adducet
	retributionis: Deus ipse
veniet, et salvabit nos.	veniet, et salvabit vos.

Auch in dieser Textgrundlage sind einige Worte ausgelassen. Statt der Pronomina *vester* und *vos* stehen in allen Handschriften des AMS die Worte *noster* bzw. *nos* und beziehen so den Sänger intensiver mit ein. Die Vetus Latina kennt diese Textvariante, weicht aber im ersten Teil stark vom Text der Communio ab[127]. Die Auslassung des Rachegedankens impliziert eine Sinnverschiebung des Textes, die dem neutestamentlichen Denken näherkommt. Die Großschreibung und der veränderte Kasus des *Pusillanimes* geben diesem Wort eine etwas andere Bedeutung als in der Textvorlage. Es wird zum Eigennamen und zur Anrede, wie auch die Verschiebung in der Interpunktion bestätigt[128].

Die Form dieser Communio erinnert deutlich an das Schema der Psalmodie des VII. Tons: Initium bei *Pusillanimes*, Mediatio bei *confortamini, et noli timere*, Finalis bei *salvabit nos*[129]. Dieser Ablauf wird nur durch kleinere Zäsuren unterbrochen, z. B. der eben geschilderten Verschiebung der Interpunktion entsprechend nach *dicite*, das die Finalis umspielt und eigentlich erst gar nicht verläßt. Weitere Zäsuren

126 GT 23.

127 Der erste Halbvers kommt so, wie er in der Communio steht, in den Handschriften der Vetus Latina nicht vor. Der zweite lautet jedoch: *ecce deus noster ... ipse veniet et salvabit nos.*

128 Eine Übersetzung könnte also lauten: „Sagt: (Ihr) Kleinen, seid stark und fürchtet euch nicht. Seht unser Gott wird kommen und wird uns erlösen." Dazu Haymo, PL 116, Sp. 894: „«Dicite,» o doctores mei, pusillanimibus gentilibus in fide: «Confortamini,» hoc est spem vestram in Christo ponite, «et nolite timere» diabolum. «Ecce Deus vester,» o fideles, [...], «(et) veniet ut salvet vos» in sua magna misericordia, qui praedicationem apostolorum ejus recipistis et opere implevistis." – „«Sprecht», o ihr meine Lehrer, zu den Kleingläubigen im Volk: «Seid stark», das heißt, setzt eure Hoffnung auf Christus, «und fürchtet nicht» den Teufel. «Seht euer Gott», o ihr Gläubigen, [...], «(und er) wird kommen und euch erlösen» in seiner großen Barmherzigkeit, (euch), die ihr die Predigt der Apostel aufgenommen und im Tun erfüllt habt."

129 Vgl. die Verse der Introitusantiphonen im VII. Modus mit Neumennotation (E).

befinden sich auf dem Tenor *re* nach *confortamini* sowie nach *nolite timere* auf *si*, das im VII. Ton recht häufig für die Zäsurbildung herangezogen wird[130]. Bei dem Wort *veniet* handelt es sich um eine ausgeprägte Schlußformel[131], die mit der Finalis endet und dem tatsächlichen Schluß nahezu unmittelbar vorausgeht. Daher erscheint es an dieser Stelle angemessener, von einer doppelten Schlußbildung zu sprechen als von einer starken Zäsur, da die musikalische Form und der Inhalt des Textes beider aufeinanderfolgenden Schlußformeln auf *veniet* und auf *salvabit nos* in deutlichem Zusammenhang zueinander stehen.

Die Untersuchung der Wortakzente zeigt fast überall, daß die Akzentsilben durch im Kontext des jeweiligen Wortes relativ tonreiche bzw. nicht kurrente Neumen betont werden. *Dicite* wird in beiden Handschriften auf der ersten Silbe betont, in E ist außerdem die zweite Silbe mit einem *c* versehen. Beim Wort *Pusillanimes* folgt zweimal hintereinander ein Salicus; der zweite, auf der Akzentsilbe stehende, ist höher als der erste, er erreicht den Tenor *re*. Bei *Deus*, das einfach nur rezitiert wird, läßt sich schwerlich von Betonung durch die Neumennotation reden, der Wortakzent wird hier ganz durch die Sprache bestimmt. *Salvabit nos* wird bei auf den beiden letzten Silben nahezu identischen Neumen – zum Schluß hin gedehnt. Es liegt an dieser Stelle wieder nahe, die Schlußformel zur Erklärung heranzuziehen bzw. den Schluß an sich, der nach Guido von Arezzo ja die Verlangsamung[132] vorschreibt.

Besonders differenziert erscheinen die Neumen bei *nolite timere*. Die in der Quadratnotation nahezu identische Tonfolge[133] von *nolite* und *timere* wird bei *nolite* durch Zusatzzeichen in beiden Handschriften auf der Endsilbe augmentiert, während auf *timere* der Wortakzent durch einen nicht kurrenten Pes in E[134] betont wird. Trotz Zäsur wird aber die Schlußsilbe von *timere* im Gegensatz zum vorangegangenen *confortamini* in L nicht durch *t* gedehnt.

Stellt man auch an diese Communio die Frage, ob bestimmte Wörter im Satzgefüge durch Besonderheiten der Neumen – rhythmischer oder melodischer Art – hervorgehoben werden, so ergibt sich der folgende Befund. *Pusillanimes* fällt durch den genannten doppelten Salicus auf, *confortamini* erhält durch seine herausragende Tonhöhe sowie durch die Tristropha besonderes Gewicht und die Worte *nolite timere* sind dem vorausgehenden *confortamini* sehr ähnlich. Das Wort *Deus* wird, wie bereits erwähnt, geradezu minimalisiert, indem es bloß auf dem Tenor rezitiert wird. Die Neumen wie auch die melodische Bewegung geben so auch *ecce* und *noster* eine relativ stärkere Betonung. Das stärkste Gewicht im Blick auf die Neu-

130 Vgl. z. B.: IN *Audivit Dominus*, GT 68: *est mihi;* IN *Exaudi nos Domini*, GT 69: *tuarum*; IN *Oculi mei*, GT 96: *pedes meos*; CO *Qui biberit aquam*, GT 99: *Samaritanae*; IN *Venite benedicti*, GT 205: *paratum est.*

131 In dieser Ausprägung im VII. Ton nur selten zu finden, vgl. z. B. OF *Eripe me*, GT 129: *inimicis meis + Deus meus.*

132 *Micrologus*, XV.54+55, 175.

133 Bis auf den Oriscus und den abschließenden Torculus. In BzG 21 (1996), 28, wird für diese Stelle eine melodische Korrektur vorgeschlagen, die den dort untersuchten diastematischen Handschriften entspricht: bei *nolite* statt *do* jeweils den Tenor *re*.

134 In L fehlt hier der Hinweis auf eine Dehnung.

menverteilung liegt auf dem Wort *veniet*. Die dabei verwendete Formel findet sich auch in anderen Gesängen auf verschiedenen Tonstufen und in verschiedenen Modi bei Worten, die inhaltlich von großer Bedeutung sind[135]. *Salvabit* wird, wie schon besprochen, als Teil der Schlußformel besonders auf der Endsilbe gedehnt. Reduziert man zur Verdeutlichung dieses Befundes der Neumen den Text der Communio auf die genannten auffällig vertonten Worte, so kommt man auf folgende Kernaussage, die der Aussageabsicht des Textes durchaus entspricht: *Pusillanimes ... confortamini, ... nolite timere, ... veniet ...* – „Ihr Kleinen, ... seid stark, ... fürchtet euch nicht, ... er wird kommen ...".

Bei der weiteren Analyse des Melodieverlaufs fallen neben der Grundstruktur der Psalmodie die bereits erwähnten melodischen Wiederholungen bzw. Ähnlichkeiten bei *confortamini* und *nolite timere* wie auch bei *veniet* und *salvabit* auf. Sie entsprechen den vom Text vorgegebenen Parallelismen. Die Endsilben von *confortamini* und *nolite timere* sind gleichgestaltet, wenn auch auf zwei verschiedenen Tonstufen. In diesem Kontext stellt sich erneut die Frage nach einer Bewertung der Tonhöhe hinsichtlich des Verhältnisses von Musik und Sprache. Ist das melodisch hoch liegende *confortamini* auch als inhaltlicher Höhepunkt zu verstehen? Wie noch am Beispiel verschiedener anderer Gesänge gezeigt werden soll[136], liegt hier eine Deutung der Tonhöhe als Mittel der Steigerung zur inhaltlichen Akzentuierung des Textes durchaus nahe[137].

Was kann nun abschließend zur CO *Dicite: Pusillanimes* festgehalten werden? Wie im IN *Populus Sion*[138] und ansatzweise im zugehörigen IN *Gaudete* baut diese Communioantiphon auf der Struktur der Psalmodie auf, prägt diese aber so aus, daß eine Gestaltung der Beziehung von Musik und Sprache auch auf der semantischen Ebene zu erkennen ist. Die Psalmodie wird dabei der Syntax des Textes sehr sensibel angepaßt. Das Verhältnis von Wortakzenten und Neumennotation entspricht der Akzentsetzung durch die Sprache, während der Melodieverlauf durch melodische Übereinstimmungen parallele Formulierungen hörbar macht. Die Gestaltung durch die Neumen verdichtet die Aussage auf einige zentrale Worte, die auch für sich genommen einen der adventlichen Theologie geläufigen Sinn ergeben. Auf diese Weise kann in dieser Communio eine zurückhaltende theologische Interpretation gesehen werden.

135 Vgl. z. B. IN *Prope es tu, Domine*, IV, GT 24; IN *Laetare Ierusalem: ... satiemini*, V, GT 108; IN *Salus populi ego sum*, IV, GT 339. Bei diesen Beispielen handelt es sich, wie auch bei der CO *Dicite: Pusillanimes*, trotz des abschließenden Charakters der Formel jeweils um eine eher unbedeutende Zäsur.

136 Siehe 6.2. *Introitus und Communio der Fastenzeit und der Osteroktav*, z. B. IN *Sicut oculi*, IN *Ne longe facias* oder IN *In nomine Domini*.

137 Vgl. auch Reckow, *Rhetorik*, 166f.

138 Ebenfalls VII. Ton.

5.2.4. Die Quatembertage – Vierter Advent

5.2.4.1. Das Proprium *Rorate caeli*

Der Introitus des vierten Adventssonntags im GT, *Rorate caeli*[139], dürfte vom Text her zu den bekanntesten Stücken des gregorianischen Repertoires gehören. Noch heute werden im Advent besondere Messen – in der Regel mit brennenden Kerzen und eben diesem Proprium – als Rorate-Messen bezeichnet. Die Textgrundlage des Introitus ist zu einem der adventlichen Texte schlechthin geworden. Ursprünglich hat dieses Proprium jedoch seinen liturgischen Ort an einer anderen Stelle[140].

Die Texte dieses Propriums wie auch der beiden anderen Quatembertage vor dem vierten Advent zeichnen sich durch eine gesteigerte Intensität des Wartens, der Erwartung aus. Bei der Messe *Rorate caeli* kommt noch als Besonderheit ein ganz konkretes Sprechen von der erwarteten Geburt des Erlösers hinzu. So heißt es z. B. in den anderen Gesängen des Propriums: GR *Prope est Dominus ...* – AL *Veni, Domine, et noli tardare ...* – OF ... *et benedictus fructus ventris tui* – CO *Ecce virgo concipiet, et pariet filium: et vocabitur nomen eius Emmanuel.*

Der Text des Introitus aus Jesaja 45, 8 ist in derselben Formulierung wie im GT auch in der Vulgata[141] zu finden. Es handelt sich dabei um einen zusammenhängenden Text ohne jede Auslassung. Interessant ist allerdings der Kontext, aus dem dieser Vers stammt: In diesem Kapitel 45 des Buches Jesaja geht es um den Perserkönig *Cyros*:

	[Vg] 1. Haec dicit Domino christo meo Cyro,
	cuius apprehendi dexteram
[GT] Rorate caeli desuper,	8. Rorate caeli desuper,
et nubes pluant iustum:	et nubes pluant iustum:
aperiatur terra,	aperiatur terra,
et germinet Salvatorem.	et germinet salvatorem:
	et iustitia oriatur simul:
	ego Dominus creavi eum.

Die einzige Änderung – die Großschreibung des Wortes *Salvatorem* – sowie die Adaption dieses Textes in den adventlichen Kontext überhaupt sind an sich schon theologisch relevant. Der Text wird christologisch umgedeutet: Hier ist nicht mehr von *Cyros,* sondern vom erwarteten Messias die Rede. Dies war bereits für den mittelalterlichen Menschen selbstverständlich[142].

139 GT 34.

140 Siehe 5.1.2. *Advent und Weihnachten in der Liturgie des frühen Mittelalters.*

141 In der Vetus Latina lautet der Vers Is 45, 8: *exsultent/delectetur/epuletur/laetentur caeli ... et inbuant/rorent/spargant iustitiam ... .*

142 Walafried Strabo (nach Isidor von Sevilla), PL 113, Glossa ordinaria, Sp. 1288: „Rorate cœli. (ID) De adventu Christi, per Cyrum significati, quia a captivitate diaboli liberabit genus humanum, [..].“ – „Tauet Himmel. Vom Advent Christi, (der) durch Cyros angedeutet (ist), [...], weil er [Christus] das Menschengeschlecht aus der Gefangenschaft des Teufels befreien wird.“ – Und Haymo, PL 116, Sp. 944: „«Rorate ... Salvatorem, et justitia oriatur simul.» Loquens superius sermo divinus de Cyro rege Persarum qui captivitatem relaxavit, qualiter ante longe praedictum sit a Domino: nunc de adventu Domini Salvatoris et conceptu illius loquitur: O cœli, rorate desuper.“ – „«Tauet ... den Erlöser, und die Gerechtigkeit möge aufgehen zur gleichen

Wie steht es nun um die musikalische Gestalt dieses wichtigen adventlichen Textes? In seiner Gesamtform gliedert sich die Introitusantiphon dem Text gemäß: Eine deutliche Zäsur befindet sich nach *iustum*, kleinere Zäsuren nach *desuper* und *terra*. Noch stärker als der IN *Populus Sion* besteht diese Introitusantiphon aus formelhaften Elementen. Sie ist geradezu aus z. T. häufig verwendeten Formeln des I. Modus zusammengesetzt. Der Quintsprung[143] am Beginn zählt zu den Kennzeichen des I. Tones[144]. Die anschließende Terz nach oben, die bei *pluant* nochmals zu finden ist, kann als ein Element der Psalmodie angesehen werden[145]. Auf dem Wort *desuper* findet sich ebenfalls eine charakteristische Formel des I. Tones, die bei Zäsuren verwendet wird[146], desgleichen die Variante einer noch viel häufiger gebrauchten Formel bei *iustum*[147]. Die Gestaltung des Wortes *aperiatur* erinnert wiederum an den Beginn der Psalmodie, gefolgt von einer weiteren geläufigen Formel[148], die auf der Schlußsilbe von *germinet* gleich noch einmal wiederholt wird. Das Wort *Salvatorem* schließlich stellt kaum mehr etwas anderes dar als eine Umspielung der Finalis.

Sämtliche im I. Ton gängige Rezitationsebenen kommen in diesem Stück vor: Die Finalis erscheint am Anfang und am Schluß, im ersten Teil überwiegen die beiden hohen Strukturstufen *la* (Tenor) und das obere *do* (außer bei *iustum*), während der Tenor im zweiten Teil nur noch bei *aperiatur* erreicht wird und sich die Melodie ansonsten zwischen *sol* und dem unteren *do* bewegt. Reicht dies aus, um diesen Tonhöhenunterschied als Symbolik von *caeli* und *terra* zu interpretieren? Dabei ist sicher größte Zurückhaltung angebracht, wie später noch weiter ausgeführt werden soll. Dieser Unterschied ließe sich z. B. auch aus dem Verlauf der Psalmodie erklären, wenn man den zweiten Teil ab *aperiatur* als verlängerte Schlußformel derselben betrachtet.

Die Wortakzente in diesem Introitus stimmen wiederum fast überall mit den jeweils längsten Neumen überein. Das Wort *desuper* wird, bedingt durch die Schlußformel auf der zweiten Silbe, stärker gedehnt als auf der ersten. *Germinet* besitzt – anders als die melodisch identische Formel auf *terra* – eine starke Schlußbetonung gegenüber einem kurrenten Pes auf der Akzentsilbe. Dies muß kein Mangel im Wort-Ton-Verhältnis sein, sondern könnte auch als eine weitere Zäsur verstanden werden, nach der das wichtige Wort *Salvatorem* eine stärkere Eigenständigkeit erhält.

Zeit». Die vorausgehende göttliche Rede spricht von Cyros, dem König der Perser, der die Gefangenschaft gelöst hat, wie vor langer Zeit vom Herrn vorhergesagt war: Jetzt spricht sie vom Advent des Herrn, des Erlösers und von seiner Empfängnis: Oh ihr Himmel, tauet herab."

143 Vgl. z. B.: IN *Suscepimus*, GT 300 und 543; IN *Gaudeamus*, GT 545; IN *Iustus es Domine*, GT 332; IN *Da pacem, Domine*, GT 336.

144 Ob mit oder ohne *b*, wie in: *Vorschläge zur Restitution*, in: BzG 21 (1996), 35.

145 Vgl. den anschließenden Psalmvers.

146 Siehe 5.2.3.1. *IN Gaudete: ... Dominus prope est.*

147 Vgl. z. B.: IN *Misereris*, GT 62: *Deus noster*; OF *Confitebor tibi*, GT 123: *meo, tuos, Domine*; CO *Psallite Domino*, GT 238; IN *Iustus es Domine*, GT 332: *tuam.*

148 Vgl. z. B.: CO *Revelabitur*, GT 40: *Domine*; diese Quartbewegung abwärts unter Meidung des Halbtonschrittes findet sich auch in anderen Modi: OF (IV) *Laetentur caeli*, GT 44: *terra*; CO (IV) *In splendoribus*, GT 44: *utero + luciferum*; CO (VI) *Surrexit Dominus*, GT 202.

Bei *Salvatorem* hat auch die erste Silbe einiges Gewicht, ohne jedoch mit dem Wortakzent zu konkurrieren.

Die Analyse des Melodieverlaufs zeigt, daß die dem Text zugrundeliegenden Parallelismen: *Rorate caeli – et nubes pluant* und *aperiatur terra – et germinet* als melodische Parallelbildungen wiederzufinden sind. Der Melodieverlauf auf *nubes* kann als eine rudimentäre Wiederholung von *rorate* aufgefaßt werden, die melodische Verwandtschaft von *caeli* und *pluant* ist offensichtlich. Daran schließen sich dann jeweils die oben erwähnten Schlußformeln auf *desuper* und *iustum* an. Einen ähnlichen Wiederholungseffekt haben die Formeln auf *terra* und *germinet.*

Allein das Wort *aperiatur* läßt eine Deutung im Sinne einer Tonhöhensymbolik zu, die hier jedoch wenig überzeugend ist, weil ihr die „Gegenbewegung" durch *Rorate*, *desuper* oder *pluant*[149] gänzlich fehlt. Der zweimalige Pes mit Quintsprung nach oben bei *Rorate* sowie der leichte Anstieg und das Verweilen in der „Höhe" auf *desuper* scheinen einer symbolischen Deutung, zu der der Text hätte reizen können, in diesem Introitus eher zu spotten.

Muß nun diese Introitusantiphon deshalb hinsichtlich der in ihr verwirklichten Beziehung von Musik und Sprache als eher schwach bezeichnet werden? Syntax, Wortakzente und Parallelismen des Textes sind in seiner Vertonung überzeugend wiederzufinden. Damit ist einer sprachgerechten Vortragsweise Genüge getan. Alle Interpretationen, die darüber hinausgehen, stehen jedoch auf sehr wackeligen Füßen.

Der Text der ebenfalls im I. Ton stehenden CO *Ecce virgo concipiet*[150] stammt auch aus dem Buch Jesaja. Die Textfassung ist bis auf das Wort *vocabitur* in der Vetus Latina[151] und in der Vulgata identisch; in der Vulgata heißt es an dieser Stelle *vocabitis*. Es handelt sich auch in diesem Fall um einen zusammenhängenden, diesmal gänzlich unveränderten Text. Der erste Teil des Verses Jesaja 7, 14 wird dabei weggelassen. Üblicherweise erfährt dieser Text ebenfalls eine christologische Umdeutung. Er wird nicht nur in diesem Kontext, sondern in der christlichen Theologie allgemein auf Christus bezogen: Er ist der Emmanuel[152].

149 Außer ansatzweise bei letzterem. Ferdinand Haberl spricht an dieser Stelle von „Tonmalerei". Er gibt insgesamt eine Deutung, die zeigt, wie problematisch es ist, wenn man auf den Zusammenhang verzichtet und dabei außerdem viel spätere musikalische Phänomene – wie z. B. das der „ausdrucksvollen Steigerung" – auf den gregorianischen Gesang anwendet. Er schreibt: „Rorate hebt mit einer für den Protos charakteristischen und sehr häufig gebrauchten Intonation an. Die Fortsetzung caeli desuper ist ausdrucksvolle Steigerung. Bei pluant iustum kann man an Tonmalerei denken." (Haberl, 56.)

150 GT 37.

151 In der Vetus Latina sind nach *concipiet* zusätzlich die Worte *in utero* zu finden.

152 Haymo, PL 116, Sp. 762: „Ergo iste puer qui nascitur ex virgine, o domus David, nunc a te appelletur Emmanuel, id est, nobiscum Deus, [...] et qui postea vocabitur Jesus, id est Salvator, eo quod mundum salvaturus sit, et nunc a te Emmanuel appelletur vocabulo." – „Jener Sohn also, der aus der Jungfrau geboren wird, o Haus David, soll nun von dir Emmanuel genannt werden, das heißt Gott ist mit uns, [...] und der später Jesus genannt werden wird, das heißt Erlöser, weil er die Welt erlösen wird, soll er auch jetzt von dir mit dem Namen [Bezeichnung] Emmanuel benannt werden."

Der Form nach gliedert sich dieses Stück, wie die Syntax des Textes es vorgibt, in zwei Teile, von denen der erste bei *filium* mit einer Formel auf dem Tenor *la* schließt, wo der zweite auch wieder ansetzt. Der erste Teil besteht nochmals deutlich aus zwei Abschnitten, von denen der erste auf *concipiet* mit der Finalis endet, allerdings mit einem kurrenten Torculus nach vorausgegangener Virga mit Episem auf der letzten Silbe. Dieser Verzicht auf einen retardierenden Schluß verhindert, daß diese Zäsur stärker wirkt als die nach *filium.* Im zweiten Teil enden *vocabitur* und *eius* jeweils mit einer Clivis mit Episem, was ebenfalls eine leichte Zäsur bewirkt, die hier eine sprachliche Strukturierung und Akzentuierung des Textes durch ein neues Ansetzen bei *nomen* und *Emmanuel* bewirkt. Das Wort *nomen* könnte sonst leicht „im Sog" des ungleich stärker betonten *vocabitur* „untergehen", während das zentrale, ohnehin musikalisch ausgiebig gestaltete Wort *Emmanuel* noch ein wenig mehr Gewicht bekommt, indem es klarer vom vorausgehenden Text abgesetzt wird.

Die Communio beginnt auf der Finalis des I. Tones und bewegt sich zunächst um die Strukturstufen *re* (Finalis) und *fa* herum. Nur auf der Akzentsilbe von *concipiet* wird der Tenor kurz erreicht. Der zweite Abschnitt des ersten Teils, *et pariet filium*, durchzieht in einer einzigen Aufwärtsbewegung die ganze Oktave *re-re* und verweilt dann bei den oberen Strukturstufen *la* (Tenor) und *do*. Die beiden ersten Worte des zweiten Teils, *et vocabitur*, bewegen sich ebenfalls zwischen diesen Strukturstufen. Mit dem Wort *nomen* wird wieder *fa* erreicht, und die letzten Worte, *nomen eius Emmanuel,* bewegen sich zwischen Finalis und Tenor. Auf diese Weise erfolgt der Wechsel der Rezitationsebenen in etwa mit den jeweiligen Zäsuren bzw. Sinnabschnitten des Textes. Die Communio enthält dabei kaum Formeln, die auch in anderen Gesängen des I. Modus zu finden sind – außer bei *filium* und evtl. *eius*.

Das Verhältnis zwischen Wortakzenten und Neumen erscheint in diesem Gesang nicht ganz so einfach wie in den meisten schon besprochenen Antiphonen. Zwar sind außer bei *écce* und *fílium* alle Wortakzente mit augmentierten und/oder relativ langen Neumen versehen, doch auch zahlreiche andere Silben werden gedehnt. So sind bei *concípiet* alle Silben mit augmentierten Neumen versehen. Klar ist dabei eigentlich nur, daß der Wortakzent nicht kürzer ist als die anderen Silben, was an sich schon für einen sprachlich sinnvollen Vortrag genügt. Fragen stellen sich auch bei dem Wort *vocábitur*. Dort geht auf der ersten Silbe eine – sehr hohe! – Bivirga, die in L zudem mit *a* versehen ist, der Clivis mit Episem auf dem Wortakzent voraus. Wie ist dies zu verstehen? Indem die Bivirga der ersten Silbe als prätonische Vorbereitung der Akzentsilbe[153] erklärt wird? Oder indem man sich darauf einläßt, in der Bivirga eine klangliche Umsetzung des *vocare* – „rufen" zu sehen? Das gesamte Wort erhält durch seine ausgiebigen Augmentationen einen solchen Charakter. Wie dem auch sei, der Wortakzent von *vocare* kann zumindest als nicht vernachlässigt angesehen werden. Anders sieht dies bei *filium* aus. Es wird schon

153 Vgl. Godehard Joppich, *Die rhetorische Komponente in der Notation des Codex 121 von Einsiedeln*, in: Codex 121 Einsiedeln. Kommentar, hrsg. von Odo Lang, Weinheim 1991, 119–187, besonders: *Prätonische Vorbereitung der Betonungsenergie*, 140ff.

sehr schwierig, eine andere Erklärung zu finden als die, daß der Wortakzent hier der Schlußformel[154] untergeordnet wird.

Leichter als die Erklärung der Wortakzente fällt es, bei dieser Communio eine Hervorhebung einzelner Worte im Satzgefüge durch augmentierte bzw. lange Neumen zu erkennen. Abgesehen von *filium*, dessen Augmentation durch die Schlußformel bewirkt ist, sind die Verhältnisse ganz deutlich. Die drei Verben *concipiet, pariet, vocabitur* sowie der Name *Emmanuel* werden aufwendig ausgestaltet – eine Lesart, die sprachlich durchaus sinnvoll ist, während z. B. die für den Inhalt potentiell ebenfalls wichtigen Worte *virgo* und *nomen* daneben eher beiläufig wirken.

Beim Melodieverlauf dieser Communioantiphon soll nur auf einige Details hingewiesen werden. Auch bei diesem Aspekt der musikalischen Gestaltung sind es die eben genannten Worte, *concipiet, pariet, vocabitur* und *Emmanuel*, die mit einer herausragenden melodischen Bewegung versehen sind. Berücksichtigt man den Korrekturvorschlag in BzG 21[155], der auch durch das *equaliter* in E bestätigt wird, und nimmt den ersten Ton des Wortes *concipiet* einen Ton höher als in der Quadratnotation, so fällt auf, daß der Beginn der beiden Worte *concipiet* und *pariet* in einer melodischen „Alliteration" – auch von den Neumen her – identisch ist, während sich gleichzeitig die Endungen sprachlich gleichen. So wird zwischen beiden Worten eine klangliche Beziehung erzeugt. Der ebenfalls in BzG 21 vorgeschlagene Quintsprung abwärts (*re-sol*) bei *pariet*[156] ist in dieser Lage für den I. Ton ein seltenes Intervall.

Die jeweilige Tonverdoppelung auf dem oberen *do* bei *pariet* und *vocabitur* könnte ebenfalls wie ein – wenn auch vergleichsweise vages – Mittel der Klangassoziation wirken, die eine musikalische Verbindung zwischen beiden Verben schafft[157]. Als letztes sei noch erwähnt, daß das nahezu stufenweise „Aussingen" des Namens *Emmanuel*, das an sich schon ungewöhnlich ist, dadurch noch bemerkenswerter wird, daß im vorausgehenden Offertorium auf *ventris tui* eine Variante des gleichen seltenen Melodieverlaufs[158] zu finden ist. Kann so etwas beabsichtigt sein?

Sucht man in den anderen Communioantiphonen im I. Ton nach einem ähnlichen Melodieverlauf wie den des Wortes *Emmanuel*, so findet man ihn in der CO *Psallite Domino*[159] bei den Worten *ad Orientem*. Eine eingehendere Betrachtung beider Antiphonen offenbart weitere Ähnlichkeiten im Verlauf der Gesänge: der Gesamtverlauf von der Tonhöhe, dem Melodiebogen her sowie eine deutliche Übereinstimmung zwischen *nomen eius* und *per caelos caelorum*. War vielleicht der eine Gesang die Vorlage des anderen, oder liegt gar ein Melodie-Modell vor? Letzteres

154 Vgl. z. B.: IN *Iustus es, Domine*, GT 332: *tuum*; sonst meist auf der Finalis: GR *Universi*, GT 16: *edoce me*; AL *Laetatus sum*, GT 19; OF *Custodi me*, GT 154: (2.) *Domine*; CO *Data est mihi*, GT 213: (1.) *alleluja*.

155 Vgl. *Vorschläge zur Restitution*, in: BzG 21 (1996), 40.

156 Er wird u. a. durch ein weiteres *e* in E belegt.

157 In L stehen hier die gleichen Zeichen.

158 Ein ganz ähnlicher Melodieverlauf wie bei den Worten *nomen eius Emmanuel* ist im I. Modus nur noch in der CO *Psallite Domino*, GT 238: *per caelos caelorum ad Orientem* zu finden sowie in der CO *In salutari tuo*, GT 350: *Domine Deus*.

159 GT 238.

läßt sich durch den weiteren Vergleich ausschließen – nur diese beiden Gesänge weisen diese Ähnlichkeit auf.

Auf den ersten Blick mag es also zumindest für den modernen Betrachter geradezu als Willkür erscheinen, als bloßes Spiel mit den Melodien, wenn eine Communio des „hohen" Adventes mit der des Festes Christi Himmelfahrt korrespondiert. Theologisch enthält dies jedoch einen tiefen Sinn. Hier schließt sich ein Kreis: Menschwerdung und Himmelfahrt gehören zusammen. Der Text Jh 16, 28, der als Alleluja in der Osterzeit gesungen wird, bringt diesen Zusammenhang zum Ausdruck: *Exivi a Patre et veni in mundum: iterum relinquo mundum et vado ad Patrem*[160]. Daß dies ein ganz gängiger Gedanke mittelalterlicher Exegese ist, zeigen auch die noch folgenden Deutungen zu der in der adventlichen CO *Exsultavit ut gigas* verwendeten Textgrundlage.

Zusammenfassend ist festzuhalten: Die Analyse der CO *Ecce virgo concipiet* zeigt ein komplexes, aber weitgehend intaktes Verhältnis zwischen Neumen und Wortakzenten. Die Hervorhebungen einzelner Worte des Textes durch lange bzw. augmentierte Neumen und auch entsprechend ausgeprägte Melodieverläufe sind bei dieser Communio sehr auffällig und zugleich klanglich wie inhaltlich sinnvoll. Subtile melodische Parallelitäten und Ähnlichkeiten, denen diesmal keine gängigen Formeln zugrunde liegen, drängen – wie schon bei einigen der vorausgegangenen Analysen – die Frage auf, ob in der melodischen Verwandtschaft nicht ein bedeutsames Ausdrucksmittel der Beziehung von Musik und Sprache gerade auch auf der inhaltlichen Ebene zu sehen ist.

5.2.4.2. Das Proprium *Prope es tu*

Der IN *Prope es*[161] *tu* steht am Beginn des Propriums vom adventlichen Quatemberfreitag. Seine Textgrundlage ist Psalm 118 entnommen in einer Textvariante, die sowohl im Psalterium der Vulgata als auch im Psalterium Romanum zu finden ist. Bei diesem zwei aufeinanderfolgende Verse umfassenden Textausschnitt sind die abschließenden Worte *fundasti ea* des Bibeltextes durch die beiden Wörtchen *tu es* ersetzt. Zu Beginn des Textes findet sich im GT eine zweite, den Texthandschriften des AMS[162] entnommene Variante: *esto* statt *es tu*. Schon vom Text der gesamten Antiphon her wirkt die Variante *es tu* gegenüber *esto* überzeugender: *es tu* und das „angehängte" *tu es* stehen in einer inhaltlichen Beziehung zueinander. Auch die musikalische Gestalt dieser Stelle mit einem Tractulus auf *es* und einem Salicus auf *tu*, der auf der Endsilbe von *esto* kaum sinnvoll zu erklären ist, bestätigt diese Sicht.

Diesem Introitus wird der IV. Ton zugeordnet; er ähnelt in zahlreichen Details verschiedenen anderen Introitusantiphonen dieses Modus[163]. Der Gesang enthält außer seiner eigentlichen Schlußformel, die eine Variante zu einer in diesem Modus nicht seltenen Formel darstellt, drei ausgeprägte Zäsurformeln auf *Domine, cognovi*

160 GT 230.
161 GT 24.
162 In B und C.
163 Vgl. z. B. IN *Sicut oculi*, GT 77; IN *Reminiscere*, GT 81; IN *De necessitatibus*, GT 84; IN *Iudica Domine*, GT 150; IN *Nos autem gloriari*, GT 162; IN *Salus populi*, GT 339.

und *(testimoniis) tuis*. Von der ersten dieser Formeln bei *Domine* war bereits im Kontext der CO *Dicite: Pusillanimes* die Rede. Sie dient mit ihrer für diese eher unbedeutende Zäsur massiven Gestalt, die durch die beinahe syllabische Vertonung des ersten Teils der Antiphon noch stärker wirkt, mit Sicherheit auch der inhaltlichen Hervorhebung des betreffenden Wortes. Ähnlich könnte auch die ebenfalls recht massive Formel auf *cognovi* verstanden werden. Sie rundet die inhaltlich wichtige Aussage *initio cognovi* in sich ab und verleiht ihr auch musikalisch auf diese Weise besonderes Gewicht. Die Zäsur nach *testimoniis tuis* ist durch die Syntax des Textes zu erklären. Ebenfalls von der Syntax gefordert wäre eine Pause nach *veritas*, die jedoch in der Quadratnotation ungleich stärker ausfällt als es die Neumennotation nahelegt, die an dieser Stelle mit einem kurrenten Porrectus endet. Es könnte durchaus in der Absicht des „Komponisten" gelegen haben, bewußt einen Zusammenhang zum folgenden *initio cognovi* herzustellen.

Die genannten Formeln bei *Domine*, *cognovi* und *tu es* haben durch ihre im Kontext dieses Gesangs auffällige musikalische Gestalt ein solches „Übergewicht", daß sie durchaus als gewollte Akzentsetzungen in Hinblick auf den Inhalt des Textes verstanden werden können. Dadurch ergeben sich folgende Sinnspitzen: ... *(es) tu Domine ... initio cognovi ... tu es*. Darüber hinaus sind lediglich noch die inhaltlich ebenfalls bedeutsamen Worte *veritas, testimoniis tuis* und *aeternum* mit nicht kurrenten Neumen versehen, die sich jedoch auch aus der Betonung der Wortakzente bzw. aus der Zäsurbildung schlüssig erklären lassen. Die Wortakzente sind bei diesem Introitus außer bei *Domine* und *testimoniis*, wo von Tonhöhenakzenten ausgegangen werden muß, überall durch die musikalische Dehnung der Akzentsilben klar betont.

Die Analyse des Melodieverlaufs bestätigt das, was zuvor von den Formeln gesagt wurde. Diese sind neben dem schon erwähnten Salicus auf *es tu* die melodisch herausragendsten Stellen dieser Introitusantiphon, die sich melodisch nirgendwo über den Tenor *la* hinausbewegt.

So sei abschließend festgestellt, daß sich im IN *Prope es tu* eine überzeugende Beziehung von Musik und Sprache – neben einer sprachgemäßen Gestaltung der Syntax und der Wortakzente durch die Musik – vor allem darin zeigt, daß einzelne, für die Aussage des Textes zentrale Worte durch ausgeprägte melodische Formeln deutlich hervorgehoben werden.

Zum Proprium desselben Tages gehört auch die Communioantiphon *Ecce Dominus veniet*[164]. Der Text ist dem Buch Zacharja entnommen, das in der kritischen Ausgabe der Vetus Latina noch nicht vorliegt. Jedoch zeigt der Vergleich mit dem Vulgata-Text, daß dort der größte Teil des Textes im Wortlaut zu finden ist. Dabei wird deutlich, daß hier ein besonders interessantes Beispiel der Textredaktion vorliegt.

[GT] Ecce Dominus veniet,	[Vg] Zach 14, 5: ... et veniet Dominus
et omnes sancti eius cum eo:	Deus meus, omnesque sancti cum eo.
et erit in die illa	6: Et erit in die illa:
lux magna	Non erit lux, sed frigus et gelu.

164 GT 26.

7: Et erit dies una, quae nota est Domino,
non dies neque nox:
et in tempore vesperi erit lux.
(Is 9, 2: … vidit lucem magnam: , …)

Bemerkenswert erscheint der Beginn der Antiphon, der in der Textvorlage so nicht vorkommt, sowie die Formulierung *lux magna* statt *non erit lux*, die wohl als eine Anspielung auf den sehr bekannten Text Jesaja 9, 2 verstanden werden kann. Gerade dieser zweite Teil des Textes steht inhaltlich bereits in engstem Zusammenhang mit den Texten der Weihnachtsproprien, in denen ebenfalls – dort im Präsens bzw. Perfekt, hier im Futur – vom Licht die Rede ist[165].

Als Modus wird für diesen Gesang im GT der VI. Ton angegeben, allerdings in transponierter Lage[166]. Eine solche Transposition des VI. Modus ist im gesamten Repertoire nur noch an wenigen Stellen zu finden[167]. Zwei dieser Gesänge, der IN *Exsultate Deo* und der IN *Invirtute tua*, zeigen eine gewisse melodische Verwandtschaft mit der CO *Ecce Dominus veniet*, auf die später noch eingegangen werden soll. Der hier analysierte Gesang weist nach der Quadratnotation einen Ambitus von einer Non (*fa-sol*) auf, eine Spanne, die im VI. Ton eher selten ist und nur beim IN *Respice in me*[168] noch überboten wird.

Das Stück gliedert sich, der Syntax des Textes entsprechend, in zwei etwa gleich lange Teile[169], die beide mit einer gängigen Schlußformel des VI. Modus enden. Beide Abschnitte haben in der Quadratnotation noch eine weitere kleine Zäsur, wobei mit Blick auf die Neumennotation die erste (nach *veniet*) wohl als reine Atempause zu verstehen ist. Die zweite (nach *illa*) zeichnet sich durch eine im Kontext dieser Antiphon auffällig lange Neume[170] auf der Endsilbe dieses Wortes aus[171]. Will man dies nicht als eine Schwäche in der Wort-Ton-Beziehung verstehen, so läßt es sich nur damit erklären, daß das Innehalten dazu dienen soll, dem darauffolgenden inhaltlich sehr wichtigen Wort *lux (magna)* ein um so größeres Gewicht zu verleihen.

Die Untersuchung der Wortakzente erweist sich außer an dieser Stelle nur noch beim Wort *eius* als problematisch. Wie bei *illa* liegt auch in diesem Fall eine übergewichtige Endbetonung vor, die ihre Begründung ebenfalls in einer Zäsurbildung vor den in beiden Handschriften mit nicht kurrenten Neumen versehenen Worten *cum eo* finden könnte. So sind schon zwei Stellen in diesem Gesang genannt, an denen durch die Länge bzw. Augmentation der Neumen bestimmte Worte eine besondere Akzentsetzung erfahren, die als Ausdruck einer bestimmten Lesart des Textes verstanden werden kann.

165 Vgl. z. B.: CO *In splendoribus: ante luciferum*, GT 44; IN *Lux fulgebit*, GT 44.
166 Eine Quinte nach oben, so daß die Finalis bei *do* liegt, statt bei *fa*.
167 Vgl. CO *Surrexit Dominus*, GT 202 (Ostermontag); CO *Circuibo et immolabo*, GT 297; IN *Exsultate Deo*, GT 311; IN *In virtute tua, Domine*, GT 512; AN *Adorna*, GT 540.
168 GT 284, eine Dezime.
169 Zäsur nach *cum eo*.
170 Vgl. z. B. CO *Dicite: Pusillanimes: confortamini et nolite timere*, GT 23.
171 In E mit *t* auf dem zweiten Torculus.

Am klarsten läßt sich diese Vorgehensweise aber wohl am Anfang dieser Antiphon aufzeigen. Es ist nicht zu übersehen, daß die beiden ersten Worte, *ecce* und *Dominus*, die nur auf *do* rezitiert werden, gegenüber der musikalischen Gestalt des Wortes *veniet* weit zurückbleiben. Bei diesen Worten, *ecce Dominus veniet,* läßt sich im Prinzip jedes einzelne besonders betonen, wodurch der Text jeweils eine etwas andere Aussage erhält[172]. Diese Communio entscheidet sich klar für eine der drei Möglichkeiten und setzt den inhaltlichen Akzent eindeutig auf *veniet* – die gleiche Akzentsetzung bei denselben Worten ist auch bei der CO *Dicite: Pusillanimes* zu finden. Im weiteren Verlauf der CO *Ecce Dominus veniet* werden dann *cum eo* und *lux magna* besonders betont.

Diese inhaltliche Akzentuierung des Textes durch die rhythmische Gestalt des Gesangs steht in engster Verbindung mit dem Melodieverlauf, dessen Bestandteile jedoch gleichzeitig alles andere als „original" sind. Besonders deutlich wird dies im Vergleich mit den beiden bereits genannten Introitusantiphonen *Exsultate Deo* und *In virtute tua*. Der Beginn der letztgenannten ähnelt dem der CO *Ecce Dominus veniet*, dennoch handelt es sich um zwei völlig unterschiedliche Gestaltungsweisen einer offenbar zugrundeliegenden Formel, die dem Text so angepaßt wird, daß er auch inhaltlich zum Klingen kommt. Der IN *In virtute tua* wird mit der Melodiefolge *sol-la-do*[173] eröffnet, die durch eine Bivirga auf der Akzentsilbe von *virtute* dem Wort durchaus mehr Gewicht verleiht, als dies zur richtigen Betonung notwendig wäre. Ganz anders sieht dies bei der CO *Ecce Dominus veniet* aus. Sie verzichtet auf die beiden Töne *sol* und *la*, rezitiert nur ganz einheitlich auf *do* und verleiht dem Text damit den genannten inhaltlichen Akzent auf *veniet*, das als erstes Wort eine wirkliche Melodiebewegung aufweist. Noch anders gestaltet sich der Beginn des IN *Exsultate Deo*. Dieser Gesang fängt sogleich mit der Folge Tractulus-Porrectus an, die bei der CO *Ecce Dominus veniet* erst auf der letzten Silbe von *veniet* und dem anschließenden *et* zu finden ist. Insgesamt läßt sich diese Abwärtsbewegung im IN *Exsultate* gleich dreimal entdecken, bei *exsultate, psalmum iucundum* und *iudicium Deo*.

Dieser eine Vergleich soll genügen, um zu demonstrieren, wie in der CO *Ecce Dominus veniet* melodisch formelhaftes Material eingesetzt und in einer Weise geformt wird, daß eine weit über die Ebene des Sprachklanges hinausgehende Umsetzung des Textes zustande kommt. Zusammenfassend kann zu diesem Gesang gesagt werden, daß in ihm ein besonders klares Beispiel für die Möglichkeit vorliegt, die Beziehung von Musik und Sprache im gregorianischen Gesang durch auffällige musikalische Ausgestaltung oder Zurücknahme einzelner Teilaussagen bis zur Ebene der Interpretation hin konsequent zu gestalten.

172 Siehe im Vergleich dazu die textgleiche AN *Ecce Dominus veniet*, Antiphonale Monasticum, 187; sowie die AN *Ecce Dominus noster*, GT 539, die das Wort *Dominus* stärker akzentuiert.

173 Diese Melodiefolge kommt auch in nicht-transponierten Gesängen im VI. Ton häufig vor. Dort lautet sie *do-re-fa*; z. B. IN *Hodie scietis: et salvabit nos*, GT 39 oder IN *Quasi modo geniti*, GT 216.

5.2.4.3. Das Proprium *Veni et ostende*

Die Messe vom Quatembersamstag beginnt mit dem IN *Veni et ostende*[174]. Die Textgrundlage des Introitus dieses letzten adventlichen Propriums – im AMS folgt unmittelbar darauf die Vigilmesse *Hodie scietis* von Weihnachten – kann einmal mehr als ein interessantes Beispiel der Centonisation gelten. Der Text entstammt Psalm 97 wahrscheinlich in der Variante des Psalterium Romanum, wie das Wort *appare* im V *Qui regis* der Gradualresponsorien im II. Ton zeigt[175]:

[GT] IN: Veni,	[PsR] Ps 79, 4 (8. 20.): Domine Deus virtutum converte nos,	[Vg] Ps 79, 4 (8. 20.): Domine Deus virtutum converte nos,
et ostende nobis faciem tuam, Domine,	et ostende nobis faciem tuam, Domine, ...	et ostende nobis faciem tuam, Domine, ...
qui sedes super Cherubim:	2: ... qui sedes super Cherubim appare	2: ... qui sedes super Cherubim manifestare
et salvi erimus.	4: ... et salvi erimus.	4: ... et salvi erimus.

Jedoch erscheint das erste, für den Advent so prägende Wort *veni* in keiner der lateinischen Textvorlagen. Es kommt in Psalm 97 überhaupt nicht vor und wurde offenbar bei der Redaktion des Textes bewußt hinzugefügt. Der anschließende Text: *et ostende nobis faciem ...* ist Vers 4 des Psalms entnommen, in den aber die Worte *qui sedes super Cherubim* aus Vers 2 eingefügt wurden.

Der Introitus ist im II. Ton verfaßt und enthält auch zahlreiche Charakteristika der Meßantiphonen dieses Modus wie z. B. das Initium[176], die wiederholt verwendete Bivirga auf *fa*[177] oder auch die Abwärtsbewegung *re-do-la* bei *Domine*[178]. Die genauere Betrachtung dieser Antiphon zeigt, daß ihre Gliederung keineswegs klar auszumachen ist. Die stärkste Zäsur ist nicht nur in der Quadratnotation, sondern auch von den Neumen her nach *Cherubim* zu finden, und es fragt sich, ob der im GT hinzugefügte Bindebogen wirklich so sinnvoll ist. Zum einen bezieht sich der Relativsatz *qui sedes super Cherubim* tatsächlich auf das vorausgehende *Domine*, und zum anderen wird durch dieses Innehalten den folgenden, inhaltlich höchst bedeutsamen Worten *et salvi erimus* noch größeres Gewicht verliehen. Sie könnten sonst einfach nur als Schlußformel gehört werden. Alle übrigen Zäsuren sind als eher unbedeutend[179] oder gar zweifelhaft[180] zu bezeichnen. Die Introitusantiphon kommt mit einer gängigen Formel zum Abschluß.

Auch in diesem Introitus werden bei den meisten Wörtern dic jeweiligen Wortakzente musikalisch deutlich hervorgehoben. Eine Ausnahme bildet vor allem das schon erwähnte Wort *Cherubim* mit seiner starken Endbetonung. Bei *ostende* und

174 GT 27.
175 Siehe 4.2. *Gradualresponsorien im II. Ton.*
176 Vgl. z. B. IN *Ecce advenit*, GT 56; OF *Benedicite gentes*, GT 231; IN *Dominus illuminatio*, GT 288.
177 Vgl. z. B. IN *Ecce advenit*, GT 56; CO *Omnes qui in Christo*, GT 61; IN *Laetetur cor*, GT 268; IN *Narrabo*, GT 281; IN *Dominus illuminatio*, GT 288.
178 Vgl. z. B. IN *Laetetur cor*, GT 268; IN *Narrabo*, GT 281; IN *Dominus fortitudo*, GT 294.
179 Nach *Domine.*
180 Nach *veni* und *nobis*, eher ist da schon ein Innehalten nach *ostende* gerechtfertigt.

Domine ist ebenfalls zu fragen, ob die Akzentsilben stark genug sind. In diesen beiden Fällen dürfte es dem Sänger vorbehalten sein, richtig zu betonen, was hier durchaus möglich ist, bei *Cherubim* jedoch schon wesentlich schwerer fallen dürfte.

Eine besondere Hervorhebung einzelner Wörter oder Textabschnitte durch im Rahmen dieses Gesanges auffallende Neumen oder Melodieverläufe lassen sich bei diesem Stück nicht feststellen. Interessant erscheint jedoch der melodische Gesamtaufbau der Antiphon. Ihr liegt offenbar eine, wenn auch eher unscharfe melodische Wiederholung zugrunde: Zweimal wird das Initium verwendet – bei *veni* und bei *qui sedes*, die darauffolgende Melodie bewegt sich jeweils hauptsächlich zwischen Finalis und Tenor. Zweimal erscheint dabei eine identische melodische Abfolge – bei *faciem* und *super* –, beide Hälften schließen mit einer im II. Ton geläufigen Formel.

Zum Schluß der Überlegungen zum IN *Veni et ostende* bleibt jedoch trotz aller genannten Details der Eindruck, daß diese Introitusantiphon keine wirklich auffälligen und beweiskräftigen Beispiele für eine Beziehung von Musik und Sprache auf der inhaltlichen Ebene enthält.

Der Text der zum adventlichen Quatembersamstag gehörenden CO *Exsultavit ut gigas*[181] ist Psalm 18 entnommen. Der Wortlaut ist sowohl im Psalterium Romanum wie auch im Psalterium der Vulgata zu finden. Diese letzte adventliche Communio hat einen äußerst reizvollen Text, der die Intensität der Erwartung und Hoffnung in diesen Tagen unmittelbar vor Weihnachten zum Ausdruck bringt, indem er die entgegeneilende Erfüllung beschreibt. Christus, der ersehnte Messias, ist der *gigas*, von dessen ebenso schnellem wie weltumspannenden Lauf hier die Rede ist. Dazu ein Beispiel mittelalterlicher Theologie:

> „Gigas est Christus, ut in Psalmis: «Exsultavit ut gigas ad currendam viam,» quod Christus hilari quadam fortitudine et forti hilaritate vitae praesentis cursum peraget."[182] – „Der Riese ist Christus, wie (es) in den Psalmen (heißt): «Er frohlockt wie ein Riese, seinen Weg zu laufen», weil Christus in einer gewissen heiteren Kraft und kraftvollen Heiterkeit den Lauf des irdischen [gegenwärtigen] Lebens vollbringen wird."

Die Communioantiphon steht im VI. Ton. Sie hat – wie auch die CO *Ecce Dominus veniet* – einen für diesen Modus eher großen, wenn auch nicht außergewöhnlichen Ambitus (Oktave: *do-do*), zeichnet sich aber durch eine Fülle auffällig großer Intervalle (Terz-Quarte-Quinte) aus[183].

Der Gesang gliedert sich in drei etwa gleich lange Teile, von denen der erste und dritte nochmals eine Zäsur aufweisen. Für die in der Quadratnotation zu findende Zäsur im zweiten Teil (nach *caelo*) gibt es in der Neumennotation von L und E keinen Hinweis. Auch von der Syntax des Textes her erscheint diese Pause nicht sinnvoll.

Der erste Abschnitt endet mit einer schlichten, häufig gebrauchten Formel auf *fa* (*viam*); die Zäsurformel des zweiten Abschnitts auf *do* (*eius*) ist ebenfalls nicht ungewöhnlich, wenn auch eher selten[184]. Einmalig dürfte dagegen die Schlußbil-

181 GT 28.

182 Hrabanus Maurus, *Allegoriae*, PL 112, Sp. 946.

183 Wie „bewegt" dieser Gesang ist, zeigt der Vergleich mit den weihnachtlichen Antiphonen IN *Hodie scietis*, GT 38 und CO *In splendoribus*, GT 44.

184 Vgl. z. B. CO *Dicite: Pusillanimes*, GT 23; IN *Respice*, GT 319.

dung des dritten Teils und damit der gesamten Antiphon sein: Nach einem nicht kurrenten Climacus folgen zwei Virgae mit Episem, zwischen denen ein kurrenter Pes steht[185]. Im gesamten Repertoire ist bei den Introitus- und Communioantiphonen kein zweites Beispiel für einen solchen Schluß zu finden. Fast alle Gesänge enden mit einem Tractulus, einer meist nicht kurrenten Clivis und gelegentlich mit einem nicht kurrenten Torculus[186] oder einem Pressus[187], aber nie mit einer Virga[188]. Dieser außergewöhnliche, im Grunde offene Schluß paßt zur Bewegtheit der Antiphon, zu ihrem – natürlich auch vom Text her – geradezu stürmischen Vorwärtsdrängen. Zugleich ist auch inhaltlich das Ende noch offen, die Erfüllung steht noch aus, die erwartete Geburt des Messias ist erst der Anfang der Erlösung. Zu diesem Gedanken sei ein weiteres Beispiel mittelalterlicher Exegese angeführt:

> „Egressio fuit a Patre, et ipse qui egressus est, in ascensione occurrit, id est, Patrem sibi invenit «et ille occursus ejus fuit ad summum ejus,» [...].“[189] – „(Seinen) Ausgang hat er vom Vater (genommen), und er selbst, der hinausgegangen ist, trifft in der Himmelfahrt ein, das heißt, er findet sich beim Vater ein, «und jenes sein Dahineilen führt zu seinem Höchsten» [...].“

Die Untersuchung der Wortakzente zeigt, daß die Akzentsilben in diesem Gesang ohne jede Ausnahme auch musikalisch konsequent betont werden. Die Frage, ob in dieser Antiphon einzelne Wörter durch in ihrem Kontext auffällige Neumen einen besonderen Akzent erfahren, muß negativ beantwortet werden, da – abgesehen von kleinen Wörtern wie *ad, a, et* etc. – sich die insgesamt eindrucksvolle Fülle von vielfach durch Form oder Zusatzzeichen als nicht kurrent ausgewiesener Zeichen[190] recht gleichmäßig auf die Communio verteilt.

Als das „Sprechendste“ an der musikalischen Gestalt der CO *Exsultavit ut gigas* kann wohl der Melodieverlauf gelten. Die außergewöhnlich vielen großen Intervalle dürfen sicher als ein Beispiel echter Bewegungssymbolik verstanden werden, die den Lauf des *gigas* klanglich umzusetzen versucht. Auch wenn an einigen Stellen die Tonhöhe der Quadratnotation fragwürdig erscheint[191], ändert dies nichts an der auffälligen Bewegtheit der Antiphon. Dieser Eindruck von unruhiger Bewegung wird noch durch einen ebenfalls ungewöhnlich schnellen Wechsel von Auf- und Abwärtsführung der Melodie verstärkt, wie z. B. bei *ad currendam* oder bei *caelo* in der Zeichenfolge Porrectus-Torculus.

Besonders ins Auge springt außerdem die melodische Verwandtschaft einiger Stellen innerhalb des Gesangs. Am leichtesten erkennbar ist dies bei *a summo caelo* und *usque ad summum eius*. Hier wird dasselbe Wort deutlich ähnlich vertont. Aber

185 Ein endbetonter Porrectus als Schlußbildung ist in der CO *Dicit Andreas*, GT 263, bei den Worten *ad Jesum* zu finden, auch hier wird damit zweifellos eine inhaltliche Akzentuierung bezweckt.

186 Vgl. z. B. IN *Ego autem cum iustitia*, GT 94; IN *Meditatio*, GT 103.

187 Vgl. z. B. CO *Ab occultis*, GT 113; IN *Iudica*, GT 150; IN *Ne derelinquas me*, GT 360.

188 Bei der CO *Petite*, GT 83, ist in den Handschriften ein Alleluja angefügt, vgl. GT 314; dagegen endet das OF *Elegerunt*, GT 634, durchaus mit einer Virga mit Episem.

189 Haymo, *Explanatio in Psalmos*, PL 116, Sp. 256.

190 Z. B. Bivirga, Scandicus, Quilisma-Scandicus, Porrectus.

191 Bei *a summo caelo* steht z. B. in E ein *i*, während bei *ad summum eius* ein *s* steht. Bei *ad summum* erscheint – ebenfalls in E – dasselbe mit *i* versehene Zeichen wie bei *ad currendam viam.*

auch die Melodiegestalt der inhaltlich dazu in Beziehung stehenden Worte *ad currendam* und *et occursus* scheint damit melodisch verwandt zu sein. Weitere melodisch prägnant gestaltete Wörter sind *exsultavit*[192], *gigas*[193] und *egressio*[194]. Jedoch bleibt deren Klanggestalt in Tonumfang, Tonhöhe und Größe der Intervalle hinter der bereits genannten, sich vom *fa* immer wieder bis zum oberen *do* aufschwingenden Melodiebewegung von *ad currendam, a summo caelo, et occursus, ad summum* weit zurück.

So ergibt sich zusammenfassend für die CO *Exsultavit ut gigas*, daß sie als eines der wenigen wirklich überzeugenden Beispiele gleichsam bildhafter Darstellung des Textes durch die Musik im gregorianischen Repertoire gelten darf. Dazu bedient sie sich einer Tonbewegungssymbolik (große Intervalle, schneller Wechsel der Bewegungsrichtung), die im oftmals eher verhaltenen VI. Modus besonders eindrucksvoll zur Wirkung kommt. Dieser Effekt wird durch andere Details – melodische Ähnlichkeit inhaltlich zentraler Worte, „offener" Schluß, rhythmisch prägnante Neumen – noch verstärkt, so daß bei diesem Gesang von einer umfassenden Beziehung von Musik und Sprache gesprochen werden kann, in der sich, neben einer unverkennbaren Freude am Spiel mit den Möglichkeiten der Musik, einen bildhaften Text umzusetzen, auch eine bestimmte theologische Interpretation ausdrückt, die abschließend nochmals an einem zeitgenössischen Beispiel illustriert werden soll:

> „[…] scilicet omnia opera quae fecit «ut gigas», id est comparabilis gigantis. Sicut enim gigas non timet minas, non curat mollitiem, infatigabilis est: sic et Christus."[195] – „[…] nämlich alle Werke, die er wie «ein Riese» getan hat, das heißt vergleichbar (denen) eines Riesen. Wie nämlich ein Riese keine Drohungen fürchtet, sich um keine Schwäche kümmert, unermüdlich ist, so auch Christus."

5.2.5. Die Weihnachtsmessen

Bei der folgenden Untersuchung der vier Weihnachtsmessen – *in vigilia, in nocte, in aurora, in die* – wird es darum gehen, in einer komprimierten Analyse der Introitus- und Communioantiphonen einige herausragende Charakteristika dieser Gesänge aufzuzeigen. Die vier Weihnachtsmessen bilden liturgisch eine enge Einheit, deshalb soll zunächst nach sprachlichen und inhaltlichen Zusammenhängen in der Textgrundlage gefragt werden.

Es gibt in diesen vier Proprien zahlreiche Textwiederholungen: Introitus und Graduale der *Missa in vigilia*, Introitus und Alleluja-Vers der *Missa in nocte*, Introitus- und Alleluja-Vers der *Missa in aurora* und Graduale und Communio der *Missa in die* sind vom Text her identisch. Viele dieser Texte werden außerdem nicht nur als Ganzes wiederholt, sondern es kehren auch zentrale Worte immer wieder, so daß der Eindruck entsteht, die Texte seien aufgrund ihrer Aussagen zu einer textli-

192 Mit einer Bivirga auf der Akzentsilbe.
193 Mit einer kleineren Variante der beschriebenen Auf und Abbewegung.
194 Mit seinem Aufwärtssprung zum Schluß, der in L mit dem Zusatz *sic* versehen ist.
195 PL 116, Sp. 256.

chen „Gesamtkomposition" für alle vier Messen zusammengestellt worden. Folgende Liste sich wiederholender bzw. zusammengehörender Begriffe soll dies verdeutlichen: *venire* (6x); *appare – salutare, Salvator* (7x) – *regnare, Rex* (6x)*; princeps; imperium – sedes* (4x) – *firmare, non commovere – terra, orbis terrarum* (10x) – *omnis caro; gentes* (2x) – *lux, luciferum, illucere* (6x)*; revelare* (2x) – *mirabilia, Admirabilis* (3x) – *exsultare* (2x)*; laetare* (2x)*; jubilare; laudare; adorare.*

An dieser Aufzählung lassen sich leicht wesentliche inhaltliche Schwerpunkte ablesen: Ankunft und Herrschaft des göttlichen Erlösers, universales Heil – hier sei an die Worte *ad salvandas gentes* im IN *Populus Sion* erinnert –, Licht, Freude, Jubel. Das Weihnachtsfest, wie es sich in den Texten der Meßproprien zeigt, ist stark vom Gedanken der Epiphanie oder Theophanie, der Erscheinung Gottes als Weltenherrscher, geprägt.

Zu einigen dieser zentralen Worte seien als mittelalterliche „Impressionen", die einen Eindruck vom Spektrum der möglichen Deutungen vermitteln, Ausschnitte aus den *Allegoriae in sacram scripturam* des Hrabanus Maurus zitiert:

> „*Rex* est Deus Pater, ut in Evangelio: «Regi, qui fecit nuptias filio suo,» id est Deo Patri, qui Ecclesiam conjunxit Christo. *Rex*, Christus [...]. *Rex*, Spiritus sanctus [...]. *Rex*, sancta Trinitas, ut in Isaia: «Regem in decore suo videbunt oculi ejus,» quod sanctam Trinitatem interna gloria sua contemplabuntur electi."[196] – „*Der König* ist Gott Vater, wie (es) im Evangelium (heißt): «(Das Himmelreich gleicht) einem König, der seinem Sohn die Hochzeit ausrichtete», das ist Gott Vater, der die Kirche mit Christus vermählte. *Der König*, (das ist) Christus [...]. *Der König*, (das ist) der Heilige Geist [...]. *Der König*, (das ist) die Heilige Dreifaltigkeit, wie (es) bei Jesaja (heißt): «Den König in seinem Schmuck werden seine Augen sehen», weil die Erwählten die Heilige Dreifaltigkeit in ihrer inneren Herrlichkeit schauen werden."

> „*Terra*, regnum coelorum, ut in Isaia: «In terra sua duplicia possidebunt,» quod in regno coelesti, electi beatitudine simul et corporis gaudebunt. [...] *Terra*, Ecclesia, ut in Job: «Quando ponebam fundamenta terrae,» id est, quando constituebam apostolos Ecclesiae. [...] *Terra*, minores in Ecclesia,[...]. *Terra*, infernus, [...]."[197] – „*Die Erde*, (das ist) das Reich der Himmel, wie (es) in Jesaja (heißt): «Sie werden in ihrem (verheißenen) Land [terra] Doppeltes besitzen», weil im himmlischen Reich die Erwählten sich der Seligkeit gleichermaßen auch des Körpers erfreuen. [...] *Die Erde*, (das ist) die Kirche, wie (es) in Hiob (heißt): «Als ich die Fundamente der Erde legte», das heißt, als ich die Apostel der Kirche einsetzte. [...] *Die Erde*, (das sind) die Kleinen in der Kirche [...]. *Die Erde*, (das ist) die Unterwelt, [...]."

> „*Lumen* est Christus, ut in Evangelio: «Lumen ad revelationem gentium,» quod Christus gentes illuminat."[198] – „*Das Licht* ist Christus, wie (es) im Evangelium (heißt): «Ein Licht zur Erleuchtung der Völker», weil Christus die Völker erleuchtet."

Auffällig ist an den Texten der Weihnachtsmessen außerdem, daß durch diese Auswahl im biblischen Text das Tempus der Verben sich konsequent verändert vom erwarteten, zukünftigen Geschehen hin zur Erfüllung: z. B. *veniet – venit*; *revelabitur – revelavit*; *videbitis – viderunt*; *regnabit – regnavit*. Auch dies spricht dafür, daß bei der Zusammenstellung der Texte dieser vier Proprien im Zusammenhang gedacht wurde. Im Gegensatz zu dieser textlichen „Gesamtkomposition" der vier Weihnachtsmessen läßt sich jedoch kein übergreifendes musikalisches Konzept aus-

196 PL 112. Sp. 1037.
197 PL 112, Sp. 1065f.
198 PL 112, Sp. 990.

machen. Einzelne Hinweise darauf, daß dieser liturgische Zusammenhang auch in der musikalischen Gestalt wenigstens punktuell präsent ist, sollen im Verlauf dieser Analyse besondere Beachtung finden.

5.2.5.1. *Missa in vigilia*

Der Text des IN *Hodie scietis*[199] aus der Vigilmesse des Weihnachtsfestes ist nach den Angaben des GT durch Centonisation einiger Verse aus zwei verschiedenen Büchern des AT entstanden. Besonders auffällig erscheint dabei die Wahl des Wortes *hodie*, das im Text der Bibel in diesem Kontext nicht vorkommt:

	[Vg] Ex 16, 6:	[VL] noch nicht ediert
[GT] Hodie scietis,	Vespere scietis quod Dominus eduxerit vos de terra Aegypti	
	Is 35, 4:	Is 35, 4:
quia veniet Dominus, et salvabit vos/nos:	Deus ipse veniet, et salvabit vos.	ecce deus ... ipse veniet et salvabit/salvos faciet nos.
	Ex 16, 7:	noch nicht ediert
et mane videbitis gloriam eius.	et mane videbitis gloriam Domini.	

Der Introitus steht wie die CO *Exsultavit ut gigas* im VI. Ton, bleibt in seinem Ambitus aber weit hinter den Möglichkeiten dieses Modus zurück[200]. Er bewegt sich hauptsächlich in der Quart unterhalb der Finalis *fa*. Ansonsten geht er nur bei *scietis* über den nächst höheren Ton *sol* hinaus. Seine wichtigste Rezitationsebene ist die Finalis. Die Schlußformeln bei *scietis, salvabit nos* und *gloriam eius* gleichen Mediatio und Finalis der anschließenden Psalmodie des VI. Tones.

Der melodische Verlauf ist ebenfalls sehr zurückhaltend; außer einer einzigen Quart vor *gloriam* gibt es nur Sekundschritte und kleine Terzen. Melodisch am auffälligsten sind die Tonrepetitionen der beiden Bivirgae auf *salvabit* und *gloriam* und der Tristropha zu Beginn auf *hodie*. Alle drei Wörter sind auch vom Inhalt des Textes her als zentral zu betrachten. Am bemerkenswertesten an dieser Antiphon bleibt jedoch ihre unauffällige Verhaltenheit, die sie so stark von den vorausgegangenen Gesängen des „hohen" Adventes unterscheidet[201]. Sie steht damit in enger Beziehung zu den Introitus- und Communioantiphonen der Weihnachtsnacht, die einen ganz ähnlichen Charakter aufweisen.

Die CO *Revelabitur*[202] hat einen Text, der in dieser Formulierung in keiner der heute noch erhaltenen lateinischen Bibelübersetzungen zu finden ist. Der erste Teil ist mit dem Vers Jesaja 40, 5 der Vulgata identisch, der zweite Teil aber ist so nur in den Fragmenten der Vetus Latina zu finden – eine „Centonisation" verschiedener Übersetzungen?

199 GT 38.

200 Vgl. z. B.: CO *Ecce Dominus veniet*, GT 26; CO *Exsultavit ut gigas*, GT 28; OF *Domine, ad adiuvandum*, GT 94; CO *Domine, quis habitabit*, GT 102.

201 Dies gilt besonders für die CO *Exsultavit ut gigas*, siehe 5.2.4.3. *Das Proprium Veni et ostende*.

202 GT 40.

[GT]	[Vg] Is 40, 5	[VL] Is 40, 5
Revelabitur gloria Domini: et videbit omnis caro salutare Dei nostri.	Et revelabitur gloria Dei, et videbit omnis caro pariter quod os Domini locutum est.	Videbitur/apparebit claritas/maiestas Domini: et videbit omnis caro salutare dei (nostri).

Der Gesang läßt sich in zwei Teile gliedern: Die Zäsur liegt bei *Domini* durch die augmentierte Schlußsilbe mit Finalis. Beide Teile weisen jeweils nochmals eine Zäsur auf bei *revelabitur* (ebenfalls mit starker Endbetonung) und bei *caro*.

Die Communio steht im I. Ton, dessen Ambitus ebenfalls keineswegs ausgeschöpft wird. Außer bei *salutare Dei* geht der Melodieverlauf nicht über die Quinte *re-la* (Finalis-Tenor) hinaus. Bei *salutare* wird das obere *do* erreicht, bei *Dei* das untere; und es sind auch genau diese beiden Worte, die durch auffallend lange Neumen eine besondere Akzentuierung erfahren.

Die eigentliche Besonderheit dieser Communioantiphon liegt jedoch in der Tatsache, daß ihr letzter Teil, *salutare Dei nostri*, nicht nur textlich, sondern auch in seiner musikalischen Gestalt in einer anderen Communio im gleichen Ton – *Viderunt omnes* – wiederholt wird. Ein ganz deutlicher Zusammenhang, der nicht mehr als zufällig interpretiert werden kann. Text und Vertonung der Worte *salutare Dei nostri* sind (fast) identisch. Dabei sind die Gesänge aber so verschieden, daß sie nicht als einfache Wiederholung oder gar Doppelung betrachtet werden können. Das Mittel der leicht erkennbaren musikalischen Ähnlichkeit – melodische Identität eines Teils, gleicher Modus des Ganzen – scheint dabei sehr bewußt angewandt worden zu sein, um den Zusammenhang dieser Stücke, von denen das eine zur ersten, das andere zur letzten Messe von Weihnachten gehört, auch klanglich bewußt zu machen und zu bestärken.

5.2.5.2. *Missa in nocte*

Der Introitus der Weihnachtsnacht *Dominus dixit*[203] bietet die Möglichkeit, die Beziehung von Musik und Sprache auf ganz verschiedenen Ebenen in großer Klarheit aufzuzeigen. Der Text aus Psalm 2 ist als zusammenhängender Vers (7) in dieser Formulierung sowohl im Psalterium Romanum als auch im Psalterium der Vulgata zu finden: *Dominus dixit ad me: Filius meus es tu, ego hodie genui te.*

Die Form des Introitus ist deutlich dreiteilig, wobei sich der erste und dritte Teil ihrer musikalischen Gestalt nach sehr ähneln. Dies steht in einer reizvollen Spannung zum Text, dessen zweite und dritte Zeile als *Parallelismus membrorum* zusammengehören.

Der Melodieverlauf mit ungewöhnlich vielen Tonrepetitionen – eine Bivirga, zwei Bistropha (in E), drei Tristropha – zeigt mit großer Wahrscheinlichkeit den Grund für diesen Aufbau an. Das jeweils erste Wort des ersten und dritten Teils ist musikalisch identisch gestaltet und bezeichnet auch inhaltlich ganz konkret eine Identität: *Dominus dixit – ego.* Der Akzent liegt hier, so könnte man deuten, auf *Dominus*, der handelnden Person, – eine Interpretation, die auch durch die deutliche

203 GT 41.

Augmentation des Wortes *meus* durch die Neumen im Vergleich zu den Worten *Filius* und *es tu* bestätigt wird. *Meus* ist das einzige Wort mit augmentierten Neumen, ansonsten wird nur noch *hodie* in L mit einem *t* versehen. Die Bivirga auf *genui* kann als ein gelegentlich verwendetes Element der Schlußbildung[204] im II. Ton gelten.

Wie der IN *Hodie scietis* wirkt auch dieser Introitus durch seinen geringen Ambitus und die kleinen Intervalle eher verhalten: Nur bei *genui* gibt es einen Quartsprung, sonst höchstens eine Terz. Diese Verhaltenheit prägt zusammen mit den Elementen der Wiederholung und der Tonrepetition diesen Gesang. Kann darin im Sinne der *effectus* Inhaltlich-Atmosphärisches zum Ausdruck kommen[205]? Dies käme – könnte es nachgewiesen werden – dann noch zu den in diesem Stück bereits vorhandenen Elementen der Beziehung von Musik und Sprache hinzu: Einheit von Syntax und Form, korrekte Wortakzente, inhaltliche Akzentuierung durch (rhythmische) Hervorhebung wichtiger Worte, Zusammenhang durch melodische Wiederholung bzw. Ähnlichkeit und die sich so ergebende Möglichkeit einer theologischen Interpretation, von der im Zusammenhang mit dem Wort *hodie* als nächstes die Rede sein soll.

Eine deutliche Melodieverwandtschaft zeigt sich in den verschiedenen Gesängen bei dem Wort *hodie*. Für die Introitusantiphon *Hodie scietis* wurde bereits festgestellt, daß das Wort *hodie* in der biblischen Vorlage nicht erscheint, weder in der Vulgata noch in der Vetus Latina. Hier wurde das Wort *vespere* gegen *hodie* ersetzt; im noch zu besprechenden IN *Lux fulgebit* ist die Zeitangabe *hodie* gänzlich hinzugefügt[206]. Genauso verhält es sich beim AL *Dies sanctificatus* aus der *Missa in die*, auch hier kommt im biblischen Text keine Zeitangabe vor. Das bedeutet, daß von insgesamt sechs Malen, die das Wort in den vier Weihnachtsmessen erscheint[207], nur die beiden Male in der Weihnachtsnacht ursprünglich biblischer Text sind. Die Ergänzung des Wortes *hodie* in den biblischen Texten unterstreicht seine große Bedeutung für den liturgischen Kontext, die sich auch in der zeitgenössischen Theologie zeigt:

204 Vgl. z. B.: IN *Narrabo*, GT 281: *Altissime*; IN *Dominus illuminatio*, GT 288: *timebo*; IN *Dominus fortitudo plebis suae*, GT 294.

205 Dieser Introitus scheint zu solch einer Deutung zu reizen. Sein liturgischer Ort in der Weihnachtsnacht dürfte nicht unwesentlich dazu beitragen, denn die Tonrepetition an sich ist nicht so ungewöhnlich; siehe Anmerkung 210. So schreibt z. B. Johannes Berchmans Göschl, *Der gegenwärtige Stand der Semiologischen Forschung*, in: BzG 1 (1985), 101: „Im Kontext des Festgeheimnisses von Weihnachten ist jedes einzelne der Worte dieses Introitus von einem Tiefgang und einer Bedeutungsdichte, die jede menschliche Vorstellung übersteigt. Um dieses Unvorstellbare, jeder irdischen Schwerkraft Entrückte in der Musik anzudeuten, konnte kein ausdrucksvolleres graphisches Mittel gefunden werden als die Strophengruppen, aus denen sich dieser Introitus zum großen Teil zusammensetzt."

206 Die Zeitangabe *hodie* steht in der *Missa in vigilia* in einem reizvollen Gegensatz zum *mane* im selben Stück bzw. zum – allerdings nur in der Texthandschrift S vorhandenen und in L und E fehlenden – AL: *Crastina die*, GT 39.

207 *In vigilia:* IN und GR *Hodie scietis*; *in nocte:* IN und AL *Dominus dixit*; *in aurora*: IN *Lux fulgebit*; *in die:* AL *Dies sanctificatus*.

Hrabanus Maurus: „«Hodie genui te,» ait Pater ad Filium: [...] quod *hodie* praesentiam significat, et in aeternitate non praeteritum est [...]; nec futurum est, [...]; sed praesens tantum, quod quidquid est semper aeternum divinitus.“[208] – „«Heute habe ich dich gezeugt», sagt der Vater zum Sohn: [...] weil *heute* die Gegenwart bezeichnet und es in der Ewigkeit keine Vergangenheit gibt [...]; und auch keine Zukunft, [...], sondern nur Gegenwart, weil (alles), was immer ist, auf göttliche Weise ewig ist.“

Haymo: „« ... ego hodie,» id est aeternaliter, «genui te,». Ideo per hodie aeternitatem intelligi voluit, quia nullam vocem convenientem habuit, per quam praesentiam designaret, quae nunquam ab aeternitate discedit.“[209] – „« ... ich habe heute», das heißt von Ewigkeit, «dich gezeugt». Deshalb wollte er, daß unter heute die Ewigkeit verstanden wird, weil er kein passendes Wort hatte, durch das er eine Gegenwart bezeichnen könnte, die sich niemals von der Ewigkeit entfernt.“

Vergleicht man nun die Melodieverläufe der jeweiligen Vertonung des Wortes *hodie,* so fällt auf, daß sie sich in den drei Introitusantiphonen verblüffend ähnlich sind; die melodische Gestalt des Wortes in den drei anderen Gesängen wird dagegen durch vorgegebene melodische Formeln bestimmt.

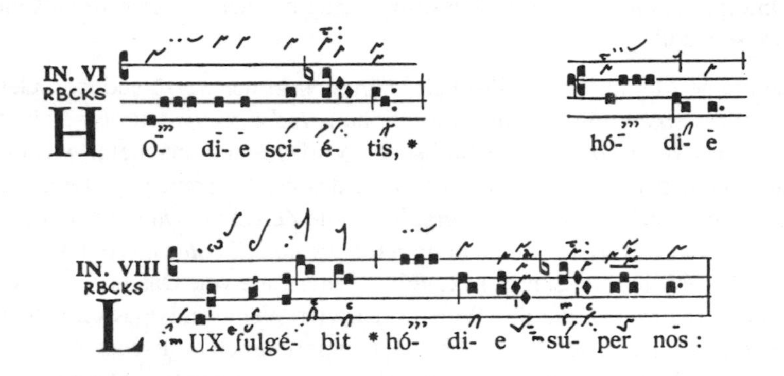

In den Introitusantiphonen ist das Wort *hodie* jedesmal mit einer Tristropha versehen, der meist eine kleine Terz nach unten vorausgeht bzw. nachfolgt. Ist diese Ähnlichkeit nun ein Zufall oder ein Beispiel für eine Klangassoziation, bei der die textliche Wiederholung durch die melodische Verwandtschaft verstärkt wird? Dazu sei bemerkt, daß dieser melodische Verlauf an sich nichts besonderes darstellt. Die Tristropha – das gleiche gilt auch für noch längere Tonrepetitionen – erscheint fast nur auf den Stufen *do* und *fa*, was aufgrund des Halbtons *si-do* bzw. *mi-fa* automatisch bewirkt, daß die Terz nach unten eine kleine Terz sein muß. Aufwärtsbewegungen über einen Ton hinaus unmittelbar vor oder nach der Tristropha kommen praktisch nicht vor, meist folgt ihr eine Abwärtsbewegung, oft als Clivis.

Auffällig ist im Kontext der vier Weihnachtsmessen also weniger diese melodische Gestalt an sich, als vielmehr die Regelmäßigkeit, mit der sie auf dem Wort *hodie* erscheint, wie auch überhaupt die Häufigkeit[210], mit der die Tristropha in diesen Messen verwendet wird.

208 PL 112, Sp. 964.
209 PL 116, Sp. 202.
210 Im Advent: – *IN: Ad te levavi: non, neque; OF: Ad te levavi: animam meam, neque irrideant;* –

Die CO *In splendoribus*[211] der Weihnachtsnacht ist Psalm 109 (Vers 3) entnommen und ebenfalls sowohl im Psalterium Romanum als auch in der Vulgata zu finden: *In splendoribus sanctorum, ex utero ante luciferum genui te.*

Der erste Abschnitt des Gesangs endet mit einer häufig verwendeten Schlußformel des VI. Tones auf der Finalis. Die beiden folgenden kleinen Zäsuren nach *utero* und *luciferum* haben den gleichen Melodieverlauf, letztere auch die gleichen Neumen, wie in den beiden Gesängen im I. Ton *Revelabitur* (auf *Domini*) und *Rorate* (auf *terra* und *germinet*).

Wichtigste Rezitationsebene ist die Finalis *fa* des VI. Tones, zu der als weitere Strukturstufe bei *luciferum* der Tenor *la* kommt, der auch bei *utero* und *genui* erreicht wird. Auch diese Communio bleibt in ihrem Ambitus zurückhaltend: Nur bei *luciferum* wird die Quinte *re-la* überschritten. Die Tatsache, daß der Ambitus gar nicht bis zum – für den VI. Ton typischen[212] – unteren *do* (Quarte unter der Finalis) herabreicht, sowie die beiden genannten Zäsuren auf *re* rücken die Communio modal in die Nähe des I. Tones.

Besonders interessant ist der Melodieverlauf dieser kurzen Communioantiphon. Der Anfang, kleine Terz und Tonrepetition (zwei Bivirgae), erinnert sowohl an den IN *Hodie scietis* als auch an den IN *Dominus dixit.* Der Melodieverlauf bei *luciferum* dagegen gleicht in großem Maße sowohl dem des Wortes *salutare* in den Communioantiphonen *Revelabitur* und *Viderunt omnes* als auch den Worten *lux fulgebit* zu Beginn der sogleich anschließenden Introitusantiphon. Bei *luciferum* wie auch bei *lux fulgebit* liegt es nahe, an eine das Aufgehen des Morgensterns oder der Sonne darstellende Tonhöhensymbolik zu denken, freilich ohne daß dies beweisbar wäre. Die Melodiebewegung selbst wird jedoch von einer Formel bestimmt, was sich allerdings nicht unbedingt widersprechen muß.

5.2.5.3. *Missa in aurora*

Der Text des IN *Lux fulgebit*[213] im VIII. Ton gibt ein weiteres Beispiel für das Verfahren der Textcentonisation. Der Wortlaut stammt wahrscheinlich nicht aus der Vulgata, sondern aus einer altlateinischen Textfassung:

OF: Deus tu convertens: convertens, vivificabis, misericordiam tuam, salutare tuum da nobis; – CO: Dicite: Pusillanimes: Confortamini; – GR: Prope est Dominus: in veritate, loquetur os meum; OF: Ave Maria: Dominus tecum (sol!). In den Weihnachtsmessen: *– IN: Hodie scietis: hodie; GR: Hodie scietis: videbitis, appare; AL: Crastina die* (ohne Neumen, Tristropha? auf sol!): *crastina, Salvator; OF: Tollite Portas: principes, elevamini; CO: Revelabitur: omnis; – IN: Dominus dixit: Dominus, ego, hodie; GR: Tecum principium: ex utero, inimicos tuos; AL: Dominus dixit: hodie – IN: Lux fulgebit: hodie, natus est, Admirabilis; OF: Deus enim firmavit: sedes, saeculo; – IN: Puer natus est nobis: natus est, humerum, vocabitur, nomen; GR: Viderunt omnes: omnes, iubilate; AL: Dies sanctificatus: venite; OF: Tui sunt caeli: orbem terrarum, plenitudo eius (in L) iudicium (in E).*

211 GT 44.

212 Vgl. z. B.: CO *Voce mea*, GT 71: *exaudivit me, populi*; CO *Domine, quis habitabit*, GT 102: *quis, operatur*; CO *Lutum fecit*, GT 111; IN *Quasi modo geniti*, GT 216: *infantes, concupiscite, alleluia.*

213 GT 44.

[GT] Lux fulgebit hodie super nos:	[VL] Is 9, 2: lux fulgebit super vos (nos)	[Vg] Is 9, 2: lux orta est eis
quia natus est nobis Dominus:	Is 9, 6: puer natus est nobis.	Is 9, 6: Parvulus enim natus est nobis
et vocabitur Admirabilis, Deus, Princeps pacis, Pater futuri saeculi:	Is 9, 6: et vocabitur ... admirabilis, ... deus..., princeps pacis, pater futuri saeculi	et vocabitur nomen eius, Admirabilis, consiliarius, Deus, fortis, Pater futuri saeculi, princeps pacis
cuius regni non erit finis.	Is 9, 7: et pacis (regni) eius non est finis (terminus)...	Is 9, 7: et pacis eius non erit finis.
	Lc 1, 33[214]: et regni eius non erit finis.	Lc 1, 33: et regni eius non erit finis.

Dieser Text steht schon seiner Herkunft nach in engster Verbindung mit dem IN *Puer natus est* der letzten Weihnachtsmesse, mag man ihn nun als Ankündigung, Vorausnahme oder gar Verdoppelung betrachten. Wie beim IN *Hodie scietis* ist auch hier das Wort *hodie* in den Text eingefügt, es kommt im biblischen Original der für diesen Introitus zusammengesetzten Verse nicht vor.

Die Struktur dieser Introitusantiphon erscheint recht komplex. Auffällig ist die große Verwandtschaft der ersten beiden Abschnitte, *Lux fulgebit hodie super nos* und *quia natus est nobis Dominus*, die beide mit derselben Schlußformel zur Finalis enden und auch im Verlauf, vom Initium abgesehen, sehr ähnlich sind. Beide Textabschnitte gehören inhaltlich als Wirkung und Ursache auf das Engste zusammen. Der Melodieverlauf bei *Lux fulgebit* könnte grundsätzlich als Tonhöhensymbolik interpretiert werden, allerdings macht die Wiederholung ähnlicher Melodieformeln an anderer Stelle in dieser Antiphon, *Admirabilis* und *non erit*, dies eher unwahrscheinlich.

Das an diese beiden Abschnitte anschließende *et vocabitur* wird von den darauffolgenden „Hoheitstiteln" durch eine ausgeprägte Schlußformel, die mit der Finalis endet, getrennt, wodurch eine Art musikalischer „Doppelpunkt" entsteht. Die einzelnen Glieder der anschließenden Aufzählung sind sehr verschieden gestaltet, so daß es nicht möglich ist, darin ein System zu entdecken. Die beiden ersten Titel, *Admirabilis – Deus,* sind melodisch noch einmal eine verkürzte Wiederholung von *Lux fulgebit hodie super nos*. Die beiden nächsten Bezeichnungen, *Princeps pacis* und *Pater futuri saeculi,* fallen durch ihren syllabischen Charakter auf, während der auf sie folgende Abschnitt *cuius regni non erit finis* am Ende schon fast als melismatisch zu bezeichnen ist.

Auch in diesem Introitus gibt es zahlreiche Tonrepetitionen: *hodie, natus, Admirabilis, regni, erit* – darunter erneut drei Tristrophae. Der Ambitus umfaßt diesmal zwar eine ganze Oktave *(re-re)*, das tiefe *re* wird aber nur zu Beginn einmal verwendet, so daß auch in diesem Introitus kaum mehr als eine Quinte als Ambitus wirklich gebraucht wird. Allerdings ist die melodische Bewegung wesentlich vielgestaltiger als bei den Introitusantiphonen *Hodie scietis* oder *Dominus dixit.*

214 *Itala: Das Neue Testament in altlateinischer Überlieferung*, hg. von Adolf Jülicher, Bd. 3: Das Lucas-Evangelium, Berlin/New York 21976, 7.

Der Text der zugehörigen CO *Exsulta filia Sion*[215] hat seinen Ursprung im Buch Sacharja. Der Wortlaut entspricht nicht dem der Vulgata, so daß hier vermutlich aus einer altlateinischen Bibelfassung zitiert wird[216].

[GT] Exsulta filia Sion, lauda filia Jerusalem: ecce Rex tuus venit sanctus, et Salvator mundi.	[Vg] Zach 9, 9: Exsulta satis filia Sion, jubila filia Jerusalem: ecce rex tuus veniet tibi justus, et salvator ipse pauper et ascendens super asinam, et super pullum filium asinae.

Die Communio gliedert sich in zwei annähernd gleich große Teile, die beide mit der charakteristischen Schlußformel des IV. Tones schließen[217]. Der erste Teil besteht nochmals aus zwei Abschnitten, von denen der erste *Exsulta filia Sion* – das erste Glied eines Parallelismus des Textes – ebenfalls mit der Finalis endet. Auch der zweite Teil hat eine Zäsur auf *sol* nach *venit*, die mit einer geläufigen Formel[218] gebildet wird. Diese Zäsur entspricht nicht der Interpunktion. Sie könnte als ein – im Text nicht vorhandener – Doppelpunkt verstanden werden.

Besonders auffällig sind bei diesem Stück in E die zahlreichen Zusatzzeichen: Bei *lauda* stehen alleine 6 von insgesamt 30, von denen jedoch nur 5 rhythmische Bedeutung haben, aber 17 die Tonhöhe betreffen. Nicht nur die Wortakzente werden sehr deutlich betont, sondern auch einzelne Wörter erfahren als Ganzes eine Dehnung. Die Augmentationen bei *Jerusalem*, *mundi* und wohl auch bei *venit* gehören zu den Schlußformeln. So bleiben nur *sanctus* (in beiden Handschriften) sowie *filia* und *Rex* (in E) als Wörter übrig, bei denen die Vermutung naheliegt, daß sie um ihrer Aussage willen augmentiert werden. Das *t* bei *Rex* ist ein geradezu unmißverständliches Beispiel dafür, wie mit Hilfe der Neumennotation angezeigt werden kann, daß ein Wort sinngemäß betont werden soll. Ohne dieses Zusatzzeichen bestünde die Gefahr, daß das inhaltlich wichtige Wort *Rex* in der Aufwärtsbewegung „untergeht". Zum Melodieverlauf[219] dieser Communio ist nur anzumerken, daß der Parallelismus membrorum *exsulta filia Sion – lauda filia Jerusalem* melodisch nicht als solcher kenntlich ist.

5.2.5.4. *Missa in die*

Der IN *Puer natus est nobis*[220] dürfte zu den bekanntesten Stücken des gregorianischen Repertoires gehören. Der dem IN *Lux fulgebit* sehr ähnliche Text ist in dieser

215 GT 47.

216 Das Buch Sacharja der Vetus Latina ist noch nicht ediert.

217 Diese Schlußformel ist in fast jedem Gesang im IV. Ton zu finden.

218 Auf dieser Tonstufe erscheint sie meist im VIII. Ton; vgl. z. B. IN *Lux fulgebit*, GT 44: *finis*; IN *Dum medium*, GT 53: *venit*; IN *Invocabit me*, GT 71: *eum, dierum, eum*; oder auf anderer Tonstufe im IV. Ton: CO *Vidimus stellam*, GT 59: *muneribus*; im VI. Ton: CO *Voce mea*, GT 71: *suo, circumdantis me*.

210 Für diesen Gesang werden in: *Vorschläge zur Restitution*, in: BzG 22 (1996), 19, besonders viele Korrekturen vorgeschlagen.

220 GT 47.

Formulierung in der Vulgata nur teilweise zu finden. Er stammt wahrscheinlich aus einer altlateinischen Bibelübersetzung:

[GT]	[VL]	[Vg]
[GT] Puer natus est nobis, et filius datus est nobis: cuius imperium super humerum eius: et vocabitur nomen eius, magni consilii Angelus.	[VL] Is 9, 6 puer natus est nobis, x[221] et datus est nobis cuius imperium factus est super humerum ipsius et vocabitur nomen eius angelus magni cogitatus	[Vg] Is 9, 6 Parvulus enim natus est nobis, et filius datus est nobis, et factus est principa- tus super humerum eius: et vocabitur nomen eius, Admirabilis, consiliarius Deus ...

Der Gesang wird durch eine Schlußformel mit Finalis nach dem zweiten *nobis* in zwei Teile getrennt, die beide wiederum eine klare Struktur aufweisen. Der erste Teil ist textlich wie musikalisch ein Parallelismus, der auf der musikalischen Ebene durch melodische Übereinstimmung nachgebildet wird. Sein erster Abschnitt endet auf dem Tenor. Der zweite Teil ab *cuius imperium* gliedert sich musikalisch in drei Abschnitte, die der Syntax des Textes entsprechen. Sie entstehen durch eine zweimalige fast identische Schlußformel auf *eius* und weisen auch in ihrem Melodieverlauf starke Ähnlichkeiten auf, abgesehen vom Initium bei *cuius Imperium* zu Beginn des ersten Abschnitts.

Der Introitus ist im VII. Modus verfaßt. Im ersten Teil spielt der Tenor *re* als Strukturstufe eine wichtige Rolle, während im zweiten Teil das im VII. Ton als Strukturstufe ebenfalls häufige *do*[222] dominiert. Der zweimalige Quintsprung[223] (*sol-re*) im ersten Teil auf *puer* und *filius* wirkt einerseits charakteristisch für den VII. Ton, andererseits herausragend als Intervall im Kontext der bisher besprochenen, melodisch eher verhaltenen Introitus- und Communioantiphonen der Weihnachtsmessen. Die Augmentationen bei den Worten *puer, datus, imperium* und *magni* gehen jeweils über das zur Betonung des Wortakzentes notwendige Maß hinaus. Da sie auch nicht mit einer melodischen Formel zu erklären sind, wird hier eine Deutung möglich, die darin ein Mittel der inhaltlichen Hervorhebung sieht.

Auch in diesem Introitus sind zahlreiche Tonrepetitionen zu finden. In L sind es fünf Tristrophae, in E vier Tri- und eine Bistropha mit auf demselben Ton anschließender Clivis; alle stehen auf nicht betonten Silben. Bei *vocabitur* und *nomen* folgt zweimal die Konstellation Tractulus-Tristropha hintereinander auf derselben Tonstufe. Könnte dies als ein Versuch verstanden werden, dem Inhalt des Textes ein besonderes Gewicht zu verleihen bzw. auf diese Weise gar das „Rufen des Namens" tonmalerisch darzustellen? Eine Frage, die kaum beweiskräftig zu beantworten ist.

Von der Communio der Messe des Weihnachtstages, *Viderunt omnes*[224], war bereits kurz die Rede. Ihr zweiter Teil ist mit der CO *Revelabitur* der Vigilmesse textlich wie musikalisch identisch. Dennoch läßt sich für dieses Stück eine eigene Text-

221 Das Wort fehlt in den Handschriften.

222 Tenor des VIII. Tones und Quarte über der Finalis.

223 In: *Vorschläge zur Restitution*, in: BzG 22 (1996), 20, wird bei *filius* ein Quartsprung vorgeschlagen.

224 GT 50.

grundlage ausmachen: Es handelt sich nicht um dieselbe Bibelstelle (Is 40, 5), sondern der Text stammt aus Psalm 97, 3. Er ist mit dem Text des Psalterium Romanum identisch.

[GT] Viderunt omnes	[PsR] Viderunt omnes	[Vg] Viderunt omnes
fines terrae	fines terrae	termini terrae
salutare Dei nostri.	salutare Dei nostri.	salutare Dei nostri.

Dieser sehr kurze Gesang ist im Grunde genommen einteilig, nur von einer kleineren Zäsur nach *terrae* gegliedert. Er ist so etwas wie ein Gegenstück zu dem zweiten Teil der Communio *Revelabitur*:

… et videbit	omnis caro	salutare Dei nostri.
Viderunt	omnes fines terrae	salutare Dei nostri.

Allerdings sind die ersten Worte *viderunt omnes fines terrae* erheblich stärker musikalisch gestaltet als im Parallelstück. Auf *fines terrae* findet sich eine Aufwärtsbewegung über eine Septim, die mit der auf *Lux fulgebit* im gleichnamigen Introitus nahezu identisch ist, obwohl es sich um einen anderen Modus handelt.

Anders als bci der CO *Revelabitur* ist das Wort *salutare* in *Viderunt omnes* durch ein zweimaliges *t* in der Handschrift von Laon bezeichnet, in E ist an dieser Stelle gleichzeitig das *c* weggelassen, desgleichen bei *Dei*. Ist das Zufall? Könnte hier ein anderer Schreiber am Werk gewesen sein – in beiden Handschriften zugleich? Oder geht die musikalische Umsetzung des Textes tatsächlich bis in solche Details? Der Unterschied in der Gestaltung des Wortes *salutare* lädt zur theologischen Interpretation ein: ein Unterschied zwischen erwartetem *(videbit)* und erfülltem *(viderunt)* Heil. Auf jeden Fall sind diese beiden sprachlich wie musikalisch unzweifelhaft aufeinander bezogenen Communioantiphonen eine ganz klare musikalische Spur eines übergeordneten liturgischen Zusammenhangs.

5.2.6. Die Weihnachtsoktav

Das nun folgende Kapitel zu den Introitus- und Communioantiphonen der Weihnachtsoktav verzichtet auf eine vollständige Analyse der Gesänge und beschränkt sich statt dessen darauf, besonders auffällige Aspekte der Beziehung von Musik und Sprache als *imitatio* in diesen Gesängen aufzuzeigen.

An der Textgrundlage zum Fest des Hl. Stephanus fällt auf, daß dabei im Grunde nur zwei verschiedene Texte für ein ganzes Proprium verwendet werden (IN und GR sowie AL, OF und CO). Dies wird dadurch etwas verschleiert, daß z. B. beim Graduale das erste Wort *etenim* des Introitus, dem eine komplexe Textcentonisation zugrunde liegt, weggelassen ist.

[GT] IN: Etenim sederunt principes,	[PsR] Ps 118, 23: Etenim sederunt principes,	[Vg] Ps 118, 23: Etenim sederunt principes,
et adversum me loquebantur:	et adversum me loquebantur: …	et adversum me loquebantur: …
	86: omnia mandata tua veritas	86: omnia mandata tua veritas
et iniqui persecuti sunt me:	et iniqui persecuti sunt me:	et inique persecuti sunt me:

adiuva me, Domine Deus meus,	adiuva me. (108, 26: Adiuva mc Domine Deus meus: ...)	adiuva me. (108, 26: Adiuva me Domine Deus meus: ...)
quia servus tuus exercebatur in tuis iustificationibus.	23: ... servus autem tuus exercebatur in tuis iustificationibus.	23: ... servus autem tuus exercebatur in tuis iustificationibus.

An der musikalischen Gestalt des IN *Etenim sederunt*[225] (I. Ton) fällt u. a. die fünfache Tonrepetition bei *loquebantur* auf, die im Graduale trotz des anderen Modus (V. Ton) ebenfalls zu finden ist, eine Verbindung von gleichem Text mit gleicher Melodie, die auch in der noch zu erwähnenden „Liste" Eugène Cardines zu finden ist[226]. Eine ähnliches Phänomen melodischer Übereinstimmung läßt sich bei den beiden im Introitus vorkommenden Worten *tuus – tuis* feststellen. Neben dem dreimaligen Porrectus – jeweils auf höherer Tonstufe – zu Beginn, der in keiner nachvollziehbaren Beziehung zum Text steht, zeigt die Antiphon noch eine weitere Besonderheit. Das insgesamt viermal erscheinende Wort *me* bzw. *meus* (*adversum me – persecuti sunt me – adiuva me – Deus meus*) wird in seinem jeweiligen Kontext jedes Mal in der Aufwärtsbewegung und relativ auffällig vertont[227]. Die so entstehende Akzentuierung der Textaussage rückt damit das Erleben des Stephanus, auf den dieser Psalmtext angewandt wird, in den Vordergrund. Diese Lesart des Textes hat ein eindrucksvolles Pendant in der CO *Erubescant* der Karwoche[228], die mit den Worten endet: *qui maligna loquuntur adversum me*. Das Wort *me* ist dabei mit einem ausgeprägten Melisma versehen, das mit einem Quartsprung nach unten schließt, was als höchst ungewöhnliche Schlußbildung zu gelten hat. Diese Tendenz setzt sich auch im Graduale fort, das trotz allem darin verwendeten formelhaften Material sehr außergewöhnlich ist[229], und erhält dort noch einmal einen eigenen Akzent. Der Melodieverlauf des Verses ab *Deus meus* kommt in dieser Weise nur noch im GR *Christus factus est*[230] vor und in dem ebenfalls christologisch zu deutenden GR *Suscepimus*[231] vom 2. Februar.

Die so implizierte *imitatio Christi* durch den Protomärtyrer Stephanus kommt auch in der Textgrundlage der CO *Video caeli apertos*[232] zum Ausdruck, deren letzter Teil, *quia nesciunt quid faciunt*, nicht aus der Apostelgeschichte stammt. Hier wird Stephanus ein Wort Jesu am Kreuz (Lc 23, 34) in den Mund gelegt. Die Melodiegestalt der Communio hat dann auch ihren – schon durch die hohe Rezitationsebene (*do-re*) herausragenden – Mittelpunkt beim Bekenntnis des Stephanus *et Jesum stantem a dextris virtutis Dei* und noch stärker beim Aufschrei *Domine Iesu*, der mit einem Quintsprung beginnt und einer – das Rufen wiedergebenden? – Bivirga auf der zweiten Silbe von *Iesu* endet.

225 GT 633.
226 Siehe 6.1.1. *Zum Begriff similitudo dissimilis.*
227 So steht hier zweimal vor einer Zäsur eine Virga: *persecuti sunt me* und *Deus meus*; bei *adiuva me* steht auf *me* ein Pes *fa-sol* nach der Tonfolge *re-re-fa-mi*.
228 GT 152.
229 Vgl. *adversum me* und *persecuti sunt me.*
230 GT 148.
231 GT 543.
232 GT 635.

Die anderen Teile der Antiphon umspielen die Finalis des VIII. Modus *sol* oder liegen noch darunter (bis zur Unterquarte *re*). Reizvoll erscheint der Beginn, die Melodiebewegung bei *apertos*, die an eine ähnliche beim Wort *surge* in der adventlichen Communio *Jerusalem surge* erinnert. Am Ende der Antiphon bei den Worten *ne statuas illis hoc peccatum, quia nesciunt quid faciunt* liegt eine etwas diffuse melodische Ähnlichkeit von *ne statuas – quia nesciunt* vor[233], die vom Text her durchaus sinnvoll ist. Bemerkenswert ist außerdem der Schluß, der die Worte *quid faciunt* keineswegs in einer gängigen Schlußformel untergehen läßt. Die verwendete Aufwärtsbewegung *re-sol* ist vielmehr eher das Kennzeichen eines Initiums im VIII. Ton[234]. Auch steht am Schluß kein Torculus, sondern die an solcher Stelle ungewöhnliche Kombination Pes – Pressus – Tractulus. Dieser Schluß ähnelt dem auf einer Virga endenden Schluß des Offertoriums, das sich textlich mit der Communio überschneidet und das, für den Weihnachtsfestkreis ungewöhnlich, mit einem „österlichen" *alleluia* endet.

Zur *prima missa* vom Fest des Apostels Johannes gehört der IN *Ego autem sicut oliva*[235], dessen Anfang sich melodisch von dem der beiden anderen Introitusantiphonen, die ebenfalls mit *ego autem* beginnen, unterscheidet. Der durch Centonisation entstandene Text enthält als eine – in keiner noch erhaltenen lateinischen Textvariante vorkommende – Besonderheit das Verb *fructificavi* statt des Adjektivs *oliva fructifera*.

[GT] IN: Ego autem sicut olivia fructificavi in domo Domini, speravi in misericordia Dei mei:	[PsR] Ps 51, 10+11: Ego autem, sicut olivia fructifera in domo Domini, speravi in misericordia Dei mei in aeternum et in saeculum saeculi. Confitebor tibi Domine in saeculum quem fecisti	[Vg] Ps 51, 10+11: Ego autem, sicut olivia fructifera in domo Domini, speravi in misericordia Dei mei in aeternum et in saeculum saeculi. Confitebor tibi Domine in saeculum quia fecisti
et exspectabo nomen tuum, quoniam bonum est ante conspectum sanctorum tuorum.	et exspectabo nomen tuum, quoniam bonum est ante conspectum sanctorum tuorum.	et exspectabo nomen tuum, quoniam bonum est in conspectu sanctorum tuorum.

Ohne dies überbewerten zu wollen, liegt darin doch eine interessante Akzentsetzung, die sich dem folgenden Verb *speravi* sprachlich anpaßt und auf diese Weise sowohl die Syntax verändert als auch einen Zusammenhang herstellt zwischen dem Anfang *ego autem* und dem Verb *fructificavi*. Dies gibt dem so besungenen Heiligen einen aktiveren Anteil an seinen „Früchten". Bei *fructificavi* findet sich dann auch eine ausgeprägte, retardierende Formel, obwohl an dieser Stelle keine Zäsur vorliegt. Wie auch in zahlreichen anderen Beispielen kann davon ausgegangen werden, daß dies bewußt geschieht, um dem Wort auch musikalisch einen Akzent zu

233 Der zweite Vers des Offertoriums enthält eine klare Übereinstimmung bei *ne statuas* und *quid faciunt*; vgl. OT 162.
234 Vgl. z. B. IN *Ne longe facias*, GT 132.
235 GT 424.

verleihen[236]. Auf *fructificavi* folgt dann sogleich eine weitere ausgedehnte Formel, die eigentliche Schlußformel dieses ersten Teils bei den Worten *in domo Domini*. Ganz ähnlich ist der letzte Teil der Antiphon strukturiert, der auf den Worten *ante conspectum* nochmals dieselbe Formel wie bei *fructificavi* zeigt, ebenfalls ohne eine von der Syntax her geforderte Zäsur. Wieder schließt sich nach dem von der Neumennotation her ganz leicht gestalteten *sanctorum* die endgültige Schlußformel (auf *tuorum*) an.

Ein drittes Mal erscheint eine ganz ähnliche Formel wie bei *fructificavi* und *conspectum* bei den Worten *nomen tuum*. Diesmal jedoch auf melodisch höherer Stufe und bei einer durch die Syntax notwendigen Zäsur. Dennoch kann – vergleicht man den Melodieverlauf von *tuum* mit dem des vorausgehenden *nomen* – davon ausgegangen werden, daß, ob bewußt oder unbewußt, der inhaltliche Schwerpunkt an dieser Stelle auf dem Wort *tuum* liegt, was ja auch eine inhaltlich sinnvolle Akzentuierung des Textes ergibt. Außerdem gleicht dieser Teil der Antiphon in auffälliger Weise dem Beginn des Gesangs, so daß sich folgende melodische Verwandtschaft ergibt: *ego* (Initium) *autem sicut oliva fructificavi – et exspectabo nomen tuum*, eine auch vom Inhalt des Textes her einleuchtende Verknüpfung.

Besonders interessant erscheint auch der noch nicht besprochene Teil des Introitus: *speravi in misericordia Dei mei*. Im IN *Ecce oculi Domini*[237] findet sich fast dieselbe Melodieführung bei ebenfalls fast denselben Worten: *sperantes in misericordia eius, alleluia*. Beide Antiphonen sind ansonsten sehr verschieden – abgesehen vom Anfang des Initiums und den jeweils an die beiden identischen Stellen anschließenden begründenden Teil: *quoniam bonum* est bzw. *quoniam adiutor et protector noster est* –, so daß hier kaum eine bloß zufällige Übereinstimmung vermutet werden kann.

Die Communioantiphon desselben Propriums *Magna est*[238] zeigt deutlich weniger Elemente der Beziehung von Musik und Sprache. Neben einer sehr auffälligen Zäsurformel bei *tuo*, die aber nicht zwingend auf den Inhalt zu beziehen ist, erscheint das Wort *gloria* offensichtlich als der im ersten Abschnitt melodisch herausragend gestaltete Teil. Auch das Wort *gloriam* zu Beginn des zweiten Teils erhält durch seine Melodiegestalt sichtlich stärkeres Gewicht als die folgenden Worte, *et magnum*, bleibt aber hinter dem daran anschließenden *decorem* zurück, dessen retardierende Neumen ein Innehalten bewirken. Am Schluß der Communio sind vor allem die beiden Worte *super eum* – auch inhaltlich „Zielpunkt" der Antiphon – auffallend gestaltet, letzteres – was sehr ungewöhnlich ist – durch eine fünftönige Aufwärtsbewegung mit Quilisma-Scandicus und daraufgesetztem Pes quassus auf der Schlußsilbe, an die sich nur noch das Wort *Domine* mit der gängigsten Schlußformel des IV. Tones anschließt.

Der IN *In medio Ecclesiae*[239] steht am Anfang des Propriums der *Missa in die* des hl. Johannes. Der erste Teil dieses Gesangs (bis *os eius*) stellt kaum mehr dar als

236 Vgl. z. B. IN *Prope es tu*, GT 24: *Domine*; IN *Salus populi ego sum*, GT 339; CO *Memento*, GT 346: *consolata est*.

237 GT 439.

238 GT 437.

239 GT 493.

eine Umspielung der Finalis *fa* des VI. Modus, dies aber durchaus differenziert. Das Wort *os* bekommt durch eine nicht kurrente Clivis mit Zusatzzeichen *t* einen Akzent. Die vorausgehenden Worte *medio Ecclesiae aperuit* sind jeweils mit einer Tristropha ausgestattet. Kaum anders als mit dem Anfang verhält es sich mit dem Schluß *induit eum.* Das Verb *induit* ist mit zwei Bivirgae, die erste mit Episemen und *t,* versehen. Beide Teile enden mit derselben ganz schlichten und im VI. Ton häufigen Schlußformel.

Der dazwischen liegende Teil des Gesangs wird dagegen melodisch stärker ausgestaltet, aber auch dies weithin auf der Basis von geläufigen Formeln, die teilweise auch in anderen Modi zu finden sind[240]. Die einzelnen Worte sind auch hier differenziert und in der Regel mit Betonung der Akzentsilbe gestaltet, ohne daß einzelne Aussagen besonders herausgehoben erscheinen. Bei den Worten *sapientiae et intellectus* ist ansatzweise eine melodische Verwandtschaft festzustellen.

Bei der Communio desselben Propriums *Exiit sermo*[241] fällt eine melodische Übereinstimmung des zweimal im Text vorkommenden *non moritur* auf, die kaum als zufällig bewertet werden kann. Weitere Melodieverwandtschaften, wenn auch mit deutlich verschiedenen Neumen, sind zwischen *et non dixit Iesus* und *sed: Sic eum volo manere*[242] und – noch weit weniger sicher – zwischen *ille* und *Iesus* auszumachen. Die Worte *et non* (zweimal nicht kurrenter Pes), *Iesus* (mit seiner auffällig gestalteten Schlußsilbe), *manere* (mit einer längeren, retardierenden Formel versehen) und *donec veniam* (zweifacher Porrectus, dann Schlußformel) wirken in ihrem Kontext als relativ bedeutsam, weil durch die musikalische Gestalt hervorgehoben, was sich auch jeweils mit der Textaussage deckt oder zumindest eine sinnvolle Lesart ergibt.

Beim IN *Ex ore infantium*[243] zum Fest der Unschuldigen Kinder kann nach einem durchweg kurrenten Beginn (wie das Quilisma bei *ex* rhythmisch zu bewerten ist, muß offen bleiben) das Wort *Deus* mit seiner nicht kurrenten Clivis – wenn auch nur mit *tm* bezeichnet – als melodischer wie auch textlich sinnvoller Zielpunkt betrachtet werden. Was danach folgt, ist jedoch melodisch wie rhythmisch deutlich intensiver ausgestaltet. Dies beginnt bereits beim Abschnitt *et lactentium*, der vom Text her einen Parallelismus zu den Worten *ex ore infantium* darstellt, musikalisch aber nicht ähnlich gestaltet ist, und setzt sich bei den Worten *perfecisti laudem* fort. Besonders herausragend sind jedoch die letzten Worte *propter inimicos tuos* vertont, die so als wichtigste Aussage des Textes verstanden werden können. Die aufwendige Schlußbildung bei *tuos* kann dabei als für den II. Ton sehr ungewöhnlich gelten. Zu diesem Psalmvers folgt ein Beispiel mittelalterlicher Exegese, das zeigt, daß der Text durchaus in dieser Weise interpretiert wurde:

240 Zu *et implevit eum Dominus* vgl. z. B. CO *Ecce Dominus veniet: et erit in die illa*, VI, GT 26; CO *Amen dico vobis: quod uni ex minimis*, IV, GT 79; IN *Da pacem: fideles inveniantur*, I, GT 336.

241 GT 637.

242 Diese könnte jedoch auch das Ergebnis einer zugrundeliegenden gängigen Melodiebewegung sein, denn auch das vorausgehende *quod discipulus ille* ist ähnlich gestaltet.

243 GT 638.

„Perfecisti dico «propter inimicos tuos,» scilicet pharisaeos. Haec prophetia in Evangelio ore Domini docetur exposita, cum a Judaeis prohiberentur infantes, ne laudem Domini resonarent, respondit: «Nonne legistis, quia ex ore infantium et lactentium perfecisti laudem?»“[244]

„Du hast dir (Lob) verschafft, sage ich «wegen deiner Feinde», nämlich der Pharisäer. Diese Prophetie wird im Evangelium durch den Mund des Herrn als erfüllt [*exposita*] gelehrt. Er antwortete, als den Kinder von den Juden verboten wurde, das Lob des Herrn ertönen zu lassen: «Habt ihr nicht gelesen: Durch den Mund der Kinder und Säuglinge hast du dir Lob verschafft?».“

In der CO *Vox in Rama*[245] desselben Tages liegt ein recht außergewöhnlicher Gesang im VII. Ton vor, der in einem modernen Sinn als höchst expressiv bezeichnet werden könnte. Im ersten Abschnitt sind es der Beginn auf dem Tenor – kein Quintsprung wie beim *Puer natus*[246] oder bei der CO *Factus est repente*[247] – sowie die darauffolgende, ausschließlich schrittweise Melodiebewegung, die als bemerkenswert zu gelten haben. Letztere erreicht ihre expressivste Stelle beim Wort *ululatus* – „heulend“, dessen viermaliger Halbtonschritt in späterer Zeit sofort als Ausdruck von Klage und Schmerz verstanden würde, ein musikalisches Ausdrucksmittel, das für den gregorianischen Gesang überraschend sein mag, jedoch der Forderung nach einer affektbewegenden *imitatio* mit seltener Klarheit entspricht.

Im darauffolgenden Abschnitt der Antiphon erscheinen die Worte *Rachel plorans* und *noluit consolari* von ihrer musikalischen Gestalt her deutlich stärker gewichtet als die dazwischen liegenden Worte *filios suos*. Auch darin kann eine Akzentsetzung gesehen werden, die in diesem Gesang die Klage in den Mittelpunkt stellt. Bemerkenswert wirkt außerdem die bei *noluit consolari* verwendete melodische Formel. Sie läßt sich sonst nur noch in vier weiteren Communioantiphonen des gregorianischen Repertoires in verschiedenen Modi finden: CO *Ego sum pastor bonus*, II, GT 224 – CO *Ego sum vitis vera*, VIII, GT 228 – CO Dum venerit: *spiritus veritatis*, VIII, GT 233 – CO *Domine, quinque talenta*, VII, GT 515.

Nicht weniger eindrucksvoll als das bisher Besprochene wirken die letzten drei Worte der Communio: *quia non sunt*. *Quia* ist mit dem längsten Melisma der gesamten Antiphon ausgestattet, ohne daß dazu eine der gängigen Schlußformeln gebraucht wird. Als höchst interessant kann aber auch die eigentliche Schlußbildung betrachtet werden, mit ihrem nicht kurrenten Pes[248] auf *non* und dem anschließenden *sunt*, das mit dem Zusatzzeichen *parvum* versehen ist. So erhält das vorletzte Wort *non* ebenfalls einen besonderen Akzent und der Schluß der Antiphonen bleibt bis zuletzt expressiv und beinahe offen.

Zum Gedenktag des Papstes Silvester ist der IN *Sacerdotes tui*[249] vorgesehen. Neben einer häufigen Verwendung des Quilisma-Scandicus jeweils auf der ersten Silbe inhaltlich durchaus bedeutsamer Worte wie *induant – sancti – exsultent – non avertas – Christi* fallen bei dieser Antiphon zwei längere, einander ähnliche Formeln bei *tuum* und *faciem* auf. Bei der ersten handelt es sich tatsächlich um eine

244 Haymo, *Explanatio in Psalmos*, PL 116, Sp. 220.
245 GT 638.
246 GT 47.
247 GT 256.
248 Meist handelt es sich bei Schlußbildungen dieser Art um einen nicht kurrenten Torculus.
249 GT 485.

Zäsurformel am Ende des Abschnitts *propter David servum tuum*, dessen hohe Tonlage dem Textinhalt gemäß als Hervorhebung gedeutet werden könnte. Zugleich sorgt die ausgeprägte Formel für eine vom Text her überzeugende Betonung des Wortes *tuum*. Die zweite Formel vor dem Wort *Christi* kann keine syntaktisch notwendige Zäsur bewirken. Aber ihr Sinn könnte ein zweifacher sein: Zum einen – wie schon an verschiedenen anderen Beispielen erläutert – ist es so möglich, das Wort *faciem* selbst abzurunden und ausklingen zu lassen und ihm so ein besonderes Gewicht zu geben. Zum anderen hat dies den gleichen Effekt für das nachfolgende Wort *Christi*. Es handelt sich hier um eine der wenigen Stellen im gregorianischen Repertoire, wo Christus *expressis verbis* genannt wird. Im IN *Dominus fortitudo*[250], wo der Name ebenfalls erscheint, wird ganz ähnlich damit verfahren: Auch dort steht vor *Christi sui* eine Formel der Zäsurbildung beim Wort *salutarium*, obwohl dies der Syntax entgegensteht.

Die CO *Beatus servus*[251] steht wie der Introitus im III. Ton, ist aber erheblich stärker syllabisch. Die zweifellos vom Text her ganz zentrale Aussage *super omnia bona sua (constituet eum)* besteht fast nur aus einer syllabischen Melodiebewegung. Dieses Phänomen, daß vom Inhalt her bedeutsame Passagen auffällig syllabisch sind und somit in einem ganz anderen „Duktus“ als ihr Kontext erscheinen, läßt sich auch bei einer ganzen Reihe anderer Gesänge des gregorianischen Repertoires beobachten[252]. Darin darf also möglicherweise ein weiteres Mittel der musikalischen Akzentuierung gesehen werden.

Die transponierte Communio beginnt mit einem nicht ungewöhnlichen Initium des III. Modus. Ein von der Textgrundlage als Besonderheit zu betrachtendes Wort ist *vigilantem*, das, obwohl einen zentralen Inhalt des Textes bezeichnend, in keiner der erhaltenen lateinischen Textvorlagen bei Matthäus zu finden ist. Musikalisch wird es in dieser Antiphon aber nicht herausragend gestaltet, ebensowenig die Worte *venerit – invenerit*, die zu einer melodischen Übereinstimmung hätten einladen können. Außer dem Initium *Beatus servus* und dem möglicherweise durch die Schlußbildung etwas stärker melismatischen *constituet eum* sowie der genannten rein syllabischen Passage sind alle anderen Worte des Textes in etwa gleichgewichtig musikalisch umgesetzt und in der Regel deutlich auf ihren Akzentsilben betont.

Für das Marienfest des 1. Januar gibt das AMS den IN *Vultum tuum*[253] (nur in M, B und C) an, dessen Text von der Syntax her ein Problem enthält. In der Variante der Vulgata erfolgt eine Zäsur nach *post eam*, was aber einen ganz anderen Sinn ergibt als das – hier wohl originale – *postea* des Psalterium Romanum, vor dem eigentlich – wie auch die Zäsurformel auf *virgines* bestätigt – eine Zäsur sein sollte. Es müßte also gelesen werden: *adducentur virgines, postea proximae eius* und nicht *adducentur virgines post eam, proximae eius*[254].

250 GT 294.

251 GT 491; zu den Problemen, die dieser Gesang den mittelalterlichen Musiktheoretikern bereitet hat, weil er sich nicht einem Modus zuordnen läßt, vgl. Atkinson, *Tonsystem*, 132f.

252 Vgl. z. B. CO *Domine, quis habitabit: Qui ingreditur sine macula*, VI, GT 102; IN *In nomine Domini: quia Dominus factus obediens*, III, GT 153; CO *Simile est: dedit omnia sua*, GT 519.

253 GT 404.

254 Vgl. die Neumennotation im GT.

Diese Introitusantiphon im II. Ton ähnelt in ihren melodischen Grundelementen zahlreichen anderen Antiphonen in diesem Modus[255]: mehrere Bivirgae und Tristrophae, charakteristische Schlußformeln (*plebis, eius, exsultaione* bzw. *virgines*). Auch die Formel bei *vultum* erscheint in vielen anderen Antiphonen im II. Ton, dort in der Regel aber vor einer Zäsur[256]. Zu Anfang eines Gesangs ist sie dagegen sehr ungewöhnlich[257] und kann möglicherweise als Mittel der Betonung dieses inhaltlich wichtigen Wortes aufgefaßt werden. Ebenfalls eine aus ihrem Kontext sich abhebende Gestalt haben die Worte *regi*[258] und *laetitia*[259]. Beide sind für die Aussage des Textes von zentraler Bedeutung. Die melodische Übereinstimmung der beiden Varianten des Wortes *adducentur* könnte angesichts der in diesem Introitus so häufig zu findenden Bivirga jedoch auch auf Zufall beruhen.

Die Communioantiphon *Simile est regnum*[260] enthält eine augenfällige melodische Übereinstimmung bei dem zweimal vorkommenden zentralen Wort *bonas margaritas* bzw. *pretiosa margarita*. Außerdem zeigt dieser Gesang ein weiteres Beispiel dafür, daß eine Textpassage mit einer wesentlichen Aussage, *dedit omnia sua*, fast rein syllabisch vertont wird[261]. Die vorausgehenden Worte *una pretiosa margarita* und die gleich anschließenden, ebenso bedeutsamen Worte *et comparavit eum* unterscheiden sich davon deutlich in Melodiebewegung[262] und Tonhöhe.

Für den ersten Sonntag nach Weihnachten ist im AMS der IN *Dum medium*[263] vorgesehen. Dieser Gesang zeigt trotz seines theologisch bedeutsamen Textes nur wenig Greifbares für eine Aussage über die Beziehung von Musik und Sprache. Bei *silentium* und *Domine* liegen zwei ähnliche Formeln vor. Sieht man von den ersten Tönen des Initiums ab, so läßt sich von daher eine melodische Beziehung zwischen *dum medium silentium* und *omnipotens sermo tuus, Domine* feststellen. Diese ist jedoch nicht klar genug, um daraus schließen zu können, daß hier durch die musikalische Gestalt eine bewußte Verbindung zwischen diesen beiden Teilen gestiftet werden soll.

Das Wort *iter* wird durch Augmentation betont und ist dem vorausgehenden, inhaltlich damit verbundenen Wort *cursu* melodisch verwandt. Die abschließenden Worte *a regalibus sedibus venit* sind zwar recht aufwendig, aber keinesfalls eindeutig herausragend vertont, zumal es sich beim Melisma auf der Endsilbe von *sedibus* bereits um einen Teil der Schlußformel[264] handelt.

255 Vgl. z. B. IN *Veni et ostende*, GT 27; IN *Ecce advenit*, GT 56; IN *Dominus illuminatio*, GT 288; IN *Dominus fortitudo*, GT 294.

256 Vgl. z. B. IN *Dominus illuminatio: vitae meae*, GT 288; IN *Dominus fortitudo: Christi sui est*, GT 294.

257 Das gängige Initium des II. Tones, das bei allen oben zum Vergleich genannten Introitusantiphonen Verwendung findet, besteht in einer Aufwärtsbewegung und lautet: *la-do-re-(mi)*.

258 Nicht kurrente Neumen und das Zusatzzeichen *x* = *exspectare*.

259 Ein längeres Endmelisma und der Tonhöhe nach höchste Stelle der Antiphon.

260 GT 519.

261 Vgl. Anmerkung zur CO *Beatus servus*.

262 Anders als die Quadratnotation sehen die Neumen für die Akzentsilbe des Wortes *comparavit* u. a. ein Quilisma vor.

263 GT 53.

264 Vgl. z. B. IN *Lux fulgebit*, VIII, GT 44.

Die CO *Tolle puerum*[265] ist der letzte für die Weihnachtsoktav angegebene Gesang und zugleich der letzte in diesem Teil der Analyse. Diese relativ kurze Antiphon gliedert sich ganz deutlich in zwei etwa gleich lange Teile, die beide mit derselben Schlußformel enden. Sie enthalten inhaltlich eine Aufforderung und die zugehörige Begründung. Im zweiten Teil ist dann auch das Wort *enim* im Vergleich mit den vorausgehenden Worten *defuncti sunt* musikalisch erheblich intensiver umgesetzt. Bei allen anderen Worten der Communio will es nicht recht gelingen, Unterscheidungen zu treffen. Fast jedes ist mit verblüffend wenig formelhaften Material gestaltet, z. B. *puerum* oder *matrem,* und oft mit nicht kurrenten Neumen versehen. Es sind keine melodischen Verwandtschaften oder sonstigen greifbaren Auffälligkeiten zu bemerken, so daß sich die Antiphon insgesamt für den inhaltlichen Aspekt der Frage nach Musik und Sprache als wenig ergiebig erweist.

5.3. RESÜMEE

Am Ende der Analyse der Introitus- und Communioantiphonen der Advents- und Weihnachtszeit unter dem Leitwort *imitatio* stehen zahlreiche, sehr verschiedenartige Beobachtungen hinsichtlich der Beziehung von Musik und Sprache im gregorianischen Gesang. Bei all diesen Unterschieden zwischen den Ausprägungen des Wort-Ton-Verhältnisses in den einzelnen Gesängen darf jedoch behauptet werden, daß ein vielschichtiges Zusammenspiel der zugrundeliegenden Texte und ihrer jeweiligen musikalischen Gestalt nicht zu bestreiten ist.

Die Fülle der in diesem zweiten analytischen Teil dargestellten Einzelbeobachtungen soll nun zu Ergebnissen zusammengefaßt werden, die sich anhand des untersuchten Ausschnitts aus dem Repertoire mit ausreichender Sicherheit belegen lassen, die aber keineswegs alle für jeden Gesang zutreffen. So können zu den am Beginn dieses Kapitels 5 entwickelten Zugängen für eine Analyse die folgenden Aussagen gemacht werden.

Zu 1. (Syntax)[266]: Die Syntax der dem gregorianischen Gesang zugrundeliegenden Texte stimmt (fast) durchweg mit den musikalischen Zäsurbildungen überein. Dabei entspricht die Praxis den drei von Guido von Arezzo geforderten Elementen der Zäsur- bzw. Schlußbildung: Pause (*distinctio*)[267], vorzugsweise Finalis oder eine andere geeignete Tonstufe als Schlußton[268], Verlangsamung[269] der dem Schluß vorausgehenden Töne durch Augmentation der Neumen[270].
Die Rezitationsebenen der Modi sowie die Grundformen der Psalmodie spielen in vielen Gesängen als strukturbildende Elemente eine Rolle. Die verschiedenen Rezitationsebenen markieren oft einen Wechsel in Inhalt oder Sprachstil[271].

265 GT 51.
266 Zu dieser Gliederung siehe 5.1.1. *Zum Begriff imitatio.*
267 *Micrologus,* XV.48, 173f.
268 Ebd., XV.33+34, 170.
269 Ebd., XV.54+55, 175.
270 Ebd., XV.56, 175.
271 Vgl. Hucke, *Gregorianische Fragen*, 312; zum IN *Dicit Dominus: Sermones*, GT 398+624: „In

Die Psalmodie – häufig in ihrer feierlichen Form – bildet in zahlreichen Fällen ein Grundschema für die musikalische Gestalt auch der Antiphonen, was für die Wort-Ton-Beziehung gelegentlich auch Probleme mit sich bringt.
Einige Gesänge zeigen darüber hinaus einen Gesamtaufbau, der als bewußt konstruierte musikalische Form zu bezeichnen ist. Dabei sind Bezüge zum Inhalt der Textgrundlage zu erkennen.
Abweichende, zusätzliche Zäsurbildungen lassen sich in den meisten Fällen dadurch sinnvoll erklären, daß den vorausgehenden oder nachfolgenden Worten – oder beiden – von der Aussage des Textes her eine zentrale Bedeutung zukommt. Sie werden durch dieses Innehalten der meist auffälligen Zäsurformel auch musikalisch betont.
Fehlende Zäsuren[272], was nur sehr selten vorkommt, stimmen in der Regel ebenfalls mit inhaltlichen Zusammenhängen des Textes überein.

Zu 2. (Wortakzente): Auch bei den Wortakzenten läßt sich weitgehend eine Einheit von Musik und Sprache feststellen. Die Akzentsilben werden fast immer durch eine im Kontext des jeweiligen Wortes relativ große Länge[273] der Neumen ausgezeichnet, sei diese nun durch die Anzahl der Töne oder durch Augmentation bewirkt. Gelegentlich finden sich auch Fälle von ausschließlichen Tonhöhenakzenten. Wenn Abweichungen vom Wortakzent vorliegen, handelt es sich fast immer um Endbetonungen, die in einzelnen Fällen[274] durchaus den Eindruck erwecken, sie hätten eine sinnvolle, auf den Textinhalt bezogene Funktion.
Endbetonungen von Formeln (mit Tendenz zum Endmelisma), die oft stärker sind als die rhythmische Betonung der zugehörigen Akzentsilben, sind häufig zu finden, besonders bei Zäsur- oder Schlußbildung. Die Frage bleibt offen, ob hier lediglich eine Dominanz der Syntax über die Wortakzente in der Wort-Ton-Beziehung vorliegt, oder aber, ob es sich um eine musikalische Eigendynamik der Formeln handelt, in der sich eine Loslösung der Musik vom Text anbahnt. Musikhistorisch ist gerade das Melisma zu einem zentralen Ansatzpunkt neuer musikalischer Formen geworden.

Zu 3. (Inhaltliche Akzentuierungen): Akzentuierungen des Inhalts einer Textgrundlage durch besonders prägnante musikalische Gestaltung einzelner Worte oder Teilaussagen lassen sich tatsächlich in vielen Fällen beobachten. Meist handelt es sich dabei um Hervorhebungen durch größere Melismatik oder aber auffallende Syllabik, ausgeprägte Formeln oder Augmentationen, gelegentlich auch durch besondere Tonhöhe. Dabei handelt es sich aber keineswegs um eine durchgängig angewandte „Methode".

Zu 4. (Melodische Übereinstimmungen): Das musikalische Mittel der melodischen Übereinstimmung erscheint in zahlreichen Gesängen[275] als eine besonders über-

den darauffolgenden Worten des Herrn, «Sermones meos (...)», wechselt die Tonlage, und es werden offenbar bestimmte Vortragsmanieren gebraucht. Das ist ein auch in anderen gregorianischen Melodien verwendetes Mittel zur Kenntlichmachung wörtlicher Rede."

272 Vgl. z. B. CO *Dominus dabit*, GT 17.

273 Vgl. *Micrologus,* XV. 49, 174.

274 Wie z. B. zu Beginn des IN *Ad te levavi*, GT 15.

275 Z. B. mit besonderer Deutlichkeit: IN *Dominus dixit*, GT 41; CO *Revelabitur*, GT 40; CO *Viderunt omnes*, GT 50.

zeugende Spur der Verbindung von Musik und Sprache auf der semantischen Ebene. Diesem Phänomen soll deshalb im folgenden dritten Teil der Analyse noch weiter nachgegangen werden.

Zu 5. und 6. (Sonstige Aspekte): In einigen Gesängen läßt sich ein Ausschnitt der Melodiebewegung schlüssig als Tonhöhen- oder Tonbewegungssymbolik deuten[276].

Es gibt außerdem eine ganze Reihe von Gesängen, bei denen es naheliegt, bis in verschiedene Details[277] hinein eine subtile, in sich stimmige Beziehung von Musik, Inhalt und theologischer Interpretation zu sehen. Sie läßt sich kaum anhand eines Einzelfalls beweisen, tritt aber dennoch so häufig auf, daß sie als signifikant anzusehen ist, zumal die daraus abzulesenden Aussagen und Interpretationen der zeitgenössischen Theologie entsprechen. Die Gesänge bedienen sich dabei musikalischer Mittel, die verblüffend modern – oder zeitlos? – wirken: „klagende" Halbtonschritte[278], melodische Verhaltenheit[279] oder auffällig große Intervalle[280], Tonhöhensymbolik, emphatische Steigerung[281], Symbolik in der Notation[282] etc.

Diese nachweisbaren Aspekte der Beziehung von Musik und Sprache als *imitatio* in diesem zweiten Teil der Analyse führen zu einem vorläufigen Gesamteindruck. Dabei fällt auf, daß es verschiedene Grade von Beweisbarkeit der einzelnen Phänomene bzw. der Häufigkeit ihres Auftretens gibt. Es erscheint daher sinnvoll, sich die Beziehung von Musik und Sprache im gregorianischen Gesang als übereinandergelagerte Schichten vorzustellen, die von einer sicheren, gemeinsamen Basis aus ganz verschiedene Ebenen erreichen. Während eine Beziehung von Syntax und Wortakzenten zur musikalischen Gestalt als sicher und kontinuierlich vorhanden gelten kann, bleibt eine Verbindung von Textaussage und theologischer Interpretation zur Musik durch Steigerungen oder den Inhalt akzentuierende Hervorhebungen, melodische Übereinstimmungen, Tonhöhensymbolik etc. nur punktuell nachweisbar.

Die Beziehung von Musik und Sprache auf der inhaltlichen Ebene erweckt so den Eindruck, sie sei zwar bewußt, aber nicht systematisch gestaltet. Es lassen sich aus dem hier untersuchten Material keine „Regeln" dafür ableiten. Die Unterschiede zwischen den einzelnen Gesängen – selbst bei solchen, die im gleichen liturgischen Kontext stehen – sind so auffällig, daß ihnen bisweilen etwas Irritierendes

276 Z. B. IN *Ad te levavi*, GT 15; CO *Jerusalem surge*, GT 20; als geradezu „tonmalerische" Bewegungssymbolik in der CO *Exsultavit ut gigas*, GT 28.

277 Z. B. die Doppeldeutigkeit (gesangstechnisch und inhaltlich) von Zusatzzeichen.

278 Vgl. CO *Vox in Rama*, GT 638.

279 Vgl. z. B. IN *Dixit Dominus*, GT 41.

280 Vgl. CO *Exsultavit ut gigas*, GT 28.

281 Siehe 4.4. *Das OF Vir erat.*

282 Die Notation ist offenbar für den Schreiber des frühen Mittelalters auch der Ort, seine persönliche – und auch theologische – Interpretaion der Gesänge einzubringen, wie z. B. das Zusatzzeichen *perfecte* beim Wort *fructum* in der CO *Dominus dabit*, GT 17, zeigt. „Der Neumator kopiert keinen musikalischen Text. Er vollzieht den Gesang beim Schreiben offenbar nach, [...] Er interpretiert den Gesang beim Schreiben [...]." Helmut Hucke, *Die Anfänge der abendlichen Notenschrift,* in: Festschrift Rudolf Elvers zum 60. Geburtstag, hg. von Ernst Herttrich und Hans Schneider, Tutzing 1985, 286.

anhaftet. Bei dem einen Gesang drängt sich eine Beziehung von Musik und Sprache bis hin zu einer verblüffend schlüssigen und in der mittelalterlichen Theologie nachweisbaren Interpretation förmlich auf, bei einem anderen fällt es dagegen ausgesprochen schwer, irgendeinen Hinweis auf ein über Syntax und Wortakzente hinausgehendes Zusammenspiel von Text und Vertonung zu finden. Selbst wenn man bedenkt, daß durch die große zeitliche Entfernung sowohl wichtige Zugänge verloren als auch Deutungen hineininterpretiert sein könnten, reicht das eine wie das andere als Erklärung für dieses Phänomen doch nicht aus. Eine Erklärung könnte jedoch zum einen in der schon genannten Tatsache zu sehen sein, daß nur wenige Möglichkeiten der *pronuntiatio* notierbar sind bzw. notiert werden. Zum anderen dürfte hier die bereits genannte Feststellung Fritz Reckows Gültigkeit haben, daß die *imitatio* im frühen Mittelalter *ad libitum* erfolgte, als *ornatus*, nicht als *necessitas*[283].

So lassen sich tatsächlich zwei grundsätzlich verschiedene Ebenen der Beziehung von Musik und Sprache im gregorianischen Repertoire unterscheiden. Die eine, obligatorische läßt sich wohl am treffendsten mit der Forderung Aurelians nach der *integritas sensus* beschreiben[284]. Der Text soll demnach seinen formalen Gegebenheiten entsprechend musikalisch so gestaltet werden, daß der Sinn, die Aussage des Textes unverstellt erklingen kann. Die andere Ebene des Wort-Ton-Verhältnisses, die als *imitatio* im engeren Sinne bezeichnet werden könnte, kann hinzukommen – von Gesang zu Gesang verschieden, oft nur punktuell –, mit einer Fülle von nicht systematisch verwendeten Möglichkeiten. Sie wird eingesetzt, um der Textaussage eine sie imitierende und illustrierende musikalische Gestalt zu geben, die bisweilen auch zu einer offensichtlichen (theologischen) Interpretation wird. Das bedeutet *imitatio* in ihrem rein inhaltsbezogenen Sinne, so wie die *Musica enchiriadis* und der *Micrologus* sie verstehen.

Für den textgemäßen Vortrag freilich genügen die elementaren Aspekte der *imitatio*, welche die *integritas sensus* sicherstellen. Aber daß die Beziehung von Musik und Sprache in den gregorianischen Gesängen damit längst nicht ausgeschöpft ist, macht ihre Faszination und ihre Problematik aus.

283 Siehe 3.3.2. *Musica enchiriadis – Micrologus: affektbewegende imitatio.*
284 Siehe 3.3.1.2. *integritas sensus.*

6. ANALYSE: *SIMILITUDO DISSIMILIS*

6.1. VORÜBERLEGUNGEN

6.1.1. Zum Begriff *similitudo dissimilis*

Von der *similitudo* war, genau wie von der *imitatio,* schon in Kapitel 3 die Rede. Beide Begriffe haben gemeinsame Wurzeln. Neben dem Anspruch der antik-profanen und der mittelalterlich-liturgischen *pronuntiatio* ist es das mittelalterliche Ideal der *similitudo* oder *aequalitas*, das zur Forderung nach der *imitatio* des Textes in der Musik führt. In den musiktheoretischen Schriften des frühen Mittelalters ist der „Maßstab" für die verschiedensten Überlegungen nicht wie in späterer Zeit die *varietas,* sondern die *similitudo*. Dies gilt – wie gezeigt wurde – für Hucbald in seiner grundlegenden Äußerung bei seinen Überlegungen zu den Intervallen[1] genauso wie für die *Musica enchiriadis*[2], die auf Boethius zurückgreift, bei dem es heißt: „Amica est enim similitudo, dissimilitudo odiosa atque contraria"[3], oder eben auch für Guido von Arezzo, der u. a. in diesem Kontext die Formulierung *similitudo dissimilis* gebraucht[4].

Genauso wie Hucbald in seinem poetischen Bild von der „Quelle" der Gleichheit, aus der die Ungleichheit hervorgeht, versucht auch Guido von Arezzo mit diesem Ausdruck die Spannung von gleich und ungleich zu erfassen. Dabei ist der Blick primär auf die Gleichheit und nicht auf den Unterschied, der begrenzt bleiben soll (*moderata varietas*), gerichtet. Das Gleiche überwiegt, die „Substanz" soll erhalten bleiben, ein Wiederkennen möglich. Die Verwendung eines paradoxen Begriffs wie den der *similitudo dissimilis* gibt so – viel treffender als alle Umschreibungen, wie z. B. melodische Übereinstimmung, Ähnlichkeit, Variation – wieder, was Guido von Arezzo zu beschreiben sucht und was, wie dieser dritte und letzte Teil der Analyse zeigen soll, ein Wesenselement des gregorianischen Gesangs auch im Wort-Ton-Verhältnis darstellt. Daher erscheint es legitim, diesen Ausdruck aufzugreifen und in dem noch genauer zu definierenden Sinne auf die Beziehung von Musik und Sprache anzuwenden.

Bevor nun vom Phänomen der *similitudo dissimilis* die Rede sein soll, sei noch einmal daran erinnert[5], daß die frühen Musiktheoretiker außer der sehr elementaren Forderung bei Guido von Arezzo, gleichen Sprachklang – d. h. zunächst gleiche Vokale – mit ebenfalls gleicher musikalischer Gestalt zu versehen, nichts über eine Funktion der melodischen Übereinstimmung, Wiederholung und Ähnlichkeit für

1 Vgl. Hucbald, 28.
2 Vgl. *Musica enchiriadis*, XIX, 58.
3 Boethius, 180.
4 Vgl. *Micrologus*, XV. 41–43, 172.
5 Vgl. 3.3.3.2. *similitudo*.

die Beziehung von Musik und Sprache im gregorianischen Gesang mitteilen. Aber das Phänomen an sich ist ihnen durchaus als Mittel der Melodiebildung vertraut und kann – wenn auch nicht als kompositorisches Ideal nachweisbar – so doch immerhin als eine Tendenz bezeichnet werden. Guido von Arezzo vertritt in seinen Äußerungen zur *similitudo dissimilis* durchaus ein „ästhetisches" Ideal, „more praedulcis"[6], aus dem er differenzierte Forderungen für die „kompositorische Praxis" ableitet. Er spricht dabei aber nicht ausdrücklich vom Verhältnis zwischen Text und Melodie[7].

Daß diesem „Ideal" durchaus auch eine praktische Bedeutung bei der Überlieferung des Repertoires zukommt, wurde anhand der *formulae* bereits ausgeführt[8]. Klang-Identität und Klang-Verwandtschaft, die Wiederholung und das Sich-Erinnern spielen in einer Zeit mit wenigstens noch sehr eingeschränkter schriftlicher Überlieferung bei der Weitergabe und dem Erhalt des Repertoires naturgemäß eine große Rolle; es sind unverzichtbare memotechnische Hilfen.

Für eine zur Analyse geeignete Definition von *similitudo dissimilis* muß zunächst festgestellt werden, daß dieser Ausdruck nicht in derselben Bedeutung verwendet werden soll wie bei Guido von Arezzo, wo er ja nicht unmittelbar auf die Beziehung von Musik und Sprache angewandt wird. Was Guido in diesem Kontext beschreibt und möglicherweise – zumindest auch – auf die ambrosianischen Hymnen bezieht[9], hängt eher mit dem Phänomen zusammen, das im ersten Kapitel der Analyse unter dem Stichwort *formulae* dargestellt wurde. Trotz aller Abgrenzungsschwierigkeiten handelt es sich dabei – wie noch zu zeigen sein wird – um zwei grundsätzlich verschiedene Phänomene. Wenn der Begriff *similitudo dissimilis* dennoch für das im folgenden beschriebene Phänomen definiert wird, so deshalb, weil er einerseits eine Beziehung auf der Basis von Identität, die sich dennoch nicht in bloßer Wiederholung erschöpft, so treffend beschreibt und andererseits in der musikwissenschaftlichen Diskussion noch völlig unbesetzt ist.

Worin besteht nun der Unterschied zwischen *formulae* und *similitudo dissimilis*? An dieser Stelle sei an ein bereits genanntes Zitat aus Helmut Huckes Artikel *Gregorianische Fragen* erinnert. Nachdem er ausgeführt hat, daß in den beiden Gradualresponsorien *Adiutor in opportunitatibus* und *Tibi Domine* (Vers)[10] die Worte *in opportunitatibus in tribulatione* melodisch übereinstimmen, obwohl dies nicht durch ein Melodie-Modell bedingt sein kann, meint er: „Es handelt sich hier um etwas ganz anderes als den Gebrauch typischer Formeln oder formelhafter Wendungen in verschiedenen Melodien: Das gleiche Melodiefragment findet sich zu den gleichen Worten in zwei verschiedenen Melodien."[11] Das Gebunden-Sein an einen bestimmten Text und die relative Unabhängigkeit von einem Melodie-Modell sind also von entscheidender Bedeutung, während die *formulae* primär melodisch identisch oder ähnlich sind, oft an vorgegebene melodische Abläufe gebunden und

6 *Micrologus*, XV. 43, 172.

7 Vgl. z. B. *Micrologus* XV. 41–43, 172 und XV. 22–29, 168f.

8 Siehe 4. *Analyse:* FORMULAE.

9 Siehe 3.3.3.2. *similitudo* und 3.3.4.2. *Das Musikverständnis.*

10 GT 69 und 118.

11 Hucke, *Gregorianische Fragen*, 321.

an verschiedene Texte angepaßt werden können. Dies läßt sich freilich nicht immer klar trennen, zumal dann nicht, wenn statt eines identischen Textes lediglich eine inhaltliche Beziehung zwischen zwei Textausschnitten, wie z. B. beim Parallelismus, vorliegt. *Similitudo dissimilis* soll jedoch immer als ein Phänomen der Beziehung von Musik und Sprache verstanden werden, in dem sich diese auf der semantischen Ebene ausdrückt. Es wird dabei also durch melodische Übereinstimmung jeweils ein inhaltlicher Bezug zwischen Textabschnitten oder Worten musikalisch bestätigt oder hergestellt.

Bei der nachfolgenden Analyse soll *similitudo dissimilis* deshalb ganz umfassend gebraucht werden, so daß auch das Phänomen der *formulae* insoweit mit eingeschlossen ist, als mit einiger Wahrscheinlichkeit anzunehmen ist, daß sich darin ein Aspekt des Wort-Ton-Verhältnisses auf der inhaltlichen Ebene verwirklicht, z. B. die gleiche Schlußformel bei den beiden Teilen eines Parallelismus. *Similitudo dissimilis* dient also als ein Oberbegriff für jegliche melodische Übereinstimmung, in der sich möglicherweise eine Beziehung der Musik zur Textaussage ausdrückt, sei dies nun im selben Gesang oder in unterschiedlichen Gesängen des Repertoires, durch *formulae* oder durch „freie“ Formen der Wiederholung.

Diese vielleicht auf den ersten Blick sehr abstrakt wirkende Definition erscheint notwendig, da – wie sich an zahlreichen Beispielen noch zeigen wird – eine wirkliche Trennung zwischen dem nun mit *similitudo dissimilis* bezeichneten und dem in Kapitel 4 mit *formulae* benannten Phänomen nicht möglich ist. Zugleich wird auch immer wieder festzustellen sein, daß es außer bei sehr klaren und komplexen Beispielen schwerfällt, im Einzelfall wirklich zu beweisen, daß es sich nicht um eine durch vorgegebene musikalische Abläufe und Strukturen bestimmte oder eine zufällige melodische Ähnlichkeit handelt, ohne Bezug zum Text. Allein die Fülle der Beispiele auf der Basis tatsächlich beweiskräftiger Einzelfälle ergibt ein tragfähiges Fundament für die in diesem Kapitel versuchten Aussagen.

Deshalb soll im folgenden ein zusammenhängender größerer Ausschnitt aus dem Repertoire, die Introitus- und Communioantiphonen der Fastenzeit und der Osteroktav, systematisch auf das Phänomen melodischer Übereinstimmungen hin untersucht werden mit dem Ziel, *similitudo dissimilis* als ein Ausdrucksmittel der Beziehung von Musik und Sprache im gregorianischen Gesang nicht nur nachzuweisen, sondern auch eine differenziertere Bestimmung der verschiedenen Möglichkeiten dieses Phänomens zu versuchen.

In der konkreten Analyse soll jeder einzelne Gesang möglichst differenziert hinsichtlich seiner melodischen Übereinstimmungen beschrieben werden. Wie auch bei den *formulae* muß dazu als wichtige Voraussetzung gefordert werden, daß ein Ausschnitt aus einem Melodieverlauf nur dann als mit einem anderen übereinstimmend betrachtet werden kann, wenn er entweder musikalisch besonders auffällig oder aber so lang ist, daß eine zufällige Ähnlichkeit mit einiger Sicherheit auszuschließen ist. Dies bringt naturgemäß Abgrenzungsschwierigkeiten mit sich, weil letztlich die Grenze zwischen „noch ähnlich“ und „schon verschieden“ fließend ist. Dieses Problem läßt sich – wenn überhaupt – nur im Einzelfall lösen: durch den Kontext, in dem die jeweilige Melodieverwandtschaft auftritt[12], durch Vergleiche

12 Die melodische Übereinstimmung eines kleinen melodischen Ausschnitts erscheint im Kontext

mit anderen Gesängen[13] und, wenn eine Unsicherheit bestehen bleibt, durch behutsame Beschreibung des vorliegenden Phänomens und der damit verbundenen Fragen. Für ein beweiskräftiges Fundament des gesuchten Phänomens ist bei der Analyse zum einen besonders auf die Verbindung von gleichem Text mit der gleichen Melodie im selben oder in verschiedenen Gesängen zu achten, zum anderen sind auffällige melodische Verwandtschaften bei Text-Parallelismen von zentraler Bedeutung. Aber auch alle kleineren Wiederholungen innerhalb eines Gesangs sollen sorgfältig beschrieben werden, um eine möglichst breite Basis für die Reflexion des Phänomens der textbezogenen melodischen Übereinstimmungen in Kapitel 6.3. zu schaffen. Auf die Suche nach den bei Guido von Arezzo belegten komplexeren Formen melodischer Übereinstimmung, wie z. B. Umkehrungen, Spiegelungen, soll verzichtet werden, wenn sie sich nicht ganz deutlich erschließen und geradezu aufdrängen. Diminutionen und Augmentationen, Verlagerungen auf andere Tonstufen etc. werden jeweils im Einzelfall erläutert.

Wie im zweiten Teil der Analyse zum Begriff *imitatio* werden auch in diesem Kapitel zunächst eine Reihe von Gesängen – die Introitus- und Communioantiphonen der ersten bis dritten Fastenwoche – systematisch beschrieben. Ab der vierten Fastenwoche werden dagegen nur noch die Gesänge erwähnt, die nennenswerte Beispiele von textbezogener melodischer Übereinstimmung zeigen.

In ihren schon erwähnten Analysen zu Tropen aus dem St. Gallener Repertoire haben Susan Rankin und Wulf Arlt das Phänomen textbezogener melodischer Übereinstimmug dort bereits nachgewiesen, deuten es jedoch als eine Besonderheit dieser Tuotilo zugeschriebenen Gesänge, an denen sich die besondere Qualität seiner Kompositionen zeigt[14]. Arlt schränkt dabei ein, daß es diese „Mittel und Verfahren" auch in den Introitusantiphonen gibt, kommt aber zu dem Schluß: „In ihrer spezifischen und geradezu planmäßigen Verwendung hingegen steht diese Tropierung [*Hodie cantandus est*] für sich."[15] Im Verlauf dieser Analyse wird sich bald zeigen, daß es im gregorianischen Repertoire erheblich „plänmäßigere" bzw. „stärker durchkomponierte" und auch komplexere Beispiele textbezogener melodischer Übereinstimmung gibt als diesen Tropus[16].

Erstaunlicherweise ist dieser so bedeutsame Aspekt des gregorianischen Gesangs – abgesehen von seltenen Äußerungen wie dem genannten Zitat von Hucke – in der Forschung bislang kaum wahrgenommen worden ist. Lediglich Eugène Cardines hat in seinem Graduel Neumé Beispiele für dieses Phänomen unter dem Kriterium „mêmes textes – mêmes mélodies" gesammelt und auf der Doppelseite 158/159 als eine Liste von Zahlenpaaren notiert. Jedoch ist diese Auflistung weder von ihm noch von einem seiner Schüler bislang ausgewertet worden.

umfangreicherer melodischer Wiederholungen eher als beabsichtigt als in einem Gesang ohne jede sonstige Melodieverwandtschaft.

13 Dies kann z. B. zeigen, ob es sich vielleicht um ein häufig auftretendes melodisches Element oder eine kurze Formel eines Modus handelt.

14 Vgl. Rankin, 24 und Arlt, 50.

15 Arlt, 54.

16 Vgl. z. B. die CO *Potum meum*, GT 157; siehe auch 6.2.6. *Die Karwoche*.

6.1.2. Fasten- und Osterzeit in der Liturgie des frühen Mittelalters

Die Wurzeln des Osterfestes lassen sich bis in die frühchristliche Zeit zurückverfolgen[17]. Es hat sich aus dem altjüdischen Pesach-Fest herausentwickelt und bestand im Kern zunächst aus der frühchristlichen Pascha-Feier[18], die dieses Fest typologisch umdeutete und sich als Erfüllung des alttestamentlichen Typos verstand[19]. Die Osterfeier umfaßte ursprünglich einen einzigen Gottesdienst, der eine ganze Nacht währte[20] und die Einheit der Heilsgeheimnisse von Leiden, Tod und Auferstehung Jesu Christi feierte[21]. Aus diesem Kern heraus entfaltete sich nach und nach der rund 100 Tage umschließende Festkreis von Quadragesima und Pentekoste, der Fasten- und Osterzeit (40 Tage Fastenzeit, der noch drei Sonntage „Vorfastenzeit" – Septuagesima, Sexagesima und Quinquagesima – vorgelagert wurden; 50 Tage Osterzeit und die Pfingstoktav). Der Verlauf dieses Entfaltungsprozesses ist bis ins 4. Jahrhundert hinein zurückzuverfolgen. Dabei entstehen zunächst das Triduum Sacrum (Gründonnerstag – Ostersonntag) und dann die Heilige Woche (Karwoche)[22]. Die Osterzeit differenziert sich, indem Christi Himmelfahrt als vierzigster Tag gefeiert wird und der fünfzigste zum Pfingstfest wird[23]. Das Osterfest selbst erhält neue inhaltliche Akzente durch die Lichtfeier und besonders dadurch, daß es zum bevorzugten Tauftermin wird[24]. Auch die Quadragesima, die wahrscheinlich aus einer zunächst ein- dann dreiwöchigen Vorbereitungszeit auf Ostern entstand[25], ist seit dem 4. Jh. bezeugt; ihre eigentliche Herkunft bleibt jedoch unklar[26]. Neben ihrer Funktion als einer Vorbereitungszeit auf Ostern hing sie wahrscheinlich auch mit dem Katechumenat der Taufbewerber zusammen[27].

Zum Zeitpunkt der Übernahme der römischen Liturgie und damit des gregorianischen Gesangs in das Frankenreich war der Entwicklungsprozeß der Fasten- und Osterzeit weitgehend abgeschlossen. Die Feier der Liturgie spielt für diese Zeit im Kirchenjahr eine wichtige Rolle[28]. Dieser Akzentuierung der Quadragesima auf den Gottesdienst hin ist ihr großer Reichtum an Proprien zu verdanken; als einzige Zeit des liturgischen Jahres hat sie für jeden Tag der Woche ein eigenes Proprium. „Zuletzt wurden die Donnerstage zu Gottesdiensttagen. Dies geschah [...] unter Gregor II. (715–731). Gleichzeitig erhielten auch die restlichen Tage (Samstag vor dem I. Quadragesima-Sonntag und Samstag der 5. Woche) eigene Meßformulare."[29]

17 Auf der Maur, 65: „Wenn wir auch keine direkten Zeugnisse aus frühester Zeit besitzen, kann doch mit ziemlicher Sicherheit angenommen werden, daß bereits die *Apostolische Kirche* die jährliche Osterfeier kannte."
18 Vgl. ebd., 63.
19 Vgl. ebd., 69.
20 Vgl. ebd., 67.
21 Vgl. ebd., 69.
22 Vgl. ebd., 76ff.
23 Vgl. ebd., 81ff.
24 Vgl. ebd., 70ff.
25 Vgl. ebd., 146f.
26 Vgl. ebd., 145.
27 Vgl. ebd.
28 Vgl. ebd., 148.
29 Ebd. 149.

Lediglich zwei liturgische Neuerungen sind mit Sicherheit erst im Zuge der fränkischen Rezeption entstanden. Dies ist zum einen der bis dahin fehlende Wortgottesdienst für den Gründonnerstag. Es kommt dabei von der Leseordnung her zu einer Doppelung mit dem Dienstag der Karwoche, die erst ab dem 9. Jahrhundert behoben wird[30]. Auf diese Weise erfolgt auch die Verdoppelung des IN *Nos autem gloriari*, der bis heute am Dienstag und am Donnerstag der Karwoche gesungen wird. Das zweite Novum besteht in den sich in der fränkischen Liturgie entwickelnden Improperien für den Karfreitag, von denen nur die Antiphon *Ecce lignum crucis* römischen Ursprungs ist[31].

In den Gesängen der Osternacht und des Ostersonntags dürfte man dagegen ältesten Bestandteilen des Repertoires begegnen. Für die Osternacht gilt: „Sowohl das gelasianische wie auch das gregorianische System weisen dieselben Gesänge auf, trotz verschiedener Lesesysteme.“[32] Für die *Missa in die* des Ostersonntags sind alle Gesänge in römischer wie in römisch-fränkischer Tradition einheitlich überliefert. „Die in den Antiphonarien des 9./10. Jahrhunderts bezeugten Gesänge dürften sehr alt sein.“[33] Was mit Sicherheit natürlich nur von den Textgrundlagen behauptet werden kann.

Der Vergleich zwischen der liturgischen Ordnung der Gesänge der Fasten- und Osterzeit im AMS und im GT zeigt erheblich größere Differenzen als in Advents- und Weihnachtszeit, von denen jedoch die allermeisten erst mit der Liturgiereform des II. Vatikanischen Konzils entstanden sind. Wenig glücklich erscheint dabei der von der Leseordnung her keineswegs notwendige Austausch der ursprünglichen CO *Dominus Iesus* vom Gründonnerstag, die nicht nur zum Evangelium paßt, sondern auch musikalisch ein außergewöhnlicher Gesang ist, gegen die CO *Hoc corpus*, die theologisch einen völlig anderen Akzent setzt.

Die weitaus meisten Gesänge der Fastenzeit im AMS sind auch im GT noch dieser zugeordnet, jedoch aufgrund der geänderten Leseordnung erscheinen sie bisweilen an anderen Tagen. Einige Proprien der Fastenzeit sind in den Jahreskreis „gewandert“, was besonders für das Ende des Jahreskreises gilt (z. B. 25., 26., 29., 31. und 32. Sonntag). Obwohl es, wie oben angeführt, bereits in römischer Zeit ein Meßformular für den Samstag der 5. Fastenwoche gibt, ist dieser Tag in den Handschriften des AMS mit *sabbato vacat* angegeben.

Die Ordnung für die Sonntage ist zumindest beim Introitus weitgehend identisch. Lediglich der zweite Fastensonntag kommt im AMS nicht vor, da er nach der Quatembervigil des Samstags *Dominica vacat* war. Das Proprium vom Samstag füllt diese Lücke. Das gleiche gilt für den Oktavtag von Pfingsten, der durch die Einführung der Novene vor dem Fest und dem damit erfolgten Wegfall der gesamten Oktav ohnehin entfällt. Die Einführung der Novene hat natürlich zur Folge, daß die Ordnung der Gesänge hier besonders stark von der des AMS abweicht. Der ursprüngliche (freie) Oktavtag von Pfingsten wurde bereits seit dem 9. Jahrhundert als Sonntag Trinitatis gefeiert. Das zugehörige Proprium gehört somit zu den Ge-

30 Vgl. ebd., 101.
31 Vgl. ebd., 110f.
32 Ebd., 92.
33 Ebd., 115.

sängen, die nachweislich nach der Übernahme des Repertoires ins Frankenreich entstanden sind, jedoch vor Niederschrift der Handschrift E, die diese Gesänge bereits enthält.

Die Osteroktav und die Ostersonntage stimmen in AMS und GT weitgehend überein. Nur die Introitusantiphonen des dritten und vierten Sonntags sind gegeneinander vertauscht, und die Communioantiphonen des dritten bis sechsten Ostersonntags stehen an einem jeweils anderen Sonntag als im AMS, dabei wurde außerdem die CO *Modicum* durch *Ego sum vitis vera* ersetzt. Die Vigilmesse des Pfingstfestes ist nach der Ordnung des AMS noch ohne Introitus; sie beginnt statt dessen mit einer Litanei. Die Allelujas werden mit wenigen Ausnahmen im AMS noch *ad libitum* angegeben. – Dies soll an dieser Stelle zur Liturgie der Fasten- und Osterzeit genügen; weitere Details werden gegebenenfalls im Verlauf der Analyse beschrieben.

6.2. INTROITUS UND COMMUNIO DER FASTENZEIT UND DER OSTEROKTAV

6.2.1. Aschermittwoch und erste Fastenwoche

Im IN *Misereris*[34] (I. Ton) des Aschermittwochs lassen sich nur wenige Spuren melodischer Übereinstimmung entdecken. Jedoch ist der Beginn des Introitus melodisch nahezu identisch in der CO *Cum invocarem me*[35] im II. Ton bei den Worten *miserere mihi* wiederzufinden:

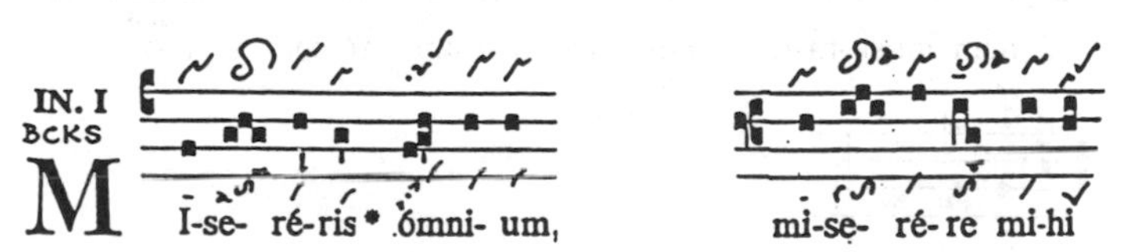

Außer einer dreifach verwendeten Schlußformel auf *paenitentiam – tu es – noster* läßt nur der letzte Teil Anklänge an ein Vorgehen erkennen, das man als musikalische Alliteration bezeichnen könnte: *quia tu es Dominus*:

Dies allein kann aber kaum als Nachweis für die bewußte Verwendung eines solchen Verfahrens gelten. Bei *et parcens illis* findet sich eine Häufung des Porrectus, aber auch dies ist zu unscharf, um daraus Schlüsse ziehen zu können. Von der For-

34 GT 62.
35 GT 80.

mel bei *hominum* und ihren Parallelen in anderen Gesängen des Repertoires war bereits die Rede[36], desgleichen von der melodischen Übereinstimmung bei *Deus* und dem Wort *dabit* in der CO *Dominus dabit*[37].

Ähnlich verhält es sich bei der zugehörigen CO *Qui meditabitur*[38]. Auch dort wird lediglich die im IV. Ton geläufigste Schlußformel am Ende der beiden in etwa gleich langen Hälften der Antiphon verwendet. Darüber hinaus erscheint nur beim Wort *suum* eine Verdoppelung des Climacus, zu wenig, um daraus auf eine mögliche Funktion einer solchen melodischen Wiederholung schließen zu können.

Dagegen bietet die erste Antiphon des Aschermittwochs nach der Ordnung des AMS, *Exaudi nos Domine*[39], ein hoch interessantes Bild hinsichtlich der Frage nach melodischen Übereinstimmungen.

Einem ausgeprägten Initium, das die Worte *exaudi nos* sichtlich betont, folgt zunächst eine Zäsurformel bei *Domine*, die auch bei der nächsten größeren Zäsur – *misericordia tua* – nochmals gebraucht wird und auf dem Wort *miserationem* ein weiteres Mal in Erscheinung tritt. Was sich zwischen diesen Stellen melodisch abspielt, ist bemerkenswert. In Anlehnung an den Verlauf der feierlichen Psalmodie des VII. Tones[40], die dem gesamten Stück deutlich zugrunde liegt, könnte man den Abschnitt von *quoniam* bis *miserationem* als verlängerte und „variierte" Mediatio betrachten.

36 Siehe 5.2.3.1. *IN Gaudete.*
37 Siehe 5.2.1.2. *CO Dominus dabit.*
38 GT 67.
39 GT 69 (SA vor den ersten Fastensonntag).
40 Siehe anschließender Vers.

In diesem Teil der Antiphon kommt es zu einem Vorgang subtiler Steigerung durch den dreimal wiederholten, nur leicht, aber auffällig abgewandelten Gebrauch desselben melodischen Ablaufs. Viermal erscheint die Tristropha auf dem oberen *fa*. Zwischen den beiden ersten geht der Melodieverlauf eine kleine Terz nach unten (*re*). Zwischen der zweiten und der dritten Tristropha kommt zu dieser Terz eine weitere hinzu (*re-si-re*)[41]. Zwischen der dritten und vierten Tristropha folgt schließlich auf die bereits genannte Zäsurformel ein noch größeres Intervall nach unten, die Quinte *re-sol-re*[42]. An die vierte Tristropha schließt sich wieder die genannte (Zäsur)-Formel an, ohne jedoch an dieser Stelle eine Zäsur zu bilden[43]. Auf diese Weise werden die nahezu inhaltsgleichen Textstellen *misericordia tua* und *secundum multitudinem miserationem tuarum* sehr ähnlich und zugleich – in Korrespondenz zu ihrem Inhalt? – melodisch gesteigert vertont. Abschließend sei nur noch erwähnt, daß die als Parallelismus zum Anfang *exaudi nos Domine* aufzufassenden Worte *respice nos, Domine* zwar nicht ähnlich gestaltet sind, aber durch die relativ große Zahl der Töne bzw. durch nicht kurrente Neumen jeweils melodisch wie rhythmisch betont werden.

Wenn auch dieser eine Gesang für sich allein genommen keineswegs als Nachweis für einen bewußten Einsatz melodischer Übereinstimmungen als Element der Beziehung von Musik und Textaussage gelten kann, so ist die Konsequenz im Aufbau dieser Antiphon doch verblüffend.

Der Introitus vom Donnerstag nach Aschermittwoch, *Dum clamarem*[44], beginnt auch mit einem aufwendigen, zum Inhalt passenden Initium. Die Ansätze melodischer Ähnlichkeit bleiben in diesem Gesang jedoch eher vage. Bei *appropinquant mihi* und *manet in aeternum* steht eine komplexe, aber im III. Ton nicht selten gebrauchte Schlußformel[45]. Ein inhaltlicher Zusammenhang zwischen diesen beiden Stellen ist jedoch nicht auszumachen.

Außer dieser Formel findet sich lediglich noch bei den Worten *qui est ante saecula* eine Verdoppelung der Melodiebewegung *sol* – oberes *do* (Bistropha) – *la*, die ähnlich auch auf *appropinquant* in Erscheinung tritt. Auch hier läßt sich keine inhaltliche Beziehung zwischen den beiden Textstellen entdecken, wenn man einmal davon absieht, daß die Worte *qui est ante saecula* in sich eine sprachliche Einheit bilden[46].

Nicht viel anders fällt der analytische Befund der CO *Acceptabis*[47] desselben Tages aus. Dieser Gesang, der mit dem IV. Ton bezeichnet ist, zeigt deutliche Anklänge an den I. Ton. Die Quinte *re-la* und der häufige Gebrauch des *b* sind im IV. Ton eher selten. Es gibt eine unscharfe melodische Ähnlichkeit zwischen *accepta-*

41 So entsteht übrigens eine melodische Bewegung, die dem verminderten Dreiklang entspricht.

42 Was insgesamt an dieser Stelle den für das gregorianische Repertoire nicht ungewöhlichen Ambitus einer Septim (*fa-sol-fa*) zu Folge hat.

43 Sie endet auf *do* statt *re*, und nach ihr kommt sogleich eine weitere Tristropha auf demselben Ton, die für die Finalis der Psalmodie des VII. Tones charakteristisch ist.

44 GT 303.

45 Vgl. z. B. CO *Gustate et videte*, GT 303.

46 Zu diesem Phänomen siehe 6.3. *Reflexion: similitudo dissimilis*.

47 GT 309.

bis und *sacrificium*[48], desgleichen zwischen den ersten Silben der fast inhaltsgleichen Worte *oblationes* und *(et) holocausta*:

Die beiden letzten Silben des Wortes *holocausta* erinnern außerdem vage an den Melodieverlauf bei *iustitiae*. Ansonsten ist – abgesehen vom zweimaligen Gebrauch der wohl häufigsten Schlußformel des IV. Tones bei *iustitiae* und *Domine* – kein Hinweis auf melodische Wiederholungen zu finden. Allerdings ergibt der Vergleich mit der schon erwähnten CO *Qui meditabitur*[49] einen ähnlichen Aufbau beider Antiphonen in zwei etwa gleich große Abschnitte, von denen der erste jeweils mit derselben komplexen Zäsurformel schließt.

Bei der Introitusantiphon *Audivit Dominus*[50] des Freitags nach Aschermittwoch lassen sich erheblich deutlichere Spuren melodischer Übereinstimmung zwischen verschiedenen Abschnitten des Gesangs ausmachen. Die recht kurze Antiphon besteht aus einem einfachen Initium, an das sich ein Melodieverlauf anschließt, dessen Strukturstufen *re* und *fa* an die Mediatio der Psalmodie des VII. Tones erinnern. Dabei wird das Wort *misertus* melodisch durch die große Tonhöhe (*re-sol*) hevorgehoben, rhythmisch betrachtet aber vergleichweise kurz gesungen, während das zugehörige *mihi* durch die Bivirga Gewicht erhält. Dem zweiten Teil des Introitus scheint im Kern eine Wiederholung zugrunde zu liegen: *Dominus factus est* und *adiutor meus* sind melodisch sichtlich miteinander verwandt, was auch dem inhaltlichen Zusammenhang beider Worte, der eine Identität zum Ausdruck bringt, entspricht: *Dominus = adiutor*:

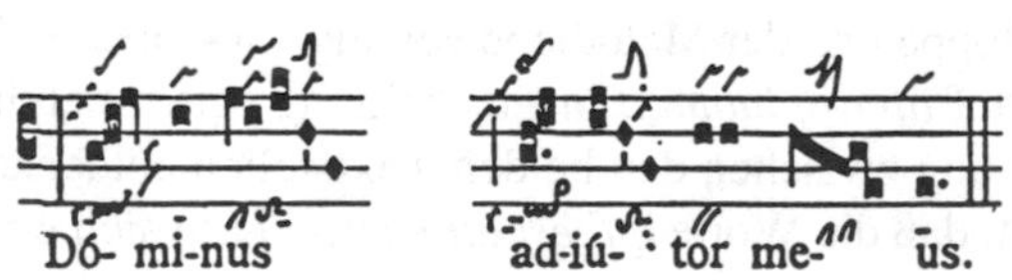

Allerdings stellt sich dabei erstmalig die Frage, ob auch dann von einer melodischen Übereinstimmung gesprochen werden kann, wenn die rhythmische Komponente der Neumennotation einen Unterschied beider Stellen nahelegt. War den Schreibern die Übereinstimmung im Melodieverlauf nicht bewußt, und haben sie deshalb verschiedene Zeichen notiert? Oder liegt hier eine bewußte rhythmische Differenzierung bei bekannter Melodieverwandtschaft vor? Diese Frage wird noch bei vielen anderen

48 Es wäre zu fragen, ob – richtet man sich nach den Handschriften, besonders E – auf *sacrificium* nicht auch eine Quinte stehen müßte. Die Zusatzbuchstaben *i* und *s* auf der ersten Silbe sowie vor allem das *i* auf der dritten Silbe stehen in Diskrepanz zur Quadratnotation.

49 GT 67.

50 GT 68.

Gesängen zu stellen und im Einzelfall kaum zu beantworten sein. In diesem Introitus geben die unterschiedliche Silbenzahl sowie die Notwendigkeit, zum Schluß die Finalis zu erreichen, eine plausible Erklärung. Eine beabsichtigte, inhaltliche Akzentsetzung bei *adiutor* wäre ebenfalls nachvollziehbar.

Bemerkenswert ist in diesem Introitus auch die Verwandtschaft der Melodiebewegung bei *Dominus factus est* mit einer vergleichbaren, in den Tracten im II. Ton[51] wiederkehrenden Formel:

Im VII. Ton erscheint sie dagegen nur in dieser einen Antiphon. Auch die Bivirga auf *do* sowie der anschließende Pes *do-re* kommen im II. Modus häufig vor, allerdings dort in der Regel auf *fa*. Diese Beobachtungen zeigen, daß der Modus dieses Introitus fragwürdig ist.

In der CO *Servite Domino*[52] sind die Ansätze von melodischer Ähnlichkeit wiederum eher vage. Herausragend im Kontext dieses Stückes ist der Melodieverlauf der inhaltlich bedeutsamen Worte *apprehendite disciplinam.* Durch die fast rein syllabische Vertonung erhält diese Stelle im Kontext der Communio einen ganz eigenen und somit auffälligen Charakter. Die Tonfolge der Quadratnotation der Editio Vaticana an dieser Stelle mit ihrer dreifachen Wiederholung desselben Tons – *do* und *re*; sozusagen die „Minimal-Form" der melodischen Übereinstimmung – ist jedoch, beachtet man die Zusatzzeichen der Neumennotation[53], eher zweifelhaft. Eine leichte, aber durchaus nachvollziehbare melodische Parallelität ist zwischen dem Beginn *Servite Domino in timore* und dem Schluß *ne pereatis de via (iusta)* der Comunioantiphon festzustellen:

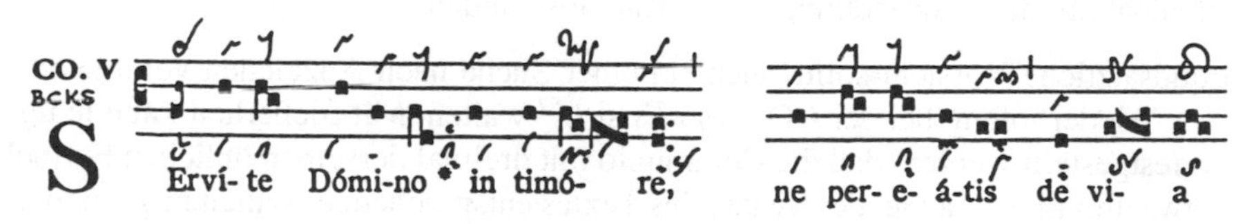

Der erste Sonntag der Fastenzeit beginnt mit dem IN *Invocabit me*[54], der die Vorlage für den im 9. Jahrhundert entstandenen IN *Benedicta sit*[55] des Festes Trinitatis darstellt. Der Text ist, wie alle Textgrundlagen dieses Propriums, Psalm 90 entnommen, der somit als „Thema" desselben bezeichnet werden könnte[56]. Diese Antiphon

51 Vgl. z. B. TR *Qui habitat*, V7: *manibus* + V9: *super aspidem*, GT 72; AL *Dies sanctificatus*, GT 49.
52 GT 68.
53 Besonders in E.
54 GT 71.
55 GT 371ff.
56 Siehe auch 2.4.2. *Amalar: die speziellen Meßerklärungen.*

ist von ihrer textlichen Struktur her interessant, denn sie lädt förmlich dazu ein, mit den Mitteln melodischer Übereinstimmung den Text musikalisch umzusetzen. Auf die beiden Worte *invocabit me* folgt anschließend an die Worte *et ego* eine vierfache Aufzählung: *exaudiam eum – eripiam eum – (et) glorificabo eum – adimplebo eum*, lediglich ergänzt um die beiden Worte *longitudine dierum* vor *adimplebo*. Das Wort *eum* wird mit zwei verschiedenen Schlußformeln vertont: Die erste und dritte sowie die zweite und vierte sind praktisch identisch. Interessant erscheint, daß auch beim ähnlich endenden Wort *dierum* die zweite dieser beiden Formeln zu finden ist. So wird aus der vierfachen Aufzählung eine scheinbar fünffache, indem die Einheit von jeweils zwei Wörtern bis zu nächsten Zäsur auch bei der Erweiterung *longitudinem dierum* eingehalten wird. Diese so einheitlich endenden Abschnitte beginnen jedoch jeweils deutlich anders.

Weitere Spuren von Melodieverwandtschaft sind in diesem Introitus allerdings nur unter Vorbehalt zu nennen; sie könnten auch einfach ein Produkt des Zufalls sein. Es handelt sich um kurze Folgen von Tönen und Zeichen, die mehrfach Verwendung finden: z. B. *ego – glorificabo* oder *et ego – eripiam* oder *exaudiam – longitudine*. Eine Systematik oder ein offenbarer Textbezug sind dabei nicht auszumachen.

Dagegen erscheinen andere Elemente dieser jeweils so verschiedenen Melodiefolgen als durchaus dem Text entsprechend, ohne daß hier von nachweislicher Absicht gesprochen werden könnte: Pes (Quarte) und Virga bei *eripiam* – Tonhöhensymbolik? –, die ausgreifende Bewegung nach oben bei *glorificabo*, das „Beharren" auf einem Ton (*do*) bei *longitudine*. Eine solche Interpretation des melodischen Verlaufs gründet auf den im zweiten Teil der Analyse gemachten Erfahrungen, bedarf aber dennoch der Vorsicht und ist in diesem Einzelfall sicher nicht beweisbar. Die melodische Gestalt der genannten Stellen könnte auch ganz andere Gründe, z. B. modus- oder formelbedingte, haben. Dies wäre allein durch ausgiebige Vergleiche festzustellen, worauf an dieser Stelle jedoch verzichtet werden soll, da es sich nicht um die Fragestellung dieses Kapitels handelt.

Grundsätzliche Vorsicht sollte auch bei einer Suche nach Anzeichen von melodischer Wiederholung bei der CO *Scapulis suis*[57] walten. Mit Sicherheit kann lediglich festgestellt werden, daß die Communio mit dreimal derselben üblichen Formel in etwa drei gleich lange, der Syntax des Textes entsprechende Einheiten gegliedert wird. Die zweite dieser Formeln auf *sperabis* wird wiederum durch eine vorausgehende Formel verlängert, die bereits in den Communioantiphonen *Meditatio*[58] und *Acceptabis*[59] vorkam. Darüber hinaus gibt es eine melodische Übereinstimmung zwischen den Wörtern *obumbrabit* und *circumdabit* sowie – unschärfer – *veritas*, die durchaus als ein Mittel der musikalischen Gestaltung des zugrundeliegenden – eigentlich dreifachen – Parallelismus verstanden werden kann:

57 GT 77.
58 GT 67.
59 GT 309.

Der Beginn des Stückes ist insofern bemerkenswert, als hier dieselbe melodische Bewegung (*scandicus flexus* mit anschließender Tonrepetition auf dem oberen *do*) Verwendung findet, die im textgleichen vorausgehenden Offertorium gleich zwei- bzw. dreimal erscheint: Die Worte *pennis eius* und *scuto* des Offertoriums im VIII. Ton sind so dem Anfang *scapulis suis* der Communio verblüffend ähnlich gestaltet. Ob es sich dabei jedoch um eine gewollte Beziehung handelt, muß offen bleiben: Die Hinweise sind zu schwach, zumal es sonst keine melodische Beziehung unter den beiden Gesängen gibt. Interessant erscheint im Offertorium die ausgedehnte Tonrepetition bei *scuto* und der ebenfalls auffällige Melodiebogen bei *sub pennis*. Sie geben den Inhalt der Worte fast bildhaft wieder.

Der IN *Sicut oculi*[60] des Montags der ersten Fastenwoche bietet dagegen gleich zu Beginn ein sehr überzeugendes Beispiel für *similitudo dissimilis* bei *sicut oculi servorum – ita oculi nostri*. Hier werden zwei sprachlich und inhaltlich parallele Textstellen auch melodisch sehr ähnlich, am Anfang sogar identisch gestaltet. Die Beziehung von Musik und Sprache wird dabei nur zu offensichtlich.

Aber auch der weitere Verlauf der Introitusantiphon gibt ein interessantes Beispiel für die Gestaltungsmöglichkeiten durch melodische Übereinstimmungen. Das Stück wird durch das zweimalige Erklingen derselben durchaus prägnanten und im IV. Ton eher seltenen (Schluß)-Formel[61] bei *nostrum* und *nobis* in zwei Teile geteilt, die eine etwas andere Pausenordnung nahelegen, als die Interpunktion des Textes vorgibt bzw. in der Qudaratnotation der Editio Vaticana zu finden ist. So wird der mit *donec* beginnende Abschnitt, der zum Ende hin mit einer kurrenten Formel auf dem Tenor schließt, stärker dem folgenden Teil zugeordnet, was die Verdreifachung des nahezu identischen Textes *misereatur nobis – miserere nobis – miserere nobis* deutlicher zum Tragen bringt. Dabei wird das Wort *miserere* bzw. *misereatur* jeweils eher syllabisch und auf derselben Strukturstufe (*sol*) und das zugehörige *nobis* vergleichsweise eher melismatisch vertont:

60 GT 77.
61 Vgl. z. B. IN *Prope es tu*, GT 24.

Zugleich aber ist eine melodische Verwandtschaft zwischen *oculi nostri ad Dominum Deum* und *donec misereatur* nicht zu übersehen, die die Zäsur bei *nostrum* wieder nivelliert und einen anderen, ebenfalls dem Inhalt entsprechenden kausalen Zusammenhang auch musikalisch verdeutlicht. Dazu ein Beispiel mittelalterlicher Exegese:

„«Miserere nostri, Domine.» Pars secunda. Quandoquidem oculos nostros ad Dominum dirigemus, ideo «Domine miserere nostri, miserere nostri.» Ideo binam precatur misericordiam, quia binam ponit miseriam, scilicet secundum corpus et secundum animam."[62]

„«Erbarme dich unser, Herr.» Teil zwei. Wann auch immer wir unsere Augen auf den Herrn richten, deshalb «Herr erbarme dich unser, erbarme dich unser». Deshalb erbittet er zweifache Barmherzigkeit, weil er zweifaches Elend nennt, nämlich dem Körper nach und der Seele nach."

Innerhalb dieser Übereinstimmung im Melodieverlauf erscheint der insgesamt auffallend oft verwendete Quilisma-Scandicus auf dem Wort *misereatur* auf einer höheren Tonstufe als der auf *Deum* im Parallelabschnitt. Könnte dies ein musikalisches Mittel der Steigerung sein – vielleicht gar für Melodie und Text[63]? Als Zufall ist die große melodische Ähnlichkeit zwischen *oculi nostri ad Dominum Deum* und *donec misereatur* wohl kaum abzutun:

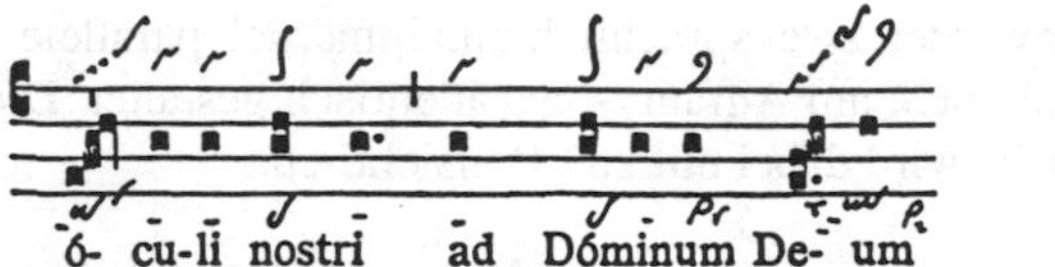

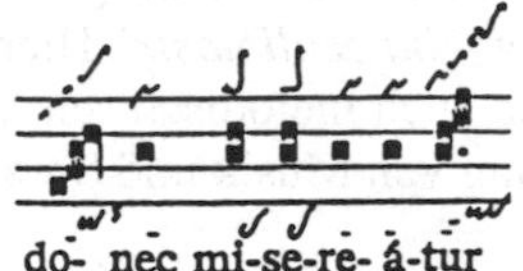

Gerade das einheitliche Auftreten eines eher feinen Unterschiedes in der Aufwärtsbewegung in beiden Handschriften des GT zwischen *oculi* und *Deum* bzw. *donec* und *misereatur*[64], macht es sehr wahrscheinlich, daß hier bewußt *similitudo dissimilis* eingesetzt wird als ein Mittel musikalischer Strukturbildung sowie als Element der Beziehung von Musik und Sprache.

Ein ebenfalls komplexes Beispiel textbezogener melodischer Wiederholung gibt die im GT zugehörige CO *Amen dico vobis (quod uni)*[65]. Sie soll deshalb, obwohl nicht der Ordnung des AMS entsprechend, kurz erwähnt werden.

Das Stück enthält eine reizvolle, mit Klang und Inhalt des Textes korrespondierende melodische Ähnlichkeit bei den Worten *meis fecisti, mihi fecistis,* die auch anhand der Neumennotation klar zu erkennen ist:

62 Haymo, *Explanatio in Psalmos*, PL 116, Sp. 637.

63 Vgl. Reckow, *Rhetorik*, 166f.

64 Das Quilisma steht bei *oculi* und *donec* auf der zweiten und bei *Deum* und *misereatur* auf der dritten Stufe des viertönigen Quilisma-Scandicus.

65 GT 79.

Durch die unterschiedlichen Tonstufen jeweils zum Schluß wird sowohl der Zusammenhang zwischen beiden Aussagen als auch die Zäsurbildung zum zweiten Abschnitt der Antiphon gewährleistet. Im zweiten Teil der Communio zeigt sich ebenfalls eine offensichtliche Übereinstimmung in der melodischen Bewegung bei *Patris*[66] *mei* und *possidete*, die leicht abgewandelt auch bei *praeparatum* und *ab initio* nochmals vorkommt:

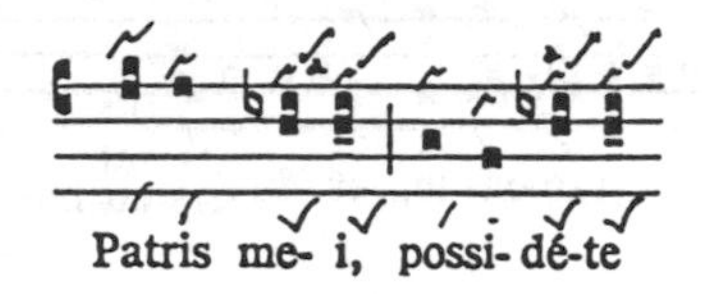

Überhaupt fällt bei dieser Antiphon auf, daß nach einem „Rahmensatz", *Amen dico vobis (quod uni),* dessen melodische Gestalt mit dem Beginn der gleichnamigen CO *Amen dico vobis (quod vos)*[67] sehr ähnlich, am Anfang sogar identisch ist, eine eigentümliche Beschränkung des Materials in der Neumennotation zu bemerken ist. Von der sehr gängigen Schlußformel einmal abgesehen, finden im weiteren Verlauf des Gesangs nur noch Uncinus bzw. Tractulus, Virga, Pes (meist nicht kurrent) sowie die kurrente Clivis Verwendung, während zu Beginn auch Quilisma-Scandicus (flexus), Torculus, nicht kurrente Clivis und Climacus auf engstem Raum erklingen.

Die sich aus diesem Phänomen ergebende Frage wird noch bei einer Reihe anderer Gesänge zu stellen sein[68]: Darf in einer solchen Beschränkung auf einige wenige bzw. in der auffälligen Wiederholung immer derselben Zeichen der adiastematischen Neumennotation – und ihrer Entsprechung in der Quadratnotation – ein zu den Möglichkeiten von *similitudo dissimilis* gehörendes Beispiel der bewußten Beziehung von Musik und Sprache gesehen werden? Auch wenn sich auf diese Frage vielleicht keine ausreichend sichere Antwort geben läßt, sollen die Beispiele für dieses Phänomen jeweils beschrieben werden.

Die CO *Voce mea*[69], die nach der Ordnung des AMS für den Montag der ersten Fastenwoche vorgesehen ist, weist ebenfalls – wenn auch weniger klare – Spuren melodischer Übereinstimmung auf. Was zunächst ins Auge springt, sind die Zäsur- bzw. Schlußformeln bei *exaudivit* bzw. *populi* sowie *suo* und *circumdantis me*. Sie sind melodisch deutlich parallel und außerdem paarweise (1+3/2+4) angeordnet. Verfolgt man den Melodieverlauf, der zu ihnen hinführt, so lassen sich in aller Vorsicht auch hier melodische Parallelitäten feststellen, z. B. *voce mea – non timebo* oder *de monte sancto suo – circumdantis me*, die vermuten lassen, daß dem Gesang insgesamt musikalisch eine parallele Struktur zugrunde liegt, die auch mit dem Parallelismus des Textes korrespondiert. Dabei wird das Wort *circumdantis* auffällig melismatisch gestaltet. Aus dieser „Verdoppelung" des Melodieverlaufs heraus fal-

66 Der Pes auf *patris* entspricht nicht den Handschriften L und E.

67 GT 436.

68 Sie wurde bereits gestellt in 5.2.2.2. *CO Jerusalem surge.*

69 GT 71.

len die Worte *ad Dominum clamavi*. Die auf *clamavi* gebrauchte Zäsurformel ist im VI. Ton und auf dieser Tonstufe außergewöhnlich[70].

Der IN *Dominus refugium*[71] des Dienstags derselben Woche zeigt ein kleines, unscheinbares, aber in seiner Klarheit wichtiges Beispiel für *similitudo dissimilis*:

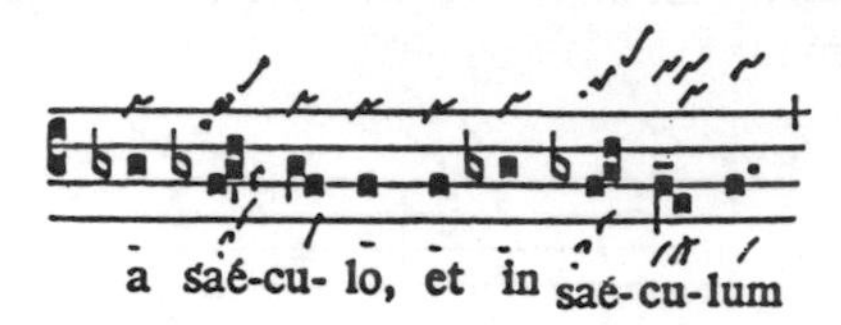

Die Worte *a saeculo et in saeculum* sind in sich sichtlich ähnlich vertont, womit offenbar ihre sprachliche Identität wie auch ihre Zusammengehörigkeit zum Ausdruck kommen sollen. Dieses und vergleichbare Beispiele, die noch zu beschreiben sind, bilden einen wichtigen Hinweis darauf, daß die melodische Wiederholung auch eingesetzt wird, um die innere sprachlich-musikalische Einheit kleinerer sprachlicher Abschnitte zu gewährleisten. Darauf wird im weiteren Verlauf der Analyse noch öfters zurückzukommen sein.

In der zugehörigen CO *Cum invocarem te*[72] sind wiederum nur vage Anzeichen melodischer Übereinstimmug zu beobachten. Zweimal dieselbe Formel auf *meae* und *mea*, die bei *Dominus* nochmals auf anderer Stufe erscheint, sowie eine weitere auf *me* gliedern den Gesang in drei Teile. Darüber hinaus veranschaulicht die Neumennotation eine Wiederholung, die in der Quadratnotation nicht sichtbar wird. Die Bitte *miserere mihi Domine* ist, wie bereits erwähnt, dem Beginn des IN *Misereris* melodisch identisch und kann inhaltlich wohl als zentrale Aussage der Fastenzeit gelten.

Das Proprium vom Mittwoch der ersten Fastenwoche beginnt mit dem IN *Reminiscere*[73]. Noch viel klarer als bei dem IN *Exaudi nos*[74] sind bei dieser Antiphon die beiden inhaltsverwandten Worte *miserationem (tuarum, Domine)* und *misericordiae (tuae)* parallel vertont:

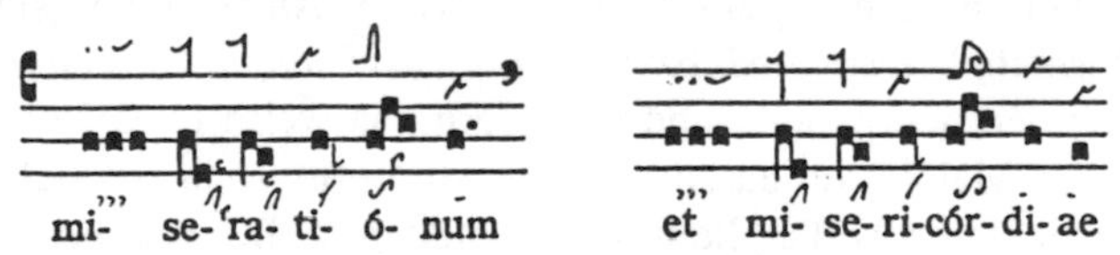

Wenn auch das diesem Introitus zugrundeliegende musikalische Material in zahlreichen anderen Introitusantiphonen im IV. Ton ähnlich vorgefunden werden kann[75], so ist die Ausprägung an der genannten Stelle doch so auffallend identisch, daß von Zufall kaum die Rede sein kann.

70 Im Repertoire des GT läßt sich kein weiteres Beipiel dafür finden.
71 GT 79.
72 GT 80.
73 GT 81.
74 GT 69.
75 Z. B. IN *Sicut oculi*, GT 77; IN *De necessitatibus*, GT 84; IN *Resurrexi*, GT 196.

Die CO *Intellege clamorem*[76] desselben Tages bietet wiederum ein Beispiel für melodische Übereinstimmung innerhalb einer kleineren sprachlichen Einheit gleich bei den ersten Worten *Intellege clamorem.* Außerdem zeigt der stark melismatische Schluß des Gesangs, *ad te orabo, Domine*, in seinen Melismen Ansätze melodischer Wiederholung, was jedoch nicht dem Phänomen von *similitudo dissimilis* in dem für diese Arbeit definierten Sinne zuzuordnen ist.

Der IN *Confessio*[77] des Donnertags enthält keine beweiskräftigen Spuren von melodischer Identität. Der wiederholte Gebrauch der Tristropha mit vorangehender Quartbewegung aufwärts bei *confessio et pulchritudo*, *sanctitas* und *magnificentia* dürfte seine Ursache im Schema der Psalmodie des III. Tones haben[78]. Dennoch kann davon ausgegangen werden, daß der konsequente Gebrauch dieser melodischen Bewegung dem parallelen Aufbau des Textes sowie der inhaltlichen Verwandtschaft der vier Worte entspricht. Die leichte melodische Übereinstimmung zwischen *in conspectu* und *in sanctificatione* bestätigt die Vermutung, daß die Antiphon aus zwei sprachlich wie musikalisch parallelen Hälften besteht.

Die im GT für diesen Tag angegebene CO *Petite*[79] sei hier kurz betrachtet, da sie ein überzeugendes Beispiel von *similitudo dissimilis* darstellt (*Notenbeispiel*). Kaum zu übersehen ist die melodische Übereinstimmung zwischen den gleichen Worten in der ersten und zweiten Hälfte dieses Gesangs: *petite et accipietis – omnis enim qui petit accipit; invenietis – invenit; pulsate – pulsanti; aperietur – aperietur.*

Zugleich sind es die je zweimal erscheinenden, unterschiedlichen Schlußformeln bei *accipietis* und *vobis* bzw. *accipit* und *aperietur*, die das Stück konsequent in zwei in sich zusammengehörige parallele Abschnitte unterteilen. Um diesen melodisch-sprachlichen Bezug durchgängig möglich zu machen, wurde die biblische Textvorlage variiert. In allen erhaltenen Textvarianten heißt es eigentlich: *petite et dabitur vobis* statt *petite et accipietis.*

Bei der CO *Panis quem ego*[80] des AMS weisen die auffälligen Melismen in sich kleinere Wiederholungen – z. B. *ego dedero* und *vita* – wie auch untereinander verwandte Strukturen – z. B. *mea* und *saeculi* – auf. Obwohl die Neumen an diesen Stellen deutliche Unterschiede zeigen, handelt es sich durchaus um hörbare melodische Ähnlichkeiten, die zweifellos einen Teil des besonderen Reizes dieser Antiphon ausmachen.

76 GT 82.
77 GT 586.
78 Siehe den anschließenden Vers.
79 GT 314, das *alleluia* gehört zur Antiphon, die nach dem AMS zur Osterzeit gehört.
80 GT 322.

Notenbeispiel: CO Petite et accipietis

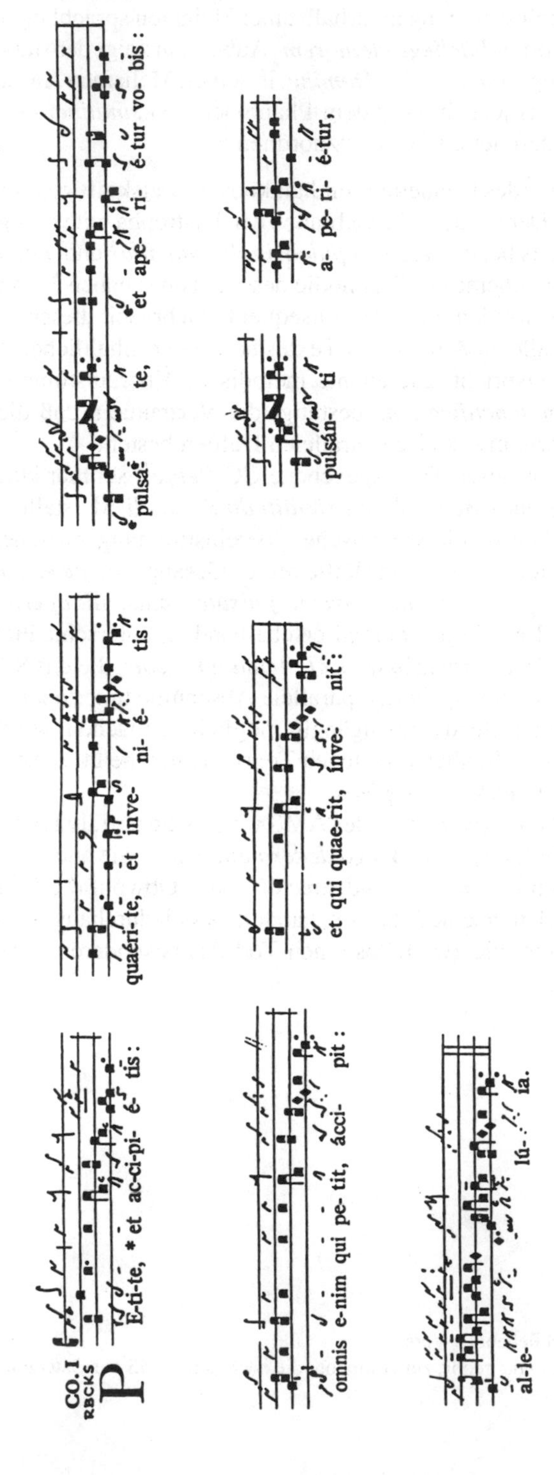

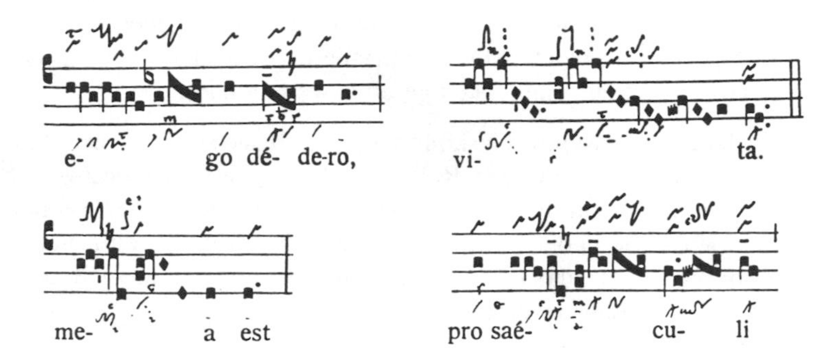

Der IN *De necessitatibus*[81] vom Freitag der ersten Fastenwoche ähnelt, wie bereits erwähnt, in seiner Grundstruktur zumindest in der ersten Hälfte (bis *meam*) dem IN *Reminiscere*. Als ganz eigenes Material bringt er – neben der melodischen Wiederholung ganz zu Beginn und bei *meis* – bei den Worten *eripe* und *vide* ein Beispiel melodischer Übereinstimmung. Diese beiden Worte werden auf diese Weise sowohl musikalisch miteinander verbunden – was dem inhaltlichen Zusammenhang entspricht – als auch durch die Augmentation der Melodie, wie die Neumennotation sie zeigt, akzentuiert. Der Schluß dieses Introitus, *omnia peccata mea,* ist übrigens beinahe identisch mit dem des IN *Sicut oculi.* Auf diese Weise werden gerade die Introitusantiphonen im IV. Ton zu einem Beispiel für die lebendige Spannung zwischen zur Verfügung stehendem, vielfach gebrauchtem und vielfältig brauchbarem musikalischen Material und der je eigenen, alles andere als stereotypen Anwendung auf einen konkreten Text.

Die CO *Erubescant et conturbentur*[82] (IV. Ton) zählt zu den wenigen Antiphonen des hier analysierten Ausschnitts aus dem gregorianischen Repertoire, bei denen sich innerhalb des Gesangs keinerlei Spuren melodischer Übereinstimmung nachweisen lassen. Dafür ist der Anfang des Stückes jedoch melodisch gleich mit dem der gleichnamigen CO *Erubescant et revereantur*[83], obwohl diese im VII. Ton steht. Auffällig ist außerdem das ausgeprägte Melisma auf dem Wort *velociter*, bei eher bescheidener Schlußformel. Dieses Wort *velociter* ähnelt in verblüffender Weise dem Melodieverlauf desselben Wortes im zweiten Vers des TR *Domine exaudi*:

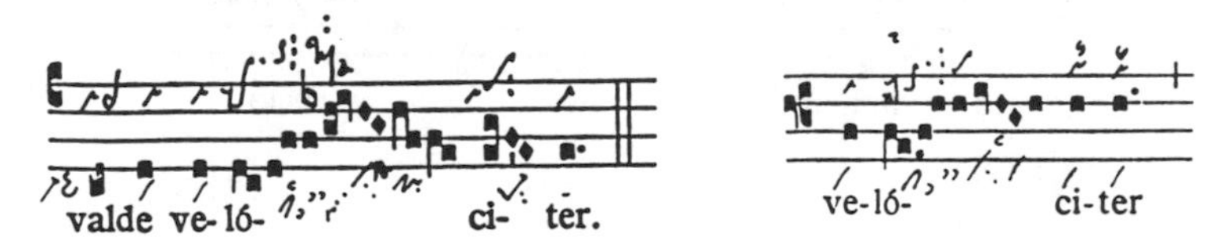

Erstaunlich, wenn auch als Ausdruck einer inhaltlichen Beziehung natürlich nicht beweiskräftig, erscheint schließlich die melodische Verwandtschaft des Wortes (*inimici mei*) *avertentur* mit den im Kontext des jeweiligen Textes inhaltsverwandten

81 GT 84.
82 GT 85.
83 GT 152.

Worten *expugna* und *apprehende* im ebenfalls im IV. Ton stehenden IN *Iudica Domine*[84]. Könnten die Assoziation und die Erinnerung wirklich so weit gehen, daß darin eine bewußt gestaltete Ähnlichkeit gesehen werden kann?

Dem Samstag der ersten Fastenwoche kommt liturgisch nach der Ordnung des AMS als Quatembersamstag eine besondere Rolle zu[85]. Der darauffolgende zweite Sonntag der Fastenzeit ist demzufolge nach den Handschriften des AMS *Dominica vacat*. Deshalb sollen – wie in der Handschrift R auch als Möglichkeit genannt – Introitus und Communio des Quatembersamstags als Propriumsgesänge für den zweiten Fastensonntag besprochen werden.

6.2.2. Zweite Fastenwoche

Dem Quatembersamstag bzw. dem zweiten Fastensonntag wird im AMS der IN *Intret oratio mea*[86] zugeordnet. Bei diesem Gesang sind, wie in zahlreichen Propriumsantiphonen im III. Ton[87], die Ansätze melodischer Wiederholung von den zugrundeliegenden Charakteristika der Psalmodie schwer zu unterscheiden[88]. Zu Beginn bei *Intret oratio* scheint ein Fall von melodischer Übereinstimmung zwecks Bezeichnung eines sprachlichen Zusammenhangs in einer kleinen Sinneinheit des Textes vorzuliegen. Ob das auch für den Schluß, *ad precem meam Domine*, gelten kann, ist schon schwerer zu sagen. Dennoch: Die hier verwendete melodische Bewegung kommt zwar auch in anderen Gesängen im III. Ton vor[89], jedoch nicht in dieser klaren Verdoppelung.

Die CO *Dominus Deus meus*[90] weist keine Spuren von Melodieverwandtschaft auf.

Der Introitus vom Montag, *Redime me*[91], der ebenfalls im II. Ton steht, bringt eine ganz neue Fragestellung mit sich. In ihm sind nicht nur melodische Übereinstimmungen – besonders deutlich in den Neumen – zu finden, z. B. *pes enim meus stetit in via recta* oder *in ecclesiis benedicam.*

84 GT 150.
85 Siehe 6.1.2. *Fasten- und Osterzeit in der Liturgie des frühen Mittelalters.*
86 GT 363.
87 Vgl. z. B. IN *Tibi dixit*, GT 88; IN *Liberator*, GT 128; IN *Repleatur*, GT 246; IN *Confessio*, GT 586.
88 Vgl. dazu GT 823.
89 Vgl. z. B. IN *Liberator*, GT 128: *eripies me, Domine*
90 GT 87.
91 GT 91.

Darüber hinaus fällt auf, daß der in diesem mittleren Teil der Antiphon, *pes enim ...*, wiederholt verwendete nicht kurrente „Pes" hier durchaus als Bild für den Inhalt verstanden werden kann, trug dieses Zeichen doch bereits im frühen Mittelalter diesen Namen. Ist es wirklich denkbar, daß eine solche Symbolik, ein solches Spiel bewußt eingesetzt wurde? Diese Frage ist an diesem einen Beispiel allein gewiß nicht zu beantworten. Daß so etwas aber dennoch im Rahmen des Möglichen liegt, wurde bereits an Beispielen zur *imitatio* diskutiert.

In der zugehörigen CO *Domine Dominus noster*[92] beschränken sich die Anzeichen von *similitudo dissimilis* auf den dreimaligen Gebrauch einer annähernd identischen Zäsur- bzw. Schlußformel bei *Domine*, *tuum* und *terra,* die im II. Ton recht häufig vorkommt[93].

Die Messe vom Dienstag der zweiten Fastenwoche wird mit dem IN *Tibi dixit* eröffnet. Trotz der leicht zu erkennenden Grundstruktur vieler Introitusantiphonen im III. Ton sind in diesem Gesang auch deutlich Abschnitte mit melodischer Übereinstimmung zu finden. Die ungewöhnlich ausgiebige Tonrepetition zum Anfang des Gesangs kommt in dieser Weise nur noch an einer weiteren Stelle im Repertoire vor, nämlich im OF *Reges Tharsis*[94] von Epiphanie, wo sie sehr leicht als Tonsymbolik für die im Text genannte große Entfernung – Tharsis war gleichbedeutend mit dem „Ende der Welt" – verstanden werden kann. Wie dieses Phänomen beim IN *Tibi dixit* zu verstehen ist, ist viel schwerer zu deuten. Mit Sicherheit führt diese herausragende melodische Gestalt (Tristropha-Virga-Tristropha) dazu, daß der Text an dieser Stelle ein besonderes Gewicht erhält.

Dieser Beginn *Tibi dixit* korrespondiert offensichtlich mit dem zweiten *vultum tuum*[95], das melodisch wie eine kürzere Variante erscheint. Daher gliedert sich der Introitus in zwei etwa gleich lange Hälften, die sehr ähnlich beginnen. Die erste Hälfte endet mit einer oft verwendeten Zäsurformel im III. Ton[96], die der Mediatio der Psalmodie entlehnt ist, die zweite mit einer ebenso häufig zu findenden Schlußformel[97]. Aber auch in den Abschnitten zwischen dem gemeinsamen Beginn und charakteristischen Ende beider Hälften der Antiphon ist eine melodische Verwandtschaft zu erkennen. Sie betrifft die beiden inhaltlich fast identischen Worte *quaesivi* und *requiram.*

In der CO *Narrabo*[98] desselben Tages liegt ein beweiskräftiges „Musterbeispiel" für das Phänomen von *similitudo dissimilis* vor. Dabei ist nicht nur die melodische Wiederholung höchst offensichtlich, sondern auch der Bezug zum Text auf syntaktischer und semantischer Ebene. Diese Antiphon im II. Ton ist deutlich dreiteilig[99], wobei der erste und dritte Teil, die als Parallelismus zu verstehen sind, starke melo-

92 GT 367.
93 Vgl. z. B. CO *Dominus Deus meus*, GT 87; OF *Vir erat*, OT 122.
94 GT 58.
95 Auch das erste *vultum tuum* beginnt mit einem Quartsprung und einer Tonrepetition auf dem oberen *do*.
96 Vgl. z. B. IN *Intret oratio*, GT 363; IN *Loquetur Domini*, GT 369.
97 Meist im IV. Ton, z. B. IN *Sicut oculi*, GT 77; IN *Reminiscere*, GT 81.
98 GT 281.
99 Vgl. z. B. IN *Dominus dixit*, GT 41; CO *Sitientes*, GT 114; beide ebenfalls im II. Ton.

dische Übereinstimmungen aufweisen, die auch inhaltlich sehr sinnvoll sind: *narrabo – psallam*; *mirabilia tua – nomini (tuo), Altissime*:

Der mittlere Teil enthält nochmals eine parallele Formulierung, *laetabor et exsultabo*, die ebenfalls in einer melodischen Wiederholung Gestalt findet:

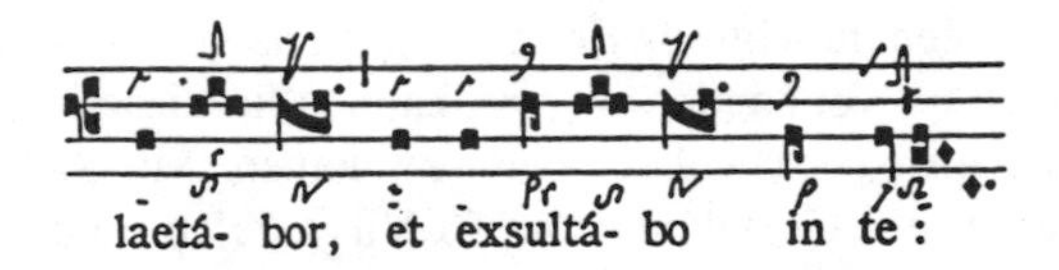

Beim IN *Ne derelinquas me*[100] vom Mittwoch der zweiten Fastenwoche sind die Verhältnisse längst nicht so durchsichtig. Klar zu erkennen ist in diesem Gesang die zugrundeliegende Melodielinie der Psalmodie: Initium (*ne derelinquas* und ansatzweise *ne discedas*), Mediatio (in zwei Anläufen bei *Domine Deus meus*), Finalis (ebenfalls in zwei Ansätzen bei *adiutorium meum* und *salutis meae*). Der Introitus enthält Passagen, die, stark syllabisch, beinahe nur rezitiert werden: *ne derelinquas me* und *ne discedas ... adiutorium*. Davon heben sich die eher melismatischen Bewegungen *Domine Deus meus – meum* (Schlußformel) – *Domine virtus salutis meae* deutlich ab, ein Unterschied innerhalb der musikalischen Gestalt der Antiphon, der eine Akzentsetzung in Musik und Text in Richtung auf diese beiden Anrufungen Gottes bewirkt. Besonders auffällig ist dabei die Wiederholung des in der Quadratnotation wie in den Neumen sehr ähnlichen Verlaufs bei *Domine* und *salutis meae*. Die Worte *Dominus virtus salutis meae* gehören nicht nur syntaktisch zusammen, in diesen Worten drückt sich auch eine Identitäts-Beziehung aus: *Domine = virtus salutis meae*. Hier könnte also *similitudo dissimilis* sowohl einer inhaltlichen Beziehung zwischen einzelnen Worten dienen als auch eine Teilaussage des Textes als zusammengehörig kennzeichnen und zugleich durch die Wiederholung einer besonders prägnanten und langen melodischen Formel als bedeutsam hervorheben.

Neben dem bisher Genannten hat diese Introitusantiphon wohl als eines der beeindruckendsten Beispiele des Phänomens von gleichem Text und gleicher Melo-

100 GT 360.

die in unterschiedlichen Gesängen zu gelten. Der gesamte Schlußteil des Gesangs, *in adiutorium meum, Domine virtus salutis meae*, erscheint mit beinahe derselben Melodieführung ebenfalls im IN *Iudica Domine*[101], wo dieser Text auch in der biblischen Textvorlage vorkommt, während er im IN *Ne derelinquas me* das Ergebnis gezielter Redaktion zu sein scheint. Dabei wird für den IN *Ne derelinquas me* der VII. und für den IN *Iudica Domine* der IV. Modus angegeben, was einmal mehr die Frage nach den Modi aufwirft. Dem Unterschied zwischen diesen beiden Modi entsprechend variieren in den beiden Introitusantiphonen die Strukturstufen und die Schlußformeln. In der Antiphon im IV. Modus ist die obengenannte Identität zwischen *Domine* und *salutis meae* wesentlich schwächer ausgeprägt als beim Introitus im VII. Modus. Die Formel bei *Domine* ist der im VII. Modus weitgehend identisch, während die Schlußformel eine andere ist, was ein Hinweis darauf sein könnte, daß der Melodieverlauf dem IV. Modus nachträglich angepaßt wurde.

In der CO *Iustus Dominus*[102] desselben Tages läßt sich dagegen keine überzeugende melodische Wiederholung feststellen.

101 GT 150.
102 GT 93.

Problematisch gestaltet sich die Suche nach melodischen Übereinstimmungen im IN *Deus in adiutorium*[103] vom Donnerstag. In der Notation fällt eine Häufung des Torculus auf. Kann dies bei *Dominus ad adiuvandum* als musikalischer Ausdruck des sprachlichen Zusammenhangs verstanden werden? Sehr viel klarer erscheint dagegen die melodische Beziehung zwischen den Worten *confundantur et revereantur*, die einmal mehr einen Parallelismus auch musikalisch zum Klingen bringt.

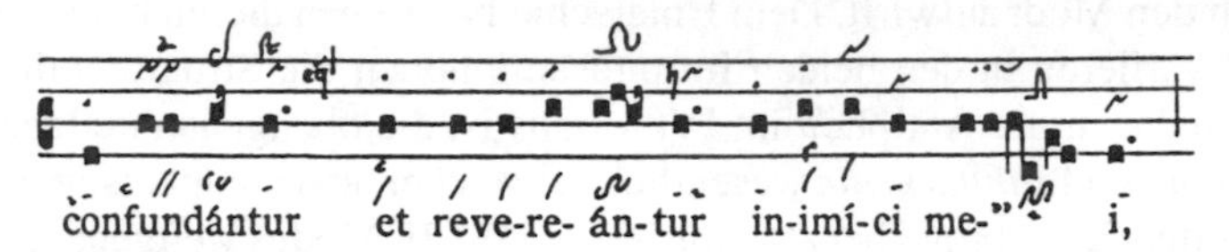

Die Communioantiphon *Qui manducat*[104] zeigt keine deutlichen Wiederholungen, es sei denn, man wollte die kleine, wenn auch inhaltlich nicht unbedeutende Stelle *et ego in eo* (Wiederholung des Porrectus) so verstehen oder aber das Wort *ego* melodisch in Beziehung zu *qui manducat* sehen, was jedoch wenig überzeugend erscheint, da es sich um einen durchaus gängigen Melodieverlauf im VI. Ton handelt[105]. Überzeugender wirkt dagegen trotz unterschiedlicher Tonstufen die melodische Verwandtschaft bei *carnem meam* und *sanguinem meum*:

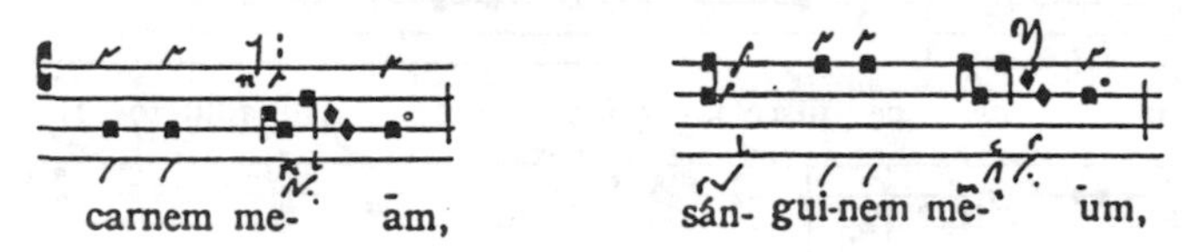

Hier stellt sich einmal mehr die Frage, nach welchen Kriterien eine Grenzziehung zwischen „ähnlich" und „unähnlich", zwischen „gewollt" und „zufällig" vorgenommen werden kann.

Der Anfang des IN vom Freitag, *Ego autem cum iustitia*[106], ist fast identisch mit dem des IN *Ego autem Domine*[107], auch in diesem Fall liegt also wieder die Verbindung von gleichem Text und gleicher Melodie vor. Weiterhin fällt bei diesem Gesang sogleich die Wiederholung der eher seltenen Schlußformel bei *tuo* und *tua* auf, die das Stück in zwei Hälften gliedert. Ansonsten läßt sich jedoch kaum von melodischer Ähnlichkeit reden. Das lange und weithin nicht kurrente Melisma auf *satiabor* macht dieses Wort melodisch zur zentralen Aussage des Introitus.

In der CO *Tu Domine*[108] lassen sich klare melodische Übereinstimmungen finden: *Tu Domine* (*Domine* durch ein Melisma hervorgehoben) und *et custodies* (zum Teil eine Tonstufe tiefer) sowie *servabis nos* und *a generatione*:

103 GT 315.
104 GT 383.
105 Vgl. z. B. IN *Hodie scietis*, GT 39; CO *In splendoribus*, GT 44.
106 GT 94.
107 GT 111.
108 GT 95.

Die Vermutung liegt nahe, daß dieser Communioantiphon insgesamt ein „Melodie-Gerüst" zugrunde liegt, das aus einer melodischen Wiederholung – *Tu Domine ... nos* und *et custodies ... generatione (hac)* – besteht, an die eine Schlußformel, *in aeternum*, angehängt ist, was die melodische Parallelität des Gesangs etwas „gewollt" wirken läßt, da der Text dem „Modell" nicht ganz zu entsprechen scheint. Das Modell erscheint irgendwie „zu kurz". Der Salicus auf *hac* verhindert jedoch, daß das Stück an dieser Stelle mit der bereits erreichten Finalis verfrüht schließt, und bewirkt, daß der melodische Bogen dem Text gemäß weitergeführt werden kann. So entsteht eine durchaus reizvolle Konstruktion, wenn man sie in Beziehung setzt zum Inhalt des Textes, der ja auch „den Rahmen sprengt": *a generatione hac in aeternum* – von dieser Generation bis in Ewigkeit. Dabei drängt sich natürlich die Frage auf, ob es sich bei dieser Communio bloß um eine etwas ungeschickte Anwendung einer melodischen Vorlage auf einen nicht ganz passenden Text handelt, so daß eine zusätzliche Schlußformel angehängt werden muß, oder aber, ob es hier wirklich in dieser Differenziertheit um eine musikalische Anpassung an die Struktur und den Inhalt des Textes geht – eine Frage, die sich trotz aller Plausibilität anhand dieses einen Gesangs nicht beantworten läßt.

Die Messe vom Samstag beginnt mit dem IN *Lex Domini*[109], der ebenfalls Beispiele melodischer Übereinstimmung enthält. Von der Formel bei *Lex Domini* war bereits die Rede[110], sie korrespondiert mit der Schlußformel auf *parvulis* – wie auch die Neumennotation bestätigt. So wird diese Formel zum „Rahmen" für die Antiphon.

Ein weiteres Element der Wiederholung ist bei den Worten *irreprehensibilis, convertens animas* zu entdecken. An dieser Stelle ist wie bei zahlreichen anderen Beispielen zu vermuten, daß ein textlich eng zusammengehörender Teil auch melodisch als Einheit gestaltet werden soll.

Die Communio vom Samstag *Oportet te fili gaudere*[111] zeichnet sich durch ihren stark syllabischen Charakter aus. Sie gehört zu einer Gruppe von Communioantiphonen mit Evangeliumstexten[112], die eher den Officiumsantiphonen ähneln als den anderen Propriumsgesängen. Dennoch lassen sich auch in diesem Gesang klare Spuren von *similitudo dissimilis* nachweisen. Melodische Identität ist bei den Wor-

109 GT 86.
110 Siehe 6.2.1. *Aschermittwoch und erste Fastenwoche*, IN *Misereris*.
111 GT 95.
112 Vgl. auch Ekenberg, 106.

ten *mortuus fuerat* – *perierat* festzustellen. Aber auch bei *fili gaudere*, *et revixit* und *et inventus est* scheint eine Ähnlichkeit vorzuliegen. So ergibt sich eine Zwei- bzw. Dreiteilung dieser Communioantiphon: Am Beginn steht der im Initium des VIII. Tones häufig zu findende Quartsprung nach oben (A), darauf folgt die den Abschnitt abschließende Bewegung auf *fili gaudere* (C). Dann kommt nochmals ein Initium auf *quia frater* (A), an das, in Einklang mit dem Parallelismus des Textes, zweimal ein sehr ähnlicher Melodieverlauf mit den oben genannten Elementen (B+C) anschließt. So ergibt sich für die gesammte Antiphon das folgende Schema:

Oportet te (A)		fili gaudere, (C)
quia frater tuus (A)	mortuus fuerat, (B)	et revixit; (C)
	perierat, (B)	et inventus est. (C)

6.2.3. Dritte Fastenwoche

Im IN *Oculi*[113] des dritten Sonntags[114] der Fastenzeit wird es schwierig, eine Beziehung zwischen Textaussage und melodischer Wiederholung nachzuweisen. Zwar gibt es deutliche melodische Übereinstimmungen in den Zäsur- bzw. Schlußformeln bei *Dominus*, *mei* und *unicus* sowie – in der Neumennotation klar zu erkennen – bei *meos* und *mei*. Ansonsten wirken die Struktur und der melodische Verlauf der Antiphon jedoch eher unübersichtlich und entziehen sich einer weiteren Gliederung. Bemerkenswert erscheint jedoch bei diesem Gesang die massive Augmentation des Wortes *semper* im Gegensatz zur fast rein rezitierten Vertonung der voraus-

113 GT 96.

114 In den Handschriften R und Cm des AMS wegen des vorausgehenden *Dominica vacat* als 2. Fastensonntag angegeben, in M und K als dritter, in B und S ohne Angabe.

gehenden Worte *oculi mei*. Diese Stelle kann durchaus als musikalische Interpretation des Inhalts aufgefaßt werden, zumal es für eine solche Vertonung des Wortes *semper* im gregorianischen Repertoire eine „Vorliebe" zu geben scheint[115]. Als eine weitere Interpretation des Textes durch die Musik im Sinne einer Tonhöhensymbolik ist die Aufwärtsbewegung bei *quia ipse evellet* zu deuten.

Bei der CO *Passer invenit*[116] erbringt die Analyse auf Spuren von *similitudo dissimilis* wieder einen ergiebigeren, aber auch schwer zu deutenden Befund. Der Beginn der Antiphon springt sogleich ins Auge mit seiner Häufung zunächst nicht kurrenter, dann kurrenter bzw. verkürzt-liqueszierender Pes-Zeichen:

Ist es eine Überinterpretation, dies auf den Wortklang von *passer* gegenüber *turtur* bzw. auf die „gurrenden" Tauben zu beziehen? Handelt es sich tatsächlich um ein Beispiel für die manchmal fast verspielte Differenziertheit der Beziehung von Musik und Sprache im gregorianischen Gesang, die sich an einzelnen Stellen immer wieder förmlich aufdrängt? Warum aber dann die Folge nicht kurrenter Pes-Zeichen – beginnend mit einem Quartsprung – für den kleineren Spatz (*passer*) in diesem ungewöhnlichen, weil transponierten Gesang im I. Ton? Hier dürfte die Assoziation des mittelalterlichen Menschen noch weiter gereicht haben. Der Spatz ist zwar ein kleiner Vogel, aber er dient in einer der Patristik entlehnten Deutung des frühen Mittelalters für diesen Psalmvers als eine Allegorie für Seele, Herz oder Geist, die Taube dagegen „nur" für den Leib. So heißt es z. B. in den lange Zeit Walafried Strabo zugeschriebenen *Glossa ordinaria*:

> „*Etenim passer*, etc. (Aug.) Duobus duo reddit: *cor* ut *passer*, *caro* ut *turtur*, cui dat et *pullos*: corde cogitamus Deum, quasi volet passer ad domum; carne agimus opera. (Cass.) Sicut passer [...]: sic anima laetatur, dum scit sibi domum paratum in coelo. Spiritus, qui est quasi passer volans in altum, tendens ad ipsum Deum."[117]

> „*Denn der Spatz*, etc. (Aug.) Durch zwei gibt er zwei wieder: das Herz als Spatz, das Fleisch als Taube, denen gibt er auch Junge: im Herzen denken wir an Gott, so wie der Spatz zu seinem Haus fliegt; im Fleisch tun wir Werke. (Cass.) So wie der Spatz [...]: freut sich die Seele, denn sie weiß, daß ihr ein Haus im Himmel bereitet ist. Der Geist ist vergleichbar einem Spatz, der in die Höhe fliegt, er streckt sich aus zu Gott selbst."

Der weitere Verlauf der Antiphon hebt sich melodisch stark von diesem Anfang ab. Eine melodische Übereinstimmung bei *reponat* und *virtutum* läßt sich vor dem Hintergrund der darauffolgenden, sehr verschiedenen Abschnitte kaum übersehen. Auch hier drängt sich der inhaltliche Bezug beinahe auf: *reponat* – die Ruhe und neue

115 Vgl. dazu auch IN *Gaudete*, GT 21; IN *Meditatio cordis*, GT 103; IN *Introduxit vos*, GT 200.

116 GT 306. Für diesen Gesang werden in den *Vorschlägen zur Restitution*, in: BzG 25 (1998), 33, umfassende Änderungen vorgesehen, dabei wird der Gesang als Ganzes transponiert und in seinem ersten Teil dem III. Ton zugeordnet.

117 Walafried Strabo, *Glossa ordinaria*, PL 113, Sp. 985.

Kraft, die die Vögel in ihrem Nest finden, liegt für den Beter in den Kräften (*virtutes*) Gottes, die er bei dessen Altar, nämlich in der Kirche, findet. Auch dazu ein Beispiel mittelalterlicher Theologie:

> „«[...] et turtur,» id est caro, invenit sibi «nidum, ubi reponat pullos suos,» [...]. Et quem nidum invenit turtur? «altaria sua,» id est sacramenta Ecclesiae, fidem et baptismum, et similia, super quae opera nostra posita sunt Deo acceptabilia, [...]. «Domine, virtutum» id est omnium angelorum, quas quidem virtutes mittis nobis in auxilium, [...]."[118]

> „«[...] und die Taube», das heißt das Fleisch, findet sich «ein Nest, wo sie ihre Jungen hinlegen kann» [...]. Und welches Nest findet die Taube? «Seine Altäre», das heißt die Sakramente der Kirche, den Glauben und die Taufe und ähnliches, auf die unsere Gott wohlgefälligen Werke gelegt sind, [...]«Herr der Kräfte», das heißt aller Engel, das nämlich sind die Kräfte, die du uns zur Hilfe schickst, [...]."

So steht bei dieser Communio der moderne Betrachter wiederum vor der Frage, ob die Beziehung von Musik und Sprache in dieser Communio wirklich so ins Detail führt, oder ob eine solche Interpretation nicht doch zu weit geht.

Die Messe vom Montag der dritten Fastenwoche wird eröffnet durch den IN *In Deo laudabo*[119]. Dieser Gesang enthält Hinweise auf *similitudo dissimilis*. Sehr überzeugend erscheint die melodische Übereinstimmung bei *non timebo* und *quid faciat* – auch dies wieder ein inhaltlicher Parallelismus:

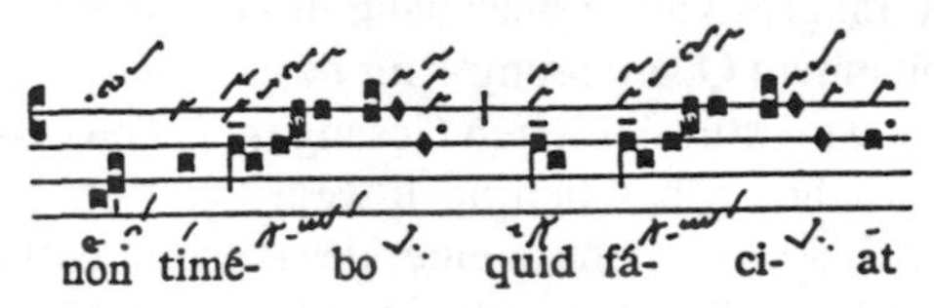

Wesentlich problematischer ist dagegen die auch in der Neumennotation zu findende Wiederholung zweier kurzer melodischer Floskeln bei *laudabo* (das zweite) – *sermonem* bzw. bei *sermonem – speravi*. Es will nicht so recht gelingen, einen einleuchtenden Bezug zum Text herzustellen, sei es nun auf der syntaktischen oder der semantischen Ebene. Das erste Beispiel, *laudabo sermonem*, könnte noch gut als Ausdruck der Einheit des Textes verstanden werden. Wie aber ist die Wiederholung des melodischen Elementes bei *sermonem – speravi* zu erklären? Könnte es sich also bei diesem Gesang um ein Beispiel dafür handeln, daß solche melodischen Übereinstimmungen einem rein musikalischen Zweck dienen – aber welchem? – oder ganz einfach ein Produkt des Zufalls darstellen? Wie ist es zu erklären, das die beiden ersten, fast textlich identischen Abschnitte in *Deo laudabo verbum – in Domino laudabo sermonem* keinerlei melodische Parallelität aufweisen? Dies alles zeigt, daß es sich bei der textbezogenen Verwendung melodischer Übereinstimmungen keineswegs um ein systematisch angewandtes Prinzip der Beziehung von Musik und Sprache handelt.

Die CO *Quis dabit*[120] im V.Ton macht es ebenfalls schwer festzulegen, ob die vage Verwandtschaft im Melodieverlauf bei *salutare – avertit Dominus – et laetab-*

118 Haymo, PL 116, Sp. 482/83.
119 GT 100.
120 GT 101.

itur als bewußt gesetzt aufzufassen ist oder aber als ein Teil der Psalmodie des V. Tones[121]. Interessant ist die starke melodische Übereinstimmung beim Wort *Israel*:

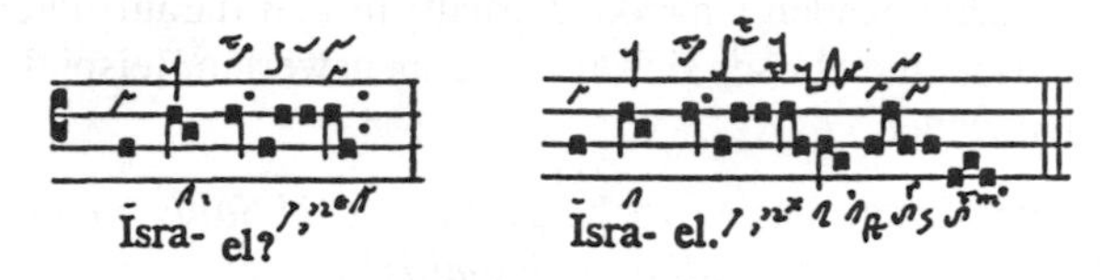

Das erste Mal, wo es am Ende einer Frage – und in der Mitte der Antiphon – steht, endet die Vertonung auf *la*, während am Schluß dieselbe melodische Bewegung beim selben Wort um eine Schlußformel, die auf der Finalis endet, ergänzt wird. Eine weitere, kleinere Wiederholung (zweimal derselbe Porrectus) befindet sich auf dem Wort *exsultabit*, dessen auffallende Tonhöhe als mit dem Inhalt korrespondierend betrachtet werden kann.

Im komplexen Gebilde des IN *Ego clamavi*[122] vom Dienstag fällt es ausgesprochen schwer, im Melodieverlauf klare Übereinstimmungen zu entdecken. Melodische Ähnlichkeiten wie bei *quoniam – verba – oculi – umbra* oder *exaudi – tuarum* können einfach dem Zufall, auf der Basis charakteristischer Elemente des III. Tones, entsprungen sein, zumal noch nicht einmal bei den Schlußformeln klare Wiederholungen zu finden sind. Dagegen erscheint die doppelte Quarte (*re-sol* und *sol-do* = Septim) auf *clamavi* als eine überzeugende und durchaus beabsichtigte musikalische Gestalt für den Inhalt dieses Wortes.

In der zugehörigen CO *Domine, quis habitabit*[123] sind wieder stärkere melodische Übereinstimmungen zu erkennen. Zunächst eine Häufung von Pes-Zeichen (kurrent) zu Beginn, womit die sprachliche Zusammengehörigkeit dieses Textabschnitts bezeichnet sein könnte. Ähnliches liegt wahrscheinlich bei den Worten *qui ingreditur sine macula* vor, die am Anfang der Antwort auf die zuvor gestellten Fragen stehen. Darüber hinaus ist zweimal dieselbe Schlußformel, jedoch auf verschiedenen Tonstufen, bei *tuo* und *operatur* zu beobachten, wofür sich keine dem Text entsprechende, schlüssige Erklärung finden läßt.

Der IN *Ego autem in Domino*[124], der das Proprium des Mittwochs eröffnet, zeigt eine bemerkenswerte Häufung von Tonrepetitionen: *in Domino speravi – exsultabo et laetabor – humilitatem meam*. Eine Beziehung zum Text wird recht deutlich beim Melodieverlauf zu den Worten *exsultabo et laetabor* durch seinen Parallelismus in Wort und Ton sowie durch die zum Inhalt passende Steigerung[125]. Auch die melodische Übereinstimmung zwischen *in Domino* und *speravi* läßt sich als dem Textzusammenhang entsprechend und bewußt gesetzt verstehen, besonders wenn man die Antiphon mit dem genauso beginnenden Parallelstück vergleicht[126].

121 Vgl. z. B. IN *Verba mea*, GT 83; in der Antiphon bei *intende voci* oder in der anschließenden Psalmodie.
122 GT 354.
123 GT 102.
124 GT 111.
125 Durch die über die Tristropha hinausgehenden Tonrepetitionen.
126 IN *Ego autem cum iustitia*, GT 94.

In der CO *Notas mihi fecisti*[127] ist es der Anfang, der durch seine einfache, eine kleine Wiederholung enthaltende musikalische Ausprägung einen eigenen, sich vom Rest der Antiphon abhebenden Charakter erhält. In den darauffolgenden, stärker melismatischen Abschnitten lassen sich keine nennenswerten Beispiele melodischer Wiederholung ausmachen.

Zum Donnerstag der dritten Fastenwoche gehört der IN *Salus populi*[128], der einen ganz offensichtlichen Fall von *similitudo dissimilis* beinhaltet. In der Mitte der Antiphon sind die Worte *clamaverint ad me* und *exaudiam eos* nahezu identisch vertont:

Dabei handelt es sich vom Text her diesmal um keinen Parallelismus im üblichen Sinne, sondern um einen Zusammenhang von „Ursache“ und „Wirkung“, die so als musikalisch zusammengehörig, ja identisch gekennzeichnet werden. Diese melodische Identität kann theologisch noch weiter interpretiert werden als Ausdruck der vertrauensvoll geglaubten und zugesagten „Gleichzeitigkeit“ von Gebet und Erhörung, wie folgendes zeitgenössisches Beispiel zum Prolog der *Regula Benedicti* zeigt:

> „*Et antequam me invocetis dicam vobis: Ecce adsum.* O sermo mansuetudine et benignitate plenus. Non exspectat consummari orationem, sed ante tribuit petitionem. Novit enim dominus, antequam petamus eum quid opus sit nobis. Et hoc ideo, quia templum dei sumus, et spiritus domini habitat in nobis. Velocissime enim habitaculum suum habitator exaudit deus.“[129]

> „*Und bevor ihr mich anruft, sage ich euch: Seht, ich bin da.* O Wort, voll von Milde und Güte. Er erwartet nicht, daß das Gebet vollendet wird, sondern gewährt zuvor (schon) die Bitte. Der Herr weiß nämlich, bevor wir ihn bitten, was wir brauchen. Und das deshalb, weil wir Tempel Gottes sind, und der Geist des Herrn in uns wohnt. Schnellstens nämlich erhört der Bewohner, (das ist) Gott, seine Wohnung.“

Das Wort *exaudiam* erhält durch den Quilisma-Scandicus gegenüber dem Wort *clamaverint* eine noch etwas intensivere und auffälligere Ausprägung. Das Gewicht liegt in diesem Gesang auf dem agierenden *ego*, wie auch die musikalische Gestalt dieses Wortes, die der Melodiebewegung auf *ad me* und *eos* sehr ähnlich ist, bestätigt. Alle drei Stellen ließen sich zwar auch als Zäsurformeln interpretieren, ihre im IV. Ton ungewöhnliche Gestalt und der Vergleich mit den gängigen Formeln bei den syntaktisch gesehen stärkeren Schlußbildungen *dicit Dominus* und *in perpetuum* stützen jedoch eine eher inhaltsbezogene Interpretation.

In der CO *Tu mandasti*[130] desselben Tages sind es eher kleine Elemente, die wiederholt in Erscheinung treten, besonders klar in der letzten Zeile beim Torculus

127 GT 260.

128 GT 339.

129 Smaragdus Abba, *Expositio in Regulam S. Benedicti*, hrsg. v. Alfredus Spannagel und Pius Engelbert OSB, Siegburg 1974 (= Corpus Consuetudinum Monasticum 8), 34.

130 GT 342.

mit Halbtonschritt bei *ad custodiendas iustificationes tuas* sowie in der Wiederholung einer Formel auf verschiedenen Tonstufen ganz zum Schluß der Antiphon bei *iustificationes tuas*.

Der Introitus des Freitags *Fac mecum Domine*[131] besteht in der zweiten Zeile aus der dreifachen Wiederholung einer ganz einfachen melodischen Grundstruktur (*re-do-re-re*): *ut videant – qui me oderunt – et confundantur*. Dabei läßt sich ein Vorgang musikalischer Steigerung beobachten, der im Melisma auf *confundantur* gipfelt, das mit einem Pes quassus (in E) endet – eine musikalische Gestalt, die ausgezeichnet zur „Dramaturgie" des zugrundeliegenden Textes paßt:

Neben einer grundsätzlichen Ähnlichkeit im „Duktus" des gesamten Melodieverlaufs, Quart aufwärts (*fac – oderunt – confundantur – quoniam – consolatus*) und Terz abwärts (*mecum – bonum – Domine – adiuvisti – es*), findet sich eine Wiederholung der Zäsurformel bei *bonum* und *Domine*. Auch der Schluß *consolatus es* enthält zwei kleinere Wiederholungen: dreimal eine nicht kurrente Clivis auf *consolatus* und zweimal eine dreitönige Abwärtsbewegung (Pes subbipunctus und Climacus) auf *es*.

Die zugehörige Communioantiphon *Qui biberit aquam*[132] zeigt, sieht man einmal von der vagen Übereinstimmung bei *aquam* und *aquae* ab, keine Spuren von melodischer Übereinstimmung.

Der IN des Samstags *Verba mea*[133] hat drei (fast) identische Schlußformeln bei *Domine – meum – meae*, die die Antiphon in drei etwa gleichlange Teile gliedern. Außerdem ist eine melodische Ähnlichkeit von *clamorem* und *orationis* zu bemerken, die mit dem Parallelismus des Textes, *intellege clamorem meum – intende voci orationis meae,* korrespondiert.

Die eher syllabische CO *Nemo te condemnavit*, die wie diejenige des Vortages zu der schon erwähnten Gruppe von Communioantiphonen gehört, deren Text dem Evangelium entnommen ist, ist frei von melodischen Übereinstimmungen.

Nach dieser ausführlichen Beschreibung der drei ersten Fastenwochen sollen in den nachfolgenden Kapiteln nur jeweils die Antiphonen genannt werden, die deutliche Beispiele textbezogener melodischer Übereinstimmung enthalten.

131 GT 105.
132 GT 99 (zwei Melodien, gemeint ist hier die zweite, mit Neumen versehene).
133 GT 83.

6.2.4. Vierte Fastenwoche

Der vierte Fastensonntag wird nach seinem Introitus *Laetare*[134] genannt und gilt als Tag der Freude und Vorwegnahme auf das kommende Osterfest. Er entspricht so – auch in seiner allerdings noch nicht mittelalterlichen liturgischen Farbe (rosa) – dem Sonntag *Gaudete* des Advent. Die Introitusantiphon beinhaltet eine Wiederholung in den Schlußformeln *omnes qui diligitis eam* und *consolationis vestrae*, die sich ansatzweise als Verwandtschaft im Melodieverlauf jeweils durch den ganzen Abschnitt zurückverfolgen läßt und die auch der Grund für die Ähnlichkeit von *conventum facite* und *exsultetis* sein könnte. Diese allerdings verschwommene melodische Übereinstimmung, die zu einer Dreiteiligkeit (A – B – A') des Gesangs führt, wirkt vom Text her durchaus sinnvoll. Die beiden auf diese Weise ähnlich vertonten Aussagen können als sprachlich und inhaltlich zusammengehörig verstanden werden: *et conventum facite omnes qui diligitis eam – ut exsultetis, et satiemini ab uberibus consolationis vestrae*. In der zweiten Aussage erhält das Wort *satiemini* durch seine herausragende und teilweise augmentierte melodische Gestalt besonderes Gewicht.

Ein besonders deutliches Beispiel für *similitudo dissimilis,* wie sie bei einer eng zusammenhängenden Formulierung oder bei einem einzelnen Wort zu beobachten ist, liegt außerdem bei den Worte *conventum facite* vor:

Weitere sichere Anzeichen melodischer Ähnlichkeit sind in diesem „prominenten" Stück jedoch nicht zu beobachten.

Der Introitus des Montags der 4. Fastenwoche, *Deus, in nomine tuo*[135], weist melodische Abläufe auf, die auch in anderen Antiphonen des IV. Modus zu finden sind[136]. Eine Verwandtschaft melodischer Art innerhalb dieses Stückes wird bei *Deus, in nomine tuo* und *et virtute tua* deutlich, wiederum ein Parallelismus in Wort und Ton.

Der insgesamt dreimal verwendete viertönige Quilisma-Scandicus auf den inhaltlich bedeutsamen Worten *salvum (fac) – Deus – exaudi* war auch beim IN *Sicut oculi*[137] zu finden. Bei den Worten *Deus exaudi* steht er bei *Deus* zunächst auf höherer Tonstufe (*sol-do*) gefolgt von einem zweimaligen nicht kurrenten Pes (in E), dann nochmals auf der Akzentsilbe von *exaudi* (*mi-la*), an die sich ein Schlußmelisma anschließt. Diese beiden vom Text her so zentralen Worte erhalten auf diese Weise auch melodisch eine sehr intensive und auffällige Ausprägung, was sich als eine bewußte Höhepunktbildung in der Beziehung von Musik und Sprache verste-

134 GT 108.
135 GT 116.
136 Vgl. z. B. IN *Sicut oculi*, GT 77; IN *Iudica me Deus*, GT 120.
137 GT 77.

hen läßt. Beim IN *Sicut oculi* ist die Reihenfolge umgekehrt: Hier steht der Quilisma-Scandicus zunächst zweimal auf der tieferen Stufe und dann erst – beim inhaltlich wichtigen *donec misereatur nobis* auf der höheren Tonstufe.

Bei der zugehörigen CO *Ab occultis meis*[138] liegt bei den Worten *parce servo* ein weiterer Fall einer offensichtlichen Wiederholung eines kürzeren melodischen Elementes bei zwei sprachlich aufeinander bezogenen Worten vor.

Im Kern des IN *Exaudi Deus*[139] vom Dienstag ist ein Beispiel für *similitudo dissimilis* kaum zu übersehen. Hier entsteht durch einander verwandte Melodiebewegungen von unterschiedlicher Tonhöhe ein bemerkenswerter Melodiebogen. Bei den Worten *orationem meam* verläuft die Bewegung von unten nach oben, die Worte *et ne despexeris* bezeichnen in sich einen kleinen syllabischen Bogen, und die anschließende Abwärtsbewegung bei *deprecationem meam* gleicht in auffälliger Weise der gegenläufigen bei *orationem meam*, was der nahen inhaltlichen und durchaus auch klanglichen Verwandtschaft beider Ausdrücke entspricht[140]:

Der so entstehende Melodiebogen wird umrahmt von der zweimaligen Vertonung des Wortes *exaudi (Deus)* bzw. *exaudi (me)*: zu Beginn der Antiphon syllabisch, zum Schluß ergänzt um die Worte *intende in me* und melismatisch. Das Melisma enthält ebenfalls Wiederholungen im stufenweisen Auf und Ab der Melodiebewegung. Beide Male wird das Wort *exaudi* jedoch eher tief liegend vertont, die Strukturstufen *fa* und *la* umspielend. So ergibt sich für den Gesamtaufbau des Introitus eine bogenförmige Linie, die vortrefflich zur sprachlichen Gestalt und zum Inhalt paßt und offensichtlich auf der Basis textlicher wie melodischer Übereinstimmungen geschaffen wurde.

Ähnlich klar sieht der Befund der Analyse beim IN *Laetetur cor*[141] vom Donnerstag aus. Der Melodieverlauf bei *quaerentium Dominum* und (*quaerite*) *faciem eius semper* ist nicht nur in der Quadratnotation, sondern auch in der Neumennotation nahezu identisch. Eine weitere melodische Verwandtschaft der Zäsurformeln liegt bei (*quaerite*) *Dominum* und *quaerite* vor. Der Unterschied dieser beiden Stellen könnte als Folge der unterschiedlichen Länge des jeweiligen Textes verstanden werden. Es wäre natürlich auch denkbar, daß hier nur zufällig zweimal dieselbe im II. Ton nicht seltene Formel vorkommt. Die genannte längere Wiederholung, der Zusammenhang durch den fast gleichen Text, wie auch der insgesamt symmetrische Aufbau der Antiphon sprechen jedoch dagegen. So ergibt sich folgende Gesamtstruktur für diesen Gesang:

138 GT 113.
139 GT 115.
140 Tonrepetition auf *do*, Climacus *do-la*, Formel auf *meam*.
141 GT 268.

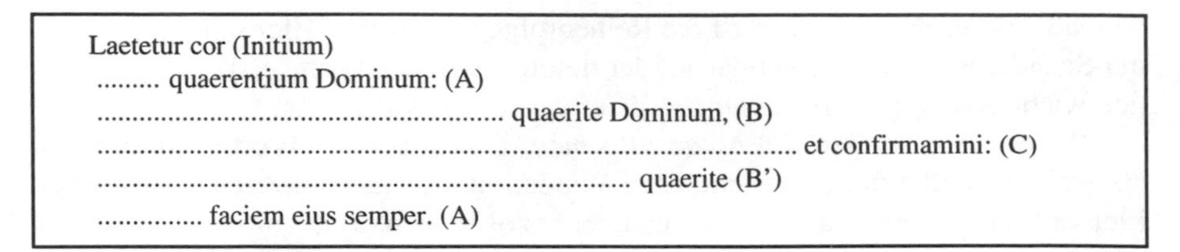
Laetetur cor (Initium)
.... quaerentium Dominum: (A)
.... quaerite Dominum, (B)
.... et confirmamini: (C)
.... quaerite (B')
.... faciem eius semper. (A)

Der nur einmal erscheinende Mittelteil, *et confirmamini*, erfährt keinerlei auffällige melodische oder rhythmische Gewichtung. Daher liegt es nahe, nicht an dieser Stelle die zentrale Aussageabsicht zu suchen, sondern im dreimal genannten *quaerite* bzw. *quaerentium Dominum* – Gott suchen, dem wichtigsten Inhalt klösterlichen Lebens nach der *Regula Benedicti*[142].

Auch die Communio dieses Tages, *Domine memorabor*[143], weist Ansätze melodischer Übereinstimmung auf. Diesmal aber wieder von der Art, daß kurze melodische Elemente unmittelbar wiederholt werden, so z. B. bei den Worten *ne derelinquas me*, aber auch auf recht komplexe Weise im ersten Abschnitt bei *Domine, memorabor iustitiae tuae solius*. Der jeweils auf der Akzentsilbe dieses Textausschnittes stehende Porrectus mit anschließender Quart abwärts (beim ersten Mal als einfacher Sprung, dann als doppelte Clivis) gewährleistet nicht nur die musikalische Einheit dieser Aussage, sondern erscheint im Ansatz noch ein weiteres Mal bei der textlichen Verdoppelung *senectam et senium* sowie beim anschließenden *Deus*. Auch läßt sich eine gewisse Verwandtschaft zwischen der Melodiebewegung bei *solius* und *ne derelinquas* nicht übersehen. Daraus ergibt sich für diese Communio insgesamt eine Dreiteiligkeit, bei der Teil 1 und 3 aus offensichtlich demselben musikalischen Material zusammengesetzt, dennoch deutlich voneinander verschieden sind:

Domine, memorabor iustitiae tuae solius: (A)
Deus docuisti me a iuventute mea, (B)
et usque in senectam et senium, Deus, ne derelinquas me. (A')

Diese Form leuchtet nicht unmittelbar ein, da eigentlich Teil 2 und 3 sprachlich wie inhaltlich zusammengehören, während dies bei Teil 1 und 3 nicht unmittelbar der Fall ist. Allerdings läßt sich der Text auch ohne den Mittelteil sinnvoll lesen. Der Zusammenhang zwischen dem zweiten und dritten Teil wird dadurch garantiert, daß Teil 2 ohne eine Schlußformel auf der Finalis endet. Diese wird zwar auf der ersten Silbe von *mea* mit einer nicht kurrenten Clivis erreicht, die Bewegung dann aber kurrent weitergeführt, und die Finalis erscheint zu Beginn des dritten Teils bei *et usque* wieder. Reizvoll wirkt in diesem Zusammenhang die Vertonung des Wortes *usque*, dessen fünftönige Aufwärtsbewegung durchaus der Bedeutung des Wortes gemäß als Tonbewegungssymbolik der Spanne zwischen *a iuventute* und *usque in senectam* interpretiert werden kann.

Die Beispiele für textbezogene melodische Wiederholungen sind im IN *Sitientes* vom Samstag nicht zu übersehen. Ganz klar ist die Identität des Melodieverlaufs

142 Vgl RB Kap. 58, 7: „Et sollicitudo sit si revera Deum quaerit."
143 GT 332.

beim zweimal vorkommenden Wort *venite*, aber auch der darauffolgende Text *venite ad aquas, dicit Domius – venite, bibite cum laetitia* wird musikalisch nahezu identisch gestaltet. Hinzu kommt ein Initium auf *sitientes*, das dem des oben untersuchten IN *Laetetur cor*[144] sehr ähnlich ist, und der Mittelteil, *et qui non habetis pretium,* der ebenfalls Elemente der Wiederholung enthält und beinahe symmetrisch gebaut ist.

Wie der IN *Dominus dixit*[145] der Weihnachtsnacht so setzt sich auch die Antiphon *Sitientes* aus drei Teilen nach dem Schema (Initium)[146]-A-B-A zusammen. Der Vergleich beider Gesänge zeigt die für das gregorianische Repertoire so typische Spannung zwischen Übereinstimmung und Unterschied, zwischen der „individuellen" musikalischen Ausprägung eines konkreten Textes und der vielseitigen, wiederholten Verwendung desselben zugrundeliegenden „Materials".

6.2.5. Fünfte Fastenwoche

Anders als die Gesänge des fünften Fastensonntags kann der IN *Miserere mihi (quoniam conculcavit)*[147] vom Montag als ein hochinteressantes Stück für die Untersuchung des Phänomens von *similitudo dissimilis* gelten. Er unterscheidet sich deutlich von den bisher besprochenen Introitusantiphonen im III. Ton, die, meist eher unübersichtlich in ihrer Struktur und dem Verlauf der Psalmodie folgend, kaum wesentliche melodische Übereinstimmungen enthalten. Hier jedoch erscheint gleich zu Beginn die dreifache Wiederholung eines kleinen melodischen Elementes in einer sprachlich zusammengehörenden Einheit: *Miserere mihi Domine*:

144 GT 268.
145 GT 41; oder auch bei der CO *Narrabo*, GT 281.
146 Nur beim IN *Sitientes*, GT 114.
147 GT 125.

Daran schließt sich bei dem Wort *quoniam* nochmals eine solche kurze Wiederholung an (in L zweimal eine doppelte Clivis). Letzteres könnte als zufällig gelten, würde nicht der weitere Verlauf der Antiphon noch mehr solcher melodischer Übereinstimmungen enthalten: bei *tota die bellans* sowie bei *tribulavit*; nur das Mittelstück *conculcavit me homo* ist frei davon:

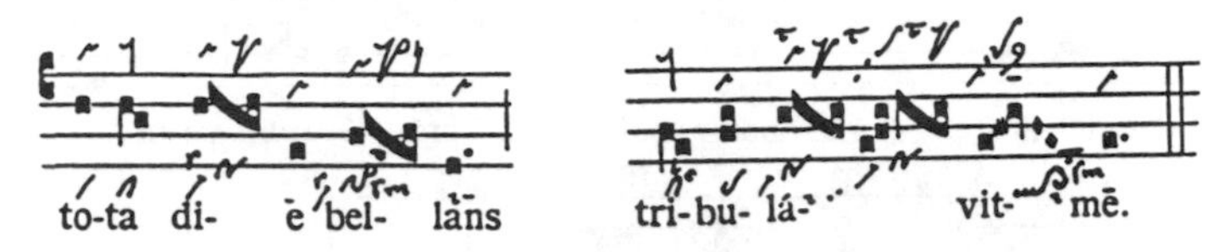

Wie kann dieser Tatbestand gedeutet werden? Handelt es sich um ein Relikt einer möglicherweise älteren, stärker improvisatorischen Technik? Wie ist es zu erklären, daß sich die einzelnen unterschiedlichen Wiederholungen jeweils auf eine Sinneinheit oder ein Wort beschränken, wie ja bei zahlreichen anderen schon genannten Gesängen auch? Erscheint es angesichts einer solchen konsequent gestalteten Häufung dieses Phänomens in einem einzigen Stück nicht schlüssig, diese „Technik" als einen Aspekt der Beziehung von Musik und Sprache im gregorianischen Gesang zu interpretieren, gezielt eingesetzt, um die Zusammengehörigkeit von sprachlich-musikalischen Abschnitten sowie deren Abgrenzung zu anderen zu kennzeichnen? Ob darüber hinaus eine Interpretation inhaltlicher Art beabsichtigt ist, im Sinne von musikalischem „Charakter" – leicht, spielerisch, schwerfällig etc. – oder von „Atmosphäre" – freudig, traurig etc. –, wie dies ja die *Musica enchiriadis*[148] bereits im 9. Jahrhundert kennt, bleibt für das konkrete Beispiel schwer nachweisbar.

Auch die kurze und stark melismatische CO *Dominus virtutum*[149] zeigt ein solch kleineres Element der Wiederholung bei *ipse est – Rex*. Trotz der unterschiedlichen Textverteilung in den Handschriften L, E und der Quadratnotation liegt – will man darin nicht nur ein rein melodisches Phänomen sehen – eine Interpretation dieses Beispiels melodischer Übereinstimmung als Ausdruck inhaltlicher Identität nahe: *ipse = Rex*.

Klare Beispiele melodischer Übereinstimmung sind ebenfalls in der CO *Lavabo*[150] zu entdecken. Neben einer Wiederholung zweier Schluß- bzw. Zäsurformeln bei *meas* und *Domine* sowie bei *circuibo* und *tua* liegt bei den Worten *ut audiam* und *et enarrem* eine ganz offensichtlich übereinstimmende Melodiebewegung vor, die ei-

148 Siehe 3.3.2. *Musica enchiriadis-Micrologus: affektbewegende imitatio.*
149 GT 108.
150 GT 129.

ner inhaltlich zwar nicht im gängigen Sinne parallelen, aber doch engen kausalen Beziehung entspricht:

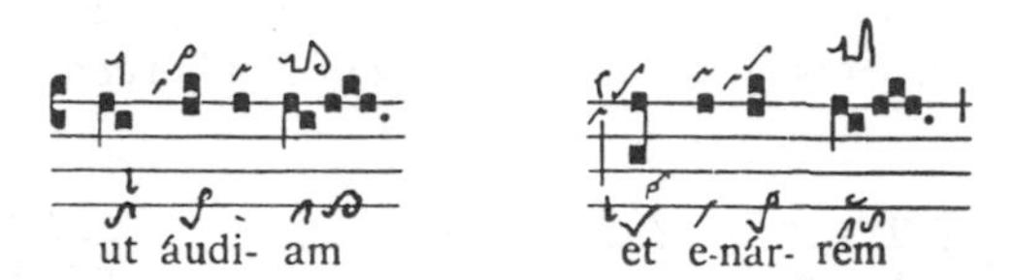

Eine Deutung der kleinen Wiederholung bei *inter innocentes* als bewußtes Mittel der Wort-Ton-Beziehung mag zwar sehr gewagt erscheinen, dennoch handelt es sich kaum um etwas anderes als das nun schon oft genannte Phänomen von melodischer Wiederholung in einem einzelnen Wort oder in einer kleineren syntaktischen Einheit. Hier korrespondiert es außerdem mit der Alliteration im Text.

Am Donnerstag wird nach dem AMS wie auch in der Ordnung des GT die Introitusantiphon *Omnia quae fecisti*[151] gesungen. Neben drei (fast) gleichen Schlußformeln bei *fecisti – multitudinem – tuae* gibt es in diesem Introitus auch einige andere melodieverwandte Abschnitte. Dabei ist jedoch Vorsicht geboten. Die in der Quadratnotation fast gleiche melodische Bewegung bei *fecisti nobis* und *vero iudicio* deckt sich nicht mit den Angaben der Neumennotation in den Handschriften L und E: In E steht bei *nobis* ein nicht kurrenter Pes, bei *iudicio* eine Bivirga, in L umgekehrt bei *nobis* eine Bivirga und bei *iudicio* zunächst ein Pes. Dennoch bleibt eine Ähnlichkeit zwischen beiden Stellen erhalten. So läßt sich eine, wenn auch unscharfe Parallelität in diesem ersten Abschnitt des Introitus erkennen: *omnia quae fecisti nobis, Domine – in vero iudicio fecisti.*

Eine weitere Auffälligkeit in diesem Gesang stellt die schlichte Rezitation der Worte *et mandatis tuis non obedivimus* dar. Bei *obedivimus* liegt außerdem das Beispiel einer Vertonung vor, bei der es kaum mehr möglich ist, eine dem Wortakzent einigermaßen entsprechende Betonung festzustellen. Das Wort befindet sich ganz im Sog der melismatischen Schlußformel.

Eine weitere melodische Übereinstimmung läßt sich im Abschnitt *sed da gloria nomini tuo* entdecken, der insgesamt einen reizvollen Kontrast zum vorausgehenden *et mandatis tuis non obedivimus* bildet, was zum Unterschied im Inhalt wie auch zum inhaltlichen „Gewicht“ dieser Worte paßt. Dreimal erscheint in einer Art musikalischer Alliteration in diesem kurzen Abschnitt ein viertöniger Quilisma-Scandicus bzw. ein dreitöniger mit vorangestelltem Salicus; das Quilisma steht jeweils auf derselben Tonstufe (*si*). Auch das anschließende *et fac (nobiscum secundum multitudinem misericordiae tuae)*[152] erhält durch die Kombination von Virga und Tristopha eine musikalisch herausragende Gestalt, so daß es gerechtfertigt erscheint, in diesen beiden Abschnitten aufgrund ihrer musikalischen Gestalt eine zentrale Aussage dieser Antiphon zu sehen.

Als Communio ist für diesen Tag die Antiphon *Memento verbi tui*[153] vorgesehen. Dieser im Kontext der gregorianischen Repertoires melodisch eher ungewöhn-

151 GT 342.
152 Auch die beiden Worte *secundum multitudinem* enthalten eine kleine Wiederholung.
153 GT 346.

lich wirkende Gesang zeigt deutliche Spuren von *similitudo dissimilis*. Am bemerkenswertesten ist der Beginn, der mit seiner viermaligen Wiederholung bei *memento verbi tui servo tuo*[154] [Virga/Uncinus (Pes) und Clivis[155]] eine einprägsame Melodie schafft, an die sich der betende Sänger oder Zuhörer bei *consolata* unweigerlich erinnert:

Dreimal dieselbe gängige Schlußformel gliedert den Gesang in drei übersichtliche Abschnitte, von denen die beiden ersten durch einen Salicus am Schluß des ersten Teils enger miteinander verbunden werden. Dieser erste Teil besteht praktisch nur aus der genannten Serie von melodischen Übereinstimmungen. Der zweite ist ohne Wiederholungen, und im dritten wird, wie gesagt, die erste Wiederholung bei *consolata* kurz aufgegriffen sowie bei dem Wort *humilitatem* eine weitere hinzugefügt – ebenfalls aus kurzen Elementen und daher einprägsam. Außerdem werden die Worte *me* und *consolata* durch kleinere Melismen hervorgehoben, letzteres wiederum durch eine nun schon öfter als Mittel inhaltlicher Hervorhebung genannte Formel[156]. So kommt diese Communioantiphon insgesamt zu einer melodischen Gestalt, die auch dem modernen Hörer eingängig erscheint, aber zugleich im Kontext des gregorianischen Gesangs vielleicht verblüffen mag.

Zum IN *Miserere mihi (quoniam tribulor)*[157] im V. Ton vom Freitag gibt es ein Parallelstück im VIII. Ton, den IN *Miserere mihi (quoniam ad te clamavi)*[158]. Die erste Zeile beider Gesänge (bis *quoniam*) ist nicht nur im Text, sondern auch im Melodieverlauf unzweifelhaft identisch, dabei wird die Melodie dem Modus angepaßt: Der Introitus im V. Ton hat eine Terz zu Beginn und bei *quoniam* und der im VIII. Ton jeweils eine Quarte. Im hier analysierten IN *Miserere mihi* vom Freitag der fünften Fastenwoche findet sich bei dem zweimal vorkommenden Wort *quoniam* ein Beispiel von Identität in Wort und Ton. Darüber hinaus ähnelt sich der Melodieverlauf bei den Worten *et eripe me – inimicorum meorum – non confundar*. Dabei ist der inhaltliche Zusammenhang zwischen *et eripe me* und *non confundar* offenkundig. Dennoch läßt sich nicht ausschließen, daß es sich auch um ein eher durch den Modus bedingtes Element handeln könnte, wie dies wahrscheinlich bei der melodischen Verwandtschaft von *mihi Domine – libera me – a persequentibus* (Initium) der Fall ist.

154 Die beiden Einzeltöne auf derselben Stufe bei *tuo* wirken wie eine fünfte Variante der vorausgehenden Melodiebewegung.

155 So daß sich jeweils eine Tonrepetition mit dem vorausgehenden Ton ergibt und die Abwärtsbewegung der Clivis immer größer wird: 2x Sekunde, Terz, Quart.

156 Vgl. z. B. IN *Salus populi: ego sum*, GT 339.

157 GT 130.

158 GT 330.

Die CO *Ne tradideris*[159] bildet den letzten Gesang der fünften Fastenwoche, da der Samstag in den Handschriften des AMS mit *Sabbato vacat* bzw. mit der Erklärung: *Sabbato vacat quando Dom. Papa Elemosinam* (in B: *Helymosina*) *datur* versehen ist. Diese Handschriften sehen also offensichtlich für diesen Tag noch kein eigenes Proprium vor.

Dieser Gesang enthält ein längeres Beispiel melodischer Übereinstimmung, das mit einem Parallelismus im Text korrespondiert: *in animas persequentium me: quia insurrexerunt in me*:

Außerdem sind die melodischen Abläufe bei *ne tradideris Domine* und *testes iniqui* miteinander verwandt, was offenbar der Gliederung des Gesangs dient. Die Wiederholung des Quintsprungs bei *in animas* und *et mentita* muß dagegen als ein charakteristisches Element des VII. Tones betrachtet werden, dessen Textbezug hier nicht unmittelbar einleuchtet.

6.2.6. Die Karwoche

Der Introitus des Palmsonntags, *Domine, ne longe facias*[160], läßt noch einmal deutlich werden, wie schwer die Grenzziehung und Unterscheidung im Bereich der melodischen Übereinstimmung fällt. Zu Beginn des Stückes liegt ganz klar die Verdoppelung eines Initiums bei *Domine* und *ne longe facias* (jeweils mit kurzer abschließender Schlußformel) vor, eine Struktur, die aber auch durchaus sinnvoll erscheint in Hinblick auf den Text:

Das sicherste Beispiel von *similitudo dissimilis* in dieser Antiphon ist beim Parallelismus *de ore leonis – et a cornibus unicornium* zu finden. Jedoch wird die dort wiederholte Melodiebewegung auch zuvor bei *a me* als Zäsurformel gebraucht:

159 GT 132.
160 GT 132.

Reizvoll, aber problematisch ist außerdem die Verwandtschaft im Melodieverlauf bei *aspice* und *libera*. Sollte es sich an dieser Stelle tatsächlich um eine beabsichtigte melodische Übereinstimmung handeln, so läge eine Art melodischer Spiegelung vor, ein Eindruck, der durch die Ähnlichkeit des vorausgehenden *meam* mit dem nachfolgenden *me* wie auch durch den inhaltlichen Bezug beider Verben zueinander unterstützt wird:

Die CO *Pater si non potest*[161], der ein Text aus dem Evangelium zugrunde liegt, bietet dagegen keinen beweiskräftigen Hinweis auf *similitudo dissimilis*. Die melodische Ähnlichkeit bei *calix* und dem darauf bezogenen *illum* ist allerdings verblüffend im Kontext eines solch kurzen und eher syllabischen Stückes, besonders angesichts der Übereinstimmung mit der Melodiebewegung von *hic calix* in der CO *Hoc corpus*[162]:

Zum Montag der Karwoche gehört der IN *Iudica Domine*[163], dessen Beginn textlich und melodisch dem IN *Iudica me, Deus*[164] vom fünften Fastensonntag gleicht. Freilich wäre hier die Übereinstimmung im Melodieverlauf auch ganz einfach mit dem häufig vorkommenden charakteristischen Anfang einer Introitusantiphon im IV. Ton zu erklären[165].

Der IN *Iudica Domine* gehört zu den Gesängen, die starke Beispiele textbezogener melodischer Übereinstimmung aufweisen. Als unübersehbar kann dies bei dem Parallelismus *expugna impugnantes me – apprehende arma et scutum* gelten:

Bemerkenswert ist im ersten Teil der Antiphon außerdem die identische Vertonung des zweimaligen *me*. Aber auch die musikalische Gestalt von *et exsurge in adiuto-*

161 GT 149.
162 GT 170.
163 GT 150.
164 GT 120.
165 Vgl. z. B. IN *Sicut oculi*, GT 77; IN *De necessitatibus*, GT 84.

rium meum ist aus der Wiederholung eines melodischen Elementes mit abschließender Zäsurformel zusammengesetzt. Wie bereits beim IN *Ne derelinquas* erwähnt, sind die Melodieverläufe beider Gesänge ab *in adiutorium* bis zum Schluß, abgesehen von modusbedingten Modifikationen, identisch[166]. Im letzten Abschnitt, *Domine, virtus salutis meae*, der sich schon durch seine stärker melismatische Gestalt abhebt, sind ebenfalls Anzeichen melodischer Ähnlichkeit zu erkennen bei den Worten *Domine* und *salutis meae*, was an der Neumennotation besonders deutlich wird. Eine weitere, wenn auch eher vage, dafür aber Struktur und Inhalt des Textes entsprechende melodische Parallelität liegt schließlich bei *iudica Domine nocentes me* und *et exsurge in adiutorium meum* vor. Insgesamt läßt sich also festhalten, daß dieser Introitus aus ineinander verwobenen und verschachtelten melodisch übereinstimmenden Elementen zusammengesetzt ist, die dem sprachlichen Beziehungsgeflecht sinnvoll angepaßt sind.

Bei der zugehörigen CO *Erubescant et revereantur*[167] (VII. Ton) sind die Beispiele melodischer Wiederholung im Gesang selbst allgemein recht unscharf, so z. B. bei *erubescant – reverentia*, bei *et revereantur – malis – induantur pudore* oder bei *induantur pudore – qui maligna loquentur*. Sie reichen kaum aus, um eine sichere Aussage darüber zu machen, ob sie hier bewußt auf den Text bezogen eingesetzt werden. Eine unübersehbare Übereinstimmung gibt es jedoch mit dem Beginn der CO *Erubescant et conturbentur*, die im IV. Ton steht[168].

Der IN *Nos autem gloriari* vom Dienstag der Karwoche wird ein weiteres Mal am Gründonnerstag gesungen; er soll dort besprochen werden. Eine solche Doppelung eines Gesangs in so kurzem Abstand in einer liturgischen Zeit, in der jeder Tag ein eigenes Proprium hat, ist außergewöhnlich und läßt vermuten, daß diesem Stück mit seinem theologisch so wichtigen Text, der kein direktes Bibelzitat darstellt, eine besondere Bedeutung zukommt[169]. Denn auch anstelle der Communio ist in den Handschriften R und B des AMS nochmals dieser Text angegeben. Eine solche Communioantiphon kommt im Repertoire des GT nicht vor. So wäre zu fragen, ob es sich möglicherweise sogar um zweimal denselben Gesang in ein und demselben Proprium handeln könnte.

Die CO *Adversum me*[170], die in den anderen Handschriften des AMS für den Dienstag der Karwoche angegeben ist, stellt in Hinsicht auf die Möglichkeiten des textbezogenen Einsatzes melodischer Wiederholungen einen hochinteressanten Gesang dar. Im ersten Teil dieser Antiphon tritt eine verblüffende Häufung (12x) von meist nicht kurrenten und auf der Tonstufe *la-si b* (Halbton!) liegenden Pes-Zeichen auf, die diesem Abschnitt ein melodisch ganz eigenes Gepräge geben:

166 Vgl. GT 360.
167 GT 152. Von der gleichnamigen CO *Erubescant et conturbentur*, GT 85, deren Beginn melodisch identisch ist, war bereits die Rede.
168 Vgl. GT 85.
169 Siehe 6.1.2. *Fasten- und Osterzeit in der Liturgie des frühen Mittelalters*.
170 GT 154.

Dabei wird außerdem einem Parallelismus des Textes musikalisch Gestalt verliehen: *adversum me exercebantur, qui sedebant in porta – et in me psallebant, qui bibebant vinum.* Angesichts der Tatsache, daß dieser Pes im zweiten Teil der Antiphon nur noch ein einziges Mal auftaucht[171], muß gefragt werden, ob nicht die Wiederholung dieses Elementes im ersten Teil gezielt eingesetzt wird, um diesem als Ganzem einen vom zweiten Teil verschiedenen Charakter oder auch affektiven Gehalt zu geben. Dies entspräche dem Kontrast des Textes zwischen der Bedrohung des Beters durch seine Feinde in der ersten Hälfte des Introitus und seinem Gebet und seiner Hoffnung auf Gott in der zweiten Hälfte, die fließende, meist stufenweise Abwärtsbewegungen und eine Reihe Torculus-Zeichen enthält sowie drei sehr ähnliche Zäsur- bzw. Schlußformeln. Allerdings erscheint der Einsatz des Halbtons zur Charakterisierung der negativen Situation schon so modern, daß dies allein schon wieder skeptisch macht. Dieses Phänomen ist jedoch auch in der bereits untersuchten Introitusantiphon *Vox in Rama*[172] nicht zu übersehen. Es könnte sich hier also ebenfalls um ein Beispiel affektbewegender *imitatio* handeln.

Der IN *In nomine Domini*[173] vom Mittwoch der Karwoche gibt ein weiteres bemerkenswertes Beispiel für die verschiedenen Aspekte von *similitudo dissimilis*. Neben der dreifachen Verwendung einer Schlußformel auf der Quinte zur Finalis bei *flectatur* (etwas ausgeprägter) – *et infernorum – ad mortem* findet sich eine weitere Wiederholung einer Zäsurformel bei *terrestrium* und *Christus*:

171 Bei *tempus*; bei *orationem* steht eine kurrente Virga strata in beiden Handschriften.
172 Siehe 5.2.6. *Die Weihnachtsoktav*.
173 GT 155.

Auch gleich zu Beginn des Introitus bei *in nomine Domini omne genu* läßt sich mehrfach eine ähnliche melodische Bewegung beobachten (Pes und Tonrepetition auf *do*). Wenn auch in sich eher unbedeutend, ist dies sehr wohl als Verwandtschaft im Melodieverlauf hörbar.

Weitere subtile Spuren der Wiederholung liegen bei den inhaltlich zentralen und durch ihre für den III. Ton auffällige Tonhöhe hervorgehobenen Worten *quia Dominus factus obediens usque ad mortem* vor. Zweimal wird dieselbe Abwärtsbewegung in Einzeltönen verwendet, die zweite eine Tonstufe tiefer als die erste, dann eine dritte durch Porrectus und Clivis bei *Dominus factus obediens*, die sogleich übergeht in zweimal dieselbe melodische Bewegung (Clivis – Uncinus/Virga) auf der gleichen Tonstufe bei *obediens usque*.

So „demonstriert“ dieser Introitus drei wesentliche Aspekte der textbezogenen Verwendung melodischer Übereinstimmungen: syntaktisch korrekte und sinngemäße Gliederung der Antiphon, Ausdruck der Zusammengehörigkeit innerhalb einer kleinen sprachlichen Einheit und melodische Identität als Ausdrucksmittel inhaltlicher Beziehungen.

Noch mehr als dieser bemerkenswerte Introitus kann die CO *Potum meum*[174] als ein Musterbeispiel für *similitudo dissimilis* herangezogen werden. Die in sich recht lange und auf den ersten Blick vielleicht auch eher komplex und unübersichtlich wirkende Antiphon besteht bei genauerer Analyse (fast) nur aus melodischen Übereinstimmungen ihrer einzelnen Abschnitte. Eine Übersicht soll noch klarer verdeutlichen, was außerdem anhand des Textes in einem groben Schema dargestellt wird:

174 GT 157

Notenbeispiel: CO Potum meum

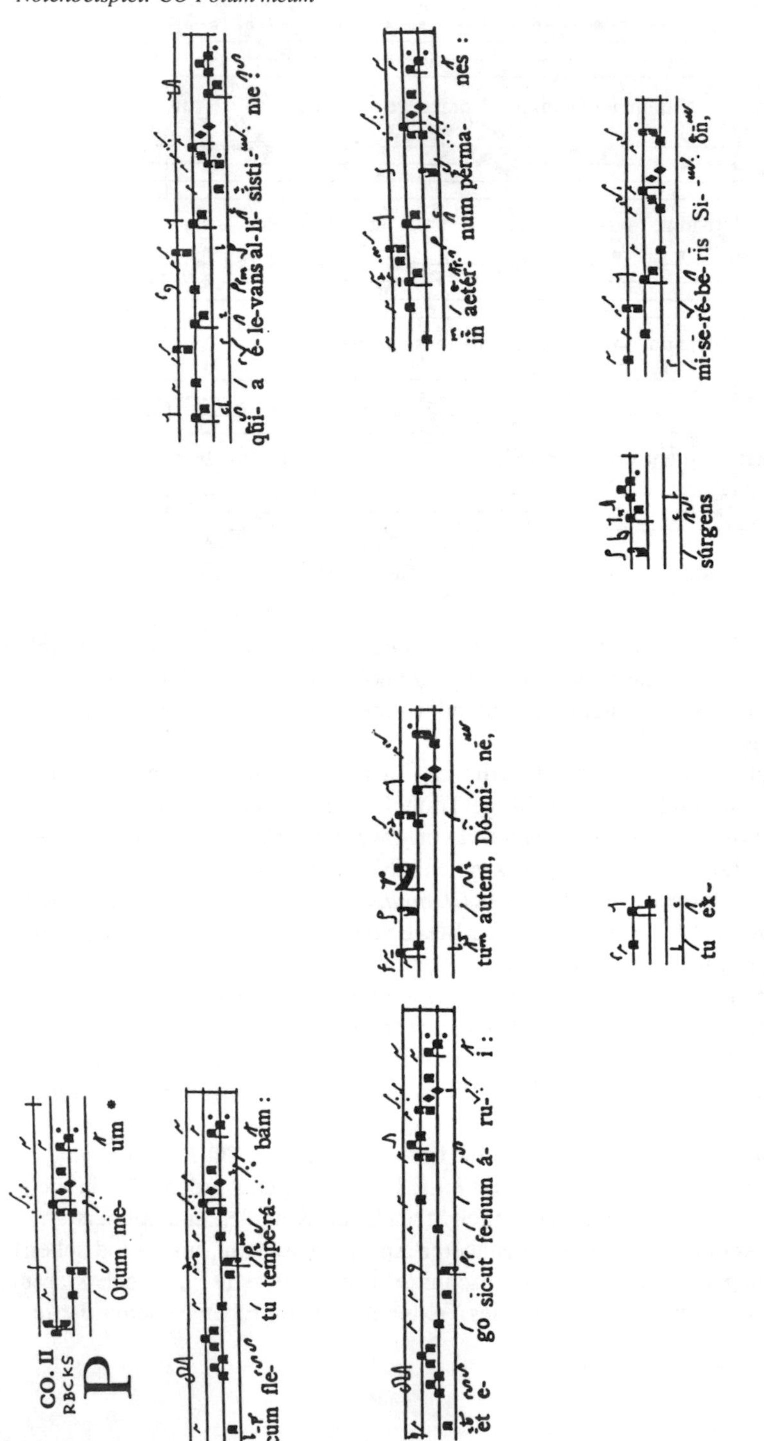

Potum .... meum
cum fletu temperabam: (A) .... quia elevans allisisti me (B)
et ego sicut fenum arui: (A) tu autem (C) Domine .... in aeternum permanes: (B)
.... tu ex (C) -------------------------------- surgens misereberis Sion (D)
.... quia venit tempus miserendi eius. (D)

Zunächst seien nur die großen Passagen melodischer Verwandtschaft genannt, die offensichtlich in Beziehung stehen zu den Parallelismen des Textes. Zu Beginn *(potum meum) cum fletu temperabam – et ego sicut fenum arui*: Die ersten beiden Worte sind melodisch als ein Initium mit derselben Schlußformel wie die beiden folgenden Abschnitte vorangestellt. Diese schildern in zwei eindrucksvollen Bildern die bedrückende Situation des Beters. Der zweite ganz deutliche und ebenfalls unmittelbar aufeinander folgende Parallelismus in Wort und Ton bildet das Ende der Antiphon und inhaltlich den erhofften Ausweg aus dieser Situation: *tu exsurgens misereberis Sion – quia venit tempus miserendi.* Die Worte *misereberis* und *miserendi* sind dabei konsequent identisch und doch den Gegebenheiten beider Worte gemäß vertont[175].

Damit ist es aber keineswegs genug der Wiederholungen. Auch der Abschnitt *quia elevans allisisti me*, selbst die Verdoppelung eines kleinen Elementes enthaltend, findet seine melodische Entsprechung bei den Worten *(tu autem, Domine) in aeternum permanes.* Um dies zu erklären, bedarf es einer theologischen Deutung. Es könnte auf diese Weise der Zusammenhang beider Aussagen zum Ausdruck kommen, die den Kontrast zwischen dem wechselhaften und abhängigen Geschick des Menschen und dem in Ewigkeit währenden und souverän handelnden Gott zum Inhalt haben. Dazu schreibt Haymo:

> „[...] et item homines ad habitationem terrae. Ipsos mutabis, «tu autem idem es,» id est immutabilis; [...] Ipsi coeli peribunt morte temporali, tu autem, Deus, permanes: [...]."[176] – „[...] und außerdem Menschen zum Bewohnen der Erde. Diese wirst du wandeln, «du aber bist derselbe», das heißt unwandelbar; [...] Selbst die Himmel werden vergehen im zeitlichen Tod, du aber, Gott, bleibst: [...]."

Schließlich findet sich ein weiteres Beispiel von *similitudo dissimilis* bei den Worten *tu autem, (Domine)* und *tu exsurgens*, was wohl auf das zweimal im Text gebrauchte *tu* zurückzuführen ist. Dabei wird das erste *tu* gegenüber dem zweiten durch die nicht kurrente Clivis klar hervorgehoben, auch dies korrespondiert mit der jeweiligen größeren und kleineren Bedeutung des Wortes im Textzusammenhang.

Auch bei den Schlußformeln gibt es zahlreiche Übereinstimmungen, auf die hingewiesen werden soll: *meum – temperabam – arui – permanes – eius* enden sehr ähnlich oder identisch, außerdem liegt den Worten *Domine* und *Sion* dieselbe Formel zugrunde. Eine einzige Schlußformel – bei *allisiti me* – kommt nur dieses eine Mal vor. Aber auch sie kann als Erweiterung der erstgenannten verstanden werden, wahrscheinlich in der Absicht, dem Wort *me* stärkeres Gewicht zu geben, das so dem anschließenden *et ego* auffallend ähnlich wird.

175 Das Wort *miserendi* ist mit einem liqueszierendem Pes ausgestaltet und insgesamt eine Silbe = einen Ton kürzer als *misereberis*.

176 Haymo, PL 116, Sp. 538.

So läßt sich insgesamt für die CO *Potum meum* festhalten, daß die komplexe, aber dennoch klare musikalische Struktur dieser Antiphon in überzeugender, ja verblüffender Weise Struktur und Inhalt des Textes mit Hilfe melodischer Übereinstimmungen wiedergibt.

Der bereits erwähnte IN *Nos autem gloriari*[177] für den Dienstag und den Gründonnerstag enthält ebenfalls einen sehr beweiskräftigen Fall von *similitudo dissimilis*, der zeigt, wie melodische Übereinstimmung zur theologischen Interpretation eingesetzt werden kann. „Eingerahmt" von zwei Abschnitten, die hauptsächlich die tiefere Strukturstufe *fa* als Rezitationsebene umspielen, stehen zwei andere, zentrale Abschnitte mit umfassender Verwandtschaft im Melodieverlauf: *in cruce Domini nostri Jesu Christi – in quo est salus vita et resurrectio nostra*[178]. Es kann wohl als offenkundig gelten, daß hier der Aussage des Textes *in quo est*, die eine Identitätsbeziehung impliziert, musikalische Gestalt verliehen werden soll:

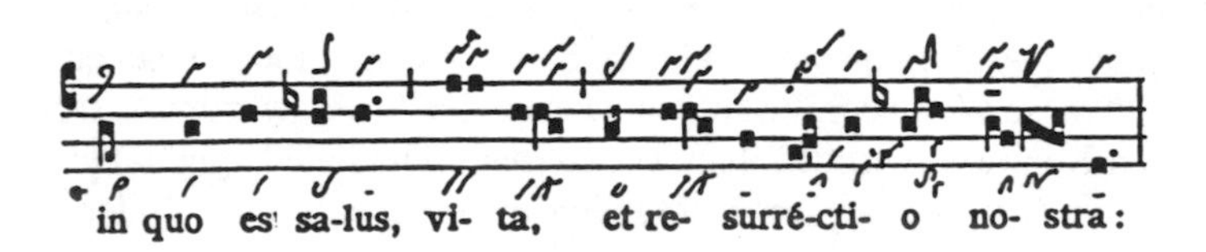

In den Handschriften des AMS wird die Antiphon *Dominus Jesus*[179] als Communio des Gründonnerstags genannt, während sie nach der Ordnung des GT durch die CO *Hoc Corpus* verdrängt wurde und nur noch als eine der Antiphonen zur Fußwaschung *ad libitum* angeboten wird. Wie die CO *Potum meum* des Vortags ist dieser Gesang geradezu ein Paradebeispiel für den Einsatz melodischer Übereinstimmungen als Ausdrucksmittel der Beziehung von Musik und Sprache im gregorianischen Gesang. Der unbekannte *auctor* dieser Antiphon, bei der man im Wortsinn kaum anders als von *componere* sprechen kann, bedient sich durchgängig des Mittels der melodischen Wiederholung:

177 GT 162.

178 Der Melodieverlauf bei *nostri Jesu* bzw. bei *vita et resurrectio*, der auch in sich jeweils eine kleine Wiederholung enthält, ist mit der bei *eripe* und *vide* im IN *De necessitatibus*, GT 84, vergleichbar.

179 GT 165.

Notenbeispiel: CO Dominus Jesus

Dominus Jesus, (A) .... postquam cenavit (B)
.... cum discipulis suis, (B)
.... lavit pedes eorum, (B)
.... et ait illis: (B) .... *SCITIS* quid fecerim vobis, (C)
ego Dominus et magister? (A) .... Exemplum dedi vobis, (C')
.... ut et vos ita faciatis. (B)

Die Struktur wirkt insgesamt etwas einfacher als die der CO *Potum meum*. Eine Identität in Wort und Ton bei *Dominus Jesus* und *ego Dominus et magister* springt sogleich ins Auge und bedarf wohl keiner weiteren Erläuterung hinsichtlich ihrer Funktion für die Aussage des Textes. Interessant ist die Art, wie der längere Text, *ego Dominus et magister*, der melodischen Formel angepaßt wird; der Melodieverlauf bei *Dominus* bleibt dabei ganz identisch erhalten.

Die auf diesen Anfang *Dominus Jesus* folgenden vier kleinen Einheiten von jeweils zwei oder drei Worten beginnen alle mit derselben Tonfolge *do-re-fa*. Die letzten drei, *cum discipulis suis – lavit pedes eorum – et ait illis,* enden auch mit einem identischen Melodieverlauf auf der Finalis des II. Tones, der ebenfalls der jeweiligen Silbenzahl angepaßt wird. Nur der erste dieser Kurzabschnitte, *postquam cenavit*, schließt mit einem Torculus auf dem Tenor *fa* – ein musikalischer Vorgang, der angesichts der Tatsache, daß der erste und zweite Abschnitt eine syntaktische Einheit bilden, nur konsequent zu nennen ist.

Nur leicht differenziert und um einige Töne erweitert findet sich derselbe Melodieverlauf wie in diesen drei bzw. vier kurzen Abschnitten nochmals zum Schluß des Gesangs bei den Worten *ut et vos ita faciatis*; und dieses *ita* bezieht sich genau auf den Inhalt des sehr ähnlich vertonten *lavit pedes eorum* zurück, was die melodische Verwandtschaft mehr als nur stimmig erscheinen läßt.

Auch die restlichen der eher syllabischen Passagen des Gesangs, *quid fecerim* und *exemplum dedi,* weisen Elemente dieses Melodieverlaufs auf (Clivis *fa-mi* und Tractulus/Uncinus *re*). Das dürfte darauf zurückzuführen sein, daß dies überhaupt ein gängiges Element des II. Tones darstellt, der in dieser Antiphon insgesamt auf ganz wenige seiner Möglichkeiten beschränkt wird, die dann ständig wiederholt werden. Auch eine solche Reduktion ließe sich ja, wie schon mehrfach beschrieben, als eines der „Verfahren" von *similitudo dissimilis* bezeichnen. Allerdings geht die melodische Übereinstimmung der beiden genannten Textstellen über das eben genannte Element hinaus. Die Melodielinie erreicht beide Male das *sol*, das sonst nur noch beim Torculus auf *cenavit* vorkommt. Die im Kontext dieser Communio auffällig melismatische Gestalt des jeweils abschließenden *vobis* bekräftigt die Bedeutung der Aussage wie auch die Beziehung beider Sätze zueinander.

Exakt in der Mitte der Antiphon steht das melodisch in jeder Hinsicht herausragende Wort *scitis*: Es ist am stärksten melismatisch, teilweise augmentiert und erreicht die größte Tonhöhe (*la*). Außerdem liegt hier die einzige Melodiebewegung der Antiphon vor, die nur ein einziges Mal verwendet wird, eine Möglichkeit der Beziehung von Musik und Sprache im gregorianischen Gesang, von der bereits an anderer Stelle die Rede war[180]. Bei diesem Wort kommen also praktisch alle Mög-

180 Zur Bedeutung des „Einzigartigen" auf dem Hintergrund des „Immergleichen" siehe 4.3. *Resümee*.

lichkeiten zum Zuge, die bisher in dieser Arbeit als Mittel zur Hervorhebung eines Textausschnittes oder einzelnen Wortes greifbar geworden sind. Durch diese so unübersehbare Kennzeichnung des Wortes *scitis* als zentrale sprachlich-musikalische Aussage dieser Antiphon erhält der Gesang einen imperativen Charakter und wird durch seine musikalische Gestalt im moralischen Sinne gedeutet. Dies geschieht allerdings so, daß auf dem Verstehen, Wissen und Gedenken (*scitis*) der größere Akzent liegt als auf dem Handeln (*faciatis*).

Den besonderen Akzent der frühmittelalterlichen Deutung dieser Stelle, zeigen zwei Zitate, deren unübersehbare Zusammengehörigkeit ein Beispiel für die Kontinuität in der Weitergabe der theologischen Interpretation dieser Zeit gibt:

> „Sequitur enim: «Dixit eis: Scitis quod fecerim vobis?» Hoc enim ait, quod ante praemiserat, dum Petro apostolo respondit: «Quod ego facio, tu nescis modo, scies autem postea.» Nunc est illud post, quod ante promissum."[181]
> („Sequitur enim: «Dixit eis: Scitis quod fecerim vobis?» Hoc ait, quod ante promiserat, dum Petro apostolo respondit: «Quod ego facio, tu nescis modo, scies autem postea.» Nunc est illud ante promissum."[182])

> „Es folgt nämlich: «Er sagte ihnen: Versteht ihr, was ich (an) euch getan habe?» Dies sagt er nämlich, weil er zuvor vorausgeschickt [versprochen] hatte, als er dem Apostel Petrus antwortete: «Was ich tue, verstehst du jetzt nicht, später aber wirst du (es) verstehen.» Nun ist jenes später, das zuvor versprochen war [Nun ist jenes zuvor Versprochene.]."

Eigentlich endet mit dieser als Beispiel für *similitudo dissimilis* so eindrucksvollen Communio der zu untersuchende Ausschnitt aus dem Repertoire der Karwoche, denn der Karfreitag kennt weder Introitus noch Communio. Die Liturgie des Karsamstags wird als Vigil bereits Ostern zugerechnet, was in den Handschriften B und K auch am Vermerk *in ipsa nocte* abzulesen ist.

Doch soll an dieser Stelle noch kurz auf die sogenannten Improperien der Karfreitagsliturgie eingegangen werden. Einige Teile davon sind der Textgrundlage nach sehr alt und enthalten noch teilweise griechische Texte. In K ist der Text auch mit griechischen Buchstaben wiedergegeben. Die Angaben für die Improperien variieren von Handschrift zu Handschrift[183], so ist davon auszugehen, daß es im 9. Jahrhundert für diese Liturgie lokal sehr verschiedene Traditionen gegeben hat. M nennt nur Graduale und Tractus; R nennt außerdem *Ecce lignum crucis*[184] als Communio; B enthält nur das GR *Dominus audivi*[185], das in allen Handschriften vorkommt; C erwähnt *Ecce lignum, Crucem tuam*[186] und den Hymnus *Pange lingua*[187]; K macht die Angabe: *Item Antiphone ad crucem adorandum*, dann – wie gesagt – griechisch und lateinisch *Hagiòs ó Theos* bzw. *Sanctus Deus*[188], anschließend *Ecce lignum* mit *Venite adoremus*[189] und in S findet sich schließlich der Hinweis *Grecum ad crucem*

181 Alcuinus, *Commentaria in sancti Joannis Evangelium*, PL 100, 926.
182 Haymo, *Homiliae de tempore*, PL 118, Sp. 422; dies ist ganz offensichtlich ein Zitat Alcuins.
183 Vgl. AMS.
184 GT 174.
185 GN 192 (TR im II. Ton).
186 GT 175.
187 GT 182.
188 GT 176.
189 GT 175.

adorandam, dann in lateinischen Buchstaben der Beginn *Agios o theos*, sowie – das einzige Mal im AMS – *Popule meus*[190] mit zwei Versen, *Ecce lignum crucis, Crux fidelis, Pange lingua, Crucem tuam*, also alle Gesänge, die auch die Handschriften des GT kennen. Da es sich bei S um die jüngste dieser Texthandschriften handelt, liegt es nahe zu vermuten, daß sich dieser Ablauf der Liturgie des Karfreitags im Laufe des 9. Jahrhunderts herausgebildet hat.

Für die Frage nach textbezogenen melodischen Übereinstimmungen sind die Gesänge der Improperien wenig ergiebig, was u. a. damit zusammenhängen dürfte, daß diese eher kurzen Stücke in sich auf Wiederholung hin angelegt sind – *Ecce lignum, Hagios ó Theos* – oder daß es sich, wie bei *Crux fidelis* und *Pange lingua*, um Strophen eines Hymnus handelt, bei dem ohnehin die zweite und dritte Zeile melodisch identisch sind.

Bei der AN *Popule meus* lassen sich dennoch Spuren von *similitudo dissimilis* entdecken, wenn man die Antiphon mit den beiden mit Neumen versehenen Versen vergleicht. Der erste Vers *Quia eduxi* besteht im großen und ganzen aus denselben melodischen Elementen wie die Antiphon. Auffällig ist die Wiederholung bei *eduxi te de terra Aegypti* („ich führte dich aus dem Land Ägypten“) und *parasti crucem Salvatorem tuum* („du hast das Kreuz bereitet deinem Erlöser“):

Auf diese Weise impliziert der syntaktisch parallele Aufbau, verbunden mit der melodischen Wiederholung, auch eine inhaltliche Identität, die jedoch ganz und gar nicht zutrifft, handelt es sich doch um den „Zusammenprall“ völlig gegensätzlicher Verhaltensweisen. Aber genau diese geradezu unerträgliche Spannung ist es ja, die in diesem Gesang sprachlich-musikalischen Ausdruck finden soll. Auch der zweite Vers ist in gleicher Weise aufgebaut. Nach einer kleineren, mit dem zweimaligen Gebrauch desselben Verbs zu erklärenden melodischen Übereinstimmung bei *facere tibi et non feci* folgt bei *ego quidem plantavi te vineam meam speciosissimam* (in E: *fructu decoram*) und *et tu facta es mihi nimis amara* (in E: *satis amara*) wieder der gleiche Fall von melodischer Identität und inhaltlichem Kontrast, der der Gesamtaussage dieses Stückes so sehr entspricht.

Von den noch anschließenden beiden Abschnitten erläutert der erste, *aceto namque sitim meam potasti,* die kontrastierende Aussage, während der letzte Abschnitt, *et lancea perforasti latus Salvatoris tui,* eine weitere derart negative Aussage ent-

190 GT 176.

hält, die konsequent eine den beiden gegensätzlichen Aussagen ähnliche musikalische Gestalt erhält. So wird auch im Gesang *Populе meus* melodische Identität als Mittel der Beziehung von Sprache und Musik bis hin zur Ebene der Interpretation eingesetzt.

Rückblickend läßt sich am Ende dieses Kapitels für die gesamte Karwoche sagen, daß in den Introitus- und Communioantiphonen dieser liturgisch so bedeutsamen Zeit herausragende Beispiele für die Anwendung von *similitudo dissimilis* in der Beziehung von Musik und Sprache im gregorianischen Gesang vorliegen. Die Tatsache, daß sich in dieser Woche Gesänge häufen, die offensichtlich in ihrem melodischen Aufbau bis ins Detail reflektiert worden sind, wirft neue Fragen auf. Ist es denkbar, daß es einen Zusammenhang gibt zwischen dem Auftreten von derart ausgeprägten melodischen Übereinstimmungen in ihren unmißverständlich inhaltsbezogenen Formen und dem Stellenwert der zugrundeliegenden Texte in ihrer liturgischen Funktion bzw. in ihrer theologischen Aussage? Die Häufung dieses Phänomens ausgerechnet in der Karwoche, der *Hebdomada Sancta,* kann kaum auf Zufall beruhen. Denn der Befund der Analyse ist zu klar und vor allem (beinahe) lückenlos. Auf dieses Phänomen soll deshalb bei der abschließenden Reflexion am Ende dieses sechsten Kapitels noch genauer eingegangen werden.

6.2.7. Ostern und die Osteroktav

Die Vigilfeier der Osternacht kennt nach den Handschriften des AMS weder Introitus noch Communio. Lediglich R bildet hier eine Ausnahme, dort ist die CO *Cito euntes* angegeben, die jedoch im Repertoire des GT nicht vorhanden ist.

Die Messe vom Tag beginnt mit dem IN *Resurrexi*[191], der zu den bekanntesten Gesängen im gregorianischen Repertoire gehören dürfte. Unter dem Gesichtspunkt melodischer Wiederholung analysiert, erweist sich das Stück jedoch als wenig ergiebig, dafür aber als problematisch. Der geringe Ambitus fällt auf, Elemente, wie sie in den Introitusantiphonen dieses Modus häufig vorkommen, springen ins Auge. Auch fallen eine Reihe wiederkehrender kleinerer Elemente auf, besonders die Tristropha (7 bzw. 8 mal, 3 davon mit vorangestellter Virga), aber auch der Quilisma-Scandicus und der Porrectus mit vorausgehender Aufwärtsbewegung. Der ganze Gesang macht auf diese Weise einen homogenen Eindruck: Alles wirkt irgendwie ähnlich, ohne es doch in greifbarer Weise zu sein. Lediglich ein *alleluia* wird tatsächlich wiederholt. Nicht eine einzige Zäsurformel erscheint darüber hinaus auch nur ein zweites Mal.

Wie kann dieser Tatbestand gedeutet werden, zumal zahlreiche andere, bereits beschriebene Introitusantiphonen im IV. Modus ausgeprägte Beispiele für *similitudo dissimilis* liefern? Warum fehlt ausgerechnet am Ostersonntag die musikalische Gestaltung und Strukturierung der Textaussage mittels melodischer Übereinstimmungen? An dieser Stelle soll darauf verzichtet werden, auf diese Fragen eine Antwort zu versuchen[192].

191 GT 196.
192 Siehe 6.3. *Resümee.*

Die CO *Pascha nostrum*[193] des Ostersonntags enthält zwar Elemente melodischer Übereinstimmung, die sich jedoch ebenfalls in nichts mit dem Befund der Antiphonen der Karwoche vergleichen lassen. Allein bei den Worten *in azymis* und *sinceritatis* finden sich innerhalb des Wortes kleine Elemente der Wiederholung[194].

Auch die Untersuchung von Alleluja und Offertorium bringt ein eher bescheidenes Ergebnis. Beim stark melismatischen Alleluja-Vers *Pascha nostrum* gibt es einige Wiederholungen in den Melismen bei *nostrum* sowie bei *immolatus*. Beim OF *Terra tremuit* ließen sich mit einigem guten Willen Ähnlichkeiten bei *terra tremuit* wie auch bei *resurget* und *in iudicio* feststellen, die jedoch so unscharf sind, daß sie ganz einfach auf Zufall beruhen dürften. Zwei kleinere Wiederholungen sind im ausgeprägten Melisma des abschließenden *alleluia* zu finden.

Was jedoch im Graduale wie im Alleluja des Ostersonntags Aufmerksamkeit auf sich zieht, das sind die schon als extrem zu bezeichnenden Beispiele von Augmentation. Über die musikalische Gestalt der Worte *quoniam bonus* im GR *Haec dies* wurde schon an anderer Stelle gesprochen[195]. Im Alleluja-Vers ist ein ähnlich auffälliges Beispiel beim Wort *nostrum* zu entdecken.

Der Introitus des Ostermontags, *Introduxit vos Dominus*[196], weist dagegen wieder viel stärkere melodische Übereinstimmungen auf. Die an das im VIII. Modus gängige Initium anschließende Zäsurformel mit vorausgehendem Quilisma-Scandicus (*la-si-do*) auf *vos* erscheint nochmals leicht variiert beim ersten *alleluia* sowie – ohne Quilisma-Scandicus – am Schluß der Antiphon. Darüber hinaus liegt bei den Worten *in terram fluenten lac et mel* und *et ut lex Domini semper sit* trotz aller Unterschiede doch eine gewisse Ähnlichkeit im Melodieverlauf vor. Dieser melodischen Verwandtschaft liegt ein Text zugrunde, dessen Centonisation schon fast forciert wirkt. Was hier in einer Art Parallelismus, musikalisch verstärkt durch *similitudo dissimilis*, miteinander verbunden wird, ist ein Ursache-Wirkung-Zusammenhang, dessen Akzent auf dem belehrend-imperativen zweiten Teil liegt. Von daher wird folgerichtig das Wort *semper* deutlich augmentiert, was, dies wurde bereits gesagt, recht oft im gregorianischen Repertoire zu beobachten ist[197]. Das an die Worte *semper sit* anschließende *in ore vestro* sowie das erste der beiden Allelujas bleiben ohne melodisches Pendant, so daß sich für diesen Introitus insgesamt die folgende Struktur ergibt:

Initium: Introduxit
.... A: vos Dominus
.... B: in terram fluentem lac et mel,
.... A': alleluia:
.... B': et ut lex Domini semper sit
.... C: in ore vestro, alleluia,
.... A": alleluia.

193 GT 199.
194 Porrectus, der in diesem Gesang relativ oft vorkommt, und Clivis.
195 GT 196; siehe 4.2. *Die Gradualresponsorien im II. Ton.*
196 GT 200.
197 Vgl. z. B. IN *Gaudete*, GT 21; IN *Oculi mei semper*, GT 96; IN *Meditatio cordis*, GT 103.

Noch sehr viel klarer sind die Aspekte von *similitudo dissimilis* in der CO *Si consurrexistis*[198] vom Dienstag. In diesem Gesang liegt beim Text ein Parallelismus vor, der in einer ausgeprägten melodischen Übereinstimmung auch musikalische Gestalt gewinnt: *quae sursum sunt quaerite, alleluia – quae sursum sunt sapite, alleluia*:

Dies bedarf bei dieser Antiphon keiner weiteren Erläuterung. Das angehängte *alleluia* ist jeweils integrierter Bestandteil des textlichen wie musikalischen Parallelismus. Zwei kleinere Beispiele melodischer Übereinstimmung liegen bei den Worten *si consurrexistis* sowie *ubi Christus est in dextera Dei* vor. Sie können einmal mehr als ein Beispiel für den Ausdruck der Zusammengehörigkeit innerhalb kleinerer Texteinheiten durch *similitudo dissimilis* interpretiert werden.

Auch die CO *Populus acquisitionis*[199] vom Donnerstag enthält ein deutliches Beispiel für textbezogene melodische Übereinstimmung bei den beiden Verben *annuntiate* und *(de tenebris) vocavit*, die vom Text her in der Wortbedeutung nahezu identisch sind und auch in einer kausalen Beziehung zueinander stehen, wie das folgende Beispiel mittelalterlicher Exegese zeigt:

> „*Annuntietis*. (Beda) Sicut liberati de Aegypto, triumphale carmen Domino cantaverunt, ita nos post tenebras dissolutas, [...] debemus Deo rependere gratias dignas coelestibus beneficiis.“[200] – „*Ihr sollt verkünden*. (Beda) So wie die aus Ägypten Befreiten dem Herrn triumphierend ein Lied gesungen haben, so müssen wir, nachdem die Dunkelheit aufgelöst ist, [...] dem Herrn würdigen Dank erstatten für die himmlischen Wohltaten.“

Ähnlich erscheint ebenfalls die Melodiebewegung des zum *vocavit* gehörende *de tenebris*, wenn auch bei klarem Unterschied in der Neumennotation. Außerdem läßt sich beim zweimal eingefügten *alleluia* eine melodische Verwandtschaft feststellen.

Der Introitus des Freitags, *Eduxit eos Dominus*[201], beinhaltet zwar für sich genommen nur eine unbedeutende Ähnlichkeit im Melodieverlauf des zweiten und vierten *alleluia*, aber die musikalische Gestalt des Anfangs ist in ihrer Tonfolge für eine Introitusantiphon im IV. Ton, der bereits in der Handschrift K des AMS belegt ist, nicht nur auffällig, sie kehrt auch beim nahezu textgleichen Beginn des IN *Eduxit Dominus*[202] des folgenden Tages wieder – auf anderer Tonstufe, aber im selben Intervallverhältnis. Dieser Introitus wird in der Handschrift K des AMS ebenfalls als *plagis Deuteri* bezeichnet, ist im GT jedoch als VII. Ton angegeben. Auch für diesen Modus ist die Tonfolge eher ungewöhnlich.

198 GT 205.
199 GT 210.
200 Walafried Strabo, *Glossa ordinaria*, PL 114, Sp. 683.
201 GT 211.
202 GT 214.

Diese Übereinstimmung zwischen beiden Introitusantiphonen läßt sich bei der räumlichen Nähe beider Gesänge im selben liturgischen Kontext kaum als Zufall interpretieren. Die melodische Verwandtschaft kann hier als ein bewußt verwendetes Mittel der Beziehung von Musik und Sprache zur Herstellung eines über den einzelnen Gesang hinausgehenden Zusammenhangs verstanden werden. Die inhaltliche Beziehung im Text der Introitusantiphonen von Freitag und Samstag der Osteroktav wird fortgesetzt in den zugehörigen Communioantiphonen, die beide die Taufe zum Inhalt haben[203].

In der CO *Data est mihi*[204] vom Freitag liegt eine weitere Antiphon vor, die deutliche melodische Übereinstimmungen erkennen läßt. Ganz klar ist die Wiederholung bei den Worten *in nomine – Patris, et Filii*, die mit dem textlich zugehörigen *et Spiritui Sancti* verbunden sind, das seinerseits mit der musikalischen Gestalt der Worte *omnis potestas* korrespondiert. Eine gewisse Ähnlichkeit in der Melodiebewegung ist auch bei *gentes* und *eos* zu beobachten, was freilich auch eher zufällig durch die Zäsuren bedingt sein könnte. Zusammen mit einer weiteren Verwandtschaft melodischer Art bei *euntes, docete...* und *...in nomine Patris...* ergibt sich jedoch ein zusammenhängender „Melodiebogen" mit dem Aufbau:

.... *euntes, docete* (A)
.... *omnes gentes* (B)
.... *baptizantes* (nur rezitiert)
.... *eos* (B)
in nomine Patri et ... (A)

Am Ende dieser Analyse der Introitus- und Communioantiphonen der Osteroktav ergibt sich anknüpfend an die Überlegungen zur Karwoche beinahe die umgekehrte Fragestellung. Wie ist es zu verstehen, daß ausgerechnet in diesem von seiner liturgischen Funktion her so zentralen Ausschnitt aus dem gregorianischen Repertoire nur relativ wenige und eher unbedeutende Beispiele von textbezogener melodischer Übereinstimmung zu finden sind, am Ostersonntag sogar praktisch gar keine? Wird von dieser Beobachtung her der bewußte Einsatz melodischer Wiederholung als ein wesentlicher Aspekt der Wort-Ton-Beziehung nicht sogleich wieder fragwürdig? Auf diese Fragen sowie auf das umgekehrte Phänomen der Häufung sehr differenzierter Beispiele von *similitudo dissimilis* in der Karwoche soll bei der nachfolgenden Reflexion noch ausführlicher eingegangen werden.

6.3. REFLEXION

Was für Erfahrungen mit dem Phänomen der melodischen Übereinstimmung im untersuchten Ausschnitt aus diesem Repertoire gemacht wurden, soll nun im folgenden in Form einiger Thesen formuliert und auf diese Weise systematisch erfaßt werden:

203 Siehe 6.1.2. *Fasten- und Osterzeit in der Liturgie des frühen Mittelalters.*
204 GT 213.

I. Das in dieser Arbeit als *similitudo dissimilis* bezeichnete Phänomen der Beziehung von Musik und Sprache auf der inhaltlichen Ebene durch den gezielten Einsatz melodischer Übereinstimmungen tritt im gregorianischen Repertoire so häufig und so unmißverständlich auf, daß es als ein wichtiges, vielleicht gar als ein „konstituierendes“ Element des gregorianischen Gesangs bezeichnet werden kann. Im untersuchten Ausschnitt aus dem Repertoire gibt es keine melodischen Übereinstimmungen, die dem Wort-Ton-Verhältnis klar entgegenstehen.
II. Die textbezogene melodische Übereinstimmung wird dennoch – wie alle bisher gefundenen Aspekte des Zusammenspiels von Musik und Sprache auf der semantischen Ebene – nicht systematisch eingesetzt.
III. Es lassen sich verschiedene Formen von melodischer Übereinstimmung unterscheiden:

1. Die unmittelbar aufeinanderfolgende Wiederholung kleinerer melodischer Abschnitte oder Formeln:
   a. in Melismen, was nach der gegebenen Definition nicht dem Phänomen von *similitudo dissimilis* zuzuordenen ist;
   b. bei syntaktisch zusammengehörenden und meist auch inhaltlich aufeinander bezogenen Worten. Dies kann als ein musikalischer Ausdruck des sprachlichen Zusammenhangs gelten und in einzelnen Fällen wahrscheinlich auch als Möglichkeit der Abgrenzung gegenüber anderen Teilen des Gesangs mit gänzlich anderem Inhalt[205] oder mit anderer sprachlicher Funktion[206].
   c. Zu dieser Form von *similitudo dissimilis* sind auch solche Fälle zu zählen, bei denen eine auffällige Häufung bestimmter Zeichen der Neumennotation oder eine Beschränkung auf einige wenige Zeichen in einem Teil des Gesangs möglicherweise eingesetzt wird, um inhaltlich verschiedenen Abschnitten einen musikalisch anderen „Charakter“ zu geben[207]. Dies kann möglicherweise als ein Ausdruckmittel der affektbewegenden *imitatio* angesehen werden.
2. Die zweite wichtige Gruppe bilden Übereinstimmungen von längeren melodischen Abschnitten oder Formeln, die meist nicht unmittelbar aufeinander folgen:
   a. als Teil eines Melodie-Modells oder als Formel ohne erkennbaren Bezug zum Inhalt des Textes, dieser Aspekt gehört nicht zum Phänomen von *similitudo dissimilis*;
   b. mit deutlich erkennbarem oder zumindest naheliegendem Bezug zum Inhalt des Textes:
   – besonders häufig strukturbildend in den Zäsur- und Schlußformeln, als sinnvolle musikalische Entsprechung von inhaltlichen Beziehungen der einzelnen Teile des Gesangs über die rein formalen Abschnittbildungen hinaus;
   – in der Verbindung: gleicher Text – gleiche Melodie. Dies kommt sowohl im selben Gesang vor als auch in verschiedenen Stücken, oft in völlig anderem oder aber theologisch sinnvoll aufeinander bezogenen liturgischen Zusammen-

205 Vgl. z. B. IN *Miserere mihi*, GT 125; siehe auch 6.2.5. *Fünfte Fastenwoche* (MO).
206 Z. B. erzählender Rahmen – wörtliche Rede.
207 Vgl. z. B. CO *Adversum me*, GT 154; siehe auch 6.2.6. *Die Karwoche* (DI). Hierzu wäre wahrscheinlich auch die CO *Ierusalem surge*, GT 20, (siehe 5.2.1.2.) zu zählen.

hang, in einem Gesang einer anderen liturgischen Funktion, in verschiedenen Modi;
– als musikalische Entsprechung eines Parallelismus des Textes im weitesten Sinne: *Parallelismus membrorum* der Psalmen etc., Identität zweier Inhalte, Gegensätze;
– in einzelnen Fällen mit großer Wahrscheinlichkeit auch zur Herstellung einer Beziehung zweier Textabschnitte, die sich nicht notwendig aus dem Inhalt ergibt. Von daher ist dieses Verfahren auch als ein Mittel der Textinterpretation zu betrachten[208].

Über diese allgemeinen Beobachtungen hinaus, läßt sich feststellen, daß sich in den Proprien der Karwoche Gesänge mit ausgeprägter *similitudo dissimilis* häufen, während in der Osteroktav dieses Phänomen deutlich weniger zu finden ist. Dies könnte, wenn auch vielleicht nicht sogleich ersichtlich, ein weiterer Hinweis darauf sein, daß die melodische Übereinstimmung gezielt als Mittel der Beziehung von Musik und Sprache auf der inhaltlichen Ebene wie auch zur theologischen Interpretation eingesetzt wurde. Denn in der Osterzeit geht es, wie die zeitgenössischen theologischen Texte zeigen, weniger um eine „Belehrung" durch und über die Textgrundlagen der Gesänge als vielmehr um einen umfassenden Lobpreis über die Erlösung, der sich im immer wieder eingefügten *alleluia* manifestiert. „Die Kommentare zum Alleluja in unseren Quellen beziehen sich meistens auf den Ruf *Alleluia*, nicht auf die Allelujaverse. Daß die Kirche Alleluja unübersetzt auf Hebräisch singt, drückt nach z. B. Aurelianus von Réôme und Hrabanus Maurus die besondere, hohe Würde dieses Lobgesanges aus."[209] Das Alleluja selbst ist demnach als eine zentrale Aussage der Osterzeit zu betrachten.

Dagegen liegt in den Textgrundlagen der Karwoche dichteste theologische Aussage vor, die offensichtlich melodisch gestaltet und interpretiert werden soll. Auch insgesamt sind die Gesänge mit auffälligen textbezogenen melodischen Übereinstimmungen in der Fastenzeit weit häufiger als in der Osterzeit. Folgerichtig haben die wenigen österlichen Gesänge, in denen dieses Phänomen ebenfalls zu beobachten ist, in der Regel einen unmittelbar auf den Beter bezogenen, moralisch zu deutenden Text[210]. Obwohl ein solcher Zusammenhang zwischen dem Auftreten von *similitudo dissimilis* und der Bedeutung der Textaussage der Gesänge in ihrem liturgischen Kontext in den zeitgenössischen Quellen nicht reflektiert wird, handelt es sich dabei doch um eine plausible, dem theologischen Denken des frühen Mittelalters entsprechende Erklärung.

Insgesamt kann aus den genannten Beobachtungen geschlossen werden, daß das Phänomen von *similitudo dissimilis* ein bevorzugtes Ausdrucksmittel der Beziehung von Musik und Sprache auf der semantischen Ebene im gregorianischen Gesang darstellt.

208 Vgl. z. B. CO *Potum meum: quia elevans allisisti me – tu autem, Domine, in aeternum permanens*, GT 157; siehe auch 6.2.6. *Die Karwoche* (MI).
209 Ekenberg, 72f.
210 Z. B. IN *Introduxit vos*, GT 200; CO *Si consurrexitis*, GT 205.

7. MUSIK UND SPRACHE IM GREGORIANISCHEN GESANG – REFLEXION

Am Ende dieser Untersuchung zur Beziehung von Musik und Sprache im gregorianischen Gesang bleibt nun zu fragen, was für allgemeine Aussagen sich aus der Fülle von Einzelbeobachtungen und -ergebnissen ableiten lassen. Dabei sollen nicht mehr alle Details angeführt werden, sondern es soll versucht werden, die wesentlichen Zusammenhänge abschließend aufzuzeigen und aus den durchgängigen Linien und zentralen Themen dieser Arbeit ein Gesamtbild entstehen zu lassen.

Ausgangspunkt war eine Sammlung von Zitaten zur Beziehung von Musik und Sprache im gregorianischen Repertoire, die z. T. mit großer Selbstverständlichkeit davon ausgehen, daß in dieser den erhaltenen musikalischen Primärquellen nach ältesten noch greifbaren Überlieferung abendländlischer Musik eine „Hochform" der Verbindung eines Textes mit seiner musikalischen Gestalt vorliegt. Diese bislang noch weithin unbewiesene Grundaussage steht in einer merkwürdigen Spannung zu der meist nur implizit geäußerten Gegenbehauptung, das Wort-Ton-Verhältnis gehe in dieser frühen Phase abendländischer Musikgeschichte nicht über elementare formale Zusammenhänge hinaus. Damit verbunden ist eine Vorstellung vom gregorianischen Gesang, die diesen kaum als Produkt eines bewußten und differenzierten gestalterischen Prozesses wahrnimmt, der als wirkliche Komposition zu betrachten wäre, sondern bestenfalls als eine primitive Vorform, von der es sich in der historischen Entwicklung der folgenden Jahrhunderte zu lösen galt.

Aus solch einer Sichtweise heraus ist in den letzten Jahrzehnten eine auffällige Distanz, um nicht zu sagen ein Desinteresse der musikwissenschaftlichen Forschung am gregorianischen Repertoire zu beobachten. Trotz der umfangreichen und gut aufgearbeiteten Quellen und der unbestreitbar prägenden Funktion der gregorianischen Gesänge für den weiteren Verlauf der Musikgeschichte werden sie eben nicht als musikalische Zeugnisse, die der Analyse zugänglich und auch wert sind, betrachtet. Dies dürfte, wie eingangs dargelegt, eher auf einer forschungsgeschichtlich gewachsenen Unsicherheit und Entfremdung beruhen als auf einer von tatsächlich vorhandenen Forschungsergebnissen begründeten Kenntnis des Repertoires selbst. Vor der eigentlichen Auseinandersetzung mit der Frage nach dem Verhältnis von Musik und Sprache im gregorianischen Gesang war es deshalb notwendig, die Forschungsgeschichte des 19. und 20. Jahrhunderts kritisch zu reflektieren und detailliert nach zuverlässigen Quellen und tragfähigen Voraussetzungen für diese Arbeit zu fragen. Dabei galt es, umfangreiche Quellenarbeit zu leisten, vor allem hinsichtlich der noch kaum erschlossenen, das Musikverständnis des einstimmigen liturgischen Gesanges reflektierenden Quellen des 8. bis 11. Jahrhunderts.

Die bedeutsamsten Ergebnisse der Untersuchung der zeitgenössischen theologischen und musiktheoretischen Quellen, welche die Beziehung von Musik und Sprache im gregorianischen Gesang im weitesten Sinne reflektieren, lassen sich anhand von drei zentralen Stichworten zusammenfassen.

Der erste dieser Begriffe, PRONUNTIATIO, spielt in den theologischen Schriften eine ganz wesentliche Rolle. In ihm verbindet sich das Erbe der antiken Rhetorik mit der Sprachzentriertheit der Karolingischen Reform. Auch wenn die Wiederentdeckung Quintilians erst ein Werk des Humanismus ist und dann u. a. als Fundament für eine musikalische Rhetorik im Sinne der Figurenlehre dient, so hat offensichtlich dennoch eine indirekte Rezeption wenigstens von Teilen dieses Gedankengutes z. B. durch Isidor von Sevilla bereits im frühen Mittelalter stattgefunden. Aus einer antiken Vortragskunst, die dem Gesang nahesteht, wird durch einen nicht näher zu bestimmenden Umdeutungs- und Wandlungsprozeß die „Kunst" der Verkündigung des biblischen Textes im Kontext christlicher Liturgie. Beiden gemeinsam ist dabei die Forderung nach einer Expressivität, die auch den affektiven Gehalt der vorzutragenden Texte einschließt. Indem die Quellen, die sich mit den liturgischen Diensten von *cantor* und *lector* auseinandersetzen, das *pronuntiare* auch für den *cantor* einfordern, zeugen sie von einem Bewußtsein für die Möglichkeit, in der musikalischen Gestalt der Gesänge den Text zum Klingen zu bringen. Das Verständnis des Textes, das auf diese Weise den Hörern vermittelt werden soll, erweist sich als erstaunlich ganzheitlich: Es umfaßt *intellectus, mens, sensus, cor* und *gustus*.

Dabei zeigt sich, daß der Übergang von einer so verstandenen musikalischen Rhetorik zu einem Musikverständnis, das die Musik als ein Phänomen *sui generis* betrachtet und als ein ontologisches bezeichnet werden kann, fließend ist. Auch dieser Aspekt der liturgischen Gesänge, der seine Wurzeln u. a. in der antiken Musiktheorie hat, wird in den Quellen ausführlich reflektiert. Die spezifisch mittelalterliche Auswahl der *effectus* der Musik zeugt jedoch von einer Bedeutungsverschiebung des antiken Gedankengutes hin zu einer liturgisch-ontologischen Sicht. So steht die Funktion des Gesangs in der Liturgie, wie ihn die theologischen Schriften des 8. und 9. Jahrhunderts darstellen, im Spannungsfeld zwischen Rhetorik und Ontologie. Dies hat zur Folge, daß bei einer Analyse mit Elementen einer musikalischen Rhetorik genauso zu rechnen ist wie auch mit genuin musikalischen Phänomenen. Ein Verständnis des gregorianischen Gesangs, das ihn ausschließlich als klingende Sprache betrachtet, erscheint somit genauso fragwürdig wie die Vorstellung, die musikalische Gestalt der gregorianischen Gesänge sei ohne jeden Bezug zur Textaussage.

Beide in der mittelalterlich-liturgischen *pronuntiatio* geforderten Aspekte des Textes, daß er seinem Sinn nach verstanden werden und daß er die Affektivität des Inhaltes den Zuhörern vermitteln soll, finden sich auch in den Aussagen der musiktheoretischen Traktate des frühen Mittelalters wieder. In der Schrift Aurelians, *Musica disciplina,* wird der erste Aspekt in der wiederholten Forderung nach einer Bewahrung der INTEGRITAS SENSUS des Textes durch die Musik nicht nur angemahnt, sondern es werden kompositorische Anweisungen dafür erteilt, die nahelegen, daß es eine Technik für die Anpassung einer modellhaft vorliegenden Melodie an den gewünschten Text gegeben hat. Auch wenn die späteren musiktheoretischen Schriften längst nicht mehr die Differenziertheit Aurelians in dieser Frage erreichen, finden sich in ihnen doch ebenfalls Hinweise auf eine Beziehung von Musik und Sprache auf der formalen Ebene.

Die Vorstellung, in der Musik solle der emotionale Gehalt des dem Gesang zugrundeliegenden Textes erklingen, zieht sich wie ein roter Faden durch verschiedene theologische und musiktheoretische Schriften. Dieses in Anlehnung an Fritz Reckow als AFFEKTBEWEGENDE *IMITATIO* bezeichnete Phänomen tritt bei Amalar und Remigius von Auxerre genauso auf wie in der *Musica enchiriadis* und dem *Micrologus* und ist somit für den gesamten Zeitraum von etwa 800 bis nach 1000 nachweisbar. Die Quellen zeigen, daß in dieser Zeit die Bedeutung des Begriffs *affectus* tief im biblisch-theologischen Weltbild des Mittelalters verwurzelt bleibt und sich klar von einem neuzeitlichen Verständnis unterscheidet. Darüber hinaus kann am Wortlaut und den kommentierenden Glossen dieser Quellen abgelesen werden, daß die geforderte *imitatio* weit über den Bereich des Affektiven hinausreichen und ganz allgemein den Inhalt – *eventus, facta, dicta* etc. – erfassen soll. Trotz ihrer Präsenz in diesen sehr bedeutsamen und verbreiteten Schriften des frühen Mittelalters sind konkret musikalische „Techniken" für die Gestaltung der affektbewegenden *imitatio* kaum faßbar. Dafür erscheinen wenigstens zwei Erklärungen als pausibel: Zum einen ist zu bedenken, daß die *pronuntiatio* ihren Idealen und Techniken nach eine Vortragskunst darstellt und keine kompositorische Technik und sich deshalb weithin der schriftlichen Fixierung entziehen dürfte. Zum anderen ist diese speziell den Inhalt des Textes betreffende Ebene des Wort-Ton-Verhältnisses offenbar als etwas zu betrachten, das nicht systematisch, sondern lediglich *ad libitum* Anwendung fand.

Aus den verschiedenen Einzelhinweisen zur Beziehung von Musik und Sprache und bisweilen nur indirekt zu erschließenden allgemeinen Aussagen der musiktheoretischen Schriften über den gregorianischen Gesang lassen sich eine Reihe methodischer Zugänge für eine Analyse entwickeln. Diese wurden unter drei Leitworten, die eine Analyse aus einer jeweils anderen Perspektive ermöglichen sollten, zusammengefaßt und auf Teile des gregorianischen Repertoires für die Meßfeier angewandt. Die untersuchten Gesänge umfassen zwar nur einen Bruchteil des Gesamtrepertoires, dürfen aber aus ihrer liturgischen Funktion heraus als besonders bedeutsam gelten.

Unter dem Begriff *FORMULAE* wurde am Beispiel von melismatischen Gesängen im II. Ton als Basis für weitere Untersuchungen nach den formalen Aspekten der Beziehung von Musik und Sprache gefragt, die sich im Vergleich von wiederholt verwendeten melodischen Formeln und Melodiemodellen, die unterschiedlichen Textgrundlagen angepaßt werden, erschließen lassen. Der zweite Begriff, *IMITATIO*, wurde noch etwas weiter gefaßt als in den mittelalterlichen reflektierenden Quellen. So wurde im zweiten Teil der Analyse versucht, die Introitus- und Communioantiphonen der Advents- und Weihnachtszeit möglichst systematisch anhand aller zu Verfügung stehenden methodischen Ansätze zu untersuchen, wobei jedoch die besondere Aufmerksamkeit der Suche nach inhaltlichen Aspekten des Wort-Ton-Verhältnisses galt. Der dritte Teil der Analyse unter dem Leitwort *SIMILITUDO DISSIMILIS* befaßte sich dagegen anhand der Introitus- und Communioantiphonen der Fastenzeit und der Osteroktav mit einem Einzelaspekt der musikalischen Gestaltung eines Textes, der in den beiden vorausgehenden analytischen Teilen besonders häufig auftrat und in der Verwendung melodisch übereinstimmender Abschnitte bei inhaltlich gleichen oder in enger Beziehung zueinander stehenden Textausschnitten besteht.

Gleich der erste Teil der Analyse brachte einerseits die erwarteten Ergebnisse hinsichtlich der formalen Aspekte der Anpassung der Musik an den Text mit sich, die zeigen, daß es tatsächlich zumindest elementare aufzeigbare Techniken dafür gab. Diese erweisen sich als durchaus zuverlässig und differenziert. Auch wenn an dem relativ kleinen untersuchten Ausschnitt aus dem Repertoire keine systematische Anwendung für komplexere Anpassungsverfahren beobachtet werden konnte, so erscheint eine solche bei den elementaren Verfahren als sehr offensichtlich. Andererseits zeigte sich jedoch sogleich, daß eine Begrenzung der Analyse auf die formale Ebene der Beziehung von Musik und Sprache in diesen Gesängen, die einen hohen Anteil melodischer Formeln enthalten und vielfach gänzlich aus solchen zusammengesetzt sind, keineswegs gerecht wird. Vielmehr legten zahlreiche Beobachtungen den Schluß nahe, daß die Verwendung solcher Formeln – im weitesten Sinne – auch ein gezielt eingesetztes Mittel des Ausdrucks und der Interpretation des Textinhaltes sein kann. Daß dies bis zum bewußten, in den zeitgenössischen Quellen reflektierten Affektausdruck mittels differenziert angelegter musikalischer Steigerungsanlagen reicht, bleibt faszinierend und irritierend zugleich. Was sich im OF *Vir erat* mit großer Klarheit nachweisen läßt, zeigt, daß kompositorische „Techniken", die üblicherweise wesentlich späteren Phasen der Musikgeschichte zugeordnet werden, offensichtlich bereits in dieser frühen Zeit zur Verfügung standen und kompetent eingesetzt werden konnten. Allerdings bleibt dieser Gesang eine Ausnahme und auch für die zeitgenössische Reflexion ein (theologisches) Problem. Dies bestätigt nochmals, daß die Forderung nach einer *imitatio* des Textes durch die Musik im frühen Mittelalter keineswegs einem modernen Verständnis von Affekten entspricht.

Der weitere Nachweis einer im engeren Sinne affektbewegenden *imitatio* als kompositorischem Gestaltungsmittel in der breit angelegten Analyse des zweiten Teils bleibt eher problematisch. Es gibt zwar in verschiedenen Gesängen immer wieder einzelne Stellen, die eine solche Deutung nahelegen; diese bleiben jedoch selten und schwer nachweisbar. Häufiger läßt sich dagegen unter Verwendung einer breiten Palette ganz verschiedener musikalischer Ausdrucksmittel eine theologische Interpretation der Textaussage durch die jeweilige musikalische Gestalt ablesen, gelegentlich bis hinein in verblüffende Details und mit einem hohen Grad an Übereinstimmung mit gängigen Interpretationen der zeitgenössischen Exegese. Die dabei zu beobachtenden „Techniken" musikalischer Rhetorik gleichen bisweilen in erstaunlicher Weise den Möglichkeiten der so viel späteren rhetorischen Figurenlehre, sollen aber, um eine angemessene Unterscheidung zu ermöglichen, nicht als solche bezeichnet werden. So plausibel sie auch im Einzelfall erscheinen mögen, ihre Verwendung bleibt im gregorianischen Repertoire ohne jeden Ansatz von Systematik, während gleichzeitig die formalen Aspekte des Wort-Ton-Verhältnisses, besonders der Zusammenhang von musikalischer Abschnittbildung und Syntax sowie von Rhythmus und Wortakzent, als nahezu durchgängig nachweisbar gelten dürfen.

Beim formalen Zusammenhang von Musik und Sprache im gregorianischen Gesang überwiegt auf diese Weise in der Realität des schriftlich fixierten Repertoires wie auch in der Reflexion desselben weithin der rhythmische Aspekt als einheitstiftendes Element. Die Einheit von Sprechrhythmus und musikalischem Rhythmus bildet eine bedeutsame Basis der Beziehung von Musik und Sprache in dieser musikalischen Überlieferung.

Daß dies keineswegs als simpel zu betrachten ist, zeigen auch die differenzierten und schwer verständlichen Ausführungen der musiktheoretischen Schriften zu Rhythmus und Metrum. Darin spiegeln sich nicht nur die ungelösten Fragen der Literaturwissenschaft zum komplexen Verhältnis von Metrum und Rhythmus in Antike und frühem Mittelalter, besonders im *numerus oratorius* der *pronuntiatio.* Von daher ist ebenfalls bei Guido von Arezzo seine Vorstellung des einstimmigen Gesangs zu verstehen, die wesentlich geprägt ist von der Vorstellung eines komplexen Ineinanders von rhythmischen Bögen und Längen, Beschleunigungen und Verlangsamungen.

Ein weiteres wichtiges Element der Beziehung von Musik und Sprache ist das im dritten Teil der Analyse beschriebene Phänomen der textbezogenen melodischen Übereinstimmung, das mit dem paradoxen Ausdruck Guidos von Arezzo, *similitudo dissimilis,* benannt wurde. Es tritt erheblich häufiger auf als die meisten anderen musikalischen Ausdrucksmittel, die unmittelbar die Textaussage betreffen, wenn auch genau wie diese keineswegs systematisch. Dennoch ist es am ehesten als ein strukturbildendes Element und kompositorisches Prinzip des gregorianischen Gesangs zu bezeichnen. Der Einsatz melodischer Übereinstimmungen zur Bestätigung und Herstellung von Beziehungen zwischen verschiedenen Textausschnitten kann kaum übersehen werden und ist in seiner Elementarform als die Verbindung von gleichem Text mit gleicher Melodie modusübergreifend in den verschiedendsten Gesängen nachzuweisen. Diese Neigung zum sprachlich-musikalischen „Zitat" kann als ein charakteristisch mittelalterliches Phänomen gelten, hat es doch ein Pendant im häufig zu beobachtenden Verfahren der Kompilation, das in der zeitgenössischen Literatur weit verbreitet ist.

Wie bei diesem wäre es jedoch verfehlt, in einer typisch neuzeitlichen Bewertung ein solches Vorgehen für einen Mangel an „Originalität" zu halten und die Produkte dieses Verfahrens als bloße Kopien ohne selbständige Aussage abzuwerten. Vielmehr liegt einer solchen Vorgehensweise ein anderes Wertverständnis zugrunde. Eine geschaffene Gestalt, sei dies Text, Musik oder Bild, empfängt ihren Wert nicht dadurch, daß sie neu und einmalig ist, einem als Individuum faßbaren „Schöpfer" zugeordnet und zu eigen, sondern weil sie einen Wert hat, als gültig oder gelungen anerkannt ist, steht sie uneingeschränkt als Material für Neuschöpfungen zur Verfügung. Jeder analytische Versuch am gregorianischen Repertoire zeigt bald, daß diese Neigung zum „Zitat" keineswegs als elementare oder gar primitive Kompositionsweise zu betrachten ist. Die Gesänge weisen statt dessen in der Verwendung melodischer Übereinstimmungen, „Zitate", Formeln ein hohes Maß an Komplexität und Differenziertheit auf und entziehen sich jeder einfachen Systematik. Es handelt sich eben nicht um bloße Wiederholung – *similitudo* –, sondern um *similitudo dissimilis.*

Dieses inhaltsbezogene Phänomen der Wort-Ton-Beziehung bliebt letztlich ohne sichere Abgrenzung mit den *formulae* verflochten, an denen die ebenfalls differenzierte formale Beziehung beider aufgezeigt wurde. So zeigt sich im Phänomen melodischer Wiederholungen und Übereinstimmungen die ganze Vielschichtigkeit der Beziehung von Musik und Sprache im gregorianischen Gesang: als *formulae* auf der formalen Ebene, als *similitudo dissimilis* auf der inhaltlichen Ebene oder aber – bisweilen in Schlußformeln bzw. -melismen – in relativer Unabhängigkeit vom Text. Letztere tragen bereits den Keim zur Loslösung der Musik von der Sprache in sich. Denn die melodische Wiederholung, die Formel, das Melisma wird auch zum „Einfallstor“ für ein genuin Musikalisches, das ja im Musikverständnis der zeitgenössischen Texte auch als selbstverständlich vorausgesetzt und immer wieder genannt wird. Ob das Phänomen der melodischen Wiederholung in der Melismatik deshalb, wie Stefan Morent meint[1], der Instrumentalmusik entlehnt wurde, ist eine ganz andere Frage. Viel eher dürfte hier ein Grundprinzip des Musikalischen vorliegen, das in einer Zeit eingeschränkter schriftlicher Überlieferung von besonderer Bedeutung ist: das Wiedererkennbare als Element und Baustein musikalischer Strukturen.

Im wesentlichen decken sich die Ergebnisse der musikalischen Analyse mit den Aussagen der reflektierenden Schriften und führen zu einem Gesamtbild der Beziehung von Musik und Sprache im gregorianischen Gesang, bei dem von zwei verschiedenen Ebenen auszugehen ist. Während eine differenzierte Einheit von Text und Musik auf der formalen Ebene vom *auctor* oder *compositor* der Gesänge klar eingefordert wird und durchgängig aufzuzeigen ist, scheint ein musikalischer Ausdruck speziell der Textaussage und deren Interpretation als *ornatus* in der Freiheit desselben zu liegen oder aber als *pronuntiatio* der Vortragskunst des *cantor*, der ja zugleich auch potentieller *auctor* ist, anheimgestellt zu sein.

Allerdings ist bei dieser offenkundigen Zweiteilung zu bedenken, daß eine Unterscheidung in formale und inhaltliche Aspekte der Sprache nicht dem Denken des frühen Mittelalters entspricht, so hilfreich dieses Modell für eine Unterscheidung und Beschreibung der beobachteten Phänomene auch sein mag. Aurelians wiederholte Forderung nach der Bewahrung der *integritas sensus* des Textes in der musikalischen Gestalt der Gesänge, zeigt nur zu deutlich, daß es ihm immer um den Inhalt des Textes geht. Deshalb erscheint es angemessener, nicht zwischen formaler und inhaltlicher Ebene zu unterscheiden, zumal eine solche Unterteilung eine Tendenz zur Abwertung des „nur Formalen“ in sich trägt. Statt dessen ist es treffender, VON EINEM VERSTÄNDLICHEN, SINNGEMÄSSEN TEXTVORTRAG zu sprechen, in dem allein der Text des Gesangs Bedeutungsträger ist, während die musikalische Gestalt ihn zum Klingen bringt, die sprachlichen Gegebenheiten verstärkt und ausgestaltet, ohne zu verzerren und zu entstellen. Demgegenüber steht als zweite, ergänzende Ebene EINE INTERPRETATION DES TEXTES DURCH SEINE MUSIKALISCHE GESTALT, wobei sowohl Teile der Textaussage musikalisch aufgegriffen und nachgeahmt werden als auch der Text auf musikalischem Wege eine zusätzliche, weiterreichende Interpretation erfahren kann. Die zeitgenössischen Formulierungen aufgreifend, soll deshalb von zwei Formen musikalischer Rhetorik gesprochen werden, von denen die erste nach Aurelian, dem Erhalt der *integritas sensus* dient, während die zweite als *imitatio* des Textes durch die Musik zu verstehen ist.

Was die Bewahrung der *integritas sensus* betrifft, so liegt im gregorianischen Gesang eine Form musikalischer Rhetorik vor, die in ihrer Fähigkeit, komplexe

1 Vgl. Stefan Morent, *Studien zum Einfluß instrumentaler auf vokale Musik im Mittelalter*, Paderborn 1998 (Beiträge zur Geschichte der Kirchenmusik 6), 91ff; 216f.

musikalische Abläufe bis hin zu ausgedehnten Melismen an einen Text anzupassen, wohl kaum mehr als elementar bezeichnet werden kann. In dieser Differenziertheit kommt sie als grundlegende „Technik" für ein ganzes Repertoire im weiteren Verlauf der Musikgeschichte nicht mehr vor. Sie tritt zurück hinter einer interpretatorischen Rhetorik, die, wie oben angeführt, als nicht systematisierte Möglichkeit in einer großer Vielfalt der dabei verwendeten musikalischen Mittel im gregorianischen Repertoire ebenfalls bereits zu finden ist.

Angesichts wiederholter Forderungen der reflektierenden mittelalterlichen Quellen erscheint es angemessen, genau das am Repertoire konkret zu beobachtende Phänomen als Teil der gewünschten *imitatio* zu bezeichnen, auch wenn es in den schriftlichen Fixierungen der Repertoires nur fragmentarisch nachzuweisen ist und der nicht schriftlich fixierte, eventuell rein vortragsbedingte Anteil als verloren zu gelten hat. Gerade dieser Terminus hat im Verlauf dieser Arbeit in seiner Deutung drei verschiedene, in den reflektierenden Quellen begründete Akzentsetzungen erfahren: als affektbewegende *imitatio*, als *imitatio* der *facta* und *dicta* des Textinhaltes und umfassend als *imitatio* eines jeden Aspektes der Sprache durch die Musik. Nicht nur auf diese Weise werden die Übergänge zwischen beiden Ebenen des Wort-Ton-Verhältnisses fließend, auch in der konkreten Analyse läßt sich oft nicht sagen, was „nur" dem Erhalt der *integritas sensus* dient und was „schon" Interpretation – bzw. *imitatio* im engeren Sinne – darstellen könnte.

Auch angesichts der Häufigkeit des Auftretens beider Formen der Beziehung von Musik und Sprache in den verschiedenen Arten von gregorianischen Gesängen fällt es schwer, Grenzen zu ziehen. Eine musikalische Rhetorik im Sinne der *integritas sensus* liegt in allen untersuchten Gesängen vor. Zeigt sie Mängel, spielt die Entstehungszeit der jeweiligen Stücke in der Regel eine größere Rolle als deren Zugehörigkeit zu einer bestimmten Gruppe liturgischer Gesänge. Eine musikalische Rhetorik im Sinne einer in der Notation nachweisbaren *imitatio* tritt dagegen bei allen Gesängen ungleichmäßig auf und ist weder an textlichen noch an liturgischen oder musikalischen Voraussetzungen festzumachen. Vielmehr läßt sich die Hervorhebung und Ausdeutung von Textpassagen und – seltener – von ganzen Gesängen durch die Musik bei den formelhaft-melismatischen Gesängen genauso nachweisen wie bei solchen, die weitgehend aus musikalischem Eigenmaterial bestehen. Umgekehrt gibt es in beiden „kompositorischen Kategorien" der Gesänge Beispiele, bei denen es nicht möglich ist, eine solche Form musikalischer Rhetorik aufzuzeigen. So erweist sich die von der musikalischen Gestalt[2] wie von der liturgischen Funktion[3] der Gesänge her so einladende Einteilung in verschiedene Gruppen hinsichtlich der Beziehung von Musik und Sprache als kein geeignetes Kriterium für eine Unterscheidung.

Am Ende dieser Untersuchung kann es keinen Zweifel mehr daran geben, daß im gregorianischen Repertoire eine vielschichtige Einheit von Textgrundlage und musikalischer Gestalt zu beobachten ist. Abschließend seien an dieser Stelle noch ein-

2 Melismatische oder oligotonische Gesänge bzw. Melodie-Modelle, Formeln oder formelfreie melodische Abläufe.

3 Z. B. Introitus- oder Communioantiphon, Alleluja-Gesang oder Gradualresponsorium, Offertorium.

mal die wohl plastischsten Formulierungen mittelalterlicher Musiktheorie dafür angeführt.

Musik und Sprache im gregorianischen Gesang: Dieses Phänomen basiert auf der Forderung an den *auctor* bzw. *cantor* der Gesänge: *ita integrum servet sensum* – er möge so den (unversehrten) Sinn des Textes bewahren. Musik und Sprache im gregorianischen Gesang: Daran läßt sich zumindest im Ansatz ein ganzes Spektrum an Möglichkeiten aufzeigen, die im Verlauf der abendländischen Musikgeschichte immer wieder Verwendung finden, *ut imitetur cantionis effectus* – damit die Wirkung des Gesangs den Affekt, den Inhalt, die sprachliche Gestalt des Textes nachahme.

Diese Arbeit soll nicht schließen, ohne nach den Konsequenzen für die musikwissenschaftliche Forschung zu fragen, die sich aus den gemachten Beobachtungen ziehen lassen. Zwei Punkte wären dabei zu nennen: Der erste befaßt sich mit der Frage nach den Anfängen der europäischen Musikgeschichte als Kompositionsgeschichte und betrifft ein Geschichtsbild, das, wie eingangs bereits erwähnt, davon ausgeht, es gebe grundlegende Unterschiede zwischen „alter" Musik und der Musik der Neuzeit und wesentliche musikalische Voraussetzungen der neuzeitlichen Musik, gerade auch in der Beziehung von Musik und Sprache bzw. im Affektausdruck, seien erst ab dem 16. Jahrhundert entstanden. Dies hat zur Folge, daß die Musik des Mittelalters häufig bestenfalls als musikalische „Vorgeschichte" betrachtet wird, statt die erhaltenen musikalischen Zeugnisse dieser Zeit in ihrem Wert als eigenständige Kompositionen wahrzunehmen, die durchaus als das Produkt schöpferischer, „künstlerischer" Gestaltung zu gelten haben, wenn auch keineswegs im Sinne eines Kunstverständnisses oder Werkbegriffs, dessen Wurzeln im 18./19. Jahrhundert liegen.

Demgegenüber stehen Feststellungen wie die von Fritz Reckow und Harmut Möller, die davon ausgehen, „daß bereits im Mittelalter wesentliche Voraussetzungen geschaffen und zentrale Entscheidungen getroffen worden sind, die die europäische bzw. «westliche» musikalische Kultur geformt und geprägt haben – und zwar zum Faszinierenden wie zum Problematischen hin"[4] und „daß es im Zusammenhang mit der Übernahme und Aneignung der römischen Liturgiegesänge zu Entscheidungen und Weichenstellungen von weitreichender Konsequenz kam, welche die Grundlagen der europäisch-abendländischen Musikkultur ausmachen."[5]

Detaillierte Analysen und Auseinandersetzungen mit der Musik des Mittelalters bis hin zu den Tropen des 9./10. Jahrhunderts haben eine solche Sicht aus den erhaltenen musikalischen Quellen heraus bereits bestätigt. Sie fragen bislang jedoch kaum nach dem gregorianischen Gesang, sondern beginnen frühestens dort, wo erste Komponisten namentlich bekannt sind und somit so etwas wie ein „Individualstil" greifbar zu sein scheint[6]. Hier drängt sich die Frage auf, ob es ein Kriterium sein kann, zwischen mehr oder weniger zufällig namentlich überlieferten und „nur" anonym als *auctor* bezeichneten „Komponisten" zu unterscheiden, oder ob dies nicht

4 Reckow, *Ratio*, 281.
5 Möller, *Institutionen*, 137.
6 Vgl. Arlt, 42 und Rankin 17ff.

einmal mehr eine historisch letztlich nicht gerechtfertigte Abgrenzung darstellt. Konsequent wäre es, gerade im gregorianischen Repertoire, auf das über Jahrhunderte hinweg spätere Kompositionen bezogen bleiben, nach den musikalischen Voraussetzungen zu fragen und diese soweit möglich analytisch zu erschließen.

Wesentliche Voraussetzungen abendländischer Musik sind bereits in dieser frühen Zeit in erstaunlicher Differenzierung greifbar. Manches wirkt geradezu modern. Mit diesem ältesten, in umfangreichem Maße noch erhaltenen Repertoire abendländischer Musikgeschichte sind also zentrale Aspekte späterer Entwicklungen im Ansatz schon gegeben.

Die zweite Konsequenz aus dieser Arbeit erscheint als notwendige Folge der ersten. Sie betrifft den Stellenwert des gregorianischen Repertoires in der musikwissenschaftlichen Forschung. Es dürfte an dieser Untersuchung zur Beziehung von Musik und Sprache im gregorianischen Gesang hinreichend deutlich geworden sein, daß diese Gesänge als Produkt einer bewußten Komposition aufzufassen sind, welche in ihrer Komplexität wie auch in der „Individualität" ihrer Produkte durchaus als „Kunst" zu bezeichnen ist. Bereits im einstimmigen liturgischen Gesang wird in der Spannung zwischen vorhandenen Techniken oder „Gesetzmäßigkeiten" und dem text-, situations- und wohl auch personengebundenen einmaligen Ausdruck im jeweiligen Gesang ein breites Spektrum musikalischer Möglichkeiten entfaltet. Angesichts der Tatsache, daß „die früheste Aussage von besonderem Interesse"[7] ist, darf gefragt werden, ob die Musikwissenschaft, da wo sie ihrem Selbstverständnis nach historische Wissenschaft ist, weiterhin in dem Maße auf dieses für die Musikgeschichte so wichtige und prägende Repertoire verzichten kann, wie das in der Forschung der letzten Jahrzehnte geschehen ist.

7 Arlt, 42.

8. LITERATURVERZEICHNIS:

8.1. GEDRUCKTE QUELLEN (PRACTICA)

Altrömischer Gesang: Die Gesänge des altrömischen Graduale, Kassel 1970 (MMMA 2).
Antiphonale Missarum Sextuplex (AMS), ed. René-Jean Hesbert, Brüssel 1935.
Antiphonale Monasticum, Paris/Tournay/Rom 1934.
Einsiedeln, Siftsbibl., Codex 121: Le codex 121 de la Bibliothèque d'Einsiedeln: Antiphonale missarum sancti Gregorii, Solesmes 1894 (Pal. mus. 4); oder: Codex 121 Einsiedeln: Graduale und Sequenzen Notkers von St. Gallen. Faksimile mit Kommentarband, hg. von Odo Lang, Weinheim 1991.
Graduale Romanum, Editio Vaticana, Solesmes 1908.
–: (nachkonziliare Bearbeitung), Solesmes 1974.
Graduale Triplex seu Graduale Romanum Pauli PP. VI. Cura Recognitum & Rhythmicis Signis a Solesmensibus Monachis Ornatum, Neumis Laudunensibus (Cod. 239) et Sangallensibus (Codicum Sangallensis 359 et Einsidelensis 121) nunc Auctum, Solesmes 1979.
Graduel Neumé, Solesmes 1972.
(Le) Graduel Romain. Édition critique, Bd. 2: Les Sources, Solesmes 1957; Bd. 4: Le Texte Neumatique: Le Groupement des Manuscrits, Relations généalogique des Manuscrits, Solesmes 1960–62.
Montpellier, Bibl. interuniversitaire, Codex H 159 (Tonar von Saint-Benigne, Dijon): Antiphonale Tonarium Missarum, Solesmes 1901 (Pal. mus. 7/8).
Laon, Bibl. municipale, MS 239: Antiphonale Missarum Sancti Gregorii. Codex 239 de la Bibliothèque de Laon, Solesmes 1909 (Pal. mus. 10).
Liber Responsorialis pro Festis I. Classis et Communium Sanctorum. Iuxta ritum monasticum, Solesmes 1895.
Offertoriale Triplex cum versiculis, Solesmes 1985.
St. Gallen, Stiftsbibl., MS 359: Cantatorium IXe siècle No. 359 de la Bibliothèque de Saint-Gall, Solesmes 1924 (Pal. mus. II/2), Nachdruck 1968.
–: Sitftsbibl. MS 390 und 391: Die Handschrift St. Gallen Stiftsbibliothek 390 (und 391). Antiphonarium Hartkeri, 2 Bde, Münsterschwarzach 1988 (MPG 4/I und 4/II).
Worcester, Cathedral Library, F 160: Antiphonaire monastique XIIIe siècle, Codex F 160 de la Bibliothèque de Worcester, Solesmes 1922 (Pal. mus. 12).

8.2. GEDRUCKTE QUELLEN (THEORETICA)

Alcuin: Monumenta Alcuiniana, ed. Philipp Jaffé, Berlin 1873 (Bibliotheca rerum germanicarum 6).
–: PL 100/101.
Amalar: Amalarii episcopi opera liturgica omnia, 3 Bde, ed. Jean Michael Hanssens, Rom 1948–1950 (Studi e testi 138–140).
Anonymus: Musica et Scolica enchiriadis una cum aliquibus tractulis adiunctis, ed. Hans Schmid, München 1981 (Bayerische Akademie der Wissenschaften. Veröffentlichungen der Musikhistorischen Kommission 3).
Anonymus: De Modorum Formulis et Tonarius, ed. Clyde W. Brockett, 1997 (CSM 37).
Anonymus: Expositio missae Romanae, PL 96, Sp. 1481–1502.
Aribo, De Musica, ed. Joseph Smits van Waesberghe, Rom 1951 (CSM 2).

Augustinus: Confessiones, Sancti Augustini opera pars I. 1, Turnhout 1981 (Corpus Christianorum, Series Latina 17), X 33.
Aurelianus Reomensis: Musica disciplina, ed. Lawrence Gushee, 1975 (CSM 21).
Berno von Reichenau, Prologus in Tonarium, GS 2, 62–91.
–: De varia psalmorum atque cantuum modulatione, GS 2, 91ff.
Boethius: De Institutione Musicae, ed. Gottfried Friedlein, Leibzig 1867, Unveränderter Nachdruck: Frankfurt 1966.
Calcidius: Timaeus a Calcidio translatus commentarioque instructus, ed. J. H. Waszink, London/ Leiden 1962 (Corpus Platonicum Medii Aevi. Plato Latinus 4).
Carolus Magnus Imperator, PL 97/98.
–: Epistola de litteris colendis, in: Monumenta Germaniae Historica, Legum Sectio II, Capitularia Regum Francorum, ed. A. Boretius, Bd. I, Hannover 1881.
Cassiodor: Magni Aurelii Cassiodori Institutiones Musicae, seu excepta ex ejusdem libro de Artibus ac Disciplinis liberalium Litterarum, Caput V, Ad 5: Musicae partes, GS 1, 15–19.
Chrodegang von Metz: PL 89.
Cicero: M. Tulli Ciceronis Ad M. Brutum Orator, ed. John Edwin Sandys, Cambridge 1885.
Guido von Arezzo: Micrologus, ed. Joseph Smits van Waesberghe, 1955 (CSM 4).
–: Prologus in Antiphonarium, ed. Joseph Smits van Waesberghe, Buren 1975 (DMA A III).
Haymo: PL 116–118.
Hrabanus Maurus: De institutione clericorum libri tres, Studien und Edition von Detlev Zimpel, Frankfurt a. M. u. a. 1996 (Freiburger Beiträge zur mittelalterlichen Geschichte 7).
(H)rabanus Maurus: PL 108–112.
Hucbald von Saint-Amand: De harmonica institutione, lateinisch-deutsch von Andreas Traub, in: BzG 7(1989).
Innocens III.: PL 217.
Instituta patrum de modo psallendi sive cantandi, GS 1, 5–8.
Isidor von Sevilla: PL 82/83.
Itala: Das Neue Testament in altlateinischer Überlieferung, ed. Adolf Jülicher, 4 Bde, Berlin [2]1963–1976.
Johannes Afflighemensis: De Musica cum Tonario, ed. Joseph Smits van Waesberghe, Rom 1950 (CSM 1).
Johannes Tinctoris: Complexus effectus musices, ed. Albertus Seay, 1975 (CSM 22.I), 161–177.
Musica et Scolica enchiriadis una cum aliquibus tractulis adiunctis, ed. Hans Schmid, München 1981 (Bayerische Akademie der Wissenschaften. Veröffentlichungen der Musikhistorischen Kommission 3).
Petrus Venerabilis: PL 189.
Psalterium Romanum, in: Le Psautier Romain et les autres anciens psautier latins, ed. Robert Weber, Rom 1953 (Collectanea Biblica Latina 10).
Quintilian: M. Fabi Quintliani Institutio oratoria, Bd. 2, ed. M. Winterbottom, Oxford 1970.
Rabanus Maurus s. Hrabanus Maurus
Regula Benedicti: Die Benediktusregel. lateinisch-deutsch, ed. Basilius Steidle, Beuron 1978.
Smaragdus Abbas: Expositio in Regulam S. Benedicti, Siegburg 1974 (Corpus Consuetudinum Monasticum 8).
–: PL 102.
Tertium Principale, CS 4, 219–254.
Tra le sollecitudini, in: Acta Sanctae Sedis 36, 1903/4.
Vetus Latina, Die Reste der altlateinischen Bibel. Nach Petrus Sabatier. Neu gesammelt und in Verbindung mit der Heidelberger Akademie der Wissenschaften hg. von der Erzabtei Beuron, Freiburg 1949ff.
Vulgata: Biblia sacra iuxta Latinam Vulgatam versionem ad codicum fidem, Bd. X Liber Psalmorum, Rom 1948.
Walafried Strabo: PL 113/114.

8.3. LITERATUR

Agustoni, Luigi: Gregorianischer Choral. Elemente und Vortragslehre mit besonderer Berücksichtigung der Neumenkunde, Freiburg/Basel/Wien 1963.

– /Johannes Berchmans Göschl: Einführung in die Interpretation des Gregorianischen Chorals, Bd. 1: Grundlagen, Regensburg 1987; Bd. 2: Ästhetik (2 Teilbände), Regensburg 1992.

– /Rupert Fischer/Johannes Berchmans Göschl/Liobgid Koch/Heinrich Rumphorst: Vorschläge zur Restitution von Melodien des Graduale Romanum, in: BzG 21 (1996), 7–42; BzG 22 (1996), 7–42; BzG 23 (1997), 7–42; BzG 24 (1997), 13–40; BzG 25 (1998), 19–45; BzG 26 (1998), 7–34; BzG 27 (1999), 7–19; BzG 28 (1999), 7–33; BzG 29 (2000), 7–30; BzG 30 (2000), 7–32.

Aland, Kurt/Barabara, Aland: Die Vulgata, in: Der Text des Neuen Testamentes, Stuttgart ²1989, 196f.

Angenendt, Arnold: Das Frühmittelalter, Stuttgart 1990.

–: Geschichte der Religiosität im Mittelalter, Darmstadt 1997.

Anglès, Higini: Latin Chant before St. Gregory, in: New Oxford History of Music, Bd. 2: Early Medieval Music up to 1300, hg. von Anselm Hughes, London 1954, 58–91.

Arlt, Wulf: Komponieren im Galluskloster um 900. Tuotilos Tropen «Hodie cantandus est» zur Weihnacht und «Quoniam dominus Iesus Christus» zum Fest des Iohannes evangelista, in: Möglichkeiten und Grenzen der musikalischen Werkanalyse. Gedenkschrift Stefan Kunze, SJbMw 15 (1996), 41–70.

Atkinson, Charles M.: Das Tonsystem des Chorals im Spiegel mittelalterlicher Musiktraktate, in: Die Lehre vom einstimmigen liturgischen Gesang, hg. von Thomas Ertelt/Frieder Zaminer, Darmstadt 2000 (Geschichte der Musiktheorie 4), 103–133.

Auf der Maur, Hansjörg: Feiern im Rhythmus der Zeit. I. Herrenfeste in Woche und Jahr, Regensburg 1983 (Gottesdienst der Kirche. Handbuch der Liturgiewissenschaft 5).

Baroffio, Bonifazio: Ambrosianische Liturgie, in: Geschichte der katholischen Kirchenmusik Bd. 1, hg. von Karl Gustav Fellerer, Kassel 1972, 192–204.

Bergeron, Katherine, Decadent Enchantments. The Rivival of Gregorian Chant at Solesmes, Berkeley/Los Angeles 1998.

Bernhard, Michael: Clavis Gerberti. Eine Revision von Martin Gerberts Scriptores ecclesiastici de musica sarca potissimum [St. Blasien 1784], Teil 1, München 1989 (Bayerische Akademie der Wissenschaften. Veröffentlichungen der Musikhistorischen Kommission 7).

–: Textkritisches zu Aurelian, in: Musica Disciplina 40 (1986), 49–61.

–: Überlieferung und Fortleben der antiken lateinischen Musiktheorie im Mittelalter, in: Die Rezeption des antiken Fachs im Mittelalter, hg. von Frieder Zaminer, Darmstadt 1990 (Geschichte der Musiktheorie 3), 7–35.

–: Das musikalische Fachschrifttum im lateinischen Mittelalter, in: Die Rezeption des antiken Fachs im Mittelalter, hg. von Frieder Zaminer, Darmstadt 1990 (Geschichte der Musiktheorie 3), 37–103.

Bielitz, Mathias: Musik und Grammatik. Studien zur mittelalterlichen Musiktheorie, München/Salzburg 1977 (Beiträge zur Musikforschung 4).

Billeqocq, Marie-Claire: Lettres ajoutée à la notation neumatique de Codex 239 de Laon, in: EG 17 (1978), 7–144.

Cardine, Eugène: Semiologia Gregoriana, Rom 1968, engl.: Gregorian Semiology, übersetzt von Robert M. Fowels, Solesmes 1982.

–: Gregorianische Semiologie, in: BzG 1 (1985), 23–42.

–: Die Grenzen der Semiologie im gregorianischen Gesang, in: Musica sacra 105 (1985), 71–76.

–: Der Gregorianische Choral im Überblick, in: BzG 4 (1987), 5–47.

Combe, Pierre: Histoire de la Restauration du Chant Grégorien. D'après des documents inédits, Solesmes 1969.

Corbin, Solange: Die Neumen, Köln 1977 (Palaeographie der Musik I. 3).

Dechevrens, Antoine: Composition musicale et composition litteraire, Paris 1910.

De la Motte-Haber, Helga: Musik als Sprache, in: Handbuch der Musikpsychologie, Laaber 1990, 11–149.
– (Hg.): Musik und Religion, Laaber 1995.
Dobszay, Lázló: Chant and analysis, in: Artes liberales. Festschrift Karlheinz Schlager, hg. von Marcel Dobberstein, Tutzing 1988, 105–125.
Dürr, Walter: Sprache und Musik: Geschichte – Gattungen – Analysemodelle, Kassel 1994 (Bärenreiter Studienbücher Musik 7).
Dyer, Joseph: Latin Psalters, Old Roman and Gregorian Chants, in: KmJb 68 (1984), 11–29.
Ekenberg, Anders: Cur cantatur. Die Funktionen des liturgischen Gesanges nach den Autoren der Karolingerzeit, Stockholm 1987.
Ewig, Eugen: Die Reform von Reich und Kirche und der Beginn der karolingischen Renaissance, in: Handbuch der Kirchengeschichte Bd. III/1, Freiburg 1966, 80–91.
Fellerer Karl Gustav (Hg.): Geschichte der katholischen Kirchenmusik, Bd. 1: Von den Anfängen bis zum Tridentinum, Kassel 1972, Bd. 2: Vom Tridentinum bis zur Gegenwart, Kassel 1976.
–: Altrömische Liturgie, in: Geschichte der katholischen Kirchenmusik, Bd. 1: Von den Anfängen bis zum Tridentinum, Kassel 1972, 188–191.
–: Gregorianik im 19. Jahrhundert, in: Kirchenmusik im 19. Jahrhundert, Regensburg 1985 (Studien zur Musik des 19. Jahrhunderts 2), 9–95.
Fischer, Rupert: Handschriften vorgestellt: St. Gallen Stiftsbibliothek, Codex 359: Das Cantatorium von St. Gallen, in: BzG 19 (1995), 61–70.
–: Handschriften vorgestellt: Einsiedeln, Stiftsbibliothek, Codex 121, in: BzG 20 (1995), 47–60.
–: Handschriften vorgestellt: Laon, Bibl. de la ville, 239, in: BzG 21 (1996), 75–91.
Floros, Constantin: Universale Neumenkunde, 3 Bde, Kassel 1970.
Frede, Hermann-Josef: Kirchenschriftsteller, Verzeichnis und Sigel, Freiburg ^{4}1995, Einführung (Zur Edition der Vetus Latina).
Froger, Jaques: L'épître de Notker sur les «lettre significatives». Edition critique, in: EG 5 (1962), 23–71.
Georgiades, Thrasybulos: Musik und Sprache. Das Werden der abendländischen Musik dargestellt an der Vertonung der Messe, Berlin/Heidelberg/New York ^{2}1984.
Gerhards, Albert: Die Psalmen in der römischen Liturgie, in: Der Psalter in Judentum und Christentum, hg. von Erich Zenger, Freiburg 1998, 355–379.
Göschl, Johannes Berchmans (Hg.): Ut mens concordet voci. Festschrift Eugène Cardine zum 75. Geburtstag, St Ottilien 1980.
–: Der gegenwärtige Stand der Semiologischen Forschung, in: BzG 1 (1985), 43–102.
Goetz, Hans-Werner: Proseminar Geschichte: Das Mittelalter, Stuttgart 1993.
Gruhn, Wilfried: Musiksprache – Sprachmusik – Textvertonung: Aspekte des Verhältnisses von Musik, Sprache und Text, Frankfurt a. M. 1978 (Schriftenreihe zur Musikpädagogik 18).
Gurjewitsch, Aaron J.: Das Weltbild des mittelalterlichen Menschen, München ^{4}1989.
Gushee, Laurence: The Musica disciplina of Aurelian Réôme, Diss. Yale University, New Haven 1962.
Haberl, Ferdinand: Das Graduale Romanum – liturgische und musikalische Aspekte, Bd. 1: Die antiphonalen Gesänge – Introitus und Communio, 1976 (Schriftenreihe des Allgemeinen Cäcilien-Verbandes für die Länder der deutschen Sprache 11).
Handschin, Jaques: Musikgeschichte im Überblick, Nachdruck der zweiten, ergänzten Auflage von 1964, ^{5}1985, 87–115. 119–134. 143–155.
Heckenbach, Willibrod : Gregorianikforschung zwischen 1972 und 1983, in: KmJb 67 (1983), 105–114.
Hermesdorf, Michael: Micrologus Guidonis disciplina artis musica, Trier 1876.
Hiley, David: Western Plainchant, Oxford 1993.
Hubig, Christoph: Zum Problem der Vermittlung Sprache – Musik: Versuch eines systematischen Problemaufrisses mit den sich daraus ergebenden Ansätzen zur Lösung, in: Mf 27 (1973), 191–204.

Hucke, Helmut: Die Entwicklung des christlichen Kultgesanges zum Gregorianischen Gesang, in: Römische Quartalsschrift 48 (1953), 147–194.
–: Die Einführung des Gregorianischen Chorals im Frankenreich, in: Römische Quartalsschrift 49 (1954), 172–187.
–: Gregorianischer Gesang in altrömischer und fränkischer Überlieferung, in: AfMw 12 (1955), 74–87.
–: Die Herkunft der Kirchentonarten und die fränkische Überlieferung des Gregorianischen Chorals, in: Kongreßbericht Berlin 1974, 257–260.
–: Karolingische Renaissance und Gregorianischer Gesang, in: Mf 28 (1975), 4–18.
–: Die Cheironomie und die Entstehung der Neumenschrift, in: Mf 32 (1979), 1–16.
–: Towards a New Historical View of Gregorian Chant, in: JAMS 33 (1980), 437–467.
–: Choralforschung und Musikwissenschaft, in: Das musikalische Kunstwerk. Festschrift Carl Dahlhaus zum 60. Geburtstag, hg. von Hermann Danuser u. a., Laaber 1988, 131–141.
–: Gregorianische Fragen, in: Mf 41 (1988), 304–330.
–: /Hartmut Möller, Art. Gregorianischer Gesang, MGG 3 (1995).
Huglo, Michel: Les noms des neumes et leur origine, in: EG 1 (1954), 53–67.
–: Altgallikanische Liturgie, in: Geschichte der Katholischen Kirchenmusik Bd. 1, hg. von Karl Gustav Fellerer, Kassel 1972, 219–233.
–: Grundlagen der mittelalterlichen Musiktheorie von der Spätantike bis zur Ottonischen Zeit, in: Die Lehre vom einstimmigen liturgischen Gesang, hg. von Thomas Ertelt/Frieder Zaminer, Darmstadt 2000 (Geschichte der Musiktheorie 4), 17–102.
Jammers, Ewald: Die Tonalität, in: Der mittelalterliche Choral – Art und Herkunft, Mainz 1954 (Neue Studien zur Musikwissenschaft 2).
–: Gregorianischer Rhythmus, was ist das?, in: AfMw 31 (1974), 290–311.
Johner, Dominicus: Wort und Ton im Choral, Leibzig ²1953.
–: Die Sonn- und Festtagslieder des vatikanischen Graduale, Regensburg 1928.
Joppich, Godehard: Der Gregorianische Choral. Geschichte und Gegenwart, Beilage zur Schallplatte: Gregorianischer Choral. Die großen Feste des Kirchenjahres, Polydor/Hamburg 1982.
–: Die rhetorische Komponente in der Notation des Codex 121 von Einsiedeln, in: Codex 121 Einsiedeln. Kommentar, hg. von Odo Lang, Weinheim 1991, 119–187.
–: Vom Schriftwort zum Klangwort, in: IAH Bulletin, Groningen 1995, 89–122.
–: Ein Beitrag zum Verhältnis Text und Ton im Gregorianischen Choral, in: Zwischen Wissenschaft und Kunst, hg. von Peter Becker/Arnfried Edler/Beate Schneider, Mainz 1995, 155–184.
Jungmann, Andreas: Missarum Sollemnia. Eine genetische Erklärung der römischen Messe, Wien/ Freiburg/Basel ⁵1962.
Kirsch, Johann Peter: Die Stationskirchen des Missale Romanum, Freiburg 1926 (Ecclesia orans 19).
Klöckner, Stefan: Analytische Untersuchungen an 16 Introiten im I. Ton des altrömischen und des fränkisch-gregorianischen Repertoires, in: BzG 5 (1987).
–: Art. Semiologie, MGG 8 (1998).
Kötting, Bernhard: Die Auseinandersetzung des Christentums mit der Umwelt, in: Die orientalischen Religionen im Römerreich, hg. von Maarten J. Vermaseren, Leiden 1981.
Kohlhäufl, Josef: Die tironischen Noten im Codex Laon 239. Ein Beitrag zur Paläographie der Litterae significativae, in: Gregorianik. Studien zur Notation und Aufführungspraxis, hg. von Thomas Hochradner/Franz Karl Praßl, Wien 1996 (Musicologica Austraica 14/15), 133–156.
Kohlhaas, Emmanuela: Dialog oder Rückzug ins Ghetto? Gregorianische Semiologie und Musikwissenschaft – einige Anmerkungen, in: BzG 30 (2000), 43–56.
–: (in Vorb.) Rezension zu: Die Lehre vom einstimmigem liturgischen Gesang, hg. von Thomas Ertelt/Frieder Zaminer, Darmstadt 2000 (Geschichte der Musiktheorie 4), in: BzG 31 (2001).
Kohlhase, Thomas/Peter Günther Paucker, Bibliographie, in: BzG 9/10 (1990).
–: Bibliograhie Addenda I, in: BzG 15/16 (1993).
Konrad, Ulrich: Alte Musik, musikalische Praxis und Musikwissenschaft. Gedanken zur Historizität der historischen Aufführungspraxis, in: AfMw 57 (2000), 91–100.

Kreuels, Matthias: Eckdaten zur Quellenlage des Gregorianischen Chorals. Die handschriftliche Tradierung im 9.–11. Jh. und das Repertoire im Graduale Triplex und Offertoriale Triplex, in: BzG 13/14 (1992): Cantando praedicare. Godehard Joppich zum 60. Geburtstag, 79–88.

Kupper, Hubert: Statistische Untersuchungen zur Modusstruktur, Regensburg 1970 (Kölner Beiträge zur Musikforschung 56).

Kunzler, Michael: Die Liturgie der Kirche, Paderborn 1995 (Lehrbücher zur katholischen Theologie 10).

Leclercq, Jean: Wissenschaft und Gottverlangen, Düsseldorf 1963.

Lentes, Thomas: Text des Kanons und Heiliger Text. Der Psalter im Mittelalter, in: Der Psalter in Judentum und Christentum, hg. von Erich Zenger, Freiburg 1998, 324–331.

Levy, Kenneth: Charlemagne's Archetype of Gregorian Chant, in: JAMS 40 (1987), 1–30.

–: Gregorian chant and the Carolingians, Princeton 1998.

Markovits, Michael: Das Tonsystem der abendländischen Musik im frühen Mittelalter, Bern und Stuttgart 1977 (Publikationen der Schweizerischen Musikforschenden Gesellschaft II/30).

Mehler, Ulrich: dicere und cantare. Zur musikalischen Terminologie des mittelalterlichen geistlichen Dramas in Deutschland, Regensburg 1981 (Kölner Beiträge zur Musikforschung 120).

Meßner, Reinhard: Zur Hermeneutik allegorischer Liturgieerklärung in Ost und West, in: Zeitschrift für Katholische Theologie 115 (1993), 184–319. 415–434.

Meyer, Bernhard: Von der römischen zur römisch-fränkischen Messe, in: Eucharistie, Regensburg 1989 (Gottesdienst der Kirche. Handbuch der Liturgiewissenschaft 4), 196–208.

Meyer, Christian: Die Tonartenlehre im Mittelalter, in: Die Lehre vom einstimmigen liturgischen Gesang, hg. von Thomas Ertelt/Frieder Zaminer, Darmstadt 2000 (Geschichte der Musiktheorie 4), 135–215.

Mocquereau, André: Les principes rhythmiques grégoriens de l'école de Solesmes. Leur fondements dans l'art gréco-romain et dans les manuscrits, Solesmes 1925.

Möller, Hartmut: Institutionen, Musikleben, Musiktheorie, in: NHbMw 2: Die Musik des Mittelalters, Laaber 1991, 129–206.

–: Permanenter Wandel – wohin?, in: BzG 13/14 (1992): Cantando praedicare. Godehard Joppich zum 60. Geburtstag, 119–128.

–: Die Musik als Abbild göttlicher Ordnung, in: Musik und Religion, hg. von Helga de la Motte-Haber, Laaber 1995, 35–60.

–: Geschichtsbilder mittelalterlicher Musik, in: Neue Zeitschrift für Musik 160/1 (1999), 8–13.

Morent, Stefan: Studien zum Einfluß instrumentaler auf vokale Musik im Mittelalter, Paderborn 1998 (Beiträge zur Geschichte der Kirchenmusik 6).

Müller, Ulrich: Zur musikalischen Terminologie der antiken Rhetorik. Ausdrücke für Stimmlage und Stimmgebrauch bei Quintilian, Institutio oratoria 11.3, in: AfMw 26 (1969), 29–48 und 105–124.

Murphy, James J.: Rhetoric in the Middle Ages. A History of Rhetorical Theory from Saint Augustine to the Renaissance, Berkley/Los Angeles/London 1974.

Niemöller, Klaus Wolfgang: Die Theorie des gregorianischen Gesanges im Mittelalter, in: Die Geschichte der katholischen Kirchenmusik Bd. 1, hg. von Karl Gustav Fellerer, Kassel 1972, 324–331.

Oesch, Hans: Guido von Arezzo. Biographisches und Theoretisches unter besonderer Berücksichtigung der sogenannten odonischen Traktate, Bern und Stuttgart 1954 (Publikationen der Schweizerischen Musikforschenden Gesellschaft II/4).

–: Berno und Hermann von Reichenau als Musiktheoretiker, Bern 1961 (Publikationen der Schweizerischen Musikforschenden Gesellschaft II/9).

Phillips, Nancy: „Musica“ and „Scolica enchiriades“. The Literary, Theoretical, and Musical Sources, Diss. New York 1984.

–: Notationen und Notationslehren von Boethius bis zum 12. Jahrhundert, in: Die Lehre vom einstimmigen liturgischen Gesang, hg. von Thomas Ertelt/Frieder Zaminer, Darmstadt 2000 (Geschichte der Musiktheorie 4), 293–623.

Potiron, Henri: Les modes grégoriens selon les premier théoreticiens du Moyen Age, in: EG 5 (1962), 109–118.
–: Les équivoques terminologiques, in: EG 9 (1968), 37–40.
–: La définition des modes liturgiques, in: EG 9 (1968), 41–46.
Rankin, Susan: Notker und Tuotilo: Schöpferische Gestalter in einer neuen Zeit, in: SJbMw 11 (1992), 17–42.
Reckow, Fritz: „Ratio potest esse, quia …". Über die Nachdenklichkeit mittelalterlicher Musiktheorie, in: Mf 37 (1984), 281–288.
–: processus und structura. Über Gattungstradition und Formverständnis im Mittelalter, in: Musiktheorie 1, Laaber 1986, 5–29.
–: Zwischen Ontologie und Rhetorik, in: Traditionswandel und Traditionsverhalten, hg. von Walter Haug/Burghart Wachinger, Tübingen 1991 (Fortuna vitrea 5), 145–178.
Riethmüller, Albrecht: Probleme der spekulativen Musiktheorie im Mittelalter, in: Die Rezeption des antiken Fachs im Mittelalter, hg. von Frieder Zaminer, Darmstadt 1990 (Geschichte der Musiktheorie 3), 165–201.
Rumphorst, Heinrich: Gesangstext und Textquelle im Gregorianischen Choral, in: BzG 13/14 (1992): Cantando praedicare. Godehard Joppich zum 60. Geburtstag, 181–209.
–: Gesangstext und Textquelle im Gregorianischen Choral II, in: BzG 23 (1997), 29–51.
Schlager, Karlheinz: Ars cantandi – Ars componendi. Texte und Kommentare zum Vortrag und zur Fügung des mittelalterlichen Chorals, in: Die Lehre vom einstimmigen liturgischen Gesang, hg. von Thomas Ertelt/Frieder Zaminer, Darmstadt 2000 (Geschichte der Musiktheorie 4), 217–292.
Smits van Waesberghe, Joseph: Einleitung zu einer Kausalitätserklärung der Evolution der Kirchenmusik im Mittelalter (von etwa 800 bis 1400), in: AfMw 26 (1969), 249–275.
–: Wie Wortwahl und Terminologie bei Guido von Arezzo entstanden und überliefert wurden, in: AfMw 31/2 (1974), 73–86.
Soden, Hans von: Das lateinischen Neue Testament in Afrika zur Zeit Cyprians, Leibzig 1909.
Stäblein, Bruno: Kann der gregorianische Choral im Frankenreich entstanden sein?, in: AfMw 24 (1967), 153–169.
–: Nochmals zur angeblichen Entstehung der gregorianischen Chorals im Frankenreich, in: AfMw 27 (1970), 110–121.
–: Die Entstehung des Gregorianischen Chorals, in: Mf 27 (1974), 5–17.
Steiner, Ruth: Die Herkunft der Texte, in: NHbMw 2: Die Musik des Mittelalters, Laaber 1991, 33–53.
– (Hg.): Studies in Gregorian Chant, Norfolk 1999.
Traub, Andreas: Hucbald von Saint-Amand. De harmonica institutione, in: BzG 7 (1989).
–: Zur Kompositionslehre im Mittelalter, in: BzG 17 (1994), 55–90.
–: Zur Musiktheorie im Mittelalter, in: Musiktheorie 12 (1997), 107–118.
Treitler, Leo: Homer and Gregory: The Transmission of Epic Poetry and Plainchant, in: MQ 60 (1974), 333–372.
–: „Centonate" Chant: übles Flickwerk or E pluribus unus?, in: JAMS 28 (1975), 1–23.
–: The Early History of Music Wirting in the West, in: JAMS 35 (1982), 237–279.
–: From Ritual through language to Music, in: Musik und lateinischer Ritus, SJbMw 2 (1982), 109–123.
–: Die Entstehung der abendländischen Notenschrift, in: Mf 37 (1984), 237–279.
–: Mündliche und schriftliche Überlieferung: Die Anfänge der musikalischen Notation, in: NHbMw 2: Die Musik des Mittelalters, Laaber 1991, 54–93.
Vollaerts, Jan: Rhythmic Proportions in Early Medieval Ecclesiastical Chant, Leiden 1958.
Waeltner, Ernst Ludwig: Wortindex zu den echten Schriften Guidos von Arezzo, hg. von Michael Bernhard, München 1976 (Bayerische Akademie der Wissenschaften. Veröffentlichungen der Musikhistorischen Kommission 2).
Walter, Michael: Grundlagen der Musik des Mittelalters: Schrift – Zeit – Raum, Stuttgart/Weimar 1994.

Wille, Günther: Musica Romana. Die Bedeutung der Musik im Leben der Römer, Amsterdam 1967.

Wilson, Peter Niklas: Sakrale Sehnsüchte. Über den «unstillbaren ontologischen Durst» in der Musik der Gegenwart, in: Musik und Religion, hg. von Helga De la Motte-Haber, Laaber 1995, 251–266.

Zaminer, Frieder: Einleitung zu: Die Lehre vom einstimmigen liturgischen Gesang, hg. von Thomas Ertelt/Frieder Zaminer, Darmstadt 2000 (Geschichte der Musiktheorie 4), 1–10.

Zerfass, Rolf: Die Idee der römischen Stationsfeier und ihr Fortleben, in: Liturgisches Jahrbuch 1958, 218–229.

9. REGISTER

9.1. PERSONENREGISTER

9.2. SACHREGISTER

BEIHEFTE ZUM ARCHIV FÜR MUSIKWISSENSCHAFT

Herausgegeben von Albrecht Riethmüller in Verbindung mit Reinhold Brinkmann, Ludwig Finscher, Hans-Joachim Hinrichsen, Wolfgang Osthoff und Wolfram Steinbeck

1./2. **Willibald Gurlitt: Musikgeschichte und Gegenwart.** Eine Aufsatzfolge in 2 Teilen. Hrsg. und eingeleitet von H. H. Eggebrecht. Teil I: Von musikalischen Epochen. Teil II: Orgel und Orgelmusik. Zur Geschichte der Musikgeschichtsschreibung. Forschung und Lehre. 1986. 2 Bde. m. zus. V, 415 S., Ln. m. Schutzumschlag ISBN 3-515-03400-5

3. **Werner Breig: Die Orgelwerke von Heinrich Scheidemann.** 1967. VII, 115 S. m. 87 Notenbeisp., Ln. m. Schutzumschlag 0218-9

4./5. **Fritz Reckow: Der Musiktraktat des Anonymus 4.** Teil I: Edition. Teil II: Interpretation der Organum Purum-Lehre. 1967. 2 Bde. m. zus. X, V, 225 S. m. zahlr. Notenbeisp., Ln. m. Schutzumschlag 3401-3

6. **Christoph Wolff: Der stile antico in der Musik Johann Sebastian Bachs.** Studien zu Bachs Spätwerk. 1968. VIII, 220 S. m. 101 Notenbeilagen, 7 Taf., Ln. m. Schutzumschlag 0221-9

7. **Reinhold Brinkmann: Arnold Schönberg: Drei Klavierstücke op. 11.** Studien zur frühen Atonalität bei Schönberg. 1969. VIII, 140 S. m. 75 Notenbeisp., 1 Taf., Ln. m. Schutzumschlag 0222-7

8. **Ulrich Michels: Die Musiktraktate des Johannes de Muris.** Quellenkritik und Besprechungen. 1970. VIII, 133 S., Ln. m. Schutzumschlag 0223-5

9. **Elmar Budde: Anton Weberns Lieder op. 3.** Untersuchungen zur frühen Atonalität bei Webern. 1971. X, 122 S. m. zahlr. Notenbsp., Ln. m. Schutzumschlag 0224-3

10./11. **Erich Reimer: Johannes de Garlandia: De mensurabili musica.** Kritische Edition mit Kommentar und Interpretation der Notationslehre. Teil I: Quellenuntersuchungen und Edition. Teil II: Kommentar und Interpretation der Notationslehre. 1972. 2 Bde. m. zus. 178 S. m. 3. Taf. u. zahlr. Notenbeisp., Ln. m. Schutzumschlag 0225-1

12. **Hans Heinrich Eggebrecht: Versuch über die Wiener Klassik.** Die Tanzszene in Mozarts *Don Giovanni.* 1972. IV, 61 S. m. 16 Notenbeisp., Ln. m. Schutzumschlag 0226-X

13. **Klaus-Jürgen Sachs: Der Contrapunctus im 14. und 15. Jahrhundert.** Untersuchungen zum Terminus, zur Lehre und zu den Quellen. 1974. VI, 234 S. m. 69 Notenbeisp., Ln. m. Schutzumschlag 1952-9

14. **Peter Andraschke: Gustav Mahlers IX. Symphonie.** Kompositionsprozeß und Analyse. 1976. VIII, 95 S. m. 8 Notenbeisp., 5 Abb. auf Kunstdrucktaf., Ln. m. Schutzumschlag 2114-0

15. **Albrecht Riethmüller: Die Musik als Abbild der Realität.** Zur dialektischen Widerspiegelungstheorie in der Ästhetik. 1976. X, 131 S., Ln. m. Schutzumschlag 2153-1

16. **Wolfgang Ruf: Die Rezeption von Mozarts „Le Nozze di Figaro" bei den Zeitge-nossen.** 1977. VIII, 148 S. m. 21 Notenbeisp., Ln. m. Schutzumschlag 2408-5

17. **Christian Möllers: Reihentechnik und musikalische Gestalt bei Arnold Schönberg.** Eine Untersuchung zum III. Streichquartett op. 30. 1977. VIII, 168 S. m. 45 Notenbeisp., Ln. m. Schutzumschl. 2466-2

18. **Peter Faltin: Phänomenologie der musikalischen Form.** Eine experimental-psychologische Untersuchung zur Wahrnehmung des musikalischen Materials und der musikalischen Syntax. 1979. XIII, 245 S. m. 37 Abb., 29 Tab. u. zahlr. Notenbeisp., Ln. m. Schutzumschlag 2742-4

19. **Angelika Abel: Die Zwölftontechnik Webers und Goethes Methodik der Farbenlehre.** Zur Kompositionstheorie und Ästheik der Neuen Wiener Schule. 1982. VII, 293 S. m. ca. 150 Notenbeisp., Ln. m. Schutzumschlag 3544-3

20. **Erik Fischer: Zur Problematik der Opernstruktur.** Das künstlerische System und seine Krisis im 20. Jahrhundert. 1982. VII, 194 S. m. 62 Notenbeisp., Ln. m. Schutzumschlag 3548-6

21. **Willi Apel: Die italienische Violinmusik im 17. Jahrhundert.** 1983. X, 246 S. m. 202 Notenbeisp. u. 1 Abb., Ln. m. Schutzumschlag 3786-1

22. **Renate Groth: Die französische Kompositionslehre des 19. Jahrhunderts.** 1983. VIII, 252 S. m. zahlr. Notenbeisp., Ln. m. Schutzumschlag 3746-2

23. **Werner Breig/Reinhold Brinkmann/ Elmar Budde,** Hrsg.: **Analysen.** Beiträge zu einer Problemgeschichte des Komponierens. Festschrift für **Hans Heinrich Eggebrecht** zum 65. Geburtstag. 1984. XVI, 444 S. m. zahlr. Notenbeisp., Ln. m. Schutzumschlag 3662-8
24. **Martin Zenck: Die Bach-Rezeption des späten Beethoven.** Zum Verhältnis von Musikhistoriographie und Rezeptionsgeschichtsschreibung der *Klassik.* 1986. IX, 315 S. m. zahlr. Notenbeisp., Ln. m. Schutzumschlag 3912-0
25. **Herbert Schneider: Jean Philippe Rameaus letzter Musiktraktat.** *Vérités également ignorées et interessantes tirées du sein de la Nature.* (1764). Kritische Ausgabe und Kommentar. 1986. VII, 110 S., Ln. m. Schutzumschlag 4502-3
26. **Thomas Röder: Auf dem Weg zur Bruckner-Symphonie.** Untersuchungen zu den ersten beiden Fassungen von Anton Bruckners Dritter Symphonie. 1987. 232 S. m. zahlr. Notenbeisp., Ln. m. Schutzumschlag 4560-2
27. **Matthias Brzoska: Franz Schrekers Oper „Der Schatzgräber".** 1988. 209 S. m. zahlr. Notenbeisp., Ln. m. Schutzumschlag 4850-2
28. **Andreas Ballstaedt / Tobias Widmaier: Salonmusik.** Zur Geschichte und Funktion einer bürgerlichen Musikpraxis. 1989. XIV, 458 S., 9 Tab., 22 Notenbeispiele u. 69 Abb., geb. 4936-3
29. **Jacob de Ruiter: Der Charakterbegriff in der Musik.** Studien zur deutschen Ästhetik der Instrumentalmusik 1740–1850. 1989. 314 S., geb. 5156-2
30. **Ruth E. Müller: Erzählte Töne.** Studien zur Musikästhetik im späten 18. Jahrhundert. 1989. 177 S., geb. 5427-8
31. **Michael Maier: Jacques Handschins „Toncharakter".** Zu den Bedingungen seiner Entstehung. 1991. 237 S., geb. 5415-4
32. **Christoph von Blumröder: Die Grundlegung der Musik Karlheinz Stockhausens.** 1993. IX, 193 S. m. zahlr. Notenbeisp., geb. 5696-3
33. **Albrecht von Massow: Halbwelt, Kultur und Natur in Alban Bergs „Lulu".** 1992. 281 S. m. 91 Notenbeisp. u. 5 Abb., geb. 6010-3
34. **Christoph Falkenroth: Die „Musica speculativa" des Johannes de Muris.** Kommentar zu Überlieferung und Kritische Edition. 1992. V, 320 S., geb. 6005-7
35. **Christian Berger: Hexachord, Mensur und Textstruktur.** Studien zum französischen Lied des 14. Jahrhunderts. 1992. 305 S., zahlr. Notenbeisp., geb. 6097-9
36. **Jörn Peter Hiekel: Bernd Alois Zimmermanns *Requiem für einen jungen Dichter*.** 1995. 441 S., zahlr. Notenbeisp., geb. 6492-3
37. **Rafael Köhler: Natur und Geist.** Energetische Form in der Musiktheorie. 1996. IV, 260 S., geb. 6818-X
38. **Gisela Nauck: Musik im Raum – Raum in der Musik.** Ein Beitrag zur Geschichte der seriellen Musik. 1997. 264 S. m. 14 Notenbeisp. u. 27 Abb., geb. 7000-1
39. **Wolfgang Sandberger: Das Bach-Bild Philipp Spittas.** Ein Beitrag zur Geschichte der Bach-Rezeption im 19. Jahrhundert. 1997. 323 S., geb. 7008-7
40. **Andreas Jacob: Studien zu Kompositionsart und Kompositionsbegriff in Bachs Klavierübungen.** 1997. 306 S. m. 41 Notenbeisp., geb. 7105-9
41. **Peter Revers: Das Fremde und das Vertraute.** Studien zur musiktheoretischen und musikdramatischen Ostasienrezeption. 1997. 335 S., geb. 7133-4
42. **Lydia Jeschke: *Prometeo*.** Geschichtskonzeptionen in Luigi Nonos Hörtragödie. 1997. 287 S. m. 41 Abb., geb. 7157-1
43. **Thomas Eickhoff: Politische Dimensionen einer Komponisten-Biographie im 20. Jahrhundert – Gottfried von Einem.** 1998. 360 S. m. 1 Frontispiz und 4 Notenbeisp., geb. 7169-5
44. **Dieter Torkewitz: Das älteste Dokument zur Entstehung der abendländischen Mehrstimmigkeit.** Eine Handschrift aus Werden an der Ruhr: Das *Düsseldorfer Fragment.* 1999. 131 S., 8 Farbtaf., geb. 07407-4
45. **Albrecht Riethmüller,** Hrsg.: **Bruckner-Probleme.** Internationales Kolloquium 7.–9. Oktober 1996 in Berlin. 1999. 277 S. m. 4 Abb. u. 48 Notenbeisp., geb. 7496-1
46. **Hans-Joachim Hinrichsen: Musikalische Interpretation. Hans von Bülow.** 1999. 562 S. m. 10 Taf. u. 70 Notenbeisp., geb. 7514-3
47. **Frank Hentschel: Sinnlichkeit und Vernunft in der mittelalterlichen Musiktheorie.** Strategien der Konsonanzwertung und der Gegenstand der *musica sonora* um 1300. 2000. 368 S., geb. 7716-2

48. **Hartmut Hein: Beethovens Klavierkonzerte.** Gattungsnorm und individuelle Konzeption. 2001. 432 S. m. 47 Abb. und 70 Notenbeisp., geb. 7764-2

49. **Emmanuela Kohlhaas: Musik und Sprache im Gregorianischen Gesang.** 2001. 381 S. mit zahlr. Notenbeisp., geb. 7876-2